江萝萝 著

上 册

青岛出版集团 | 青岛出版社

图书在版编目（CIP）数据

败给心动 / 江萝萝著. -- 青岛 ：青岛出版社，
2024. -- ISBN 978-7-5736-2465-9

Ⅰ．I247.5

中国国家版本馆CIP数据核字第20242C5V96号

BAI GEI XINDONG

书　　名	败给心动
作　　者	江萝萝
出版发行	青岛出版社
社　　址	青岛出版社（青岛市崂山区海尔路182号）
邮购电话	18613853563
责任编辑	郭红霞
特约编辑	孙小淋
校　　对	李玮然
装帧设计	千　千
照　　排	梁　霞
印　　刷	三河市良远印务有限公司
出版日期	2024年8月第1版　2024年8月第1次印刷
开　　本	16开（640mm×920mm）
印　　张	41
字　　数	627千
书　　号	ISBN 978-7-5736-2465-9
定　　价	69.80元（全2册）

编校印装质量、盗版监督服务电话 4006532017　0532-68068050

他们曾孑然无依
在充满恶意的世界孤独前行

他们曾混沌懵懂
在茫然莫迷的感情里遍体鳞伤

然而爱的意志无比强大
它能使胆怯者无畏、高傲者俯首
于是他们在跌跌撞撞的成长中
　　　　　学会爱、拥有爱

　　彼此牺牲，彼此成就
　　由商永远，相爱之人终将重逢

　　　　　　　江萝萝。♡

目 录 ㊤册

目 录 下册

山高水远，相爱之人终将重逢。

他们彼此扶持，彼此成就。

于是他们在跌撞中成长，学会爱，拥有爱。

然而爱的力量无比强大，能使胆怯者无畏，高傲者俯首。

他们曾懵懵懂懂，在感情里遍体鳞伤。

他们曾无依无靠，在充满恶意的世界里孤独前行。

第 一 章
小哑巴

"啊……啊……"

紊乱的喘气声逐渐虚弱，姜予眠机械地往前跑，那双漂亮的眼眸中盛满恐惧。这条陌生的道路似乎没有尽头，耗尽她所有的力气。

"嘀嘀——"

刺耳的鸣笛声传来，姜予眠几乎失去意识，只凭最后那点儿求生本能，艰难地朝前方伸出手。干裂的嘴唇一张一合，她在喊"救命"，却像是被扼住喉咙，发不出一点儿声音。

周遭的事物在眼底逐渐模糊，她终于支撑不住，倒在地上。

凌乱的长发挡住女孩儿的半边脸颊，她脚上那双小白鞋被染上一层红，是血。

从车上下来的男人用西装外套包裹着她，将她打横抱起。

长发垂落，女孩儿细白的颈项下，一枚硬币大的粉色印记刻在锁骨窝旁，像蝴蝶。

画面戛然而止，姜予眠倏地抓紧身边之物，睁开眼，天花板上的橙色环灯映入瞳孔。

原来是梦。

姜予眠拔掉习惯性在入睡前佩戴的耳塞，坐起来大口喘气，回想起刚才的梦仍然心有余悸。

"咚咚——"

敲门声将她从混沌的思绪中拽出来。她随手抹了把额头上的汗，起身去开门。

慈眉善目的谈婶端着一杯温水站在门前："眠眠，东西准备好了吗？吃完饭我们就该出发了。"

出发？

姜予眠回头看墙壁挂钟上显示的时间，竟已是上午九点半。

因为要搬去陆家，她昨晚失眠到半夜，不知什么时候睡着的，一觉醒来天光大亮。

姜予眠回房间洗漱，迅速用完早餐，将早已准备好的行李箱拖出来，跟着谈婶上了一辆看起来价格昂贵的车。

一路上，姜予眠都紧紧地抓着书包带，偶尔偏头看看窗外不断倒退的风景，沉默无言。

谈婶有一搭没一搭地在姜予眠的耳边说着什么。姜予眠垂着脑袋，静静地听，不吭声也没什么反应。

知道姜予眠胆小，谈婶简单地跟她介绍陆家的情况："陆老前几天刚出院，一直盼着你过去。马上就要开学，出去旅游的陆习少爷也回来了。还有宴臣少爷……"

这时姜予眠微微抬头，谈婶却没再说下去。

姜予眠偷偷瞥她一眼，眸光闪烁，把书包带抓得更紧。

一个小时后，轿车驶进别墅停车库内，姜予眠跟着谈婶来到一扇新中式双开大门前。周围视野开阔，南向的大院内种满绿植，一路走进去能看见石头堆砌的假山、清澈见底的观景池。

临近门口，姜予眠听到动静，抬眸望去，满头白发的老人拄着拐杖出来，满眼期盼——是爷爷的朋友陆爷爷。

姜予眠抿唇，有些恐惧与人对视，垂眸避开陆老爷子投来的那道怜悯的目光。

时隔三年再见面，陆老爷子凝视着眼前的女孩儿，一时竟说不出话，只有紧握拐杖的那只手的手背上暴起的青筋显示着老人此刻内心的复杂。

陆家所有人都在关注这个女孩儿。

她皮肤很白，身形消瘦，齐刘海儿，长发软趴趴地披着，乌黑的发丝挡住大部分脸，苍白的面孔看起来不太健康。她背着一个洗旧的书包，安静地站在谈婶身后，微微低着头，不知是害怕还是害羞。

半个月前，陆家的人都收到通知，陆老爷子故友的孙女即将搬来陆家暂住，不仅特意为她整理出房间，还添置了不少女孩儿的用品。

这会儿，他们看到平日严肃的陆老爷子像疼爱亲孙女一样对姜予眠嘘寒问暖，既诧异又好奇。

"眠眠。"陆老爷子看着眼前拘谨的女孩儿，满脸的心疼和自责。

他跟姜予眠的爷爷是生死之交，后来姜家发生变故，老朋友临死前恳求他往后多多照顾姜家唯一的血脉。结果因为他的疏忽，姜予眠吃了许多苦，如今变得胆小谨慎。

"眠眠，还记得陆爷爷吗？"陆老爷子小心翼翼地问。

小姑娘抬眸看他，又轻轻点头，不说话，看起来怯生生的。

陆老爷子在心里叹气。

姜予眠爷爷在世时，他们时常来往，他见过小姑娘许多次。小时候的姜予眠活泼机灵，见着他就喊"陆爷爷"，小嘴甜得像抹了蜜，如今却判如两人。

两个月来，姜予眠没开口讲过一句话。

医生说她患有轻微的自闭症，不愿说话是心理原因。治疗心理疾病得循序渐进，这将是个漫长的过程。

前段时间他身体不好，故而将她安排在一所清静的别墅里暂住了两个月，还特意安排谈婶前去照料。如今出院，陆老爷子便迫不及待地把姜予眠接来陆家。

陆老爷子领小姑娘进家门，一直跟她说："眠眠，以后就把这里当自己家，想要什么都跟爷爷说。"

姜予眠静静地听着，没发出一丁点儿声音，紧绷的身体却暴露出她的局促与不安。

照顾她两个月的谈婶有所察觉，悄悄在老爷子耳边说了什么。

他点头："带眠眠去她房间。"

陆老爷子接着吩咐，姜予眠不喜欢的要立马换掉，姜予眠缺的要尽快添置。

家里有电梯，也可以走楼梯，谈婶带姜予眠上楼，边走边介绍："二楼最右边的房间是陆习的，最左边的房间是宴臣的。"

姜予眠眨眨眼，抬头望向左侧。

楼梯建在中间，不知她的房间在哪边。

从中间上楼，谈婶往右转。

姜予眠微微抿唇，缓慢跟上。

这时谈婶却突然停下来，弯腰捡起落在地上的假花瓣，嘀咕着："怎么打扫的……"

谈婶转身，见姜予眠站在后面，随即笑道："眠眠，你的房间在左边。"

姜予眠低头看脚尖，步伐变得轻盈不少。

陆老爷子腿脚不便所以住在一楼，留宿的用人也住在一楼。他们本想安排姜予眠住三楼，考虑到她胆小，单独住一层容易有所疏忽，干脆就安排她跟陆家两位少爷住在同一层。

陆宴臣很少回家，正好方便姜予眠住靠左边的房间。

谈婶推开房门："眠眠，喜欢这个房间吗？"

姜予眠深深点头。

谈婶心想：这孩子根本没细看，肯定是不愿麻烦我们。

"你有什么需要就跟我们说。"谈婶照顾姜予眠两个月，对这个小姑娘的生活方式有些了解——她喜欢独处，不需要人过多关照。

谈婶交代完，已经走到了门口。她习惯了没有回应的状况，却忽然被人扯了一下衣袖。

姜予眠在她的掌心上写了一个"谢"字。

谈婶看向姜予眠的眼神里充满怜惜。

房门关闭，宽敞的卧室内只剩下姜予眠自己。

刚才有人讲过卧室的布局，她打开行李箱，取出携带的衣物和简单的用品放到对应的位置上。

姜予眠低头，行李箱里还躺着两本与计算机相关的书和一个金色的日记本。

她弯腰抱起笔记本，放在下巴处蹭了蹭，随后将笔记本放到桌上。

姜予眠盯着日记本，又觉得不满意，打开抽屉将其藏进去。

姜予眠用手指拨动密码，抽屉便上了锁。

东西很快收拾好，没过多久，姜予眠听到有人来喊自己吃午饭。她走到楼梯间，突然听到陆老爷子中气十足地训斥："陆习！你还知道回家？马上就要开学了，你还整天在外面鬼混，明年考不上大学干脆别读了，别指望我送你出国。"

翻来覆去的念叨让陆习听得耳朵起茧。他掏了掏耳朵，没把爷爷的话放在心上。

有钱人家的孩子，要么靠本事，要么靠家庭，有些成绩不好的，就出国深造混个"海归"的名号，但陆老爷子不喜欢这一套。

孩子有本事考去国外，他支持；如果是因为考不了好大学去国外混日子镀金，他绝不同意。

"姜小姐，你在这儿啊！"

路过的用人喊了声，楼下的人终于发现姜予眠的存在。

"眠眠，你来得正好。"陆老爷子朝姜予眠招手，待她走近，表情由严厉变得和蔼可亲，"来认识一下，这是我孙子陆习，跟你同龄。"

姜予眠终于看清陆老爷子口中的浑小子。

陆习坐靠在沙发上，上身是宽松的白T恤，黑裤上挂着潮流锁链，最引人注意的是那一头红毛。

他毫无规矩地跷着二郎腿，看着像个不良少年。

一转头，陆老爷子看向孙子又秒变严肃脸："她叫姜予眠，以后就住在陆家。"

"姜予眠？谁？"陆习对这个名字感到陌生，"噌"的一下站起来。

他不过是出去旅游了一个暑假，家里就多一个女孩儿？

想到姜予眠的身世，陆老爷子欲言又止。半晌，他才开口道："眠眠会在我们家里暂住一段时间，等开学后你俩一起上学。眠眠比你小，你要多照顾她。"

姜予眠出生在七月，刚满十八岁，之前高考缺考，只能复读一年。

陆习比姜予眠大几个月，不过上学晚，下学期才上高三。

他们一个复读 一个晚读，赶巧同级。

陆习生性活泼，姜予眠沉默寡言，陆老爷子希望他们俩能够互补。

陆习抄起手，大摇大摆地走到姜予眠面前将人从上往下打量一番，又突然探头。

他猝不及防的动作吓得姜予眠往后一退。她重心不稳，差点儿跌倒。

在陌生的环境中，初来乍到的她如惊弓之鸟。

看着她因惊吓而惨白的脸，陆习恶劣地笑道："胆子真小。"

老爷子被这番举动惹得发怒，举起拐杖就要打。

陆习凭着矫健的身姿逃脱，只有老爷子的吼声追着他："赶紧把你那头毛给我染回去！"

拐杖在地面上发出"咚咚"的声响，老爷子收回视线，看向姜予眠时满脸和善："眠眠，你没事吧？"

姜予眠怔在原地用力呼吸，恍然回到高考那天——穿着校服的女孩儿带着准考证心怀希冀地走出家门，一个人影冲出来，然后……

等她回过神来，掌心已经被指甲掐出几道月牙印。

姜予眠低头咽了口唾沫，安慰自己：没事没事，这里是陆家，陆爷爷对我很好，谈婶对我很好，没人会伤害我。

吃午饭时，陆老爷子一直劝姜予眠多吃菜。她似乎没什么喜好，什么都能吃，什么都不爱吃，胃口也很小。

小半碗米饭见底，姜予眠便放下筷子，规规矩矩地坐在旁边等。

她太乖了，乖得让人心疼。

想起谈婶说姜予眠喜欢一个人待着，陆老爷子缓声道："眠眠，吃完回去休息吧，或者去院子里散散步。"

他希望足够自由的氛围能让姜予眠快些适应这个家。

站在走廊里的陆习看到姜予眠从饭厅里出来，一个闪身拦住她的去路："喂，你叫姜予眠？"

姜予眠浑身一颤，瞳孔遽然放大。

这人突然蹿出来，吓到她了。

她不习惯与人打交道，只能僵硬地点头。

"你来我们家干什么？"爷爷不肯解释她的来历，他觉得这个突然冒出来的人身份存疑，"你爸妈呢？"

听到"爸妈"二字，姜予眠浑身紧绷，小手握成拳。

见她不说话，甚至不拿正眼看自己，常年被众星捧月的陆习有些不满："怎么不说话？装哑巴呢？"

陆习说的每一个字都如针刺在姜予眠的心上。

她绕开他上楼，却突然被人往后一拽。

姜予眠脸色煞白，惊恐地想要摆脱。

"砰——"

二人拉扯之间，姜予眠的胳膊狠狠地撞上旁边的栏杆。

手臂吃痛，姜予眠脸上呈现痛苦之色，纤弱的身体摇摇晃晃。就在她以为将要摔倒之际，忽然被一只温和有力的大手稳稳抓住。

她害怕的事情并未发生，一只手贴在她的后腰上，扶她站稳。

"陆习，你太放肆了。"

一道低沉有磁性的男声落在她的耳畔。

男人漫不经心的语调却透出不容忽视的绝对威严。握在腕间的力度逐渐变小，姜予眠仰头看去，心脏开始猛烈地跳动。

手腕与腰间的触感同时消失，姜予眠抬头，撞进一双深沉的眼里。

视线微移，姜予眠看清那张极为出众的脸。

男人高眉骨，下颌线清晰，五官立体，薄而好看的嘴唇微翘，似含笑，又似乎很冷淡。

两个人距离拉开，男人身姿笔挺地站在她的身侧，手指抚过干净挺括的衬衣，举手投足间散发着与生俱来的矜贵气息。

"大哥。"陆习没想到自己随手一拽会让姜予眠撞上栏杆，更没想到大哥陆宴臣会突然回来撞见这一幕。

他想解释，刚才发生的一切只是意外，但在对上陆宴臣那道不容辩驳的目光后，声音全卡在嗓子眼儿里。

"跟她道歉。"陆宴臣将视线从姜予眠的身上移到动作僵硬的陆习身上。

陆宴臣不问缘由地维护她的举动激发了陆习的逆反心理。

陆习扬声道："大哥，你知道她是谁吗？爷爷突然把人带回家，又不肯说她的身份，这里面肯定有问题！"

他这番言论实在幼稚。

陆宴臣显然不想跟他争辩："去祠堂面壁，太阳落山之前不准出来。"

在这个家里，陆习能跟爷爷耍嘴皮子，却不敢违背陆宴臣的决定。

事情发展到这步，他的确不占理，愤然转身，离开前还不甘地瞪了姜予眠一眼。

源源不断的痛麻感从左手臂传来，姜予眠低头，右手虚握，耳边传来一声温和的关切："吓到了吗？"

陆宴臣平和的语气抚平了姜予眠心里泛起的焦躁与不安。她缓缓摇头，听到他说："跟我来。"

姜予眠乖乖地跟他走。

陆宴臣在前面，姜予眠落后他半米。

雪白的衬衫在姜予眠的眼前晃过，她望着那道背影，忽然觉得手臂的疼痛都减轻许多。

时隔一个月，她终于又见到他了。

两个月前，她从医院里醒来时见到的第一个人就是陆宴臣。出院之后，她住进青山别墅，那是陆宴臣的住所。

后来他出差，一走就是十多天，听谈婶说中途回来过一次，可惜她当时睡着了，根本不知道。

他们再次见面，就是一个月后的今天。

陆宴臣递出毛巾跟冰块："自己来？"

姜予眠伸手接过，裹着冰块的毛巾碰到泛红处，忍不住"咝"了一声，眉头紧跟着皱起来。

似乎意识到让这个脆弱的小姑娘自己处理有些残忍，陆宴臣主动走近，问："我帮你？"

姜予眠下意识地抿唇，毛巾一点点抬高，离开泛红的区域。

陆宴臣托起女孩儿纤细的胳膊，冰毛巾在撞伤处缓慢移动，让皮肤逐渐适应温度："痛的时候可以说出来。"

姜予眠没有回应他。

"还是不想说话？"他问。

姜予眠咬唇，但也不想点头，觉得那样显得她好懦弱，尽管事实就是如此。

陆宴臣笑道："不着急。"

他话音落下时，被冰块浸湿的毛巾也从她胳膊上移开了。

剩余的冰块被扔进水池里等待融化，姜予眠寸步不离地跟在陆宴臣身后。他放好毛巾回头，一个圆溜溜的脑袋差点儿撞上来。

姜予眠扶着额头，往后倒退两步。她就像一只脆弱的小鸟，稍有声响就会被吓退。

这让陆宴臣想起两个月前刚苏醒的姜予眠。她排斥医院，胆子又小，经常把自己藏起来，非要等他去哄才肯出来。

陆宴臣眉头一扬，问："要做题吗？"

姜予眠猛地抬头，杏眼在灯光的映衬下，亮晶晶的。

陆宴臣总是那么聪明，每一句话都能踩到她的点上。

她跟着陆宴臣上了二楼。

姜予眠进了陆宴臣的房间才发现，她跟陆宴臣的卧室之间隔着一个面积不小的书房。

书房内悬挂着中式竹编吊灯，深色的檀木书柜连接地面和天花板，高且宽敞。书柜里摆满了品类不一的书籍，可见书房主人的阅读量之大。

青山别墅里面也有一间很大的书房，可惜她没进去过。姜予眠好奇地打量四周，直到陆宴臣喊她："过来。"

桌上的电脑屏幕已经亮起，陆宴臣打印好一套数学题，指着旁边的椅子说："坐。"

对明确的指令，姜予眠更容易接受。她坐在他旁边的椅子上，拿到几张 A4 纸，一张是题，其余的是草稿纸。

桌上有笔，姜予眠一直盯着却没拿。直到陆宴臣在她眼前打了一记响指，说道"放轻松"，正襟危坐的小姑娘才握起笔，开始沉浸在数字的世界中。

当她进入自己的世界，便变了一副模样。她认真、专注，用锐利的目光捕捉藏在字符里的精准信息，不见半分胆怯。

姜予眠很聪明，在高考前的模拟测试中拿过全校第一。她对数字极其敏感——破解数学难题是她目前最大的兴趣。可惜她在高考那天早晨无故失踪，错过了高考时间。

"嘟——"

手机振动，陆宴臣在第一时间察觉，起身走向小阳台。

落地窗一关，将外界的声音与室内隔绝。

他听到电话里传出沙哑的嗓音："陆总，你让我查的事有眉目了。高考前发生的唯一异样的事件是，姜予眠似乎跟一个混混有接触，那个人因为多次犯事进了监狱。"

那人进了监狱？

陆宴臣抬手轻叩台面，音色低沉地问："什么罪？"

那人犹豫片刻才道："侵犯未成年人。"

通话声断断续续的，阳台上的陆宴臣回头看了一眼，姜予眠坐在桌前，背对着他，单薄的身影像脆弱的纸片，易折易碎。

两个月前，陆老爷子想起故友的孙女即将参加高考，派人去探情况，却发现姜予眠在考试当天早晨突然失踪。

远在国外的陆老爷子打电话给孙子陆宴臣，陆宴臣立即报了警。

调查花费不少时间，警方找到姜予眠的时候，她的校服和鞋子上都是血。

警方在一公里外找到一处废弃的工厂，现场残留的血迹和绑人的绳索显示这里曾发生过一起绑架案。所有人都不知道姜予眠在那里经历过什么，也不知道她是怎么逃出来的。

最终医院的检查结果显示，姜予眠受的是轻度外伤——不幸中的万幸。

大家都在等当事人苏醒后说明情况，结果姜予眠醒来后不言不语，一提到高考当天的那个早晨，就抱着脑袋，呈现出十分痛苦的神情，逼急了甚至会尖叫，致使警察没办法做笔录。

她害怕别人将目光集中在她身上，时常蜷缩在角落里，不愿与人交流。那时只有一个人能靠近她，那就是将她送去医院的陆宴臣。

之后，花了半个月的时间，陆宴臣旁敲侧击，将话题引到那件事上。姜予眠茫然地盯着他许久，缓缓摇头。

她对那段经历印象全无，提起时只剩恐惧。

医生说她这样是因为那段记忆给她带来不可承担的伤害，大脑自动开启保护机制，让她选择性地遗忘了一些事。

警方找到她的老师和同学，他们都说："姜予眠是个很安静的同学。"

姜予眠生活得很简单，家和学校两点一线。除了学习成绩好，经常受老师表扬，姜予眠简直想让自己成为隐形人。

她每天按时上学，从不早退，是老师眼中乖巧听话的好学生。她不喜欢跟人结交，总是独来独往，同学们觉得她性格孤僻。

至于家庭，父母和爷爷去世后，她就跟着舅舅和舅妈生活。他们虽然成了她法律意义上的监护人，却对她不够上心，对姜予眠的情况一问三不知。陆老爷子便生出了把姜予眠带来陆家的想法。

没有线索，警方办案进度缓慢。但如今姜予眠受陆家庇护——

"找个由头，去探探那人的口风。"

"好的。"

阳台上，男人倚靠栏杆，点燃一根烟。

橙色的火焰在眼底跳跃，却盖不住他眼底遍布的冷意。

"咚咚——"

落地窗忽然被人叩响，小姑娘拿着纸笔站在另一边。

男人抬眸，眼里的冷漠散去。他笑起来，垂手扔下烟，悄无声息地踩灭烟头。

陆宴臣隔着落地窗对姜予眠做了个"稍等"的手势。姜予眠心领神会，回到座位上。

刚才她突然间发现陆宴臣不见了，有些慌，见他站在阳台上，悄悄在心里松了口气。

没过多久，陆宴臣从书房大门进来，原本的白衬衣变成纯黑色的，领口微微敞开，慵懒中透出一丝禁欲。

她不知道他为什么在短时间内换了身衣服，不过……真好看。

整个下午，姜予眠跟数学题一起度过，直到谈婶来催她吃饭。

中午家里只有她跟陆爷爷，晚上多了一个陆宴臣，陆习不知去向。

饭后，陆宴臣在书房里，不知在忙什么。她怕打扰他，便把试题带回房间里做，终于在一小时后解答完最后一道题。

看着填满答案的试题纸，女孩儿嘴角隐隐有了弧度。

她站起来，迫不及待地想拿给那人看，打开门，正好瞧见陆宴臣离开书房下了楼。

姜予眠静静地跟在他后面，直到见他要出门，终于忍不住跑上前。

突然被挡住去路，陆宴臣眉一挑，盯着小姑娘。

姜予眠拿起试题纸，按在掌心上飞速写字，举起来给他看："你要走了吗？"

陆宴臣终于想起什么："对，我要走了。不过你可以拍照发给我，我待会儿帮你看。"

他以为姜予眠是想来对答案。

姜予眠紧握着笔，眼里的光芒渐失，想挽留，却开不了口。

小姑娘静静地站在那里，瘦弱的身影显得极为单薄。这让陆宴臣想起在医院里的那几天，她总喜欢缩在角落里，像是被全世界遗弃了。

她太脆弱，一不小心就会被折断。

陆宴臣眯着眸子，恰好见谈婶端着一杯温牛奶从厨房里出来。

"谈婶。"陆宴臣把人叫了过来。

谈婶还不清楚他们站在门口干什么，只见陆宴臣抬头摸了摸姜予眠的脑袋。

姜予眠抬头，眼里生出零星的光，只记得陆宴臣最后对她说的话。

"多喝牛奶，长得高。"

陆宴臣走后，姜予眠在全身镜前看了半天，又是抬手又是踮脚。回想起来，她似乎才到陆宴臣的肩膀。没过多久，姜予眠跑进厨房，在边上站了好一会儿，别扭地搓搓手指，拿起写好的字条给谈婶看："我可以再要一杯牛奶吗？"

"眠眠，你想要什么就大胆地说。"谈婶以为她单纯地想喝，又给她温了一杯。

姜予眠捧着杯子将牛奶喝得干干净净的，这才心满意足。

她把试题纸拿起来，拍照并整理，发现缺了一张草稿纸。在卧室里没找到，姜予眠重新回到书房里，草稿纸果然在那里。她伸手去拿，忽然被一个金属打火机吸引了目光。

这是谁遗落的东西毋庸置疑。姜予眠把它捧在手里端详，金色的外壳低调奢华，表面雕刻着一只孤傲的狼。

狼？姜予眠回想那人的模样，他总是在笑，说话也很温柔，跟凶恶的狼完全不像。

不过这是他的东西，无论怎样都好。

指腹轻轻摩挲，打火机冰凉的表面沾染了人的温度，姜予眠轻轻合拢手指。

这一幕被人看在眼里。

陆习快要饿死了。

他先被大哥罚面壁不说，后来爷爷知道事情的缘由，直接罚他晚上都不准吃饭。他不知道爷爷跟大哥是怎么了，为了一个外人，连亲孙子、亲弟弟都不顾。

爷爷冷不防把姜予眠带回来，他本想找大哥问清楚，还没走近就发现书房的门开着。

陆习顿时停下脚步。

透过门缝，他看见姜予眠拿起桌上的那个金色打火机，揣进自己的兜里。

她来历不明就算了，居然还偷东西！

陆习怎么也想不到，姜予眠居然会干出这种事。听说现在流行什么"白莲花"人设，在人前装可怜，背地里使阴招儿害人，爷爷和大哥肯定是被姜予眠的外表骗了！

他最讨厌这种虚伪的人，而且这个人还要在家里长住。他非要揭穿姜予眠的真面目不可。

陆习准备冲进去人赃并获，但转念一想，她这么擅长伪装，到时候在爷爷面前卖惨，反过来说他诬陷，也不是不可能。

既然姜予眠让他不痛快，他也不会让她好过。

陆习悄悄离开了。

姜予眠心虚地回到卧室。进屋时，她特意将门反锁，把打火机放在手心，翻来覆去地看了好多遍。

她没见过陆宴臣点烟的样子，也从未在他身上闻到过烟草味。他总是优雅的，身上散发着淡淡的木质芳香，是檀香木与雪松交织的气息。

他抽烟的时候，会是什么模样呢？姜予眠想象不出来。

她坐到椅子上，弯腰从抽屉里取出一个日记本。姜予眠握着笔，目光逐渐迷离。

她还记得在医院里醒来的那天，一群看不清模样的人围着她不停地问，说些她听不懂的话。她不想回答，只觉得那些乱七八糟的声音让她头痛不已。

直到那个人出现，替她"赶走"那些嘈杂的声音，一步一步来到她面前，温柔地摸摸她的脑袋，一如四年前。

笔尖落到纸上，留下墨点。

姜予眠不急不缓地合上日记本，将其放回原位。

发过去的试题照片一直没得到回复，她这个不爱玩手机的人翻来覆去地看了好几次。

她的联系人列表里只有一个名字——L。

L是陆宴臣名字的缩写，他的头像很简单，白色背景下隐隐浮着灰色的烟雾，颜色很淡，她要点开大图才能看清。

这张图给人一种虚无缥缈的空寂感。

晚上十一点，姜予眠还没等来消息。她好几次打开对话框却不知道该说什么，更怕打扰他。当姜予眠准备放下手机时，屏幕忽然亮起了。她欣喜地点开信息，收到两张图片。

一张是她因为粗心填错的答案，另一张是两道题的精简版算法。

惊喜之余，姜予眠在搜索栏里挑选许久才斟酌着发过去一个"感谢"的表情包。

咩咩："谢谢！"

名字是她用真名的谐音起的。

发完又觉得内容太少，她干脆借"题"发挥，向陆宴臣学习解答思路。

陆宴臣回复得有些慢，却很认真。

这让姜予眠乐在其中，甚至忘了时间，直到……

L："你该睡觉了，小朋友。"

这类似催促的话让姜予眠很懊恼——她竟然忽略了时间已晚。她连连道歉，用词小心翼翼的。

此时，身处办公楼里的男人察觉小姑娘态度敏感，慢条斯理地合上笔记本电脑，说道："是我不对。"

他不该这么晚才回她。

姜予眠又一次道谢，依依不舍地放下手机。

来到陆家的第一天，她努力地适应新环境，揣着满满的心事入睡。

第二天，闹钟一响，姜予眠取下耳塞准时起床，又悄无声息地把打火机放回原位。

昨晚睡眠质量不是很好，姜予眠走出来时还有些恍惚。她揉揉眼睛，漫无目的地前行。

"嘿！"

从转角处突然蹿出一个人影，姜予眠猛地一退，小脸惨白。

计谋得逞的陆习"啪啪"地鼓掌，直勾勾地盯着她道："真有意思。"

"小白莲"还是个胆小鬼，一吓就有反应，有趣得很。

姜予眠努力地平复呼吸。她因眼前突然放大的脸而极度不自在，不明白陆习为什么总要针对她。

陆习步步进逼，身后突然传来谈婶的声音。

"陆习少爷，你在做什么？"谈婶赶紧跑过来，挡在姜予眠身前。

刚才那一幕她可全都看在眼里。陆习这些举动，正常人都要被吓得跳脚，更别说神经脆弱的姜予眠。

谈婶是心疼小姑娘，这维护的举动却激起了陆习的不甘。

好啊，爷爷和大哥偏袒她不说，连谈婶这个陆家老人也被她骗了。

"没做什么，就是想跟她打个招呼。"他脸不红心不跳地撒谎。

谈婶说道："眠眠小姐最近不能说话。"

陆习眉头一皱："她是哑巴？"

谈婶连连摆手："不是，不是。"

谈婶解释了一番，陆习大概理解了：姜予眠会说话，只是不想说话。

原来她不仅装乖，还装哑巴。

陆习当场给姜予眠取了个新外号"小哑巴"，却被陆老爷子撞个正着。

听到"小哑巴"三个字，陆老爷子血压飙升："从现在开始，你给我待在房里，哪里也不准去！"

别看陆习平时会跟陆老爷子顶嘴——陆老爷子真发起火来，陆习也扛不住。

次日，陆老爷子被老朋友请去喝茶。陆习准备偷偷溜出去，却被保安拦在门口。前后门都被堵死了，陆习不耐烦地"啧"了一声，一脚踹开门进了屋。

群聊消息的数量不停增加，他被朋友催了好几次，让他赶紧出去。

他刚旅行回来，兄弟们嚷着要给他接风洗尘呢！他不出现算怎么回事？

陆习愤愤地把手机扔开，心想：都是因为那个"小哑巴"，他才会被爷爷禁足。

老爷子对"小哑巴"无微不至，不知道的还以为她是他亲孙女。

姜予眠在家里吃好喝好，所有人对她客客气气的，明明他才是陆家少爷，凭什么要因她而憋屈？

陆习咽不下这口气，脑子一转，拿手机打字："来家里聚。"

他那群兄弟都很闲，不过半个小时就来了大半。等人齐后，陆习带他们去院子里。

见谈婶过来，陆习故意提高声音道："我不出门，我们在院子里聚总行吧？没事别来打扰我们。"

陆老爷子禁止他出去，没说不让别人进来。陆习爱玩也不是一天两天，大家见怪不怪。

殊不知，陆习趁其他人不注意溜上楼，敲响姜予眠的门。

因为陆老爷子，家里人对姜予眠特别上心，经常来问她的情况。姜予眠以为是谈婶，拉开门，却见陆习一脸笑容地站在门口。

陆习也不说废话，开门见山地说："你刚来这边，人生地不熟，我介绍一些朋友给你认识，怎么样？"

姜予眠摇头，想关门，却被陆习拦住。

"吓唬你是我不对。我这不是已经被爷爷罚禁足了？以后你要住在我家，我们低头不见抬头见，僵持下去也不是办法。"

姜予眠扶门的手指越发用力。

陆习主动"认错"，她再拒绝就显得小心眼儿了。她毕竟寄人篱下，陆习又是陆爷爷的亲孙子，他们能和平相处最好了。

她犹豫了一会儿，轻轻点头。

在姜予眠看来，家里是安全的。直到她看到院子里那群陌生的男生，才知道事情没有那么简单。

姜予眠立马转身，却见两个男生堵在门口——她出不去了。

所有人的视线集中在她一个人的身上。

有人问："陆习，这是谁啊？"

"老爷子带回来的。"陆习拉了张高脚凳过来坐，任由姜予眠被堵着围观。

女孩儿穿着白裙，头发没扎，披下来，挡住大半张脸。她露在外面的肌肤颜色很白，如凝脂白玉，在太阳的照射下白得发光。

她看起来很乖巧，也很好欺负。

"她怎么不说话？"

"不会是个哑巴吧……"

"她看起来好小，成年了吗？"

一群人围着她"叽叽喳喳",好像见到了什么稀奇的玩具。

他们能玩在一起,性格都差不多,喜欢逗趣、看热闹。如今陆习突然带来一个柔柔弱弱还不会说话的"小哑巴",对他们而言很是新奇。

陆习坐在原地不动,上身微微往前倾,意味深长地道:"她会说话,只是一般不开口。你们谁能跟她讲两句,那可不得了。"

少年们本就对姜予眠好奇,听了陆习的话,争强好胜的心思都出来了。他们试图逗姜予眠说话,可惜小姑娘低着头,看都不看他们一眼,还拿手捂住耳朵。

她这副模样可爱极了,就像被困在实验室里的小白兔。

"她的胆子小得很,不如你们拿东西吓吓她,说不定那样她就叫出声了。"陆习笑着在旁边煽风点火。

他今天把姜予眠带来这里就两个目的:一是想让她难堪,报他被禁足的仇;二是想逼她开口,看她是真哑巴还是故意装哑巴。

他之所以把姜予眠堵在这儿,就是因为知道她不会喊人。如果她被逼急了,发出声音把人招来,至少他成功让"小哑巴"开口了,也算赢了。

"吓她?习哥,这不好吧,她毕竟是陆爷爷带回来的。"人群中有人发出质疑。

"咱们又不是打她骂她。要是她被吓开口了,爷爷指不定多高兴。"陆习起身,别具深意地盯着她道,"我这是在帮她。"

两个人之间的距离不断缩短,陆习走到她面前,用命令般的口吻说:"说话。"没得到回应,陆习又朝她迈了一步,道,"我让你说话!"

陆习前进一步,姜予眠就退后一步。

他们一个高大,另一个纤弱,像凶恶的猎人盯上了羸弱的猎物。

旁边的人有些看不下去了:"习哥,要不算了吧?"

只有陆习看见了姜予眠眼中的那抹倔强之色,脑子里有什么念头支撑着他,叫他不能认输。他大步一跨,彻底将人逼到墙角,用只有两个人能听见的声音警告道:"姜予眠,别以为陆家所有人都会被你蒙蔽。昨晚我看见,你偷了大哥的东西。"

贴在墙上的女孩儿蓦然抬头,猛地向前推开他。

陆家来了客人,谈婶亲自给人上茶:"祁医生。"

男人姓祁,是姜予眠的心理医生,三十几岁,善于与人交流,跟所有年龄段的人沟通起来都没什么代沟。

祁医生和陆家有些交情。今天他是跟着陆宴臣顺道来的，本想拜访一下陆老爷子，结果不凑巧。

"好久没见到陆习那小子了。"

祁医生比陆习大了一轮还多，陆习见了他得喊声"叔叔"。

"陆习少爷在院子里。"

"走，去看看。"祁医生说道。

陆习最叛逆那一阵，陆老爷子还托他帮忙疏导。但其实陆习没什么毛病，不过是年少气盛罢了。

去院子的路上，祁医生说到姜予眠："两个月了，什么时候带她来做第三次心理咨询？"

之前两次进展都不太顺利，祁医生到现在都没能跟姜予眠建立信任关系，以至于治疗进度缓慢。

陆宴臣不假思索地道："随时可以。"

"你确定能说服她？"祁医生对他轻松的语气表示怀疑。

祁医生还记得姜予眠被送来做心理检测的那天。

无论他怎么引导，她都不肯说话，非但不配合还差点儿砸了他的办公室。

幸亏陆宴臣及时出现。姜予眠一下子被他吸引，跑过去揪住他的衣袖往他身后躲，好像受了天大的委屈。祁医生举手投降，对着满屋狼藉发誓，他绝对没做什么过分的事。

那时的情景令人印象深刻，小姑娘脆弱的模样在陆宴臣的眼前一闪而过，陆宴臣若有所思地道："她很乖。"

话音刚落，陆宴臣推开院门。

正对院门的墙角，陆习跌坐在地上，双手撑地。

姜予眠往前伸出的双手还没来得及收回。她站在陆习面前，居高临下。

眼前的一幕让祁医生惊掉下巴。他回想起陆宴臣对姜予眠的评价，看向陆宴臣的眼神里充满质疑。

陆家的用人不知道发生了什么，只看见陆习请来的客人陆续离开，且一个个步履匆匆，表情很不自在。

"这是咋回事？陆习少爷不是还让咱们准备午饭吗？"

没过多久，他们又看到姜予眠跟祁医生从院子里回到大厅，一个上楼回房间，另一个直接离开。

最后是陆二少爷垂头丧气地跟着大少爷进了一楼的书房。

陆习低头跟在陆宴臣身后，整张脸上火辣辣的，觉得丢人。

谁也没想到姜予眠会突然反击。他毫无防备才会被推倒在地上，还是当着那么多人的面，当时就蒙了。

陆宴臣坐上椅子，胳膊随意地搭在扶手上。他坐在那里，不怒自威。

陆习悄悄搓了把手上的尘土，瞄他一眼，极力想证明什么："大哥，我这么做是有原因的。你被姜予眠给骗了，她根本就不像表面那么单纯。"

男人掀起眼皮，声音沉稳："她是假的，你联合一群人欺负一个小姑娘就是对的？"

陆习想要反驳，却发现自己没个正当理由。

他是想让姜予眠出丑，故意逼她开口，激她原形毕露，可最后，以多欺少的是自己，丢人的也是自己。

"那你们看到她推我，总该相信她不像看起来那么柔弱了吧？"他不否认自己的做法有问题，但至少证明姜予眠也没那么单纯。

陆宴臣轻笑："兔子急了也咬人。"

听到大哥为她辩解，陆习更是头昏脑涨："你们到底为什么这么偏袒她？你是，爷爷是，连谈婶都被蛊惑。"

"你那么好奇她的身份，我可以告诉你。她的爷爷和父母早已离世，身边没有可靠的亲人，并且，她在高考前遇到意外，受伤住院，暂时无法开口说话。她爷爷跟老爷子曾是生死之交，老爷子怜惜故友唯一的血脉，才把她接来陆家。"

陆宴臣不紧不慢地说，最后抛出的眼神似乎在问：这个解释你还满意吗？

陆习握了握拳，脸色有些难看："这些事，你为什么不早说？"

"你觉得多久算早？"陆宴臣沉声反问，"她来陆家不过一天，你就这么迫不及待地给人下定论？"

姜予眠的经历并不愉快，陆老爷子并不想让其他人知道，主要是怕姜予眠不自在。陆习平日对那些人际关系不上心，谁知一回来就把姜予眠当敌人。

"遇事浮躁，陆习，你该吸取教训。"陆宴臣推开椅子，遽然起身。

字字句句戳到心口，陆习呼吸一窒。

直到陆宴臣走过陆习的身旁，陆习突然想起什么，回头喊道："大哥，她……"

陆宴臣停住脚步，等待他的下文。

陆习咬了咬牙，改口道："算了，以后我让着她就是了。"

看见姜予眠偷打火机的事，他最终还是没说出口。

卧室内，姜予眠坐立不安，站在洗手池前把双手清洗了一遍又一遍。

她没想推人的……

陆习为什么要逼她、威胁她？

姜予眠望着镜子，里面出现好多张模糊的人脸，他们"叽叽喳喳"地命令她开口。

"你怎么不说话？"

"你是哑巴吗？"

"说话啊！"

"啪——"

她实在承受不住，一巴掌盖住镜面，清凉的水珠滚落下来。

镜子里的女孩儿一副病容，眼圈泛红。

是她恼羞成怒，害怕陆习最后说的那句话。

她有病，克制不住内心那点儿难以启齿的念头拿了打火机。她不知道该怎么面对陆宴臣。更糟糕的是，她推陆习时被陆宴臣撞个正着。

那个人一定觉得她糟糕透了吧。

"咚咚——"

听到敲门声，姜予眠心跳加速，隐约猜到来人是谁。

姜予眠赶紧打开水龙头洗脸，尽量让自己看起来正常些。她来到门边，头也不抬地拉开房门，握在把手上的手指用力到颤抖。

"哭了？"

他没有指责她，没有教育她，而是第一时间注意到她的情绪。

姜予眠也不知道该说什么，肩头隐隐发颤。

男人那道善于洞察的目光一眼把她看穿："你在害怕什么？"

姜予眠蓦地抬头，浅色唇瓣张开，却没发出声音。她转身去桌上写字，拿给他看："我推了陆习。"笔尖顿了一下，她又颤巍巍地写道，"对不起。"

陆习是他的亲弟弟，他现在一定讨厌死她了吧。

"你没有错。"陆宴臣看清了纸上的字，却不认同。

姜予眠错愕地抬头。

陆宴臣取走她手中的纸笔，郑重地将她写出的两句话用笔涂掉。

"姜予眠，别人欺负你，你反抗没错，"他抬眸，与那双迷茫的眼睛对视，无比认真地告诉她，"保护自己更没错。"

男人温和而强势的声音敲在女孩儿脆弱的心上。

姜予眠体内像是被注入一股新的力量，眼里多了一丝坚定的光。

第一次有人告诉她，反抗没错，保护自己更没错。

"今天的事情错在陆习，不要自责。"见她前后发生明显的变化，陆宴臣知道她把那些话听了进去。

小姑娘心思敏感，他便不着痕迹地转移话题："见到祁医生了吗？"

姜予眠连忙点头。

陆宴臣："该做第三次咨询了，明天可以吗？"

他把选择权交给姜予眠，而姜予眠根本不会拒绝他。

看到姜予眠先是露出纠结的眼神，最后又点头的那刻，陆宴臣想：小姑娘果然很乖。

陆宴臣替她提前预约时间。

接到电话时，祁医生刚到家，道："她果然很听你的话。"

陆宴臣毫无负担："我说过，她很乖。"

祁医生："……"

他实在忘不掉推开院门时见到的那一幕。

倒不是说姜予眠不好，而是他觉得陆宴臣对"乖"的定义有偏差。

回到家后，祁医生懒洋洋地往沙发上一躺："我看她很依赖你，有个词叫什么来着？雏鸟情结？"

雏鸟情结？

陆宴臣不以为然。他跟姜予眠又不是两个月前才认识，这个词显然不合适。

通话间，有别的电话打进来，陆宴臣结束了跟祁医生的对话，切换下一个。

"陆总，出事了。"电话里的男人声音沙哑且有些严肃，"昨天有人在监狱里闹事，那个小混混磕到脑袋，据说当时流了很多血。人已经被送到医院了，现在还没醒过来。"

真是倒霉，这些人早不打晚不打，偏偏在他们刚找到关键线索的时候闹事。

小混混躺在医院里生死未卜，线索又断了。

陆宴臣："查过他的探监记录吗？"

"查过，没有人去。"

那个人本身就是不学无术的混混，认识的人恐怕也都不干净，去警察局还不等于送人头？

这点陆宴臣早有预料，那么就要从另一条线索开始挖掘："送他入狱的是谁？"

"好像有人刻意抹去了信息，我还没查到，还需要一些时间。"

"继续找。"

"是，陆总。"

姜予眠牵涉的事情比想象中的复杂，偏偏她现在受不得刺激，陆宴臣不能直接去问。

陆宴臣放下手机，无意间瞥见桌上的那个金色的打火机，伸手一捞，揣回兜里。

隔天，他亲自把人送去心理咨询室。

这里的陈设都是经过精心设计的，使人更容易平静下来，谁知道姜予眠第一次来到这里差点儿砸个翻天覆地。

祁医生引导她，跟她沟通却始终失败。姜予眠虽然乖乖地坐在他对面，却一直心不在焉。

姜予眠跟真正的自闭症患者不同。她是在经历伤害后产生了应激反应，经过长达一个月的治疗和引导，情况已经好很多。只是她抗拒回忆过去。

祁医生双手交握，问："眠眠，你听到我刚才说什么了吗？"

姜予眠点点头，看起来像更像敷衍。

他平时跟来访者交流还要费尽心思观察、记录，姜予眠倒是给他省事了。祁医生维持着自己的职业素养，语气平和地道："那咱们今天聊点儿别的。"

姜予眠没给他回应。直到听他提起"不如就说说陆宴臣"，无精打采的女孩儿终于抬头，给了他正眼。

祁医生赶紧抓住机会，从这个话题入手："我看你似乎很信任他，是因为他当时救了你吗？"

她先是点头，过了两秒钟，又摇头。

是也不是。

那段记忆容易让姜予眠产生应激反应，祁医生用委婉的方式，一点点地让她卸下防备："那你遇到他的时候，印象最深刻的事情是什么？"

姜予眠盯着地板，似乎在回忆。不一会儿，她终于拿起祁医生早早准备在一旁的纸笔，画了一颗星星。

祁医生不解："星星？这是什么意思？"

他记得姜予眠出事的时候是白天。

姜予眠没有回答，而是继续画。

一颗、两颗、三颗……星星遍布整张纸，像是满天星。

见她不搭理自己，祁医生偷偷给陆宴臣发短信："星星和你有什么关联？"

L："？"

祁医生换个说法："你、姜予眠、满天的星星，有印象吗？"

过了一会儿，祁医生收到回复。

L："有。"

祁医生打字追问，陆宴臣却不肯再说。

这是姜予眠的秘密，他不会说，除非姜予眠主动开口。

祁医生不解："你们不是想查清高考那天发生的事吗？"

L："这件事跟高考那天发生的意外没关系。"

没关系？祁医生看向执着地画星星的姜予眠，突然反应过来。

他问姜予眠遇到陆宴臣的时候印象最深刻的事情，是想引导姜予眠回想高考那天发生的事，结果姜予眠抓的重点是"跟陆宴臣之间最深刻的记忆"。

本子上逐渐增多的星星把姜予眠的记忆拉回四年前的夜晚。

空荡的走廊里，岑寂的病房内，窗边透进一道清冷的光。

十四岁的女孩儿靠坐在病床上，偏头望着窗外的月色，巴掌大的脸，一副病容。

她柔软脆弱，像被折断羽翼的幼鸟。

一场人为的报复夺走那对夫妻的生命，所幸他们拼死保护住了女儿。姜予眠侥幸活下来，却伤了右腿，当时就被送往医院。

爷爷白发人送黑发人，强忍着内心巨大的伤痛料理后事。姜予眠在参加完父母的葬礼后腿伤加重，住院休养。

除了爷爷，很少有人来看姜予眠。

她时常一个人待着。

有一天，病房里来了个穿着灰色高领毛衣的青年。她记得这个哥哥跟陆爷爷一起来参加了爸妈的葬礼——那是二十岁的陆宴臣。

陆宴臣是来医院跟他们道别的。

那天下午爷爷没在，他就坐在病房里，静静地陪她到傍晚。

陆宴臣给姜予眠买了一份晚餐。

她慢腾腾地吃完饭，见天色已晚，才小声问："你不回家吗？"

陆宴臣坦然地道："等你爷爷来了再走。"

夜幕降临时，星星环绕着月亮爬上天空。

夜晚静悄悄的，她习惯性地抬头看天空，在无数道星光中寻找思念的影子。

小时候奶奶去世，她难过得一直哭，妈妈就把她抱在怀里安慰道："奶奶没有离开，只是变成星星在天上看着眠眠呢。"

她想着想着，就脱口而出："哥哥，人死后会变成星星，是真的吗？"

话音落下的那刻姜予眠就后悔了——她又犯错了。

给她换药的护士会在赞同她的话之后，叹息着跟同事说："这话我五岁的儿子都不信。"

难得来看望她的舅舅、舅妈会说："我们知道你难过，但是眠眠，人死不能复生，别整天想些有的没的。"

是啊，十四岁的人，怎么还能问出这种问题？

可就在她神色恍惚时，一道清晰沉稳的声音传来。陆宴臣凝视着她，道："真的。"

"谢谢你。"

姜予眠想：他可真是个好人，陪她一下午，还说谎安慰她。

房间里沉默了一会儿，陆宴臣忽然起身。

听到动静的姜予眠抬头望去，见他从墙的那边朝自己走来。

在姜予眠疑惑的目光中，他蹲下来，指向自己的后背："我带你去看。"

一瞬间，姜予眠的眼里闪烁着细碎的光。

那个夜晚，她伏在陆宴臣的背上，望着漫天繁星。他背着她，在医院的院子里走了很久很久。

沉稳的青年背着轻盈的女孩儿，走过的每一步都踩在姜予眠脆弱的心尖上。

她知道那是假的呀。可他那样温柔地把她支离破碎的心脏捧起来，让她足以支撑着走过往后那些孤独无依的岁月。

这个上午，祁医生并非完全没有收获，至少知道了如何突破姜予眠的心理防线。心理治疗不是一蹴而就的，祁医生倒不急于一时。

结束后，祁医生把进度告知陆宴臣。

陆宴臣更注重结果，问："她现在的状态能不能正常入学？"

"我看她似乎还不太习惯去人多的地方，马上就要开学了，教室可是人扎堆的地方。"祁医生建议，"趁现在，带她出去适应适应。"

从咨询室里出来后，陆宴臣把她送上车，手扶车门，弯腰询问："我下午有事，让司机送你回去，可以吗？"

姜予眠扭头看向车外，藏在身旁的手指动了动，轻轻点了两下头。

住在青山别墅的时候，她就知道陆宴臣很忙。今天已经耽搁他一上午的时间了，她怎么好意思再浪费他的时间？

之后几天，陆宴臣没回陆家。

姜予眠待在房间里，听到的热闹事倒不少，都是陆习闹出来的。

陆习把她堵在院子里那件事被陆老爷子知晓，他的禁足时间直接拉长到开学。

陆习本想借剪头发的名义出去，结果陆老爷子大手一挥，把理发师请到家里，给他剪了个寸头。

陆习一米八三的个子，剪了寸头，看起来清爽不少。他喜欢穿宽松的T恤，颜色不一，每天一换。不能出门，陆习就躺在家里玩游戏，一副吊儿郎当的样子。

知道这些事的时候，姜予眠在想：陆宴臣跟陆习是同父同母的亲兄弟，性格却截然不同。

他们的爸妈去世得早，陆宴臣从很小就开始独立。陆习十八岁时在寻欢作乐、享受生活，而陆宴臣连连跳级，十八岁读研且进入陆氏，短短几年就凭本事坐到"天誉集团"的最高位置上。

财经新闻里，姜予眠把关于"天誉"的报道都看了一遍，除了与某家公司达成合作，网上还提到陆宴臣本人。发表报道的人不吝啬用各种赞美的词语去形容他。

这样的人，她得多优秀才配得上？

姜予眠捧着手机看了很久，直到谈婶来敲门。

"眠眠，快开学了，有什么想买的东西吗？我陪你去商场看看？"

这不是谈婶第一次提出要带姜予眠去商场，可每次姜予眠都摇头拒绝。商场里人多又吵闹，她不想去。学习要用的东西无非就是纸笔和辅助文具，这些她自己都有，不需要再添。

一连四五天，谈婶都没能把姜予眠喊出门，只能如实对陆宴臣说："眠眠还是不肯出门。"

之前陆宴臣特别提醒过，让谈婶多带姜予眠出去走走，可惜谈婶一次都没成功。

距离开学不到一周，谈婶想了个办法："宴臣啊，上回眠眠不是跟你出去过吗？要不你带她出去走走？"

谈婶是真心疼那个小姑娘，才会如此上心。

陆宴臣拧了拧眉心。最近他忙于工作顾不上别的，中午有个饭局必须出面，明天要飞往国外出差。那边事情比较棘手，没十天半个月他回不来。半晌，陆宴臣展开眉头："你问她下午出不出来。"

"好！"谈婶迫不及待地把这个消息带给姜予眠。

果然，姜予眠没有拒绝。

谈婶走后，姜予眠站在衣柜前许久，心里只有一个念头：马上就要见到陆宴臣了！

衣柜里全是陆老爷子吩咐人送来的衣裙，全部按"小女孩儿"的风格添置，浅色系，可爱风的居多。她在衣柜前犹豫不决，干脆闭上眼睛随机取了一件，睁眼一看，是件奶黄色的连衣裙。

半袖连衣裙，高腰修身设计，百褶裙下摆，满满的青春学院风。姜予眠不太习惯穿这种风格的衣服，但心里那点儿莫名其妙的强迫症不允许她换掉。

她下楼时，谈婶见她这身打扮，脸都快笑成一朵花："眠眠这样穿真好看。"

在家这段时间，姜予眠几乎都穿着宽松的长裙或舒适的衣裤，气色也不太好。今天她换了条精致的连衣裙，有种焕然一新的感觉。

被这样直白地表扬，姜予眠拘谨地牵了牵裙摆，低下头。

不知道陆宴臣说的下午具体是几点，她从一点盼到四点，听到外面有动静，立马转头看去。男人倚在门边，金色的阳光紧随其后，慵懒随意的姿态叫人移不开眼。

陆宴臣双手抱臂，朝她喊道："姜予眠！"

姜予眠明明那样期待，见到他的那刻却不由自主地慢下脚步。逐渐靠近的时候，她越发清晰地观察起他，他的衬衣解开两颗扣，袖口半挽。

姜予眠总感觉今天的陆宴臣有些不一样。他在笑，动作也温柔，眼里却似乎多了别的东西。那种感觉，她形容不出来。平时他是温和的、沉稳的，可这会儿半倚在门边的动作显得随性，那双狭长的眼眸专注地看着你，能摄人心魄。他扬唇的那一秒，姜予眠的心脏"扑通、扑通"地乱跳。她不敢再看，怕自己的心思在他眼中无所遁形。

凑近些，姜予眠闻见了他身上淡淡的酒香。

八月天气炎热，下午四点的太阳依然很大，姜予眠跟着陆晏臣出门时，贴心的谈婶追着送来一顶小黄帽塞到她的手里："眠眠皮肤白，别晒黑了。"

小黄帽跟姜予眠今天这身连衣裙颜色挺搭的，整体风格年轻、有活力。姜予眠举着帽子在头顶上比了比，上了车才取下来。

今天是姜予眠住进陆家后第一次出门逛，陆晏臣先把选择权交给她："有没有想去的地方？"

姜予眠摇摇头，把手贴在窗边。她的目的只有一个，在陆宴臣出现的那刻就已经实现。

她不选，陆晏臣就直接吩咐司机："去商场。"

商场……听到这两个字，姜予眠不由自主地直起了后背，像是要去打仗。

车停在地下车库内，他们乘电梯上楼。正要关门时，突然来了一群人，把电梯挤满。

姜予眠顿时屏住呼吸，脸色微变。旁边伸出一只手挡在她身前，陆宴臣不着痕迹地跟她换位置，阻隔她与那些人的接触。姜予眠低头看着护在身前的那只手，好像也不是那么害怕了。

出了电梯，陆宴臣问姜予眠想从哪里逛起。姜予眠想跟他说话，才发现自己没带手机。

女生出门一般会带小背包，而姜予眠没有这个习惯。她今天穿的裙子上没兜，再加上出门的时候脑子里都是他，哪里顾得上一部小小的手机？

"忘带手机了？这个习惯可不好。"

他们找到卖文具的地方，买了纸和笔，方便沟通。

陆宴臣叮嘱她："以后上学要带上手机，遇到事情及时求助。"

姜予眠却摇头，在纸上写："学校不让上课带手机。"

姜予眠之前的高中，班主任不允许学生带手机去上课。虽然有同学将手机藏在书包里悄悄玩，但她显然不是那类人。

陆宴臣看到那几个工整的字，哑然失笑。她真是乖得可以。

他问："不带手机怎么联系？"

姜予眠答："回家可以。"

"跟我来。"陆宴臣有了新的目的地。

姜予眠没想到，陆晏臣带她来的地方是某品牌的电子产品专卖店。

他们直接来到电子手表区域。在姜予眠迷茫的眼神下，陆晏臣指着整个玻璃柜的儿童电话手表对她说："选一个你喜欢的。"

儿童电话手表简单易操作，能打电话、支付，戴在手上不怕忘，正合适她。

姜予眠在原地发呆，疑惑又诧异。

见她不表态，陆晏臣指着其中一款道："那就要这个。"他挑了一款米白色的，举起来问，"喜欢吗？"

望着那双填满笑意的眼睛和那张出众的脸，姜予眠写下两个字："喜欢。"

男人弯弯唇角，对她的反应很满意。

陆晏臣去结账，姜予眠就站在队伍旁边，与人群保持着一定距离。穿着奶黄色连衣裙的少女站在明亮的大厅里，甜美俏皮，亭亭玉立，充满夏日的气息。

刚买完耳机的两个男生一转身就看到她，其中一个上前问："小姐姐，你好，能给个联系方式吗？"

陌生人突然靠近，姜予眠呼吸一窒，想走，双脚仿佛生根似的扎在原地动弹不得。

陆晏臣拿着崭新的儿童电话手表盒和收据回头，恰好撞见这一幕。男人眼眸微眯，大步朝那方向走去，语气依旧温和："眠眠，过来。"

姜予眠僵硬的身体里仿佛被重新注入能量，跑到他身后躲着。

两个男生面面相觑，又见陆晏臣手里拿着儿童电话手表，有些不可思议。他们想起网上流传的段子，女生追着身高一米八几的男孩儿要联系方式，结果人家撸起袖子说："姐姐，我没有微信，只有电话手表。"

男生们站在原地不动，不甘心地想验证什么。只见陆晏臣托起姜予眠的手腕，亲自给她戴上儿童电话手表。

在两个男生难以置信的目光中，陆晏臣不疾不徐地拿出姜予眠之前摘下的小黄帽，戴在她的头上。

男生们震惊，这难道是……显年轻的爸爸和早熟的女儿？

姜予眠站在陆晏臣身边才有跟人对视的勇气，见对方神情古怪、满脸疑惑，诧异他们为什么用这么奇怪的眼神看着她跟陆晏臣……

两个男生觉得尴尬，你推我，我推你，拉上对方赶紧离开。

姜予眠扶着头上的小黄帽，仰头去看身旁的男人。今天的陆晏臣有些奇怪，她猜，很可能是他喝了酒的缘故。

逛完商场，陆晏臣让她选一个吃饭的地方。姜予眠摇头，表示自己都可以。

陆宴臣直接带她去了一家口碑好的西餐厅，途中遇到某家公司的老板，被认出来。

"陆总！"大腹便便的男人赶过来打招呼，"好巧，在这里遇见你。"

陆宴臣眸光微闪，迅速精准地从脑海中提取出关于眼前人的信息，笑道："梁总。"

梁总热情地伸出手。陆宴臣伸手一握，礼节十分到位。

梁总注意到旁边的女孩儿。圈里关于陆宴臣的新闻不少，可从未说过他跟除工作外的女性有交集。但这个女孩儿一看就不是职业女性，难道……？

梁总试探性地问："这位是……？"

陆宴臣坦荡地介绍："家中小妹。"

梁总立刻笑着道："陆小姐花容月貌，真不愧是陆总的妹妹。"

这个老狐狸，逢人说人话，见鬼说鬼话。陆宴臣点头，便算是应了他。

梁总世故圆滑，攀谈也懂得点到为止，借着"不打扰"的话离开。

等梁总走了，陆宴臣眼中的笑意淡去，拿出手帕擦拭掌心和手指。

姜予眠默默地将这一举动收入眼底。

他是不喜欢跟人握手吗？还是说他有洁癖？看来她以后要注意这点，尽量别碰到他。

到了包间，两个人面对面入座。

陆宴臣瞥见她手腕上的表，问："逛完商场，感觉怎么样？"

姜予眠立马拿起纸和笔写道："还好。"

陆宴臣放松地靠着椅背，道："马上就要开学，如果你一直无法接受人群密集的地方，恐怕很难适应校园生活。"

姜予眠愿意来陆家，愿意重读高三，说明心里想迎接新的生活，而非困于过去。他可以适时拉姜予眠一把，可关键还在姜予眠自己。

姜予眠明白他的用意，写道："我会努力的。"

点的食物还没上，服务生礼貌地道："打扰一下，今天是本店周年庆，到店用餐的客人可任意选择一款酒，本店免费赠送。"

服务生将周年庆特调的酒品单递到他们面前，姜予眠接得很快。

见她这番举动，陆宴臣诧异地挑眉："你要喝酒？"

姜予眠写道："你不喝酒吗？"

陆宴臣回答得干脆："不喝。"

她小心翼翼地瞄了陆宴臣一眼，非但没放下，还把单子往怀里收了收，认真地挑起来。

　　陆宴臣眯眸："你不能喝酒。"

　　姜予眠反驳，写道："我成年了，而且这是果酒。"

　　她明确地表示想要尝试，陆宴臣任她挑了两种口味的酒。

　　两杯果酒送来，姜予眠示意他先选。

　　陆宴臣笑道："我不喝，你喜欢可以都尝尝，但不能全部喝完。"

　　他看过姜予眠选的那两杯酒，度数在果酒里偏高。他允许姜予眠尝试，但不能过量。

　　女孩儿眨眨眼，把两个杯子都移到自己面前。

　　果酒甜甜的，香醇爽口。姜予眠喝完一杯，伸手去拿第二杯。就在这时，一把干净的勺柄按住她的手背，男人提醒道："小朋友，不要贪杯。"

　　姜小朋友气愤地写道："是果酒！"这次她用了感叹号，还强调，"而且我已经成年了，不是小朋友！"

　　陆宴臣不紧不慢地反驳："就算成年了，你也还是个高中生。"

　　姜高中生："那我毕业后就可以喝了吗？"

　　陆宴臣点头："可以。"

　　姜予眠眼睛一亮。原来在他眼里，她高中毕业后才不算是小朋友。

　　陆宴臣脸上挂着不变的温和的笑意，眸子微垂。毕业是九个月后的事，而他并不会跟姜予眠牵扯太久。等把她高考那天发生的事查清楚，他就算完成老爷子安排的任务了。

　　晚餐只吃七分饱，姜予眠胃口小，很快就吃好了。

　　果酒好喝，趁陆宴臣不注意，她凑过去抿了两口，若无其事地放下刀叉。男人眉头一挑，假装没看到。

　　酒足饭饱，陆宴臣把她送到车库里："让司机送你回去。"

　　姜予眠站在车前，迟迟没进去，写道："那你呢？"

　　"回青山别墅。"

　　青山别墅跟陆家是两个方向。

　　小姑娘有些失落，每次隔好久才能见他一面。她慢腾腾地上车，在陆宴臣即将替她关门时，将嫩白的手伸过去，纸上写着："陆家也可以住啊。"

　　或许是因为刚才喝了酒，她胆子变大了些，即使那些果酒度数并不高。

　　回陆家……那里不过是他偶尔拜访的地方，是陆老爷子和陆习的家，不是他的。但他还是笑着回应小姑娘："明天要出差。"

姜予眠写道："去多久呀？"

这些打听行程的话，本不该问的，可她问了。

陆宴臣伸手扶住车门顶部，头向内探，两个人的距离蓦地拉近。他在观察姜予眠有没有喝醉，否则她怎么突然变得这么胆大？

他的气息扑面而来，姜予眠瞳孔放大，心跳跟着加速。他的目光织成一张密不透风的网，将她包裹在内。她被吓得身体后仰，抵在车边的手移到后方，支撑着身体。

陆宴臣退开，道："这次出差的时间比较长，你有需要就跟爷爷说，他会满足你的。"

他清晰而理智的安排将她推回老爷子那里。

过了好一会儿，姜予眠慢慢坐正，将双手搁在膝盖上，不再出声。她并不是想提什么要求，只是希望能够跟他多待一会儿，就一会儿也好。

陆家，姜予眠回到房间后心情低落，默默地垂下脑袋，觉得今晚的果酒也不是那么香了。

在姜予眠思绪游离的时候，手腕上的儿童电话手表亮了一下，姜予眠的注意力被吸引过去。现在儿童电话手表功能繁多，视频电话都成了基础配置，她三两下摸透了各个功能，又觉得无趣。可是，这是陆宴臣送的……

因为学校不允许学生上课带手机，他就给她买儿童电话手表，这真是不可思议。或许是逗她，或许是觉得有趣，他还亲手帮她佩戴。到现在她仍觉得，他托起她掌心的温度依旧存在。

过了一会儿，姜予眠找到自己的手机给他发消息。

咩咩："之前有东西落在青山别墅，我可以回去拿吗？"

消息发过去时，男人正坐在自己的车里闭目假寐，许久才看到消息。

L："可以，随时。"

车开进青山别墅区，保安提前放行。

车缓缓停下，车窗降下，陆宴臣道："通知保卫处，如果姜予眠小姐来别墅，不需要询问我，让她直接进。"

明天他就出差，短时间内不会回来。姜予眠来的时候，他应该不在，提前通知一声能减去许多麻烦。

陆宴臣到家不久，负责别墅日常管理的管家毕恭毕敬地走到他面前，道："陆先生，泳池的水已经更换完毕。"

夏天，陆宴臣爱游泳——那是他私下放松的方式之一。

上午工作，中午应酬，下午带姜予眠去商场里走了一趟，陆宴臣确实累了。他揉揉额头，卸下一天的疲惫，去了露天泳池。

不久之后，青山别墅区又进来一辆车，保安将车拦下。后车窗降下来，里面的女孩儿手里举着手机。保安还没看清楚字，先把她给认出来了。

姜予眠在这儿住过两个月，不是生面孔，再加上陆宴臣的吩咐，保安二话不说直接放行。

事情比想象中顺利，姜予眠摸着手机，开始紧张。

她跟陆宴臣说完便联系司机来了青山别墅，做出这个决定时显然是冲动的。

她落在青山别墅的东西大多是上次不方便带走的书，并不着急用。她过来拿，只是为了跟陆宴臣再见一面。他马上要去出差，她索性今晚过来了。

管家见到她，稍感意外，没想到陆宴臣口中的"随时"就是现在。

"姜小姐，陆先生吩咐过，在别墅你请自便。"

陆宴臣发过话，姜予眠在别墅里怎么随意怎么来。

在这里住了两个月，她对青山别墅比对陆家更熟悉。

她去看了之前住过的房间，卧室布局还跟之前一样，只是少了生活的痕迹。

姜予眠打开书桌，里面是一排摆得整整齐齐的书本，与计算机有关。她高中阶段学习要用的书都搬去了陆家，唯独这些没有。陆宴臣不会检查她的东西，自然不晓得这里留下那么多书。

姜予眠取了其中两本抱在怀里，下楼。见管家还在刚才的位置，姜予眠犹豫一会儿，走上前，写字道："陆宴臣在哪里？"

知道她的情况，管家也不过多寒暄，如实回答："陆先生在泳池。"

她轻轻点头，抱着书出了门。

泳池内波光粼粼的，荡出一圈圈蓝色的水纹。一道修长的身影在水下移动，逐渐清晰。

壁灯如日光照射在人身上，他游过来，双手搭在池边，头露出水面。他头发滴水，直往下坠，身体带起的水流顺着结实的腹肌不断落下。

树后的姜予眠张大了嘴巴。

他怎……怎么……

姜予眠呆住了。她刚过来就撞见这么诱惑的一幕，受到的冲击是巨大的，他跃出水面的声音在她的耳边回荡。

她不敢再上前，一步一步往后退，不小心撞到什么，书本落地发出声响。

"谁在那儿？"陆宴臣瞬间凭声音锁定方向。

无人回应。

十几秒后，一个娇小的身影从树后走出来，速度堪比乌龟。

陆宴臣皱起眉头："怎么是你？"

姜予眠闭上眼睛，耳朵滚烫，脑袋快垂到地上去。还好她说不出话……

最后她都不知道自己是怎么跟着陆宴臣回去的，原本清醒的脑子一时间成了糨糊。

看到她手里的那两本书，陆宴臣知道那就是她所说的落下的东西。他很意外，问："怎么现在过来了？"

姜予眠打字回复，一直不敢抬头跟他对视："你说要出差很久，我怕来不及。"

陆宴臣轻揉额头："你随时可以过来，哪怕我不在家。"

姜予眠："那现在也可以。"

陆宴臣真不知该夸她老实还是"伶牙俐齿"。她这话……似乎也没错，他总不能跟一个无意闯入的小姑娘计较。

他道："时间不早了，我让司机送你回去。"

姜予眠写道："嗯，好。"

姜予眠抬头，看到陆宴臣一身整齐的着装，视线定了几秒，在陆宴臣看过来的时候才慌忙地移开眼。

出了门，远离陆宴臣，她才重新找回一点儿理智。但是她一闭上眼，满脑子都是泳池边的画面。

他腹肌紧实，线条完美，下巴滴水，脸如建模般完美，还有……

姜予眠捂住眼睛，在心里警告自己，不能再想了。

之后的几天，她一句话都没敢跟陆宴臣说。

第 二 章
复读生

九月来临，姜予眠终于开始了她的复读生涯。

开学第一天，陆老爷子拄着拐杖把两个高三生送到家门口，对姜予眠多番叮嘱。

陆习把书包往肩上一摞，有些不耐烦："这学还上不上了？"

陆老爷子终于把目光移到他身上："陆习，眠眠第一天去学校，人生地不熟，你多照看她些。"

陆习懒得听爷爷唠叨，目光扫过旁边穿着朴素的少女，十分敷衍地点头道："行啊。"

他算是看明白了，在陆家跟"小哑巴"作对，自己吃不了兜着走，毕竟爷爷只会维护看起来柔弱的那个。反正到了学校，他跟姜予眠就会分开，谁也管不着谁。

就这样，两个十八岁的高中生乘坐同一辆车，去往海嘉中学。

后座一共就两个位子，两个人还拼命地往各自那边的窗户上靠，生怕离对方太近。

陆习懒洋洋地伸出一只腿，架起胳膊，冷不防开口："在学校里别跟人说你认识我，我和你就是八竿子打不着的关系，知道吗？"

姜予眠："……"

在陆家她都是绕着陆习走的，怎么会去学校跟别人说她认识他？

海嘉中学是市里数一数二的高中，升学率极高。这里竞争相当激烈，每学期都会按成绩重新分班。

两个人在距离校门口五百米的地方就分开走，陆习腿长走得快，姜予眠慢悠悠地顺着人群移动的方向找到校门。

回到熟悉又陌生的校园环境，姜予眠恍惚了片刻。

早上出门时谈姊甚至提出要陪她来，她拒绝了。陆宴臣鼓励她勇敢，她必须自己踏出那一步。

她并非不能适应待在人群中，只是不习惯拥挤的环境，害怕一群人围着自己。像现在，大家走在路上忙着各自的事情，路人跟她擦肩而过也没关系。

高三年级有独栋教学楼，姜予眠一早便在手机上打好字，方便向人打听。

她没胆量随意找人，在校门口站了一会儿才走进保安室。

见她不会说话，保安顿时心生怜悯，亲自带她到高三年级的办公室。

老师按例询问，姜予眠赶紧从书包里拿出入学资料。老师递出一张表格："复读生填一下资料表。"

姜予眠弯腰填写，没发现办公室里有人正盯着自己。

门口对角的靠窗位置，陆习满脸不是滋味。他前脚来找班主任说事，"小哑巴"后脚就跟着他进来，真是阴魂不散。还好她胆子小，进来后不敢到处看，没发现他。

待姜予眠填完资料，老师在班级分配栏内标注好班级，再递给她："同学，你的班级在楼上，去吧。"

姜予眠点头表示感谢，揣着入学资料去寻找自己的班级。

陆习"啧啧"两声，路过时好奇地问了一句："她是哪个班的？"

老师随口答："理科一班。"

陆习："你没说错？"

"没错啊，"老师指着电脑上的班级分配页面道，"就是一班。"

海嘉中学有个不成文的规定，他们收复读生，但文理科的一班都不让进。

这学期，高三理科一班竟然塞进了一个复读生。

姜予眠理所当然地成了一班同学的关注对象。

"咱们学校还从来没有复读生进一班的，你们说她成绩好吗？"

"多半不行，要是成绩好，用得着复读吗？"

"万一只是发挥失常呢？毕竟她都进一班了。"

"就算成绩好，也该去复读班吧。"

关于姜予眠的讨论很多，传着传着就变成——姜予眠是走后门进来的。

其他同学很不服气。他们那么努力才考赢那几百号人进入一班，新来的转校复读生凭什么？

姜予眠到教室的时候，班长正在给同学们发书。看着这个陌生的女孩儿，班长问："同学，你是……？"

姜予眠不方便讲话，就把自己的复读生资料递过去。

班长恍然大悟："原来你就是姜予眠。"

此话一出，全班都看向她。女孩儿穿着款式简单的运动服，背着一个看起来用了很久的书包，扎着低马尾，齐刘海儿，一副中规中矩的学生打扮，侧脸看起来很漂亮。

班长指着最前排多出的位子，道："你暂时坐这里吧。"

姜予眠对位子没什么异议，背着书包坐到座位上。

这时大家才看清她的脸，杏眼清澈，脸蛋儿白皙，小巧精致的鼻梁线条流畅，看起来很清纯。

复读生居然长得还挺可爱。

但这也无法说服他们接受一个走后门的复读生。

其他同学桌上堆着一摞资料，姜予眠的桌面上空空的，班长抽了几本剩余的书给她，说道："书不够，你得自己去教务处领。"

姜予眠刚来不懂，也不好意思麻烦别人，当真起身去领书。她不知道，在她走后有人笑着嘀咕："这个复读生真好欺负。"

教务处，大多是男生来领书。姜予眠本不想离人群太近，但因为必须去排队，便暗暗在心里给自己打气。

姜予眠站在队伍最后面，跟前一个人保持着至少半米的距离。她安分地排队，忽然听见有人喊了一声"陆习"。

姜予眠扭头一看，还真是他。想起车上的对话，姜予眠回过头，假装没看见他。

旁边队伍的夸张笑声却源源不断地传过来。

有人说："习哥，有个笑话我必须讲给你听。上周我跟李航川去买耳机，李航川看到一个小姐姐，上前去问人家要联系方式，你猜怎么着？"

陆习随口接道："怎么着？"

不仅旁边的人好奇，姜予眠也因为"耳机"和"联系方式"而竖起耳朵。

讲话的男生大手一拍："结果人家的爸爸走过来，当着我们的面给那个小妹妹戴上了儿童电话手表！"

姜予眠忍不住回头。

被笑话的李航川只想捂住朋友的嘴，转身一看，视线却跟探出脑袋的姜予眠撞个正着。

要联系方式失败的李航川顿时睁大眼睛："她……她……她……"

戴儿童电话手表的姜予眠一下子认出来，那个男生正是在商场问她要联系方式的人。

李航川对姜予眠印象深刻，拿胳膊肘撞旁边的人："孙斌，你看她是不是那个妹妹？"

两个人的对话把陆习吸引过来。他表面不动声色，却想起前两天无意间看到了姜予眠手腕上的儿童电话手表。

姜予眠前面的几个人是一个班的，一起走了。此时，轮到姜予眠领书。她把早就打好的字给负责发书的老师看。

老师伸手："单子呢？"

姜予眠蒙了，什么单子？

老师也没办法，只能摆手道："没单子不能领，下一个。"

姜予眠后面没人，旁边队伍的人自动补位。陆习抄手排到最后面。

"领书？"他"扑哧"一笑，好像听到一个大笑话。

姜予眠不懂他在笑什么。初来乍到的她对周围的一切都很陌生。

李航川小声解释："领书要老师或班委提供证明，他们报多少本就领多少本。"

有时候数目会出错，如果班里有人要补，也得拿之前的领书证明过来。

女孩儿听后瞳孔一缩，想起班长那副很好说话的样子，觉得讽刺。

她原路返回，在教室外便听到一道笑声，那人还说："那个复读生这么久没回来，不会是搬不动书吧？"

有人接道："领书单还在班长那儿，她上哪儿搬书？"

听到这句话，姜予眠背脊发凉，那种久违的感觉又出现了。

远在国外的陆宴臣收到一封来自 Mark 的邮件。

Mark，私家侦探，受雇于陆宴臣，工作内容是调查清楚姜予眠高考当天所发生的全部意外。

文档经过加密处理，陆宴臣点开后看到资料。

姜予眠的过往经历中，"校园暴力"四个字赫然写在前面。

最后，姜予眠在班主任的带领下拿到了一整套书。

上课前，班主任私下跟她聊了许多："你情况特殊，遇到问题可以随时来办公室找我。关于座位，其他同学是按上学期的期末考试成绩排的，暂时无法更换，但我们每次考完都会重新选座。"

姜予眠安安静静地听完，写下一行字："老师，我可以坐在最后一排吗？"

她不想坐在前面，有一种时刻被人盯着的感觉，如芒在背。

二人从办公室回来后，班主任点名让一个个子高的男同学把姜予眠的书桌搬到最后一排。

大家都在默默看热闹。他们是按成绩排座位的，复读生从第一排挪到最后一排，成绩自然不用说了……

高三时间紧迫，开学第一天也不容懈怠，他们从上午学到下午，晚上还有三节自习课。说是自习课，实际上已经被语、数、外这三门主科占了。

下午，休息时间，终于有个女同学按捺不住好奇心，绕到姜予眠旁边，问："你以前是哪个学校的？高考考多少分啊？"

姜予眠迟疑了一下，拿笔在草稿纸上写道："没有高考。"

见她这般举动，女同学难以置信地问："你……不会说话？"

女同学看她的眼神变了，不再追问她。毕竟，普通人要如何让"哑巴"开口呢？

虽然没有人再来找姜予眠说话，但姜予眠还是接收到许多异样的目光，好奇的、同情的……

她悄悄在桌下掐掌心，不断在心里告诉自己：放轻松，不要害怕。

等那些关注逐渐淡去后，姜予眠从书包里掏出一块米色的儿童电话手表，正是陆宴臣那天送她的"礼物"。

陆宴臣说，在学校里遇到事情后要及时联系家里人。她想：这其中也包括他吗？

虽然不能开口，但她有好多事想分享给他，比如自己今天开学了，在人数最少、成绩最好的一班。

一班今晚是英语课，老师从进门起就用英文跟大家交流，所有同学都对答如流，除了姜予眠。

她其实会，只是无法开口。

教室内多出一个人，哪怕她在最后一排，也尤为突出。英语老师笑着点她做个自我介绍，其他同学都扭头看过来。

姜予眠一怔，大脑有片刻空白。她紧张地咽了口唾沫，扶着课桌站起来。这是被点名后的本能反应，可她……说不出话。

那么多双眼睛盯着她，这种眼神跟上午他们单纯地看热闹的眼神不同……她逃避不了。好像有无数道强光照在她的身上，要把人刺穿。

她的手指在颤抖，只有最后几排的同学能看清。一个上午还忌妒她走后门的同学心生怜悯，道："老师，姜予眠不能讲话。"

英语老师显然很惊讶，赶紧摆摆手："这样啊，非常抱歉，同学，你先坐下吧。"

事情的走向出乎姜予眠意料，她的眼底闪过片刻迷茫。那个同学是在维护她吗？还有，老师是在向她道歉？

见她站着不动，前排的同学扭头小声提醒："姜予眠，你可以坐下了。"

说话的是今天帮她搬桌子的男生。

她在对方的眼里看见了善意。内心挣扎间，姜予眠松开了紧抿的唇。在全班人的注视下，她走上讲台，抽出一根白色的粉笔，转身面对黑板。

黑板上出现一行字迹工整清晰的英文单词，她将粉笔拿得很稳，写出来的英文字母线条流畅。那三行介绍词看上去像拿尺子比量过，十分漂亮。

底下的同学露出惊讶的目光，英语老师看向她的眼神中也包含着赞赏。英语老师率先举起双手，带领同学们一起为她鼓掌。

回到座位上，姜予眠还能感觉到心脏在"扑通、扑通"地跳。

她做到了！

这真是令人难以置信，可黑板上工工整整的三行英文证明了一切。

英语老师用投影仪讲课，没有擦掉那三行漂亮的英文，姜予眠的自我介绍在黑板上保留了整整三节晚习。

第三节课的下课铃声响了，同学们陆续离开教室，姜予眠拿出手机对着黑板拍了一张照片。

刚下课的楼道里最拥挤，姜予眠故意留在最后才背着书包走出教室。她正要下楼时，又有一个班的学生冲出来。她立马靠墙站在角落里，等其他人走完才出去。

这时，她放在包里的手机响了，是个本地的陌生号码。姜予眠接通电话，耳边传来陆习轰炸般的催促："你人呢？还走不走了？车子停在那儿，就等你。说话啊！"

姜予眠用手指敲敲屏幕。

陆习反应过来："哦，忘了你现在是哑巴。"短暂的平静后，他立即提高声音，说道，"给你三分钟！不管你在哪儿，三分钟一到，我立马走。"

说完，他就把电话给挂了，一番操作行云流水。

司机忍不住回头道："陆习少爷，陆老吩咐了，我得亲自接到眠眠小姐了才能回去。"

陆习："……"

姜予眠才是爷爷的亲孙女吧？！

他不管那么多，当真拿起手机倒计时。

尽管姜予眠接到电话后就开始跑，仍然迟到了一分钟。

看到熟悉的车子，姜予眠气喘吁吁地拉开车门，却发现有一只脚抵在门边。

她绕到另一边上车，打开车门却见陆习伸着长腿不让位。她总算明白，陆习在故意刁难她。

姜予眠拿起手机打字："对不起，我来晚了。"

陆习不吃这套，故意拿话饧她："道歉管用的话，还要警察干吗？"

姜予眠的喘气声仍未平复，她打字："我下次会注意的，真的对不起。"

这的确是她的问题，她会努力克服的。

然而陆习还是不让她上车。

姜予眠抿了抿干燥的唇，打字："你想怎样？"

见她终于问到点上了，陆习抬手敲脑袋，似乎在思考，道："李航川跟孙斌误以为你是我哥的女儿，那你岂不是我的……侄女？"

上午回到教室后，他从那两个人的嘴里问清了整件事，虽然那是个误会，但听起来有趣。

陆习看她一眼，手掌在座位上有节奏地拍打，嘴角勾起恶作剧般的笑："喊声'叔叔'，我就让你上车。"

姜予眠扶着车门，盯了他几秒钟，张口无声地吐出两个字："无耻。"

"你说什么？"陆习探头看去，没看明白她说的话。

姜予眠"哐"的一声关上车门，转身离开。

陆习降下车窗，只见女孩儿背着书包朝路边走去。

上完厕所回来的司机站在车边左顾右盼，黑暗遮住了他的视线。他问："眠眠小姐还没来吗？会不会出什么事了？"

刚被甩脸色的陆习还在气头上，愤愤地看着车窗，道："她能出什么事？"

听他语气不善，司机只好掏出手机："我还是给眠眠小姐打个电话吧。"

电话打过去，客服却提示占线。

姜予眠背着书包走在人行道上，看着周围逐渐稀少的人，心里空荡荡的。

她没想到，新同学尚且会在课堂上替她解围，陆习却故意借孙斌的玩笑话来羞辱她。

借住在陆家的她当然没资格指责陆习，只是一想起陆习那副高高在上戏耍人的样子，心里便一阵反感。

"嗡嗡嗡——"

手机在手里振动，姜予眠翻转屏幕，眼睛瞬间聚焦，动作比脑子更快地接通了陆宴臣的电话。

"姜予眠，能听到吗？"男人讲话的声音，平和且有温度，"方便接电话，就敲手机一下，不方便就敲两下。"

姜予眠屈指敲响屏幕，一下。

"已经下课了是吗？"他看过姜予眠的课程表，且晚了二十分钟才打给她。

姜予眠又敲了一下。

远在异国的陆宴臣正襟危坐。电脑屏幕散发出的冷光打在男人的脸庞上，他微冷的神情与温和的声音形成对比。

祁医生特意叮嘱过，要留意姜予眠对新环境的适应情况。这事本不在他的计划之中，直到他收到 Mark 传来的电子邮件。

姜予眠遭遇过校园暴力，这条信息出乎他的意料。

警方之前收集情况，从她同学、老师的口中得到的信息是"姜予眠内向、孤僻"，没人追究事情的源头。Mark 却顺藤摸瓜，查清了姜予眠高中三年的经历。

姜予眠读高一那年，因爷爷去世而住进了舅舅家，同时考上附近的中学。

亲人离世加上生活环境骤变让她难以适应，性格逐渐变得内向。后来，她不知道为什么惹上了一个体育生。

那女生带头找她麻烦。

她没有默默忍受，而是选择反抗。她曾向老师和家人寻求过帮助，事情来来回回折腾好几次，那群人终于消停。

从那以后，姜予眠就被孤立，性格从内向变得敏感。她像只蜗牛，感受到危险的时候就往后躲，直到高考那天意外发生——她彻底钻进壳里，把自己藏起来。

资料上的寥寥几句根本无法将姜予眠受到的伤害叙述清楚，陆宴臣也意识到，姜予眠最缺的不是物质，而是关心与爱护。

这需要有人全心全意且长时间地陪伴她，他自认为做不到。

但在查清高考那天发生的事情之前，他会帮助姜予眠进行心理治疗，也会关心她。

他说："开学第一天，你有什么想说的话可以发短信给我。"

姜予眠觉得四周变得安静，只剩下他缓慢讲话的声音。陆宴臣的意思是，她可以跟他分享日常生活吗？

远在异国的他记得她今天开学，知道她什么时候下课，还愿意听她倾诉。

姜予眠有点儿想哭。

一个人的时候，她遇到再难的事也只能咬碎牙往肚子里咽，可一旦听到别人关心自己的话，那些委屈就开始疯狂地叫嚣，等待闸门打开，便顷刻涌出。

她有太多的话想说，比如同学的善意、老师的赞赏，还有她鼓起勇气站上讲台，在黑板上写下了三行英文。

泪水在眼眶里打转，勇敢了一天的女孩儿差点儿卸下伪装。她没有敲屏幕，而是尝试着微微张开唇……

"嘀嘀——"

一辆车停在路边，喇叭声传来，陆习黑着脸打开车窗，说道："姜予眠，你到底回不回？"他一直盯着姜予眠，自然知道她在哪儿，"差不多得了啊，赶紧上车。"

司机迟迟打不通电话，最后在陆习的指示下找到了姜予眠。他下车来到姜予眠面前："眠眠小姐，你怎么在这儿啊？"

她捏着手机，默默跟着他。司机替姜予眠打开后座的车门，她往里面看了一眼，去了副驾驶座。

司机搞不懂两个年轻人，觉得顺利接到姜予眠就好。

身后传来陆习的冷哼，姜予眠系上安全带，突然感觉座椅被撞了一下。

她闭眼深吸一口气，最终忍了下来，低头给陆宴臣发信息，说等到家之后再聊。

回家的路上，车里没人说话。

姜予眠在手机相册里翻了许久，还是抱着一丝期待把自己拍的黑板上的那段英文介绍发给了 L。

她没有给陆宴臣备注——那个人被她置顶了。

那天晚上，L 回复道："做得很棒。"

看到信息的时候，姜予眠心底的阴霾一扫而空，连陆习故意针对自己的举动都可以不计较。

开学第二天，姜予眠起得很早。她不想再让任何人等待，也害怕受到指责。

等她用完早餐，陆习姗姗来迟，坐到饭桌前还一副没睡醒的样子，卡着时间出门。

陆习走在前面，姜予眠走在后面，他们出门后却发现外面停着两辆车。

第一辆车的司机从车上下来，西装革履、白手套，头发往后梳得整齐，这身打扮让人误以为他是来参加宴会的。

在俩学生疑惑的目光中，穿西装的司机径直来到姜予眠面前道："姜小姐好，我是陆总为你安排的专属司机，以后都由我接你上学、放学。"

陆习阴阳怪气地道："火箭发射的速度都比不上你的告状速度，你可真行。"

这个"小白莲"，真喜欢装可怜。

姜予眠来不及反驳，陆习已经上了另一辆车，留给她一道背影。

他误以为她向陆宴臣告状？可她明明一个字都没提。

姜予眠想起那通电话，昨晚陆习吼的那一嗓子估计是被陆宴臣听见了。陆宴臣什么也没问，却什么都懂了。

她从未想过会遇到一个如此细心的人，不需要过多的言语，对方就替她安排好所需要的一切。

新的"家庭"、新的学校、新的同学……这一切让姜予眠感到熟悉又陌生。特别是她因为无法开口而获得了从未得到过的帮助。

班上那些因为她是复读生而用异样的眼光看她的同学，会因为同情而帮助她，还有女生主动找她搭话，说想跟她交朋友。

朋友……她在以前的学校里也有个朋友，不过……

"咝——"

眼前闪过一张模糊的脸，姜予眠下意识地按住脑袋，头有点儿痛。

她忘了很多事，只记得那个朋友在高考前转学了，她们再也没联系过。

一切步入正轨，姜予眠的生活又变成学校和家里两点一线，不过现在她有了更多的期待。

她努力学习，接触越来越多的人，遇到有趣的事情就记录下来，"说"给陆宴臣听，只盼着他的那声赞赏。

他们有时差，陆宴臣隔很久才能回复，但会很认真地对待姜予眠讲过的每一句话，这让姜予眠感受到了从未有过的关怀。

她把那个人当成自己前进的动力。

姜予眠的倾诉欲逐步增加，祁医生从陆宴臣的口中得知这个情况的时候都忍不住拍手叫好："不错啊，国庆节你再带她来一次。"

想到自己的病人在逐渐恢复，祁医生十分欣慰，端起杯子仰头喝水。

刚咽下一口，祁医生忽然顿住了。他想起了一件事：陆宴臣在引导姜予眠学会表达，却忘了长期这样容易让姜予眠习惯并依赖他。

"下周月考，同学们放假回去也不要懈怠。"距离国庆节还有一周，班主任反复强调月底将举行年级考试。

高三，周六不上晚自习，周日放假一天。今天是周六，下午放学，大家都迫不及待地飞奔出校门。

往日走在最后的姜予眠反常地加快了脚步，背着书包跑出校门。

司机在熟悉的停车点等待，姜予眠拉开车门，坐了上去。

此刻她心里只有一个念头：他回来了。

她之前打听到了陆宴臣回国的时间，所以从下午开始，就盼着早点儿放学回家。

谈姆是第一个发现她到家的人，和蔼地招呼道："眠眠放学啦。"

姜予眠用力地点了点头，心情很好。她举起手机，上面有她早已编辑好的文字："听说陆宴臣回来了。"

知道姜予眠是被陆宴臣救回来的，一开始就依赖陆宴臣一些，谈姆没多想，告诉她："回来了，在会客厅呢。"

姜予眠诧异地打字："会客厅？有客人吗？"

看到这句话，谈姆突然笑了，凑到她耳边道："是赵漫兮小姐。她这次是跟宴臣少爷一起回来的，在会客厅里见老爷子。我看，是好事将近了。"

姜予眠表情一僵，心也跟着颤了一下，打字时手有些抖："什么意思？"

赵家跟陆家交好，赵漫兮跟陆宴臣同龄，小时候在同一个学校甚至同一个班级，来往频率较高。后来陆宴臣跳级了，赵漫兮几年后追随他的脚步，跟他考去相同的学校，成了他名义上的学妹。

陆宴臣早早完成学业进入公司，而赵漫兮刚好今年毕业。

谈姆是陆家的老员工，对赵漫兮并不陌生，见陆宴臣跟赵漫兮一起出现，那种长辈看小辈的心思就忍不住冒了出来。

提到赵漫兮，谈姊笑得合不拢嘴："他们看起来般配得很。"

姜予眠没说话，只看见谈姊那张布满笑容的脸在眼前晃，耳边的声音却逐渐消失。

她浑浑噩噩地回到房间里，放下沉甸甸的书包，坐到地上。

地板上铺着一层柔软的地毯，跟她在青山别墅住的那个房间里的一样。于是她又不可避免地想到那个人。

他们从小一起长大，感情好，十分般配……这些好听的词语，属于陆宴臣跟别人。而她的感情见不得光，她无法向人倾诉，甚至没资格争取。

一个月未见的人就在楼下，她却没勇气去见他。

很久之后，姜予眠的房门拉开一道缝，娇小的身影从屋里出来，顺着楼梯往下，目标直指会客厅。

她站在转角处，小心翼翼地探出头，终于看见了让谈姊赞不绝口的赵漫兮。

女人一身轻熟风打扮，轻薄的米色碎花衬衣搭配粉色的半身裙，系带在腰间打结，长裙下摆开衩，走起路来摇曳生姿。她妆容精致，大波浪长发侧分，似无意间抬手将一缕发丝别在耳后，露出闪耀的流苏耳环。

她美丽、大方，让人自惭形秽。

拄着拐杖的陆老爷子走在前面，赵漫兮陪在身侧，两个人时不时说着什么，气氛十分融洽。

他们果真……好事将近了吗？

刚放学回来的陆习渴得要死，随手扔下书包去接水，突然发现一个人躲在转角处，偷偷摸摸的，不知道在干什么。

陆习眼睛一眯，放轻脚步走到她身后，顺着她的目光看到前方的赵漫兮。

陆习收回视线，见"小哑巴"还没发现自己，抬手就要拍她的肩膀。

手掌快落下时，他又硬生生止住。

不行，"小哑巴"不禁吓，他拍下去搞不好会闹出动静。老爷子就在前面，到时肯定耳提面命唠叨个没完。

陆习很快想到新主意。

他退后几步，掏出手机。

姜予眠低头一看，没有备注的号码发来一条短信："小哑巴，躲在暗地里偷窥，又想打什么坏主意？"

姜予眠猛地回头，见陆习抄手站在那里，一副看好戏的样子，顿时羞得面红耳赤。她手忙脚乱地打字："我只是看家里来了客人……"

"家里？客人？"陆习饶有兴趣地看着她道，"哎哟，你说漫兮姐是客人，还真把这儿当自己家了？"

冷嘲热讽的话像是往她的头上泼了一盆冰水，她脸上攀升的温度彻底降下来。她明明站在暖和的屋子里，却觉得浑身发凉。

"对不起。"姜予眠留下这三个字后，从他身旁离开。

陆习眉头一皱，张口想说什么，心里的傲气却不允许他低头。

他开个玩笑而已，又没撵她出去。

他摸摸喉咙，这会儿才想起嘴巴干得很，给自己接水去了。

另一边，姜予眠垂头丧气地上了楼梯，每一步都走得沉重。

姜予眠脑子里塞满烦恼，心情郁闷极了。她精神恍惚地往前走，胳膊突然被扶了一下。

"看路。"

熟悉的声音瞬间将她从游离的世界中拉回来。

她诧异地抬头，看到了拿着小礼盒的陆宴臣。

陆宴臣问："放学了？"

她机械地点头，不明白本该在会客厅里的陆宴臣为什么出现在这儿。

陆宴臣却被她这副反应迟钝的模样逗笑了，想伸手摸摸她的头，最终忍住，将手里的白色盒子递出去："送你的礼物。"

姜予眠懵懂地接过这份突如其来的礼物，眼睛睁得更大，而后忙低下头打字："为什么要送我礼物？"

陆宴臣跟她对视，温柔地道："还记得开学那天你发给我的那张黑板照吗？"

她继续点头。

"这就对了。"陆宴臣循循善诱，想让她毫无负担地接受这份奖品，"你很勇敢地站上讲台，这难道不是一件值得奖励的事？"

听到他送礼物的原因，姜予眠眼睛都亮了。

他不是施舍，不是随手赠送，而是因为她做得好，专门给她奖励！

她拿起手机，郑重地敲下六个字："谢谢你，陆宴臣。"

"陆宴臣？"男人计较起这个一板一眼的全名，手掌终究还是落到她蓬松柔软的发上，一字一顿地道，"叫哥哥。"

这次姜予眠没有听话，抬眸往上看的时候微微噘了一下唇。

小表情转瞬即逝，恰好被陆宴臣捕捉到。他感到有些意外，上一次见姜予眠露出这种小女孩儿撒娇的姿态，还是多年前。看来这段时间，她恢复得不错。

姜予眠并没意识到自己无意间流露出了那样的表情。她看清了盒子的标签，里面是一对耳塞。

她神经衰弱，睡觉时只要听到声响就容易心慌，后来养成戴耳塞的习惯，哪怕在安静的环境下也不想取下来。

耳塞是她现在每天都在用的必需品。

姜予眠双手捧着盒子贴到身前，心里高兴得冒泡。此刻就像……她难过地走在路上，突然被一份从天而降的惊喜砸中，仔细一看，还是自己最需要的。

原来被人关心就是连自己走上讲台做个自我介绍都会被奖励小礼物！

太阳出来，乌云都散了。

姜予眠戴着新耳塞在房间里写日记，直到谈婶来敲门，道："眠眠，吃饭。"

姜予眠递出早已准备好的说辞："我还不饿，想晚点儿再吃饭，可以吗？"

即使收到了陆宴臣的礼物，她还是没勇气站在赵漫兮面前。

一个漂亮优雅的女性跟一个懦弱自卑的小女孩儿相比，后者毫无胜算。更何况，她只是暂住在陆家的客人。

晚点儿吃饭也不是什么大事，谈婶下去回话："眠眠说还不饿，想晚些再吃。"

陆老爷子笑了笑，说："好，那你吩咐厨房那边给她备一份，晚点儿送过去。"

赵漫兮顺势接话："陆爷爷，眠眠就是您说的那个借住的女孩儿吗？"

"是啊，眠眠就像我的亲孙女。"陆老爷子提到姜予眠，眉眼都会变得慈祥。

"真是很抱歉，我该给妹妹带一份见面礼的。"赵漫兮不紧不慢地带入话题，"不知道方不方便，等会儿我去见见她？"

"这……"

不同于老爷子的迟疑，陆宴臣温和地开口："眠眠不喜欢见外人。"

他从容的语气不容反驳。

"外人"两个字刺痛了赵漫兮。

她拿筷子的手都抖了一下。

陆宴臣这个男人，笑得多温柔，心就有多冷。他讲话的语气越是从容不迫，态度越是不容置疑。

他说姜予眠不喜欢见外人，那赵漫兮今天恐怕确实见不了她了，除非她自己出来。

赵漫兮心里惊涛骇浪，表面风平浪静，道："啊，既然这样，那就之后有缘再见吧。"

陆习随口道："她有什么好见的，又不会说话。"

她不会说话是什么意思？

赵漫兮心知现在不是追问的时候，暂时忍耐下来。

假期转瞬即逝，姜予眠返校后，迎来第一次月考。

· 全年级的学生随机排座，姜予眠又遇到了李航川。自从开学去教务处领书时见过一面后，她几乎忘了这个人。

她坐在李航川的右后方。

李航川突然回头，不经意间跟她对上视线，扯起嘴角对她笑了笑，笑得有点儿假。

姜予眠低头看桌子，在脑海中把知识点回顾一遍，直到铃声响起。就在这时，一个考生挎着书包出现在了教室门口。姜予眠抬头一看，竟是陆习。

陆习坐在李航川的后桌。

不容她多想，监考老师抱着未开封的试卷踏进教室。

第一门考语文，死记硬背的知识对姜予眠来说轻而易举。她看一眼，答案就出现在笔下。后面的主观题她答得很快，把更多的时间留到作文部分。

大部分人考语文比较赶时间，答题顺利的姜予眠在写完作文后也就剩十几分钟交卷。画上最后一个句号，姜予眠松了一口气。

也就在这个时候，她看见李航川向陆习扔了一团字条。

他们俩在作弊！

姜予眠从未做过这种事，光是看他们背着老师扔字条就提心吊胆。她眼珠一转，开始搜寻老师的位置。

一脸严肃的监考老师径直走来，强行让两个人交卷。

事情变化得太快，以至于姜予眠震惊到大脑发空，打铃前都忘了再检查一遍自己的试卷。

他们的班主任气得不行，在办公室里拍桌，训斥道："开学第一次月考就发生这种事，必须严肃处理，把你们家长给我叫来！"

陆习自然不会乖乖听话，无奈被班主任捏住了命门。

"你要是不喊家长来，我就把你的试卷贴到校园公告栏上，看你的脸往哪儿搁！"

习哥不怕骂，就怕丢脸。

怕老爷子过来直接气得进医院，陆习联系了陆宴臣："哥，我们老师想请你到学校来喝杯茶。"

"没空。"陆宴臣无情地拒绝了他。

陆习摊手，一副"我也没办法"的样子。班主任作势拿起试卷，陆习举手投降。

他思来想去，在下一门考试开始前找到姜予眠："帮我发条短信。"

姜予眠的第一反应是捂住手机。

陆习："……"

她至于防贼似的防着他？

现在有求于人，他忍："我有急事要找我哥，但手机坏了。"

姜予眠狐疑地盯着他，满脸的不信任。

陆习一本正经地道："真的有事，很急。还有两分钟老师就来了，我总不至于在教室里对你做什么吧？"

开考前他们是要上交手机的。

见他神情严肃，姜予眠信了几分。

陆习的事不要紧，但若耽误了陆宴臣的事，她会过意不去的。

迟疑片刻，她还是解锁，将手机递出去。

"谢了啊。"陆习拿到手机，点开通讯录一看，列表一目了然——L、陆爷爷、司机叔叔、谈婶。

他陆习的名字居然不配在她的通讯录里？

毕竟有求于人，他忍："我哥呢？"

姜予眠指了指屏幕上的"L"。

陆习："……"

时间不等人，陆习迅速编辑了一条短信发过去。

"今天在考场出了点儿意外，老师说需要请家长，你可以来一下吗？"

很快，L回复道："几点？"

陆习无语了。

回完具体时间，陆习归还手机，朝姜予眠阴阳怪气："哼，可真是我的好哥哥呢。"

姜予眠反应过来，陆习因为作弊被请家长了。她不是很想帮陆习撒谎。可她很想见陆宴臣，于是选择沉默。

信息是陆习发的，可不算她骗人。

下午五点，考试结束，姜予眠拿回手机，看到新短信。

"在校门口。"

她拎着书包就下楼，差点儿忘了真正被请家长的人是陆习。她要见陆宴臣，自然得把人叫上，不得不返回教室。

被遗忘的陆习撇撇嘴："你还知道回来？"

他那控诉的语气，差点儿让她误以为自己做错了事。

姜予眠知道自己没有对不起他，坦然地写道："陆宴臣在校门口。"

"你叫我哥陆宴臣？"陆习的关注点居然在她对陆宴臣的称呼上，他看着看着笑出声来，"我还以为你在外都管他叫爸爸……啊！"

姜予眠踩了他一脚，转身跑了。

陆习龇牙咧嘴地追上去。

姜予眠边走边跟陆宴臣发信息，从陆宴臣的描述中得知具体的地点。姜予眠一直往前走，远远地就看到了熟悉的身影。

他身上有股独特的气质，哪怕站在人群中，姜予眠也能一眼认出来。

姜予眠的脚步越来越快，直到快要接近他的那刻，她脸色微变。

树下站着的人不只有陆宴臣，还有……赵漫兮。

那个她不想面对的女人毫无防备地出现在她面前。

而且，这次赵漫兮已经看到她了。

身后就是紧随而来的陆习，姜予眠退无可退。

赵漫兮跟陆宴臣站在一起，陆习追到姜予眠身边，一对成熟男女和两个学生之间形成一种奇妙的磁场。

只有姜予眠觉得，短短几秒的对视如此漫长。

赵漫兮先一步走上前，满脸笑意地看着她，问："你就是眠眠吧？"

没想到赵漫兮会认出自己，姜予眠目光闪躲，身子躲到陆宴臣身边。

赵漫兮面露诧异之色。

姜予眠反应过来，自己失礼了。

陆宴臣重礼仪，在外进退有度，为人处世几乎无可挑剔，就像那天在西餐厅里，即使排斥与人握手，表面也不露痕迹。

而她现在当着这么多人的面无视赵漫兮的示好——这种行为连她自己都觉得不合适，陆宴臣又会怎么看她？

在意一个人的时候，她会不由自主地考虑所有的细节。

"眠眠胆小，不太习惯跟不熟的人打交道。"陆宴臣不着痕迹地将她划分在自己的领地范围内。

赵漫兮摆着笑脸，忍不住想：她这哪里是不打交道？分明是没礼貌！

更何况，她们不打交道怎么变得熟悉？

赵漫兮回国之后提到了姜予眠两次，陆宴臣就护了她两次。

赵漫兮不动声色地观察这个柔弱的女孩儿，非常确定，陆宴臣对她有些特殊。

感受到赵漫兮打量的目光，姜予眠心里不安。

好在还有一个不在乎任何人想法的人——

"哥、漫兮姐，你俩怎么一起来了？不会在约会吧？"陆习忘了自己被请家长，还等着看戏。

他无端的猜测让姜予眠突然难受起来。

陆宴臣正欲开口否认，赵漫兮抢先解释道："是碰巧，我今天过来拜访高中老师，在校外看到宴臣的车子，就过来跟他打了个招呼。"

她知道陆宴臣会否认，倒不如自己先开口，拿到主动权。

原来是这样！陆习这张爱胡诌的嘴还是有点儿作用的，姜予眠心想。

陆宴臣取下小姑娘背的书包，目光扫向陆习，道："不是有事？还不走？"

陆习这才想起正事，大摇大摆地在前面带路。

考完试的同学陆续离开学校，有两个女生在半路停下。

"那不是陆习吗？"

"他好像在跟后面的女生说话，那个人是谁？"

与姜予眠同行，陆习不太乐意，但碍于大哥在场，也只能绕到姜予眠身旁提醒："你去凑什么热闹？"

他不想在姜予眠面前丢人。

可姜予眠不想搭理他，假装没听见，依旧跟在陆宴臣身边。

办公室内，李航川的父母已经到了，陆习在外徘徊了一会儿。

这时，姜予眠终于用手机打出憋了一路的话："对不起，是我把手机借给陆习给你发的信息。"

陆宴臣看到她手机上的文字，轻声道："我知道。"

尽管陆习已经刻意去模仿姜予眠"请求"的语气，但陆宴臣看一眼就能确定，那不是她的意思。

姜予眠不解，打字问："那为什么陆习给你打电话的时候，你没答应呢？"

陆宴臣转头看向她："你借给他手机，他就欠你一个人情，懂吗？"

陆习性格顽劣，爱捉弄人，但有自己的底线和道义。

欠了她人情，他得还。

况且，陆习在学校里惹了事，打电话给他时却吊儿郎当的，毫无悔过之心，他该给陆习一个教训。

姜予眠恍然大悟，露出崇拜的眼神，打字："你好聪明啊，陆宴臣！"

男人抬起手，想做什么，但见有人路过，便只是拿走了姜予眠的手机打字。

陆习喊了一声"哥"，示意他进去。

陆宴臣按灭屏幕，把手机还给姜予眠。等人离开后，她打开手机一看，备忘录里多了两个字："叫哥。"

这下姜予眠确定，陆宴臣对她喊他全名的事非常有意见。

她没删，退出备忘录。

过了一会儿，她又点进来，给刚才陆宴臣编辑过的文本换了个标题。

"L。"

这是她的秘密。

月考之后就是国庆节，姜予眠再次见到祁医生。

时隔一个月，祁医生惊讶地发现姜予眠进步很快。她之前拒绝沟通，现在却有了主动沟通的意识。

祁医生很开心见到她的改变："眠眠，你最近状态好了许多，是因为上学了吗？"

姜予眠写字："不。"

祁医生耐心地问："那最近有什么让你觉得心情愉悦的事？"

姜予眠写字告诉他："奖励。"

"奖励？"

祁医生从姜予眠的字条上得知，她把一件事做好之后会得到表扬，还会收到奖励，所以她想变得更勇敢。

这是正向的引导，对治疗有帮助。

同时他发现，姜予眠获得的正向能量大多来源于陆宴臣，或者说，她高度关注陆宴臣对自己的看法。

这个发现让祁医生很是担忧。

外面有人评价陆宴臣"人前笑面虎，人后冷面佛"。那个人，表面温柔到极致，内心却冷漠得彻底。

如果姜予眠单方面跟他建立亲密关系，无疑是从一个极端走向另一个极端。

交流到最后，姜予眠甚至主动地写字询问进度："祁医生，我什么时候才能好？"

祁医生保守地回答："不着急，咱们慢慢来，你现在可以正常生活，已经很棒了。"

姜予眠皱眉，写道："我不能讲话。"

见她神色迫切，祁医生告诉她："眠眠，你身体健康，声带也很正常，完全可以说话。"

姜予眠摇头，写道："我试过，不行。"

祁医生安抚道："或许哪天你有了特别想说的话，自然就发出声音了。"

祁医生在心里叹气。

他们曾想过采用外部刺激的方法，但姜予眠本就是受了刺激才导致自闭，非特殊情况不能轻易尝试。

离开咨询室的时候，姜予眠看起来闷闷不乐。

陆宴臣收起手机，问她："怎么不开心？"

姜予眠放慢动作，脑袋左右摇晃。

陆宴臣一把将人按住："小脑袋瓜里整天在想些什么？"

姜予眠顶着他的掌心仰头，对他眨眨眼睛。

他们只有三天假期，姜予眠二号做检查，三号就得返校上晚自习。

部分科目即将出成绩，学生们在班里讨论得热火朝天。

"我有数学答案，你们要对吗？"

"要，给我看看。"

"马上就要发卷子了，等着就是了。"

"我看了，大部分对得上，就是附加题没算出来，这次题目特别难。"

班长对完答案后忽然问同桌："蒋博知，附加题你做了没？"

蒋博知是他们班的数学课代表，经常考年级第一名。

蒋博知戴着眼镜，非常有学霸气质："做了，不知道对不对。"

班长这个万年老二对他心服口服："你做了肯定是对的，看来这次年级第一名非你莫属了。"

这话说完的第二天，班长被打脸。

数学卷子发下来，全年级唯一拿了满分的是姜予眠。她字迹工整，解题思路清晰，老师恨不得将卷子贴到公告栏上给大家展示。

从英语自我介绍到数学考试第一名，大家逐渐看出来，姜予眠是有些本事在身上的。

其他科目的成绩陆续出来了，姜予眠的名字出现在年级前十名的光荣榜上。

李航川、孙斌以及陆习在红榜前站了好一会儿。

李航川："习哥，咱们站在这儿干啥？"

陆习摸摸下巴："看分。"

孙斌："看再久，这上面也不可能有咱们的名字啊。"

陆习笑了笑。他没想到"小哑巴"这么厉害……

月考成绩下来，陆习作弊的事情终究没瞒住。

陆老爷子关心姜予眠的成绩，却不好意思直接问，就打电话给学校查成绩，顺便让老师把陆习的成绩调出来。陆习语文考了零分，铁定有问题。

东窗事发，陆习在家里被老爷子追得上蹿下跳。

"作弊？考得不好就算了，你还作弊？"

"天天教，天天说，你就是不学好！"

陆老爷子气得心绞痛，差点儿抡起拐杖打下去。谈婶连忙把人拉住，姜予眠也上前安抚。

陆老爷子在小姑娘面前不好发脾气，总算是消了些气。

这件事后，老爷子直接占了陆习的周末，请来三个家教轮番对陆习教学。但陆习才上一天课，三个家教跑了俩。

老爷子得知情况后，站在大厅里，身体微晃。

见情况不对，谈婶神色骤变："眠眠，你去安抚爷爷，我去拿药。"

姜予眠果断点头，迅速将老人搀扶到沙发上坐着。陆习见了，再也不敢顶嘴。

老爷子吃完药缓了半天，不再管陆习，只说要回房休息。

姜予眠下意识地去搀扶，被陆老爷子抬手阻止。老人自己拄着拐杖，迈着沉重而缓慢的步伐逐渐离去。

家里的气氛突然变了，陆习平时在老爷子面前浑惯了，知道自己有错，想着打马虎眼糊弄过去，哪知今天真把老爷子气到吃药。

他有些心虚。

望着老人佝偻的背影，姜予眠心里不好受。她不知道怎么办才好，犹豫很久才编辑一条短信，把家里的情况告诉了陆宴臣。

她又举着手机，把这件事告知谈婶："谈婶，我给宴臣哥哥发了短信。"

谈婶点头："你做得对。"

陆习性子顽劣，陆老爷子病倒了，家里需要一个主心骨，只有陆宴臣能镇得住。

姜予眠垂着脑袋看手机。

谈婶看着小姑娘柔顺的样子，整颗心都软了。

小姑娘连发个短信都要报备，这要是老爷子的亲孙女，老爷子能多活好几年。

陆宴臣平时很少回这边，傍晚时分才出现。

陆宴臣只问了老爷子的情况，一句没提陆习气走家教的事。

姜予眠猜不透他的心思。

晚上，老爷子出来见到陆习，冷不防对他道："既然你不上进，以后我也不管你了。你想做什么就做什么吧，等我哪天入土了，就不愁了。"

这话听得陆习如坐针毡："爷爷，您别吓我行不？"

"我吓你？"陆老爷子冷笑，"你的胆子大到没边了，谁吓得住你？"

老爷子冷言冷语，陆习心里烦躁。对他来说，老爷子这样比直接骂他更让他难受。

陆习挠头，见姜予眠默默地盛了碗汤给老爷子递过去，脑中灵光一闪，道："不就是补习吗，让她来怎么样？"

姜予眠突然躺枪，怀疑自己听错了。

陆习挑眉，非常笃定地指向姜予眠，道："她教，我保证不闹。"

姜予眠呆住了，陆老爷子也诧异了。

大家静默几秒钟，随后陆宴臣不紧不慢地放下茶杯，道："我不同意。"

谁也没料到陆宴臣会突然反对。

陆习皱眉偷偷看哥哥，心想：这剧情的发展跟他想象中的不一样啊。

他原本想着，爷爷那么偏袒"小哑巴"，肯定不舍得她受罪，会拒绝他的要求。这样他就能理直气壮地逃过一劫，重新恢复自由。

现在爷爷还没表态，大哥拒绝了……

陆宴臣行事果断，可不吃他胡搅蛮缠那套。

一时间，陆习拿不准要怎么做，故作硬气地道："哦，你为什么不同意？"

手指离开茶杯，陆宴臣淡淡地看向他，无声地施压。

陆习招架不住他的眼神，也不想跟高深莫测的大哥正面对抗，厚着脸皮给自己找台阶下："行吧，这是你们自己不答应的，可别怪我不学。我吃饱了，出去溜达溜达。"

陆习实在受不了爷爷跟大哥双面夹击的气氛，捂着三分饱的肚子离席。

陆老爷子一面恨铁不成钢，一面又叮嘱谈婶让厨房那边准备好吃的送到陆习的房间里。

姜予眠默默吃饭。陆宴臣放下筷子起身，她也跟着离开。

望着一前一后两道背影，陆老爷子眉头微皱，总觉有些不对劲。

出了饭厅，姜予眠立即追上陆宴臣，给他看手机："为什么不答应？"

知道她在说刚才的事，陆宴臣停下脚步道："他以为爷爷会拒绝。"

陆习想借机让爷爷亲口回绝，却低估了一个老人对亲孙子的爱。

如果陆老爷子没有直接拒绝，而是将选择权交给姜予眠，那么真正为难的人就会变成她。

一点就透的姜予眠心里雀跃。

他细致入微的维护举动很难不让人心动。

她怕心思从眼里流露出来，连忙低头打字："我可以教他。"

姜予眠做了决定，打字给他看："你跟陆爷爷对我很好，我想替你们做些事。"

既然陆爷爷希望有人能给陆习辅导功课，陆习又承诺只要她教就不闹，那她做些力所能及的事回报陆家也是应该的。

陆宴臣告诉她："没人要你以此回报。"

姜予眠有些受挫，打字："我是对你们没用的人吗？"

几个月来，她一直在接受陆家的帮助，却无法给予回报，找不到自己存在的价值。

知道小姑娘钻了牛角尖，陆宴臣迟疑片刻，松口道："如果你想，可以去试试。"

得到他的允许，姜予眠眼底涌现欢喜之色，打字："我会努力的，陆宴臣。"

她要做得更好，才能让陆宴臣看到。

陆宴臣笑着叹了一口气。

屏幕上的全名很难不让他想到，如果小姑娘能开口说话，也许会字正腔圆地喊他的名字。

不过，她充满斗志的模样十分难得，陆宴臣终究没忍住，抬手揉了揉她的脑袋，道："好，加油。"

结果无非是两种：一是姜予眠被陆习气走，二是陆习被姜予眠驯服。

于是，陆习溜达回来，被告知多了一位老师。

姜予眠很快树立教学意识，打字给他看："你有什么不懂的都可以问我。"

搬起石头砸自己脚的陆习满心烦躁，道："哟，你这话说得跟自己什么都会似的，年级第一名都没你自信。"

那句"自信"多少沾了讽刺的意味，姜予眠听多了，逐渐对其免疫。

事实上，姜予眠在一班人气高涨，赶超年级第一名。

第一次月考，姜予眠考了全年级理科第八名，是唯一做出数学附加题的人。刚开始，同学们因为她不能说话而抱有怜悯心。月考成绩出来后，大家开始敬佩强者。

大部分同学拥有求知欲和求胜心，开始频繁地跟姜予眠接触。

"姜予眠，这道题我一直做不出来，可以帮我看看吗？"

姜予眠很快给出答案，还在纸上写明步骤。

同学们对她十分佩服。

蒋博知时不时回头看，心里有些不是滋味。

没有姜予眠，他就是年级第一名……

他不信邪，花几天时间挑出两道比附加题更难的题摆到姜予眠面前，道："姜同学，这里有两道数学题……"

没等他说完，姜予眠眼睛亮了，甚至学会抢答，抓起笔写道："我来！"

蒋博知怀疑自己看错了，姜予眠那是兴奋的表情吗？怎么跟自己想象的不一样？

蒋博知给了姜予眠两道数学题的事不知被谁传开，大家都说这是蒋博知给姜予眠发的"战帖"，关注这件事情的人逐渐增多。

一个上午过去了，姜予眠没给出答案。

一个下午过去了，姜予眠还在思考。

班长挨着蒋博知坐下，小声说："你那两道题也太难了吧？我今天拿题去问老师，老师说超纲了，让我把心思放在目前阶段的学习上。"

班长怀疑老师也不会。

"眠眠，你还在做蒋博知给你的题吗？去吃饭吗？"说话的人是开学那天，第一个发现她不能讲话的女生，叫姜乐乐。

姜予眠摇头，在纸上写下："马上就好了，你先去吧。"

"你要做出来了？"姜乐乐觉得自己还可以再等等，毕竟那是打脸时刻。

姜乐乐顺手拖来凳子坐下，一分钟、两分钟……就在她的肚子"咕咕"叫起来的时候，姜予眠放下笔，把写满答案的纸往前一推。

姜乐乐问："你做完了？"

姜予眠点头。

姜乐乐顿时站起来，吆喝道："蒋博知，过来看题。"

教室里的同学都看了过来，姜乐乐简直要把试题贴到蒋博知的脸上，道："对吗？是这个答案吗？"

"是。"事实摆在眼前，尽管蒋博知不想当众承认，但姜予眠的确做对了。

这两道题是他让家里在读博士的姐姐帮忙找的例题。当时他拿到题，研究了很久都不会，结果姜予眠只花了不到一天的时间就解答出来了。

姜予眠赢了蒋博知，姜乐乐比当事人还兴奋："眠眠，是不是没有你不会的数学题？"

姜予眠眨眨眼，一本正经地写给姜乐乐看："不是，我还有很多不会的。"

她的谦虚让蒋博知更难堪了。

数学大佬大战从前的年级第一名，一传十，十传百，高三年级都在谈论这件事。

消息灵通的李航川从一班打听完回来，连连赞叹："没想到'小哑巴'这么厉害！"

陆习从桌下踢他一脚："'小哑巴'也是你叫的？"

李航川冤枉："这不是跟着你喊的吗？"

上回作弊被请家长，李航川发现陆习的哥哥就是暑假在商场里见到的男人，私下追问一番才知道姜予眠跟陆习有点儿关系。

平时提到姜予眠，陆习都用"小哑巴"指代，说"小哑巴"是爷爷朋友的孙女，他们认识但不熟。

李航川就是这么学来的称呼。

在旁边打瞌睡的孙斌突然支起脑袋，道："你不懂咱们习哥的霸道，那叫什么'我的人只能我欺负，其他人碰都别想碰'。"

他最近看了不少言情剧，电视上都这么演。

陆习抄起桌上的卷子扔过去："别瞎说，睡你的觉。"

孙斌重新趴下。过了一会儿，李航川收到一张字条，上面写道："这叫恼羞成怒。"

"恼羞成怒"的陆习放学回家，回房间扔下书包就要开始玩游戏，房门却被人敲响。

小姜老师来上课了。

姜予眠做事很认真，上学时给陆习制订了一张计划表，每天学的科目和时间都有明确的标注。

她将计划表递向陆习。

陆习瞄一眼，假装没看到它，往电脑椅上一坐，直接戴上耳机。

姜予眠伸手挡在屏幕前，写好字给他看："你说过，我教你你就不闹。"

陆习看完纸上的内容，优哉游哉地跷起二郎腿："忽悠爷爷的话你也信？"

姜予眠写字："你说了，我就信。"

既然陆习可以耍赖，那她也能假装不懂。

陆习嘴角的笑容消失，阴阳怪气地道："那我谢谢您？"

姜予眠把计划表摆在他面前："不客气。"

陆习无奈了。她是听不懂人话还是怎么回事？

他不听，随手把计划表掀开，计划表从桌上滑落到地上。

姜予眠弯腰去捡——陆习突然移动电脑椅，滚轮从薄薄的计划表上轧过去。

姜予眠嘴巴一张，心脏连颤了几下，眼底尽是失望。

陆习很是尴尬。他没想把东西扔到地上，是那玩意儿自己飘下去的。他想移动位置去捡，反倒把计划表给压得严严实实的。

虽然不是故意的，但他如果现在跟姜予眠解释，岂不是代表认同她的计划？

陆习选择闭嘴不说，然后把椅子移开。

姜予眠捡起计划表，上面已经有被轧过的痕迹。

她低着头，手指攥着计划表的一角。就在陆习以为她要生气或者放弃的时候，她突然在纸上写道："上次你借了我的手机发信息。"

"然后呢？"陆习不懂她怎么突然提到那件事。

姜予眠回道："欠人情，你得还。"

这话吓得陆习直起背。

"小哑巴"精准地捏住他的做人原则。

两个人开始讨价还价，教学时间最后定为一个月。

姜予眠偷偷把"战果"告诉陆宴臣："多亏你送的人情。"

她突然想到：这个人情是陆宴臣特意绕了个弯子让陆习欠下的，那她是不是又欠陆宴臣的人情了？

咩咩："这样算起来，我是不是也欠你一个人情？"

L："要还吗？"

咩咩："嗯。"

还以为陆宴臣会说"不算"或者"不用还"，但既然如此，她就认吧。

咩咩："要还的，你想让我做什么？"

L："下次换个称呼。"

咩咩："……"

她不要。

第一次教学计划顺利地完成，陆老爷子又惊又喜，看姜予眠的眼神越发慈爱："眠眠真是我们陆家的福星。"

每当他被陆习气得头昏脑涨时，姜予眠的聪颖与乖巧总会让他感到欣慰。

结果第二天，陆习趴在课桌上睡了两节课。

李航川跟孙斌顶着熊猫眼问："习哥，你昨天干啥去了？咋比我俩还能睡？"

陆习没跟他们一起打游戏，还一副疲倦的样子，指定有问题。

"闭嘴。"陆习困得不行，将一本书盖在头上。

"小哑巴"忒难缠，还会使激将法。他为了面子研究起那道题，研究到凌晨才睡觉。

过了一会儿，李航川转身拍桌，道："课代表在喊交卷子，是昨天的作业。"

高三老师施展题海战术，他们现在的家庭作业都是各种试卷。陆习没应，等课代表催到耳边才不耐烦地从书包里抽出试卷递过去。

课代表一看："这不是昨天发的卷子啊。"

陆习努力睁开眼，直到试卷内容映入眼帘，才彻底清醒过来。这岂止不是昨天的作业，根本就不是他的卷子！估计是他们昨天搞混了。

陆习一把抓起卷子，去一班找人。

"姜予眠，有人找你。"

陆习在学校里也算风云人物，大家都认识他，听说他要找姜予眠，还很奇怪。

姜予眠抬头望去，有些诧异，见到陆习才知道拿错试卷了。

她回座位上找卷子。

有同学问："陆习找你干什么呀？"

"你居然认识六班的陆习？"

"眠眠，你……"

这些问题让姜予眠有些苦恼，还好自己"不会说话"，不用回答。

姜予眠把卷子还给陆习。见那人扭头就要走，她迈出一步，递出写着严肃提醒的纸条："你以后注意点儿，别让人知道我们认识。"

这话听起来有几分耳熟，但从来只有陆习不搭理别人，还没有别人不搭理他。陆习"哼"了一声，道："我都不怕，你怕什么？"

姜予眠老实地写道："我怕丢人。"

风水轮流转，这句话在陆习的身上印证得彻底。他算是看出来了，"小哑巴"一战成名，翅膀硬了。陆习抓着试卷，暗暗咬牙："行啊你。"

她说得跟谁想跟她有关系似的！

姜予眠对他丰富的表情变化视若无睹："我回教室了。"

陆习是校内风云人物，她不想跟他扯上关系，容易招来麻烦。

没过多久，陆习去一班找姜予眠的事便传到了有心人的耳朵里。

"什么？陆习跟一班的复读生？"文科班的盛菲菲坐不住了。

盛菲菲，曾被评选为校花。盛菲菲有不少追随者，唯独在陆习那里栽了跟头。她曾扬言要把陆习追到手，眼看快毕业了，两个人也没擦出火花。尽管如此，盛菲菲抱着"我得不到，其他人也别想得到"的心态，警惕一切靠近陆习的女生。

那天之后，盛菲菲开始关注姜予眠，并未发现他们在学校里有什么交集。

连李航川都不清楚陆习为什么会拿错姜予眠的试卷，只是觉得陆习最近很奇怪，连游戏都不打了。

好不容易到了周末，他们对陆习发出打球邀约，结果被拒了。

李航川觉得不对劲："习哥，你最近咋回事？球不打，游戏也不打。"

陆习一本正经地道："瓶颈期。"

李航川："啥？"

打篮球和打游戏也有瓶颈期？

陆习当然不会承认自己最近被迫跟着姜予眠搞学习。他本以为熬过几天能喘口气，哪知"小哑巴"认死理，非说这个月内不能懈怠。

　　"行，一个月！"陆习暗暗咬牙道。

　　等时间一到，再容忍"小哑巴"，他就是狗！

　　就这样，陆习的原则迫使他跟着姜予眠学了两周。

　　十月份接近尾声，月考的警钟再次拉响。这天早晨，姜予眠在餐桌旁等到陆习，在走之前郑重其事地给他打气。

　　"考试加油呀！"这句话后面，她还附带了一个十分可爱的颜文字。

　　叼着面包的陆习一哆嗦，梗着脖子道："你有病？"

　　"小哑巴"平时都不笑，给他讲题的时候还特别严肃，大早上突然卖萌，有问题！

　　姜予眠："……"

　　有些人就是听不得好话。其实她想的是，陆习有作弊前科，如果这次毫无长进，岂不是显得她这个小老师很没用？

　　姜予眠抿抿嘴，看了他一眼，抱起书包默默离开。

　　去学校的路上，她收到了陆宴臣发来的短信。

　　L："考试顺利。"

　　她昨晚跟陆宴臣发消息说要考试，对方一直没回复。她从睡觉前惦念到今天早晨，却因这短短四个字足以开心好久。女孩儿眼里漾出一丝欢喜，捧着手机斟酌用词，快到学校时才发出去。

　　咩咩："我会努力的。"

　　"喀。"屏幕的另一端，穿着居家服的男人手握玻璃杯，冷峻的容颜略显苍白。

　　月考依然是随机分座位，姜予眠跟孙斌分在一个考场。两个人是前后桌，孙斌若无其事地跟她打招呼："嘿嘿，小姐姐。"

　　姜予眠有点儿不好意思，因为每次见到孙斌和李航川都会想起陆宴臣给她戴儿童电话手表时产生的误会。陆宴臣看起来很老吗？或者说，她跟陆宴臣看起来差很多吗？

　　距离考试还有十来分钟，姜予眠写了一张小字条，转身放到孙斌的桌上。正临时抱佛脚的孙斌诧异地抬头，看清纸上的内容后，挠挠头，道："这怎么说呢，就是气场不同。气场，你懂吧？"

他们当时的感觉就是，拥有强大气场的男人将一个娇小的女孩儿圈在羽翼之下，对比太鲜明，不似平常见到的兄妹。

误会就是这么造成的。

得到明确的答案后，姜予眠明显松了一口气。她还以为自己跟陆宴臣在别人眼里差距那么大呢。

两个人短暂地交流之后就各做各的事，殊不知这一幕被坐在对面的盛菲菲看在眼里。她知道孙斌是陆习的好哥们儿，看来姜予眠跟他们的关系不简单。

考试两天，盛菲菲便默默观察了姜予眠两天。姜予眠文静、没脾气，一看就很好拿捏。

最后一门考试结束时已经是下午五点，铃声一响，学生从前往后陆续交卷。没做完的学生按着试卷不肯交，监考老师拍桌提醒后，直接收走试卷。

今天是周六，大部分学生考完可以直接离校，但一班的老师比较严格，把大家叫回教室又发了两张试卷才放人："回家把卷子做了，明天晚自习时交。"

他布置完作业，又唠叨了好久才放学。同学们如得到特赦令，带上卷子一溜烟离开教室，奔赴大好的周末时光。

姜予眠在整理书包的时候收到陆习发来的语音消息，说今天想换个环境学习，随后发来一个地址，是家奶茶店。姜予眠回了一个问号。

"你先去里面坐，我这边有点儿事，晚点儿去找你。"陆习发完语音消息后直接把手机放到旁边，输入账号和密码，进入游戏里跟兄弟们潇洒快活。

进度条在缓冲，李航川开了瓶可乐递过去："习哥，你晚上还有事啊？"

陆习嗤笑，把瓶盖拧紧摆到一边："忙着呢。"

这话一语双关。

近期游戏在举办争霸赛，兄弟们邀陆习组队。陆习想了一会儿，答应下来。前两周他没怎么跟他们玩，现在再拒绝就显得不给人面子了。

最近考试，老爷子盯得紧，要是姜予眠回家太早，他肯定讨不到好果子吃。他干脆找了个理由把姜予眠稳住。

教室里，姜予眠再发消息已经没人回复了。看来他真的有急事。那她要去奶茶店里等人？仔细想想，她似乎已经很久没单独去过学校和家之外的地方了。再过几天又要去祁医生的心理咨询室了，如果她做好这件事，算不算一个小进步？

姜予眠让司机把她带过去，怕司机等，便简单地向他说明了下午的计划，又打字道："赵叔，晚点儿我跟陆习一起回去。"

这是姜予眠自开学以来第一次没有直接回家，老赵有些犹豫："眠眠小姐，要不跟陆总说一下？"

姜予眠想了想，打字道："如果陆习一个小时后没来，我再跟他说，可以吗？"

虽然她很喜欢跟陆宴臣分享日常生活，借此增加联系，但有时候也会担心给他添麻烦，认为多一事不如少一事。

周围来来往往的都是年轻人，姜予眠已经十八岁，老赵突然又觉得应该没事，便由她去了。

临近十一月，天气转凉，一阵冷风在姜予眠拉开车门时刮过，吹得她一哆嗦。她捂了捂耳朵，背着书包走进奶茶店里。

看着小姑娘单薄的身影，老赵觉得不妥，提前给陆宴臣打电话报备此事。

室内的暖气让姜予眠如获新生。她找到最角落的位子坐下，扫码点了杯奶茶，然后从书包里取出卷子，一分一秒都不愿意浪费。

冬季的夜晚来得早，被明亮的灯光笼罩的人毫无所觉。待她做完一套题后抬头，已经是晚上六点半了。她揉揉肚子，感觉有些饿了。

来的时候看见旁边有一家快餐店，姜予眠将作业塞回书包里，离开座位。

外面冷，她重新将外套上的羊角扣扣好。

"姜予眠。"

似乎有人在叫她的名字。

姜予眠停住脚步，茫然地环顾四周。三个女生突然出现在她面前，为首的女生穿着短裙配黑色小皮鞋，身上佩戴的饰品看起来很洋气。

这人看起来有点儿眼熟，虽然一时间想不起在哪儿见过，但姜予眠确定自己不认识对方。

盛菲菲盯着那张清纯的脸和无辜的眼神，有些想笑。下午她听到孙斌打电话，说跟陆习约在这附近打游戏。而姜予眠在这儿……恐怕他们不只是认识那么简单。

三个人排成一排挡在姜予眠面前，盛菲菲盛气凌人地道："听说你跟陆习关系不错，是真的吗？"

　　突然逼近的人让姜予眠心一紧。虽然她已经适应了人多的环境，但只有在没有任何威胁的情况下才能保持平和。

　　这三个人来者不善。姜予眠眼前的画面几乎跟三年前的经历重叠。她们拦下她，是因为陆习吗？

　　见她沉默，盛菲菲才想起她是个哑巴，指着手机道："我知道你不会说话，你可以拿手机打字。你跟陆习究竟是什么关系？"

　　姜予眠捏着手机，拨打最近联系人的电话。

　　另一边，包间里，少年戴着耳机，双手在键盘上游走。手机屏幕在旁边亮了许久，无人接听电话。

　　激烈的一局终于结束，几个人同时松了一口气。

　　"还有一局定胜负，下一把大家都要尽全力！"

　　"好！"

　　他们跟对方打成平局，所以加赛一场定胜负。

　　孙斌站起来："我出去透透气。"

　　陆习拧开可乐瓶，一口气喝完大半，拿起手机一看，发现上面有条未接电话提示。

　　"啧。"

　　肯定是"小哑巴"等不及了。

　　他选的奶茶店就在隔壁那栋楼，离这儿很近，几分钟就能到。现在才六点半，他再半个小时过去也没问题吧？陆习正想打过去让她再等等，听对面的兄弟突然吆喝一声，又瞬间打消念头。

　　要是电话接通了，姜予眠搞不好会听到他打游戏的声音。反正姜予眠说不了话，他直接编辑了短信。就在他按下发送键的那一刻，孙斌突然回到包间，道："习哥，你出来一下。"

　　陆习扭头，握着手机走出去："有事？"

　　孙斌直接把他带去阳台，指着楼下的街道说："你看看，那个好像是姜予眠。"

　　他们在二楼，站着阳台上能把对面街角的情况看得一清二楚。孙斌这两天考试坐在姜予眠后面，记得她穿的衣服、背的书包，一眼就把人认出来了。

　　"她旁边那个人感觉有点儿像盛菲菲。"

说来巧，盛菲菲也跟他们同一个考场。

盛菲菲对陆习执念颇深，这件事私底下都传遍了。孙斌心中生出一个大胆的猜测："习哥，姜予眠不会是被盛菲菲给堵了吧？"

陆习视力好，认出街头的那几个人，觉得那场景看着还真像那么回事！

"我下去看看。"陆习把手机揣进兜里，拐进楼道内往下跑。

街道上，姜予眠联系不上陆习，只好打字回答盛菲菲的问题："我跟陆习没什么关系。"

"骗谁呢？"盛菲菲不信，仰头看向对面的大楼，二楼的外墙上还挂着招牌，"我知道陆习在二楼那家店里，你是在这里等他，对吧？"

姜予眠疑惑地皱眉，想：陆习在那儿？

"姜予眠，"盛菲菲向她迈了一步，身子微倾，双手背在身后，颐指气使地警告道。"识相的就离陆习远点儿！"

盛菲菲的声音在姜予眠的耳边蓦地放大，突然有一些画面在姜予眠的眼前闪过，她下意识地抱头，脚步往后退。心脏猛地跳动起来，数道声音在耳边回荡，姜予眠听不清盛菲菲的话，只看到混乱的画面。

她读高一那年，爷爷和父母相继离世——寄人篱下的女孩儿再也不复往日的活力。她变得低调，那张清纯的脸却惹来祸端。

学校有男生向她表白，被拒绝后非但没有放弃，反而越挫越勇。她一心学习，对其他人和事不感兴趣，以为过段时间就能恢复平静。直到某天，一个身形高大的女生带人将她拦在放学路上，拽着她的头发，警告她离那个人远一点儿。

之后几天，她总是能遇到那几个人，对她恶语相向，偶尔动手动脚。她没有忍气吞声，而是选择告诉老师。

了解情况后，老师把那几个人喊去办公室里教训了一番，让她们写检讨书。那几个人怀恨在心，表面上消停了一段时间，实则暗中等待时机。

那年的冬天很冷，落单的女孩儿被推到地上，外套被脱掉，只剩单薄的衣服抵御寒风。

"这张脸真漂亮啊，难怪他对你念念不忘。"

"呀，看这腿都青了，真是丑死了。"

外套被人扔进散发出恶臭味的垃圾桶里。

那些人居高临下地对着她笑，脸上满是冷漠、恶意、嘲讽，以欺负人为乐。

夜幕降临，女孩儿抱着弄脏的书包一瘸一拐地走回家。

舅舅、舅妈正陪儿子坐在电视机前看动画片，没人注意到穿着单薄还受了伤的她。

这次，她向舅舅寻求帮助，并报了警。可惜施暴者是未成年人，最后警方只是责令家长严加管教。

领头的女生眼里满是厌恶："没想到是个硬骨头。"

被她们欺负过的人大多数选择忍气吞声，没想到看起来弱不禁风的女孩儿还挺倔强。

事情闹大后，女孩儿逐渐被孤立。慢慢地，她成了老师和同学口中性格孤僻的"好"学生。只有少数人知晓，那道柔弱的身躯里长着傲骨，从不向任何恶势力低头。

"嗡嗡——"

掌心里的手机振动起来，将人从回忆中拉出来。

姜予眠按下接听键，手机里传来男人低沉的声音："回头，我在你身后。"

她转身，两个人的目光在寒风中相遇，那一刻，漂浮在汹涌海面上的扁舟终于靠岸。

手机保持通话，陆宴臣大步走到她面前，问："怎么回事？"

见他看着姜予眠，盛菲菲有些慌乱无措："陆……陆大哥……"

唇齿微颤，姜予眠努力靠近陆宴臣，打下一行字："她警告我离陆习远一点儿。"

陆宴臣的视线扫过来，盛菲菲即使看不到手机上的内容，也知道姜予眠在告状。刚才还盛气凌人的盛菲菲瞬间变成邻家小妹："这是个误会。"在陆宴臣的注视下，她一句谎也不敢撒，"我就是想问问她跟陆习是什么关系，没事了，我们这就走。"

男人伸出一只手，目不斜视："盛菲菲，跟她道歉。"

"姜予眠，对不起。"盛菲菲几乎没有丝毫犹豫，道完歉便拉着两个小姐妹开溜。

跟班蒙了："菲菲姐，什么情况？"

"嘘。"她亲爹交代了，在外面闯祸没关系，别惹到陆宴臣就行。

盛菲菲带着姐妹往对面大楼走去，见楼道里突然冲出一个人影。

陆习脚步猛然一顿，扭头盯着盛菲菲："真的是你。"

转角遇到爱，盛菲菲把眼睛瞪得老大。

陆习问："姜予眠呢？"

盛菲菲下意识地回答："那儿，跟你哥走了。"

陆习顺着她手指的方向看去，姜予眠刚上车。

陆习顿时皱眉："怎么回事？"

盛菲菲把刚才的经过简单说了一遍："我就想问问她跟你是什么关系。"

陆习快气炸了："你有病吧，抓个'哑巴'问话？"

盛菲菲被吼蒙了："你……你凶我。"

他们打打闹闹这么久，她第一次见陆习发这么大的火。

陆习不爽地呼出一口气，转身离开。

留在原地的小跟班哄了盛菲菲好久，又问："菲菲姐，咱们还逛街吗？"

"逛啊。"盛菲菲的脾气来得快去得快，她仿佛已经忘了陆习冲她发火的事，"陆习的生日快到了，我得想想送他什么礼物。"

陆习的生日……小跟班翻开小本子一看，距离陆习的生日不是还有一个月吗？

车上，姜予眠紧紧地抱着自己的双臂，身体微微发颤。

"很冷吗？"陆宴臣让司机将暖风调高，却发现她还是维持着那个动作。

姜予眠摇了摇头。

盛菲菲的行为没有吓到她，只是勾起了那段回忆，让精神脆弱的她雪上加霜。

"下午吃饭了吗？"

她摸摸肚子，好像已经感觉不到饿了。

因她不愿意去餐厅，陆宴臣吩咐司机去店里买了些面包和牛奶放到车上。

察觉不对，陆宴臣提前带她去了心理咨询室。

祁医生送上一杯温水，陆宴臣带姜予眠在温暖的房间里坐了将近一个小时。

被迫加班的祁医生带着记录本单独找到陆宴臣，问："她遭遇过校园暴力，你知道吗？"

男人灭掉烟："知道一些。"

祁医生摇头叹气："她其实是个很坚强的女孩儿，可惜……"

陆宴臣把玩着金色的打火机，替他补齐未说完的话："可惜她力量薄弱，无法抵挡别人的恶意。"

虽然不找麻烦，麻烦也会缠上来，但她很勇敢，从未向那些人低头。

祁医生道："心结难解，你找个时间问问她，或许她愿意告诉你。"

陆宴臣嘴角掀起一抹笑："我不是医生，无法疏导病人。"

流于表面的关心并不能治愈一个人过去的伤痛，他对姜予眠的关怀仅止于此。

晚上八点，他们离开咨询室。

陆宴臣抬手看表："公司还有事，我让司机送你回陆家。"

姜予眠连连摇头，双手试探性地扯住他的衣袖。

陆宴臣读懂她的意思，问："想跟我一起去？"

小姑娘轻轻点头。

陆宴臣沉吟片刻："那就去吧。"

夜晚温度更低，陆宴臣自喉间溢出两声咳嗽。

见他脸色不太好，姜予眠连忙打字："你生病了吗？"

他脸上露出浅笑："有点儿感冒。"

姜予眠如临大敌，神情格外认真地打字："吃药。"

见她这副模样，陆宴臣手指微动，差点儿又要将手抬起来。他克制了一下，温和地回应道："吃过了。"

晚上加班的人很少，姜予眠没见到几个人，除了门口的保安、做清洁的阿姨，就是一直在等陆宴臣的姚助理。姚助理曾见过姜予眠。

陆宴臣私下带人来公司还是第一次。跟随陆宴臣多年，姚助理很有分寸，没多问。

陆宴臣看着姜予眠道："你可以去休息室。"

她摇头。

陆宴臣毫不意外，从容地指着斜对面那张干净的桌子道："如果你想待在这里，可以坐在那边。"

姜予眠乖巧地坐过去，取出作业。

陆宴臣坐在电脑桌前，翻开姚助理送来的报表。

没过多久，姜予眠悄悄抬头，小心翼翼地注视了他好久。

"喀。"

安静的办公室里响起一声咳嗽，姜予眠连忙起身走到饮水机跟前，接了杯水送过去。

余光中出现一只手和水杯，男人眸中闪过一丝诧异，用微哑的嗓音安抚道："没事，别担心。"

之后，两个人继续做着自己的事，几乎遗忘了时间。

处理完最后一份文件，陆宴臣放下笔，抬头看去，对面的小姑娘正趴在桌上睡觉。

她不知梦见了什么，嘴角微扬。

喉咙有些痒，陆宴臣注意到小姑娘单薄的身影，从休息间取来一张薄毯。

姜予眠侧着脸，马尾垂落，露出白皙的颈部。

男人眸光微闪，将毯子从她的后颈披至脚踝。

陆宴臣走进隔间里拨打电话："姚助理，帮我买个东西。"

半个小时后，姚助理拎着一个精致的礼品袋进了办公室。

陆宴臣握拳轻咳，从礼品袋中取出东西。一条叠放整齐的红色围巾映入眼帘，他仿佛见到了一个冰天雪地的世界。

屋外银装素裹，屋檐下结着冰凌。

十二岁的少年跪在雪地里，脊梁挺直，乌沉沉的眼眸中泛不起一丝波澜。

凛冽的寒风扑面而来，少年白净的脸上覆了层霜。

屋檐下站着一个玉雪可爱的小女孩儿。她穿着棉袄，小心翼翼走进雪地里，镶嵌绒球装饰的雪地靴踩过枯木，留下一串串的脚印。

小女孩儿俏皮的双马尾随着步伐一颤一颤的。她揉揉通红的耳朵，发出又软又甜的声音："哥哥，外面很冷的。"

跪在地上的少年却未动摇半分。

小女孩儿动了动粉嫩的唇，依依不舍地取下围巾，笨拙地绕过少年修长的脖颈。

那条红色的围巾是死寂寒冬里唯一的亮色。

第 三 章
保护欲

姜予眠是被一声咳嗽惊醒的。

脑袋一弹，下巴仰起，姜予眠睁开双眼，薄毯滑到地上。

她弯腰捡起薄毯，放到椅子上，在屋里寻找陆宴臣的身影。

隔间里，男人在打电话，冷漠果断的语气跟平时判若两人。

姜予眠听不太清，只看到他手握水杯，将胶囊塞入口中。

新闻里对他总是赞扬，无数人羡慕他，可又有几个人知道，他拖着患病的身体加班到深夜。

那样强大的人也会生病。

姜予眠想帮帮他，劝他去休息，最后却发现自己什么都做不了。她无法替他分担工作，甚至连一句关心的话都说不出口。

心里泛着密密麻麻的酸楚，姜予眠尝试着说话。她皱起眉头，手指抵着喉咙，一次次张口。

胸口一阵恶心，她转身对着墙面，眼底有了湿意。

不久后，陆宴臣从休息间里出来，见小姑娘已经醒了，提醒道："你该回家了。"

姜予眠闭了闭眼，对他点头。

陆家。

陆习心里堵得慌。姜予眠不接他的电话，他又不敢去招惹大哥，不晓得到底是什么情况。

被盛菲菲追了两年，他多少了解对方的性子。她不坏，就是有时候喜欢吓唬别人。他笃定姜予眠不会受到欺负，但"小哑巴"胆子那么小，万一被吓到怎么办？是他把姜予眠骗过去的。她出了事，肯定得他负责。

晚上十点，姜予眠还没回来。陆习抱臂在屋里徘徊，突然推门出去："谈婶，小……姜予眠还没回来？"

楼下的谈婶仰起头："啊？"

"咳，"陆习故作正经，"我有道题想问她，房里没人。"

"哦哦，"谈婶这会儿听清了，解释道，"宴臣带眠眠找祁医生去了，说今天要晚些回来。"

看医生？陆习心中警铃大作。姜予眠本该明天去，却提前到今晚，难不成真被吓出问题了？一时间，陆习的脸色变得难看。他坐立不安，一直等到十一点，楼下终于有动静传来。

陆习藏在暗处，看到姜予眠上楼后转身走向另一边——她要回房间。她是自己回来的，那应该没事了。想到这儿，陆习终于松了口气。

姜予眠快步回到卧室里，第一件事就是打开窗户去寻找楼下的身影，只看到车子驶离的模糊画面。

她依依不舍地捧起绕在脖子上的红色围巾，轻轻放在脸上蹭。

他们离开公司时，那个人亲自将一条崭新的红色围巾递给她："外面冷，注意保暖。"

那句温柔的关心驱散了她对凛冽寒夜的畏惧。她决定，之后每天都要问候陆宴臣一句，直到他的感冒彻底好起来。

那场意外谁也没有大肆宣扬，只是姜予眠在周日早晨主动找到陆习，表明不会再用一个月的期限去约束他。

这话姜予眠要是之前说，陆习肯定跳起来放鞭炮庆祝——经过昨晚，他对她心存愧疚。

"别啊，我得学！"他对昨晚的事只字不提，"学习是个好东西，我爱学习。"

姜予眠静静地望着他，清亮的眼里掀不起一丝波澜。

她终于看懂了，陆习虽是陆宴臣的弟弟，两个人却没有半点儿相似之处，差别不在容貌，而在性格。陆习没有陆宴臣身上的稳重与担当。

下午就要返校上晚自习，姜予眠背着书包准备出门，恰好遇到陆习。

"你也要出门？一起？"他分明是故意等在那里，还提前找好借口，"钱叔今天请假了，让我蹭个车吧。"

那辆车本就是陆家的资产，陆习想坐，她不会阻拦，主动去了副驾驶座。

车在距离校门五百米的地方停下，两个人一前一后下车。

途经此处的盛菲菲赶紧让司机开慢些。她趴在窗边，看到姜予眠跟陆习从同一辆车里下来，喜上眉梢。

昨天她拦住李航川、孙斌打听，那俩人支支吾吾的，说姜予眠是陆家的亲戚。难怪陆宴臣会出现。既然如此，她应该跟姜予眠搞好关系。

盛菲菲打定主意，第二天就带着礼物去道歉："姜予眠，上次的事我跟你道歉。那些话你别放在心上，我是吓唬人的。"

她的家里有钱，其他人愿意捧着，她偶尔装凶，可以省去很多麻烦。

姜予眠没收礼物，盛菲菲就天天来送。不得不说，盛菲菲耐心极好，有一番缠人的本事。姜予眠对她的态度从不理睬到能交流上几句。

得知这一变化，陆习更加郁闷了："小……姜予眠，你连盛菲菲都能原谅，到底还要跟我赌气多久？"

姜予眠在手机上打字："没跟你赌气。"

陆习不信，在网上向盛菲菲取经。盛菲菲以为他还介意上回的事，道："我诚心跟她道歉了，还送了她礼物，我俩现在是好朋友！"

虽然"好朋友"这个称号是她自己强行套上去的。

道歉？送礼？陆习仔细地琢磨起来。

这天姜予眠回家，陆习从后面叫住她："姜予眠。"

姜予眠停住脚步缓缓回头，静静地望着他。

陆习背着手走上前："我这次月考有进步，爷爷让我感谢你。"

姜予眠点点头，又举起手机："不用谢。"

她本就欠陆家很多，这点儿小事不足挂齿。

见姜予眠转身就要走，陆习大步一迈挡在她身前："等等。"在姜予眠疑惑的目光下，他从背后拿出一个盒子递出去，"这个给你。"

姜予眠歪头打了个问号，又打字："我不需要谢礼。"

"这不是谢礼！"陆习扬声反驳，"上次骗你去奶茶店的事……那什么……对不起。"

他声音越来越小，最后几乎含混不清。

姜予眠失语半年，目前能读懂简单的唇语，更何况陆习发出了声音。

神情复杂的少年托着粉色的长条形盒子，别扭地站在姜予眠面前。她第一次觉得，这个傲娇的大男孩儿有几分可爱。

她举起手机："你是在跟我道歉吗？"

陆习绷着嘴唇咳嗽两声，把粉盒子往她怀里一塞："反正你收下东西，这事就算过去了。"

说完也不给人反驳的机会，他迅速消失在走廊里。

姜予眠打开盒子，里面是一支外壳精致的钢笔。那样不着调的人竟会送这样一份礼物，姜予眠有些意外。

姜予眠夹着盒子，用手机编辑文字，点击发送。还没回房的陆习收到一条短信，上面写着："谢谢你的礼物，我原谅你了。"

"Yes（太好了）！"少年跳着进了屋里，这比通关一个超高难度的副本还有成就感。

接连发生的事让姜予眠觉得，她好像转运了。她一开始担心的恶意和危险是假的，他们都主动来跟她道歉，还送她礼物。比如盛菲菲，最初气势汹汹地警告她远离陆习，现在天天来找她。

"眠眠，问你个事。"盛菲菲一步一步走过来，歪头凑到她耳边说，"陆习的生日快到了，我想给他买礼物，你知道他喜欢什么吗？"

陆习的生日？姜予眠第一次听人提起此事，摇摇头。

"抱歉，我不知道。"她打字给对方看。

"没事，那我自己再想想。反正还有半个月，我再去商场里逛两圈。"

乍听盛菲菲提到这件事，姜予眠想到另一个人……

她还不知道陆宴臣的生日是哪天。

回家后，姜予眠打开电脑，很快从繁杂的网络信息中捕捉到自己想要的信息——十二月六日，就是陆习生日的后一天。

再次见到盛菲菲，姜予眠破天荒地提出跟她一起去买礼物。盛菲菲高兴极了。她巴不得跟姜予眠更亲近些，以后好叫姜予眠在陆习面前替她说好话。

月底要考试，二人约好考完的那个周末去逛街。

商场内，盛菲菲十分挑剔。

"这个看起来廉价，不行。

"这个不符合他的气质，不行。

"这个颜色我不喜欢，不行。"

两个人逛完一栋楼，盛菲菲终于找到了一个还不错的礼物，是一块运动手表。

"送手表寓意表白，感觉还不错。"她拿起那块运动手表，左看右看，放在手腕上比画，突然想到什么，道："但他好像不喜欢戴手表，不行。"

盛菲菲正想跟人讨论，扭头一看，身边的位子是空的。

姜予眠独自站在另一个柜台前，一眼相中里面的那块蓝金色腕表。

表盘呈蓝色，透着光影，罗马数字时标简约大方，金色的叶形指针低调奢华，外形雅致贵气。

标签上的价格让人望而却步，姜予眠盯着手表好一会儿。

盛菲菲突然出现在她身边："眠眠，你在看哪个？"

姜予眠摇头，轻轻抿起唇。

即使她有钱买下这块昂贵的手表，也无法将它送给陆宴臣。

最后盛菲菲斥巨资买了一套电子设备，笃定经常玩游戏的陆习会喜欢："我问过了，李航川他们都推荐这款。"

姜予眠看过许多东西，总觉不合心意。她抬手摸到脖子上柔软的围巾，最后也选了一条男式围巾。

姜予眠又想：上回陆习送她礼物，现在两个人的关系有所缓和，她又住在陆家，于情于理都该给陆习准备一份礼物。不过她们刚才看的东西都被盛菲菲否定了，她还是之后再找个东西送给陆习吧。

商场另一角。

"漫兮，你在看什么？"

刚从扶梯上下来的赵漫兮轻笑一声："看个笑话。"

自从发现这个借住在陆家的女孩儿看向陆宴臣的眼神里有着特别的情愫后，赵漫兮就觉得硌硬，没想到会在此处撞见她。

姜予眠买了一条男式围巾。赵漫兮听她们提到了生日礼物，猜了个七七八八。

陆宴臣的生日快到了，这东西多半是姜予眠准备送人的。陆宴臣从十二岁那年开始就不再过生日，这个天真的小女孩儿怕是不知道吧？真可惜，这份礼物，她注定送不出去。

店内，盛菲菲看到姜予眠买的东西，笑嘻嘻地说她真贴心。为证明自己跟姜予眠真的是好朋友，盛菲菲将两份礼物拍下来，发给陆习："我跟眠眠在给你买礼物。"

陆习过生日，盛菲菲必定是要送礼的，没必要藏着掖着。

陆习收到短信，刚开始没在意，直到看见关键词"眠眠"。姜予眠给他买礼物，这真是稀奇。

下午，陆习坐在大厅里玩游戏，见姜予眠拎着一个购物袋回来，往她那边瞥了好几眼。陆习没话找话，目光落在她颜色鲜艳的围巾上："你这条围巾还挺好看的。"

姜予眠捏了捏围巾柔软的一角，打字："谢谢。"

陆习弯起嘴角，故作随意地道："下周六我过生日，你也来吧。"

正准备上楼的姜予眠愣住了，觉得不可思议。陆习要举办生日宴的事她听盛菲菲说过，学校里跟他玩得好的都会去凑热闹。如果她去参加，不就等于告诉大家她跟陆习认识吗？

姜予眠打字："生日宴上有很多人。"

"废话。"他过生日，必须热闹。

姜予眠低头继续打字："他们就会知道你和我认识。"

陆习瞬间从沙发上站起来："你不会是觉得认识我丢人吧？"

姜予眠轻轻摇头。这几个月来发生了不少事，她帮陆习补习，陆习给她道歉、送礼，或许他们不是好朋友，但在同一屋檐下生活，也算比较熟悉的人。姜予眠原本就打算给陆习送礼，参加一下生日宴也没什么。她考虑片刻，决定接受他的邀请："好的。"

答应的那刻，姜予眠在想：得赶紧给他买生日礼物了。

她不了解男生喜欢什么，就在网友的推荐下买了个赛博朋克风的桌面摆件，边缘闪烁着炫酷的光，外壳设计充满科技感。

摆件上会显示时间和日期，还可以设置闹钟，摆在房里不占位置，能当电子钟使用。如果陆习不介意音质的话，还能连接手机蓝牙放歌。

周五，陆习分享了一家店的链接，说生日宴周六晚上七点半开始。

姜予眠回复"好的"。

距离陆习的生日还有一天，距离陆宴臣的生日还有两天。陆习的生日宴应该很热闹，陆宴臣那边却毫无动静，陆家也无人提到此事。

她不好意思问陆爷爷和谈婶，只想在那天向陆宴臣送上一份小小的礼物。

姜予眠把藏在衣柜里的盒子拎出来，放在地毯上打开，小心翼翼地捧起里面的东西。

这款男式围巾面料柔软舒适，触碰时就能感觉到温暖，灰色与杏色交错，一端的末尾设计为酒红色格子，既时尚又雅致。

这样的东西扔进礼物堆里一点儿都不显眼，或许时间一久，他连是谁送的都会忘记。

这是她送给陆宴臣的第一份礼物，怎么才能变得不一样呢？

姜予眠找谈姊拿了针线，在围巾的边角处绣上一个"L"，这就成了独一无二的礼物。只要她不说，或许那个人永远不会发现藏在暗处的小秘密。

她把东西重新叠好装回去，将准备明天送给陆习的礼物摆到桌上，以免忘记。

十二月，城市进入寒冬，早晚温度低，姜予眠今天穿着一件黑色毛呢外套，里面一层白色蕾丝花边露出来两厘米。

脖子上的红围巾把披在肩后的长发顶起来，她安静地低着头吃早餐，整个人因额前的齐刘海儿而显得很乖。

陆习越看越觉得她今天跟平时不一样。

她是因为晚上要参加生日宴，所以穿着打扮更讲究些？

陆习端起碗，挡住脸上飞扬的笑容，心想：都怪他的魅力无敌，连"小哑巴"都要被他征服了。

"喂，你在家里穿这么多不热吗？"

他想：家里明明开着暖气。

姜予眠放下勺子："我吃完了。"

陆习来得晚，她已经准备离开了。

见她抱起椅子上的书包，陆习顺口提了一嘴："你这书包该换了吧？"

现在女生大多喜欢衣服和包配套，虽然此包非彼包，但这个书包一看就是旧物。换了他，早就把这个书包扔进垃圾桶里了。

姜予眠摇摇头，表示不换。

陆习"哼"了一声，道："晚上七点半，别忘了。"

她点头，表示知道了。

外面在下雨，姜予眠从玄关取出一把伞，迎着寒风出门。

上了车，身子重新暖和起来，姜予眠把伞放到归置处，搓了搓手指。背压到头发了，她将长发向两侧拨开垂于胸前，往常垂顺的发尾今日微微卷曲。

她今天不仅要参加陆习的生日宴，还想去找陆宴臣……

明天陆宴臣肯定很忙，多半没空搭理她。如果她提前将礼物送去，或许他会记得今年收到的第一份礼物来自"姜予眠"。

冬雨断断续续的，从早下到晚，陆习那场热闹非凡的生日宴终于到来。

年轻人爱玩，陆习把聚餐地点定在一家酒店的豪华包间内，里面宽敞，能吃能喝能玩。

虽然参加生日宴的有一半是同校的，但是大家放学的时间不一样，五点半后有空的陆陆续续往那儿赶。一班的老师拖堂，加上今天轮到姜予眠跟另外几个同学值日——等她打扫完锁上教室门，已经六点半了。

包间里，有些人已经到了。

"习哥，听你在群里说，住在你家的那个'小白莲'要来？"

"什么'小白莲'，你会不会说话？"

"那不是你自己说的？"

陆习白了他一眼。

"想当初你还让咱们吓唬她，逼她说话，现在怎么回事？"

往事不堪回首，陆习梗着脖子道："爷爷喊我照顾她。她不是胆子小吗？我带着她见见世面。"

对于陆习"被迫"照顾姜予眠的事，有几个跟陆家关系亲近的人听过。他们围坐在桌旁起哄，有些话传着传着变了味。

有人道："她借住在你家，让你照顾，你们又是同龄，我怎么听着有点儿不对劲呢？"

众人"哈哈"大笑。

一个男生道："你爷爷这是给你找了个媳妇啊！"

"你胡说八道什么呢？"陆习随手拿了个小柑橘塞进嘴里，居然是酸的。他吐出来，满不在意地道："谁会喜欢那个无趣的'小哑巴'？"

在路上堵车许久，好不容易赶来的姜予眠恰好听见陆习冷嘲热讽的话。

无趣的"小哑巴"。

"她还不说话啊？"

"她成年了吧，要不今天咱们再帮她一把？"

房间里充斥着笑声，落在她的耳中是混乱的、恶劣的。

她认出了那群人。她来到陆家的第二天，陆习就是用那副友好的面孔将她骗进了院子里，关上门，叫他的那群朋友欺辱她、恐吓她。那些人看她的眼神就像发现了新玩具。一想到那天的场景，她就觉得有些恶心。她厌恶那些声音，只想逃走。

盛菲菲从电梯口上来，看到一道匆匆离去的背影。她看了两秒，没放在心上，高高兴兴地推门进去："生日快乐，陆习。"

姜予眠从酒店里跑出来，外面的雨变小了。她没撑伞，任由细雨飘到脸上、落在肩头，提醒自己保持清醒。

她疑惑，是自己识人不清，还是这个世界上有太多的恶意？即使她从不主动招惹别人，善于伪装的恶人也总会想方设法地骗她入局。

姜予眠沮丧地站在街头，一条新信息的提示音响起。

L："在公司加班。"

半个小时前她打听了陆宴臣今晚的安排，现在终于得到回复。这一刻，她特别想见到他，见到那个次次救她于水火之中的人，觉得只有在他身边才是安全的。

越发强烈的念头驱使她走到街边，拦下出租车："去天誉公司。"

姜予眠来过这里一次。机灵的保安一眼认出她，令她顺利进入公司。

她记得陆宴臣在十九楼，得刷卡才能进去。姜予眠正迟疑，从电梯里走出来一个人。

"姜小姐？"姚助理有些诧异，"你是来找陆总的？"

见她毫不犹豫地点头，姚助理主动提出带她上去。

姜予眠低头看着手里的礼物盒，打字："可以暂存一下东西吗？"

姚助理态度友好："当然。姜小姐想存什么？"

姜予眠把手里拎的方形袋子递过去。

姚助理觉得这看起来像一份礼物，眼神变了变，试探性地问："这是要给陆总的？"

姜予眠摇头。这个东西她本该送给陆习，现在不用了。按原计划，她该回去拿围巾，但当时她的脑子里乱乱的，只想着来找他，便什么都忘了。

姚助理暗暗松了一口气，引姜予眠上去："陆总在办公室里，姜小姐，你去吧。"

出电梯的时候，姜予眠收到一个电话。看清来电人的姓名后，她直接把电话挂了。

又唱了一轮歌，李航川放下话筒："习哥，你这蛋糕还切不切啊？"

陆习烦躁地扔掉手机："再等等。"

十九楼内很安静，姜予眠走路脚步很轻，跟随记忆中的路线找到办公室。

走廊里亮着灯，屋里却很暗，若不仔细看，她差点儿以为里面没人。

陆宴臣的办公室设计独特，他在时喜欢开着第一道门，留下一道可视玻璃门。

姜予眠终于在房间里搜寻到他的身影。

男人坐在椅子上，侧对着落地窗，嘴里咬着一支香烟。他用指腹摩挲着狼形的浮雕，火花擦亮，燃起猩红的火星。

烟雾弥散，光影转瞬即逝。

姜予眠看得出神。

在她的记忆中，陆宴臣总是站在明亮的光里，脸上挂着温和的笑容，一丝不苟，整洁干净。

她从未见过这样的陆宴臣，藏于黑暗中。

窗外细细密密的雨与夜晚融为一体，光影汇聚在他的身上，让他无端生出一些诱惑感。

"当！"

姜予眠扒在门边，几乎看得入迷，却不小心撞到玻璃门。

陆宴臣回头望去，对上一道惊慌的目光。

被发现的那一刻，姜予眠心跳彻底失控，乱糟糟的大脑霎时间变得空白。

他走出来了，两个人隔着玻璃面对面。姜予眠心底突然生出一种偷窥被抓住的羞耻感，脸颊像被火烧了一样。

陆宴臣握住门把手，将门打开。

视线落在那颜色鲜艳的红围巾上，他眼底的情绪浓烈了几分。

他咬着烟，低头一笑："怎么每次都被你看到啊，姜……予……眠？"

她想：不一样……眼前的陆宴臣好像变了个人，但又的确是他。

这是她从未见过的眼神，不再是浮于表面的温柔，那里面藏着许多她看不懂的东西。

如果她会说话，此刻应该在磕磕巴巴地解释。打字给了她缓冲的时间，经过脑子过滤的语言已经变得委婉了许多："对不起，打扰你了吗？"

陆宴臣取下烟，一笑："你说呢？"

烟头在指间被掐灭，他退后两步，将其扔进垃圾桶里："你平时胆子小，今天怎么主动过来了？"

"我来找你……"

姜予眠打出四个字，接下来就不知道该写什么了。

她是发觉自己受了欺骗，想要寻求避风港。可这些话她要怎么对陆宴臣说？

"陆习不是邀请你去参加生日宴？"他抬手看表，"现在八点多了。"

姜予眠睁大眼，打字："你怎么知道？"

陆宴臣："老赵。"

哦，送她去酒店的司机本就是陆宴臣安排的人。

姜予眠闷闷不乐。

"他并不是真心邀请我去参加生日宴的，所以我没去。"她打字。

陆宴臣勾了一下唇，意有所指地问："你分得清真心和假意？"

她下意识地点头，想起自己差点儿被蒙骗，又赶紧摇头，打字："我笨，分不清。"

看清手机上的文字后，陆宴臣抬眸看到她一本正经的表情，颇有兴致地继续与这个话题纠缠："那你怎么说他不是真心的？"

姜予眠后知后觉——她把自己给绕进来了。她抿唇又皱眉，看了看他的指尖，打字："脏了。"

陆宴臣用手指灭烟，不疼吗？他面不改色，只是手指上染了黑色。

陆宴臣轻轻地"嗯"了一声，心想：小姑娘学会转移话题了？

平时那么爱干净，跟别人握一下手都要擦拭的人能够忍受指尖变得黑漆漆的？

姜予眠取下书包，从最外层的包里取出一张湿纸巾递过去。

陆宴臣笑着看她一眼，伸手接过，道："谢谢啊。"

湿纸巾散发着香味，他将指尖擦得干干净净的。

姜予眠摇头表示不用谢。能为他做一件事，哪怕是小事，她也觉得开心。

他将话题绕回去："陆习惹到你了？"

姜予眠抬眸看了他一眼，紧闭嘴巴。

陆宴臣："在我面前可以说实话。"

姜予眠望着他的眼睛，好像所有的谎言在他眼里都无所遁形。

"我去了他的生日宴，听到他和朋友在嘲讽我。我没有做任何对不起他们的事，为什么他们总要跟我过不去？"她打字。

一想到包间里那些恶劣的笑声，她就很气愤。

陆宴臣平静地向她陈述一个事实："世界上有形形色色的人，他们做坏事时甚至不需要理由，如果不想受到伤害，你就要努力变得更强大。"

他波澜不惊的声音里蕴含着一股力量，这让姜予眠想到曾经遭受的校园暴力。那个领头欺负她的女生仅仅因为自己喜欢的男生喜欢她，就把不甘心和怨恨发泄在她的身上……

"如果我遇到一群人，就算再怎么努力也打不过怎么办？"她打字。

她从未放弃反抗。只是当厄运来临时，双拳难敌四手，她没办法战胜一群人。

"有没有听说过，君子报仇，十年不晚？"他摸到桌上的打火机，抚摩上面的狼形浮雕，直视前方，"有些伤害，无论过去多久都无法抹平，如果无法释怀，那你就想办法改变它的结局。"

这些话给姜予眠带来不小的冲击。舅舅叫她安分，老师希望她息事宁人，父母和爷爷去世后，没人在意她的想法。但现在有个人告诉她，遇到迈不过去的坎不一定要退步，可以另寻他法，迈过它！

姜予眠试图理解他的意思："你的意思是，报复回去？"

陆宴臣哑然失笑，藏起内心的深意："小朋友，我可没教你做坏事。"他只想教她坚强与勇敢，"你要变得强大，无人敢欺，让曾经诋毁你的人俯首称臣。"

这天晚上，姜予眠见到了一个不一样的陆宴臣。她费力地去理解那些话的含义，却不知道怎么变成他口中的强者，是要拥有更多的知识、更多的金钱还是更高的地位？

她不知道未来要走哪条路，眼里尽是迷茫。陆宴臣用手指轻点桌面，那只手最终落在她的发间，轻轻地揉："不着急，慢慢想。"

姜予眠顺从地垂下脑袋，显然心不在焉。

陆宴臣抬头看向门外敞亮的地方，惊觉他们在没开灯的办公室里待了许久。在小姑娘头顶作乱的手移到她眼前，他拿起遥控器开灯，室内骤然明亮。

姜予眠逐渐适应灯光，挡在眼前的身影已然离去。她瞬间心跳加速。

陆宴臣绕去办公桌前，拉开抽屉取出一串钥匙，说道："走吧，回家。"

"哪个家？"

几个月前，陆宴臣说了同样一句话，然后带她去了青山别墅。

"嗯？"陆宴臣反问，"除了陆家，你还想去哪儿？"

"那你呢？"

很多次陆宴臣让司机把她送回去，自己却不进屋。如果他今天也这样，那她岂不是等不到他的生日了？

陆宴臣扬起钥匙："我也回去。"

他的回答让姜予眠的一颗心落下。

电梯直接停到停车库那层，陆宴臣解开车锁，率先拉开副驾驶座的车门。

姜予眠左右看看，寻找司机。

陆宴臣一下看透她的想法："没有司机，我开车。"

见她愣在原地不动，陆宴臣轻叩玻璃窗："或者我坐在这儿，你开车。"

姜予眠表情微妙，上车后给L发了一条微信，一本正经地声明："我还没考驾照。"

陆宴臣："逗你玩的。"

陆宴臣居然会逗她。

咩咩："我以后会学的。"

陆宴臣："嗯，加油。"

咩咩："然后邀请你坐我的车。"

他随口应下："好。"

陆宴臣插上钥匙，突然问道："你是不是还没吃饭？"

正强烈"抗议"的肚子替主人回答了这个问题。

陆宴臣侧身，把手搭在椅座上，认真地教育这个经常饿肚子的小姑娘："姜予眠，下次不要饿着肚子来找我。"

她举起手机："饿肚子不能找吗？"

"不能。"

她打字："那我吃饱了再找你。"

这话看起来有点儿不对劲，她删掉重打："那我吃一些了再来找你。"

姜予眠打字的过程被陆宴臣看在眼里。

他无奈地笑道："走吧，带你去吃饭。"

路上下雨，车速慢，他们选了家口碑不错的餐厅。

吃饭花了不少时间，他们到家时已经十点半了。

　　回到房间里，姜予眠先把藏在柜子里的围巾礼盒拿出来，犹豫什么时候送。反正陆宴臣今晚住在陆家，她可以等十二点过后送去。如果对方睡了，那她就明天早上送去。想了想，姜予眠把盒子放到桌上，不紧不慢地收拾了东西去洗澡。

　　她泡了一会儿澡，粉嫩的脸颊被水汽蒸成红色。姜予眠用带水珠的手指捏了捏耳朵——这是她无意识的小动作。

　　这个热水澡让人全身舒适，泡够了，她扶着浴缸站起身。

　　晚上十一点，陆家闹出大动静。

　　谈婶接到从门卫处打来的电话后，赶到门口去接陆习。

　　等谈婶到那边的时候，陆习已经告别朋友从车上下来了，蹲在路边拔草。

　　"陆习少爷，你喝酒了？"谈婶"哎哟"两声，眼睁睁地看着本就稀疏的小草快被他拔光了。

　　陆习十指交叉，在她面前比画什么，嘴里嘟囔："我都成年了，当然能喝。"

　　谈婶心疼不已："那也不能喝这么多啊，你酒量又不太行。"

　　陆习板起脸："男人，不能说不行。"

　　没法跟喝醉的人讲道理，谈婶只得顺着他的话说，把人哄进屋里。

　　回到熟悉的卧室里，陆习一头栽在床上。谈婶不放心，非把他拉去洗了个脸。

　　冷水扑面，陆习顿时清醒了几分，呼出一口气："谈婶，我没事了。"

　　"你自己注意点儿，我去给你煮醒酒汤。"谈婶不放心地叮嘱了一句才离开。

　　陆习撑着洗手池的台面，抬头望向起雾的镜子，发梢还在滴水。他打开水龙头，顺便给自己洗了个头，顶着一头湿漉漉的短发出去。

　　陆习出了卧室，从这头走向另一头姜予眠的卧室，开始敲门。无人回应他。他一只手握住门把手，轻而易举地打开房门。

　　充满少女感的温馨房间内空无一人，陆习甩甩发梢的水珠，目光一下子锁定在桌上。那里有个眼熟的包装袋，是姜予眠给他买礼物的那天拎回来的，他记得很清楚。

礼物在房间里，这说明姜予眠今天真的没去。陆习长这么大，第一次被女生放鸽子！

陆习不信邪，走过去拆了盒子，打开一看，里面是一条男式围巾。他随手拎起来，没拿稳，围巾落在地上。陆习弯腰去捡，摸到凹凸处。他翻过来一看，围巾的角落竟绣了个字母"L"——陆。

姜予眠在搞什么，费心费力费钱地给他准备了礼物，却不送给他？

陆习想不通，不管三七二十一，先把围巾戴到脖子上。围巾戴着挺舒服的，就是家里开着暖气，他有点儿热。

他把围巾绕了两圈，正要取下来的时候，房门再次被人推开。

穿着奶白色绒毛睡衣的姜予眠从外面走进来，丸子头自然地扎在头上。她正要取下洗脸时用的防水带，用余光瞥见一个人影。

动作僵住，她扭头望去。陆习双手举在肩两侧，戴在脖子上的围巾格外眼熟。他身旁是被拆开的盒子，还有倒在桌上的礼物袋。

这一幕映入眼帘，姜予眠怒气横生，整个人都在颤抖。她的礼物……就这么被陆习给拆了？！

她张口，说不出话，急得冲上去，要把他脖子上的东西取下来。陆习毫无防备，拉扯间被围巾勒住脖子。

本能的自我保护机制让陆习伸手将她推到了地上。

"姜予眠，你干什么？"陆习嗓子都哑了。

姜予眠恨自己口不能言。这个人不经允许擅自闯入她的房间，拆掉她的东西，还反过来质问她。怎么会有这么无耻的人？

她指着陆习脖子上的围巾，无声地说："还给我！"

陆习却看懂了她的意思，见她还坐在地毯上，伸出一只手。

"啪——"巴掌声清脆响亮，姜予眠愤愤地将他的手拍开。此刻的她就像一只被激怒的小兽，眼里满是红血丝。

陆习气得跳脚："你有病吧？"

他好心好意想拉她一把，还被她打开。

姜予眠气得发抖，自己从地上爬起来，冲到桌边写字："把围巾还给我。"

陆习都快被围巾捂出汗了，本就打算取下，被"小哑巴"这么一闹，偏不肯了："说起这个，我倒是要先问问你，你今天为什么没来？"

姜予眠气得咬牙切齿。她没去，陆习看起来很失望啊。

她闻到了陆习身上的酒味。那群人肯定喝了不少，如果她今天走进去了，还不知道会遇到什么糟糕透顶的事。

陆习偏要答案："你说啊！"

姜予眠冷哼一声，写字："我是哑巴，不会说话。"

"你声带正常，装什么哑巴？说是有心理疾病，什么病能让你连话都不会说了？"酒精上头，他口不择言，"我看你就是装的！"

姜予眠的眼神是冷的，她写字："我是装的，也比你偷别人的东西好！"

"偷东西？"陆习指着自己，满脸不可思议，"你说我偷东西？我偷什么了？"

姜予眠再次强调："围巾，还给我。"

"这难道不是要送给我的吗？"陆习自顾自地说，"你也别否认，盛菲菲都跟我说了，而且这上面还绣着我的姓氏。"

姜予眠瞪大眼，终于找到了问题的关键：盛菲菲误以为她买围巾是要送给陆习，还将这个错误的信息传递给了陆习。这真是离谱！

可即便如此，陆习也没理由闯进她的房间，还随意地拆她的东西。

卧室内的动静终于把准备去书房的陆宴臣引了过来。

他站在门口，问："你们在干什么？"

一时间，姜予眠心里有些慌。

陆习错愕地抬头："大哥。"

陆宴臣走进来，敏锐地闻到了陆习身上的酒气："你喝酒了？"

陆习咽了口唾沫："喝了几瓶。"

陆宴臣注意到地毯上的袋子和盒盖，问："怎么回事？"

陆习硬气地道："她放我鸽子，我来找她算账！"

陆宴臣眼神不善："发酒疯滚回房间去。"

陆习反驳："我没疯，就想问她为什么装哑巴。"

"陆习，出去，不要让我再说一遍。"陆宴臣抬手指门，事情再无回旋的余地。

在陆宴臣那道犀利的目光下，陆习拍了拍发热的脸，气呼呼地离开了。

陆习那个讨厌鬼走了，也把她要送给陆宴臣的礼物带走了。姜予眠气得不行。偏偏陆宴臣站在那儿，她还不能当场要回来，否则……她的秘密也会暴露。

陆宴臣回头看着安静的小姑娘。

她穿着奶白色的居家服，扎着丸子头，露出饱满的额头，眼里写满了倔强。

她露出了整张脸，一双杏眼看起来单纯无辜，可精致的五官若再长开些，会生出另一番魅力。

陆宴臣安抚道："等他清醒了，会来找你道歉的。"

姜予眠摇头，写字："我不需要他道歉。"

陆宴臣想起她今晚的那些话，问："你还是认为他心术不正，是故意骗你过去的？"

姜予眠写字反问："你是想替他说话吗？"

"不，"陆宴臣否认，"他是个成年人，如果连让别人信任的本事都没有，未免太无用。"

他弯腰捡起落在地上的礼品袋，哄道："别生气了。"

姜予眠深吸一口气。她不生气是不可能的，陆习把她给陆宴臣准备的礼物偷走了。不过，陆宴臣的反应让她心里舒坦许多。

快到十二点了，一个大男人再在女孩儿的卧室里待下去不合适。见陆宴臣转身要走，姜予眠追上去，拉住他的胳膊。

陆宴臣疑惑地回头。

姜予眠举起写好的字："生日快乐，陆宴臣。"

突如其来的祝福明显让陆宴臣感到意外。

他没有下意识地道谢，眼里闪过一丝异样，婉拒了她的祝福："我不过生日。"

"为什么？"她直接从嘴里问出来，没发出声音。

陆宴臣读懂了她的唇语，把食指竖在唇边，道："秘密。"

她想追问，但他明显不想说。她只能把好奇心暂时放到肚子里。

陆宴臣抬起腕表看了眼时间，低声对她道："早点儿休息，好梦。"

听完那句话，姜予眠整个晚上翻来覆去的，没睡好。

第二天她起得很早，醒来后拔掉耳塞，在衣柜里找了件高领毛衣换上。

六点多，天还没亮，姜予眠就在房间里待着。她七点多下楼，厨师已经开始做早餐了。

她坐在饭厅里，却只等来了陆爷爷一个人。

他们平时上学，跟陆老爷子吃早餐的时间不一致。周末有时会碰见陆爷爷，姜予眠也是吃完就走，今天却在这儿坐了很久。

陆老爷子问："眠眠是没吃饱吗？或者有其他想吃的？"

姜予眠连连摇头，怕引起怀疑，一会儿就走了。

她等了很久，连陆习那个喝醉酒睡懒觉的人都醒了，还是没看到陆宴臣。难道他走了？可她六点多就起来，也没看见他。

姜予眠在家里逛了一圈，想了想，还是找到自己信赖的谈婶，打字问："谈婶，你看见宴臣哥哥了吗？"

谈婶支支吾吾，说不出个所以然。

姜予眠惊觉不对，缠着谈婶要答案。

"眠眠啊，我怕了你了。"谈婶不舍得骗她，最后悄悄跟她说了实话。

姜予眠竖起耳朵，眉头却越皱越深。

她跑去祠堂，见那人果然如谈婶所言，挺直脊背跪在地上。

她看不见陆宴臣的脸，那道孤傲的背影却让她的心狠狠地痛了一下。

她差点儿忍不住冲进去，又因理智克制住脚步，回去找到谈婶问："为什么会这样？"

陆宴臣不过生日，反倒在生日当天被罚跪在祠堂里。

两兄弟的生日，一个热闹无比，另一个冰冷死寂。

"唉。"谈婶深深地叹了一口气，提到那段不堪回首的往事。

十几年前，陆家的事业蒸蒸日上，陆氏夫妇忙于工作，很少回家。两个儿子跟爷爷住在一起，经常十天半个月见不着父母。

陆宴臣十二岁生日那天，陆氏夫妇第三次缺席。陆习的生日跟陆宴臣的生日相近，陆习自然也一样见不到爸妈。

六岁的陆习吵着要见爸妈，夫妻俩远在国外，回不来，对两个儿子深感抱歉。不过陆习很好哄——两套豪华版玩具就让他立即擦干眼泪，玩得不亦乐乎。

第二天是陆宴臣的生日，夫妻俩同样问陆宴臣想要什么，他只提了一个条件，要他们回来。

陆宴臣跟陆习不同，一直很懂事，让他们省心。夫妻俩很为难，但无论如何都无法动摇陆宴臣的念头。陆宴臣什么都不要，只想见爸妈。

那似乎是陆宴臣第一次"任性"，却也因此葬送了陆氏夫妻的性命。

他们回国的航班遭遇恶劣的天气，机毁人亡。

陆老爷子白发人送黑发人，痛不欲生，无法接受这个事实，将一切责任算在陆宴臣身上。昔日疼爱的孙子变成"祸害"，陆老爷子看他的眼神爱恨交织。

陆氏夫妇遇难，许多人前来吊唁，沉浸在悲痛中的陆老爷子必须站起来主持大局。他不许陆宴臣入内，陆宴臣只能站在远处，跪下赎罪。

那年冬天下了雪，十二岁的少年跪在雪地里，无法原谅自己。

他也认为是自己害死了父母，在雪地里跪了一天一夜。

所有人都忘记了院子里有人，发现陆宴臣的时候他已经因为体力不支晕倒在地上，是前来吊唁的一对夫妻将他送去了医院。

后来陆宴臣寒气入体，每到冬季，身体都比常人更畏寒些。

从谈婶口中听到关于陆宴臣以前的事，姜予眠脑子里闪过一些模糊的片段。雪地里的一幕有几分熟悉，她却怎么也想不起来了。

陆宴臣十二岁的时候，她才六岁。时隔多年，她哪里还记得清六岁时发生的事？

爷爷跟陆爷爷交好，不知道陆氏夫妇去世的时候他们家有没有去吊唁，如果去了，或许她那时见过陆宴臣。可惜她当时年龄太小，实在记不清了。

谈婶叹息："真是造孽啊！"

十二岁的孩子不过是太思念父母，希望他们能回家看看，又做错了什么？

可面对这件事，大家都需要一个发泄情绪的出口，最终只能由他来承受。

起初陆老爷子心结难解，每次见到陆宴臣时都会想起那场空难，便叫人在外面安排好住处，将陆宴臣送出去住。

陆宴臣依旧衣食无忧，却好像在一夕之间失去了所有。

除了照顾陆宴臣的那几个用人，没人知道陆宴臣是怎么独自成长起来的。

直到出类拔萃的他把各种奖杯和优异的成绩单陆续送到陆老爷子的手上，陆老爷子才意识到，那个被"放逐"的孙子已经成为振兴陆氏的不二人选。

老爷子把人接回陆家，他们默契地对往事闭口不提，平时相处和睦，心里却永远扎着一根刺。

陆宴臣成年后主动搬出陆家，但会不定期地回家看望老爷子，除了一些涉及原则的事，几乎对老爷子有求必应。

十二岁之后，陆宴臣所做的一切都是为了陆家。

那孩子，或许是在替父母尽孝，又或许是在尽其所能地偿还。

"他要这样跪多久？"她打字问。

姜予眠揉揉酸涩的眼。如果她会说话，此刻一定带着哭腔。

谈婶告诉她："一天一夜。"

那是陆宴臣对自己的惩罚。

这么多年过去了，他从未走出那个寒冬。

姜予眠垂头丧气，感觉自己走进了一个困局里。

十四岁失去父母的她弱小到需要别人保护，从十二岁开始便饱受折磨的陆宴臣却替整个陆家撑起一片天。他究竟有多强大，才能走到如今这一步？

她耳边不禁回响起陆宴臣在办公室里教给她的那席话："不想被欺负，就要努力变强大。"这是他口中的大道理，还是亲身经历？

姜予眠想得入迷，差点儿撞到东西，幸亏被人手疾眼快地拽了一把。她想道谢，结果对上陆习那张脸，便什么话也不想说了。

"姜予眠，昨晚的事……"陆习是特意来这儿堵她的，"我昨晚喝多了，有些事记不清楚。"

他隐约记得自己闯入了姜予眠的房间里，还推了她一把。那个画面在他的梦里反复出现，搞得他这个被放了鸽子的人似乎还理亏了。

"我好像发了酒疯，你没事吧？"他旁敲侧击，试探着姜予眠。

姜予眠唇角微动，心里在冷笑。陆习的行为就是典型的打你一巴掌再给你一颗甜枣。她不想搭理陆习，不过得先要回自己的东西，打字："把围巾还给我。"

"那不是送……？"陆习现在有点儿怵她的眼神。

女孩儿双眸不凶，也不吓人，就是看着让人心虚。

他昨晚闹得有点儿过，"小哑巴"估计生气了，连礼物也不想送了。他倒不缺一条围巾，只是想起那上面独有的刺绣图案，觉得有些可爱。

他曾经收到不少礼物，有些礼物的价格比围巾的价格高了十倍百倍，却只有这条围巾既温暖又实用，上面还有他的姓氏。陆习有些不舍，还有点儿气不过："可以给你，但你得给我一个合理的理由，你昨天为什么放我鸽子？"

姜予眠震惊，他居然还有脸问。或许在陆习的圈子里，捉弄人和灌别人酒根本不算事，一句"开玩笑"就能带过。她要跟陆习撕破脸吗？还是算了，毕竟他是陆宴臣的亲弟弟，她只要记得吸取教训，以后别上当就好。

"昨天身体不舒服，没去。"她打字。

"你生病了？"陆习上下打量她，"啥病啊？"

姜予眠想起他昨晚质疑她装哑巴的事，回了两个字："哑病。"

陆习恍然大悟。难道她是因为不能说话，自卑才没去的？这的确是他考虑不周。要是他生病了，不能说话，估计也不想见人。

陆习得到自己要的"答案"，依照承诺将围巾还给他。姜予眠拿到东西转身就走，一秒钟都没停留。

陆习望着姜予眠手里的围巾，觉得可惜，决定想个办法，让姜予眠心甘情愿地把围巾重新送给他。

时间过得很快，转眼就到了下午，高中学生陆续返校上晚自习。

当好学生这么多年，姜予眠第一次谎称"身体不舒服"向班主任请假。班主任直接批准，没有怀疑。

下午，陆习又打算施展蹭车的招数，结果姜予眠不去学校——计划 A 失败。

陆习正为这事烦恼，盛菲菲偏偏来触他霉头："我去一班找眠眠，班上的同学说她没来，怎么回事啊？

"眠眠昨天为什么没来？她送你的礼物，你收到了吗？

"今天这么冷，围巾刚好用得上。

盛菲菲每问一句都仿佛往陆习的心头插上一刀。特别是"礼物"，一想到那条"得而复失"的围巾他就怄得慌。

"有本事你自己问她去！"陆习只想把这只聒噪的"麻雀"撵走。

盛菲菲理直气壮地道："我问了，她没回消息啊。"

陆习烦了："她身体不舒服，请了病假。"

都怪盛菲菲那堆乱七八糟的问题，害得他整个晚自习都在想这些事。

上完晚自习，他回到家一问，用人说姜予眠吃完晚饭后一直没出来："眠眠小姐应该已经睡下了。"

陆习想想也是，生病的人精神状态不好，肯定睡得早些。

没有小老师的日子，陆习接受了李航川的游戏邀约，几个熟人在游戏战场上大杀四方。

二楼，姜予眠在房间里换了件更厚的衣服，悄悄下楼。

夜晚温度骤降，姜予眠踏出大门的那刻仿佛置身于冰雪世界之中。

城市还未降雪，寒风夹着飘零的雨拂过脸颊，吹得人遍体生寒。天色灰蒙蒙的，放眼望去，四周的景色几乎模糊成一片。

她撑起伞，暖和的雪地靴一脚踩上铺满雨水的地面。

从这里到祠堂有一段路，一天之内，姜予眠已经来来回回走了好几趟。除了吃饭，她都在这里。陆宴臣在里面跪了多久，她就在外面守了多久。刚才发觉下雨且降温了，她提前回去拿了伞。

现在已经十一点，还剩一个小时。姜予眠穿着一身黑衣站在门外，等待十二点的到来。

临近十二点，陆习结束一局游戏，撂下一句话直接退出："不打了，我睡觉了。"

他对兄弟这么说，实际上却从床上爬起来，穿好外套出了门。这么大的雨，他那位固执的大哥会不会被淋成落汤鸡？陆习取了一把伞出门，朝祠堂的方向走去。

祠堂里，陆宴臣双腿麻木，已经感受不到痛。十二点，他挺直的脊背才弯下去，撑在地面上的手用力到青筋暴起。他缓了一会儿，尝试起身，用力点不对，身体往下一沉，却突然撞进一个柔软的怀里。

姜予眠力气小，丢开伞抱住他，用了双手。陆宴臣单膝跪地，这样看上去，更像是将那娇小的身躯揽进怀里。

祠堂外传来"啪嗒"一声，陆习手里的雨伞掉落在地上。

外面的雨突然变大，打破夜里的宁静。

"你们两个在干什么？"陆习惊愕地望向里面，怀疑自己眼花了。他揉揉眼睛再仔细看，里面的两个人仍然抱在一起。

被人撞见，姜予眠下意识要后退，手一动，又想起自己正扶着陆宴臣。怕他摔倒，姜予眠继续保持这个姿势，仰头看他。

谈婶说，他为了惩罚自己，跪在这里一天一夜未进食，现在脸色已经很难看了。

陆宴臣单膝跪地，感受到那副柔弱的身体用尽全力想支撑自己，反手握住姜予眠的胳膊，轻轻将她推开："谢谢，我没事。"

他的礼貌和分寸感一下子将两个人划清界限，明明身体相贴，姜予眠却觉得，他们之间的距离非常遥远。

她咽了一口唾沫，低下头，慢慢松手，从他身边离开。

陆习终于反应过来，是大哥跪得太久，站不稳，姜予眠去扶他，他们才会不小心撞到一起。

"大哥。"陆习捡起伞，过去搭了把手。

姜予眠也捡起自己掉在地上的东西，站在两个人的身后。

陆习殷勤地为陆宴臣撑起伞，还不忘问旁边的姜予眠："你为什么会在祠堂里？"他看到姜予眠手中的黑伞，"你也是来给大哥送伞的？"

他还记得姜予眠请假的理由，又说道："你不是生病了吗？赶紧回去休息吧，这儿有我。"

陆习自觉这些话已经非常体贴。

照顾兄长，关心"小哑巴"，他是多么善解人意。

看到他们同撑一把伞，姜予眠轻扯嘴角，不知道该做出什么表情。她守了陆宴臣一天，却被这个踩点来的人捷足先登。

两把伞一前一后，伞下的人缓慢行走。姜予眠的雨伞向后倾斜，他们看路，她看人。

兄弟俩并肩而行，陆宴臣比陆习还高一些，厚实的肩膀看起来很有安全感。

陆习喜欢穿短款羽绒服，陆宴臣常穿长款毛呢大衣，两者风格截然不同，也符合他们的年龄、气质。

快到前厅大门时，陆宴臣停住脚步回头看了一眼。

雨"哗啦啦"地落下，路旁两盏灯照着积水的地面，洒下一地碎金箔，少女独撑一把伞，在寒冬中迎风而立。

"大哥，怎么了？"陆习不明白他怎么突然停下了。

陆宴臣收回目光，声音低沉地道："没事。"

他只是想到，那年在雪地里，扎着双马尾、裹着厚棉袄的小女孩儿笨拙地抱来一把儿童伞。那伞太小，根本遮不住两个人。

藏在伞下的姜予眠暗自松了一口气。刚才陆宴臣突然回头，她都不敢跟他对视。

回到卧室里，姜予眠脱下外套挂到衣架上，站在全身镜前整理衣领，将高领毛衣的领子往下卷了两圈。

刚从室外进来，吹了风的脸冰冰的，姜予眠焐焐脸蛋儿，用温水泡手。

"咚咚咚——"有人敲门。姜予眠理了理衣服，走过去开门。

用人递来一碗汤。

见姜予眠疑惑地歪头，用人解释道："眠眠小姐，这是宴臣少爷让我送来的姜汤。"

姜汤驱寒，他是……知道她在外面站了很久吗？姜予眠捧着碗，温度蔓延至指间，整颗心都变烫了。

第二天，陆宴臣早早离开。

姜予眠没有继续请假，返校的时候有好几个同学过来问她的情况，对她十分关心。

班长抱着一沓试卷走进教室里："发卷子了。"

十一月月考，其他科目早早出了成绩，唯独语文成绩迟了一周才出来，跟年级排名表一起在今天发下来。

姜予眠数学又是满分，年级排名稳步上升，从九月的第八名升到第五名。

前几名之间的竞争尤为激烈，姜予眠是从一班杀出的黑马，现在年级前四名都盯着她，生怕下次被赶超。

蒋博知目前稳坐第一名，且这次数学也拿到满分，心里很舒坦。他本就是勤学好问的人，迈过心里的那道坎后，开始正视姜予眠的能力。遇到解答不了的难题，他会找姜予眠一起攻克。

久而久之，蒋博知发现姜予眠在数学方面的能力真是非常人能比的："不得不说，你真的很厉害。"

英雄识英雄，学霸识学霸。对此，姜予眠不骄不躁，只想做好自己的事。

盛菲菲说姜予眠考得好，要请她吃饭，被姜予眠拒绝了。可惜盛菲菲不是轻易放弃的人，问："眠眠，我怎么觉得一个周末不见，你对我冷淡了？"

姜予眠无奈地抿唇，认为她们俩的交集本就不多，现在还真谈不上"冷淡"二字。她只是想到盛菲菲喜欢陆习，且这位大小姐在陆习的圈子里吃得很开，感觉她们不是同路人。

见她兴致不高，盛菲菲以为她精神状态不好："陆习说你那天没来是因为生病，你现在好了吗？"

姜予眠点头。

盛菲菲叹气："真是太可惜了，我们等了你好久。"

等她……等她进去受欺负吗？或许盛菲菲没那心思，但陆习跟那群狐朋狗友可说不定。

姜予眠不会说话，盛菲菲自顾自地说得畅快："不过你没去也好，他们那天玩得挺疯，蛋糕没吃两口就全抹身上了。"

姜予眠看起来一点儿反抗能力都没有，没去也好。

姜予眠默默听着，有些心不在焉。以前一个人的时候，她觉得很孤独；现在多了很多人主动靠近，她还不适应。比如，同班的姜乐乐经常找她问题，蒋博知喜欢找她讨论，盛菲菲时不时约她出去玩，还有陆习——他最近总是想方设法地在她面前出现。她并没有多享受这种人际交往活动，有时候甚至觉得很麻烦。

现在经常听同学聊明星、谈论哪家店的饭菜好吃，她却不感兴趣。她才十八岁，对未来和复杂的社会一无所知，但她的内心向往没有去过的地方和没有看过的世界。

　　回家后，姜予眠把迷茫写进日记本里，想念那个站在高处的人。

　　姜予眠拿起手机，点进对话框。最后两条是她上午和下午分别给陆宴臣发的两条信息。

　　咩咩："你的腿还好吗？"

　　消息石沉大海，无人回复。

　　姜予眠放下笔，侧趴在桌面上，放空大脑。

　　"咚咚……"

　　敲门声将姜予眠拉回现实。

　　她抬头望去，想：这么晚谁会来敲门？

　　姜予眠打开门，发现是拄着拐杖的陆爷爷。

　　她连忙退后让陆爷爷进来，对方却缓缓摆手："不麻烦了，爷爷就是想跟你说两句话。"

　　姜予眠回去拿手机，示意老爷子往下说。

　　陆老爷子满脸和气地说："先前你给陆习补习功课，这两个月他的成绩果然进步很大，能不能请你再帮爷爷管教管教他？"

　　还剩半年就要高考了，他那个小孙子脑子不笨，相反，还有些聪明，只是往日玩心重、不用功，这次难得有长进。虽然他不太清楚姜予眠是如何让陆习服从的，但结果令人很满意。

　　"管教"二字姜予眠真是不敢。她捏着手指，低头不语。

　　看出她很犹豫，陆老爷子叹了口气："你要是不愿意就算了，爷爷不勉强你。"

　　陆爷爷把话说到这个地步，姜予眠没法再拒绝。她低头打字，随后举起手机："我再试试。"

　　陆老爷子喜上眉梢："谢谢，谢谢你肯帮爷爷这个忙。"

　　姜予眠："不客气。"

　　她承了陆家的情，没道理拒绝这点儿小事。

　　得到肯定的答复后，陆老爷子转头就去了陆习的房间，叫他以后跟着姜予眠认真学。

　　一听这话，赖在床上的陆习直接弹起来："她还要教我？"

　　陆老爷子以为他不肯配合，板着脸训道："先前怎么教，现在就怎么教，总之这件事就这么定了。你要是再闯祸，我饶不了你。"

"爷爷，您怎么能这么想我呢？"陆习得了便宜还卖乖，扬眉，故作勉强地道，"我学还不行吗？"

陆习把学校布置的作业带回家，提前摆在桌上，背靠椅子，跷起二郎腿。

房门没关，姜予眠来时就撞见他这副吊儿郎当的模样。

以往她看不惯，会叫他把脚放下来坐好；现在她仍然看不惯，却什么也不说了。她只把本子和笔拿出来，写字问他："今天的作业是什么？"

她会根据陆习遇到的问题讲相关题型，直到陆习彻底领悟。

姜予眠无法说话，但书写速度很快。那些对陆习来说非常头痛的数学公式、物理公式以及化学符号，姜予眠几乎毫不迟疑就能写出来。

两个人共用一张书桌，两把椅子并排放，距离较近，就像同桌。

陆习把试卷翻面，指着后面的大题说："这个题我还没懂。"

姜予眠拿着卷子看了一眼便搁在旁边，握笔在草稿纸上写步骤。

陆习目瞪口呆："你这脑子也转得太快了吧。"

她刚刚就看了一眼，最多五秒钟。

听他惊讶的语气，姜予眠写字解释："我做过这道题。"

所以她看一眼就知道。

她埋头继续写步骤，决定先写完整，再拆开一步一步讲，让陆习结合步骤去思考。

这样的操作很麻烦，偏偏陆习只认她当小老师。她怀疑陆习故意整人，可陆习的确听了她的话。

他真矛盾，她无法理解。

陆习双手搭在桌上，胳膊肘子支起来，左手托腮，盯着纸上的字。步骤越来越多，公式越来越复杂，陆习揉揉脑袋，眼珠打转，目光落到别处。

姜予眠坐得很端正，写字时微微低头，扎成马尾的长发垂落在身后。当她转头时，马尾跟着轻轻摆动。因这小小的发现而觉得有趣，他便一直盯着，看她左右转动的频率，看她认真分析的眼神。

教学比自己做题更加难，姜予眠全神贯注地思考问题，完全没注意到落在自己身上的目光。

陆习摸到一支笔，手痒了，悄悄拿笔去戳她的发尾。岂料姜予眠突然回头，他心一惊，手一抖，笔掉到地上，还滚了两圈。

姜予眠面露疑惑。

陆习弯腰捡笔，避开她打量的目光。

其间，谈婶上来送水果，见两个孩子低头看着同一张试卷，回去跟陆老爷子汇报情况时都笑嘻嘻的："陆习学得特别认真。"

陆老爷子顿时觉得舒心不少："陆习既然服她，说明她有本事。"

姜予眠教陆习，这大概就叫以柔克刚。

今天的功课完成了，姜予眠收拾好东西站起身。

陆习把果盘端过来递到她面前："吃了再走。"

姜予眠摇头，转身离开时毫不留恋。

陆习暗暗咬牙。学习以外的话，"小哑巴"是一句也不愿跟他多说。

"姜予眠。"陆习站起来，也不知道自己为什么要喊住她。

差点儿就要出去的女孩儿回头，翻到草稿本最后一页，写好字撕下递给他："这是要背的知识点，如果你想好好学，可以按这个计划表来背。"

陆习接过纸，心里堵得慌。自从他那晚耍酒疯后，姜予眠就不对劲。以前她只是沉默不爱笑，现在就像波澜不惊的湖面，石头扔下去都砸不出涟漪的那种。

姜予眠才没想那么多，每天分出这么多精力给陆习讲题，好累，也好困。

她往日收到陆宴臣的消息就能给自己充电，可这一周陆宴臣回消息的频率极低。对方冷淡些，姜予眠就会怀疑是不是自己哪里做得不对。

是因为他过生日那天的事吗？陆宴臣让人给她送来御寒的姜汤，却没问她为什么会出现在那里。她完全猜不到陆宴臣的心思。

手机摆在桌上，姜予眠伸出指尖推了推，像玩一样。

这部手机是她跟陆宴臣唯一的联系，一旦对方没有回应，他们就好像失去联系了一样。她一点儿都不了解陆宴臣的生活。陆宴臣不回家，她就见不到他。或许……她可以去他的公司。

脑中点亮一盏灯，姜予眠一下子坐直，但眼睛一眨，又垂头丧气地趴到桌上。陆宴臣那么忙，她好几次见他都在加班。如果她就这么找去，打扰到他怎么办？她烦躁地拍拍脑袋，里面打架的小人快关不住了。

她斟酌好用词才敢发消息过去，数次打开手机看有无回复，甚至连见他一面都需要勇气。

喜欢一个人，为什么这么难？连人都没见到，她却在心里念了他千千万万遍。

夜深人静，天誉集团十九楼的灯光终于熄了。

陆宴臣取下大衣准备离开，见姚助理急匆匆拎着一个小物件进来。

"陆总，上回姜小姐来找你，在公司里暂存了一样东西忘记带走。"

前几天陆宴臣在家休养，一回到公司就加班到深夜，姚助理也是刚想起来。

陆宴臣停下脚步："什么东西？"

姚助理将包装完好的方形礼品袋拎起来："就是这个。"

这包装，看起来是份礼物。

姚助理小声补上一句："看起来像是一份礼物，不过姜小姐说并不是带给您的。现在姜小姐忘了，还得劳烦陆总您跟姜小姐说一声。"

姚助理跟了陆宴臣几年，自然知道陆宴臣不过生日，也不收礼物，虽然不知晓具体的原因，但作为助理，得明白老板的禁忌。他就是想告诉陆宴臣：这个看起来像礼物的东西并不是送您的，您得还给姜予眠。

陆宴臣"嗯"了一声："我最近没时间，先放着吧。"

这一放，又到了周六。

"书店新来了一批资料，我想去看看，你们去吗？"周六下午，班长邀请大家一起去书店。

一班的学习氛围就是这样，大家跟时间赛跑，不是在学习，就是在学习的路上。

"我！我去！"外向的姜乐乐第一个举手。

每天都在思考如何坐稳年级第一名宝座的蒋博知也不甘落后："我也去。"

班长找了五六个人一起，开始点人数时，手里突然被塞了一张字条，上面写着："我也想去。"

"好，再加你一个。"

开学那会儿班长整了姜予眠，后来知道这个同学有缺陷就一直觉得愧疚。姜同学第一次主动参加集体活动，班长很是激动。

姜予眠以此为由，叫赵叔今天不用来接她。

那家书店开在商场一楼，一行人有说有笑地从大门进来，被准备去打游戏的三个人看到。

李航川："好像看到姜妹妹了。"

陆习："我眼睛没瞎。"

这会儿陆习不太乐意了。他原以为姜予眠不适应聚会，所以在他的生日宴上临阵脱逃，现在见她跟同学出行时一切正常，心里很不是滋味。

她这不是搞区别对待吗？

陆习转身就走。

李航川一看："习哥，你走错方向了。"

陆习头也不回，道："我先去买本书。"

李航川："……"

书店很大，大家逛着逛着就散开了，在各自喜欢的区域内待着。姜予眠身边倒是一直没离人。他们跟商量好了似的，陆习找不到接近她的机会。

姜予眠逐渐走进摆着与计算机相关的图书区域内。姜乐乐看不懂，更喜欢对面书架上的书，道："眠眠，我去旁边那个书架那儿看看。"

姜予眠终于落单。就在陆习准备现身时，半路杀出个蒋博知。

蒋博知不知道怎么来了这边，看到姜予眠在翻书，问："你喜欢计算机？"

她打字："还好。"

"我还以为你只喜欢数学，毕竟你在数学方面很有天赋。"蒋博知发现这个复读生比所有人想象中的更聪明，说不定会成为跟他竞争年级第一名的最强对手。

天赋……

姜予眠默念这两个字。

她曾多次听人说她有"天赋"，但对方都不是在夸她学数学厉害。

什么是天赋呢？

她小时候无意间翻阅到与计算机相关的书籍，脑海中就会跳跃出密密麻麻的字符，用数据在电脑程序里创造出另一个世界。

她合上书，最后只拿了一本带走。

陆习在外面等着，发了一条短信叫她向左看。

在姜予眠看过来的时候，陆习倚在墙边，痞里痞气地朝她招手："小姜老师。"

不知道陆习在搞什么鬼，她走了过去。

陆习："我过生日时叫你，你不来，跟同学逛街就乐意。你这是不是区别对待啊？"

她不说话，陆习也不指望她能答出什么好话。

当时被放鸽子了是很生气，但毕竟生日宴已经过去一周，他作为男人不能那么记仇，所以决定给她一个台阶下："请我喝杯奶茶我就原谅你。"

此刻姜予眠不禁想到陆习经常挂在嘴边的四个字：你有病吧？

可她不会骂人。

陆习也猜不到她想骂人，道："你要是不请我，我只能跟着你们班的同学一起蹭吃蹭喝了。我相信他们是不会拒绝的。"

耍无赖了，这人。

姜予眠还有事，根本没打算跟同学一起吃饭，而且如果一直在这儿跟陆习纠缠不休，可能会耽搁计划。

姜予眠打算花钱消灾，让他选了家奶茶店。

店里，姜予眠让他选奶茶。他一口气点了三杯，又问她："想要什么？"

姜予眠想打字回"不要"，但看陆习那不容拒绝的架势，便随意点了一杯招牌奶茶。

她准备付钱的时候，陆习抢先扫了码。

姜予眠不明白陆习这是什么意思。

陆习理直气壮地道："喝奶茶还要女生付钱，说出去我还要不要面子了？"

他让姜予眠请客，其实就是想要一个态度。现在万事大吉，他原谅姜予眠了。

这人……真幼稚。

店员递出一张排号单，顺手给了离得最近的姜予眠。她正要交给陆习，陆习接到一通电话。

"习哥，快点儿上来，就等你了！还有半个小时，今天打决赛呢！"

陆习要去打游戏？

姜予眠心中一喜，自己不用找借口把人甩开了。

少男少女站在奶茶店外一起等待，陆习说话时低着头，周围太吵，姜予眠只能凑近一些听。

这一幕落在其他人的眼中，就成了另一种意思。

第四章

开口说话

"那个是陆习和姜予眠吧？"赵漫兮觉得商场是个福地，短短一个月内撞见姜予眠两次。而且这次，站在赵漫兮旁边的人是陆宴臣。

赵家旗下的品牌店向天誉购买的人工智能系统出现问题，需要排除故障，这种事本来用不着陆宴臣出马，不过她使了点儿别的法子——陆爷爷帮忙提上两句，陆宴臣便亲自来了。

陆习跟姜予眠在楼下，他们在楼上。商场是环形的，从这个角度赵漫兮他们刚好能看清楚楼下的人。

赵漫兮笑着说："看那两个人亲近的样子，不知道的还以为是对小情侣。"

陆宴臣不以为然："他们是高中生。"

"说来也巧，我之前也在商场里见到过眠眠，当时她还买了条男式围巾。"赵漫兮边说边观察陆宴臣的神情。

陆宴臣看过去，问："男式围巾？"

"是啊，也不知道是送给谁的。"赵漫兮不提"生日礼物"，假装猜测道，"看她跟陆习关系这么好，估计是给陆习买的吧。"

陆宴臣抬起手，手指在栏杆上轻叩。

姜予眠去参加生日宴，必然会带礼物，但最终没进去，而是去了天誉。如果她寄存在公司里的东西是准备带去生日宴的礼物，那么，那晚在卧室里被弄乱的盒子又是给谁准备的？

见楼下的两个人拿到奶茶后走了，赵漫兮点到为止，没表露太多："宴臣，今天也不早了，晚上一起吃个饭？"

话音落下的那一刻，陆宴臣收到一条微信。

咩咩："陆宴臣。"

陆宴臣挑眉，很意外刚才在楼下买奶茶的小姑娘会突然联系他，还一本正经地叫他的大名。

L："嗯？"

咩咩："我跟朋友出来买书，但她有事走了。我可以来找你吃饭吗？"

陆宴臣俯视一楼，见小姑娘抱着奶茶，跟五六个人站在一起……

L："跟朋友在一起？"

咩咩："嗯。"

第一次对陆宴臣撒谎，姜予眠有点儿心虚，觉得隔着屏幕的文字是自己最好的屏障。

L："然后朋友有事走了？"

咩咩："嗯！"

她加重了语气，不知道是想让陆宴臣相信，还是想提醒自己硬气一点儿。覆水难收，再难她也得把戏演下去。

这时，她的手机铃声响了。

正在跟自己发微信的男人突然打来电话，姜予眠心里一"咯噔"，手抖了两下才接通。

"电影院门口的姜予眠同学，请问你的朋友们打算什么时候离开？"陆宴臣的声音从手机里传来，仿佛他就在她身边。

商场里人来人往，四周声音嘈杂，姜予眠举着手机左顾右盼，最终找到刚从扶梯口下来的男人。

姜予眠缓缓放下手机，大脑已经停止思考。

陆宴臣怎么在这儿？

女孩儿的脸色红一阵白一阵，她张张嘴，什么都说不出来。

原来她心惊胆战编的借口早就被他识破。她使这么拙劣的伎俩，仿佛跳梁小丑。

她已经没心思听电话了，那人却道："过来吧。"

四肢仿佛被线牵引，她迈着沉重的步伐走过去。

电话在中途被挂断，小姑娘一脸紧张地站在陆宴臣面前。他环抱手臂，头微倾，问道："我很可怕？"

啊？姜予眠微微张唇，大脑进入待机状态，嘴里无声地吐出"不"字。

陆宴臣抬起头："那你怎么一副视死如归的表情？"

姜予眠用力地摆手，简直欲盖弥彰。

自从那天她撞破陆宴臣在公司里抽烟以及在祠堂里罚跪之后，他好像变得不一样了。或者说，陆宴臣没变，只是给她的感觉变了。

之前的陆宴臣就是一个温柔且无微不至的大哥哥，而现在会故意调侃她，叫她又窘又羞。

陆宴臣松开手："要去跟你的朋友们道别吗？"

姜予眠垂着脑袋，尴尬到脚趾蜷缩。

见她紧张不已，陆宴臣拉开距离："没有怪你的意思。你跟他们说说，然后我们去吃饭。"

他这是答应跟她吃饭的意思吗？

姜予眠轻轻吐出一口气，打字："我跟他们说过了……"

她早就编好了理由，随时准备脱身。

原来她早有准备，陆宴臣问她："为什么撒谎？"

见陆宴臣没有要追究的样子，被抓包的窘迫感终于少了一些，她半真半假地打字解释："我就是想看看你好不好。"

我想看看你，想知道你好不好。

陆宴臣眉头微挑："你以为我哪里不好？"

姜予眠将视线往下移——他身上的毛呢外套自然地敞开，黑色西裤包裹住那双笔直修长的腿。

感受到小姑娘的目光在他的身上打转，陆宴臣眉头一皱，不着痕迹地侧过身："下次找我吃饭可以直接说。"

他戳穿姜予眠的目的不是看她笑话，而是叫她长记性，别撒谎。

她顺着杆子往上爬，打字："你之前说，不准我饿着肚子去找你。"

"那你现在不是饿着肚子？"

难道她还特意先吃一顿，再来找他吃饭？

姜予眠捧起奶茶杯，眼睛亮晶晶的，表示自己没有空着肚子。

陆宴臣哑然失笑。她那个样子好像捧着一个宝贝向人展示，寻求表扬。

不过，作为哥哥，他必须提醒小朋友："少喝奶茶，不健康。"

小姑娘乖乖地附和，打字："下次就不喝了。"

言外之意，她这次还是要喝完的。

陆宴臣由她去了："走吧，请你吃饭。"

姜予眠往他身边走了两步，抱着奶茶偷偷喝了两口。

两个人走到商场门口，后面追来一个人："宴臣，还好你没走。"

姜予眠听到陆宴臣的名字，反应比他本人更快，然而在回头看见赵漫兮的瞬间，脸上的表情凝固了。

赵漫兮倒是惊喜地看向她，道："眠眠，好久不见。"

姜予眠觉得手里的奶茶顿时不好喝了。她等了一周，好不容易迎来的好心情在顷刻间消失。

赵漫兮为什么在这儿？那句"还好你没走"……岂不是说明，他们两个刚才在一起？

打了招呼后，赵漫兮旁若无人地跟陆宴臣聊天："刚才你一走，我就接到那边的电话。之前返回厂里升级的智能机器要跟新机器传输什么数据，我不是很懂那些专业术语，能不能请你再帮忙看看？"

"赵漫兮，我不是你的员工。"

明白男人这是拒绝的意思，赵漫兮有些尴尬，但不会表露出来："我也是追出来碰碰运气，实在不行，可以去找陆爷爷。赵氏一直是最先使用天誉新型号产品的公司，陆爷爷也比较关注这个问题。"

陆氏跟赵氏在上一辈时合作密切，直到现在也没断了联系。

时代在发展，科技在进步，原先的线上系统逐渐升级，到现在陆氏已经研发出用于商场的智能机器人。在这个领域内，每次陆氏有新产品上市，赵氏都是第一个跟陆氏签订合约的公司。

姜予眠观察到，赵漫兮提到陆老爷子的时候，陆宴臣松口了："最后一次。"

他转头跟姜予眠商量，一副哄小孩儿的语气："我去处理一下事情，你把奶茶喝完，在手机上看看有什么想吃的。"

姜予眠只能由着他们去了。

陆宴臣进去后，姜予眠坐在外间等。赵漫兮没缠着陆宴臣，倒是一直往姜予眠跟前凑："耽搁你俩的时间了，真是不好意思。"

姜予眠眨了眨眼，不知道赵漫兮在打什么主意。

赵漫兮倒是丝毫不介意她的态度，该说什么说什么："刚才跟宴臣在楼上看到你跟陆习在一起，还以为你们两个出来约会呢。"

姜予眠不知道自己跟陆习一起买奶茶的样子也被他们看见了，抓住重点，打字反驳："不是约会！"

"开玩笑的，你们是高中生，以学习为重。"赵漫兮仿佛知心大姐姐，督促她好好学习，"高三是人生的重要关卡，除了学习，其他的都不要想。"

赵漫兮说话带笑，让人挑不出错。学生以学习为重有错吗？完全没错。可姜予眠听得懂，赵漫兮是在警告她不要对其他人有非分之想。

女人的第六感很强。

"对了……"赵漫兮说着从包里取出一张 VIP 卡，"这是店内的限量卡，在赵氏旗下的品牌店内都能用，欢迎你以后随时来玩。"

这人无事献殷勤，非奸即盗……

姜予眠万万不敢接受赵漫兮给的东西，连忙推过去，打字："不用，谢谢。"

赵漫兮大方地道："别跟我客气，你叫陆爷爷一声'爷爷'，也是宴臣的妹妹，那就是我的妹妹。"

姜予眠心想：她才不是陆宴臣的妹妹。

但这话，她没必要当着赵漫兮的面说出来，忌妒心是很可怕的。

该说的话都说了，见小姑娘埋头不语，赵漫兮笑了笑："我先进去看看宴臣那边的进度，你在外面玩一会儿。"

赵漫兮表面工作做得十分到位，还专门喊人给她送了杯温水来。

听着赵漫兮远去的脚步声，姜予眠歪头望着她娉婷摇曳的背影，心情郁结。虽然她不喜欢赵漫兮，但不得不承认赵漫兮很美，是大多数男人欣赏的成熟美。

她低头看看自己……细胳膊细腿，瘦归瘦，还是缺了些什么。她东看西看，目光最后锁定在胸前，恍然大悟。

刚才赵漫兮在她面前说话，厚毛衣也挡不住其优越的身材曲线。而她，外套一穿，几乎看不出起伏。

明白这一点后，姜予眠更难过了。

"这电脑好像出问题了。"

"抱歉啊，请您稍等。"

姜予眠坐在休息区，听到前台那边好像要吵起来了。

"你们店里怎么回事？智能机器不能用，人工服务还出问题……"客人嗓门大，外面的人都被吸引过来看热闹。

客人结账时，电脑突然出现故障，一直付不了款。客人注册过会员信息，录入才能生效。那个人是个急性子，催促的声音像吵架。前台的工作人员是个年轻的小姐姐，快急哭了。

姜予眠起身，顺手把奶茶杯扔进垃圾桶里，走到前台。她举着手机："电脑出问题了吗？我可以帮你看看。"

工作人员记得她是跟赵漫兮一起进来的，赶紧把位子让给她。

姜予眠坐在电脑前操作。

工作人员看不懂，只见这个长得像未成年人的妹妹全神贯注地盯着屏幕，手指在键盘上飞速地跳动。屏幕上不断跳出工作人员看不懂的字符。

很快，姜予眠站起来，把位子还给工作人员，打字："好了。"

好了？工作人员全程都是蒙的，不过电脑能够正常使用了。

姜予眠转头就看到了从里面出来的陆宴臣。

不知道他是否看见刚才那一幕，姜予眠在对上他的视线时，莫名其妙地脸颊发烫。

她的脚跟灌了铅似的停在原地，直到陆宴臣走过来，温和的手掌落在她的头顶上："做得不错。"

几个月前连门都不敢出的小姑娘，现在可以跟同学一起出来逛书店，还会在别人遇到困难的时候主动帮忙了。她的确在变好。

突然被夸的姜予眠眼神飘忽。她哪怕做一件小事都会得到陆宴臣的表扬。

"想好去哪里吃饭了没？"

姜予眠点点手机，把刚才收藏的店点出来，店铺就在这座商城的顶层。

她打字："肚子饿，不想走了。"

餐厅位于顶楼，站在窗边能俯视繁华的城市。室内装修风格别致，门口插满各色玫瑰，走廊里挂着色彩鲜艳的油画，每张桌上都摆放着品种不同的鲜美花束，任客人挑选。

陆宴臣让姜予眠点菜。姜予眠没有推辞，抱着厚实的菜单翻开。

图片上的菜都很吸引人，姜予眠一时无法决定，只是看到"木瓜炖雪蛤"的时候，眼皮子跳了跳。

也许……不，不行！她克制着内心的冲动，避开木瓜点了其他菜。

她把菜单递给陆宴臣。

陆宴臣很快又点好四道菜。

服务生一一念出所选菜品的名字，向他们确定。姜予眠正端起杯子喝水，猛地听见服务生念道："木瓜炖雪蛤。"

"喀喀，喀喀——"姜予眠差点儿被呛到。

陆宴臣慢条斯理地抽出一张纸巾递给她："怎么，有什么不喜欢的菜吗？"

姜予眠没忍住，打字问："你点木瓜干什么？"

他一个大男人，点木瓜干什么？

"随便点的。"他垂眸，视线不经意间从女孩儿的身上扫过。

餐厅的菜单一页非常厚，对方翻到第一页时停留了许久，他只是无意间注意到了。

小姑娘脸皮薄，想长身体也是可以理解的。

这顿饭，姜予眠全程变哑巴，虽然她的嘴现在的确不能说话。

木瓜炖雪蛤上桌，姜予眠刚开始没好意思动。陆宴臣默不作声地将那碗菜推到她面前。最后，木瓜被她一个人吃掉了。

吃饱喝足，姜予眠摸摸小腹，感觉有些不舒服，磨磨蹭蹭地站起身，打字："我想去趟卫生间。"

这本是很平常的事，但面对陆宴臣，她连上厕所都变得别扭。

"去吧。"

姜予眠把外套和书包留在椅子上，只拿了手机。毕竟她在外面不方便，需要用手机跟人交流。

她向人问路，去卫生间的途中隐隐有不好的预感，进去一看，眼底一抹红。

她的例假时间一直不太准，不规律，可她没想到，好不容易跟陆宴臣吃顿饭，居然……中招了。

她今天穿着浅色的裤子，仔细一看，裤子后面隐隐渗出血色。

姜予眠皱起眉头，表情难看极了。

她只好在厕所里等，期望有个女性进来，可这会儿不知怎么回事，偏偏没人来。

十几分钟过去，陆宴臣担心她出了问题，发消息询问。

姜予眠咬紧嘴唇，不得不向他求助。

咩咩："陆宴臣。"

L："嗯？"

咩咩："我来例假了。"

说完这句话，她觉得自己没脸再面对那个人，羞死了。

没过多久，穿着制服的女服务生送来卫生巾。

姜予眠将人拉住："姐姐，能帮我把外套拿过来吗？"

她需要东西遮挡。

现在姜予眠很后悔出门时穿了短款的羽绒服，根本遮不住屁股，只能系在腰间。可冬天衣服太厚了，袖子打滑系不住，她只能用手拉住衣服，尴尬地走出去。

卫生间外，男人抱臂站在附近等待，姜予眠像蜗牛一样移动到他面前，垂下脑袋。

陆宴臣低声问："还好吗？"

见她用手抓着衣袖，外套挡在身后，他大概猜到了目前的情况。

姜予眠手抓着衣服，只能用一只手打字。她难以启齿的时候，一件宽大的外套突然盖在她身后，合拢于身前。

字打到一半，姜予眠惊愕地抬头。宽大的男式外套将她整个人包得严严实实的，她的短款外套终于可以从腰间取下来了。

"这是很正常的事，不用害羞。你要什么得跟我讲，那样我才能帮你。"他用温柔的语气安慰着她。

小姑娘委屈地打字："弄脏了……"

三楼，陆习等人勾肩搭背，带着灿烂的笑容从游戏俱乐部里出来。

"饿死了。"

"想吃什么、想喝什么尽管说，我请客！"

今晚的线上决赛大获全胜，他们一个个兴致高昂。

"不行，今天太晚了，我再不回去会被我妈追杀。"被家里管得严的人道。

"我还约了人，先溜了。"

最后只剩下三个人了。

孙斌扬声道："肥宅快乐水！"

李航川嘲讽道："没出息，习哥请客呢！"

"我知道对面有家火锅不错，你们去吗？"

"去啊！"

几个人"哈哈"大笑，进了电梯准备下楼。

"叮——"电梯到达一楼，几个人有说有笑地往外走。陆习忽然定住脚："等等，我好像看到我哥了。"

十几年的亲兄弟，他对陆宴臣的身影很熟悉。如果只是在路上碰见大哥就算了，但是他发现，陆宴臣不是一个人，旁边还有个女生！

一男一女并排走，中间保持着一定的距离。

后面突然有个小孩儿踩着滑板车冲过来，陆宴臣伸手拉了女孩儿一把，两个人挨在一起。

"我哥谈女朋友了？！"陆习赶紧举起手机拍照。

陆宴臣身旁的女生身材娇小，宽松的男式外套几乎盖住脚踝，看不见模样。

他们离开商场，进了旁边的酒店。

三个吃瓜少年站在酒店外连连感叹。

陆习道："看不出来我哥这么猛。"

酒店的玻璃门是透明的，能看清里面，当向里面走的两个人侧身面对前台的工作人员时，陆习突然看到陆宴臣胳膊上搭着一件白色的外套，手里还拎着一个书包。

孙斌："我怎么觉得那个女生有点儿眼熟？"

"那不是姜予眠吗？"李航川一语惊醒梦中人。

陆习惊得手机在手里打了个转："我进去看看。"

酒店前台，陆宴臣递出一张身份证："你好，开一间房。"

工作人员正要接身份证，旁边突然伸出一只手将其夺走。

众人纷纷转头，只见陆习将抢走的身份证紧扣在掌心中，一副戒备的神情："哥，你知不知道自己在做什么？"

成年男女到酒店开一间房，傻子才看不出他们要做什么。如果那个人是陌生人，他肯定不会管。但她是姜予眠，是被爷爷看成孙女的人！陆宴臣身为大哥，怎么能带她来做这种事？大哥简直……简直丧心病狂！

陆宴臣伸出手："陆习，把东西给我。"

陆习狠狠地瞪大哥一眼，将手藏到背后。陆习怎么也没想到自己的亲大哥居然是这种人，都被撞破了，还能这么理直气壮。既然他遇到了他们，就绝不能不管这件事。

"大哥，收手吧，大庭广众之下，别闹得太难看。"陆习并不想把事情闹大，若是传出去，陆宴臣的声誉一定会受到影响。

"警告"完陆宴臣，他绕到姜予眠身边，见她身上还穿着男式外套，露出一副恨铁不成钢的表情，问："你还不走？"

姜予眠用圆圆的眼睛瞪他，举起手机让他看清上面的字："把我的身份证还我。"

"你的？"刚才只顾着阻拦，并未看清那是谁的身份证，听她这么一说，陆习把身份证拿起来一看，发现那确实是女孩儿的。这下，他的脸色更难看了。

他大哥心思深沉，轻而易举便能拿捏人心。姜予眠是个高中生，还不会说话，居然被哄得拿自己的身份证来酒店。虽然他以前是干了不少捉弄姜予眠的事，但绝不会触碰原则和底线。陆习心里涌上一股气，压低声音咬牙切齿地道："你是有多笨，居然拿自己的身份证来开房？你是被骗了还要帮人数钱吗？"

姜予眠觉得他很奇怪，打字："我要去房间里换衣服，为什么不拿我的身份证？"

"陆习，不要胡思乱想，把东西还给她，她身体不舒服。"陆宴臣一只手搭在弟弟的肩头，逐渐用力。

陆习吃痛，不得不回头面对大哥："不舒服是什么意思？"

"凡事多动动脑子。"陆宴臣取走陆习手里的身份证，交给工作人员开了间房。

工作人员将房卡交给姜予眠后，陆宴臣低声嘱咐："待会儿我让人把衣服送上去。你换好了给我发信息，我就在楼下。"

姜予眠点头，拿着房卡和自己的衣服上楼。

她弄脏了裤子，即使有陆宴臣的衣服遮挡，也觉得不舒服。待会儿还要回家，难道她要直接坐在陆宴臣的车上吗？她心里不愿意，打字表示想换干净的衣物。

酒店里方便清洗，陆宴臣便带她来了这里。而且他为了避嫌，从一开始就没打算上楼。

进入电梯间，想起陆习冲进来的场景，姜予眠觉得有必要澄清一下："你误会了，我只是要去换衣服。我没有被骗，你该相信他。"

陆习收到信息的时候，笔直地站在陆宴臣面前，自我反省："大哥，对不起，我不该不问清缘由就质疑你。"

虽然刚才那一幕的确容易引人误会，但他作为陆宴臣的亲弟弟，居然怀疑大哥的人品，实在是……太不应该了。

基于此错误，陆习绞尽脑汁地想了一堆词。

陆宴臣坐在沙发上翻阅报纸，直到陆习实在编不出来的时候才开口："说完了？"

陆习："呃……差不多。"

陆宴臣头也不抬，道："门在右边，不送。"

陆习："……"

好的，他走。

此刻李航川跟孙斌已经在对面的火锅店里吃起来了。

陆习过去的时候，两个人已经吃了五分饱。

陆习坐过去，看着满桌菜，完全没食欲。

李航川跟孙斌已经知道他闹乌龙的事了。

李航川安慰道："习哥，你别太纠结，事情已经发生了，还不如想办法补救。"

陆习抓了抓头发："怎么补救？"

"道个歉。"李航川又道。

毕竟他误会自己的亲哥和十八岁的"哑巴"女孩儿有什么，还挺尴尬的。

"道歉有用的话，要警察干吗？"孙斌平时就爱看狗血剧，这种亲兄弟差点儿当场撕破脸的事，像极了电视剧里的剧情，"这种情况，还得看女主角站在哪边。"

李航川："你觉得姜予眠站在哪边？"

孙斌很老实："反正不是习哥这边。"

陆习："滚！"

姜予眠在楼上洗了个澡，将近四十分钟后才下来："对不起，差点儿让你被误会。"

陆宴臣放下报纸，凝视着她的眼睛，道："没做错事时，不要向任何人道歉。"

他淡淡的话语重重地敲在姜予眠的心头，让她突然振奋起来。

那个人总是在不经意间教给她许多充满力量的东西——勇敢、坚强，以及自信。

在姜予眠思考的时候，陆宴臣朝她伸出手。她疑惑地望着他。

陆宴臣突然笑了，看向她怀里的男式外套："衣服，不打算还我了吗？"

这会儿姜予眠已经换上了干净的裤子，也穿回自己的浅色羽绒服，不需要遮挡，自然该将外套还给陆宴臣。可她往后缩了缩手，打字："我穿过了，洗干净再还你，行吗？"

她知道陆宴臣有洁癖，自己穿过的衣服，怎么好意思直接还给他？

陆宴臣却说："没关系，我会处理。"

当时的姜予眠并不知道，他口中的处理方式并不是洗干净，而是直接让那件昂贵的衣服消失在衣柜中。

晚上，陆宴臣亲自将她送回陆家。姜予眠和他一起坐在车里，内心满是不舍。时间一晃就过去了，他们下次见面不知道是什么时候。

可车已经到了家门口，她终究是要下车的。

姜予眠打开车门，脸上挂满失落，身后的陆宴臣忽然出声："等等，你还有个东西没带走。"

她好奇地回头。

陆宴臣从车子的收纳箱里取出方形的礼物袋，正是陆习过生日那天，姜予眠寄存在公司里的东西。

没想到这个东西到了陆宴臣的手里，她诧异地张唇，无声地说了两个字："谢谢。"

姜予眠下了车，目送那辆载着心上人的车子驶离。她对着清冷的夜色深深吐出一口气，气体在橘色的路灯下散成缥缈的白雾。

看到摆件，她自然而然地想起陆习那晚冲进房间里耍酒疯的事，好不容易迎来的好心情又被破坏。

真可惜，过了无理由退货期，这东西她不能退了。

因为送回手里的摆件，姜予眠第二天辅导陆习学习的时候，看他鼻子不是鼻子，眼睛不是眼睛。

陆习以为是昨晚的误会惹到她了，道："我已经跟大哥道过歉了，也跟你道歉了，这确实是个误会。我这不是怕你被欺负吗？"

昨晚？昨晚的事她根本没放在心上。如果有人将她跟陆宴臣认作情侣，她或许还会窃喜。

姜予眠写字："不是。"

陆习不明白："那是为什么？"

姜予眠想到那天在包间外听到的那些话，想到没送出去的摆件，想到被陆习糟蹋的围巾，写字："你跑到我的房间里撒酒疯，我想起来还是很气。"

明明已经翻篇的事情突然又被姜予眠提起来，陆习怎么也想不通，之后还把李航川跟孙斌叫过来集思广益："问你们俩一件事。"

孙斌："啥事？"

李航川："有话快说。"

"我有个朋友……"

陆习斟酌用词，刚起了个头就被打断。

"这个我懂，无中生'友'。"

"砰——"

李航川被捶了一拳。

陆习也懒得装了："行吧，我直说了。过生日那天我不是不高兴吗？"

李航川竖起耳朵："嗯？"

孙斌探头："然后呢？然后呢？"

"然后我没控制住，不小心对一个人说了很过分的话。"陆习回想那天发生的事，补充道，"我还把人给推到地上了。"

他又强调道："当然，我是不小心的！"

李航川抓住重点："男的女的？"

陆习委婉地道："后面的。"

那就是女的！

李航川跟孙斌对视一眼，异口同声道："你完了。"

李航川："习哥，你也真是的，怎么能对小妹妹动手动脚呢？不讲男德。"

陆习："男德？"

孙斌认真地科普："男人的道……德。"

陆习拍桌："我不是找你俩来对我冷嘲热讽的。"

李航川叹气，问："多大年龄？"

"差不多……"陆习故意模糊对方的身份信息，反正姜予眠看起来也很小，"就十几岁吧，一个妹妹。"

李航川："习哥，你什么时候有的妹妹？我咋不知道？"

孙斌附和："我也没听说过。"

听这俩人瞎起哄，陆习怒道："你俩能不能别废话？"

李航川收敛几分，开始认真地出谋划策："小妹妹还是比较好哄的。她喜欢什么，你买买买就完事了。"

陆习摸着下巴思考。姜予眠喜欢什么，他还真不知道。

孙斌说："你还可以请她吃饭。我爸一遇到事就请人吃饭，吃完啥事都解决了。"

陆习打算——试验。

不知道姜予眠喜欢什么，他就去找谈婶旁敲侧击。可惜日常用品置办齐全，姜予眠几乎没有主动要过什么东西，谈婶也不知道她有什么偏好。

看姜予眠每天背着个旧书包，陆习在网上订了个限量款书包送到她面前。姜予眠看了两眼，以"无功不受禄"拒绝了。陆习第一次意识到，女生真难哄。

李航川的提议失败，孙斌上场："圣诞节快到了，习哥，你带妹妹出去吃喝玩乐，看看圣诞老人什么的，小女孩儿就吃这套。"

平安夜那天，陆习搬了一棵圣诞树回家，还在桌上变出苹果。结果姜予眠看了两眼，苹果也不要，说："爷爷跟我说，我们不过外国节。"

爷爷喜欢军事战争片、历史片，在她小时候一边带她看一边教她"勿忘国耻"。所以，她从不过圣诞节、平安夜。

陆习："……"

这样的拉锯战持续了半个月，一直到元旦。

月初是姜予眠要去心理咨询室的时间，他们提前跟祁医生约好时间，一如既往地进行治疗。

姜予眠的情绪已经趋于平和，性格相对于刚生病的那段时间开朗了许多，只要不提到刺激的事，她都愿意说。

"这是近期对她的记录。"

每个病人的情况不同，姜予眠受伤之后得到陆家的帮助，将这儿当成安全区。稳定的环境虽然对恢复有用，但她不能长久地这样下去，她的失语症到现在都没好，记忆也有所残缺。

"或许在你们的保护下她能够正常地生活，但她的潜意识里排斥那些不好的记忆，总这样下去也不是办法。"

跟姜予眠接触的这段时间，祁医生能够看到她身上有股坚韧的劲，只是被一场噩梦困住了。

作为医生，他希望能尽自己所能帮姜予眠走出来。

祁医生问陆宴臣："都半年了，你还没查到什么？"

"查到了，也没查到。"

这半年他们没用往事刺激姜予眠，进展稍显缓慢，但也找到了源头。

他们之前查到姜予眠跟一个小混混有过接触，那人撞到头后住院，到现在还没醒。他们追查那人入狱的原因，一开始受到阻拦。不过世上就没有不透风的墙，他们查出那个混混侵犯的女生正是姜予眠的同班同学，那个女生在高考前两个月退学了。

这些事是他们用了一些办法才查出来的，学校里没人知道，无论是学生还是老师都以为那个女生是因家事转校的，这其中自然也包括姜予眠。

这两件事本不该有什么联系，但他们问遍了所有同学，才得知那个女生是姜予眠被孤立后唯一走得近一点儿的人。

那家人已经搬去别的城市，那个女生到现在都无法回归校园。她是受害者，且已经离开本市，无法提供更多的信息。

他们甚至找到了曾经孤立姜予眠的女生。她没考上大学，出去打工了——带走姜予眠的也不是她。

他们花了大量的时间、精力去调查姜予眠的过往。她的生活经历太简单，她认识的人中能生事端的只有那个混混。

可能还有他们查不到的事情，但那必须由姜予眠自己提供信息。

祁医生："或许可以尝试刺激一下她。"

他们必须将犯罪的人绳之以法，才能彻底解开姜予眠身上的秘密，解开她的心结。

从咨询室里出来，姜予眠在心里盘算，待会儿能不能再跟陆宴臣吃顿饭呢？

她的想法很简单，好像只有一起吃饭，她才能光明正大地跟他相处那么久。

就在她打好字准备给陆宴臣看的时候，那个人突然回头："带你去见一个人。"

姜予眠仰头看着他，等于在问：谁？

陆宴臣带她去了一家医院。

特殊病房里，一个穿着病服的男人躺在床上一动不动，只有起伏的胸口证明人还活着。

姜予眠不喜欢医院，一进来就心里不舒服。她跟在陆宴臣身边，慢慢躲到他身后，好像能借他高大的身影把自己藏起来。

"眠眠。"

陆宴臣有时候喊她的小名，有时候喊全名，但这一道喊声，让她抗拒。她似乎预感到，陆宴臣会让她做一件她不想做的事情。

陆宴臣问她："想不想去看看那个人？"

姜予眠看着他，不知道该回答"想"还是"不想"。

陆宴臣坦白地告诉她："那个人可能跟你失去的记忆以及你无法说话的原因有关。"

姜予眠目光闪躲，往后退了一步。

"要不要见他由你决定。"陆宴臣盯着她那双清亮的眼睛，继续道，"不看，我们现在就走；看，我陪你去。"

陆宴臣要她自己做选择，她的第一个想法是逃出去，远离这个令人压抑的病房，逃避让她喘不过气的医院。

可被那样一双眼睛注视着，她走不掉，双脚只能向床边走去。

或许是因为陆宴臣说过床上的人可能跟她失去的记忆有关，即使她还没看清那人的模样，心已经跟着颤了。

姜予眠拽着陆宴臣衣袖的手在发抖。她越是靠近病床，越是恐惧。

躺在床上的人面容苍白，除了呼吸和跳动的心脏，纹丝不动。这个男人很年轻，看起来二十岁出头，模样不差，只是额头上的疤有些吓人。

姜予眠只扫了一眼便移开视线。

"他因侵犯未成年人被判入狱，在一次斗殴中被砸伤头部，一直没醒。"陆宴臣道："他额上的伤疤就是在狱中受伤留下的痕迹。"

陆宴臣对她没有隐瞒，反手隔着衣服抓住她的手腕，让企图逃避的她仔细看："有印象吗？"

她缓缓转头，看清那个人的脸。

眼前有个模糊的画面一闪而过，姜予眠晃了一下脑袋，张口无声地道："彤彤……"

陆宴臣目光微凝，观察她此刻的神态——她分明是在喊一个人的名字。这下他几乎可以确认，姜予眠认识这个人。

"你想起了什么？"他问。

姜予眠开始挣扎，想从他手中挣脱。

陆宴臣减轻力道，没有完全松开。

透过那个人，姜予眠仿佛回到熟悉的校园里，离校园几百米的街道上开着各种各样的店铺，来来往往的大多是高中生。

在那条热闹的街道后面，她看到一个男人跟一个年轻的女生姿态亲昵。那个人回头，姜予眠看清他的脸。

耳边陆续冒出许多声音，是她拉着一个短发的女生说话——

"彤彤，不要去……"

"他在骗你。"

可她最终没有抓住那个女生的手，只剩下一道道凄惨的"救命"在耳边回荡，入眼全是鲜红的血。

她不自觉地抓紧陆宴臣的手，越来越用力。

手上的刺痛让陆宴臣眉头一皱："姜予眠。"见她神色不对，他尝试安抚她，"眠眠，呼吸。"

姜予眠的呼吸逐渐急促，她抓着心脏处的衣服，额上冒出密密麻麻的汗水。她回头看向陆宴臣，努力抬高手，伸向他，似乎在求救。

她已经失去理智了。

陆宴臣弯腰一勾，将人打横抱起来，快步离开冰冷的病房。

姜予眠做了一个梦，梦见自己回到了高一那年，遭遇校园暴力后被孤立了。

那时她几乎没有朋友，性格变得越来越孤僻，时间长了，大家甚至认为她本来就是不合群的人，唯一突出的只有成绩。

后来她跟一个女生多次做同桌，逐渐熟悉。她有了唯一的朋友，叫梁雨彤。

她跟梁雨彤在某种程度上极为相似。

她没有父母，梁雨彤有父母但缺少关爱；她被人孤立，梁雨彤性格内向；她成绩优异，梁雨彤成绩也不错。她们都对未来感到迷茫，能做的似乎只有好好学习，给自己争取更多选择的权利。

这样平淡而普通的生活本该持续到高考，但高三的最后一个学期，梁雨彤突然跟她说："眠眠，我喜欢上一个人。"

梁雨彤悄悄告诉姜予眠，寒假的某一天，她在图书馆里待到很晚，回家路上的灯坏了，她很害怕，一个帅气的男生跟在她身后护了她一路。

之后她连续几次遇到那个人，两个人很快在一起。

姜予眠不能左右梁雨彤的选择，只是默默听着。可是慢慢地，她发现梁雨彤的成绩下滑了。

姜予眠私下提醒过梁雨彤一次，让她注意学习。

再后来，梁雨彤几次因为那个男生而伤心，她都看在眼里。直到她无意间在校外的后街看到那个男生跟别的女生在一起……

不忠的渣男、伤心的朋友，姜予眠决定告诉梁雨彤真相。

她找到梁雨彤，张口却发现自己说不出话。姜予眠急切地摸着喉咙，想发出声音，突然从梦中惊醒。

原来，刚才的一切只存在于梦中。

姜予眠是在青山别墅醒来的。陆宴臣没有送她回陆家，而是把她从医院带来这里。

她蜷缩在床边，披散的长发遮住脸颊，就这么静静地坐着，忽略时间的流逝。

直到房门打开，陆宴臣从外面进来，带来她想要的消息："你那个叫梁雨彤的朋友现在跟家人住在一起，已经开始了新的生活。"

姜予眠昏睡前曾在陆宴臣的手心上写下一个"彤"字。陆宴臣调查过，自然知道她说的是梁雨彤。

他不清楚姜予眠具体想起了多少，只告诉她，梁雨彤现在平安地跟家人生活在一起。

姜予眠轻轻点头。她想起曾经唯一的朋友，想起梁雨彤在高考前两个月转校的事，但之后发生的事情仍然一片空白。

"你说那个人因侵犯别人而入狱，他侵犯的人是谁？"姜予眠拿起手机、打字。

向来果断的陆宴臣难得迟疑，眸光微闪："将他送入监狱的，是梁雨彤。"

姜予眠缓慢地咬唇，打字："是因为这件事，彤彤才转校的吗？"

她记得梁雨彤跟她一样，要等八九月份才成年。

看到姜予眠在手机上打出的内容，陆宴臣察觉，她似乎并不知道梁雨彤真正经历了什么。

于是他告诉姜予眠："是。"

听到肯定的答复后，姜予眠埋下脑袋。

她跟梁雨彤是突然失去联系的。她只知道对方因家庭转校，连联系方式都没留下。如果她"多管闲事"，早点儿劝梁雨彤离开那个男生，或许就不会发生那种糟糕的事。

"我可以联系她吗？"她打字问。

"她的家人希望她能忘记过去。"他告诉她。

她得切掉过去的伤痛，连着美好的东西一起。

姜予眠点头，能理解对方。

如果梁雨彤能好起来，忘掉过去，包括她这个朋友也没关系。

"你见到那个人后，就想起这些？"陆宴臣旁敲侧击。

"嗯，原本我是想劝彤彤离开他的，后来……"字打到这里，她停下了。

后来的记忆有些混乱了，她在梦里没能说出口的话，不知道现实中有没有及时告诉梁雨彤。

总之，姜予眠在刺激下找回与朋友跟那个混混相关的记忆，却没想起自己高考那天遭遇了什么意外。

不知道该怎么办，姜予眠迷茫地抬头，忽然注意到陆宴臣的手。

她掀开被子，赤脚踩到地毯上，慢慢朝他走过去，发现他的手背上有抓伤的痕迹。

陆宴臣盖住手背："没事。"

当时他的手被姜予眠的指甲抓伤，没流血，只是红痕较长，看起来比较明显。

姜予眠无声地说了句"对不起"，眼底的愧疚感快溢出来了。她突然想到什么，左顾右盼，在房间里找到自己的书包，从里面取出一袋消毒棉棒。

这是便携式的消毒棉棒，将其折断就能直接使用。她举着棉棒回到陆宴臣身边，指了指他的手。

陆宴臣明白她的意思，伸出手。

姜予眠托起陆宴臣的手，小心翼翼地擦拭伤痕。

不同的肌肤温度在接触中传递，两个人掌心相对，逐渐贴合。

原本缓慢的擦拭动作近乎停下来，此刻她贪心地想：让时间停下来吧，那只温暖的手，她想握得更久些。

可是下一秒，陆宴臣率先从她手中抽出手，声音一如既往地温和，却远不如刚才的掌心温暖："学校那边我已经给你请了两天假，今晚你可以在这里休息。"

这里姜予眠也很熟悉。从梳妆台到床，甚至尽显少女气息的地毯，这里跟陆家她的卧室很相似，但她觉得不一样——两个地方的人不同。

住在青山别墅离陆宴臣更近，她欣然接受了陆宴臣的安排。

"下午我要去公司，你有事就找管家。"陆宴臣又叮嘱道，"房间里闷，待久了你可以出去透透气。"

他怕姜予眠又缩在角落里待一整天，不过看情况，姜予眠很快接受了恢复的部分记忆。

姜予眠边听边点头。

陆宴臣走的时候，她默默地望着那道背影，内心多种情绪交织在一起，无法表达。

他带她回家，无微不至地照顾她，帮她寻找记忆，偶尔奖励她各种礼物……这一切加起来，她真不知道该怎么偿还。

陆宴臣是自她的父母离世后，对她最好的人。

下午，陆宴臣去了公司，吩咐管家多注意姜予眠。

姜予眠不再像从前那样待在卧室里，主动走出来透气，在青山别墅里穿行。

青山别墅面积大，人少，环境清幽，她犹如避世。

天气冷，姜予眠在外面醒醒神，呼吸了一下新鲜空气就打算回去，却突然听到周围传来两道人声。

一个中年女人讲话的声音中带着喜悦："上次那件衣服转卖出去不少钱。"

中年男人嗓门粗："你疯了？要是陆先生知道了，一定会开除我们的。"

"陆先生可是大忙人，哪有工夫管这种小事？否则也不会随手把衣服交给我们处理。"女人语气夸张，好似占了天大的便宜，"你是不知道，就那么一件外套，价钱接近六位数。"

"有钱人真好，崭新的大衣，他说不要就不要了。"

衣服？转卖？陆先生？

几个关键词组合在一起，她很快就明白了：有人将陆宴臣的衣服拿去卖钱了！

听他们的意思，陆宴臣是主动把外套交给他们处理的，才让他们钻了空子。

姜予眠退了两步，突然想起一件事，心猛地跳了一下。打好字，她从树后走出来，目光直逼那两个人，举起手机："什么外套？"

刚才还为占便宜而得意的人顿时慌了："姜……姜小姐……"

姜予眠神色严肃，打字："我问你们，陆宴臣是什么时候让你们处理了什么外套？"

事情败露，女人不敢隐瞒："大概半个月前，陆先生把一件黑色外套交给我们，让我们处理掉。"

半个月前，黑色外套……是她穿过的那件衣服。

突如其来的真相让姜予眠脸色煞白。

原来他口中的"没关系，我会处理"并非不介意，而是从一开始就打算将衣服丢了。

为什么？如果他那样介意，为什么要主动将衣服给她，嘴上说"没关系"，又私下扔掉呢？

姜予眠失神地望着地上的石板路，想起自己曾见过陆宴臣笑着跟人握手，转身便拿手帕擦拭，最后无情地将昂贵的手帕像垃圾一样扔掉。

原来是这样……

手帕与衣服，性质相同。

事情竟然是这样的，他真残忍啊。

当她抱着衣服表示"等清洗后归还"的时候，陆宴臣是不是在心里笑她多此一举？

两个用人战战兢兢地等着被批评，却听到姜予眠要离开的消息。

陆宴臣刚叮嘱过要注意姜予眠的情况，现在她说要走，管家不敢轻易放行，先给陆宴臣打了一个电话。

陆宴臣只犹豫了一下便说："安排车送她回陆家，外面冷，让她多穿些。"

吩咐完，他便挂了电话。

他不问缘由，一切随她。

站在管家身旁的姜予眠听得清清楚楚，嘴角带着自嘲的弧度。

她沉浸在陆宴臣编织的温柔网里，现在才看清，那根本就不是什么特别的照顾。

他原本就是那样的人，行事让人无可挑剔，看似无微不至的举动不过是其做事的习惯。

姜予眠闭了闭眼，被扑面而来的寒风吹得打了个寒战，这个冬天好像比往年更冷些。

姜予眠回到陆家，陆老爷子对她嘘寒问暖，见她面色不佳，才放她去休息。

她又见到了熟悉的地毯。

跟青山别墅的房间装修风格相似的卧室里，全是他给予她的东西。

她应该对陆宴臣心怀感激的。

无论陆宴臣有几分真心，但得到好处的是她——她该知足的。

可为什么，她觉得心会这么痛呢？

她好难过啊，连眼泪都不受自己控制了。

楼下，刚从篮球场回来的陆习就穿着一件毛衣，被爷爷逮到骂了一顿："大冬天穿这么少……"

陆习抱着篮球从爷爷的拐杖下溜走，回到房间将篮球往角落里一扔，从兜里掏出一枚包装袋还没拆的发卡。

这是李航川跟孙斌合力出的第三计。

既然他不能投姜予眠所好，又没法请她出去吃饭，干脆买些大部分女孩子喜欢的小玩意儿碰碰运气。

孙斌说："女生就喜欢出其不意的小惊喜，电视上都这么演。"

反正死马当活马医，他姑且信一次。打完篮球后，他在回家的路上去了趟饰品店。老板给他推荐了一堆，他一眼挑中这枚绵羊形状的发卡。

"小哑巴"的微信名字就叫"咩咩"，那可不就是绵羊？他简直想为自己的机智点赞。

陆习准备拆开包装袋，忽然意识到自己还没洗手，怕弄脏发卡，于是去洗手间里挤泡沫搓了一道，将手洗干净了才出来。

他带着绵羊发卡去找姜予眠，却发现她趴在桌上睡着了。

"小哑巴"醒着的时候很安静，睡着后更恬静，手臂挤压到脸颊，嘴角看起来胖嘟嘟的，有点儿可爱。

见她睡着了还戴着耳塞，陆习蹑手蹑脚地走到她旁边，用拇指和食指做出取物的姿势，帮她把耳塞取下来。

陆习仔细地看了看指间的小东西。

他有一阵喜欢戴耳机听歌，听着听着就睡着了，时间一长，耳朵差点儿出毛病。之后他对这类长期塞进耳朵里的东西避之不及。

听谈姊说，姜予眠睡觉时总戴耳塞，今天既然撞见了，他还是秉承着为她好的原则提醒她一下吧。

陆习轻轻"啧"了两声，打算让她多睡一会儿。

只听"当"的一声，陆习在倒退时不小心撞到了旁边的东西。敏感的姜予眠瞬间睁开眼，心不安地跳动着，眼神中带着迷茫和恐惧。

犯了错的陆习举手投降："我不是故意的。"

姜予眠去摸耳朵，发现本该佩戴在上面的耳塞不翼而飞。陆习连忙把东西递回去："我怕你戴着不舒服，帮你取了。"

女孩儿皱起眉头，显然对他的举动很不满意。

陆习差点儿指天发誓，以证清白，完了还小声吐槽："耳塞戴久了，迟早得聋。"

姜予眠想：她是说不出话，不是听不到。

"你的眼睛怎么红红的？"陆习突然问。

姜予眠盯着他，不言不语。

实在受不了她这样的眼神，陆习摆手道："算了，不管了，我是来给你送东西的。"

陆习的话一句接着一句，姜予眠根本来不及接，只见他从兜里掏出一枚发卡递过来："送你。"

姜予眠仰头，吐出一口气。

在姜予眠拒绝之前，陆习故意扬声道："这是我路过的一家店搞活动送的。我说我一个男的要什么发卡，老板犟啊，硬要塞给我。反正我拿着没用，给你吧。"

姜予眠看不明白陆宴臣，也看不明白陆习。明明那晚陆习还跟朋友商量着灌她酒，转眼又开始讨好她，图什么？

心口闷闷的，她把陆习递来的东西推回去，表示不收。

陆习不由分说地将东西留在桌上："东西我搁在这儿了，你不要就扔了吧。"

跟生怕被拒绝似的，他说完就走，跑得比兔子还快。

很快就看不到他的背影了，姜予眠也无力追上去将东西还给他。随便吧，她现在心很累，无力思考这些事。

姜予眠神色郁郁，晚上都没怎么吃饭。等晚些时候肚子饿了，她才下楼去觅食。

途经一楼的某处，她忽然听见陆老爷子在打电话，问："这都半年了，还没查清楚？"

她本无意细听，却听见陆老爷子提到了自己的名字："我让你照顾眠眠，你就是这么照顾的？我看她回来后精神很不好，你今天带她去心理咨询室究竟发生了什么？"

不知对方说了什么，陆老爷子再开口时的态度很强硬："查不到就查不到吧，别再故意刺激她，我陆家要护一个小女娃还是护得了的。"

过了一会儿，陆老爷子又叮嘱那个人："眠眠心思敏感，你要对她更耐心些。"

她站在后面，只能听见陆爷爷的声音，但不难猜测，对方是陆宴臣。原来是这样啊，是陆爷爷要查真相，并让陆宴臣照顾她的。是了，陆宴臣因为父母的事情对陆爷爷有着很深的愧疚感。只要是陆爷爷要求的事，他几乎无所不应。

姜予眠食欲全无，迈着沉重的步伐回到卧室，把自己锁在房间里。她翻看手机，发现他们的聊天记录中几乎都是她在说、在问，陆宴臣只是回复她。他从未主动提到自己的生活，正如她从未了解过他。

他真的很优秀，让人看不出他只是在完成一项任务而已。面对这样的人，她心里有怨，却没理由责怪。

她坐在地毯上，拉开带锁的抽屉，把金色的日记本抱在怀里。她把书桌当椅背靠着，静静地坐在那儿翻页。

厚厚的日记本已经写了三分之二，她翻一页，里面有他的影子，再翻一页，里面是他的名字。可惜日记本里写的那个人，从不属于她。

姜予眠吸吸鼻子，感觉一股疲倦感席卷而来，将她包裹。她提不起力气，日记本也落到地上。

再有意识的时候，姜予眠隐约听到一道熟悉的声音在耳边响起。她努力睁开眼，看见了那张朝思暮想的脸。

这大概是幻觉吧，她待在卧室里，怎么会看见陆宴臣？这么想着，她重新闭上眼睛，感觉身体轻飘飘的。

陆宴臣伸手摸她的额头，不知是自己的手背太冷还是她的额头太烫，只觉得温度异常。他把姜予眠抱起来放到床上，又去书房里取了体温计来测量。38.2℃，她果然在发烧。

守在旁边的谈婶很急："现在怎么办？喂药还是送医院？"

陆宴臣冷静地道："温度还不算高，先给她降温，观察一下情况。"

"好，"谈婶赶紧点头，"我这就去打盆水来。"

谈婶知道姜予眠晚上没吃，担心她的身体状况才上来看。谈婶敲门后，姜予眠晕乎乎地来开门，吓了谈婶一跳。

也是凑巧，谈婶准备去叫人的时候，陆宴臣回来了。

陆宴臣可是陆家的主心骨，这会儿测出姜予眠发烧，便让谈婶去打水，准备物理降温。

迷迷糊糊间，姜予眠看到陆宴臣在自己面前。她伸手去推，浑身没有力气，动作软绵绵的，更像是贴上去。

身前贴上来一只肌肤白嫩的手，陆宴臣将其抓住放回被窝里："姜予眠，你在发烧。"

女孩儿睁开眼，干涩的唇微张。

陆宴臣准备用棉签给她润润唇，隐约听见一道微弱的声音："陆宴臣。"

向来从容镇定的男人在那刻竟然手抖了。他回头，听清了女孩儿说的话:"我讨厌你。"

夜深人静,男人在窗边点燃一支烟。

下午爷爷打电话质问他,提到姜予眠精神状态不对。他察觉不对,从两个用人的口中得知了"处理外套"的事。

他对所有人都是如此,并不觉得自己有错,可姜予眠开口说的第一句话是:"陆宴臣,我讨厌你。"

她讨厌他,就因为一件衣服?

"咚咚——"

房门半敞着,谈婶敲门,前来汇报姜予眠的情况:"她刚发了一身汗,我帮她擦了身子,体温暂时降下去一些。"

"嗯,你去休息吧,我待会儿过去看她。"陆宴臣灭掉烟,转身进了浴室,出来时换了身衣服,身上的烟草味已经没了。

姜予眠生病,其中多少有他的原因,他于情于理都该亲自照顾她。

高大的身影站在少女的房间里有些违和,他什么也没做,气场却影响了整间屋子。陆宴臣拿体温计给她测量了一次,确定体温在往下降,暂时不需要再做降温措施。

他放下体温计走到桌边,余光瞥见地上有一抹金色,是个日记本。

那本子估计是姜予眠不小心掉在地上忘了捡的。东西之前被椅子挡住了,谈婶进进出出都没发现。

他弯腰捡起日记本。日记本大约有三厘米那么厚,他拿在手里掂量了一下。

日记本算是私密的东西,他将翻开的外封合上,随后摆到桌上。

女孩儿的书桌上整洁干净,常用的书籍竖立在靠墙的位置,文具被放在右边。

桌上有两本与计算机相关的书籍、一块装在透明盒中的儿童电话手表,还有一对耳塞。耳塞是他送给姜予眠的开学礼物。

儿童电话手表的确是他一时兴起买的。

耳塞是他考虑到姜予眠当时的情况送的。长期戴耳塞的人在养成习惯后更难摘下来,哪怕待在安静的环境中,也会担心突然惊醒,这是缺乏安全感的表现。

陆宴臣转头望向床,安静地躺在上面的女孩儿脆弱易折。

等真相查清之时,他能否及时抽身?

这个晚上，陆宴臣在书房跟姜予眠的卧室之间徘徊，书房的灯亮了一整夜。

天色逐渐亮起来时，姜予眠梦多了起来，神情也变得不安。她像是被困住了，蜷缩起身子，紧紧地抱住自己，眼角流下一行泪。

陆宴臣摸她的额头，突然被抓住手腕。

女孩儿刚从被窝里钻出来的手滚烫，相反，陆宴臣的皮肤温度低。两者互补，达到另一种平衡。

姜予眠睁开眼，在模糊的视线中看见在梦里反复出现的男人，一时分不清究竟是幻觉还是现实。

"渴……"她无声地说。嘴巴干了一晚上，她现在想喝水。

陆宴臣端起放在旁边的温水："起来喝。"

姜予眠意识不清醒，隐约听见他的话，想爬起来，却发现浑身疲惫发软。陆宴臣扶着她的背，微微用力，让她靠着床坐好。

水杯递到唇边，姜予眠双手捧住它，往嘴里倾斜，动作有些急。

"慢点儿喝。"陆宴臣轻声叮嘱，用手托着杯底，以免她拿不稳洒出水。

喉咙得到滋润后，姜予眠总算清醒了几分。这下她确定不是梦了——真实的陆宴臣此刻就在她面前。

"好些了吗？"他声音一如既往地温柔。

她差点儿又要陷进去。她提醒自己保持清醒，侧身将杯子放到床头，摸摸自己的额头，感觉不出温度是否正常。

想起陆宴臣的问题，她顺势拿过手机打字："我发烧了吗？"

她清楚地知道自己的身体状态不对，没力气，鼻子有些堵，睡觉时觉得心慌。

"昨晚有些发烧，现在基本降下来了。"陆宴臣一整夜都在记录她的体温变化，"需要再观察半天。"

姜予眠点点头，又要打字，眼前突然伸来一只手，将她的手机盖住。她疑惑地抬眸，恰好对上陆宴臣的目光。

"不要打字，说话。"

嗯？他突然要她说话？

陆宴臣不准她动手机："你昨晚开口说话了，忘了吗？"

开口说话？姜予眠下意识地捂住喉咙，眼里写满不可思议。她真的说话了吗？

"啊……"她开口，发出沙哑的嗓音，不是很好听。

或许是太久没说话的缘故，这种感觉竟让她觉得有点儿陌生。她又抱起水杯喝了两口水，捏着喉咙处试图发出正常的声音，却还是沙哑的。

陆宴臣安抚道："别着急，你太久没说话，再加上感冒，影响了你的声音。"

她的确害怕自己的声音变得难听，听陆宴臣说了这两种原因，心里反倒能接受了。

"我……说了……什么？"她在重新适应讲话的感觉，语速还很慢。

陆宴臣凝视着她那双充满疑问的清澈的杏眼，没有第一时间回答。

姜予眠看不懂他此刻的眼神，又习惯性地打字："我到底说了什么？"

她想知道自己开口说的第一句话究竟是什么。

陆宴臣缓声回道："你喊了我的名字。"

姜予眠打字："还有吗？"

"还有……"他迟疑，似在犹豫该不该讲，直到姜予眠疑惑的目光逼近，才慢条斯理地补上后半句，"你抓着我的手，叫了声'哥哥'。"

姜予眠先是瞳孔放大，随后整张脸垮了下来，垂下头盯着盖在膝盖上的被子。

以前她的确喊陆宴臣"哥哥"。她没有一丝怀疑，完完全全地信了他的话。

在姜予眠看来，陆宴臣是不会骗她的，他没必要在"一句话"上骗人。

如果不知道陆宴臣照顾自己的真相，或许她此刻已经羞到没脸见人了。她不该这么快清醒，这样就不用面对这副温柔的假面。

她该怪陆宴臣吗？不，她没理由怪他。

陆宴臣救她于水火之中，细心地为她安排好一切，在她身上花了不少时间。按道理，她该心怀感激，只是因为自己有私心，才过不去那道坎。

她能做的，只是提醒自己认清事实。

"宴臣哥哥，对不起，我忘记了。"她打字。

她在跟陆爷爷、谈婶说到陆宴臣的时候，用的就是这个称呼，比全名礼貌，也算不得多亲近。

陆宴臣提醒："你已经可以说话了，不用再打字。"

姜予眠摇头，态度坚定地打字："嗓子不舒服，不想说话。"

手机右上角的时间让她意识到这会儿天还没亮，又打下一行字："谢谢你照顾我。现在时间还早，你快回去休息吧。"

温柔而礼貌，她也可以做到。

陆宴臣微不可察地皱了一下眉，语气依旧平和，说："好，你还可以再休息一下。"

陆宴臣起身离开。

男人高大的身影在姜予眠的余光中逐渐消失，直到听见关门声，她才缓缓抬头。

这是她第一次没有目送他离开。

陆宴臣走后，她躺在床上翻来覆去，睡不着觉，又坐起来。

脑袋有片刻的眩晕，她扶着床，缓了一会儿才下床。

她原本是想去拿桌上的耳塞，却发现日记本跟耳塞一起放在那里。

昨晚抱着日记本的画面在眼前一闪而过，她的心一下子提起来，她不敢想那个人有没有发现……

可陆宴臣似乎没什么特别的反应，大概不知道里面的内容。他面热心冷，应该不会做偷看她日记的事。

尽管有多种理由安慰自己，姜予眠心里还是不安，赶紧把日记本放回柜子里锁起来。

提前请过假，她今天不用去学校。谈婶在早晨七点左右来了一趟："眠眠，现在感觉怎么样？好点儿了吗？"

她用手机打字回道："好多了。"

"昨晚你就在我面前晕过去，可把我吓坏了，还好宴臣来得及时。"见她身体恢复，谈婶悬着的那颗心终于落下来，"我半夜起来上厕所，本想顺便来看看你的情况。刚上楼就看见宴臣从书房走进你的房间里，我就知道不用我操心了。宴臣这孩子很会照顾人。有他在，我们就什么都不用操心了。"

他居然照顾了她一夜？

姜予眠触摸心口，那颗坠入湖底的心脏好似挣扎着要浮上来。

"哗——"

谈婶拉开花纹纱窗，晨光透进来。随后她打开半扇窗。

"卧室不能关得太严实，闷着对身体不好，偶尔也要透透气。"

随着谈婶的动作，一丝冷风吹到姜予眠的脸上，她捂着脸，将头埋在掌心上。

哪怕是他出于礼貌和对陆爷爷的承诺才照顾她的，可那些实打实的时间和精力，她又该怎么还？

楼下，晚起的陆习叼着面包正准备出门，听人说姜予眠今天请假，把面包从嘴里拿下来，问："她最近怎么总请假？"

十二月以来，她这是第二回了吧？

有人答道："眠眠小姐昨晚有些发烧。"

"生病了？"陆习诧异地咧开嘴。

对于他这种常年精神饱满，虽然不想上课还偶尔迟到，但从不请假的人来说，一个月请两次病假算得上病情严重。

赶在上学前，陆习跑上楼，在她门外敲了敲。

里面的人来开门。门打开时，他们看着对方都愣了一下。

姜予眠没想到门外的人是他。他手里拿着半块面包，还有没喝完的牛奶。

陆习是惊讶于她的病容。

她这次发烧跟上次"生病"完全不一样，唇是灰白的，整个人看起来像张薄纸。

陆习不知道说什么，问："你真生病了？"

姜予眠自然没回音。

"你说你，一个月病两回，太弱了。"从小到大，他身边的同龄人基本都是男性，还没见过像"小哑巴"这么弱的女生。

姜子眠：他拿着半块面包来敲门，就为数落她？

两个人站着，一个没请人进去，另一个没想进去。

瞥见之前摆在置物板上的绵羊发卡还在，陆习心想：她可真犟。最终，他只能憋出一句："你好好在家里躺着吧。"

他说完，把剩下的小半盒牛奶放到嘴边，大口喝完就走了。

姜予眠甚至没搞懂他来这里的目的。

吃过早饭，陆宴臣又去了一趟，问："温度降下去了？"

姜予眠点点头，把刚测的体温数据给他看，问道："昨晚是你一直在照顾我吗？"

"只是帮你测了体温。"陆宴臣避重就轻。

姜予眠心情复杂，感谢的话说过很多次，轻飘飘的语言显得无力。她目前能给的，好像只有听话配合。

思来想去，她对陆宴臣说："我以后会报答你的。"

"一件小事，不必放在心上。"他轻描淡写，对因她而整夜未睡的事情只字未提。

姜予眠却在思考他对陆爷爷的愧疚感到底有多深，才会因为陆爷爷的吩咐对她如此照顾。

以后她还是尽量少麻烦他比较好，毕竟他做的很多事不是发自内心的，是被责任和情商驱使了。

曾经她绞尽脑汁地想让陆宴臣留在身边，哪怕多一秒也好；现在，那人站在她面前，她却找不到话说。

两只手交握于身前，姜予眠终于开口："日记本，是你帮我捡的吗？"

"是，"陆宴臣大概知道她要问什么，主动喂她一颗定心丸，"不过你放心，我没看。"

"我……知道。"她相信他的为人，就是怕万一。万一本子落在地上的时候打开了，他岂不是不想看也看了？

陆宴臣的回答让她彻底安心了。

该说的说完了，她不知道要怎么面对陆宴臣，转身背对他，假装要休息了。

"姜予眠。"陆宴臣突然叫住她。

女孩儿身体微僵，缓慢地转身，重新面对他，发现他那张俊美的脸上没了往日带笑的假面。

他静下来的时候，眼神中透着几分冰冷，唇也显得薄情。

陆宴臣上前一步，微垂着眼看她："外套的事，不是针对你。"

他在解释，尽管从不觉得这样做有错。

姜予眠抿了抿唇，故作镇定地道："我知道。"

她也是那时才想清楚，陆宴臣本就是那样的人，没有针对她，对她也算不得虚情假意。毕竟他从未故意欺骗过她，只是她陷入其中看不清。

她声音还是哑的，目光却很澄澈、干净："无论如何，谢谢你。"

元旦后的第五天，姜予眠的身体恢复得差不多了，她准备回学校上课。返校的前一晚，她给陆宴臣发了条信息。

咩咩："以后我想自己上学、放学，不用赵叔接送了。"

赵叔是陆宴臣安排给她的司机。

L："陆家到学校距离较远，没车很不方便。"

咩咩："同学们都是自己上学，以前我也是。"

在发生意外之前，她每天自己坐公交车上学、放学，大不了就是重新习惯一下。以后她总是要离开陆家自己生活的，早早适应也好。

那句话发过去后，屏幕另一端的人隔了很久才回复了一个字。

L："好。"

他尊重她的决定，随后跟陆老爷子打了电话。

第二天，姜予眠早早起床，从陆家到能乘车的位置有一段距离，得步行。
她提前算好时间，可下楼时被坐在大厅里的陆老爷子拦住了。
"眠眠，听说你想自己上学？这么早，外面天都没亮，你一个人出去
坐车，爷爷怎么能放心？"陆老爷子不由分说地要她留下，"你再回去休
息一会儿，晚点儿下来吃早饭。既然你觉得单独安排车接送麻烦，那就跟
陆习一起。"
陆老爷子还说："我以后会叫他早点儿出门的。"
陆习坐车，纯粹是想多睡一会儿懒觉。
陆爷爷坐在那里，她连大门都出不去，独立计划在第一天早晨便失
败了。
陆习估计又要生气了。但比起接受陆宴臣的安排，她宁可去跟陆习吵架。
陆习的话不伤人，陆宴臣越是温柔的话，越伤人。
从答应住到陆家开始，她就注定欠陆爷爷一份人情，这时没什么好矫
情的。她帮陆习补习，陆习给她让个位子，也算扯平了。
姜予眠没回去休息，直接去了饭厅等着。
陆习仍然是掐着钟点起床，饭还没吃就被爷爷叫住。他听到这件事
后，反应很新奇："她要跟我一起上学？行啊。"
陆习答应得爽快，这点出乎他们的意料。
当陆老爷子让陆习把闹钟时间调早时，陆习头一仰："那不行，该睡
还得睡。"
话虽这么说，他今天走得比以前早些。他不仅将没吃完的三明治打包
了，甚至还站在玄关处催早就准备好了的姜予眠："站在那儿干啥？走啊，
上学去。"
穿着蓝色羽绒服的少年站在门边，头顶明亮，身后是一片灰暗。他清
朗的声音里满是活力，在这宁静的清晨，让空气都鲜活起来。
姜予眠捂着嘴巴咳嗽两声，迈着轻快的步伐走向外面。
元旦假期占用了两个工作日，用周六补一天，他们上完白天的课，又
要放假一天。
姜予眠的感冒已经好了很多，有时她忍不住在教室里咳嗽，同学们都
会关心她的身体状况。她还是习惯写字回答。
他们那些关心和同情好像是从她不会说话开始的。不知道从什么时候

起，她默认了这种方式。

下午，陆习突然告诉她，司机周末休假，他们放学后得自己回去。

他每周放假后都会跟李航川等人出去玩，周六、周日就成了司机的固定休息时间——他还没来得及跟司机讲姜予眠以后都坐这辆车的事。

这个消息反倒让姜予眠感到轻松，打字："没关系，我可以自己回家。"

放学后，她仍然等到大部分同学离开，楼梯间里不挤了才走。

公交站内，等公交的大多是学生，刚走了一辆车，站牌下只剩几个人了。

这时，一个女生来到她跟前，小声问："同学，你有那个吗？"

这是女生间的暗语，她们一说就懂。姜予眠点点头。

上次跟陆宴臣吃饭时遇到那事后，她就特意在书包里备着了。

她取下书包，一只手拎着，在顺手将手机装进去后，才去摸内层的拉链。找到东西后，她将其握在掌中交给旁边的女生。女生道谢时，姜予眠的肩膀被撞了一下，她手里突然空了。

意外来得猝不及防，一个男人公然抢走她的书包。姜予眠转身就要追，又被人拉住胳膊。

"我去追，你在原地等我。"陆习的声音落在姜予眠的耳边，他几乎没有迟疑，冲了出去。

常年运动的少年速度很快，在追过去的路上捡到被扔下的书包。陆习不打算放过他，在几百米外将那人按住，夺回手机。那人当机立断，抓起路旁的石子划了陆习一下，趁陆习吃痛时逃跑。

陆习忍不住骂了句脏话，抬头看见监控摄像头，把这事记下了。

陆习拎着书包原路返回，跟赶来的姜予眠在半路上相遇。他把手机递过去："看看有没有摔坏。"

那个人一看就是想抢手机。

姜予眠却没管手机，先把书包拿回来，拍拍灰尘抱进怀里。

陆习无语，心想：我费力抢回的手机你看都不看一眼，抱着个破书包，却像得到了宝贝一样。

他不理解。

姜予眠正要道谢，突然注意到他的手在流血："你的手。"

靠近手腕的位置有道被石子划出的血痕，陆习"咝"了一声，嘴上还硬气地道："小事，一点儿都不痛。"

刚说完，他突然觉得哪里不对，扭头紧盯着姜予眠的脸，难以置信地问："刚才是你在说话？"

"是。"她承认了。

陆习震惊地说："你会说话？"

她本来就会。

陆习来了兴趣："刚才没听清，你再多说几个字。"

见他兴致勃勃的样子，姜予眠却不愿再说。嗓子还没完全恢复，声音也跟以前不一样了，她不想丢人。

她指向旁边，示意陆习去那边。

两个人在附近的花坛边坐下，姜予眠从书包里取出便携的棉签，掰着棉签头，消毒液就从另一端流出来。她让陆习把手搭在膝盖上，帮他擦掉手背上的血，又消毒止血，最后贴上创可贴。

"你说你，几千块的手机不看，反倒把一个旧书包抱得这么紧。"陆习瞟了两眼，心想她这书包里的东西可真多。

姜予眠沉默地做着手头的事。

就在陆习以为她不会开口的时候，听到一道闷闷的声音："这是我爸妈去世那天给我买的。"

她还记得，那天一家人开开心心地去商场，爸妈给她买了新书包，还说要送她一台电脑。意外来临时，他们还没来得及去看电脑，最后只剩下这个书包。

气氛瞬间变得沉重。

难怪她不肯换新书包，难怪会那么重视这个书包，里面竟有这么一段故事。

他的爸妈走得早，他实在无法体会姜予眠的心情。

安慰人这种事不是陆习擅长的。他正纠结着，低落的少女忽然抬头，真诚地说了声："陆习，谢谢你。"

风将她的发丝吹拂到脸颊上，少年呆坐在她跟前。

马路对面，一辆车缓缓降下车窗。

端坐在里面的男人静静地望着花坛边那两个年轻的男女，右手轻抬，盖住左手手背上还未消失的疤痕。

第 五 章
哄　人

　　下午，陆习打电话报警，说海嘉中学附近发生抢劫案，却得知警方已经收到消息，并锁定嫌疑人。

　　"这速度有点儿快啊……"

　　两个人面面相觑，猜测那人是惯犯，抢了不止一个人，所以早就有人报警。

　　警方询问他们是否有财物损失，又让他们去警局认人，之后的一切进展得很顺利。

　　从警察局出来，天已经快黑了，陆习摸着"咕咕"叫的肚子，扭头问："你饿了没？"

　　姜予眠摇头，从兜里掏出手机："我可以……请你吃。"

　　"请我吃饭？"陆习难以置信，甚至抬头检查太阳是不是打西边出来了，一看是深蓝的夜空，才想起天色已晚。

　　姜予眠轻轻点头，"嗯"了一声。陆习今天帮了她一个大忙，还因此受伤，她是该感谢一下。

　　"那我可得好好宰你一顿。"陆习掰起手指思考哪家店最贵，又想到"小哑巴"小气、爱计较，还是决定不为难她了，"算了，你用的还不是我家的钱？我就随便吃点儿。"

　　话音刚落，姜予眠嘴角浅浅的弧度已经拉平。她暗暗咬牙，唇瓣微动，终究忍不住反驳："不是……"

可惜陆习走在前面，已经听不见她的声音了。

姜予眠握了握拳，想反驳，又缺乏底气。她想说她用的不是陆家的钱，可……她现在的吃穿住所，的确来源于陆家。

陆爷爷邀请她来的时候，承诺会给她提供一个良好的学习环境。她想抓住这个机会重新开始。等高考结束后，她会自力更生，把欠陆家的都还回去。

这一耽搁，两个人回家时已经接近八点。

他们刚进大厅，就被陆老爷子叫住："怎么这么晚才回来？"

姜予眠大多数时候一放学就回家，今天不知道被这小子拐去什么地方了，耽搁到这么晚。

陆老爷子不放心地问："你带眠眠去哪儿了？"

"能去哪儿？在外面吃了顿饭而已，不信你问她。"陆习仰起下巴朝她示意。

姜予眠连忙点头附和。

因为今天的事并没有造成太大的影响，他们决定不告诉陆老爷子，免得他担心。

不等老爷子发话，陆习抢先道："爷爷，我先上去了，还得写作业。"

他提到学习，陆老爷子没什么好说的，由他去了。

老爷子还有些想不通，一旁的谈婶笑着替两个孩子打圆场："我看这样挺好的，说明两个孩子关系好，都能一起出去吃饭了。"

疼爱的晚辈能够友好相处，他们乐见其成。

上了楼，躲到长辈看不见的地方后，陆习还在嘀咕："我现在觉得当哑巴也挺好的，不用回答那么多问题。"

姜予眠没接话。当初她真是"哑巴"那会儿，有人还嘲讽她，说她装呢……

跟陆习接触下来，她感觉陆习这个人心地不坏，但嘴巴很毒，经常让人心堵。

回到房间里，墙边置物架上的绵羊发卡还在。姜予眠把它取下来，撕开包装看，发卡周围有一圈白色的绒毛，小羊有粉色的耳朵，小巧可爱。

她大概知道陆习送她这枚发卡的意思，如果收下，就等于原谅他那晚擅闯她房间还拆错礼物的事；如果拒绝，那她跟陆习之间永远存在矛盾。

她捧着绵羊发卡看了一会儿，将其装进包装袋里，放回置物架上。

坐下来后，她习惯性地打开手机，点开对话框才发现"咩咩"和"L"

的聊天记录已经定格在几天前。生病后，她再也没有主动跟陆宴臣分享过生活中的琐事，那人也只是在她生病的前两天礼貌地询问她的身体状况，再无其他。

分享欲是个神奇的东西，她一向安静，不太喜欢跟人交流，却愿意把自己的生活说给他听。一旦这个行为停止，她就会觉得寂寞，一天结束后总感觉缺了什么。

姜予眠盯着对话框许久，有时会不小心点出键盘，又隐藏下去。

办公室内，一脸沉静的男人看着对话框上方消失的"对方正在输入……"的状态，将手机扔到一边。

第二天，陆习的手受伤的事没瞒住，还是被陆老爷子发现。老爷子追问下得知姜予眠在公交车站被抢了书包的事，更加坚定不能让她一个人上下学的想法。

"陆习，你以后早点儿起，别让眠眠一直等你。"陆老爷子对着孙子耳提面命，"还有，你下午放学后早点儿回家，马上就期末了，还不抓紧点儿，把成绩提上去。"

当着老爷子的面，陆习什么都点头答应，但表情明显很敷衍。

现在他已经能坦然接受跟姜予眠一起上学的事了，姜予眠却还跟之前一样，在校外就跟他拉开距离。

陆习不满地踢了一脚地上的石头，心想：她躲得那么快？"小哑巴"这是嫌弃谁呢？

哦，她现在已经不是哑巴了。

姜予眠已经能开口，但跟人沟通还是用手机。对此，陆习觉得很奇怪。很快，他发现除了自己，周围的人好像都不知道姜予眠会说话了的事。

这一项特殊待遇让陆习莫名其妙地有种满足感，非但没打算揭穿她，甚至还配合她演下去。

不过时间长了，他又发现，哪怕面对自己，姜予眠也极少开口。他听出女孩儿的声音正逐渐变化，有点儿期待她完全恢复的那天。

然而一周过去了，陆习的耐心剩余不多了，他问："姜予眠，你打算瞒到什么时候？"

姜予眠静静地看了他几秒钟，眨眼，没说话，也没给予任何回复。

目前的生活她觉得很好，至少比曾经好，不说话可以减少很多麻烦。

"你最近几天都没开口，嗓子好了吗？说两句话来听听。"陆习明确地表示对她的声音感到好奇。

这话反而激起她的逆反心理，她将嘴巴闭得严严实实的。

"姜予眠，你这样做就没啥意思了吧。"陆习缠在她身边，从外面进入大厅，正要说什么，突然听见姜予眠重重地咳嗽了一声。

陆习抬头望去，不知何时回了家的陆宴臣正坐在沙发上。男人双腿交叠，手持财经类报纸放于膝盖上，随时随地都像在办公。

时间仿佛被人按下暂停键，连气氛都被一同定格。

陆习一个人讲话能制造出一群人讲话的热闹气氛，这会儿突然闭上嘴，四周都跟着变得安静。

"大哥，你怎么回来了？"陆习举起无处安放的手，没事抓了抓头发，发梢上停留着从外面带来的寒意。

"怎么，我不能来？"陆宴臣微微抬头，含笑的目光落在并肩站立的两个人身上，平静的语气无端带给人一阵压迫感。

握着书包系带的手指微微收紧，姜予眠受不了他那"温柔"的眼神，垂眸避开。

对陆习而言，陆宴臣这个只比他大六岁的哥哥有着长辈一样的威严，甚至比大部分长辈更有威信。

"那什么，我突然想起还有作业要写，先走了。"陆习双手捏着敞开的衣服扇了扇风，扭头给姜予眠使眼色，意思大概是"我先溜了，你想办法撤退"。

姜予眠偷偷撇了撇嘴。

她在陆宴臣面前更加不自在。

她试着往前挪动一步，男人不容拒绝的声音便传进她的耳中："过来。"

姜予眠背着书包，默默转头，视线飘到陆宴臣的手背上。之前被她抓的伤口已经愈合，他的手背上只剩下浅淡的粉色痕迹，有一根线那么细，仿佛再过一段时间就会消失。

她总觉得欠陆宴臣很多，面对他时，当然要听话。

他让她过去，她就走到他面前，站着等他发话。她不再像从前那般，变着法子去寻找话题。

陆宴臣合上报纸，问她："声音恢复得怎么样了？"

她点头。

男人眉头微蹙，抬眸凝视她的脸庞："说话。"

姜予眠张了张嘴，发出极轻的声音："还好。"

她低着头，嗓音被压低几分。

但他也能听出女孩儿的特殊音色，跟记忆中那几声又软又甜的"哥哥"到底不同。

陆宴臣理了理大衣，慢条斯理地站起身，正要开口时，谈婶从客厅路过。

他敛眸，对身旁的女孩儿说道："跟我去书房。"

姜予眠猜不透他的心思，只好跟着去。

书房每周都有人打扫，永远整洁干净，曾经她还会找寻书的借口进来，在他坐过的地方翻阅他看过的书籍，试图去了解他的精神世界。

但她发现，这里的书籍种类繁多，更像一个表面完美的小型书库。陆宴臣很早就搬出去住了，时常阅读的书籍应该被放在青山别墅的书房里。

那是她从未接触过的领域，正如陆宴臣本身。

书桌旁边有椅子，陆宴臣抬手示意她坐，问："你在学校里跟同学是怎么交流的？"

姜予眠："……"

这画面有种家长捉住刚放学回家的小孩儿，询问孩子的校园生活的既视感。

但她知道陆宴臣不是那个意思，他应该是在问她的沟通方式。

姜予眠想了想，老实地道："他们……不知道我病好了。"

同学并不知道她的失语症是暂时的，随时可能康复。

"不想在外面说话吗？"陆宴臣一针见血地问。

姜予眠神色微变，那对秀气的眉跟着皱起来，手指攥着书包带缠绕，内心复杂。

她不知道怎么回答这个问题。

"嗒"的一声，陆宴臣将明亮的灯光换成暖橙色的，女孩儿紧绷的身体一下子放松许多。

比起无所遁形的明亮，昏暗的状态能让她更自在。

男人转动椅子，侧对书桌，语气比刚才缓和了许多："在我面前可以说实话。"

已经很久没人问过姜予眠想要什么，想做什么，抑或想说什么了。可是他问了。他的耐心引导将女孩儿戒备、恐惧的神情一点儿一点儿地驱散。

橘色的光芒从那双明亮的眼睛里透出来，她不自觉地向那道声音倾诉心事："想，也不想。"

"刚开始，他们并不喜欢我。"

她还记得开学那天，班长骗她去领书。在她看不见的地方，全班同学哄堂大笑。

"但是，他们以为我是哑巴后，会帮助我。"

当姜乐乐向她投去同情的目光后，全班同学对她的态度都转变了。

她上课被老师点名，有人主动替她解围；偶尔在学校里遇到困难，同学们不约而同地为她提供帮助；那些善意的目光、温暖的语言，是曾经被孤立的她不曾得到的。

她害怕改变现状，担心目前拥有的一切都会变成泡沫。

关于这点，陆宴臣早有预料，姜予眠的回答完全证实了他的猜测。

他必须告诉这个小姑娘："如果一个人仅因为你会说话而对你抱有不友善的态度，这本身就是错的。

"你不舍得放弃的，只是他们的同情。"

姜予眠反问："同情，有什么不好？"

至少他们不会伤害她，还会在她受伤时施以援手。

陆宴臣身体微倾，双手交握搭于膝上，道："你是一个正常的人。真正的你一样可以赢得别人的关注和喜爱。"

"不。"她轻声反驳。

她之前的亲身经历已经证明那句话是错的。有人因为忌妒而伤害她，有人因为她的遭遇而远离她。只有同情她的人，才会帮助她。

同学是这样的，陆家人也是这样的。陆爷爷不也是因为见她可怜，才满脸心疼地将她带回陆家的吗？陆宴臣不也是因为同情，才会待她温柔，表面上维护她的自尊心吗？

陆宴臣坐直身，道："一朵脆弱易折的花朵或许刚开始会被小心呵护，但那并不能长久，真正留到最后的是坚韧而美丽的生命。比起含苞待放，大家更喜欢看花盛开。"

"盛开……"她还会迎来盛开的那一天吗？

展望未来，姜予眠有些迷茫，看不清前路，亦不知归途。

"不着急，你可以慢慢想。你可以选择自己觉得舒适的方式去跟朋友交流，但我希望你记住今晚的谈话。"不知何时，陆宴臣已经起身来到她面前。

他高大的身影将她笼罩了。她没有刚见到他时的那种压迫感，更像是找到一处安全的栖身之所。

她想被那样可靠的他一直保护着。

隔了很久，她才回答："我……知道了。"

她会好好想想，接下来该怎么做的。

见她乖巧地坐着，陆宴臣顺手揉了揉她的头发："以后多说说话，对你恢复有帮助。"

姜予眠扣了扣书包，没应这句话。

一脱离那种氛围，姜予眠就会想起陆宴臣温柔的背后是无尽的冷漠。她其实很怕，怕那件被扔掉的外套只是真相之一。

至少她目前无法不在意。

姜予眠坐立不安地道："我想……回去了。"

陆宴臣应允："嗯。"

一个字犹如特赦令，姜予眠拎起书包，转身就走。

"眠眠。"

背后传来的声音让她刚迈开的脚步顿在原地。

陆宴臣注视着那道纤瘦的背影，问："上次那件事，你有什么想跟我说的吗？"

姜予眠缓慢地将两只脚放于平行的位置，仔细想了想，回答道："我只是……觉得……给你添了很多麻烦。"

归根结底，陆宴臣不欠她的。

过了一会儿，书房响起关门声。

站在书桌旁的男人摸出打火机，指腹擦动滑轮，表情晦暗不明。

其实最近，姜予眠并没有很多时间去跟同学交流。

一月中旬，各地学校陆续放假。海嘉中学的高三学生只放两周，假期时间靠近新年，期末考试就安排在除夕前几天。

新的一周开始，班主任站在讲台上提醒大家期末考试即将到来。

大多数同学已经麻木。高三的题海战术名不虚传，到现在他们每天做几套试卷下饭，几乎每节课都是讲试题、讲练习册上的题，然后再根据上面的题型延伸。

期末考试考完他们也不需要领取成绩单，每科老师发下来的试卷都是成套的，平均一天几张试卷，几乎占满整个假期。

考试前的最后一节课，英文老师站在讲台上给大家布置新任务："每个分数等级的寒假作业已经写在黑板上，到时候成绩出来了，大家自觉按照这上面的安排完成作业。"

英语老师把分数划分区间，考得好的作业少，反之作业增多。

"还有一件事，三月市内将举办一场英语演讲大赛，每所学校将推选三篇英文稿参赛，一班的同学，每个人都要写。"

此话一出，教室里传出参差不齐的喊叫。

今年的春节在二月上旬，考试结束刚好就到了姜予眠去心理咨询室的日子。

考试完当天，姜予眠主动发信息跟祁医生约时间，对方还夸她积极。

第二天上午，姜予眠站在心理咨询室外，犹豫好久才踏进那扇门里。

祁医生见到她，脸上露出熟悉的笑容，左右打量不见其他人来，问："宴臣呢？"

姜予眠抬头对上祁医生打量的目光，启唇道："我……自己来的。"

女孩儿开口那一刻，祁医生瞪大了眼。他之前从陆宴臣口中得知姜予眠能说话了，但那时为了防止她受刺激，便没有刨根问底。可这会儿，姜予眠不仅开口了，还独自来到他的咨询室里。他太意外了。

祁医生给她倒了杯水，让她先坐，偷偷出门打了通电话："怎么回事，姜予眠怎么自己过来了？"

公司里，正要踏进会议室的男人脚步一顿。

姜予眠自己去找祁医生了？

听到祁医生的疑问，陆宴臣只能回："她没跟我说。"

今天抽不开身，他本打算明天带姜予眠过去，哪知……

旁边的姚助理不断看时间，小声提醒："陆总，会议快开始了。"

见陆宴臣抬手比了个手势，姚助理额首，抱着文件和电脑先进去。

陆宴臣扫了眼腕表，将手机举在耳边："既然她自己去了，你该怎么做就怎么做。"

通话结束后，他直接走进会议厅里。

咨询室里，祁医生通过沟通发现，语言能力恢复的姜予眠心情变差了许多。前两个月他们能够愉快地沟通，今天却困难重重。姜予眠虽然是主动前来的，但更像是在完成一个定时打卡的任务。

"眠眠，我们在做咨询，并不是说你每个月来我这里就行了，你可以试着把心里的想法告诉我。"

她却说："没有想法。"

这种一语就能戳穿的谎言，姜予眠说得坦坦荡荡。

祁医生很是为难，他们之前好不容易才构建的信任，这么快就崩

140

塌了？

今天待在咨询室里的时间格外长，姜予眠出来的时候，已经有辆熟悉的车等在外面。

她在"走过去"和"假装看不见"之间犹豫两秒，最后选择前者。

车窗降下来，熟悉的司机老赵来替她开门。

后座车门被老赵拉开，她见两个位子都是空的——他不在。

一个月不见，老赵挺想念这个乖巧的小姑娘："眠眠小姐，陆总最近很忙，你想去哪里的话，随时可以给我打电话。"

当然，这都是陆老板的安排。

接下来两天，那个人没有出现。

转眼已是除夕。因为过年，陆家大部分用人放了假。

陆老爷子受邀出席某个商业年会，临走前叮嘱陆习跟姜予眠在家里过年，还特意留了大厨给他们准备三餐。

陆习边掏耳朵边应付道："行行行，知道了。爷爷，你的车在外面喝西北风呢，你赶紧出门吧。"

陆老爷子拿拐杖敲地，道："眠眠第一次在我们家过年，你作为主人，要好好照顾她。"

"好好好。"这些话他左耳朵进，右耳朵出。

中午，桌上果然有一顿丰盛的午餐。

陆习的游戏刚开局，他一边打一边吃，到战局紧张的时候根本顾不得吃饭。姜予眠胃口小，很快就放下碗筷。

她离开饭厅，遇到收拾好东西准备离开的谈婶。

"眠眠，你跟陆习在家里好好过年，我过两天就回来。"谈婶有儿有女，孙子都已经上幼儿园了，自然要回家过年。

"就……我跟陆习吗？"

"是啊，老爷子今天回不来，宴臣……"提到陆宴臣，谈婶欲言又止，"宴臣他从来不回家过年，就不用考虑他了。"

姜予眠问："为什么？"

"这……"谈婶有些犹豫，看到小姑娘充满求知欲的眼神，还是忍不住说了，"你知道的，他父母去世之后很长一段时间，家里的气氛都不太好。那年除夕，陆习哭闹不止，嘴里喊着爸妈。老爷子脾气上来，说了重话。"

谈婶永远记得那个特殊的除夕夜，桌上是陆习哭闹的声音，陆老爷子没忍住发了脾气，指着安静地坐在旁边的陆宴臣说："你看看，你看看，团不了圆，家不像家！"

说到底，陆老爷子还是怪陆宴臣害死父母，导致这个家支离破碎。

谈婶深深地叹气："所以从那以后，每年除夕和春节，宴臣都不回家。"

那是他的噩梦，是牢笼。

"不说了，我得走了，再晚就赶不上车回家见我的小孙子了。"谈婶拎起行李，面容带笑，对回家充满期待。

姜予眠缓步上楼，边走边回想谈婶口中的故事，好像有点儿明白陆宴臣了。

从未感受过温暖的人，要如何成长为一个温暖的人？

举国欢庆的热闹除夕，姜予眠待在房间里写了一下午的作业。

这样冷清的除夕才是她熟悉的。

在舅舅家那几年，她也是一个人过春节。每年春节，舅舅一家都会去舅妈的老家，那时她则一个人留在空荡荡的房间里，没有亲人相伴，没有朋友相邀，就这么安安静静地看完一本书、写完一篇字，过完一年又一年。

休息时放下笔，她又忍不住想：陆宴臣也是这样吗？一个有家不能回的人，自己过完一年又一年。

宁城，夜宴。

宋氏集团举办的年会热闹非凡。

"陆总，"宋董事长处事圆滑，夸奖道，"听说前几天，天誉跟盛世集团达成合作了，陆总真是年轻有为啊。"

陆宴臣笑着说："宋董过誉了。"

两个人开始寒暄。

穿着礼服的宋夫人走过来，站在宋董事长身边，气质端庄。

宋董事长的夫人是国内有名的设计师，今晚将捐出十二生肖限量款手链进行慈善拍卖，引来不少人关注。

几个人边走边聊，进了展厅，那十二条手链分别被装在玻璃盒中，周围堆满发光的玉石。

手链是编织红绳，红绳中间是用玉石做的环，十二生肖对应的动物饰品嵌在中间。这个系列手链的特色在于每个动物饰品的设计，以黄金铸造而成，小巧别致。

宋夫人亲自讲解设计的寓意，十二生肖对应的形状自是不用说："我将十二生肖与平安扣相结合，寓意岁岁年年皆平安。"

宋董事长不断在旁边补充、附和，最后问："陆总觉得如何？"

陆宴臣嘴角含笑："宋夫人心思玲珑，设计别出心裁。"

这些夸赞的话让宋董事长十分畅快。

宋董事长是出了名的宠妻。只要别人夸他的妻子，他就高兴："陆总要是喜欢，不妨挑一款，等展示结束后，我让人给你送去。"

宋董事长想拉拢陆宴臣，陆宴臣也乐得送人情，但不能是私下相送。

宋夫人承诺将拍卖所得的款项全部捐赠，用于慈善事业。陆宴臣送人情，也得通过拍卖的方式。

竞拍开始，有人以自己的生肖为标准，有人说要拿去送礼。

坐在陆宴臣身边的人姓梁，正是几个月前，姜予眠跟陆宴臣在餐厅里遇到的那个大腹便便的男人。

"陆总，你也要拍吧？"梁总道。

这种做慈善争脸面的事，大部分人会表态。

陆宴臣含笑点头。

"我也拍一条。"梁总今日是有备而来的，"女儿找我要礼物，我正发愁呢，这会儿礼物倒是送上门了。"

陆宴臣礼貌性地问："你女儿属什么？"

"属羊。"梁总乐呵呵地道，"我女儿可乖了，就像小绵羊一样。"

陆宴臣摩挲着表盘，脸上笑意不减："那真是抱歉了。"

梁总表情微僵："陆总这话是什么意思？"

很快，他就明白了陆宴臣那句"抱歉"的含义。

拍卖从"鼠"开始，陆宴臣坐定如松。直到"羊"出现，他次次举牌，出手阔气，对"绵羊"款手链势在必得。

梁总很快败下阵来，私下跟陆宴臣商量道："陆总，你就让给我吧，我还得回去跟女儿交差呢。"

陆宴臣借梁总的话再次举牌："我也得回去交差。"

梁总惊讶地问："你交什么差？"

陆宴臣面不改色地道："哄人。"

现在已经是晚上八点半，吃完饭的陆习跟姜予眠让用人都下班回家，只留下门口的保安。

这会儿，陆习绞尽脑汁劝姜予眠出门："外面那么热闹，你就不想去看看？”

姜予眠态度坚决：“不想。”

事情的起因得从半个小时前说起，陆习接到一通电话，是那群常年在一起玩的朋友喊他出去聚餐，还计划十二点去放烟花。

年轻人聚餐可不只是吃饭，一群人聚在一起玩桌游、斗酒，那场面对陆习来说具有莫大的吸引力。

于是他坐不住了，想出门。

把“小哑巴”一个人留在家里不地道，他琢磨着把人一起带出去，可姜予眠死活不同意。他嘴皮子都快磨破了，姜予眠都没有动摇半分，对他口中的吃喝玩乐、游戏烟花全都不感兴趣。

“陆习，你可以自己去玩。”她说。

他不需要费尽心思拉她一起。

刚才陆习跟朋友开了视频，她知道那群讨厌的人也要去。

“爷爷让我照顾你……”

“我在家里，不需要你照顾。”

“留你一个人在家，这不好吧……”

“我还有很多试卷没做。”

陆习无言以对。他想起来了，姜予眠的确做了一天的题。

这大概就是学霸。

那边又打电话来催：“习哥，赶紧出来啊，大家都在这儿，就等你了。一年一聚，缺你不行。”

多年的朋友相邀，又是去他喜欢的场合，爱热闹的少年拒绝不了诱惑，最终走出那扇门。

大门关闭的那刻，姜予眠卸下无所谓的伪装，心跟着空了。

她倒不是舍不得他，只不过在除夕这天目送一个又一个熟悉的人离开，直到偌大的家里只剩自己一个，好像整个世界都空荡荡的。

她环顾四周，心里一片迷茫。只有拿笔写字的时候，她才能把心思放回学习上。

离开家的陆习觉得不对劲。可他不是故意把姜予眠扔下的啊，是姜予眠自己不愿意出门。他总不能为一个不愿出门的人把自己的一群兄弟撂在外面吧？

这么说服自己后，陆习坐上车。

过了一会儿，他尝试着拨打了一通电话。

铃声响了几秒，对方接了。

"大哥。"

晚上十一点，姜予眠终于写完全部的数学试卷，站起来伸了个懒腰。

她写了一天，脖子累，手也酸。

她到楼下走了一圈，放松了许多。

家里还是太安静，姜予眠就在副客厅里打开了投影仪。

家里有专门的影音播放室，但那地方有些封闭，她一个人不爱去。

嘈杂的电视声让整个客厅变得热闹起来，姜予眠坐在沙发上，一会儿盘腿，一会儿靠着抱枕躺下去。

以前就是这样，她在等待春节联欢晚会的倒计时陪她进入新的一年。

平时在有噪音的环境下，她睡不着，今天却不一样，电视里那些喜气洋洋的话语像催眠曲。她有些累了，想眯一会儿，等新年到了就去房间里睡觉。

躺在沙发上的女孩儿闭上眼睛，呼吸逐渐均匀。

有人携一路风尘，踏着夜色归来，循声来到副客厅。

投影仪上闪烁的光影映照在女孩儿的身上，她蜷缩在沙发上，一只手向后抱住自己，另一只手搭在脸颊边。

这是缺乏安全感的姿势，他每次见她，她都如此。

陆宴臣放轻脚步来到沙发边，蹲在她面前。见她还在睡，陆宴臣取出那条"绵羊"平安扣手链，小心翼翼地戴到她的腕上。

闪烁的光影将两道身影笼罩，屏幕里发出新年倒计时的声音，在"一"字落下的那一秒，平安扣紧紧地贴在女孩儿白皙的手腕间。

新年的钟声敲响，男人环顾四周，看了看这个他多年不曾在新年时踏进的家。最终他收回视线，注视着女孩儿恬静的睡颜，嘴角挂起极淡的笑："新年快乐啊，小眠眠。"

睡梦中的姜予眠感觉有人正靠近自己。她本就睡得浅，手腕被托起时已经清醒了几分。

她没睁眼，因为她的鼻子闻到了熟悉的雪松香，知道来人的身份。

陆宴臣不知道给她戴了什么东西，冰冰凉凉的，贴在肌肤上，但很快就随体温变暖。那好像是条手链。

新年的钟声敲响之际，她听见那人道出"新年快乐"，唤她名字时的语气好像情人般亲昵温柔。

那一刻，她真有一种自己被他捧在手心里呵护的错觉。

很快，被变速的呼吸出卖，她无法再装睡。

那人好似不打算揭穿她，在她准备"苏醒"前起身。

即使闭着眼，姜予眠也能感觉到投影仪上的光线重新照在脸庞上。她终是忍不住睁开眼，那道高大的身影就站在客厅门边。

她坐起来，发现了手腕上多出的手链。

平安扣的款式，中间镶嵌着一只金色的绵羊饰品，金饰直径一厘米左右，小巧而精致。红绳戴在腕间，显白又秀气。

这是陆宴臣送她的新年礼物？

经过"外套事件"，姜予眠时常提醒自己不要多想，结果每一次，陆宴臣的行为都会让她的心里荡起涟漪。

陆宴臣于她，是无法抵御的诱惑。

姜予眠穿好鞋子，拿茶几上的遥控器关掉投影仪，周围一下子变得安静。

突然消失的声音让陆宴臣有所察觉。他回头，视线撞进女孩儿那双明亮的眸中。

两道含着不同情绪的目光在静谧的空间交会，姜予眠垂在身侧的手指轻钩衣摆，平安扣手链抵在身侧。她微抬眸，缓启唇。

"陆宴臣。"

女孩儿的嗓子已经完全恢复，声音不再稚嫩，软软的语气中透出几分娇俏，一个名字都被她喊得婉转、轻灵。

在这寂静的客厅中，姜予眠抬起胳膊，让手腕与脖子平行："谢谢你。"

男人嘴角微扬，温和的声音一如既往："不客气。"

一切前嫌，在此刻冰释。

时间不早了，陆宴臣看了眼腕表，说："我得走了。"

走？姜予眠猛地想起谈婶口中的往事——陆宴臣不在陆家过年。

可他今晚回来了呀……

他们在同一个空间里，听着新年的钟声敲响，也算是一起跨年了吧？

难道，他只是回来送出这份新年礼物的？

陆宴臣用行动告诉她，的确如此。

他没打算留在陆家，或者说，一开始根本没想回景城。若非陆习的那通电话，他不会在中途离开宋家夜宴，更不会来这里。

陆宴臣跟她道别，双手揣进大衣的兜里，大步离开。

望着那道逐渐远去的背影，姜予眠捏手又握拳，心里挣扎万分。直到余光瞥见手腕上的平安扣，那一刻身体仿佛脱离大脑的控制，她小跑上前，挡住陆宴臣的去路。

"我……"她发出的第一道声音都是虚的。

女孩儿咽了口唾沫，紧张到心脏都快跳出来了："我可以……跟你回家吗？"

主动提出跟一个男人回家，这种事几乎耗掉她全部的勇气。

陆宴臣的眼底掠过一抹诧异之色，但他还是说了声："好。"

青山别墅内静悄悄的，大部分用人放假了，仅剩的两个也早早入睡。

回到久违的房间里，姜予眠心情复杂到可以编写一本城墙那么厚的书。

上次离开的时候，她有伤心、有怨愤，即使后者很淡，淡到她的内心不愿承认。她自以为是地跟陆宴臣保持距离，里面有几分是对他行为的不满。这一点，别人不清楚，她清楚。

时隔两个月，她重新回到这里，还是自己主动提出的。唉……她觉得自己好没骨气。

姜予眠暂且把原因归为，新年礼物太漂亮。

时间不早了，她打算睡了，在书包里找了一圈才发现忘带耳塞，只好去找陆宴臣："这里有备用的耳塞吗？"

"有。"他很快回答了姜予眠的问题，不过……

"长期戴耳塞会对你的耳朵造成影响，今晚试试不戴？"

没想到陆宴臣会这么说，姜予眠将手背到身后，脚尖在地上点了点："之前你送我的……"

明明之前是他主动送的。

陆宴臣不徐不疾地道："之前你精神状态不是很好，耳塞有助于你的睡眠，但时间长了会有依赖性。青山别墅这边很安静，不会有杂音吵到你。"

在他的鼓励下，姜予眠决定试一次。

女孩儿穿着拖鞋回屋后，陆宴臣敛起嘴角，脸上的笑容淡去，眼底透出几分冷意。

一开始，他只是尽可能提供姜予眠需要的东西，并不打算干涉太多。就像那件被处理的衣服，他当时只觉得姜予眠需要，并未想过那件事被她发现后会如何。

可现在……小姑娘年龄小，脾气倒挺大。

姜予眠躺回床上，意识反倒变清醒。她睡不着，倒不是因为声音。

姜予眠重新坐起来打开手机，发现不久前陆习给她发了几条信息。她点开一看，是视频。

视频里人声嘈杂，镜头摇晃，可见拿手机的人手抖得厉害。

陆习发了三个视频，总算有一段能看清烟花绽放的画面。

隔着屏幕，她听到那群精力充沛的少男少女嬉戏打闹以及齐声祝贺"新年快乐"的声音，与安静的房间形成鲜明的对比。

她突然想起什么。脑中一个激灵，姜予眠扔下手机跑出去，来到另一间熟悉的卧室前敲门："我有句话想跟你说。"

"嗯？"刚洗完澡的男人穿着深蓝色的居家服，发梢在滴水。

在他抬头的刹那，姜予眠迅速扔下一句："新年快乐，陆宴臣。"

她来得突然，走得很快。陆宴臣抱臂倚在门边，果然等到走远的女孩儿回头。

没想到他还站在那儿，姜予眠回头被逮个正着，赶忙收回视线。

新年的第一天，她摘下耳塞，睡了个好觉。

早晨起得稍晚，姜予眠穿戴好下楼，却发现桌上摆放着精致的早餐。以前住在这里也有人准时准点备齐三餐，姜予眠没客气，坐下来开动。

鸡蛋香嫩，果蔬味清，早上吃着爽口不腻。

她吃到一半才想起去拿旁边的牛奶，伸手时不小心碰掉了筷子。

有人替她捡起来。

她一抬头就看到陆宴臣。

"好吃吗？"他将弄脏的筷子收走，摆到一边。

姜予眠口中还含着没来得及咽下的牛奶，就这么当着他的面，一吞一咽："好吃。"

姜予眠的评价是对他能力的肯定。

"谢谢。"他道。

姜予眠愣了一下才反应过来："这是你做的？"

她从未见过陆宴臣进厨房。她居然有幸吃到他亲手做的早餐？

她现在把这些早餐供起来还来得及吗？

陆宴臣回她以肯定的微笑。

陆宴臣本打算在宁城待两天，别墅里基本没留人，他的一日三餐需要自力更生。

他难得闲在家里，开启慢节奏生活，看了半天书。姜予眠倒是老实，一心一意地写作业，试卷翻了一页又一页。

其间，姜予眠接到陆习的电话。陆习问她人在哪儿，姜予眠坦白道：

"在青山别墅。"

陆习花了几秒钟接受这个消息："所以，大哥昨天真回家了？"

"对。"

他不仅回家了，还送了她新年礼物！

"那你什么时候回来？我一个人在家里无聊得要死。"一觉睡到中午的陆习躺在懒人沙发上，无精打采。

已经上大学的那几个朋友约出去旅游，没十天半个月回不来，李航川跟孙斌他们都被爸妈带去拜访七大姑八大姨了，只有他这么闲。

爷爷不在，大哥不在，没人管他。他本想找"小哑巴"，一觉睡醒去敲门，发现她不在家。

姜予眠委婉地建议："你可以打游戏。"

"小学生放假了，单排没意思。"陆习在电话里吐槽。说白了他就是嫌单排的队友水平不行。

姜予眠不太懂游戏，对着成堆的试卷拍了张照："我要做作业，再见。"

马上就要吃到陆宴臣亲手做的午餐了，她才不回去。

怀揣着这样的期待，姜予眠做题都变得兴奋。

没过多久，陆宴臣就来敲门："收拾一下，等会儿带你出去。"

做试卷做得头晕眼花的小姑娘缓慢地抬头，充满疑惑的眼睛眨了两下："我还有很多作业。"

陆宴臣说得直接："可以带上书包。"

她没问去哪儿，只是遗憾没能吃到陆宴臣亲手做的午餐。

陆宴臣带她去了一家私人俱乐部，是会员制的，一般人进不来。这里设施齐全，娱乐区、休闲区、商务区等一应俱全，可供客人随心选择。

姜予眠从未来过这种地方，因陌生的环境而有些不适应。她习惯性地想往陆宴臣身后躲，却被他拎到旁边，在跟他几乎平行的位置站好。

他道："跟着我可以，别躲在我身后。"

她这种逃避性动作，得改。

姜予眠不明白："我们来这里做什么？"

陆宴臣言简意赅："带你过个年。"

家里太冷清，恰好有人相邀，他带姜予眠出来正好。

"陆宴臣，你可算来了。"一个穿着酒红色毛衣的男人拍拍手，走到二人面前。

陆宴臣转头，在姜予眠的耳边介绍："他叫秦舟越，是……"

对方听见了，抢先道："你好，我是秦舟越，跟陆宴臣是拜把子的哥们儿。"

比起这真实性待考究的自我介绍，陆宴臣给他换了一个姜予眠更好记住的身份："他是祁医生的外甥。"

"外甥？"姜予眠吃惊地道。

祁医生居然有个这么大的外甥。

秦舟越对陆宴臣打了个手势："书谨在那边，说想趁机跟你谈谈上回的合作。"

陆宴臣转动手腕："今天不谈公事。"

秦舟越心领神会："好，我跟他说。"

俱乐部里大部分区域是开放式的，来这里的人或多或少见过或者听说过其他人，但姜予眠除了陆宴臣，一个都不认识，脑子里不断地接受着周围的讯息。

"听说最近有个摄影师盯上了言总。"

"许知恩可不是普通的摄影师，多少人想请她拍照都约不到档期。"

"言二少又往外跑了吧？"

"看朋友圈，他们那群人登山去了。"

她不动声色地接收信息，直到陆宴臣给她找了张桌子，示意她可以把东西放在那上面。

姜予眠抱着书包，并不觉得初来乍到的自己能心无旁骛地在这样的环境下做试卷。

已经有好几个人来跟陆宴臣搭话，都被他三言两语打发。

陆宴臣问她："你觉得这里吵吗？"

姜予眠想了想："有些吵，但是……很新奇。"

这些人谈论的事和人物关系，跟她从同学口中听到的八卦新闻不同，跟陆习和朋友打游戏聚会的气氛不同。

同样是一群人聚在一起喝酒聊天，说着一些她听不懂的事，她却觉得这里的人有趣。

刚开始，她会因为好奇左顾右盼，却不敢多停留，只能竖起耳朵，肆无忌惮地听声音。稍微习惯这里的氛围后，她会悄悄观察那些人。

这里的男人年龄不一，有的成熟稳重，有的年轻开朗，穿西装或休闲装在这里都不突兀。

这里的女人，有成熟知性的女强人，有娇艳妩媚的大姐姐，还有看起来跟她差不多的少女。

比起男人，姜予眠更关注那些女性。她们气质各异，唯独没有像她这样躲在角落里的胆小鬼。

她发现了一个淑女打扮的女生，听人叫她书谧，是一名医学生。书谧是跟着哥哥书谨来的，站在人群中落落大方，别人见了都要夸书谨有个好妹妹。

这时姜予眠悄悄抬头瞄了陆宴臣一眼，想起曾经有位"梁总"误以为她是陆宴臣的妹妹。那时候梁总夸她长得好，估计是看在陆宴臣的面子上。

陆宴臣又问她："在看什么？"

姜予眠悄悄指向前方："她，很耀眼。"

陆宴臣只看了一眼，目光回到她身上："你也是。"

姜予眠把他的话当成安慰。

这个下午，她用耳朵听、用眼睛看，去感受从未接触过的"新世界"。一开始，她也害怕在陌生的环境里会遇到什么状况。因为陆宴臣一直坐在她的身边，她慢慢就适应了。

偶尔会有人来给陆宴臣敬酒。他没推，浅酌了几杯。

姜予眠想起之前在餐厅里喝过的果酒，颜色跟陆宴臣手里的这杯看起来差不多。

她的目光一直追随着酒杯，很快被他发现。

陆宴臣举杯问："想喝？"

姜予眠眼睛一眨不眨地望着酒，问："可以吗？"

"你还真敢问。"将酒杯从右手换到左手，陆宴臣推开她的额头，"这可不是让你喝着玩的果酒。"

姜予眠脑袋一仰。

直到结束，陆宴臣也没允许她碰一滴酒。

临走前，秦舟越有事要跟陆宴臣谈，两个人走远了几步。

一分钟、两分钟……不知道他们要聊多久，趴在桌上的姜予眠盯上了之前送来但陆宴臣没喝的酒。

她把手指当双脚，一步一步"踩"在桌上。她的手指已经"走到"酒杯前了，那两个人还没结束。

反正酒已经送来，放在这里没人喝也是浪费，不如她尝一口，感受一下味道就好。姜予眠很快说服自己对酒下手，趁人不备喝了一口。

"姜予眠！"不远处的陆宴臣在喊她。

姜予眠立马站起来，见陆宴臣示意她过去，拎起书包就走。

走路时，姜予眠才将那口酒咽下。

怕暴露，她一直没说话，只在心里悄悄回味酒香——跟此刻陆宴臣身上的气味一样。

坐在车上时，二人拉近的距离让她闻到的酒味更浓郁。

她一直没吭声，反倒引人注意。陆宴臣叫了她几声没听到回应，问："怎么不说话？"

他转头看过来，头微低。

后座没开灯，外面的光影在两个人身上交织。

她头微仰，闭着嘴巴打了个小嗝儿，还记得在心里叮嘱自己"不能说"。

"姜予眠？"陆宴臣好似察觉什么，倾身靠近些，凭嗅觉去验证自己的猜测。

发现他的意图，姜予眠只想挡住他的动作，伸手去捂他的鼻子。

姜予眠自然弯曲的手掌盖上去，陆宴臣毫无防备，温热的唇与软软的掌心亲密相贴。

他"亲"在她的掌心上。

两相接触的温度格外烫人，他一时分不清发热的是她的手，还是他的唇。

陆宴臣眉头微蹙，瞬间避开，看着她道："姜予眠，你喝酒了。"

他这是肯定的语气。

姜予眠深吸一口气，身体不断后仰，与他拉开距离。陆宴臣迅速将手垫上去，才没让她的后脑勺儿撞到车窗上。

这个姿势，两个人的身体不可避免地贴在一起。他的手臂横在她的脸颊旁，隔着厚实的毛衣，擦出几分温度。

女孩儿露出懵懂的神情，竖起手指比画："就喝了一点点。"

陆宴臣轻叹一口气，扶她坐稳后抽回手："下次要听话。"

他希望，她不要背着他偷酒喝。

女孩儿仿佛听懂了，脑袋重重地点了两下。

陆宴臣这才收回目光，背靠座椅放松神态。

姜予眠欲盖弥彰地把书包抱在身前，遮挡胡乱跳动的心脏。

真是疯了，明明她清醒得很。

两个人各自坐在位子上闭目养神，好似谁也没把刚才的意外放在心上。

其间，陆宴臣的电话响起，陆老爷子参加完年会回到家中，询问姜予眠的去向，听说她去了青山别墅，亲自打电话让她"回家"。

陆老爷子还不知道姜予眠能说话了的事，才会打给陆宴臣。这会儿姜予眠就坐在他旁边，把对话内容听得一清二楚。

她抬头看着陆宴臣，默默咬唇。

那人挂断电话后就朝这边看过来，说："爷爷让你回去。"

而她没有拒绝的理由。

陆宴臣立即让司机掉头，将她送到陆家门口。

他坐在车上一动不动，没有要下车的意思。姜予眠慢腾腾地推开车门，站在外面迟迟不肯走。

她磨磨蹭蹭，陆宴臣也不催。终是她自己忍不住问："你不留下吗？"

陆宴臣："不了。"

待会儿爷爷见到他，说不定过新年的心思都没了。

姜予眠知道他的心结所在，却不敢贸然开口。

她是从谈婶口中得知事情始末的，而非陆宴臣主动提及。她怕自己劝不好，适得其反。

姜予眠独自进入陆家，见陆老爷子跟陆习都在客厅里。

陆习在家里躺了一天，到晚上格外精神，跟李航川他们约着玩游戏。他待在客厅里主要是因为爷爷回家了，不能让家里的气氛太冷清。

陆习刚结束一局，输了，见到姜予眠时管不住嘴："你还知道回来？"

他心情不好，说话带着一股阴阳怪气的意味，像是在控诉她出去潇洒，把他一个人扔在家里。

面对这种情况，姜予眠往往选择沉默，这就是对付陆习最好的方式。

这不，都不需要她回答，新一局游戏开始了，陆习投入战局，没空管她。

陆老爷子对她使了个眼色，道："眠眠，跟我来。"

姜予眠快步走到陆老爷子身边，搀着他，伴他慢悠悠地走去安静的阳台。

没有陆习打游戏的声音了，整个世界都变得安静。陆老爷子眺望远处灰黑的夜空，苍老的声音显得落寞："他送你回来的？"

姜予眠听出陆老爷子的意思，想起那人过家门而不入，心里很不是滋味。她站在陆老爷子身后，开了口："陆爷爷。"

"你……"陆老爷子惊讶地回头，"你会说话了？"

"刚恢复不久。"姜予眠轻轻点头，用模糊的时间回应这个话题，"陆爷爷，宴臣哥哥忙得没时间回家，但他也是想跟家人一起过年的。"

"一起过年……"陆老爷子清晰地记得十几年前的那个除夕——小孙子哭闹不止，他只能把怒火全部撒在"犯错"的陆宴臣身上。

自那以后，每个春节，陆宴臣都不再出现。

偶尔想起来，他也会后悔对十二岁的孙子说了那么重的话。但他无法拉下脸让陆宴臣回来，慢慢地，也就默认陆宴臣不会再回家过年了。

"算了，不说他。"陆老爷子摆摆手，终究迈不过心里那道坎。

倒是姜予眠开口说话这件事让他心情愉悦："之前你不会说话，爷爷心里一直悬着块大石头。如今你终于恢复，真是大喜事。"他又道，"我这次参加那个商业年会，鹿家提到在雪山上建了个度假山庄，邀请大家过去赏雪度假。你跟陆习难得放假，我想着带你俩去雪山玩一趟。"

雪山？新鲜的地方对姜予眠来说都非常具有吸引力。她当然不会拒绝。但陆老爷子的意思，是他只带她和陆习？

姜予眠整理了一下语言，试探性地问："我和陆习跟您一起去吗？"

"是啊，陆习在家里待不住。再不放他出去跑一趟，我看他都快憋出病来了。"陆老爷子在提到小孙子的时候，话里总是透露出藏不住的宠溺。

失去儿子后，陆老爷子把所有的爱都给了小孙子。

在失语后，姜予眠跟人交流的速度变慢，如今说话也像提前在心里写了一遍，才小声问出口："那宴臣哥哥呢？"

"他不是工作忙吗？"

陆老爷子的反问让她语塞。

刚才说陆宴臣"工作忙"只是托词，姜予眠垂着眼，眼珠伴随着思考不断打转："陆爷爷可以问他，或许他愿意放下工作陪您。"

陆老爷子很意外。

姜予眠今晚竟主动替陆宴臣说话。她好像变了许多，是因为病好了？

陆老爷子回头打量她，却见小姑娘低头回避他的目光。她规矩的齐刘海儿挡住自身视线，也令他看不清她的脸。

后来还是姜予眠搀扶陆老爷子回到客厅里的。她仍然一脸乖顺，很少开口。

陆习对队友说了句"不打了"，随后就把手机扔到旁边。见一老一少出现，他把好奇的目光锁定在姜予眠的身上。

"咦，你还买了手绳？"

因陆习凑过来看，姜予眠下意识地把手腕捂住。

见她防备的动作，陆习"喊"了一声："不就是红绳吗？跟藏什么宝贝似的。"

他撇嘴，扭开头，嘴上说得随意，心里却有点儿不是滋味。

据他对姜予眠的观察，她应该是喜欢佩戴饰品的，就是没见她戴过那枚绵羊发卡。

啊,她真烦人!

好在陆老爷子口中的"雪山度假"把陆习心里的不悦冲得一干二净。陆习立马去收拾行李,恨不得连夜走。

鹿家的度假山庄建在宁城雪山上,恰逢春节,游客数不胜数。陆老爷子提前打过招呼,对方留了几间最好的套房给他们。

雪山附近有机场,度假山庄那边专门安排人前来接机。

陆家一行有四个人,陆老爷子、陆习和姜予眠,还有一位是家中的用人,专为照顾腿脚不便的陆老爷子而来。

下飞机时,姜予眠正要去拿托运的行李,陆习却先她一步弯腰拎起箱子:"走了走了。"

他左右手分别拎着一个蓝色箱子和一个粉色箱子,健步如飞。

出了机场,前来接机的人在外面等候,行李被装进后备厢里,姜予眠来到陆习身边,对他说了声:"谢谢。"

陆习满不在乎地摆手:"多大点儿事。"

他一个大男人走在前面,能让一个柔弱的小女生自己拎箱子吗?说出去多丢人。

度假山庄人来人往,陆家一行人刚到,姓鹿的老板亲自出来接待。

姜予眠跟陆习坐在旁边休息。

陆习跷起二郎腿,嘴里开始念叨:"又聊起来了,说话之前就不能让我们先回房里躺着?我都快渴死了。"

姜予眠主动站起来道:"我去帮你取水。"

就当是她对他帮忙拿行李的感谢。

在工作人员的指引下,姜予眠找到饮水机。

这时一个放达不羁的少年迈着潇洒的步子走进明亮的大堂里,手里拿着保温杯,排到她身后。

姜予眠抬起手,少年注意到什么,推开眼前的墨镜仔细看了她两眼,拿起手机对着她的手拍了张照。

姜予眠端着半杯温水转身,注意到身后帅气的少年,默默绕开两步,把水送去给陆习。

墨镜少年带着满满一杯开水回屋,对端坐在屋内的优雅的宋夫人说道:"妈,破案了。"

宋夫人一脸疑惑。

少年把母亲的保温杯递过去，摸出手机给她看照片："看，这是不是你设计的十二生肖手链？"

宋夫人一眼认出照片中的正是自己设计的十二生肖平安扣手链，但图片放大后很模糊，看不清是哪个："俊霖，你刚才那句话的意思是……？"

宋俊霖推了推墨镜，回想这两天吃的瓜："你跟爸前天不是还在讨论羊生肖手链的归属？我今天见到了，是一个女生，挺小的，看起来才十几岁。"

除夕夜宴，陆宴臣拍下的羊生肖平安扣手链是十二条项链中成交价格最高的，让人印象深刻。

当时陆宴臣目标明确，只在羊生肖平安扣手链拍卖时出手阔绰，梁总借女儿打感情牌都不管用。事后他们还私底下讨论，陆宴臣拍下这东西打算赠予何人。

听儿子这么说，宋夫人很是好奇："在一个小姑娘手上？"

爱打听八卦消息是人的天性。

宋俊霖拍桌："千真万确。"

"这倒是稀奇。"没听说陆宴臣有什么妹妹或者红颜知己，宋夫人猜不透对方的身份，十分好奇。

"你要是好奇就自己下楼看，她刚才还在楼下坐着。"宋俊霖跷起二郎腿抖了抖。

宋夫人见不得他这副模样，一巴掌打在他的膝盖上："在我屋里耍什么帅？赶紧把墨镜摘了！"

此刻姜予眠已经不在大堂里了。

入住手续办理好之后，她拿到自己的房卡——她跟陆习住在同一层。

刷卡进屋后，姜予眠把行李箱靠墙放置，眼睛还盯着手机。

她在跟陆宴臣发信息。

那晚她跟陆老爷子赌了一把。陆老爷子向陆宴臣提到雪山之旅，陆宴臣果然同意了。只是因为行程安排冲突，陆宴臣要晚点儿到。

姜予眠收到消息时，陆宴臣刚带着姚助理上飞机。

午饭由度假山庄的餐厅准备，午餐时间，餐厅里坐着许多人。姜予眠感觉有人在看自己，回过头，发现一个气质优雅的中年女人对自己露出了友好的微笑。

女人穿着打扮简约大气，气质很随和，没有攻击性。

姜予眠默默收回视线，继续用餐。

她吃得少，吃完去洗手，又遇到那个女人，对方还盯着她。

姜予眠心生警惕。

宋夫人及时解释："我是在看你的手链。或许你不认识我，但我是你手上这款手链的设计者。"见小姑娘神色防备，宋夫人颇有耐心地道，"你若是不信，可以立即上网搜，应该能看到除夕夜拍卖现场的照片。"

姜予眠当真拿起手机搜索，慈善拍卖会的事情还上过热搜，照片中的女人确实就是眼前这个人。

真巧，她去雪山都能遇见手链的设计师。

"你知道这款手链的意义吗？"宋夫人问。

姜予眠缓缓摇头。

宋夫人乐于向人解释："这款手链的设计理念是，祝愿拥有它的人，岁岁年年皆平安。"

深远的含义让姜予眠的眼睛亮了起来。

她以为陆宴臣是随手买了份不错的新年礼物，不知道还有这层含义。

"那天他跟老梁争这条手链，说是要哄人。所以我很好奇，他把它送给了怎样的人。"宋夫人循序渐进，把自己关注的问题留在最后，而不是直接询问他们的关系。

刚才在餐厅里见姜予眠跟陆老爷子在一起，宋夫人猜测她是陆家的哪位亲戚。

"哄……人？"

她看到，刚才搜索页面的相关词汇中，竟还有人讨论陆宴臣拍下手链是打算送给哪位红颜知己。

三人成虎，众口铄金，姜予眠有些怀疑那句话的真实性，忍不住想要确认："他亲口说，要哄人吗？"

姜予眠抓的重点出乎宋夫人的意料，宋夫人没表露出来，点头道："我非常确定。"

简单地闲聊几句后，姜予眠对这位友善的宋夫人很有好感。

可惜宋夫人最终也没弄清姜予眠的身份。她以为他们是亲戚，姜予眠没承认。且她提到陆宴臣时，小姑娘的反应不同寻常，这更有意思了。

下午，宋夫人颇有闲情地在房间里煮茶，提笔画画，还顺手写了几行漂亮的字。

等她那不着调的傻儿子穿着湿淋淋的衣服回来时，宋夫人将手里的折纸递给他："儿子，替妈带个信。"

宋俊霖取下墨镜瞄了两眼，手指夹着信去姜予眠的门前敲了敲，挺胸抬头地站在门外，务必保证别人见到自己时的第一感觉是帅气。

"咚咚咚——"

敲门声响起，姜予眠的门没开，反倒召唤出隔壁房间的陆习。

两个十八九岁的少年见面，分外眼红。

去年的一场线下游戏大赛，两个人在赛场上打得昏天黑地，从此结下梁子。

"宋二！"

"习二！"

宋俊霖是家中独子，陆习喊"二"是讽刺对方。

陆习在家中的确排行老二。

陆习："宋二，你想干什么？"

"关你屁事。"宋俊霖不想搭理他，继续敲门。

陆习走过去一把抓住他的手，阻止他敲门。拉扯间，宋俊霖手里的信飘落在地上。那张纸被折叠过，陆习就扫到上半句中比较明显的几个字，意思是邀请姜予眠泡温泉。

"约人泡温泉？你要流氓呢？"陆习当着他的面把纸撕碎。

"嘿，我这暴脾气。"宋俊霖抢起拳头就朝陆习砸过去。

前来寻找陆习却撞见这一幕的用人赶忙回楼上，找到陆老爷子："不好了，宋家少爷跟陆习少爷在姜小姐门口打起来了。"

他们赶过去的时候，两个人把对方按在地上滚来滚去。

用人拉都拉不开二人。

陆老爷子望着紧闭的房门，问："眠眠人呢？"

"叮——"电梯到达本楼层。

戴着红围巾的少女从电梯里出来，转头就能看到她的房间。

她跟着度假山庄的接机人员一起去机场接到陆宴臣。陆宴臣办理入住手续时，得知安排给自己的房间网络突然出现问题。听他要处理工作，姜予眠积极自荐。

"我的房间宽敞、朝阳，也很安静，你可以……"姜予眠讲话的声音戛然而止。

陆习拽着宋俊霖的衣领，宋俊霖不甘示弱地揪陆习的耳朵，两个少年站在她的门口，衣衫不整。

陆习："你松开！"

宋俊霖："你放手！"

两个针锋相对的少年钳制住对方，谁也不肯先放手，最后是见人多了，嫌丢脸，在陆老爷子公平的倒数声中一起放开。

陆老爷子满脸严肃地问："你俩到底是怎么回事？"

陆习铿锵有力地指控："他心术不正！"

宋俊霖盯着周围的碎纸："他蛮不讲理！"

姜予眠捡起落在地上的纸片，拼凑出内容，大概意思是宋夫人觉得与姜予眠十分有缘，想邀请她一起喝茶、泡泡温泉。

证据摆在眼前，这才解开误会。

宋俊霖弯腰捡起落在地上的墨镜，宝贝似的擦了擦："还是小姐姐理智，不像某些人，只长个子不长脑子。"

"宋二，你还来劲了是吧？"陆习撸起衣袖，跟随时都能出去大干一番一样。

老爷子一拐杖横在两个人之间："够了，你们两个现在像什么样？也不怕被人看笑话。"

一句话戳到二人的点上，他们架可以打，脸不能丢。

别说，这两个人扭打成团，脸上愣是白白净净的没半点儿痕迹，默契地遵守"打人不打脸"这一准则。

"今天的事是个误会。"最后还是老爷子出面把他们隔开，看着他们转头朝两个方向走了，才结束这场闹剧。

那两个人走了，走廊里一下子变得安静。

见陆宴臣站在旁边看热闹许久，陆老爷子这才腾出注意力问："什么时候到的？"

陆宴臣不紧不慢地回道："刚来。"

行李箱还在姚助理手边。

陆老爷子点点头，想起姜予眠是跟陆宴臣一起从电梯里出来的，问："眠眠，你刚才……？"

"我……"姜予眠张口欲言。

男人以一道沉稳的声音将她的话打断："她刚才跟我在楼下，我入住的房间网络有问题，耽搁了。"

一群人站在走廊里说话不合适，陆宴臣朝姜予眠递了个眼神。姜予眠赶紧从外套兜里摸出房卡打开门："爷爷、宴臣哥哥，大家进去坐着说吧。"

这是酒店套房，有一个小客厅和一间卧室，也就不存在进女孩儿卧室的尴尬情况。

陆老爷子的确还有话要说，问了两句近期关于公司的情况，道："听说有个外企合作商要过来，你来雪山度假，会不会耽搁那边合作的事？"

陆宴臣答道："已经安排妥当。"

客厅里人多，陆老爷子也没详细问。对陆宴臣的工作能力，他还是信得过的。

不谈公事，陆老爷子还有放不下的私事："刚才门口发生的事，毕竟是因陆习而起，宋家那边咱们得去道个歉。"

宋夫人自创的珠宝品牌在国内是出了名的，人家欣赏小辈，让儿子带信，却被陆习不由分说地撕毁。虽说是宋俊霖先动手，但陆习毕竟有主动挑事的嫌疑，他们陆家不能蛮不讲理。

"好。"陆宴臣没有拒绝，应道，"稍后我让他去跟宋家道歉。"

想起陆宴臣刚才站在走廊里一副事不关己的样子，陆老爷子又觉得他这个大哥不够负责："陆习行事冲动，这性子在社会上迟早吃亏，骨子里却一向畏惧你。你这个做大哥的也只顾着工作上的事，有空多管管你弟弟。"

"管？"陆宴臣背靠着沙发，目光疏懒，"爷爷觉得该怎么管？"

这问题倒把陆老爷子难倒了。他就是管不住陆习，才想叫陆宴臣这个大哥去压一压小孙子的威风："你们年轻人更方便沟通，具体如何你自己斟酌。"

陆宴臣慢条斯理地给出建议："他一出来就惹事，不如让他道完歉就回陆家去反省，也好长记性。"

陆老爷子倒没想到陆宴臣一来就要把陆习撵回家反省。

陆习性子犟，本就是冲着雪山来的，要是现在回去还不得闹翻天？

"喀，"陆老爷子委婉地道，"不过是十八九岁的少年小打小闹，他认个错就行了，不必太苛刻。"

以陆老爷子现在的年龄去看十八九岁的孙子，确实像看顽皮的孩童，嘴上说着教育，心里又忍不住疼惜。

"十八九岁的少年。"陆宴臣垂下眼，轻声重复这几个字，嘴角扬起标准的弧度，"爷爷说得对，才十八九岁而已，不必太苛刻。"

陆老爷子"嗯"了一声。

姜予眠从旁边递来一杯温水，老爷子看向她时亲切又和蔼。

没待多久，陆老爷子便起身要走，离开时还细心地叮嘱："眠眠，雪山上冷，出去玩的时候要注意保暖。"

姜予眠轻轻点头，表示知道。

陆老爷子走了，陆宴臣仍坐在沙发上，一只手端着纸杯，另一只手搭在旁边，神色冷淡。

屋里只剩他们，姜予眠把门合上，背对着门站着，看向那人道："你……撒谎。"

他们距离不远，女孩儿的声音格外清晰，陆宴臣摩挲着纸杯，水的温度暖着指间："我只是没说完整。"

他只是说了整件事情的后半段，不算撒谎。

姜予眠不懂陆宴臣为什么刻意隐瞒她去机场的事。

他仿佛一下看穿她的内心，仰头朝她微笑："爷爷心疼你。若说你冒着风雪去机场，他该担心了。"

这看似贴心的解释反倒让姜予眠蹙眉。她总觉得，这句话并非字面上的意思。

还有，刚才陆爷爷让他管教陆习，她怎么听都不是滋味。十八九岁的陆习还小吗？可她记得，陆宴臣十八九岁时连连跳级，已经开始接触陆家的事业了……

她心里揣着事，听陆宴臣忽然开口："宋夫人是国内有名的珠宝设计师，秀外慧中，为人随和。"

姜予眠看向他，没听懂他的意思。

陆宴臣将杯子放到旁边的桌上，抬眸道："你要是觉得她合眼缘，结交一下也不错。"

姜予眠终于反应过来——陆宴臣还记得宋夫人的信，这些关键信息能让她安心。

陆习和宋俊霖因此打架，陆老爷子发了脾气，可到最后，只有一个人记得那封被撕毁的信与她有关。

这个人啊，总是这么细心周到。

姜予眠摸到手链，道："她说，平安扣也是她的设计。"

陆宴臣承认："的确如此。"

"为什么……要送我这个？"她一直以为这只是新年礼物，可宋夫人说，陆宴臣要这东西是为了哄人。

他们之间没有大吵大闹，但那时的确存在矛盾。

"不是跟你说过吗？"陆宴臣手肘压在沙发的扶手上，手背托腮，朝她笑了笑，"新年快乐。"

他不承认……

好吧，当新年礼物也行，反正这条手链现在属于她，而不是网上传的"红颜知己"。

姜予眠这样安慰自己。

陆宴臣并没在这里待太久。姚助理带来消息，陆宴臣房间里的网络设备已经修复，可以正常入住使用。

姜予眠一直站在门口，直到陆宴臣要走。

她侧过身，看着陆宴臣从身旁走过。

鲜红的围巾映在陆宴臣的余光中，他眼前闪过不久前在机场外看到的画面。

云峰苍茫，雪色无垠。

晴空下，戴着红围巾的少女成为雪山下独一无二的景色。

她明明冷得跺脚，捧手在嘴边呵气，却在见到他时笑脸相迎，不提半分寒冷与委屈。

"怎么过来了？"他完全不知姜予眠会和酒店的接机员工一起出现。

女孩儿焐焐耳朵，态度坦诚："接你呀。"

他工作之后，因出差时常辗转于各地的机场，身边永远不缺人接机，却从未有人是因为……想见他而来。

他将目光停留在那张白皙的脸蛋儿上，室内回温后，才见她的脸上恢复血色，莹白中泛着健康的粉。

陆宴臣放缓脚步，扔下一句叮嘱："外面风大，接机这种事，不适合你。"

姜予眠错愕地抬头。那人走后，她像霜打的茄子——蔫了。

他不让爷爷知道，也不准她再去接机，是嫌她多事吗？

她摘下围巾，来到陆宴臣刚才待过的位置，伸手触碰他接触过的地方。

明明他们在路上聊得很开心，她跟他共乘一辆车，看同一片雪景……这是她可以写进日记本里的记忆。

下午，陆习跟宋俊霖分别被家里人押着来道歉，两个人一见面就朝对方冷哼，鼻子不是鼻子，眼睛不是眼睛。

宋夫人还主动找到姜予眠，道："是我考虑不周，让俊霖闹出这等误会。"

这件事，除了打架的那俩人，其他人都挺无辜的。

宋夫人替儿子道歉，而姜予眠跟陆习的关系没到能替对方揽错的地步，只说说自己："抱歉，当时我不在。"

尽管那两个少年仇视对方，但姜予眠跟宋夫人交谈愉悦，还互换了联系方式。

他们梗着脖子，看着姜予眠跟宋夫人如母女般走在一起。

陆习鼻子里哼气，心想："小哑巴"又凭那副乖乖女的模样讨到长辈的欢心，其他人就算了，偏偏这事跟宋二有关。她不知道他跟宋二天生不对盘吗？

宋俊霖抬起双手，食指跟大拇指同时拈着墨镜框，暗中观察，心想：陆习这家伙以为自己要请姜予眠泡温泉，竟然就这么激动，不会是……？

哟，这可被他逮住了。

迫于家长在场，两个人表面握手言和，实则开始暗中较劲。

宋俊霖特意走到姜予眠面前，摘下用于耍帅的墨镜："小姐姐，你好，自我介绍一下，我叫宋俊霖——"话说了一半，宋俊霖抬手撩了一下韩式刘海儿，特意补充，"丰神俊朗的俊，雨下双木的霖。"

陌生人过分热情会让姜予眠不太适应。姜予眠小小地后退两步，礼貌地开口："你好，我叫姜予眠。"

宋俊霖"嘿嘿"笑："小姐姐的名字真好听。"

帅气的少年笑时露出一口大白牙，有些傻气，又很真诚。

跟宋俊霖接触之前，姜予眠以为他跟陆习一样是个蛮横的少年，之后才发现，宋俊霖跟陆习有个最大的区别，那就是嘴甜。

嘴甜的人到哪儿都吃香，至少比嘴贱的人吃香。

不仅如此，宋俊霖打着宋夫人的名义给姜予眠送东西，她没来得及拒绝，隔壁房间的陆习就冲出来搅人："黄鼠狼给鸡拜年，不安好心！"

宋俊霖脸色一秒变黑："陆二，你找打是吧？"

陆习冷哼一声："不服气就来啊，出去再打一架。"

"你们别吵……"刚开始，姜予眠试图阻止，无效。

随后，趁他们约架，姜予眠抱着书本悄悄从门边溜走。

进了电梯，姜予眠上了一个楼层，按照记忆中的房号依序寻找。

"6012……在这儿。"她站在门前做了几次深呼吸给自己鼓气，然后抬手，敲响房门。

敲门三下，姜予眠抱着书静静地站在门口等。

过了一会儿，里面毫无回音。瞥见旁边的门铃，她懊恼地拍拍脑袋，心想：自己怎么这么笨。

她伸出食指，缓缓按向门铃，房间里响起"叮咚"的声音。

怕打扰他，她只按了一下。

大概十几秒后，门边传来声响。姜予眠退后一步，见房门从里面拉开，身形颀长的男人站在屋内。

"那个……"抱书的手指翘了翘，她眨眼，说明来意，"宋俊霖跟陆习时不时就要在门口吵一架，有点儿吵，我可以来你这里做作业吗？"

里面的人迟疑了两秒，让出一条道。

陆宴臣的房间比她的大些，有客厅、卧室，还有一间较小的书房。姜予眠不着痕迹地打量，见客厅的桌上摆着电脑，猜测陆宴臣刚才在这里办公。

陆宴臣指着里面那间，道："里面有书房，你可以在那里写作业。"

姜予眠推开门，见这间书房虽小，但该有的设施一件不少。想了想，她说："里面的光线没有客厅的好。"

只要有心，她总能挑出几个不如意的地方。

陆宴臣挑眉："你觉得这屋里哪个位子好？选个自己喜欢的地方坐。"

他的坦荡大方让姜予眠心虚。

她假意扫了一圈，道："还是书房好了。"

陆宴臣尊重她的选择，只提示说："觉得光线暗可以开灯。"

或许是因为她说过想要安静，陆宴臣还贴心地替她关上门。

姜予眠把书本搁到桌上，不满地在书面上敲了敲。

她本以为套房都差不多，哪知陆宴臣的套房里会有单独的书房？她待在这儿，跟在自己的房间里写作业有什么区别？

因为见不到人，她只好静下心做题。姜予眠做题的速度很快，对许多题看一眼就能得出答案。

书房里，习题书翻了一页又一页，客厅里的键盘声"噼里啪啦"地响。

姜予眠把不会的难题单独标出来，留到最后带出去："陆宴臣。"

女孩儿的声音清脆悦耳，传入正在通话的手机内。

刚聊完工作，在电话里吐槽合作商太磨叽的秦舟越态度一百八十度大转弯："我怎么听到有女人的声音？你不是在酒店里吗？"

"少打听，多做事。"陆宴臣挂断电话，无情地掐灭秦舟越熊熊燃烧的好奇心。

秦舟越越想越不对劲，陆宴臣那个工作狂怎么会突然去雪山度假？搞不好……

秦舟越"啧啧"两声，找到赵漫兮的号码拨过去，道："咱们认识多年，我好心提醒你，陆宴臣身边好像有女人，小心被捷足先登啊。"

客厅。

姜予眠见到陆宴臣的动作，才发现他电脑旁摆着外放的手机。姜予眠捏紧本子，小声问："对不起，打扰你了吗？"

"没事。"陆宴臣将屏幕扣向桌面，抬头问："怎么了？"

姜予眠稍稍朝前递出作业本："有两道题不会做。"

陆宴臣沉吟道："拿过来吧。"

姜予眠站在陆宴臣身旁，把本子递过去。陆宴臣指了指旁边的凳子，示意她搬过来坐。

两个人挨在一起，椅子和凳子之间相隔不过十厘米。

她需要探头去看，两个身体之间的距离逐渐拉近，属于他人的独特气息一点点地传向对方。

这不是陆宴臣第一次教姜予眠做题，却是姜予眠恢复说话后的第一次——她能够及时回应他的每句话。

男人颇有磁性的声音紧贴着姜予眠的耳朵落下，她需要克制自己才能将注意力集中到题目上，否则就会……

"懂了吗？"低头讲题的男人忽然看向她。

女孩儿心口一跳，浓黑的长睫毛跟着颤，胡乱点头。

陆宴臣把笔递过来："重写一遍公式给我看看。"

姜予眠："……"

她不敢不接，跟动作慢放似的拿起纸笔，重新去看那道题。天生对数字敏感的她此刻只觉得，天书也不过如此。

见她从头到尾没吭声，陆宴臣提醒："说话。"

姜予眠突然很怀念以前当哑巴的日子。

他语气不凶，甚至算得上温和，可有些人天生自带威严。

走神儿是不对，她支支吾吾地道："我……还有点儿没懂。"

陆宴臣敛眸："哪里不懂？"

心虚的女孩儿伸出手，在题目上点了点："这……这里不会。"

陆宴臣瞟一眼题目，视线落在她的身上，眼底有几分深意："我记得你之前攻克的那些题，比这个难很多吧？"

他的问题让人招架不住，她不安地摸摸耳朵："每……每道题不一样，做题时间也不一样。"

陆宴臣看着她，小姑娘还在狡辩，莹润的粉唇一张一合，黑白分明的杏眼圆润明亮，看起来非常无辜。

"我不是故意不会的。"她不敢承认开小差，什么借口都胡乱往上凑。

见他还不说话，她有些急了，手指揪着他的衣袖，道："陆宴臣。"

她喊了他的名字，就这么望着他，仿佛他多说一句为难她的话都是罪过。

陆宴臣轻轻"嗤"了一声，按眉心。

不知道小姑娘为什么执着地喊他的全名，更不明白一个人的声音为何会那么奇特，那三个字在她口中变得娇柔婉转。

"遇到事情直接说需求，而不是盲目点头，知道吗？"大抵是因为她太脆弱，他总忍不住在她的成长路上帮她一把。

"嗯！"她重重点头，好像懂了。

陆宴臣步步引导："那么现在，你告诉我，你需要什么？"

她很认真地思考，秀气的眉头皱起来。

眼里的迷茫散去，姜予眠终于想到什么，望着他的眼睛坚定地道："你教教我。"

这句话，后来她跟陆宴臣说过很多次。

姜予眠彻底完成作业的时候，天色已晚。

度假山庄的老板为他们准备了美味的晚餐，姜予眠再次在餐厅里遇到宋夫人。

宋夫人的目光在姜予眠跟陆宴臣之间徘徊，她发现这个在外不怎么讲话的小姑娘，目光总是落在一个人身上。吃饭的时候，姜予眠放着多余的空位不坐，也要搬椅子挨在陆宴臣的旁边。

宋夫人心下了然，差一点儿就能完全确定了。

宋夫人适时向姜予眠发出邀请："明天煮茶给你喝。"

姜予眠并不懂品茶，但想接触那些不曾了解的知识。陆宴臣说过可以跟宋夫人多来往，姜予眠便觉得这是件好事。

煮茶时，宋夫人边煮边教，解释每个步骤。姜予眠记性好，虽然没动手，但是把宋夫人的话记了七八成。

有时宋夫人会跟姜予眠讲一些趣话，姜予眠听得认真。

其间，宋夫人接了通电话，没刻意回避，姜予眠能看见宋夫人的脸上绽放的笑容。

宋夫人挂了电话才说："我丈夫。"

姜予眠记得宋夫人刚才打电话时满脸洋溢着笑容的样子，就像……就像妈妈给爸爸打电话时会露出的表情，她们连说话的口吻都那么相似。

眼底蓦地一酸，姜予眠低头掩饰，抠着手指轻声道："你们很幸福。"

宋夫人淡淡地微笑道："可能是因为在一起之前吃了太多苦，后来只想过得更好，把那些日子补回来。"

"吃了……很多苦？"姜予眠抬头，眼里的酸涩已经淡去。

"我是来自普通家庭的孩子，跟我丈夫相恋的时候有不少反对的声音。"宋夫人轻描淡写地把自己的故事讲给她听，"当然了，也不只家世上的差距，还有年龄。"

"年龄？"姜予眠没见过宋先生，不了解那是个怎样的人。

宋夫人递给姜予眠一杯茶："他比我大八岁，我是在上大学时认识他的。一个大学生跟一个事业有成的商人在一起，会遇到多少流言蜚语可想而知。"

有人说她靠心机上位，有人诋毁她丈夫私生活混乱，他们顶着异样的眼光牵手，需要勇气。

姜予眠被她的故事吸引："那你们是怎么度过的呢？"

"差点儿就要放弃了，可我不甘心啊。"忆往昔，宋夫人脸上尽是释然，"人这一辈子，怎么也该为自己喜欢的人争取一次。"

她凭自己的本事站在行业顶端，打破流言蜚语跟爱人携手，才能坚定不移地走过这么多年。

回过头来，宋夫人摇头淡笑道："跟你说这些，扯得太远了。"

"不，我喜欢听。"这段故事让姜予眠对宋夫人有了新的认识。

表面温柔的人，内心坚韧又强大，这样的人本身就具有极大的魅力。

她也想……成为这样的人。

宋夫人冷不防冒出一句："眠眠有喜欢的人吗？"

突然被问，姜予眠说不得，也无法否认。

作为过来人，宋夫人一眼看穿小姑娘的心思："看样子是有了。"

"不，不……"一口气卡在嗓子眼儿里，姜予眠憋得慌。

"没有吗？"宋夫人已经完全拿捏小姑娘了，故意逗她，"我见你乖巧，还想撮合你跟俊霖。"

一听这话，姜予眠被吓得眼睛睁大，连连摆手："我跟宋俊霖，不行的，不行的。"

宋俊霖就是一个嘴甜版的陆习，她想想都浑身哆嗦。

"开个玩笑，别紧张。"怕她不禁逗，宋夫人点到为止。

姜予眠暗暗松了口气。

她心里唯一清晰的存在，是她够不着的人。

她不能承认，也不敢承认。

在这个过程波折、结局美满的故事中，时间流逝得很快，一晃就到中午了。

宋夫人接到儿子打来的电话，转头对姜予眠说："该下去吃午饭了。"

姜予眠点点头，看手机才发现用人给她打过电话，陆习还发消息问她是不是被宋俊霖拐跑了。

她们都要去餐厅，干脆一起下楼。

宋夫人跟她有说有笑，女孩儿乖巧讨喜，她们看起来真像对母女。

"下午我跟俊霖打算去雪山上拍照，眠眠感兴趣吗？"到餐厅时，宋夫人发出新的邀约。姜予眠还没回答，淡淡的笑容已经僵在脸上。

姜予眠一眼就看见了陆家一行人，可原本属于她的座位上，坐着赵漫兮。

宋夫人察觉异样："怎么……？"

陆家那边又多了一个人？

姜予眠咬了咬唇，低声问："宋夫人，你觉得那个女人漂亮吗？"

宋夫人坦白地道："从外表来说，很不错。"

姜予眠每次见到赵漫兮，对方都是漂亮、明艳的，无论是脸蛋儿还是身材都那么出众，浑身散发着魅力。

宋夫人不太清楚姜予眠跟那个女人的关系，却从小姑娘的眼里看到了羡慕，笑着说："眠眠也很漂亮。"

"不一样……"

的确有很多人说她模样生得好看，可大家见到她夸的都是"可爱"，不像赵漫兮，一眼看上去就觉得漂亮。

赵漫兮得陆老爷子欢心——陆老爷子一直把她当成孙媳妇人选。

赵漫兮在陆家人面前刻意表现——陆习对她印象也不错。

陆习这么多年只看到赵漫兮跟陆宴臣走得近，再加上受陆老爷子的影响，便也觉得她是最有可能成为未来大嫂的人。

陆宴臣没来，饭桌上其乐融融。

姜予眠停在原地迟迟没有上前，身后突然传来一道声音："站在这儿做什么？"

她回头一看，是陆宴臣跟姚助理。

她心里"咯噔"一下，没说话，默默朝饭桌的方向走去。

陆宴臣就在她身后。

在别人眼里，他们三个人是一起来的。赵漫兮最先留意到姜予眠手腕上的红绳，有些意外。

陆老爷子指着特意空出的座位，道："宴臣，你坐在这里。"

陆宴臣的目光轻扫四周，他没在人多的场合驳陆老爷子的面子。

陆习长腿一伸，把旁边的椅子往自己这边带，示意姜予眠来坐。姜予眠从见到赵漫兮的烦闷心情里抽出两分，感谢陆习移动椅子，结果刚坐下就见陆习朝对面的宋俊霖示威。

姜予眠：他……很幼稚。

这顿饭，只有三个人是肉眼可见地开心。

一是事事顺意的陆老爷子，二是突然出现的赵漫兮，三是跟宋俊霖争斗的陆习。

从他们的对话中，姜予眠得知，赵漫兮是听说这边新建了度假山庄才过来的。但姜予眠不信，因为赵漫兮在说这句话的时候看了陆宴臣两次。

"这边风景的确不错，漫兮你是一个人来的，不如跟我们同行。"陆老爷子故意给年轻人制造机会。

赵漫兮很上道："好啊，我跟我爷爷说在这里遇到您，我爷爷还叫我好好陪您走走看看。"

老年人的友情牌，也很管用。

"我这个老头子有什么好陪的？你们年轻人就该跟年轻人玩。"陆老爷子终于把话题引到陆宴臣身上，"听说山顶在下雪，宴臣你难得出来休假，不如跟漫兮一起去看看。"

所有人的视线都移到陆宴臣身上。

姜予眠紧捏着筷子，碗底都快被戳出洞。

当事人慢条斯理地放下纸巾，心如止水地说了句："没空。"

姜予眠手里的筷子终于得救。

陆宴臣从容不迫地站起身："爷爷，我还有些工作要处理，先走了。"

"宴臣……"赵漫兮试图挽留，却只能看到他的衣角从眼前消失。

姜予眠埋头吃饭，心里畅快了许多。

虽然姜予眠每次见到赵漫兮都有些心里发堵，但现在能确认一点——陆宴臣不喜欢赵漫兮。

不过，他也不喜欢其他人，包括她。

第 六 章

保持距离

姜予眠默默在心里叹了一口气。

三个小年轻用餐速度基本一致，姜予眠不想跟赵漫兮同桌，早早离席。她出了餐厅，宋俊霖突然追上来，问："小姐姐，我妈让我问你，刚才跟你说去看雪拍照的事，你去不？"

"拍照？"陆习从后面探出脑袋，插在二人之间。

她和宋夫人去拍照，岂不是等于跟宋俊霖在一起？陆习第一个不允许这种事发生。

当着这么多人的面无法阻止姜予眠的选择，但他可以插一脚："正好，我也想去山顶看看。"

"哟，陆二，不至于吧，跟屁虫啊你？"

那两个人又吵起来了，可姜予眠根本没想好要不要去。姜予眠退开两步，去找宋夫人："谢谢您的邀请，但我下午就不去了。"

她要是去了，岂不是把赵漫兮跟陆宴臣留在这里？加上陆爷爷撮合，万一……

宋夫人没勉强。

姜予眠离开的时候，宋夫人抬头看了她一眼。小姑娘低着头，步伐沉重，穿着厚厚的衣服，仍给人单薄脆弱的感觉。在她身上，宋夫人好像看到当初那个卑微缺乏自信的自己。

宋夫人忽然开口："眠眠。"

姜予眠在听到名字时回头。

宋夫人站起来，意有所指地问："想不想试试，像她那样漂亮？"

姜予眠怔住了，但很快就明白了宋夫人的意思。

宋夫人把她带进房间里，从衣柜里取出一件红色的毛衣外套往她身上比画："你的皮肤白，红色很衬你。"

除了那条围巾，姜予眠平时穿的衣服偏浅色，乍见耀眼的红，觉得有些晃眼。

随后，宋夫人从衣柜里取出一条黑色连衣裙，带绒毛的，贴着肌肤柔软又暖和。

宋夫人把两件衣服递给她："换上这两件试试。

"裙子是我买来准备拍照穿的，还没用上，或许你穿着合适。尺寸也许有出入，不过冬天外套宽松，遮一遮看不出来。"

宋夫人注重穿搭，款式并不限定年龄，且红色、黑色无论哪个年龄段都合适。宋夫人穿黑裙会显得成熟端庄，年轻的姜予眠穿起来却是有满满少女气息的法式风情。

宋夫人说："这条裙子比较简约，真是浪费了你的身材。"

姜予眠扎着马尾，齐刘海儿，一下子让宋夫人为自己准备的裙子"减龄"了——它与十八岁的姜予眠十分相配。

宋夫人又带她去梳妆台旁："现在开始给你化妆。"

她底子好，护肤后几乎只需要一层薄薄的打底便可以上妆。妆容也很简单，眉毛、眼影、唇膏，宋夫人一边为她化妆一边夸："年轻真好。"

妆容简单到十分钟就搞定，宋夫人又拿起了卷发棒："眠眠，你要不要试着把刘海儿夹上去，露出额头？"

"好。"看着镜子里逐渐变精致的自己，姜予眠已经很信任宋夫人的审美了。

半个小时后，姜予眠站在全身镜前，看到一个与之前截然不同的自己。

她光洁的额头露出来，长发卷成波浪披在身后，立在头顶两侧的抓夹闪着碎光。

作为珠宝设计师，宋夫人最不缺的就是饰品，精美的饰品无论从哪个角度都能夺人眼球。

姜予眠眉骨生得极好，脸型是标准的鹅蛋脸，学生装扮时看起来清纯稚嫩，如今换个发型和妆容，气质一下子就变了。

镜子里的女孩儿淡妆精致，明眸皓齿，身姿风韵楚楚动人。

姜予眠抬手想要触摸自己，确认是否真实，又怕碰坏了精致的妆容，最后把手指贴到镜子上去感受。

这是她吗？她明明只是换了件风格不同的衣服，卷了个头发，那张脸上了个淡妆，但就是不一样了。

如果她遇见这样的人，夸出口的话也会从"可爱"变成"美丽"吧。

看着自己亲手打扮出来的女孩儿，宋夫人十分满意，只是越看越觉得"还差一点点"。

"差什么？"姜予眠以为是缺了什么东西没穿戴。

"年龄、阅历。"宋夫人已经开始期待这个女孩儿的蜕变，"相信我，再过两年，你会变得更加美丽动人。"

宋夫人看起来比姜予眠本人还激动。

此刻的姜予眠并不明白宋夫人作为过来人的心情，宋夫人却很想带姜予眠绕过自己曾经辛苦走过的弯路，那是一种惺惺相惜。

宋夫人拿起早已准备好的红色外套，道："眠眠，我们该出发了。"

姜予眠接过外套："谢谢晴姨。"

这是宋夫人刚才让她改的称呼，"晴"是宋夫人的名字。

鲜亮的红色外套穿在身上很暖和，雪白色的毛领为姜予眠平添几分贵气。宋夫人还说这不是最适合姜予眠的，要是按她的风格量身定做，她定能更惊艳。

下午，听到房间的门铃被按响，陆宴臣以为是小姑娘又带着作业来了，开门却见到一个"陌生"的姜予眠。

不等他出声，小姑娘一本正经地说："我下午要去雪山拍照，就不来做作业了。"

她这语气，不像借用书房的，倒像是来通知他的领导。

他定睛一看，小姑娘穿着跟平时风格不同的衣服，卷了头发，化了妆，平时淡粉的唇色变得鲜红，整个人看起来明亮了许多。

"谁给你打扮成这样的？"

"晴姨啊，我们要去拍照的。"她早准备好了"换装"的理由，朝陆宴臣挥挥手，"陆宴臣，我走了。"

她来得突然，走得潇洒，不给陆宴臣开口的机会，转身就进了电梯里。

见到宋夫人，憋了许久的姜予眠大口大口地喘气，超速跳动的心脏暴露她的紧张。

宋夫人笑着摇头，把年轻人的心思摸得彻底："照我说的做了？"

"嗯……可是……"

可是陆宴臣只问了一句是谁帮她打扮的，其他什么也没说。她这样做，真的有用吗？

"不管别人是否欣赏你，首先你得学会欣赏自己。"宋夫人教导式地叮嘱，"他的反应只是附带效果，你自己感到愉悦才是真实的，知道吗？"

"哦。"可是，她还是很希望陆宴臣能为她惊艳一次。

不过他刚才打开门后面不改色，反应平平，应该是效果不佳。

想想陆宴臣是见过大风大浪的人，她一个小小的换装算不得什么。

姜予眠走后，陆宴臣的房门许久没关。

男人站在门口，凝视着那道身影消失的方向，回忆起她焕然一新的模样。像是含苞的花朵初绽，她将自己隐藏着的美丽花瓣一点点地露了出来。

她跟宋夫人的关系是否发展得太快了？

小姑娘近期胆子大了不少，跟人认识短短两天就敢单独跟对方出去，真是……欠教育。

他回屋里关掉电脑，拿起架子上的外套出了门。

楼下，陆习紧盯着宋俊霖的房门，等宋俊霖一出门就立即乘坐另一部电梯跟上去。

下行的电梯到了，陆习踏进去，被吓了一跳："大哥，你怎么在这儿？"

陆宴臣言简意赅地道："有事。"

"哦。"陆习想起中午大哥说没空去雪山，估计要办正事，没多问。

电梯很快降到一楼。出了电梯，陆习脚底抹油："大哥，我先走了。"

陆习到了大堂，果然见到宋夫人跟……宋夫人旁边那个人是谁？姜予眠呢？

单看背影，陆习并没有认出女孩儿的身份。他东张西望，在大堂内搜寻姜予眠的身影，却见陆宴臣朝这边走来。

陆习随口问了一句："大哥，你去哪儿？"

陆宴臣的目光越过陆习，落在玻璃门边那道红色的身影上，眸色渐浓，陆宴臣面不改色地道："赏雪。"

游客得乘坐缆车上山顶，宋夫人带着姜予眠和宋俊霖乘坐同一辆缆车上山。

宋夫人跟姜予眠坐一边，宋俊霖一个人坐在对面。

缆车不断上升，宋夫人问姜予眠是否适应。姜予眠缓缓点头，表示可以。

曾经爸妈带她出去游玩也坐过缆车……

那时妈妈揽着她叫她别害怕，爸爸则在对面不断讲笑话逗她开心。

现在坐在她旁边的是宋夫人。宋夫人如母亲般温柔细心，是除了陆宴臣，她第一个愿意靠着的人。

对面的宋俊霖道："我刚成年那会儿想给自己一个难忘的十八岁，直接报名参加荒野逃生。"

"荒野逃生？"姜予眠对未曾接触的趣事最感兴趣。

"是啊，那里危机四伏，险象环生……"宋俊霖绘声绘色地讲述起出生至今最刺激的经历，"带进去的食物都丢了，我饿着肚子，缺水，还迷路了……一路历经艰辛，最终带领队友从绝境里杀出一条血路！"

姜予眠的心情随着他的讲述不断变化，他前面讲的经历精彩绝伦，但后面，她听着听着，惊讶的目光慢慢收了回去。

打量宋俊霖本人，她总觉得，最后那句话的可信度不高……

险情被他轻描淡写，姜予眠觉得不够刺激，忍不住问："你没有遇到困难吗？"

"啊……"吹得正起劲呢，被这么一问，宋俊霖抹了抹脸，"是遇到过那么两次。"

旁边的宋夫人"扑哧"一声笑出来。

身边坐着两个单纯可爱的孩子，也只有在这种情况下，宋夫人才会露出完全真实的神态。

宋俊霖摸着头发，幽怨地道："妈，你别笑行不行？！"

这让身为儿子的他很没面子。

姜予眠好心岔开话题："那你是怎么解决的呢？"

宋俊霖最终摊牌："好吧，我承认，是有人救了我。对了，他跟你一样是景城人。"宋俊霖以为她是陆家人，说不定见过那个人，兴致勃勃地问道，"他叫言隽，你认识吗？"

姜予眠摇头。

她才来景城半年，且每天都在上课，几乎没怎么社交，对宋俊霖口中的名字完全陌生。

"好吧。"宋俊霖摊手，"总之他很聪明，救了我，后来我俩还拜了把子。"

虽然是他死缠烂打凑上去认的哥。

宋俊霖抬手敲敲相机："我最初学摄影也是他教的，等会儿就用这个给你们拍。"

姜予眠这才明白，原来宋俊霖是摄影师。

小小的缆车车厢内十分温馨，而在他们后面的一个车厢里，陆习抱着胳膊叹气。

宋家人真狡猾，居然让"小哑巴"换了衣服，害得他刚开始没认出来。他发现那个人是姜予眠后，还没看仔细，人就被宋夫人带走了。

而他只能跟步伐从容、不紧不慢的大哥同乘一辆缆车。

陆宴臣神色平静，似乎真的是来度假赏雪的。陆习记得陆宴臣中午拒绝过爷爷的安排，问："大哥，你工作不是很忙吗？"

陆宴臣言简意赅地道："劳逸结合。"

陆习扭头看窗外。他很少在这种安静的氛围下跟陆宴臣面对面，心里有种说不出的感觉。

在陆习小时候，陆宴臣有很长一段时间不在家，爷爷说大哥要专心学习。他有记忆又爱玩的那些年都是跟周围的其他伙伴一起度过的。

总的来说，他和陆宴臣之间没有那种亲密无间的兄弟情，不过血缘关系不可割舍，他的心里挺佩服这个大哥的。

陆习无聊地用指腹摩擦胳膊："这缆车也太慢了。"

也不知道他待会儿下车，还赶不赶得上前面那三个人。

对面的陆宴臣气定神闲："年轻人要沉稳，不要心浮气躁。"

陆习反驳："大哥，你就比我大六岁而已。"

二十五岁，按照大部分人的学龄，现在才大学毕业不久。像陆宴臣这种连连跳级、二十三岁博士毕业的变态级学霸……

想到这个，陆习心里不是滋味。

从小就被周围人拿去跟这个过分优秀的大哥对比，他不想追逐大哥的脚步，偏要活出自我。

陆宴臣闭目养神，陆习则拿手机看了一会儿，终于到了。

二人下了缆车，果然不见姜予眠等人的踪影。好在去山顶只有一条

175

路，他们跟上去就行了。

山上覆盖着厚厚一层白雪，结冰的树林构造出晶莹剔透的冰雪世界。

宋夫人爱打扮，也喜欢拍照留念："人呢，每一天都在变样，照片可以保存我的美貌。"

听她讲这些，宋俊霖跟姜予眠吐槽："我就是她的工具人。"

当初参加完荒野逃生回来，他一时兴起要学摄影。宋夫人直接给他报班，勒令他不学成不许回家。他亲爸站在旁边鼓掌叫好。

宋夫人不仅自己拍，还要姜予眠当模特："眠眠，你站在那儿，我们给你拍几张。"

突然被点名的姜予眠："拍……拍照啊……"

她并不畏惧镜头，但要摆拍，有点儿不好意思。

在宋夫人的极力游说下，她走到一棵树下站着，因为太刻意，姿势显得僵硬。

"哦……"

一颗松果从树上掉下来，不偏不倚地砸到姜予眠的头上。姜予眠吃痛，捂脑袋，这一幕被抓拍下来。

她下意识地抬头去看，宋摄影师趁机捕捉画面。

"妈，我拍到了！"宋俊霖兴奋地对母亲大人道。

宋夫人反手一巴掌打在他的胳膊上："眠眠都被砸了，你还只顾着拍拍拍。"

说完，宋夫人满腹担忧地朝姜予眠走去，在她旁边嘘寒问暖。

宋二：我果然是捡来的。

见姜予眠没事，拍完照的宋俊霖扛着相机给她看成品："好看吧？"

姜予眠点头："好看。"

他得意扬扬地道："我专门学过的。"

宋俊霖递出相机，姜予眠低头看照片，他们的身体之间虽保持着一定的距离，但在其他人看来，这两个人胳膊挨着胳膊，脑袋贴着脑袋，十分亲近。

突然被什么东西砸了一下，姜予眠低头，一个结实的雪球打到衣服上，滚落在地上。

她猛地回头，只见陆习站在后面东张西望，双手背在身后，简直欲盖弥彰。

陆习左顾右盼，就是不敢看姜予眠。他是想砸宋俊霖的，哪知雪球不长眼，落到姜予眠身上。

姜予眠没心思找陆习算账，视线越过他，落在后方那道挺拔的身影上。

那个人……

姜予眠以为自己看错了，下一秒，手机里收到微信。

L：“过来。”

这里信号不好，陆宴臣的微信倒是顺利发过来了。

她握着手机，悄悄在心里叹气，心想：还是没办法拒绝他啊。

她悄悄搓了搓被风吹凉的手指，雪地靴在雪地上留下一串脚印。

“你怎么来了？”她比陆宴臣矮了一个头，说话时头微微仰起来。

她穿着红色的外套，在雪景中存在感极强。室外比酒店门口光线更好，能将人的脸照得更清楚。

她樱桃唇，弯眉似月，姿态柔美。

昨天那只会抱着书本问题目，低调朴素得像个中小学生的女孩儿与今天的她判若两人，让人清晰地意识到她是个成年人的事实。

在这天寒地冻的冰雪世界里，男人讲话的声音都被冰雪影响，冷了几分：“随便跟认识两天的人出门，你胆子挺大。”

“是你说可以跟晴姨……宋夫人接触的。”小姑娘揉搓通红的指尖，偷偷瞄他一眼便挪开视线，最后几个字儿不可闻，“而且我有报备过。”

在她不能讲话的那段时间，陆宴臣了解过唇语，清晰地辨认出她最后说了什么：“你那是报备？”

她敲门后就说要走，比他还会下达通知。

接连的质问声传入耳中，姜予眠不安地摸摸耳朵。陆宴臣的态度让她想到一个词：兴师问罪。

可她没犯错啊！

见陆宴臣静静地站在那儿，姜予眠仔细地思考一番，整理出解决方案：“那……我下次写个申请表？”

她想：可能是陆宴臣当领导太久，习惯别人向他打报告。

陆宴臣被气笑了：“是吗？那你打算在第二行写什么称谓？”

姜予眠难以置信他会刨根问底至此。她就是随口一说……

陆宴臣抱臂凝视她，似笑非笑地调侃道：“你心里在想我不过随口一说，他怎么还当真了？”

被说中的姜予眠很无语。她不服气，又不承认，顺着问题斟酌道："尊敬的陆总？"

陆宴臣呼出一团气，想敲她的脑袋："乱喊什么？"

姜予眠老实地道："姚助理就是这么喊的。"

她这不是为了配合陆宴臣的领导风范吗？

这似乎是姜予眠嗓子恢复后跟人说过最长的一段话，口齿伶俐，天真烂漫。

时隔八九个月，她终于从昏暗的角落里一步一步走出来，越来越明媚。

陆宴臣对她的变化并不感到意外，她原本就是那样的女孩儿，活泼聪颖、生动有趣。

在广阔的世界里，在自由的风里，一切都变得随性自然。

宋夫人说冷，进了服务区。

几个年轻人留在外面，陆习跟宋俊霖被迫加入由周围的小孩儿临时组建的雪球战队。

事情是这样的……

陆习的第一个雪球没砸准，宋俊霖为替姜予眠报仇，捏起雪球朝陆习砸去。一来二去，谁也不肯服输。周围的小孩儿以为他们俩在玩游戏，组成两队打起来。

打累了，宋俊霖从兜里掏出墨镜戴上，转身就走。

陆习回头，原本站在树林下的姜予眠跟陆宴臣早已不知去向。

姜予眠第一次来雪山，想走得更远。他们路过陡坡，地面滑，她姿势笨拙，陆宴臣见了，伸手拉她一把。

男人胳膊强健有力，轻而易举地将她拉起来。姜予眠没怎么用力，已经蹬上去。

她呼出一口热气，注意力移到手上："你的手好冰。"

陆宴臣立刻将人松开。

冬天，他一向如此，像个冷血的人。

他正要转身，手突然被扯住。

陆宴臣回头，见自己的手指被一只雪白柔嫩的手轻轻捏着。

他诧异地望向姜予眠。

女孩儿无辜地眨眼："我暖和。"

她体热，他的手放进她的兜里，一会儿就会暖起来。她捏一捏他的手，说不定能升温。

她本想依照内心的想法直接握上去，可那样太亲近，她的胆小，只敢捏捏他的手指。

陆宴臣失笑。

怎么会有人这么傻？以为靠捏手指就能把温暖传递给他。

"姜予眠，你可是学霸。"

人体传递温度，这点儿接触面积是不够的，她做的是徒劳的。

"那……那多不好意思。"姜予眠误解了他的话，一边害羞，一边把手伸过去，两只手同时包裹住他的手，"这样呢？"

陆宴臣：他不是这个意思。

她果然不同，不只声音奇特，连体温都那么奇特。他能清晰地感受到从手心、手背传来的温度，似炙热的火焰要融化他体内的冰雪。

那种感觉，太奇怪了。

陆宴臣手一转，从她的手里抽出来："走吧，逛完了就回去。"

"哦。"她乖乖地应声，把手揣进兜里。

她摸了摸，兜里还有提前准备的手套，浅粉色的。

"陆宴臣，"姜予眠拿着手套，很想借出去，"你要不要……"

男人眯眸："不要胡思乱想。"

"好吧。"她只好给自己戴上。

前方有一座观景桥，由于下雪及桥面上冻，许多人绕行。栏杆上已经结冰，姜予眠抱着好奇心走上去，踩在上面的每一步都需要注意。

她用戴手套的双手扶着栏杆，小心翼翼地走到桥中央，回头一看，穿着黑衣的男人走在身后。

"陆宴臣。"女孩儿婉转的声音混入风雪中。

男人抬眸。

她问："你不怕摔吗？"

"还好。"他偶尔会向栏杆借力，避免滑倒。

一片雪花落在脸上，姜予眠抬手触碰，雪花已经融化。她抬头仰望天空，惊喜跃入眼底："下雪了。"

陆宴臣抬头去看，余光中的红色身影动了一下。

姜予眠因喜悦而忘记脚下，差点儿跌倒，幸亏反应快，抱稳栏杆才没摔跤。

"好滑。"她抱着栏杆，半蹲着扭头，看上去可怜又好笑。

见陆宴臣递出手，小姑娘将一只手伸向他，快站起来时脚底又是一滑。她下意识地用力一抓，揪住陆宴臣的衣领，差点儿把他给带到地上去。

陆宴臣手疾眼快地拉住栏杆，一只手揽在她的腰间，还有心思跟她开玩笑："姜予眠，你是狐狸吗？"

那么……"脚滑"。

姜予眠却已经丧失跟他争论的理智。被他的气息裹着，她只觉心像被鼓槌敲着。

红衣白雪，护栏上不知是谁系上去的红色绸带随风飘舞，像极了那颗荡漾的心，被拴在那个人的身上。过完这座桥之前，姜予眠再也不敢说话了。

回到服务区后，姜予眠又恢复沉默。

宋夫人远远看着两个人一起走进来，脸上的笑容藏不住："眠眠，雪景好看吗？"

姜予眠摘下手套，眼都不敢乱看，只回答："好……好看。"

完了，她又结巴了。

宋夫人也没忘记旁边的人："陆总日理万机，难得有空赏雪吧。"

陆宴臣莞尔一笑："还好，宋董事务繁忙，还心心念念地想来陪夫人度假。"

他们打官腔，另外三个人都听不下去。

宋俊霖靠墙坐着闭目养神。陆习的手机没电了，他无聊得很，看到姜予眠回来，认认真真地把人打量了一番。

衣服风格跟平时截然不同，她做了发型，还化了妆……

陆习皱眉："你今天怎么穿成这样？"

被人关注了穿着，姜予眠抓住重点，问："不好看吗？"

陆习张口，想到"小哑巴"小气得很，含糊道："还行吧。"

她这样，好看是好看，就是有点儿别扭，根本不符合他们高三学生的形象。姜予眠今天这副模样，他差点儿没认出来。

姜予眠低头打量自己，又回想起陆习的反应，还有陆宴臣……难道她焕然一新的打扮在其他人眼里还不如以前吗？她有些失落，好像无论怎样都不能变成那种耀眼的人。

"小姐姐。"

一道陌生的女声传入耳中，姜予眠回头，看到一个穿着橙色棉服、扎着马尾、双眼明亮的女人。

姜予眠被惊艳到了，女人的瞳孔竟是浅绿色的，这在国内非常稀有。

女人露出善意的笑容："刚才你站在桥上，我忍不住拍了一张照片，想送给你。"

女人将照片导入手机，点开时，姜予眠看到一张茫茫白雪的全景图。她定睛一看，雪景之间、长桥之上，红黑两道身影交织，亲密无间。

她喜欢这张照片。

下午，一行人回到度假山庄。

姚助理早已等候在屋内，见陆宴臣回来便立即上前提醒："您有个视频会议，已经推迟半个小时了……"

陆宴臣脱下外套，里面是件白色的高领毛衣。姚助理仔细一看，那上面似乎沾了一抹红。姚助理揉眼睛再看，不得不提醒："陆总，您的毛衣上好像沾了东西。"

他指着领口下方。

陆宴臣眉头一皱，进了屋里："我去换件衣服。"

屋里，男人将白色毛衣换成黑色毛衣。他看着白毛衣上的那抹红印，略一思索，只可能是姜予眠撞上来那会儿，不小心沾了口红。

啧，小姑娘真会给他找事。若非有姚助理提醒，待会儿开视频会议时，他可就说不清了。

陆宴臣的这个会议，直接开到夜幕降临。

姜予眠卸了妆，换回自己的衣服下楼吃饭。

有陆老爷子在，赵漫兮光明正大地加入他们的队伍。众人左等右等，始终不见陆宴臣出现。

陆老爷子说："他工作忙，我们先吃。"

从中午到现在已经六七个小时了，他们下午在雪山消耗了不少体力，姜予眠考虑到这些，说："陆爷爷，我先给宴臣哥哥送上去。"

陆老爷子摆手："他那么大的人了，不需要你一个孩子担心。"

陆宴臣的生活和工作有自己的安排，根本不需要人操心。更何况在他们看来，姜予眠才是最需要被照顾的那个。

"哦……"陆老爷子发话了，她只能坐下来。

赵漫兮放下筷子："陆爷爷，要不我去吧？不知道宴臣在做什么，我说不定能帮上忙。"

赵漫兮虽然能力不及陆宴臣，但也是跟陆宴臣一个学校毕业的，他们有共同语言，多多来往还能增进感情。思及此，陆老爷子点头："也好。"

想做的事被抢，姜予眠埋头往嘴里塞了一口饭。

旁边的陆习凑过来，说："你还是这样看起来比较顺眼。"

姜予眠捏紧筷子，怕自己忍不住去戳他那双不懂欣赏的眼睛。

楼上，赵漫兮拎着食盒按响 6012 号房间的门铃。

开门的是姚助理。

赵漫兮笑着道明来意后，姚助理轻轻摇头："抱歉赵小姐，陆总工作时不许人打扰。"

吃饭这种事，向来被陆宴臣排在工作之后。

赵漫兮善解人意地道："那我就不进去了，麻烦你把东西带给他，工作重要，身体也很重要。"

对方进退有度，姚助理无法拒绝："好的，稍后我会将赵小姐的话转达给陆总。"

送了食盒，赵漫兮在楼上多停留了一段时间才下去，道："饭菜送进去了，宴臣忙于工作，不便打扰。"

一句"不便打扰"把姜予眠想吃完饭再去的心思断了。

看到用完晚餐的姜予眠神色抑郁，宋夫人又邀请她去泡温泉。

"怎么？看你心情不太好。"女人的第六感很强大，宋夫人又善于观察，很快察觉姜予眠的情绪变化。

她不说，宋夫人也猜到七七八八。

她到底年龄小，心思摆在脸上，尽管刻意隐藏，却瞒不住过来人。

聪明的宋夫人没有追问，而是带她去泡温泉放松。

度假山庄里就有温泉池，男女隔开，很方便。

姜予眠来雪山之前准备了泳衣，从换衣间里出来的时候努力地裹紧身上的浴巾。看到宋夫人下水了，她才跟上去。

双腿触及温水的那刻，她一下子活过来，不再惧怕冷风。

水拍打肌肤，温暖在体内蔓延开，她全身得到放松。

姜予眠脱了浴巾下水，宋夫人才看到她这身泳衣，道："眠眠，你的泳衣……"

正低头玩水的姜予眠一时没听清："嗯？"

宋夫人摇头浅笑："真是小孩子。"

姜予眠的学生款连体泳衣就是一条超短的吊带裙，胸前还有一个蝴蝶结，倒也算可爱。

姜予眠擦擦手臂，双手捧起温水往锁骨上泼。

她的锁骨旁有一枚硬币大的粉色胎记。她小时候听家人说，她刚出生时锁骨那里有豆子大的红点，随着年龄的增长，红点的颜色逐渐变浅，形状逐渐变成蝴蝶翅膀。

这个胎记长在锁骨旁边非但不突兀，倒像是刻意刺上去的，为莹白如玉的肌肤平添一分艳丽。

姜予眠很少穿吊带，几乎没人知道这个胎记。她泡在温泉中，雾气腾腾，一切变得朦胧。

温泉池里建有不同的分区，偶尔有人路过，岸上传来脚步声。姜予眠无意间抬头，恰好见赵漫兮走过。

赵漫兮好似不怕冷，浴巾披在身后，肩膀半露，身姿窈窕又丰盈。

宋夫人见姜予眠盯着赵漫兮看了许久，等赵漫兮消失在视野中时，问："你在看什么？"

姜予眠脱口而出："她身材好。"

说完才反应过来，紧抿着嘴巴，不知道如何揭过这个话题。姜予眠羡慕赵漫兮身材好也不是一天两天了，谈婶偶尔会给她炖木瓜吃。

宋夫人安慰道："你还小，身体还会发育。"

宋夫人靠近些，在姜予眠的耳边说了许多补身体的方法。

谈到这个话题，姜予眠突然害羞。天黑看不清脸，但她知道自己此刻一定脸红到见不得人。

妈妈去世后，没人跟姜予眠讲这些。她不知如何回应这个话题，最后磕磕巴巴地挤出两个字："谢……谢谢。"

宋夫人教她："女性之间谈论这些是很正常的，不用害羞。"

姜予眠支支吾吾地道："谢谢你……对我好。"

"这算什么？"宋夫人根本不觉得自己做了什么，不过是给小姑娘换了个造型，多说了几句话。

姜予眠竖起两根手指："我们才认识，两天。"

"人与人之间的关系不是靠时间判定的，我看见你就好像看到曾经的自己。"宋夫人回想当初，"我像你这么大的时候，胆子比你还小。那时候我就想，要是有人帮帮我、教教我该多好。"

姜予眠无法感同身受，但知道宋夫人轻描淡写的曾经一定很艰难，于是好奇地问："那您是怎么度过的呢？"

"后来我遇到我丈夫，他给了我很多帮助。"

这些帮助并非金钱和生活上的，而是眼界和知识。

一阵手机铃声打断二人的对话。宋夫人接起来，是丈夫的电话。

"那个策划案……好，我重新发你一份……现在就要？"

宋夫人挂断电话后，看着姜予眠抱歉地道："我有点儿事要处理，你先自己玩一会儿？我要去弄一个策划案。"

姜予眠点头："好。"

宋夫人走后，她就泡在水里，趴在池边玩手机。

同学们私下建的班级 QQ 群里很热闹，还有人发红包。姜予眠顺手抢了一个口令红包，成为运气王。

班长："运气王发红包。"

姜乐乐："哇，眠眠突然出现。"

蒋博知："正好有道题想问。"

同学 A："年级第一名能不能别这么卷？"

这样热闹和谐的班级氛围，她还是第一次体验。

群里，同学们都在发红包，她成了"运气王"，不发不合适。但她再一看，账户里只有刚刚抢的五毛钱。

姜予眠在 QQ 列表里找了一圈，除了班级同学，只有陆习。姜予眠犹豫再三，跟他私聊："我想在班级群里发一个红包，但是账户里没有钱，可以交换十块钱吗？微信转给你。"

陆二少爷大手一挥发来一百块，并且表示不用还。

姜予眠先是道谢，想了想，又好意提醒道："在网上转账太快容易被骗。"

陆习："应该没有傻子盗号就为了骗十块钱吧？"

姜予眠："……"

她好像被嘲讽了。

陆习："你人呢？不会又跟姓宋的跑了吧？"

姜予眠："在泡温泉。"

她切去班级群里，发了两个红包，群里热闹起来。姜予眠盯着屏幕，忽然觉得呼吸有些费劲，放下手机，头也有些晕。

她刚开始以为是错觉，扶着水池壁缓了一会儿，这种状况非但没有减

184

轻，反倒越发明显。姜予眠扶着扶手，踩着阶梯爬上去。

她离开温泉，湿漉漉的身体禁不起一丝寒风，光是站在那里就忍不住发抖。她赶紧披上浴巾，从温泉池走向室内，脑袋一阵眩晕。

怕自己撑不住，她拿起手机拨打最熟悉的号码，那边很快接通。

"陆宴臣，"她咬着牙齿，不断哆嗦，直切主题，"我头有点儿晕。"

那边响起椅子移动的声音："你在哪儿？"

姜予眠听得不太真切，捂着脑袋告诉他："温泉。"

陆宴臣来得很快，找到她的时候，见她坐在更衣室外面的走廊里，垂着脑袋。

"姜予眠。"

听到自己的名字，姜予眠撑着额头抬起头来："还有点儿晕。"

见她只裹着浴巾穿着单薄，陆宴臣扶她站起来："去拿衣服，我带你回房间。"

她没精神，站起来还有些眩晕，但女更衣室必须自己去。陆宴臣目送她进去，眉头微微皱起，直到那人重新出现，紧锁的眉头才有所舒展。

姜予眠从更衣室里把换下的衣服抱出来，陆宴臣将外套搭在她的身后，接过其他东西，带她上楼。

怕她摔倒，陆宴臣伸手扶着她的胳膊。

两个人来到姜予眠的房门外，陆宴臣伸手："房卡。"

姜予眠伸手摸兜，没找到，将口袋也翻了一遍："可能掉在更衣室里了。"

她浑身湿透，陆宴臣只好先带她回 6012 号房："你先去浴室把湿衣服换掉，我下去……"

姜予眠的房卡如果掉在女更衣室里，他进不去，无法去帮她找。

"算了，你先换衣服。"

她现在身体不适，离不得人。

陆宴臣把她的干净衣服放在置物架上，转身就要出门。

姜予眠一动，隔着浴巾披在身后的外套落到地上。她弯腰去捡外套，连浴巾也掉下来。

湿透的泳衣紧贴着姜予眠的身体，两根细吊带在莹白的肩头压出浅浅的痕迹。头脑不清醒的姜予眠茫然地抬头，丸子头散在身后，身前的弧度若隐若现，锁骨上的蝴蝶胎记一目了然。

陆宴臣微怔，他的视线格外清晰——姜予眠肤若凝脂的锁骨旁，粉色的蝴蝶胎记艳丽夺目。

姜予眠反应过来，一只手捂住锁骨，另一只手拎着浴巾，眼神乱飘。

她也不知道自己现在是个什么姿态。

见女孩儿羞涩又慌乱地遮掩，陆宴臣移开目光，捡起掉在地上的外套挂在旁边钩子上，转头离开浴室。

浴室门即将关闭时，他停顿了一下，道："有什么不舒服的随时告诉我。"

说完，他把门轻轻合上。

姜予眠扶着墙壁站起身，手揉着额头，身子晃了晃，来到水池边大口呼吸。

她抬头一看，镜子里的人已经从耳根红到脖子。

姜予眠拧开水龙头，往脸上泼了两抔冷水，让自己保持清醒。

她又回去，从外套里掏出手机给宋夫人发消息，说自己已经离开温泉池了。

宋夫人收到消息的时候刚好将策划案发给丈夫，余光瞥见手机屏幕亮了一下，立即道："好的，那我就不下去了。"

既然姜予眠已经回去，那她也没必要再去泡。

晚上七点半左右，来温泉池的人逐渐增多。赵漫兮扶着栏杆站起来，简单擦擦引以为傲的身体，裹着浴巾回了休息室。

湿淋淋的拖鞋一步一个脚印，赵漫兮盯着地面走得小心，忽然发现储物柜前面的地上躺着一张不知是谁遗落的房卡。

赵漫兮弯腰捡起来，上面写着"5006"，感觉有点儿熟悉。她本要交给工作人员，脑中灵光一闪，终于想起房卡的主人。

因为陆宴臣，她对陆家每个人的信息都特意留意了。陆老爷子、陆习和姜予眠的房间号，她都已经记下。赵漫兮拿起手机核对，房卡果然是姜予眠的。

她从陆老爷子口中打听到一些关于姜予眠的情况——姜予眠父母双亡、无家可归，陆老爷子念着老朋友的情谊把姜予眠带回陆家暂住。

陆宴臣对那个可怜的女孩儿很是照顾。

或许因为如此，姜予眠才会对陆宴臣产生不一样的感情。

目前来看，陆宴臣把姜予眠当妹妹照看，姜予眠却不那样想。

一开始，赵漫兮并没把姜予眠当对手，可昨天不知道为什么，推托工作繁忙的陆宴臣后来又去了雪山。

虽然当时有一群人，但陆宴臣为什么去？他是因谁而去的？这就值得深思了。

赵漫兮把房卡收起来，简单冲洗后换回干净的衣服。她在温泉池边走了一圈，确定这边没姜予眠，才带着房卡去找姜予眠。

她不知道姜予眠的房卡是什么时候掉的，姜予眠要么去前台拿副卡开门，要么不在房间里。

赵漫兮抱着尝试的心态去按门铃，迟迟没等到回应。

姜予眠果然不在。

姜予眠如果不回屋里，那还能去哪儿？

"叮咚——"

正在房间里赶作业的陆习听到门铃声，不耐烦地把草稿纸揉成团扔进垃圾桶里，慢腾腾地走去开门。

姜予眠从放假开始做作业，而他从放假玩到现在，眼看还剩五天时间就要开学，直接把李航川和孙斌在群里分享的答案拿来抄。没答案的他就自己做，就是有点儿费脑子。

陆习拉开房门，抬眼一看，很是诧异："漫兮姐？"

谁都有可能找他，赵漫兮来找还真是头一回，多半跟大哥有关。

结果赵漫兮开口就问："你知道眠眠在哪儿吗？"

陆习错愕："你找她有事？"

"是这样的，我刚才在女更衣室里捡到一张房卡，发现是她的，想还给她。"赵漫兮拿出房卡，"她房间里没人。"

"房卡都丢了，里面肯定没人啊。"陆习想起前不久姜予眠跟他换钱发红包的事，"她不是在泡温泉吗？可能还在下面。"

赵漫兮非常确定地告诉他："没有，她不在那里。"

"行吧，我问问。"陆习大摇大摆地走回去拿手机，找到备注"小哑巴"的号码拨过去。

铃声响了许久，电话却无人接听。

"没人接电话。"他道。

她人不在，电话打不通，这就有点儿奇怪了。

她既不在房间里，又不在温泉池里，陆习想到了最近跟她走得近的宋夫人。

他们都没有宋夫人的联系方式，陆习咬牙切齿地给死敌宋俊霖打去了电话。

那人接得很快，在电话里阴阳怪气地道："哟，太阳打西边出来了，陆二给我打电话，我没看错吧？"

陆习速战速决："少废话，我有事找姜予眠。她是不是在你妈那儿？"

宋俊霖"啧"了一声："我怎么听着你像是在骂人？"

陆习摆正语气："宋二，真有事。"

宋俊霖："不在。"

陆习强调道："真有事。"

"真不在！"宋俊霖将实话告诉他，"我妈正在用我的电脑选照片呢，姜予眠不在我们这儿。"

那头隐隐传来宋夫人的声音，看来宋俊霖说的是真话。

陆习盯着手机嘀咕："不会出什么事了吧？"

赵漫兮看着手里的房卡，有个不太好的猜测……

她希望那不是真的。

楼上，6012号房。

洗完热水澡的姜予眠穿着毛衣从浴室里出来。她需要休息，但毕竟是女孩儿，不方便进卧室，只好暂时待在客厅的沙发上。

沙发很软，姜予眠抓着厚毛毯把自己裹成一团。

陆宴臣递来一张房卡："我刚才打电话让人去找，没找到，就叫他们把备用卡送来了。"

酒店里有监控摄像头，他们倒不用怕丢东西。

姜予眠心思一转："好，我待一会儿就回去。"

她离开温泉后，身体状态逐渐变好，只是有些冷。毯子将她从脖子处围着盖住全身，不留一丝缝隙。她露出圆圆的脑袋在外面看，眼珠四处打转。

突然，她看到赵漫兮送来的食盒。

"陆宴臣。"

正在电脑前处理工作的男人闻声抬头。

姜予眠紧紧地裹着毛毯，眼睛一眨不眨地盯着食盒，问："你有吃晚饭吗？"

陆宴臣按住眉心："忘了。"

过了那段时间，他体内的饥饿感已经消失。

姜予眠轻轻"啊"了一声。她宁可陆宴臣吃了赵漫兮送来的晚饭，也不希望他饿肚子。陆爷爷说陆宴臣自有安排，结果就是废寝忘食吗？她第一次知晓这种情况，但陆宴臣肯定不是第一次因为工作忘记吃饭。

姜予眠掀开毛毯，双脚落地，走过去打开食盒，里面的饭菜已经凉了。

那抹身影在余光中晃来晃去，陆宴臣眉头微蹙，道："不穿外套到处走什么？待会儿感冒了，你又得喊头痛。"

"有暖气，不会感冒的。"已经缓过来的姜予眠思绪逐渐清晰，说得头头是道，"而且我刚才头晕是因为泡温泉，现在已经好了。"

顿了一秒，她又说："你想吃什么？我去给你重新拿些饭菜来吧。"

不知道他还有多少工作，姜予眠担心他饿得太久。

陆宴臣淡淡地道："不用。"

姜予眠坚持道："饿肚子对身体不好，这句话是你说的。"

她生病后住在青山别墅那阵也不爱吃饭，每顿送来的食物只吃几口。那时陆宴臣亲自端着碗来，就是这样哄她的。

她抱起食盒望过来，一双清澈的大眼睛直勾勾地把人盯着，让他没法安心工作。

陆宴臣就这样看着她，轻轻笑出声，道："那你去吧。"

"好！"得到任务的姜予眠精神百倍，这才想起手机还放在浴室里。

姜予眠在洗手池边拿回手机，没看，直接揣进兜里，拎着食盒出去。门拉开的那一秒，她被吓了一大跳。赵漫兮跟陆习并排站在门口，姜予眠猝不及防地跟他们面对面。

姜予眠被吓到："你们……"

陆习诧异："你……"

赵漫兮内心复杂。遗失房卡的姜予眠来陆宴臣这里做什么？还有，姜予眠手里拎的食盒，不知是吃过的，还是没打开过的……

只有陆习记得来这儿的目的："电话打不通，还以为你失踪了。"

"啊？"姜予眠这才看手机，上面果然有两个未接电话的提示，"不好意思，刚才没看到。"

"你在我大哥的房里干吗？"陆习开始说教，"都说他工作很忙了，你别来打扰他。"

"我……"她总不能说她头晕，在陆宴臣的浴室里洗了个澡吧。姜予眠拎起手里的食盒，以此为借口："我是看他有没有吃晚饭。"

陆习"哦"了一声:"所以你现在是……?"

"里面的饭菜凉了,吃不了。"说这话的时候,她特别留意了赵漫兮的反应。

知道自己送来的饭菜陆宴臣一口没动,赵漫兮心里应该不太畅快。的确,赵漫兮在脸上的假笑快挂不住的时候递出房卡:"刚才在更衣室里捡到一张房卡,是你的。"

姜予眠一看,那果然是自己丢失的房卡。她诧异,随即道谢:"谢谢。"

她对自己刚才幼稚的挑衅之举感到抱歉。

陆习并不知道两个女人之间暗流涌动,扶着墙道:"我哥还在里面工作?"

"对,很忙。"说着,姜予眠轻轻合上门,避免打扰对方。

姜予眠再次向赵漫兮道谢,态度十分真诚。

赵漫兮笑了:"不客气。"

她这话里藏着几分别的意味。

姜予眠礼貌地问了一句:"我要下楼了,你们还有事吗?"

赵漫兮:"没事,你自便。"

陆习追着姜予眠道:"我有道题不会,你帮我看看。"

姜予眠按下电梯,同时拒绝道:"不行,我得给宴臣哥哥送饭。"

送饭……赵漫兮盯着那两道身影踏进电梯里,心里硌硬极了。她来送饭时,姚助理拦着她不让进,但姜予眠不但进去了,还将她送的食盒拎走,说要重新准备一份送来。这算什么?陆宴臣在针对她?

赵漫兮闭上眼,静静地在门外站了一会儿,缓缓走向另一间房。

"陆爷爷。"

第二天,陆宴臣在女更衣室外把姜予眠带走的消息不知道怎么传出来了。陆老爷子一大早坐在房间的客厅里,面色铁青,连早饭都没吃。

用人担心陆老爷子的身体,他却沉着脸道:"去把陆宴臣给我叫来。"

早餐时间,陆宴臣一直没有出现。他从昨晚加班到今天凌晨三点,睡到现在被一通电话吵醒。

男人睁开疲惫的眼,将手机贴到耳边。

电话里,老人不容置喙的命令口吻让他清醒了几分。

他穿上衣服,去了陆老爷子的房间。

陆老爷子神色严肃，见他来了，直截了当地问："你最近跟眠眠是不是走得太近了？"

陆宴臣已经从用人口中知晓部分情况，从容地解释："昨晚她泡温泉后身体不适，我去接她。"

陆老爷子："需要接去你的房间？"

陆宴臣直言："她丢了房卡。"

陆老爷子反驳："房卡丢了，随时可以叫酒店的员工来开门。"

"当时不方便。"

陆宴臣：那时姜予眠不舒服，衣服都没来得及换。

陆老爷子："你的意思是，去你的房间就方便？"

陆宴臣并不想跟老爷子争执："是我考虑不周。"

他认了错。

陆老爷子面色不悦："你做事向来沉稳有度，我从不操心。昨天让你带着漫兮逛逛，你说工作忙，我信了，结果你转头就去了雪山。你让人家的面子往哪儿搁？

"还有眠眠——她刚来那天就在你的房里待了一下午，昨晚又待到十一点才走。"

那件事情后，陆老爷子查了监控。他跟度假山庄姓鹿的老板认识，监控上清楚地显示了姜予眠进出陆宴臣房间的时间。

关于这个，陆宴臣记得很清楚："那天陆习跟宋俊霖在她的房门口争执不休，她在书房里做了一下午的作业。昨晚，她给我送了饭。"

"你的意思是，眠眠主动找你，才会引发这么多误会？"陆老爷子沉着脸道，"你是个成年男人，要知道什么该做，什么不该做。她小，不懂事，你也不懂事？"

要不是赵漫兮来提醒他，他竟不知道姜予眠已经如此依赖陆宴臣了。

一个成熟男人跟一个还在上学的小女孩儿走得那么近，传出去多难听！

陆宴臣沉声道："爷爷，当初要我照看她的人是你。"

言外之意，他是为了完成嘱托才对姜予眠多番纵容。

"我只让你照顾，没叫你弄出些流言蜚语。"陆老爷子拄着拐杖站起身，"我看眠眠现在差不多恢复了，以后她的治疗情况就不需要你跟进了。"

陆宴臣神色冷静地道："高考那天早晨带走她的人还没找到。"

"她封闭那段受伤的记忆，导致查证困难……在她顺利地完成高考之前，你不要再提此事，免得刺激到她。"陆老爷子再度叮嘱，"眠眠心思敏感，这事我不会跟她说，但你要注意分寸。"

陆宴臣坦然道："我问心无愧。"

陆老爷子戳着拐杖道："你正直，她单纯，但是人言可畏。

"陆宴臣。

"记住我说的话，保持距离。"

昨夜又下了雪。

姜予眠拉开窗帘，外面白茫茫一片。

姜予眠捂嘴打呵欠，疲惫的眼睛闭了一会儿，逐渐清醒过来。

她昨晚给陆宴臣送饭，借做题的名义在他那里待到十一点。陆宴臣催她回去睡觉，自己却还在不停歇地加班。

她终于明白，所谓天才、跳级毕业、年少有为，背后都藏着无数个夜晚的艰辛。陆宴臣如今所拥有的一切并非坐享其成，而是靠自己的加倍努力才换来的。

不能在陆宴臣的房间里待到太晚，她回房后坚持把题做完，凌晨一点才睡，醒来时已经接近九点钟。

餐厅还在供应早餐，姜予眠简单地吃了些，给陆宴臣发消息，对方没回。

不知他昨晚加班到几点，姜予眠怕打扰他，没再多问。

等到中午，一群人都在餐厅里，唯独陆宴臣缺席。姜予眠私下向姚助理打听，姚助理只说："陆总在房间里用餐。"

他忙到没时间下楼吃午饭？

姜予眠盯着迟迟没有回应的手机叹气，正要走时，被陆习叫住。

陆习端起碗，迅速将最后两口饭扒进嘴里："等一下，我跟你一起上去，你帮我看道题。"

抄作业的时候遇到一道没有答案的难题，他试图解答，失败了，不愿空着，非要找出答案不可。

"哦。"姜予眠呆呆地站着，等他吃完，两个人一起离开。

姜予眠走路很淑女，迈小步；陆习走路充满个性，吊儿郎当，偶尔歪头跟旁边的女孩儿说话。

两道年轻的背影由清晰到模糊，见到这一幕，赵漫兮回头跟陆老爷子说："陆习好像成长了不少，都开始爱学习了。"

小时候的陆习一看书就头痛，这事她听陆老爷子念叨过不少次。

陆老爷子慈祥地道："是啊，这多亏了眠眠。我先前给陆习请的家教，都被这小子气走了。只有眠眠教，他才愿意学。"

顽皮的小孙子逐渐朝好的方向发展，陆老爷子很是欣慰。

赵漫兮别具深意地笑道："那看来他们两个还挺有缘分。"

陆习性子桀骜随性，偏偏被姜予眠驯服……

十八九岁的少男少女，日日相处于同一屋檐下，时间久了，很大概率发展出其他感情。赵漫兮对此乐见其成。

只是楼上房间里的场面，并没有她跟陆老爷子想的那般和谐。

姜予眠准备讲题时，发现陆习在手机上跟李航川要了各种答案来抄，顿时停住。

"你干吗？"陆习见她迟迟不动，催促道，"讲吧，我听着呢。"

姜予眠盯着他的手机："你抄答案。"

陆习以迅雷不及掩耳之势把桌上的手机拿过来，揣进兜里，梗着脖子道："我抄答案又没碍着你。"

"的确。"

陆习抄答案跟她没关系——她甚至见过陆习作弊。但现在陆习既抄答案又叫她来讲题，摆明了故意找事。

姜予眠放下笔："你有答案，我没必要再讲。"

陆习一只手按住试卷："答案是答案，我看不懂。"

他语气生硬，姜予眠紧抿起唇，两个人就这么望着对方，谁也不愿低头。

依照之前的处事习惯，她此刻应该默默转身离开，脑中却不受控制地浮现出陆宴臣和宋夫人的脸。

他们都对她说过类似的话——要坚强，要懂得欣赏自己、保护自己。

姜予眠松开唇，一字一句地对他道："陆习，我对你没有义务，你却在命令我。"

从一开始，陆习就是命令般的语气。她容忍，一是因为跟陆家的关系，二是因为知道陆习本身缺乏那种意识。尽管如此，她却决不会任人欺负。

姜予眠突然变得尖锐，陆习感到很意外，烦躁地挠头："你是不是看不起我？"

他知道，那些学习好的学生对他们这种抄作业的行为嗤之以鼻。

姜予眠轻轻摇头。

那道题，她终究没有讲成。

回房里整理好自己的作业后，她才想起放假时英语老师要求大家写一篇作文拿去参赛，眼看着离开学时间越来越近，拖延已久的英语作文必须提上日程。

她下意识地带着本子去找陆宴臣。

姜予眠按响门铃。没多久，门从里面被人拉开，出现的正是她要找的人。

"陆宴臣。"她只喊了他一声，手中的本子和笔已经宣告她来此的目的。前两天姜予眠就是这么过来的，现在已经轻车熟路。可这会儿，站在门口的人却迟迟没给她让路。姜予眠眨眨眼，举起本子："我来做作业。"

男人淡淡地道："工作比较忙，不方便。"

姜予眠赶忙保证："我知道，不会打扰你的。"

他的意思，她没领会到。

陆宴臣就站在门口静静地看着她，那种眼神让她无来由地紧张起来。心里那股退缩的劲儿冒出来，她不禁往后退了一小步，低下头道："好……好吧，我就不打扰你了。"

万一陆宴臣要处理的工作比较机密呢？他想避开人也是正常的，她要是缠着，反倒招人讨厌。

姜予眠只好抱着作业回了房间，独自认真写起来。

不知过了多久，姜予眠终于完成作业，满满一页单词，像打印的艺术字体般整齐漂亮。她捏捏手指，举起双手伸了个懒腰，随后拿起手机看了一眼。

宋夫人几分钟前发来一条短信，问她有没有空，叫她去楼下的餐厅。

反正要休息，姜予眠靠在椅子上回复"好的"，不久之后穿上外套离开房间。

度假山庄的餐厅宽敞明亮，外面是雪景，一眼望去十分美丽。

不是饭点，这里人少，有人坐在一起闲聊，有人读书看报，转头就能看见外面的世界，比待在卧室里更舒服。

"晴姨。"姜予眠道。

宋夫人一见她就笑，朝她招手："眠眠，我介绍一个人给你认识。"

姜予眠这才注意到，宋夫人旁边还有一个端庄大方的中年女人，看起来跟宋夫人气质相似。

"她就是我跟你说的小姑娘，叫姜予眠，人特别乖。"宋夫人先将姜予眠介绍给那个人，转头又对姜予眠道："这位是鹿太太，度假山庄的老板娘，你可以叫她兰姨。"

乍见陌生人，姜予眠捏紧手指，强行忍住往后退的步伐。

鹿太太面色和善："我听阿晴说过你。小姑娘别拘谨，我跟阿晴认识多年，相处都很随意。"

来雪山之前，她就听陆爷爷说过度假山庄的主人姓鹿，当时以为跟陆家同姓，经人解释才知是同音字。

宋夫人跟鹿太太是多年好友，姜予眠在两个气场相近的长辈身上看到了岁月沉淀的美好风韵。

鹿太太爱煮茶，姜予眠听二人交谈才知，原来宋夫人煮茶的技术也是跟着鹿太太学来的。

靠窗的桌旁，姜予眠跟着两位夫人学煮茶之道，颇有闲情雅致。

鹿太太将煮好的茶递给二人。

姜予眠还不懂品茗，只觉得这茶清甜，在寒冬带给人温暖。

"真好喝。"小姑娘捧着茶杯由衷地赞美。

宋夫人跟鹿太太相视一笑。

她们煮了不少，鹿太太叫来店里的员工，给餐厅里的每位客人免费送一小壶。

其间，宋夫人起身："我去趟洗手间，你们聊。"

桌边只剩姜予眠跟鹿太太了。鹿太太耐心教导，姜予眠不时点头。

刚煮好的茶已经送到客人的桌上，一位留胡子的外国男人 Jessie 喝到茶时很惊喜，用带着浓浓口音的中文询问煮茶的人是谁。

店员抬手指向窗边那两个人："是鹿太太。"

Jessie 重复字音："陆（鹿）太太？"

真巧，这个人跟他要见的人同姓。

窗边的两个人看过来，鹿太太友好地朝他们示意，姜予眠跟着学。

店员走后，外国男人对旁边的女助理说起英文："待会儿跟陆宴臣见面，资料都准备好了？"

金发女助理双手抱着电脑，将屏幕转向他，方便他查看。

他们是代表一家外企来跟陆宴臣谈合作的，约见陆宴臣后得知他在雪山，便决定来看看这里的风景。差不多快到他们约定的见面时间了，男人带着助理离开餐厅，去跟陆宴臣碰面。

另一边，姜予眠在宋夫人跟鹿太太的教导下学了个七七八八，煮了好几次，将最终的成品盛在小茶壶里，小心翼翼地拎上楼。

电梯到达六层，姜予眠拎着茶壶出去，在转角处跟之前在餐厅里见过的那两个外国人擦肩而过。

姜予眠只想将亲自煮的茶送给那人，并未发现那两个外国人转身看向了她。

见姜予眠进了 6012 号房，Jessie 恍然大悟："她竟是陆宴臣的太太。"

金发女助理："似乎没听说过。"

Jessie 摇头："陆宴臣在其他方面很低调。"

刚才有位"陆太太"给他们送茶，他们并不确定是哪个。现在这个年轻漂亮的女人拎着一壶茶进了陆宴臣的房间，Jessie 觉得从年龄也能判断出，她就是"陆太太"。

来到 6012 号房，姜予眠抱着满满的期待按响门铃。门一开，她立刻拎起茶壶挡在面前，像是献宝。

陆宴臣本想拒绝，突然想起刚才 Jessie 跟他说在楼下的餐厅里喝了两杯茶。

毫无疑问，这茶是姜予眠特意给他送来的。

老爷子让他们"保持距离"，他也不能一下表现得太明显。陆宴臣想了想，便让她进了屋里。

姜予眠迫不及待地把茶递给他尝："好喝吗？"

陆宴臣抿了一口，面不改色地咽下。这味道跟他曾经喝过的那些相比，算不上"好"，说"不错"都太勉强。就这种味道的茶，Jessie 竟满口赞扬？不应该。

陆宴臣暗自思忖，一个答案隐约出现。他慢条斯理地放下茶杯，斟酌道："还可以。"

姜予眠喜形于色："这是我煮的茶。"

陆宴臣心道：果然。

他扯起嘴角，委婉地道："还有进步的空间。"

姜予眠连连点头。她本就是新手，能得到一句肯定就非常满足了。

在女孩儿期盼表扬的目光中，陆宴臣端起一杯茶饮尽。

茶送了，也喝了，她仍待在屋里，没有离开的意思。陆宴臣将茶杯置于原位，瓷杯在灯下折射出的光斑映入眼眸。男人目光一闪，背对着她下逐客令："时间不早，你该回去了。"

"可我才刚来……"她下意识地反驳。

男人缓缓回头。

姜予眠在触及陆宴臣那沉静的目光后，紧张地咽了口唾沫，看向几乎还没怎么动过的茶壶："那这茶……"

陆宴臣垂眸，视线扫过那壶温茶，轻声道："你可以带走。"

姜予眠从他的话里感受到一阵冷漠。他早上迟迟没有回复信息，是因为在休息或者工作忙，中午不允许她踏进房间，是工作不方便，那么现在呢？即使之前的种种行为都有合理的原因，但他现在的反应也该让她察觉出他不对劲了。

回想最近发生的事情，姜予眠实在想不通哪里出了问题，就好像自己费尽千辛万苦走过一道桥梁，眼看就要到达终点了，却被告知前方不允许继续通行。

她满腹疑惑，可对上陆宴臣的视线后，声音卡在嗓子眼儿里，一句话也不敢问，怕像那次的"外套事件"一样，得到不想听的答案。

几次张口却是无声，她最终没带走那壶茶，低下头，默默转身走出房门。陆宴臣注意到她低头的动作，眉间几不可察地皱了一下。

余光中的背影逐渐远去，消失在门前，陆宴臣拎起那壶茶，桌面上的手机振动了一下。不久后，陆宴臣看到那条微信。

咩咩："我……是不是……哪里做错了？"

文字中都能感受到她的小心翼翼。即便他现在否认，心思敏感的小姑娘也不会相信。

他这是怎么了？他本可以无声无息地跟她拉远距离，将此事做得更隐蔽，却轻易被她看破。

或许是因为姜予眠曾多次撞见他最狼狈的时刻，他忘了用那具温柔的假面面对她。

发完微信，姜予眠望着手机出神，里面弹出一条新信息。

多日不见的盛菲菲突然给她发消息，姜予眠点开一看，竟是度假山庄的招牌。姜予眠正疑惑，盛菲菲接着发来语音："呼叫眠眠！当你看到消息的时候，我已经到达你附近。"

盛菲菲竟不声不响地来到雪山，并入住了度假山庄。

姜予眠在回复消息后乘电梯下楼，看到前台的工作人员正在为盛菲菲办理入住手续。

她一出现，盛菲菲就兴奋地招手："这里！这里！"

周围人的视线都被盛菲菲吸引过去。姜予眠尴尬地停在远处，看着盛菲菲拉着粉色行李箱朝她跑来。

两个人核对房卡，盛菲菲的房间在三楼。

"我口渴，有温水吗？"

"我房间里有。"

"那我去你房间里蹭一口水喝。"盛菲菲笑着说，突然想到什么，表情如石化般僵在脸上，惊愕地指着姜予眠道，"你你你你……"

她用力地咽了一口唾沫，半天才挤出后半句："你会说话了？"

最近这段时间跟人交流较多，姜予眠习惯开口，一时间忘记隐藏。她下意识地捂嘴，又觉得好像没必要再瞒下去，解释道："我之前因为生病，暂时失语，现在已经恢复。"

"原来如此。"盛菲菲恍然大悟，并很快接受这一解释，愉快地跟着姜予眠上楼。如果不是姜予眠抗拒太亲密的肢体接触行为，盛菲菲甚至想跟她挽手。

姜予眠的房间里常备温水，即使是住在外面，她倒了一杯递给盛菲菲。盛菲菲捧着杯子试温，确定能入口，一口气喝掉半杯。水滋润干涸已久的喉咙，盛菲菲顿时觉得十分畅快，扭头问："对了，你们还要在这儿玩多久？"

姜予眠想了想："大概一两天。"

距离开学还剩四五天，时间紧迫，他们已经决定后天返程。

盛菲菲"哦"了一声，嘀咕："早知道就早点儿过来了。"

姜予眠眨了眨眼，顺着话题问："你现在过来玩吗？"

盛菲菲把杯里的水一饮而尽，大方地道："我是来找陆习的。"

"啊？那你怎么不给他打电话？"姜予眠迷惑了，盛菲菲来找陆习，干吗第一时间联系自己？

"我知道你们是一家人，找到你就等于找到他。"盛菲菲说得头头是道，"我可以作为你的朋友出面，这样他就没办法说什么。就算见到陆大哥跟陆爷爷，我也有理由啊。"

到时候她就可以光明正大地出现在陆家人面前。

姜予眠敬佩盛菲菲的勇气与坦诚。她觉得只有自己像胆小的乌龟，一受惊就将头缩进厚重的壳里，只敢在逃跑后悄悄探出脑袋，根本看不清对方是何表情。

盛菲菲坐在沙发上，嘴上吐槽陆习不搭理自己，脸上却不见半点儿伤心的痕迹。或许是习惯了，或许是本身就是勇敢而强大的人，盛菲菲从不畏惧失败，反而越战越勇。

两个人有一搭没一搭地聊着，姜予眠跟失语时一样善于倾听，盛菲菲打开的话匣子如洪水倾泻，一发不可收拾。

二人稍微坐一坐，暮色就已降临。

冬季天黑得早，灰蓝的天色覆盖纯白的雪山，游客陆续归来。

姜予眠收到了去餐厅吃饭的提醒，起身问盛菲菲："要去餐厅吃饭了，你呢？"

盛菲菲肉眼可见地兴奋："我跟你一起！"

到了餐厅，盛菲菲熟练地跟陆老爷子打招呼。她也认识赵漫兮，只是不太熟。陆习对盛菲菲避之不及，盛菲菲倒也很懂分寸，打完招呼就去了别桌。盛菲菲脸上一直挂着笑容，没有被陆习的态度影响心情，而姜予眠与她相反。

姜予眠的微信，陆宴臣始终没有回复，她不确定对方是没看见还是为了给她留下最后一丝颜面。一切发生得太突然，毫无征兆、毫无理由，她觉得不该如此。

万千思绪纠缠于心，她忽然听到饭桌上，赵漫兮正跟陆老爷子谈关于陆宴臣的事。

姜予眠忽然抬头，道："陆爷爷，菲菲一个人在那边，我过去陪她吃饭吧。"

盛菲菲借她的名义靠近陆习，她同样也可以借盛菲菲的名义逃避陆家。

两个小姑娘感情好，要坐在一起没问题。陆老爷子甚至叫她把盛菲菲喊过来，但盛菲菲拒绝了。姜予眠跟盛菲菲两个人坐在靠窗的小桌旁，气氛一下子变得安静。

盛菲菲十分感动："眠眠，你真好，还特意来陪我。"

盛菲菲一个人点了三份菜，见姜予眠过来，立马拿起菜单。

姜予眠制止道："不用，我吃不了多少。"

盛菲菲拍着胸脯豪气地放话："别给我省钱啊，我有的是钱！"

姜予眠还是摇头，终于打消她的念头。

姜予眠吃饭的时候向来遵循"食不言"的原则，很少主动讲话。偏偏盛菲菲是个话痨，又因为陆习，对姜予眠格外热情。

姜予眠被勾起交流的欲望，悄悄询问："你想接近陆习，为什么要拒绝陆爷爷的邀请？"

如果答应陆爷爷，盛菲菲不就能跟自己心心念念的陆习同桌吃饭了吗？多难得的机会。

盛菲菲竖起食指左右摇摆："我只需要他知道，我是为他而来的就够了。"

姜予眠用心思考她的话，心中仍有疑虑："喜欢一个人，难道不是想珍惜每个跟他相处的机会吗？"

就像她，上学时见不到陆宴臣，那就找能见他的理由，比如看病、吃饭。来到雪山，他们明明相隔一层楼，她也必须寻找理由去靠近他。这是她唯一能接触心上人的机会，一分一秒都太难得。

盛菲菲放下筷子，认真地道："但是他现在不喜欢我，不想跟我一起吃饭，我坐在那里，只会让他厌烦。"

姜予眠微微蹙眉："是这样吗？"

"当然。"提到这个，盛菲菲颇为得意地问，"知道我为什么追他三年还能平安地躺在他的聊天列表里吗？"

姜予眠摇头，好奇地问："为什么？"

盛菲菲盯着她，一板一眼地说："因为他喜欢我。"

姜予眠被噎住了，说不出话。

盛菲菲顿时仰头笑起来："开玩笑的。因为我只是表达喜欢的态度，但没有真正给他添堵。我不给他造成心理负担，他当然不会特意避开我。"

没人规定她不能喜欢谁，也没人会毫无理由地厌恶一个喜欢自己的人。

饭菜凉得快，姜予眠咽下最后一口饭，拿纸巾擦嘴时瞥见手腕上的平安扣。

姜予眠想起盛菲菲，想起赵漫兮。这两个人都走"曲线救国"的路线，陆习没理由撵走前来"寻找好友"的盛菲菲，正如陆宴臣无法阻止赵漫兮陪伴陆爷爷。

姜予眠仰头，迷茫的眼神变得坚定。她好像知道该怎么做了。姜予眠把纸巾捏成团，扔进垃圾桶里："菲菲，我还有事，先走了。"

"好。"盛菲菲没把心思放在她身上，没多问。

姜予眠去厨房里点了餐，打包后送去 6012 号房。

前来开门的是姚助理，姜予眠把食盒交给他就走。

姚助理以为陆宴臣知晓，直接将食盒送到他面前，道："陆总，姜小姐给你的。"

陆宴臣从屏幕前抬头："人呢？"

姚助理如实道："已经走了。"

熟悉的食盒映入眼眸，男人眸光闪烁。

姜予眠返回餐厅，不再惦记那条没人回复的微信。女孩儿笨拙地喜欢一个人，不求对方回应，只希望自己不要被心上人讨厌。

姜予眠返回餐厅是想找盛菲菲，不料中途被刚吃完饭的陆习拦住了。

他问："明天去滑雪吗？"

这话说得没头没尾，姜予眠还记得他们上午才产生过矛盾。

陆习摸摸鼻尖："上午的事，是我的语气不对，我跟你道个歉。"

这位少爷，连道歉都那么理直气壮。

曾经连一句"对不起"都说不完整的陆习竟在短短一天之内向她承认错误，真是令人意外。

姜予眠心里已经没气了，只是说："我不会滑雪。"

"我会！我可以教你！"

度假山庄里有间小商店可以租用或者购买滑雪套装，陆习兴致勃勃地带她去看。

除了滑雪服、滑雪板、头盔和鞋子等装备，陆习还从小商店的角落里揪出一团软软的，像乌龟玩偶一样的东西。

负责售卖这些东西的店员介绍道："这是护臀套。"

陆习拿起"小乌龟"在她背后比画，径自"哈哈"大笑。见姜予眠没好气地将"乌龟"推开，那个人又故意贴上来："'小哑巴'，这'乌龟'简直为你量身定做的！"

一个人躲，另一个人追，玩笑般的打闹尽显青春活力。

商店外，身形颀长的男人站立许久。

姜予眠从桌子一边绕过另一边，眼前闪过一道熟悉的身影。她不由自主地停下来，想仔细分辨，却只看到背影从视线中消失。她顿时失去玩乐的兴致。陆习成功地将"乌龟壳"按在她的背上，拍了张照。

最终那只"乌龟"还是落到了姜予眠的手中，陆习付的款，说把这个当赔罪礼。

陆习第二天出门时，滑雪的队伍中多了宋俊霖跟盛菲菲。

陆习咬牙切齿地道："他们俩怎么在这儿？"

姜予眠弱弱地举手："是我说的。"

她跟陆习去滑雪，当然不会瞒着盛菲菲，而宋俊霖的出现是个意外。宋夫人邀她跟鹿太太一起出门，坐观光车赏雪景。她说出自己的安排，本是为了婉拒宋夫人。宋俊霖听完，顿时决定参与进来。

于是，陆习以为的二人行变成四人行。

盛菲菲悄悄跟姜予眠通气："我打听过了，宋俊霖会滑雪。到时候你可以跟着他，我跟着陆习。"

姜予眠对跟谁没要求。她知道喜欢一个人的滋味，毫不犹豫地答应了盛菲菲。

路上，她尽量离陆习远些。偏偏陆习跟宋俊霖撞在一起就会产生斗争性——他见不得姜予眠跟宋俊霖走得近，打心底里觉得姜予眠住在陆家，就该跟他一队，幼稚得很。

姜予眠谁也不跟，走到盛菲菲身边。看见这一幕，盛菲菲突发奇想："既然他喜欢跟宋俊霖争，那不如我去接近宋俊霖，让他来抢我？"

姜予眠：这主意是不是不太靠谱？

盛菲菲一有想法就立刻付诸实践，故意靠近宋俊霖。得以解脱的陆习走到姜予眠旁边，小声道："那两个麻烦的家伙，可算走远了。"

姜予眠：这下她确定盛菲菲的主意不大行了。

四个年轻人终于抵达雪场，穿上护具的陆习随意地做了个原地 nollie 跳（一个滑雪动作），而此刻的姜予眠，背着"乌龟壳"还小心翼翼的。

姜予眠跟盛菲菲都不会滑。在场的两个男生自然承担起帮助女生的责任，在他们的教导下，两个女生能够缓慢地行走了，随后逐渐加速。

游玩过程中，曾经的小矛盾都变得不重要，有时谁摔倒了，旁边的人便会伸手拉一把，陆习跟宋俊霖甚至有化干戈为玉帛的意思。

但这时，宋俊霖突然旋转，做出一个空翻，且平稳落地。

姜予眠跟盛菲菲同时惊叹："好厉害！"

亲眼看身边的人炫技跟在网上看到专业选手比赛的感觉是不一样的，所以她们会发出赞叹。

听到两个女生的话，陆习心中的胜负欲熊熊燃烧："这算什么？看清楚了，哥给你们表演一个更酷的！"

刚才还和谐相处的两个人莫名其妙地比拼起来。眼看两道帅气的身影从视线中消失，姜予眠跟盛菲菲对视，十分无语。他们是挺厉害的，一下就走了，可她们俩怎么办啊？！

两个人艰难地回到起点，盛菲菲计划去找个靠谱的教练，姜予眠悄悄把手贴近小腹，隐约感觉不适。

盛菲菲发现她站在原地不动，询问道："你怎么了？"

"肚子不太舒服。"姜予眠皱眉，取下背后的"小乌龟"，"可能是那个要来了。"

她的经期不稳定，大致在中旬，她这几天一直有所准备，迟迟不见来，今天出来滑雪，反倒有了感觉。

中午，几个人回到度假山庄，姜予眠独自待在房里。或许是因为这几天住在雪山受了寒，她来例假时，与往日相比有些难受。

她没胃口，不想吃午饭，缩在沙发上用平板电脑看视频。视频讲解着信息技术方面的知识，对常人来说枯燥，对她来说是趣味。

"叮咚——"第一道门铃响起的时候，沉浸在视频中的姜予眠并未听见，直到第二声、第三声……她茫然地回头，思考刚才是不是听见门铃声了。

姜予眠掀开毯子，趿着毛绒拖鞋来到门口。

来人让她始料未及，是陆宴臣。

"听说你身体不舒服。"男人声音清晰而温和，带着她熟悉的关心。

"还……还好。"姜予眠很意外他会主动前来。他的心思深不可测，而她无法窥探半分。

"又感冒了？"他从陆习口中听到姜予眠刚从雪地回来就身体不适的事，并不知具体情况，觉得她大概率是着凉了。

姜予眠站在门边，同样没像从前那样迫不及待地请他进去："不是感冒，"她移开目光，故意不看那个人，"来例假而已。"

陆宴臣哑然，没想到是这个答案。

女生来例假是正常的，他管不了。

他带来一盒暖贴送她，本意是御寒，现在她可以当暖宫贴用。

都说例假期间容易情绪不稳，姜予眠以前从未觉得，直到看见他送来的东西，心口涌上一团郁气："陆宴臣，你能不能别总是这样？"

爸妈去世、爷爷走后，没人对她好。当别人给予她一点儿关怀，她就记得特别牢。这个人一次次将她从深不见底的泥潭中拉出，她多想靠近那股光亮，却发现那团光在温暖人的同时，稍不注意就会将人灼伤。

陆宴臣静静地望着她。女孩儿眼神尖锐，眸中突然燃起一簇火。

或许身体的疼痛侵占了意识，这次她没有退缩，双方在空中相接的视线转换成一种不可言喻的共识。

陆宴臣稳重地托着那盒暖贴，脚往前迈了一步："我怎样？"

姜予眠扶在门边的手蓦然抓紧。

陆宴臣怎么样？她说不清楚。无论是从哪点讲，陆宴臣从头到尾都在对她好。哪怕在她感觉不适的时候，他所做的事情也在合理的范围里。她该怎么去表述呢？说她感觉他忽近忽远，心里因此忐忑不安，缺乏安全感吗？可陆宴臣从未承诺过她什么，更没必要回应她的感情。

姜予眠闭了闭眼，忽然觉得很累。她捂着小腹，并未去接那盒暖贴："对不起，是我说错了。我现在有点儿累，想先休息一下可以吗？"

他看见她眼里的火，知道她心里有怨，又见她强行把那些不满压了回去。成长环境造就她的性格，比如受到伤害后，她一见到陌生人靠近就下意识地躲起来；比如她不敢面对时习惯性地低头回避。那些无法宣泄的情绪经年累月地堆积下来，她越来越胆怯。

聪明人一听那话就知是在逐客，陆宴臣偏向前行，眼神直逼着她："为什么不说？"

姜予眠微微仰头，对上那道洞察人心的视线："说什么？"

陆宴臣："你在生气，为什么不说？"

她转头："我没有。"

陆宴臣轻叹一口气，声音似含笑，道："小撒谎精。"

姜予眠有些恼。以前陆习以为她撒谎的时候骂她是骗子，她都不生气，反倒是陆宴臣玩笑般的称呼让人恼怒，又心生无力之感。从他嘴里说出来的话总带着几分宠溺的意味——他好像把这当成小孩儿的玩闹，而她就是那个不讲道理的顽童。

"遇到事情，不要首先质疑自己，在确定自己真的做错事之前不要毫无理由地道歉。你觉得不对，可以大胆地质问。"

姜予眠的思绪跟随他的语言走远，她回过神时，他们已站在客厅中央。陆宴臣就这样轻而易举地进入她的领地。

他教导式的声音仍在姜予眠耳边："你低头回避的时候，有没有想过，或许对方比你更心虚？"

姜予眠的腿已经抵在茶几旁了。玻璃茶几是圆弧边的，撞上不疼，反倒让她游离的思绪清醒几分。她退无可退，发起攻击："那你心虚吗？"

陆宴臣愣了一下，随即笑道："这个答案，你可以自己感受。"

姜予眠仔细观察、认真分辨，然而这个男人太厉害，令人完全无法揣摩。

陆宴臣已经洞悉她的困惑，低声道："我向你道歉。"

"为什么？"她刚学会要"质问"对方。

陆宴臣说："为没有回复的微信，以及昨天的逐客令。"

这一刻的他格外坦诚。明明随便一个理由就能回应，他却选择开诚布公。

"为什么？"她再问。

"考虑到度假山庄人多眼杂，你我同进同出容易造成误会，我一时没把控住分寸。"至于这个行事最懂分寸的人为何犯错，陆宴臣将其归因为爷爷的特别叮嘱。

"那现在算什么？"姜予眠指着两个人此刻的距离。

现在陆宴臣主动走入她的房间，把她逼到无路可退的地步。

"现在我想清楚了，你既然喊我一声'哥哥'，那么作为兄长，照顾妹妹也是理所应当的。"

兄妹……姜予眠一时间不知该哭还是该笑。陆宴臣没有厌恶她，甚至有些纵容她，可这只是因为哥哥对妹妹的照顾。姜予眠叹了一口气，侧身坐回沙发上，周围浅浅地陷下去。

陆宴臣将暖贴放到茶几上，直起腰，若无其事地问道："饿了吗？我给你拿点儿东西来？"

其实她现在没什么胃口，但不知道留在这狭窄的客厅里还会发生什么事，反倒愿意出去透气："我想自己下去吃。"

"好。"陆宴臣细心地叮嘱她，"注意保暖。"

姜予眠差点儿缴械投降。

最后，她还是往衣服里放了张暖贴。源源不断的温度由那处散发出来，传遍全身，让她觉得舒服了许多。

关上门，姜予眠走向楼梯，诧异地看着站在电梯旁等候的男人。外界都说陆宴臣是个杀伐果决的商人，可在姜予眠眼中，他的气质并不凌厉，甚至看起来平和又温柔。

见她来了，陆宴臣按住电梯："走吧，我也没吃。"

他转变得太快，姜予眠都没反应过来，只知道在电梯门打开的时候踏进去，两个人又走在了一起。

去餐厅会经过大堂，像是为了证明问心无愧，陆宴臣没有避讳，很自然地与她同行。

此刻刚用完晚餐的陆老爷子等人从门口出来，赵漫兮主动道："眠眠身体不舒服，我们去看看她吧。"

先前陆习羞于开口说女孩儿的事，并未说清姜予眠的具体情况，只说她有些不舒服，大家都以为她是受寒。

陆老爷子听了直夸赵漫兮心善。却不料，众人刚进入大堂，就看见前方同行的陆宴臣跟姜予眠。

陆老爷子脸色微变。他刚叮嘱陆宴臣注意分寸，他们竟又公然走在一起，这大孙子完全没把他的话放在心上。

赵漫兮扭头看陆老爷子，见他神色不佳，道："陆爷爷，他们可能是在电梯里恰巧碰见了。"

陆老爷子不信："眠眠说不吃饭，怎么就这么巧跟陆宴臣一起下来？"

看这方向，他们分明是要来餐厅。他们不跟家人一起，偏偏结伴来，到时叫人看见，旁人又要议论。

陆老爷子拄着拐杖缓缓走去，却见那两个人在途中被 Jessie 和他的金发助理拦下。

Jessie 是来告别的。他临时接到通知，有一些事必须亲自回去处理。他买了最近班次的机票，本想在走之前跟陆宴臣打声招呼，没想到正好在酒店大堂里遇见陆宴臣。

"陆总，我跟 Joyce 先回公司拟合同，非常期待跟天誉合作。"Jessie 讲的中文虽然带着浓重的口音，但能够清晰地表达意思。

陆宴臣温和又不失礼貌地道："下次再见。"

刚走近的陆老爷子抬手示意赵漫兮止步。他分得清公私，知道 Jessie 是合作商，并没有贸然上前插话。

只听 Jessie 说："这里的雪很好看，祝你们玩得开心。"他又看向姜予眠，道："您的茶非常好喝，谢谢。"

难得见到陆宴臣的太太，还喝了人家亲手煮的茶，他于情于理都该在临别前道谢。

姜予眠对这两个外国人印象深刻，记得昨天跟宋夫人和鹿太太煮茶送给客人喝时，Jessie 和他的助理就在其中。她学着陆宴臣、宋夫人跟鹿太太应对这类事情时的样子，举止大方地回道："不客气。"

她小小年纪，竟显露出几分端庄的仪态。陆宴臣见她这样，有些惊讶，又觉得有趣。

小姑娘很多事情以前没接触过，但好学，跟宋夫人待了没几天就学会宋夫人凭人生经历塑造出的做派。虽然姜予眠言行还略显稚嫩，但能唬人。

比如 Jessie 就丝毫没有怀疑。

他们的公司即将跟陆氏合作，搞好人际关系也是关键，Jessie 爽朗地笑道："希望下次还能喝到您的茶，陆太太。"

第 七 章

残忍真相

陆……陆太太？姜予眠忽然睁大眼睛，小脸"唰"的一下红了。

他……他在说什么？Jessie 是在对她跟陆宴臣说话吧？旁边没别人，鹿太太也不在，唯一的可能就是，Jessie 这声"陆太太"是在喊她。是什么让 Jessie 对她的身份产生如此大的误会，是因为她站在陆宴臣旁边吗？

姜予眠大脑一片混乱，下意识地往陆宴臣的身后藏了藏。这种事，她还是交给成熟稳重的陆宴臣应对吧。

Jessie 看她的反应觉得有趣，这个陆太太还挺害羞的。

陆宴臣只是微怔，余光瞥见小姑娘往后躲，泰然自若地澄清："Jessie，或许你该知道，我单身。"

"啊？"Jessie 毫无意外地露出惊讶的表情。

后来 Jessie 才知道自己将"鹿太太"误解为"陆太太"了。Jessie 自认为中文学得不错，可实在无法辨别同音字。再加上多次见陆宴臣跟姜予眠走在一起，Jessie 打心底里觉得，这两个人看起来很般配，赏心悦目。

这种事开不得玩笑，Jessie 向姜予眠道歉，最后说："姜小姐，希望下次还能喝到你的茶。"

他对那杯茶念念不忘。

姜予眠称那些茶出自宋夫人跟鹿太太之手，而她只是学徒。但 Jessie 并不介意，还表示相信不久后，姜予眠能跟她的两位老师一样煮出好茶。姜予眠无法应答。

待那两个人离开后，陆宴臣转身看她，语调轻扬："这么没有信心？"

他是在说煮茶的事……

正因刚才的事紧张、害羞的小姑娘松了口气，垂在身侧的双手悄悄握拳，眼神坚定地道："我会好好学的。"

原本只把煮茶当一时的乐趣，现在既然放出这句话，她必须用心。

"嗯，"陆宴臣弯了弯唇，盯着她那张红晕还未完全消退的小脸，很认真地对她说，"加油。"

整个吃饭的过程中，陆宴臣看起来并没有被那个意外干扰。

只有姜予眠晚上躺在床上辗转反侧，脑海中无数次回响起 Jessie 口中的那声"陆太太"。

原来她跟陆宴臣站在一起，也会让人觉得相配吗？

想到这儿，她不禁笑了起来，伴着甜美的梦入睡。她并不知道那天晚上，背脊挺直的陆宴臣站在陆老爷子面前，差点儿吃了一棍子。

"好啊，真是好啊，你非但没把我的话放在心上，还直接把人带在身边，让人喊她'陆太太'。"陆老爷子拄着拐杖在屋里徘徊，气得声音发抖，"你答应过我什么？"

"爷爷，我并未向您承诺任何事。"

那时陆老爷子叫他注意分寸，他便有意疏远她，后来又觉得不该为两句虚假的议论去判定一段关系。

陆老爷子不悦："眠眠才十八岁，这事要是传出去，你让她怎么做人？"

"只是误会，具体情况我已经向您解释过两次。"关于 Jessie 错把"鹿太太"理解成"陆太太"的误会，他已经向老爷子说得明明白白。

"每次都是误会，偏偏误会到你头上？"

陆宴臣少年老成，做事一向干脆利落。若他克己慎行，岂会连连遭人误会？

陆老爷子始终不满："我叫你注意分寸，你偏去给眠眠送东西，还同桌吃饭。"

"我们出行光明正大，且她住在陆家，我作为她的救命恩人及大哥，关心她几句有错？"陆宴臣脸色沉静，直言不讳，"爷爷别忘了，一开始，是您要我护她的。"

当年姜予眠的父母去世，是爷爷安排他去医院探望她；后来姜予眠在高考那天失踪，是爷爷叫他去救人；医生查出姜予眠患有轻微的自闭症，亦是爷爷让他给她安排住处。爷爷不放心姜予眠住在外面,让他将她安排在眼前,所以他把她带去了青山别墅。

亲手促成这段关系的人最后反过来指责他们走得太近,岂不是可笑?

平日性情温和的孙子与自己针锋相对,若非有满脸皱纹掩盖,定能瞧见陆老爷子的脸色青一阵白一阵:"别拿我的话当借口,我也叫陆习照看她,怎么就没传出那些糟心的话?因为人家知道分寸,不会晚上跟小姑娘待在一个房间里。"

陆宴臣很冷静:"是吗?那您让她给陆习辅导功课,他们难道是在不同的房间里?"

他讲话的语气甚至不带疑问,因为答案毋庸置疑。

"你跟他们能一样吗?"陆老爷子不会承认自己有错,"他们都是小孩儿,就算走在一起,旁人也只会说他们是朋友,关系好。"

陆宴臣不禁想起刚来雪山的那天,陆习跟宋俊霖打架,爷爷叫他带着人去跟宋家道歉。爷爷指责他作为大哥对陆习疏于管教,又觉得他不该对陆习太严厉。

陆宴臣有一瞬的沉默,鼻间溢出一声轻笑:"陆习今年十九岁,也算小孩儿?"

他平时温和,这明显含沙射影的话落在陆老爷子的耳里,极其不妥。

"陆宴臣,你怎么回事?我叫你注意分寸,你偏要扯到陆习身上。他是你弟弟,你就不能盼着他好?"

陆宴臣道:"我并未指责他。"

陆老爷子声音紧绷:"现在我只问你,我的话你到底还听不听?"

陆宴臣声音铿锵有力:"在理的话,我自然会遵从;可爷爷口中那些子虚乌有的事,我并不认可,也不打算认。"

"你!"这些年来,陆老爷子习惯了他的顺从,当下气不打一处来,举起的拐杖差点儿落在他的身上。

男人挺直身子,站在原地不动。客厅未关的窗户里忽然吹来一阵风,寒冷刺骨。

拐杖距离他的身体不过咫尺。陆老爷子紧盯着他那双眼睛,握着拐杖的手在发抖。

最终陆老爷子丢了拐杖:"你爸妈走得太早,老头子我管不了你,这个家早该散了,陆家的面子算什么。"

听老爷子提到爸妈，男人脸上终于浮现一丝异样。

这是他与整个陆家解不开的结。

第二天，一夜好眠的姜予眠睡醒后精神好了许多，肚子也不痛了。

蹲在地上收拾完行李，姜予眠亲自去跟宋夫人告别。宋夫人留下电话号码，道："以后常联系，生活中遇到什么困难也可以找我。"

"谢谢晴姨。"姜予眠话不多，内心却被对方给予的善意填满。

临走前，宋夫人跟她说了许多体己话："我知道你性格内敛，不轻易跟人诉苦，不过眠眠，人活在这个世界上是需要别人帮助的，也可以接受别人的帮助。

"只要你内心坚定自己的目标，就是对愿意帮助你的那些人最好的回报。"

她曾经因倔强走过的弯路，现在回头来看，并非最明智的选择。一个人如果孤独地活在世上，那生活将变得没有意义。

她看得出，姜予眠内心渴求温暖，渴求有人相伴。

姜予眠默默把宋夫人的话记在心里，跟着陆老爷子一行人踏上归途。

返程的飞机上并不见陆宴臣，姜予眠觉得奇怪，明明之前订的机票是同一个航班的。

陆宴臣的行踪她一向不清楚，也不好多问。面临开学，高三下学期就是一场硬仗，她必须全力以赴！

高三一班的学生没有任何喘息的机会，开学第一天老师就开始随堂测验："看看你们这两周回去有没有用心巩固知识点，别过个年，把心都玩野了。"

在老师严厉的督促下，同学们心中生出紧迫感。等到英语课，老师一站上讲台就叫大家交作文："上学期期末跟大家说的作业都写了吧？"

静悄悄的教室里，没人敢站起来说自己没写。

英语老师鼓掌："很好，下课后课代表把作文全部收上来，一份都不能少。"

姜予眠在位子上坐了一天也没有开口讲话。不是她故意瞒着别人，而是同学们唠嗑时不会找她，只有在遇到数学难题时才向她请教。现在刚开学，大家都有数不清的作业，几乎没时间说别的。

直到下午，同桌不在，姜乐乐过来霸占空位，说班长如何如何："跟班长聊真没意思！他自己说得起劲，听别人说就敷衍。"

姜予眠：跟人聊天好危险，她还是不说话好了。

姜予眠的"失语"无形间给她带来许多便利。她打算过一天看一天，结果开学第一周就出了事。

学生们交上去的英语作业即将被送去市里参加比赛，多名老师逐一筛选，最终定下三篇作文，分别是姜予眠、蒋博知，以及文科班一个学霸写的。

一切进展得很顺利，怪就怪在这是一场演讲比赛，如果谁成功入选，就要站在舞台上演讲。

这天中午，班主任单独把她叫去办公室。

偌大的办公室里只有她跟班主任。

班主任很喜欢这个学生，成绩好、写得一手漂亮字，见她就夸："你这次的作文主题很不错。"

她的作文以"青春"为主题，叫《写给青春的信》，用英文写出了一种别致的韵味，文笔跟她的字迹一样漂亮。

姜予眠脸上流露出淡淡的喜悦。

班主任问："你希望你的作文被选中，去市里参赛吗？"

姜予眠点头。谁不希望自己的付出得到表扬和赞赏呢？

班主任脸上出现惋惜的神情："是这样的，姜予眠同学，你那篇英文作文写得非常好，但这次比赛必须演讲。学校考虑到你的自身情况，所以……"

姜予眠懂了。老师们认可她的作文，但觉得她无法演讲。

她正想出声解释，外面传来敲门声。班主任亲自去开门，来的是个身形、气质还不错的女生，甜美地喊道："老师！"

姜予眠以为对方是来找班主任处理事情的，没急着开口，班主任却直接把那个女生带到她面前，道："这是赵清，曾多次担任校园活动主持人，阅读能力这方面非常突出，我们打算推她去演讲你的作文。"

他们不愿错过那篇赢面极大的作文，于是想另外找个熟练的人登台。海嘉中学在业界口碑好的原因就是他们的升学率极高，且学生获得了众多奖项。他们不愿意放过任何一个荣誉，若是学生能在市级演讲比赛中拔得头筹，海嘉中学又可以借此宣传一番。

姜予眠静静地听着，明白了老师们的想法。校方没有直接淘汰她的作文，而是想叫人替她演讲。她微微抬起头，眼神清亮，缓缓开口："老师，我会说话。"

女孩儿嗓音清脆，吐字清楚。

班主任和赵清目瞪口呆："什么……"

见他们如此惊愕，姜予眠下意识地要道歉，就在即将说出口时，耳边回响起陆宴臣的话："遇到事情，不要首先质疑自己，在确定自己真的做错事之前不要毫无理由地道歉。"

姜予眠解释道："我去年因为生病暂时性失语，寒假时已经恢复。"她大方地看向老师，道："那篇作文在写的时候我基本已经记住，如果有幸入选，可以脱稿演讲。"

写出那篇得到众人一致好评的作文的人能够亲自上台演讲，这本该是件好事，班主任的脸色反倒有些难看。还有旁边的赵清，神情古怪。

姜予眠不动声色地将这两个人怪异的表情收入眼中，问："老师，有什么问题吗？"

班主任无法回答，因为学校向主办方提交的参赛作文上已经写上了赵清的名字。

"姜予眠同学，你先回去，这件事我跟学校好好商量一下。"班主任含糊其词，使用拖延战术，哄姜予眠先离开。

姜予眠离开后，办公室里只剩班主任跟赵清。

赵清终于绷不住了："老师，那篇作文只写了我一个人的名字，会不会出事？"

班主任觉得头痛，叹气。

姜予眠口不能言且看着性子弱，班主任索性先斩后奏，想着事成定局后再从旁游说，定能成功。哪知她突然恢复，还信誓旦旦地说自己可以脱稿演讲。

这才放假半个月，姜予眠给班主任的感觉好像跟之前不太一样了。她刚来时总爱低着头，看着畏畏缩缩的。而她刚才站在班主任面前，昂首挺胸，脸上浮现出前所未有的自信。

情况有变，班主任望向赵清，道："赵清，你给你叔叔打个电话吧。"

离开办公室后，姜予眠总觉得不对。她恢复健康，班主任似乎并不高兴……

姜予眠若有所思，不小心跟人撞了一下。

"不好意思。"她下意识地道歉，抬头一看，竟是蒋博知。

"你……"蒋博知讶然,"你刚才……说话了?"

他望着姜予眠,满脸不可思议,甚至怀疑自己幻听。

现在也没必要隐瞒了,姜予眠神情放松,对他点头:"我之前因为生病暂时失语,现在已经恢复了。"

两个人站在走廊里聊了几句,蒋博知才明白大致的原因。他抱着试卷站在姜予眠对面,见对方沉默了,才冒出一句:"原来你的声音是这样的,还挺好听的。"

"谢谢。"姜予眠真诚地对他表示感谢。

海嘉中学跟她曾经读的高中不一样,连同学对她的态度都不一样。这让她相信,未来真的会越来越好。

发现她能开口,只是话不多,蒋博知引导话题道:"对了,刚才老师叫你去办公室,是不是跟你要准备演讲的事?"

姜予眠点头:"是。"

蒋博知心想:自己猜得没错。英语老师已经提前通知他作文入选,将被推荐去市内参赛。那时他在办公室里的电脑上看到了另一篇作文,没看仔细,只扫到题目,好像是姜予眠写的。

蒋博知坦然地道:"你是个很强大的对手,希望我们能在演讲台上一较高下。"

他希望他们二人的作文都能入选,这句话是对他的祝福,也是对她的祝福。

姜予眠眼里也有期待。她不惧怕敌手,只想做好自己的事。

当天下午,姜予眠又被叫去办公室。这次她见到的是教导主任。

教导主任姓赵,是个中年男人,戴眼镜,额前已经秃了一小块,眼神看起来有些犀利。

"你就是姜予眠吧?"赵主任扯起嘴角,笑容在他的脸上显得违和,"听说你成绩很好,各科老师对你的评价都不错,今年的三好学生奖就该颁给你这样的同学。"

三好学生奖?从比赛作文入选到可能获得三好学生奖,好事接连砸到头上,她顿时有种不真实的感觉。她礼貌地说:"谢谢主任。"

教导主任扶了一下镜框:"不客气,这奖项给你是实至名归。"他笑道,"今天叫你来,主要是想跟你说说演讲比赛的事。"

姜予眠一下子来了精神。

"你的作文我们都看过，内容非常不错，入选机会很大。所以我们有个建议，希望同学你可以认真地考虑一下。"

姜予眠："啊？"

赵主任继续道："赵清是学生中非常优秀的主持人，已经连续三年主持开学典礼以及校内的各种活动，她的演讲能力、应对观众和评委的能力也很强。所以我们一致认为，让她去演讲那篇稿子会更合适。"

姜予眠皱起眉头。

赵主任观察她的神情，继续道："优秀的作文再加上优秀的演讲者，获奖的概率更大，是不是？"

"可那是我的作文。"她竟不知，写作文的人和演讲者还可以是不同的人。

赵主任脸上的笑容收敛了几分："你之前无法开口，我们又不忍心见你的好文采被埋没，只好另想办法，让赵清替你上台。"

"我现在可以说话，也可以演讲。"有那么多关心、帮助她的人都期望她能变得更好，她不忍心辜负那些人的期望，愿意女主上舞台走上演讲台。

赵主任脸上的笑容彻底消失："这件事已经报给主办方了。主办方那边考虑到你情况特殊，经学校再三沟通，决定给你一个平等的机会。如果你的作文能入选，就允许其他人代替你演讲。"

赵主任的话往她的身上泼了瓢凉水，心里燃起的期待熄灭，姜予眠将手插进衣兜里，道："演讲比赛还没开始，把情况如实告诉主办方不就好了？"

"哪有你想得这么简单？来回折腾，到时恐怕连参赛资格都被剥夺。"赵主任放下一直捏在手中的笔，坐在椅子上，扭头望着她道，"你看你，恢复了也不及时告诉大家，把这件事弄得多麻烦。"

他们真是……不经过她的同意自作主张还倒打一耙。

姜予眠心里涌上一股气："主任，即便我真的无法开口，你们找人代替我演讲，首先得经过我本人同意吧？"

"当时我们并不知道这个法子是否行得通，怕打击你的自信。"赵主任面不改色地道，"你这样的孩子本就敏感，我们也是为你着想，才在争取到主办方同意后告诉你这个好消息。"

说来说去，学校为她考虑，最后变成她不识好歹？没这个道理。

姜予眠暗暗咬牙，认真地告诉他："我无法接受这样的安排。"

赵主任彻底没了哄人的心思:"如果你执意要争,到时弄得大家都下不来台,得不偿失。姜予眠,我建议你回去好好想想。你虽然这次无法演讲自己的作文,但学校颁发的各种奖项都会优先考虑你。往后,你有大把的机会站在升旗台上发表自己的演讲。"

"那不一样。"姜予眠摇头,态度很坚定,"我很正常,可以自己演讲。如果是因为作文质量不过关无法参赛,我认。但其他的,我不同意。"

学生跟老师的对峙不欢而散。

整个晚自习,姜予眠都在思考这件事。

他们看重那篇作文,都希望赵清去演讲。如果到时候得了奖,那奖项是属于她还是属于赵清?这种事主办方真的会同意吗?

她在网上查到主办方的联系电话,等到了工作时间,趁下课休息时向主办方咨询。然而参赛作文是以学校的名义投递的,一般人即便联系了主办方,也无法查看报名的具体情况。

晚上回到家后,姜予眠坐在电脑前,进入演讲比赛官网。

这次演讲比赛分为初中、高中、大学三个赛段,分别选出十篇作文演讲,姜予眠很快找到海嘉中学的信息。

学校推了三篇作文,第一篇是蒋博知的,第二篇是文科班一个学霸的,第三篇《写给青春的信》正是她的作文。

姜予眠握着鼠标继续滑动,网页底部显示的学生信息上清楚地写着"海嘉中学 201× 级文科一班赵清"。

姜予眠眉头一皱,仔仔细细地反复查看,生怕遗漏信息。这样查看几次后,她非常确定,参加比赛的作文上没有任何关于她的信息。

她的作文变成了赵清的作品。

女孩儿重重地往身后的椅子上一靠,闭上眼睛。冷色的屏幕光照在她的脸上,在这温暖的室内,她只觉体内寒意遍生。

她原以为海嘉中学不一样……到头来,还是她太天真。这哪里是代替演讲?分明是要赵清冒名顶替,夺走可能会属于她的荣誉。

姜予眠缓缓睁开眼,心中已有决定。她绝不允许这种事发生在自己身上——就像当初面对那些欺负、打压她的人,哪怕遍体鳞伤,她也会一次次地站起来跟他们斗争。

开学不到一周就发生这么大的事,她一下子想到陆宴臣。那天他没有出现在航班上,是因为有事要处理,提前离开了。最近几天他又忙于工作,两个人之间的联系少了许多。往日她会不厌其烦地跟陆宴臣讲自己遇到的事，现在想来，陆宴臣本就忙碌，还要听她讲闲话，也算仁至义尽。

陆宴臣没有义务替她解决每一件事，她更怕自己一次次找他，会给对方增加负担。她以前可以带着满身的伤去警察局，现在同样可以带着自己的作品替自己讨回公道。

第二天，姜予眠找到赵主任，表示自己很犹豫："主任，你上次说的事情我考虑过了。"

赵主任不紧不慢地倒了两杯水，将其中一杯递给她："那么，考虑的结果是……？"

姜予眠迟疑片刻，试探性地问："赵主任，你之前说，只要我答应让赵清去演讲，到时候就将三好学生奖还有其他奖颁发给我，是真的吗？"

一听这话，赵主任的笑容重新浮现在脸上："千真万确。"

姜予眠面露纠结之色："这次主要是演讲比赛，如果赵清替我演讲拿到名次，获奖者岂不是变成她了？"

赵主任讲起大道理："姜予眠同学，你要知道，这个世界是公平的，有舍才有得。她拿演讲名次，你拿三好学生奖，不都是奖吗？还有即将评估等级的奖学金，你不会吃亏的。"

"公平"二字从这个人的嘴里说出来真是讽刺。

姜予眠非常努力才忍住作呕的冲动，迟疑地道："演讲比赛跟三好学生奖性质不同，而且三好学生奖和奖学金不是按成绩排的吗？老师说只有三个名额，我的成绩还没到前三名，你会不会是骗我的呀？"

"不过是一个奖状和奖学金，我一句话的事，找个理由就安排给你了，没人敢说什么。"他仿佛把这一切当自己的所有物，可以随意分配。

赵主任不断抛出诱饵。

姜予眠的眼睛都亮了起来，她反复确认："真的吗？"

见姜予眠犹豫不决，让赵主任有些不耐烦。他又一起，她越是这样，自己的成功率就越高。赵主任再喂她吃一记定心丸："同学，别再犹豫了，演讲比赛可能会失败，但学校承诺的这些一定会给你。"

姜予眠低下头，沉默很久才开口："好吧，但我有个条件。"

赵主任爽快地道："你说。"

"我希望我们的优秀作文可以展示在校园的公布栏上。"她抿了抿唇，神色低落，"已经不能演讲了，我想让大家称赞一下作文，总可以吧？"

赵主任为难地道："这件事……你现在已经开口讲话了，要是提前让大家知道赵清替你演讲，恐怕不太好。"

"没多少人知道我会说话，实在不行，作文上只写演讲者的名字也可以。"姜予眠退了一步，"我只是希望自己的作品得到大家的认可，不然也不会答应让赵清去演讲。"

写赵清的名字？赵主任立马松口："这好办，我马上就可以让人展示。"

姜予眠轻轻点头，闷声提醒："主任不要忘记自己答应了给我奖项。"

解决一桩心事，赵主任心情畅快："当然，我说话作数，不至于骗你一个学生。"

姜予眠再三提到"好处"后，才踏着沉重的步伐离开。

不久后，赵清从门外走进来，忐忑地道："叔叔，这样真的行吗？她不会说出去吗？"

"对她这种学生来说，三好学生奖、优秀学生奖，还有一笔奖金，已经很不错了。"

一个学生能翻起什么风浪？姜予眠甚至到现在都不知道那篇作文上写着赵清的名字，还主动提出展示作品时只写演讲者的名字，这不等于昭告天下，那篇作文属于赵清？

赵主任安慰侄女："清清，你别想太多。你表姐认识主办方邀请的一个评委，他也说那篇作文确实不错，多半会入选。你呢，就好好准备演讲。你的梦想不是成为一名优秀的主持人吗？这次的市级比赛有一定的含金量，也能让你的学习档案漂亮些。"

他自以为十拿九稳，殊不知此刻，姜予眠正从兜里掏出手机，保存了录音。

学校的公告栏上很快展示出三篇优秀作文，大部分同学去看了，图个热闹。

陆习跟李航川等人路过。

好奇心重的李航川挤进去看了两眼，回来直摇头。

孙斌："一群人挤在那边看啥呢？"

李航川："就贴了几张英语作文，我是一句话都没看懂，听他们说是要去参加什么英语比赛，入选的都是一班的，不关咱们的事。"

陆习抬头："一班？"

李航川："是啊，文科一班、理科一班，反正都是那群变态学霸。"

陆习挑眉，迈开大长腿走向人群，将三篇英语作文迅速浏览一遍，无聊地耸了一下肩："没意思，走了。"

他记得"小哑巴"的英语也很不错，她居然没有入选？真没意思。

同学们议论纷纷，只有站在边上的蒋博知疑惑地皱眉。他记得那篇作文是姜予眠写的，姜予眠也曾承认，怎么变成赵清写的了？

他返回教室，见那个女孩儿正埋头做试题，两耳不闻窗外事。

蒋博知赶紧走到她旁边，敲桌提醒："姜予眠，那篇《写给青春的信》是不是你写的？"

姜予眠诧异地抬头，迟疑了几秒钟后才承认："是。"

蒋博知催促道："那学校搞错了，把你的作文写成赵清的了，你快去跟老师说，把名字改过来。"

姜予眠："谢谢提醒，这个随时都能改，不着急，只要报名的参赛作品写对就好了。"

蒋博知被她淡定的语气感染，不像刚才那样紧张了："这老师可真够马虎的，我现在都担心他会不会把我的报名作品署名写错。"

姜予眠突然蹦出两个字："没有。"

"啊？"蒋博知一时没听清，"你说什么？"

姜予眠意识到自己说多了，改口道："我说应该不会吧。"

蒋博知想了想，道："也是，那可是市内比赛，老师肯定会反复核对信息的。"

姜予眠并没着急去找老师"修改"。当天晚上，她再次进入主办方的系统，轻松地将"赵清"二字修改成"姜予眠"。

随后，她将录音拷贝到电脑上，注册邮箱，在收信人一栏中输入本区教育局的举报邮箱，选择定时发送。

作文一经展示，全校都知道那三篇作文将被送去市里参赛。

赵清因为跟赵主任的亲戚关系连任高中所有大型活动的主持，再加上优越的外表，在学校累积了不少人气。

"赵清，听说你要去市里演讲。"

赵清淡淡地笑道："不一定，交上去的作文还要筛选。"

"没问题的，那篇作文老师都说好，你演讲又那么厉害，肯定能拿奖。"同学们把她捧得高高的，殊不知赵清现在是心悬在刀尖上，忐忑极了。

比赛报名时间已经截止，主办方即将公布入选名单，偏偏这时，校内陆续传出《写给青春的信》的作者不是赵清的消息。

"公告栏上那篇作文都贴两天了还不换？那明明就是姜予眠的作文，我看过的。"发言的是盛菲菲。

当时在雪山上的度假山庄，盛菲菲曾见过姜予眠的作文。身为艺术生的她一开始并不关注这件事，听其他同学议论才站出来。

大多数人并不知内情，少部分人在听到传言后开始重视起来。

这天晚自习下课后，陆习先坐进车里，不久后，跟乌龟似的"小哑巴"打开车门，从另一边进来。

司机接到两个学生后，踩油门上路。

后座上，姜予眠正在捣鼓书包。

陆习靠在座椅上，抄起手，扭头看她："公告栏上的作文是怎么回事？"

姜予眠用手指拉着书包的拉链，下意识地抬头："什么？"

陆习睨她一眼："别装傻，有人说赵清那篇作文是你写的。"

"这个啊……"姜予眠声音微顿，不紧不慢地将拉链拉上，"确实是我写的。"

陆习皱起眉头："那为什么上面写着她的名字？"

姜予眠不咸不淡地说："可能是学校搞错了。"

"那你怎么不去说？"陆习看着有点儿凶，"让他们改回来啊。现在大家都以为作文是赵清写的。"

当事人却格外淡定："真的假不了，假的真不了，等到合适的时机，真相自然会大白。"

陆习不耐烦地挥手："说些什么文绉绉的？听不懂。"

他还是一副凶巴巴的语气，姜予眠的脸上却露出了浅浅的笑，她说："陆习，谢谢你啊，不过请你先保密。"

虽然陆习说话的语气还是不太好听，但她知道他是好意。

陆习问："保密，为什么？"

"都说要保密了。"女孩儿轻柔的声音低下来，像颗石子掉进湖里，在湖面上荡出一圈难以察觉的涟漪。

忽然被谢的陆习摸摸手臂，浑身不自在，清了清嗓，道："行吧，反正你自己知道就行。"

他感觉姜予眠再也不是他刚认识时的那个"小哑巴"了，更无法像从前那样理直气壮地"欺负"她。

姜予眠在等待那个时机，却有知情者站出来替她打抱不平。

赵主任再次把姜予眠叫去办公室。

柔弱的女孩儿站在角落里，满脸无辜："我并没有告诉其他人。我可以去跟她说，叫她别乱传。

"主任，这事跟我没关系，但你承诺的条件可一定要作数。"

她语气急切，仿佛心心念念的都是那些奖，还有钱。

赵主任狐疑地盯着她。那笔钱对赵家来说没什么，但对一个高中生来说可是"巨款"，他相信姜予眠抵抗不住诱惑。

为了防止事情发酵，赵主任亲自出面，道："最近有部分同学私下非议他人，请大家遵守校纪校规，讲文明、懂礼仪。"

学校领导说来说去都是这些话，同学们已经听过无数次。赵主任没点明具体事件，关注这件事的人才会去猜测。

随后，赵主任当众道："关于最近英语作文比赛的事，演讲者信息没有错误，请大家不要妄自猜疑。"

这句话无疑把赵清跟作文的关系坐实。

赵主任之所以敢这么明目张胆，是因为他的身后有赵家撑腰。赵清的父亲是他二哥，本事比他大。他帮着赵清，二哥自然会照顾他。

知情者屈指可数，赵主任亲自说明之后便无人再怀疑。

站在操场上的姜予眠也很惊讶。她没想到赵主任这么嚣张，敢一口咬定作文属于赵清。他太自信，觉得能一手遮天，才这么肆无忌惮，连后路都不考虑。毕竟在赵主任看来，她才是被蒙在鼓里的"傻白甜"。

赵主任自以为是的强势发言把赵清捧得高高的，无人再提起姜予眠。知道真相的只有蒋博知、盛菲菲跟陆习。

回到教室后，蒋博知立即追上来问："到底是怎么回事？"

姜予眠却只是摇头，无论如何不肯开口，看起来有难言之隐。

放学后，陆习把她拦在车里："你的作文怎么变成赵清的？你是不是被欺负了？"

他记得有一次陆老爷子说漏嘴，提到姜予眠曾在学校里被人欺负的事。

觉得姜予眠就长了一副软弱可欺的脸，急脾气的陆习道："遇到事情你直说啊。有陆家给你撑腰，你怕什么？"

姜予眠声明："演讲者，不是作者。"

陆习声音突然拔高："你写的作文，凭什么她去演讲？你又不是没长嘴！"

他气势汹汹的，姜予眠被吓了一跳："这件事我可以解决，你能相信我吗？"

"你解决，要怎么解决？双手把自己的作文贡献出去？"陆习根本不信她能解决什么事情，觉得人家都欺负到家门前了，她还不敢吭声。

姜予眠耐心地道："不是的，我有自己的计划，等报名结果出来后你就知道了。"

她现在实在无法解释太多。

陆习烦她不争气，距离家还剩半段路程，两个人一句话没说。

家里的卧室一左一右，他们上了楼后就分道扬镳。

姜予眠背着书包慢悠悠地走在走廊里，路过书房时忽然停住脚步。她侧头看，书房的门微微敞开，灯光从门缝中溜出来，照射在地面上。

那个人回来了？

姜予眠的脚不受控制地靠近书房，手也不受控制地抬起来，就在她准备敲门的时候，门从里面被人拉开。

猝不及防地，她跟陆宴臣面对面。

从雪山到现在他们已经一周没见，男人在家里穿着雾蓝色的毛衣，是休闲宽松的款式，平和的眉宇间透出一股儒雅气。

他还是那么……好看。

姜予眠咽了口唾沫，在心里悄悄提醒自己保持理智，把灼热的视线从他的脸上移开。

姜予眠："你回来啦。"

陆宴臣："刚到家？"

两个人不约而同地问候对方，这周各自忙碌，没怎么联系，但也没断联系。

见陆宴臣手里握着空杯子，似乎打算去接水，姜予眠抬手指了指自己的房间："我房间里有饮水机，可以接水喝。"

书房里的饮水机换水频率不高，而他们每天回家的，为了便利，房间里备有饮水机。

陆宴臣低头看着空空的水杯，婉拒她的邀请："没关系，不急这一时。"

姜予眠嘴巴张圆："哦。"

这样一来，她好像又不知道该跟陆宴臣说什么了。

陆宴臣手臂环抱，右手握着杯子搭在左胳膊上，顺势倚向门边："新学期开学，感觉怎么样？"

姜予眠的目光跟随他的一举一动游移，她口中乖乖地回答："还好呀。"

"是吗？"男人把玩着杯子，眼底掠过一丝精光，"我倒是听说，你们学校最近发生了一件有争议的事。"

姜予眠抬眸："啊？"

陆宴臣手指轻叩杯壁，刻意点明："英语作文。"

姜予眠微微一怔，偷瞄一眼陆宴臣的脸色，试探性地问："你想知道什么？"

他的表情太从容，以至于姜予眠猜不透他是否知道详情。

陆宴臣示意她进书房，把门合上："我想知道究竟发生了什么事。"

以陆宴臣缜密的心思，姜予眠猜他已经提前了解过事情的始末，便坦言："他们把我参赛的作文改成另一个人的名字，让那个人顶替我去演讲。"

陆宴臣"嗯"了一声，将杯子放到桌上，继续问道："你是怎么解决的？"

姜予眠双眉一挑。这个人，就这么笃定她能解决吗？

她的做法其实不太光彩，要是她告诉陆宴臣，陆宴臣会怎么想她？

"不必瞒我，我知道那篇作文是你写的。学校公布了赵清的名字，你却没有站出来反驳，想做什么？"他知道姜予眠绝不会把她的东西拱手让人，她现在按兵不动，一定有原因。

姜予眠紧张不已，没想到陆宴臣会问得这么直接。

"我……把主任说出利诱我的话，录音存证。"姜予眠老实交代，没有隐瞒，"我打算等比赛之后向教育局举报。"

陆宴臣面不改色地问："为什么是比赛之后，不是现在？"

姜予眠考虑过这个问题："报名是以海嘉中学的名义，如果学校名誉受损，可能会影响我参赛。"

陆宴臣听出她的意思。

想正常参赛的姜予眠此刻放任学校祖护赵清，说明已经想到了办法能让自己的比赛顺利进行。

"你想正常参赛？你还做了什么？"

"还有……"姜予眠暗暗磨牙，心虚地道，"偷偷黑进了报名系统里，把名字改了。"

陆宴臣微微眯起眼："你知不知道这是不正当行为？"

姜予眠双手交握于身前："我知道。但只要我拿出举报赵主任的证据，校方非但不会质疑，还会极力对外维护我。"

学校声誉和一个教导主任孰轻孰重，一目了然。即便校方曾默认替代演讲的事，但在东窗事发的时候，一定会把赵主任当弃子。到时他们非但不会承认参赛名字写过赵清，还会说"赵主任徇私，但学校明察秋毫，维护学生权益"，自然没人会去追究系统上名字被修改的事。

蚍蜉撼大树很难，在这个节骨眼儿上拉学校下马对自己没好处，她不想跟学校鱼死网破。她要赵主任身败名裂，还要学校维护自己。

她做事小心求稳，拿捏了各方的心思，这并不算光明正大的手段，却很管用。

陆宴臣不太赞同她的做法："如果你在刚遇到这种事的时候告诉我，我可以更轻松地解决。"

姜予眠盯着他，嘴唇微抿，显得有几分委屈："你很矛盾。你曾跟我说要努力地变强大，却又叫我向你求助。"

她认为自己这个计划是无懈可击的，自己一个人就能轻松完成，不需要麻烦别人。

陆宴臣："自力更生跟求助并不冲突，一切要在保护自己的前提下进行。我知道你精通计算机，但这样的举动毕竟不合法，懂吗？"

拥有天赋的人比常人更具影响力，若是未加以引导，容易走歪路。

他最后那句话听起来有些严肃，姜予眠心里有些慌张："陆宴臣，你生气了吗？"

他垂眸凝视眼前的人几秒，道："没有。"

姜予眠缓缓抬手，食指触碰他的眉心："可你的眉头都皱起来了。"

温热的手指落在他的眉间，她只碰了一下，他的眉头便像被灼烧了一下。他沉声警告："姜予眠，不要转移话题。"

"哦。"小姑娘讪讪地收回手。刚才她见陆宴臣眉头紧锁，鬼使神差就动了手。干完事，她又缩回脑袋，柔柔弱弱地示意他继续："那你说吧。"

小姑娘一声不吭地入侵系统，录音，现在却顶着一张无辜的脸，像柔弱的兔子，耷拉着耳朵听训。

陆宴臣的表情一言难尽，他道："你考虑到学校会维护你，但有没有想过，那个赵主任为什么能明目张胆地帮赵清作弊？"

姜予眠摇头，问："为什么？"

"他们是赵家人。"陆宴臣把答案摆在她面前。

"哪个赵……？"姜予眠脑中灵光一闪，"赵漫兮的赵？"

陆宴臣没有否认。他跟赵家打过交道，自然知晓情况："赵家人偏私。即使学校维护你，但如果他们因此咬着你不放，你一个人要怎么应对？"

她被逼问，却无法回答。

她有勇气对抗，却没有摸清对方的底细，贸然出手容易惹得狗急跳墙。

就像曾经那群施暴者，即使一时被制住，过段时间又会想方设法地报复她。

陆宴臣强调道："在做一件有漏洞的事情之前，你必须尽量考虑得更全面些，不留下任何把柄。"

姜予眠想独立完成反击，却忘了探查对方的底细，一旦被抓住把柄，很可能让自己陷入困局。

姜予眠深吸一口气，开始后怕："你的意思是，赵家会找我麻烦？"

陆宴臣不怕吓到她："很大概率。"

姜予眠揉揉手指："那现在怎么办？"

陆宴臣摊开手："事情是你做的，你问我怎么办？"

姜予眠眨了一下眼，看见他搁在旁边的空杯，伸手拿起来："等我一下。"

说完她就拿着杯子拉开房门跑出去，从自己的卧室里接了杯温水，小心翼翼地捧到陆宴臣面前。

她把杯子往前一递，一双澄澈的杏眼里尽显真诚。

陆宴臣默不作声地接过水杯，下巴微仰，从入口的温水中品出一丝清甜。

见陆宴臣喝了水，姜予眠会心一笑，等着他给她出主意。那人却握着杯子，不时抿一口，迟迟不回应。

嘴角的期待逐渐消失，姜予眠不明所以地望着他。他喝了她的水，怎么不给句话呢？

姜予眠急了，缓慢地伸手攥住他的衣袖。

他松软的毛衣被姜予眠那两根细白的手指轻轻拉扯。

"陆宴臣。"

又是婉转的嗓音、澄莹的眸光，男人握杯的手指蓦地收紧一分："你想让我做什么？"

见他没拒绝，姜予眠顺杆往上爬，大胆地提出自己的请求："你能……站在我这边吗？"

几天后，演讲赛主办方公布参赛名单。

海嘉中学提交的三篇作文中共有两篇入选，分别是《环境与自然》和《写给青春的信》。

负责此事的赵主任接到主办方的通知，入选作品进入演讲环节，比赛将于三月十五日在景城文化宫举行，请参赛选手准时到场。

名单公布，大家只看到海嘉中学有两篇作文入选。

全市所有中学里只有十篇入选，许多学校没有名额，而海嘉中学占了两个。学校很快发布公告，借此鼓励其他同学以后积极参与，向优秀者学习。

知道真相的四个人心思各异。

蒋博知默默看向前排的姜予眠，猜测她多半被赵清夺走了名额，有苦难言。可他作为学生，即便知道真相，也无法插手。

盛菲菲这边消停了，因为姜予眠私下告诉她，陆家会帮忙解决问题。她就等着看结果了。

而陆习……昨晚他见姜予眠从陆宴臣的书房里出来，没忍住跟大哥提到这事，大哥叫他不用操心。他到现在也不知道姜予眠在打什么主意。

比赛时间转眼就到，赵主任亲自领队，带着赵清跟蒋博知从学校出发，前往文化宫。随行的还有几个表现优异的学生，充当助力团。

"到那边后不要单独行动，一切听我安排。"

赵清今天特意打扮过，穿着一条价格不菲的裙子，特意化淡妆、做发型，可见对本次比赛很用心。

途中，赵清尝试跟蒋博知交流，却见对方抱着打印好的稿子背对着自己，一副拒绝的姿态。

被同行的小伙伴冷待，赵清心烦意乱地从书包里拿出自己的那份稿子，开始默背。

到了文化宫，他们从门口向比赛大厅走去，一路能见到许多不同年龄段的选手。

在赵主任的带领下，蒋博知跟赵清来到主办方给海嘉中学安排的候场区。

初中、高中、大学每阶段各入选十篇作品，每篇作品通过电子系统随机排号上场，时间一到，大屏幕上陆续展示作品名称和上场顺序，蒋博知的《环境与自然》是6号，《写给青春的信》是20号。

赵清抓着裙子，松了口气。

她曾多次上台主持，胆量比一般人的大，每次都完成得十分得体，只是这回……因为演讲稿，她始终没那么坦然。

今天这场演讲比赛备受瞩目，有专业记者和摄像师采访、录像，主持人跟选手之间交流全程使用英文。

当台上的主持人让6号选手做准备时，蒋博知放下稿子站起身。助力团一人一句，为他加油。

作为同校同学，赵清不得不做出真诚鼓励的样子，道："蒋博知，加油。"

岂料蒋博知忽然弯腰，假借拿东西的动作回应赵清："用偷窃来的稿子比赛，你不配做我的对手。"

赵清的笑容直接僵在脸上。

5号选手演讲结束后，主持人用一口流利的英语将话题引至环境与自然上，道："接下来有请6号选手，来自海嘉中学的蒋博知。他演讲的题目是《环境与自然》。"

选手们在掌声中出场、退场。蒋博知演讲结束后没有直接返回座位上，而是随意地寻了个理由在外面透气。

强者敬畏强者，哪怕姜予眠是他的劲敌，他也希望能光明正大地跟对手站在讲台上一较高下。现在倒好，姜予眠被一个关系户顶替，他都为她不平。

蒋博知无聊地走出比赛大厅，在文化宫的艺术长廊里打发时间。待逛得差不多了，他转身的那一秒，有人从他的背后走过。

若是蒋博知回头，定能认出那是他心心念念的对手——姜予眠。她今天不是一个人来的，陆宴臣以家长的名义替她请假，亲自将她送到文化宫。

进入比赛大厅前，二人得分开，陆宴臣扭头问："准备好了？"

姜予眠抱着稿子点头："嗯。"

"加油，争取……"话说到一半戛然而止，他不能给小姑娘压力，于是改口，"尽力而为。"

这话搁以前，姜予眠多半只知道点头附和。这段时间经过许多人的点拨，女孩儿也有了自己的小心思。

女孩儿两次抬头看他，捏捏耳朵，指尖的温度化作勇气自耳边传输到喉间，脱口而出："你可以对我有点儿信心吗？"

陆宴臣抱起双臂："争取拿个第一名？"

姜予眠：这目标是不是定得太高了？

演讲比赛进行到一半时，两个人一前一后进入大厅，姜予眠坐在后面几排空出的位子上，搜寻到海嘉中学的座位。

她看到赵主任跟赵清交头接耳。

不久后，"海嘉中学"这四个字再次进入观众的视野里，主持人在台上念道："请20号参赛选手，《写给青春的信》的作者做好准备。"

这时蒋博知已经回到座位上，瞄了旁边一眼，嘴角溢出不屑的嗤笑声。

赵清应声而起，旁边的几位同学纷纷给她打气。

"赵清，加油。"

"你是最棒的。"

"赵主持人，争取拿个好名次回来。"

赵主任拍拍她的肩膀："别紧张，按照你平时练习那样，正常发挥。"

赵清轻轻点头，向后台走去。

赵主任的视线一直追随着侄女离去的方向，可他忽然发现，不远处的座位上出现一个熟人。赵主任看准机会，赶忙过去打招呼："陆总。"

男人一身休闲装，跟平日在外面见到的那个商界精英截然不同。若非他们赵家跟陆家一直有来往，他还不一定能立马认出陆宴臣。

赵主任笑盈盈地望着陆宴臣，熟练地寒暄道："陆总今天怎么有空来这儿？"

穿着米色毛衣的陆宴臣气质温和儒雅："有个认识的小朋友参加比赛，我来看看。"

"是吗？"赵主任脸上表情乱飞，"不知道是哪个小朋友这么有面子，竟让日理万机的陆总亲自来捧场？"

陆宴臣嘴角衔着一抹淡笑："快了，下一个就是。"

"啊？"赵主任反应过来，"下一个演讲的选手是我们家清清。"

"哦？"陆宴臣挑眉，"那是我记错了？"

"陆总，你认识的那个小朋友是哪个学校的？作品名字叫什么？我帮你看看。"赵主任迫不及待地献殷勤。

陆宴臣不紧不慢地道："她就读于海嘉中学。"

赵主任诧异："我们学校？"

陆宴臣继续道："高三年级，理科一班。"

赵主任皱起眉头。

陆宴臣弯起嘴角，继续道："作品名字叫……"

"接下来有请20号选手，海嘉中学的姜予眠为大家演讲一封《写给青春的信》。"灯光闪亮的舞台上，主持人沉稳的声音通过话筒传播至比赛大厅内每一位观众的耳中。

赵主任猛地瞪大眼。

后台，正准备牵着裙子上台的赵清一惊。

什么？是姜予眠不是赵清？

赵清愣在原地，思绪尚未厘清，肩膀忽然被人不轻不重地撞了一下。

赵清蓦然回头，那个被叔叔称作"小哑巴"的姜予眠与她擦肩而过时回了头，留下一个别具深意的笑容。

这是怎么回事？她明明看见叔叔把那篇作文打上自己的名字提交给主办方，学校也一直宣传她是演讲者，为什么会突然变成姜予眠？

回想起姜予眠刚才的眼神，赵清忽然觉得害怕。

穿着精致的礼服、有着美丽妆容的她只能眼睁睁地看着一身学院风打扮的姜予眠一步一步迈上台阶，走向万众瞩目的舞台。

后台，工作人员看了好一会儿，终于忍不住上前："同学，你是参赛选手吗？不是的话请先离开这里。"

见这个女生打扮得漂漂亮亮的，工作人员以为她要上场，结果上一场结束、这一场开始且下一场的演讲者都来到此处等待了，她还站在那儿，也不知道是来干什么的。

被驱逐的赵清难堪至极。

当主持人念出姜予眠的名字时，台下海嘉中学的人既疑惑又震惊。

"怎么回事啊？"

"不知道啊。"

作文刚贴出来那会儿就有人传《写给青春的信》的作者是姜予眠，赵主任还亲自出面澄清。眼看着赵清就要上台演讲了，演讲者怎么变成了姜予眠？而且她不是哑巴吗？这要如何演讲？

"到底谁才是演讲者啊？"

"赵主任不可能弄错吧？"

"那就是主办方弄错了？"

赵主任的脸色难看极了，他不经意地触到陆宴臣投来的目光，发现对方正一副看好戏的姿态。

陆宴臣脸上的笑容化成一把刀，直往赵主任的心窝子里扎："赵主任记错了吧？台上的人不是赵清。"

此刻，高三年级几乎尽人皆知的"小哑巴"已经站在了舞台中央。她今日穿着白毛衣、黑色百褶裙，外罩一件杏色的学院风薄风衣，马尾高高扎起，清纯靓丽。

姜予眠站在话筒前，说不慌是假的，她的目光不着痕迹地在场下的观众席上扫了一遍。寻到那人后，她逐渐有了底气。

她调整好话筒的位置，昂首挺胸，开始进入今天的主题："Good morning everyone, my name is Yumian Jiang and I 扐 from the Haijia senior school.（大家早上好，我叫姜予眠，来自海嘉中学。）"

她亲口介绍自己的名字跟学校，让大家都知道，《写给青春的信》的作者叫姜予眠。

议论声不绝于耳，蒋博知却兴奋地举起手机，将台上人的演讲过程录像，发送至班级群里。

这时，脸色铁青的赵主任灰溜溜地回到座位上，手机里是赵清不断打来的电话。

比赛结束后，所有参赛选手都在大厅里等待结果。

蒋博知左等右等都没等到姜予眠，拿起手机准备给姜予眠发消息，却见班级群里炸开锅。

班级群里的视频很快传到其他同学的手机上，一传十、十传百，大家都知道今天站上台演讲的人是姜予眠。

学校论坛里突然冒出许多相关的帖子，最火热的两个话题分别是："'哑巴'姜予眠开口说话了"和《写给青春的信》的真实作者"。

1L："前排售卖瓜子汽水。"

2L："姜予眠会说话？她不是哑巴吗？"

3L："只有我注意到，学校公布的名字一直写的'演讲者'而非'作者'吗？"

4L："楼上犀利。"

关于这两件事的讨论五花八门，一人一句，慢慢拼凑成一个较为合理的故事：姜予眠曾经无法说话，便让赵清代替演讲，哪知比赛前夕，姜予眠的声音突然恢复，于是自己上台。

这话怎么听怎么怪，好像赵清成了工具人，需要的时候搬过来，不需要就抛开。

真实情况暂且不明，在大家不断猜测的时候，演讲比赛结果终于出了。

初中、高中和大学分开评选，去掉一个最高分，去掉一个最低分，《写给青春的信》不负众望，以 96.5 分的最高分数脱颖而出。

姜予眠在连绵不绝的掌声中站上讲台，在接过奖杯的那一刻，一封定时邮件准时发送至教育局的举报邮箱。

明媚的女孩儿手握奖杯站在台上，用流利的英语致辞。在自己擅长的领域里，她从容自信，眼里有光，跟大半年前只会远离人群的"小哑巴"截然不同。

姜予眠不打无准备的仗，她的感谢词已提前打过腹稿，一切流程进行得很顺利。

陆宴臣举起手机，画面定格在舞台中央的那个人身上，就在即将按下拍摄键的那一刻，他的手指突然一颤。

男人微不可察地皱了一下眉，眼底掠过一丝难以捕捉的异样。

最终他放下手机，在姜予眠退场后起身离开。

姜予眠捧着奖杯，兴高采烈地走下舞台，看到陆宴臣给她发的信息。陆宴臣说在外面的文艺走廊里等她，她便迫不及待地要去寻人。

这时，前方突然出现一个人，挡住她的去路。那人喊出她的名字："姜予眠？"

姜予眠抬头望去，脸上堆积的笑容一点点消散。

站在她面前的是个身形微胖的男生。

男生说："好久不见，刚才你站在台上，我差点儿没敢认。"

姜予眠认出他，曾经的高中同学田丰年现在已经是一名大学生。之前的学校并没有带给她什么快乐的回忆，因此见到老同学，她也无法客套地寒暄。

田丰年倒是习惯了姜予眠沉默的性子——比起刚才站在台上神采飞扬的她，这会儿沉默寡言的女孩儿才是他记忆中那个同班三年的同学。

看看四周，他忽然压低声音问："你跟梁雨彤还有联系吗？"

姜予眠盯着他，不肯轻易回答。

田丰年迟疑道："其实有件事在我的心里憋了很久，我一直没敢往外说。当初只有你跟梁雨彤关系好，你知道梁雨彤现在怎么样了吗？"

姜予眠咬了咬唇："为什么……这么问？"

即使知晓了好友曾经的遭遇，她在听到别人说起梁雨彤时，心还是被深深地刺痛了，像被铁锤重重敲了一下。

男生叹气："其实我知道梁雨彤不是转学，而是无法上学。"

姜予眠讶然："你……知道？"

当时那件事校方瞒得很紧，连她都不知情，田丰年是如何得知的？

"不瞒你说，梁雨彤出事被送去医院的那天，我刚好在医院里拿药，看到她满身是血被推进抢救室里。"

他回家连续做了几天噩梦，去学校不久就听说梁雨彤转校的消息。

他的性子能藏事，没到处乱说，可是这段记忆从高中伴随他进入大学，怎么也忘不掉。到现在，他还清楚地记得在医院里看见梁雨彤的情景。

后来他跟人打听梁雨彤，想知道她是否安好，结果她像人间蒸发了一样，谁都不知道她的行踪。而梁雨彤唯一的朋友姜予眠，似乎没有参加高考，也联系不上了。

怪事发生在她们身上，田丰年心里越想越难受，没想到今天陪朋友来参加演讲比赛，会遇到复读的姜予眠。

今天说什么也得把事情问清楚，否则他一个人真的要憋出病来。

田丰年哀叹一声："这件事，我没跟任何人说过。事情过去这么久，我还是忘不掉……我实在受不了。今天刚好遇到你，我就想求个心安。"田丰年难以启齿，"她真的小产了？"

"小产？"姜予眠被问蒙了。上次陆宴臣只说梁雨彤被侵犯，没提到别的。姜予眠急切地追问："你是什么时候在医院遇到彤彤的？"

田丰年记得很清楚，说："就高考前两个月啊。"

姜予眠突然意识到什么："不对……"

这跟之前陆宴臣告诉她的时间线对不上。

她以为梁雨彤转校是因为被侵犯，田丰年却说高考前两个月在医院里遇到了梁雨彤。按时间推算，梁雨彤至少在高考前三四个月就已经跟还是男友的小混混发生了关系。

那她看到小混混跟别人不清不楚，并把这件事告诉梁雨彤又发生在什么时间？

姜予眠一想，脑袋就开始痛。

关于梁雨彤的记忆明明已经恢复，她细想却发现缺了许多细节。

她究竟忘掉了什么？

她明明是因高考那天遭遇意外而失去了记忆，为什么把梁雨彤都忘了？

"哎呀——"

不远处传出不小的动静。有人不小心一脚踩空，摔下楼梯。

姜予眠在路人的惊呼声中抬头，看见那一幕，脑海里蓦然闪过一段梁雨彤从楼梯上滚下来的画面。

…………

"你没事吧？"

"还行，就是屁股有点儿疼。"

踩空的人运气好，距离地面只有三四级台阶了，摔完自己爬起来，在朋友的搀扶下离开。姜予眠怔怔地望着这一幕，四周嘈杂的声音逐渐从耳边消失，握着奖杯的那只手在出汗。

田丰年见她面露惊恐之色，以为她是被刚发生的意外吓到，伸手往她眼前一晃。突然，田丰年被人抓住手腕。他错愕地转头，被男人的眼神震慑住。

陆宴臣松开手，转头看向呆愣在那儿的女孩儿，慢慢地握住奖杯的另一端，轻声唤道："眠眠。"

姜予眠猛地转头，这才清醒过来，心里一阵慌乱。

"陆宴臣。"她喊他的名字，带着不稳定的气息，"我刚才好像……想起了一点儿。"

陆宴臣拍背安抚她："别着急，慢慢来。"

姜予眠轻轻点头，想起田丰年还在旁边，视线绕过陆宴臣看向他："田丰年，可以给我一个联系方式吗？关于彤彤的事，我之后告诉你。"

"哦哦，行的。"田丰年报上电话号码，怕对方不联系自己，还主动提出加微信。

姜予眠也十分配合，把账号告诉对方。

三个人站在长廊里，路过的记者注意到这边，问："你就是刚才那个获得高中年级第一名的同学吧？我们这边想做个采访，你看方便吗？"

姜予眠下意识地后退，手指拽了一下陆宴臣的衣袖。

"抱歉。"陆宴臣不着痕迹地将人护在身后，态度坚决地带她离开。

二人乘电梯去了地下车库，姜予眠坐进车里，情绪再也绷不住："刚才看到一个人从楼梯上摔下来，我脑子里就出现彤彤从楼梯上滚下来的画面。"

"我看不清楚，甚至根本想不起有这件事。但它刚才突然出现在我的脑子里，我觉得……那可能是我遗忘的记忆。"

事情至此，陆宴臣也不再隐瞒："上次你在医院里恢复了部分记忆，误以为梁雨彤转校是因为被侵犯。我怕你再受刺激，便顺着你的话隐瞒了她是因小产才进医院的事实。"他早已查清梁雨彤的经历，"高考前两个月，梁雨彤跟那个男生发生争执。两个人在拉扯时不小心摔下楼梯，她被送往医院抢救时发现已经怀孕。

"梁雨彤的父母以侵犯未成年人的名义把孟州送进监狱。"

孟州就是欺骗梁雨彤的小混混。

姜予眠双手捂脸，头埋进去："我居然不知道。"

上学时，她跟梁雨彤几乎每天见面，竟不知道梁雨彤早已跟孟州发生关系，还……惹出人命。

"这不是你的责任。"陆宴臣沉吟，"每个人都要为自己的行为负责，跟孟州在一起是她的选择，发生关系也是她的选择。"

尽管梁家把孟州送进监狱的罪名是侵犯未成年人，可梁雨彤是被诱哄还是自愿，这就不得而知了。

姜予眠声音中隐约带着一丝哭腔："如果我当初劝着点儿，或许不会走到这一步。"

陆宴臣安抚道："事情已经发生，不要把过错往自己的身上揽。"

过了许久，她才重新开口，嗓音有些哑："我想联系彤彤，可以吗？"

陆宴臣迟疑："你确定自己能承受？她现在不一定是你当初认识的梁雨彤。"

姜予眠恳求道："我过不去心里那一关，想见见她，或者跟她说说话也好。"

那些遭遇，光是听起来都让人难受，亲身经历的梁雨彤又要怎么走出来？她不敢想，也想不到。

从零碎的记忆中拼凑出真相后，姜予眠觉得心情一落千丈，即使拿到演讲比赛第一名也无法开心起来。

姜予眠在市内拿奖的消息很快传开，学校里议论纷纷，校领导还未做出具体行动，教育局的调查函已经发过来。

收到举报信息后，教育局很快对赵主任展开调查。

赵主任立马求到赵清父亲那里："二哥，你跟你那个在教育局的朋友说说，把这件事压下去。"

"蠢货！你让清清顶替别人，还在学校里大肆宣扬，是生怕别人抓不住你的把柄？"

"二哥，我也是为了咱们家清清。当初姜予眠是个'哑巴'，我哪里知道她突然会说话了？"赵主任借侄女打起亲情牌，"清清想当主持人，我这个做叔叔的就努力给她提供一个更好的平台，谁知道那个'哑巴'居然偷偷录音……"

赵主任一边哭诉，一边哀求。

赵老二不得不给弟弟收拾烂摊子，厚着脸皮打电话给局里的那位朋友。谁知对方一听他提到这事，语气直接变了："这件事，我无能为力。"

赵老二挂断电话，又把弟弟臭骂一顿，问："你到底招惹什么人了？那个学生究竟是什么身份，你查清楚没有？"

"报名时，作文明明署着清清的名字，不知道怎么又变成姜予眠了，肯定是有人在背后帮忙。"赵主任突然想到一个人，"会不会跟陆家有关系？"

姜予眠的资料上写着父母去世，她分明是个孤儿，没有背景。若说有谁会帮她，他只能想到在比赛那天遇见的陆宴臣。

海嘉中学只有两个参赛者，陆宴臣口中的"小朋友"就是姜予眠！

"陆家？陆宴臣？"赵老二眉头紧锁，"如果是陆宴臣，那就要去找漫兮问问情况。"

赵主任只好放下长辈的架子，去向侄女赵漫兮求助。

接到电话时，赵漫兮正在巡店："三叔，突然找我有什么事？"

赵主任问："漫兮，三叔问你件事。你认识姜予眠吗？"

赵漫兮回道："知道，怎么了？"

确定姜予眠跟陆家有关后，赵主任在电话里把演讲比赛的事原原本本地说了一遍。

"你要我去找陆家为你说情？"

"漫兮，这次你一定要帮帮三叔。"

赵主任在电话里不断恳求，赵漫兮十分为难，只能暂时应下。

这段时间她忙着工作，没太注意家里的情况，哪知这个糊涂的三叔会带着赵清做出这种事……

他们毕竟是血脉相连的亲人，赵漫兮没法放任不管。

她走进休息间里，把门反锁，犹豫半晌后拨打了陆宴臣的电话："宴臣，听说眠眠在演讲比赛中得了第一名，真是值得庆贺。"

手机里传来男人平和的声音："谢谢。"

赵漫兮蹙眉："你……替她道谢？"

陆宴臣这是把姜予眠当自己人了？

电话另一端，陆宴臣戴着耳机，手指不断敲击着键盘："你要祝贺她，却把电话打到我这里，难不成还想听她亲口道谢？"

"不是，我……"赵漫兮欲言又止，想起三叔哀求的语气，只得咬咬牙说下去，"三叔跟清清做的糊涂事我刚知道，能不能请你高抬贵手，放他们一次？"

男人哂笑："这话不该对我说。"

赵漫兮不假思索地道："我会让他们去跟姜予眠道歉，但你能不能收手？"

只要陆宴臣不帮姜予眠，他们赵家还是有挽回的机会的。

"我并没有故意针对你们赵家任何人。"他强调道。

赵漫兮心烦意乱。

陆宴臣就是如此，无论她跟他说什么、做什么，都像一拳砸在棉花上，让人感觉很无力。

陆宴臣不是爱管闲事的人，这次偏偏帮了姜予眠。

赵漫兮不死心："看在咱们认识这么多年的分儿上，你就当不知道这件事，不要再插手，行吗？"

"不行。"他敲击键盘的声音伴随这两个字戛然而止。

陆宴臣重重按下回车键。

赵漫兮的手机里传出男人不容置喙的声音："我已经答应过她，站在她那边。"

那晚他在书房里，小姑娘捧了一杯清甜的水请他帮忙："你能不能……站在我这边？"

亲口答应的事，他总不能食言。

第 八 章
再发病

当姜予眠满载荣誉而归时，演讲比赛的真相也逐渐浮出水面。校方公开表示会查清真相，还姜予眠一个公道。

一部分截取下来的录音流传出来，赵主任嚣张的语气让人十分不爽，更有学生指出里面的不公之处：

"原来三好学生奖和奖学金是赵主任说发就发的。"

"那我们还学什么？直接找赵主任要呗。"

赵主任暂时被停职察看，赵清近几日也很不好过。

"有些人真是恬不知耻，连别人写的作文都要抢。"

"幸亏姜予眠恢复了，不然真要吃哑巴亏。"

赵清脸上哪里还有往日的骄傲与光彩？她恨不得原地打洞钻进去。那些嘲讽的话源源不断地传来，侵袭她的理智，终于，赵清再也忍不住，当场拍桌站起来。全班同学被她这一举动吓得愣住。

只见赵清咬着唇，牙齿打战，眼泪瞬间流下来。至此，有些人闭嘴不再讨论，有些人压低了声音继续聊，还有些早就看不惯她的人冷嘲热讽："人家被你们叔侄联合欺压都没哭，干坏事的倒是先委屈上了。"

赵清当场冲出教室，再也没回来。

在教育局的督查下，校方不敢徇私，甚至为了证明自己公正严明，直接下令开除赵主任，并对赵清记过处分。

处置结果公布的那天，同学们欢呼雀跃，只觉得大快人心。

盛菲菲心满意足，边鼓掌边吐槽："这赵主任真是笨，搞得尽人皆知，想瞒都瞒不住。赵清这次丢脸丢大了，我看她以后还怎么傲。"

赵清到现在都不敢来学校，怕被同学们一人一口唾沫淹死。

盛菲菲继续道："眠眠看起来柔弱，没想到那么勇敢！"

陆习双手搭在栏杆上，眼里藏着许多说不清道不明的东西。

他身边的盛菲菲还在说："之前眠眠叫我不要说出去，我还担心呢。后来她说陆家会帮她，我就放心了。

"原来你们早就计划好了，瞒得真严实，下次早点儿告诉我。"

陆习收回手，架起胳膊，暗暗磨了磨牙。什么一早的计划？他根本被蒙在鼓里，毫不知情。

姜予眠只把这件事告诉大哥，是觉得他不可信，还是觉得他帮不了忙？无论哪个原因，陆习都不是很乐意接受。

盛菲菲说姜予眠身后有陆家，可陆宴臣一个人足够解决一切，若是姜予眠来找他，他才是真的需要借陆家威风的那个。

任情恣性的少年第一次对自己产生不满。

盛菲菲注意到旁边的人一直沉默，往陆习那边瞟了几眼才问："话说，今天这么重要的日子，眠眠怎么请假了？"

陆习："……"

他扭头看去，跟盛菲菲眼瞪眼。

殊不知此刻，姜予眠已经坐上去榕城的飞机。

昨晚她终于鼓起勇气打通梁雨彤的电话，两个将近一年没联系的朋友举着手机，沉默许久。

谁也没办法在电话里聊那样沉重的事情，最后姜予眠试着问梁雨彤能不能见一面。又安静了很长一段时间后，梁雨彤说了三个字："你来吧。"

姜予眠迫不及待地想见到梁雨彤，于是买了最近一班飞机的票前往榕城。

飞机落地。

来到陌生的城市，姜予眠紧紧地跟着陆宴臣，问："从这里到彤彤家要多久？"

"大概半个小时。"

二人从机场直接乘车过去，姜予眠的心情越来越沉重。

"我有点儿害怕，"姜予眠现在敢于表达自己的状态了，"不知道她现在怎么样，不知道她过得好不好。"

她在失忆的情况下花了半年时间暂时治愈创伤后的应激障碍，不知道梁雨彤恢复得如何了。

陆宴臣实话实说："那你要做好心理准备。"

毕竟，梁雨彤现在还处于休学状态，没能真正地开始新的生活。

梁家位于市区一个很宽敞的小区，姜予眠按照地址找到那扇门，犹豫许久才敲响。

开门的是一个中年男人，姜予眠一眼就认出这是梁雨彤的父亲——她曾在家长会上见过他一面。

梁父疑惑地望着门口两位容貌、气质出众的男女，问："你们是……？"

姜予眠站在前面，介绍身份："叔叔，你好，我是姜予眠，彤彤的朋友。"

一听这话，梁父"砰"的一声把门关上。

姜予眠不明所以，重新敲门。

里面传来梁父不满的声音："我家彤彤没有朋友，赶紧走！"

他们搬来榕城一年，梁雨彤没有出去交任何新朋友，那姜予眠只能是从前认识的。他们搬到这里，就是想抛开过去。

陆宴臣提醒道："给梁雨彤打电话。"

姜予眠掏出手机，再次拨打梁雨彤的号码，对方接了。

姜予眠小声询问："彤彤，我已经来了，可以见一面吗？"

"你来了？"梁雨彤也很诧异，不过一个晚上，姜予眠竟真的来到了她家门前。

过了几分钟，那扇紧闭的门终于重新打开。

走廊里，姜予眠看到一个短头发、身材瘦小、脸色暗沉的女生。

她吃惊地捂住嘴，不敢相信眼前的人是曾经那个喜欢穿淑女长裙、头发一半扎成丸子另一半披着、容颜恬静的梁雨彤。

梁雨彤也看到了她。以前沉默寡言，喜欢把自己藏在角落，总是穿着宽大的衣服把自己包裹起来的姜予眠此刻穿着颜色鲜艳的衣裙，身材姣好、容颜明媚，仿佛换了个人。

两个许久未见的好友重逢，脸上看不到一丝喜悦，有的只有凝重。

在梁雨彤的请求下，梁父即便再不乐意，还是让两个人进了家门。

姜予眠明显有话要问，梁雨彤看到她身旁气度不凡的成熟男人，只允许她一个人跟去。

姜予眠看向陆宴臣。见陆宴臣轻轻点头，她才跟着梁雨彤进了卧室。

梁雨彤的卧室里布满了生活痕迹，里面堆满了东西，仿佛一个缩小的家，而她整日待在这里。

"彤彤，你现在……"

你现在过得还好吗？这句话姜予眠问不出口。她一看就知道，梁雨彤的生活很不好。

姜予眠只得改口："对不起，我因为一些事情现在才找到你。"

梁雨彤却突然问："你身边那个男的是谁？"

"啊？"姜予眠愣了一下，道，"是……是我的一个哥哥。"

"你骗我。"梁雨彤犀利地说，"你除了舅舅家的弟弟，没别的亲人。"

"不是的。"姜予眠连忙解释，"我现在暂住在爷爷的老朋友家里，他是那个家里的哥哥。"

遭遇欺骗的梁雨彤敌视所有男人。她打量姜予眠，道："你变了。"

她跟姜予眠的生活仿佛互换了。她变成见不得光、只能躲在暗处的老鼠，姜予眠却有了人呵护。

梁雨彤从椅子上站起来，打开门对姜予眠说："你走吧。"

姜予眠脱口而出道："彤彤。"她怕提到当初的事勾起梁雨彤不好的回忆，又不想这么不明不白地离开，"我们很久没见了。"

梁雨彤冷冷地道："现在不是看到了？"

"可是……可是……"姜予眠一着急，话又说不清，"我还想跟你说说话。"

站在自己面前的梁雨彤已经不是从前那个说话温柔的女生，仿佛一个陌生人，姜予眠不知要如何卸下她的防备，又怕说错话伤害她。

梁雨彤闭眼仰头几秒，重新看向姜予眠："我知道，你不就是想问我发生过什么，现在过得怎么样吗？"

不等姜予眠回答，梁雨彤"砰"的一声关上门，自己把鲜血淋漓的过去剖开："我流过产，侥幸没死，现在这副鬼样子你也看到了。"

梁雨彤带着攻击性的言行让姜予眠感到陌生。

姜予眠下意识地后退一步。

她这个小动作被梁雨彤捕捉到了。

"怎么，害怕了？还是觉得我脏啊？"

姜予眠摇头，盯着眼前这张陌生的面孔，心很乱。来之前，她想象过梁雨彤的现状，或许会像她那样胆小地回避，或许还是原本的性子，柔弱安静，唯独没想过会是现在这样言语犀利、态度冷漠。

在压抑的气氛中，她强忍心里那股难受劲，对梁雨彤说："我们……是朋友，你不脏，我希望你好。"

"希望我好……"梁雨彤重复这几字，枯瘦的脸上五官扭曲，"要不是你，或许我现在不会变成这样。你却跑过来说，希望我好。"

好友毫无理由的指责伴随不友善的眼神深深地将姜予眠刺痛。

姜予眠不明白："为……为什么……？"

梁雨彤眼神骤变："是你跟我说的，孟州三心二意，背叛感情。"她脚步逼近姜予眠，"是你让我去跟他一刀两断的。"

姜予眠不断后退，胳膊撞到墙上，才发觉自己无路可退。她鼓起勇气跟梁雨彤对视，道："是，可他伤害了你，难道不应该吗？"

"该啊，"梁雨彤仰头大笑，"但你知不知道，要是我那天没听你的话去找他，我就不会跟他发生争执，就不会从楼梯上摔下来，更不会……"

姜予眠心烦意乱，连连摇头："不是这样的，欺骗你的人是孟州，伤害你的人也是他。"

梁雨彤加在她身上的罪名不对，她不能为自己没犯过的错道歉。

梁雨彤怨道："如果你那天没有告诉我，或许我会继续被蒙在鼓里，不会冲动之下去找他对峙，更不会发生后面的意外。"

"所以你把一切怪在我身上？"姜予眠无法理解她的逻辑，"是孟州一直在伤害你，不仅欺骗你的感情，还……还不负责任。"

梁雨彤忽然捂住耳朵，不愿听姜予眠再说下去："你就是在狡辩！哪怕我晚一天知道，哪怕争吵的地方不一样，结果是不是就不一样了？"

姜予眠捂着心口，因梁雨彤的谴责而喘不过气来。以前的彤彤不是这样的，她们从未吵过架，还约好一起上大学。当她因为校园暴力被众人排挤时，彤彤是唯一愿意走近她的人。

那个温婉善良的女孩儿，现在变得面目全非。

"所以你觉得，是我害你变成现在这样的？"姜予眠唇瓣翕动，用力地呼吸，"那时候你成绩下滑，几次因为孟州伤心难过，我作为你的朋友，难道应该眼睁睁地看着你越陷越深吗？"

梁雨彤突然提高声音道："你自以为是为我好，把对错都说了，结果却要我承担！"

她的声音像炙热的滚石，碾轧在姜予眠的心头，几乎令姜予眠窒息。

"你来找我，不就是好奇我现在什么样吗？那我告诉你，我没办法走出去上学，没办法参加高考，甚至这辈子再也不能怀孕了！"梁雨彤嘶声道，"我的人生在那一天被毁得彻底！"

她双眼充满血丝，右手在左手手背上抓出一道道血痕，嘴里还在不断说话："你现在很得意吧？你穿着漂亮的衣服，跟着有钱人生活，未来一片光明。"

而她灰头土脸的，躲在无人的角落里，苟延残喘。

姜予眠瞳孔放大，连忙冲上前阻止："彤彤，你在干什么？"

梁雨彤充耳不闻，像是没感知一样用力，继续抓挠自己。她像是魔怔了，继续道："我去找他分手，去跟他吵架，现在的结果你满意了？"

姜予眠制不住她，被她狠狠推开。

梁雨彤当着姜予眠的面撸起袖子，手臂上纵横交错的疤痕露出来，又添新伤。

姜予眠冲上去将人抱紧："对不起，是我错了，你不要伤害自己。"

她瞬间红了眼眶，一遍又一遍地道歉，再也无法跟梁雨彤争论。

"砰——"反锁的房门从外面被人踹开。梁父跟陆宴臣将两个人拉开，前者熟练地用布条把梁雨彤的双手绑起来。

陆宴臣高大的身子挡在姜予眠身前。

她望着他，嘴唇不断开合。

哭声混着抽气声，嗓子像被石头卡住，姜予眠说不出话。陆宴臣转身，伸手搂住她的后颈，将人揽入怀中。她像站在悬崖边，抓住了救命稻草，双手紧紧地抱住了男人精瘦的腰。

最后梁雨彤被送往医院，姜予眠守在病房外，身体还在发抖。

梁父告诉姜予眠，梁雨彤在遭遇那件事后得了严重的抑郁症。最初她只是极度沮丧，他们用药物对她的病情进行控制，能让她勉强维持平静。

但这一年来，梁雨彤始终无法踏出家门迎接新的生活。梁父、梁母心疼女儿，也不舍得强迫她，心想：等时间长了，记忆淡了，她或许能慢慢好起来。

抑郁症发作控制不了的时候，梁雨彤会悄悄躲起来划伤自己，因为是冬天，衣服穿得厚，梁父、梁母一直没发现。有一次梁雨彤晕倒在他们面前，被送去医院，他们这才知道她竟然在自残。

病房门轻轻打开，又轻轻合上。

梁父扭头看到坐在外面的两个年轻人，无奈地叹气："你们走吧，不要再来了。"

在家时，他跟那个姓陆的年轻人心平气和地聊了聊，知道姜予眠跟女儿曾是高中好友，来这里没有恶意。但女儿见了姜予眠就无法自控了，他绝不可能再让他们留下。

梁父走到姜予眠面前，说："彤彤的情况你也知道了。你来看她，只会令她想起往事，刺激她伤害她自己。"

姜予眠艰难地在手机里打出一行字："叔叔，我想等彤彤醒过来，行吗？"

梁父沉重地摇头，朝她摆手："既然你是彤彤曾经的朋友，为她好，就不要让她再看到你。"

姜予眠眉头颤动，拼命忍着落泪的冲动走向房门，又在距离咫尺的地方停下，转身离开。

陆宴臣一直跟在她的身后。

过了转角，姜予眠蹲在楼梯间里，终于忍不住哭了出来。

小产、终身不孕、错过高考、重度抑郁症，无论哪件都不是小事，偏偏这一切全部发生在梁雨彤一个人身上。

或许梁雨彤说得没错，要不是她多嘴，一切都会变得不一样。

陆宴臣蹲下身，递出纸巾替她擦眼泪，很快意识到她有些不对劲："眠眠，跟我说说话。"

姜予眠摇头，再也不愿开口。

陆宴臣带姜予眠返回景城，一路上，她没说过一句话，变回当初那个"小哑巴"。

下飞机后，陆宴臣直接联系了祁医生。祁医生得知经过，再看姜予眠的情况，神色凝重地说："她的病可能复发了。"

去年姜予眠在他们的保护和治疗下逐渐敞开心扉，但那段未恢复的记忆对姜予眠来说一直是个隐形炸弹。

陆宴臣思索片刻，道："难道她的病因跟梁雨彤有关？"

当初他们查到梁雨彤跟孟州的事，一个高考前入院，另一个高考前入狱，自然排除了这两个人伤害姜予眠的可能。但现在，姜予眠跟梁雨彤见面之后不愿开口，同样是心理原因。

祁医生很为难："有办法问到她们那天发生过什么吗？"

"现在恐怕不行。"陆宴臣道。

姜予眠患有轻度自闭症，梁雨彤患有重度抑郁症，谁都刺激不得。

天色已晚，陆宴臣只能将姜予眠带回家。

他亲自把人送回陆家，顾不得陆老爷子次次叮嘱的避嫌，将人送到卧室门口："先好好休息。"

起初他没打算踏进那扇门，姜予眠却跟他一样站在门口不动。

陆宴臣看向她，问："不敢一个人？"

小姑娘默默低下头。

陆宴臣垂眸："我就在隔壁，有事随时找我。"

她还是不动。

陆宴臣闭了闭眼，拉她进屋里："今天很晚了，你先睡一觉，其他事明天再想。"

在陆宴臣的注视下，姜予眠默不作声地躺上床，却一直睁眼看着他。

陆宴臣妥协："等你睡着我再走。"

男人守在床边，女孩儿乖乖地闭上眼睛。或许是因为今天耗费太多心神，她很快入睡。

平稳的呼吸声从床头传来，陆宴臣起身，动作温柔地替她掖好被角，轻手轻脚地离开。

姜予眠已经入梦。

穿着校服的女孩儿走在大街上，被一道惊叫声吸引。她好奇地看去，只见一个穿着裙子的长发女生从高高的楼梯上滚下来，身下红了一片。

她被吓得愣在原地。

女生转过头来伸手求救，竟是梁雨彤的脸。

她跑过去想救朋友，梁雨彤却忽然从地上坐起来，当着她的面划伤自己，胳膊上、腿上全是血。

街道在眼中褪色，她被吓得逃跑。

画面一转，变成下雨的早晨。

高考是人生重要的转折点之一，奔赴考场的学生们怀着紧张的心情憧憬着未来。穿着校服的女孩儿抱紧装着文具的笔袋撑伞出门，笔袋透明的那面贴着准考证。

这时，旁边伸出一只手将她拽进小胡同里，两个看不清模样的男人夺走了她的准考证。他们当着她的面将准考证撕碎，碎片像雪花一样散落在她的头顶上。

"谁叫你要乱说话？要怪就怪自己多管闲事。"

"乖乖当个哑巴不就好了？"

"全校第一名，前途无量，可惜了啊。"

她想否认，想挣扎，却被堵住嘴巴，双手被绑在柱子上动弹不得。

女孩儿绝望地流泪。

书房里，闭目养神的陆宴臣突然被隔壁传来的尖叫声惊醒。他迅速起身，只见被噩梦惊醒的姜予眠蜷缩在床头哭泣。

这一幕让陆宴臣想起去年，姜予眠被送入医院时的状态跟现在别无二致。

"做噩梦了？"陆宴臣缓缓靠近她，将搭在边缘的被子拎起来，围在她身前，柔声哄道，"别怕，你现在很安全。"

陆宴臣陪着她整夜未眠。

姜予眠精神不佳，陆宴臣替她向学校请了长假。

从榕城带回来的心理阴影太重，姜予眠一睡觉就做噩梦，一连两天情况仍不见好。

关心姜予眠的谈婶总往楼上跑，对此事好奇的陆习刨根问底，还有用人私下讨论姜予眠犯病的事。

在陆宴臣禁止议论后，外面的声音少了，但陆习还是会跑过来，道："姜予眠，我哥说你病情复发，你不会又变成'小哑巴'吧？"

他问了几句，姜予眠勉强回他一个眼神。

就在陆习尝试跟她沟通的时候，陆宴臣突然出现在门口："陆习，你在干什么？"

陆习站起来："我就跟她聊聊天。"

陆宴臣沉声道："她需要安静。"

其间不时有人来打扰，让姜予眠无法静心休养，陆宴臣主动对陆老爷子提出照看姜予眠的要求。

"你要带眠眠去青山别墅？"陆老爷子当场反驳，"不行，眠眠住在家里，我们才能时刻关注她的情况。"

陆宴臣沉声道："一堆人关注她，对她的病情并没有好处。"

提到病情，陆老爷子气不打一处来："要不是你擅自带她去见什么朋友，她怎么会变成这样？"

"那是她的记忆、她的朋友，我们无权干涉她的决定。"

谁也没料到姜予眠会在演讲比赛后遇到老同学，从而产生要见梁雨彤的念头。

"正因为你不查清楚就任由她去，才会造成现在的结果。"陆老爷子还是坚持道，"眠眠留在陆家，我会请家庭医生二十四个小时待命，给她最及时的治疗。"

一听这话，陆宴臣更坚定了要将人带走的决心："爷爷，我并不是在跟你商量。"

陆老爷子怒而拍桌："你什么意思？"

"她在这里，你们照顾不好。"

一个只会花钱命令旁人做事的人，要怎么照顾好心里生病的人？

"我待她跟亲孙女一般，哪里委屈了她？"陆老爷子面色铁青，自认从未亏待姜予眠，无论是物质还是精神，现在却被孙子如此指责。

陆宴臣神色冷静地说："既然您那么心疼她，不如让她自己选，看她愿意待在哪个地方。"

陆老爷子像是不信自己会输，应了他的话。

两个人同时来到姜予眠房中，陆老爷子走在前面。

见女孩儿抱膝坐在床上，耷拉着脑袋，一副没精神的样子，陆老爷子整张脸都跟着皱起来，心里疼惜不已："眠眠，你这两天身体不好，赶紧躺下好好休息。"

他连说几句，却发现姜予眠没反应。

陆宴臣越过他，上前扯过被子，盖住姜予眠露在外面的脚："她在发呆，没听见。"

这两天，姜予眠经常被噩梦惊醒，清醒的时候就容易发呆，像现在这样。

陆宴臣倒了杯水，端到她面前："是不是又忘记喝水？我看你嘴唇都干了。"

姜予眠的思绪被拉回来，她抬手触摸唇瓣，缓缓伸手接过那杯水，捧在手里慢慢喝完。

陆宴臣扭头看向站在一旁的老人，事情已有定论。

一周后，青山别墅。

保姆正向刚到家的男人汇报今日别墅里发生的事："眠眠小姐没动早餐，中午吃了一碗饭，晚饭正在准备。她今天一直在做题，没说过话。"

这样的内容保姆每天都在重复。

陆宴臣"嗯"了一声，提步上楼。

陆宴臣抬手，敲响一扇欧式的米白色房门。过了半分钟，陆宴臣没得到回应，直接推开门。

现在是特殊时期，姜予眠的状态与常人不同，他敲一整天都不一定能等到她开门。

门开了，一室敞亮。

米黄色主调的卧室宽敞温馨，少女穿着白裙子趴在地毯上，胳膊肘子撑地，右手拿笔在 A4 纸上写下一道又一道数学题。她沉浸在自己的世界中。

虽向学校请了长假，但她没落下学习。一班的同学每天做多少张试卷，她也要做多少张试卷。陆宴臣还专门收集了几套世界级的数学难题打印出来给她，这就成了她每天最大的乐趣。

陆宴臣没出声，静静地等她解答完最后一道题。

公式写到一半，奋笔疾书的姜予眠突然顿了顿，手指松了，连笔落在地上都浑然不觉。她盯着题目思考良久，一动不动，直到男人蹲下，捡起那支笔在纸上写出公式。

姜予眠眼睛一亮，豁然开朗。

这时，她才将注意力分给陆宴臣。

姜予眠目光所及之处是干净整洁的衬衣，袖口被随意地挽起，领口微敞开，沉稳中散发出慵懒的气质。男人有一双深沉的黑眸，看向他的人都会不自觉被吸引。

她看呆了，眼睛一眨不眨地望着对方，忘记了时间的流逝。

紫色外壳的签字笔在陆宴臣的指间转动，陆宴臣手持一端向前敲，力道不轻不重，刚好点在姜予眠的眉心上。他眉眼舒展开，问："小朋友，发什么呆？"

冰凉的触感让姜予眠一怔。她睁大眼睛，抢回自己的笔。她想要起身，却因保持同样的姿势太久，手肘麻了，直接趴回地上。

姜予眠似乎听见一声笑，很轻，抬头看陆宴臣，却并未从他的脸上发现丝毫异样。

陆宴臣递出一只手，小姑娘没理。她有自己的脾气，重新用手臂支撑着坐起身。

她盘腿坐在地毯上，高高地仰起脑袋。长发垂落，她细白的脖子下，锁骨窝旁的粉色"蝴蝶"若隐若现。

陆宴臣自然不跟小孩儿计较，坦然地收回手，问："今天有没有好好吃饭？"

姜予眠花了三秒钟思考这个严肃的问题，然后点头。今天中午吃了一碗米饭，她记得很清楚。

可陆宴臣一下就猜到她的想法，双手抱臂，笔挺地站在那儿，盯着她问："一碗也算？"

被戳穿的姜予眠心虚地低头，背在身后的小手不断紧握，似乎在思考如何逃过这场盘问。幸好保姆阿姨及时敲门，解救了她。

现在是姜予眠的晚餐时间，她没什么食欲。不过陆宴臣在，她必须吃一点儿。

晚餐依然是偏清淡口味的，都是易消化的食物。在陆宴臣的注视下，姜予眠扒拉着米饭一口一口送进嘴里。

"咚咚——"

桌面忽然被敲响，对面传来陆宴臣不容置喙的叮嘱："吃菜。"

姜予眠心不甘情不愿地夹了一口菜放进碗里，想偷偷瞄一眼对方，抬眸就跟那道沉着的目光对上。

她被抓个正着，不得已把青菜塞进嘴巴里。

陆宴臣收回视线，余光依然能看见对面的女孩儿伸出筷子夹菜的动作。

姜予眠这次病情复发跟去年还是有所不同的，虽然容易发呆，胆子却不像去年那样小，也不惧怕跟人交流，只是不说话。

姜予眠一碗饭即将见底时，陆宴臣盛了一碗汤，摆到她面前。她一看就懂，这是自己"需要完成的任务"。她把碗挪到面前，用勺子舀起汤送进嘴里，剩下半碗时直接抱起来喝，结果不小心被呛到。

"喀喀喀——"姜予眠咳嗽起来。一张柔软的纸巾递到面前，她拿过来胡乱往嘴角抹。

"不是那里。"陆宴臣指指下巴，姜予眠的下巴上似乎有残留的汤。

见对面坐姿优雅的男人轻点下巴，姜予眠微怔，突然变得淑女起来，拈着纸巾的一角轻擦脸颊、点点下巴，没有大面积地往上抹。然后……她完美地避开了被弄脏的地方。

陆宴臣失笑，重新抽出干净的纸巾轻折两下，伸手替她擦拭，动作温柔极了。

姜予眠静静地看着他，杏眼眨了两下，又缓缓低下头，用下巴压住他的手指。她再用力一点儿，他那弯曲的手指将碰到她的唇瓣，感受她自鼻间呼出的气息。两个人的姿势从侧面看，像是陆宴臣用手指轻挑姜予眠的下巴，十分亲近。

陆宴臣动作一顿，抬眸望去。

女孩儿休养了一年，体质大有改善，曾经枯瘦的身体慢慢长起来，皮肤白里透红，有了血色。她的睫毛浓密纤长，自然向上翘。

姜予眠眼睛一眨不眨地盯着他。这么近的距离，她也没有因害羞而回避，倒像是在发呆。

"咚——"路过的用人被无意间撞见的一幕吓了一跳，手里的工具掉在地上。她道："对……对不起，打扰了。"

陆宴臣收回手，侧过头："一惊一乍，像什么样子？"

用人赶紧将东西捡起来，脚底抹油溜走。

陆宴臣回头一看，小姑娘还保持着刚才的样子，果然是在发呆。

"擦干净了。"他慢条斯理地退开，把用过的纸巾扔进垃圾桶里。

此时，姜予眠却忽然起身跑走。陆宴臣眉头微皱，追着她的步伐一路来到卧室。只见她脱了鞋子爬到床上，掀起被子往头上一盖，将整个人藏在里面。

"姜予眠？"他在靠近的时候尝试呼喊她。

躲在被子里的小姑娘动了一下，却不愿出来。

去年他刚把姜予眠送进医院里那会儿，她也喜欢把自己藏起来。警察和医生向她询问，她找不到地方藏就钻进被子里，拒绝跟人交流。

"眠眠？"陆宴臣已经走到床边。

被子里的人又动了一下。

他终于发现规律——他每喊一声，被子里的人都会给反应，就是不肯出来。

她这种反应跟去年有区别，陆宴臣思忖几秒，唇间溢出一声轻笑。

或许他知道是怎么回事了。

"既然你不出来，我只好坐在这里陪你。"他说完当真在床边坐下，盯着床中央耸立的那一团，"这被子挺厚的，冻不着你。"

这下，被子里的人连回应都不肯给了。

房间里突然安静下来，陆宴臣一动不动地坐在床边，抄起手，背挺直，颇有耐心地等待。

被子里的人受不住，偷偷掀开一丝缝隙。外面的光线透进来，姜予眠从缝隙中看到那抹白色的身影，又一下子把自己盖住。

不久后，她听见手机振动的声音。

陆宴臣接了一通电话："喂。"

他回应得简单，姜予眠不知道对话的内容，只是趁他打电话的时候，掀开被子透气。头顶的灯光照在陆宴臣的身上，他手腕上的金属表盘折射着光。

姜予眠被闪亮的东西吸引，伸手去戳他的表，把这当玩具。

陆宴臣余光一扫，将手递出去，任她把玩。

他一直很认真地跟电话那头的人讨论着工作上的事，似乎遗忘了那只手。

姜予眠变本加厉，手指从表盘上游走到他的掌心里，仔细辨别他手掌上的纹路。因为好奇，她用手指沿着他手掌上的纹路轻轻画，那力道仿佛羽毛挠过掌心，令男人手指微颤。

他的这一反应让姜予眠兴奋起来，无意的动作变得有意，在他手上作乱。

突然，陆宴臣五指一握，猝不及防地将她的手包裹。

姜予眠下意识地抽离，却发现对方也在用力，根本挣不开。

陆宴臣目不转睛，从容不迫地对那个人说道："抱歉，麻烦你重复一下刚才的话，我没听清。"

姜予眠几次抗争都以失败告终。直到陆宴臣快挂电话的时候故意减轻了力道，她才成功逃走。

见他收起手机，小姑娘赶紧回到被窝里，但是很快，床边的重量突然减轻。

陆宴臣起身，对被子里的人说道："我要出去一趟，你别捂着，听见没？"他伸手在被子上拍了两下，最终没有强行掀开，"我走之后，自己下楼把汤喝完。"

姜予眠伸手拍拍床铺，表示自己听到了。

陆宴臣走后，她才彻底地掀开被子，对着空气大口呼吸。其实刚才在楼下被撞见，她害羞了。她之所以逃跑，是因为怕自己暴露，被陆宴臣发现她在故作镇定。

她哪知他会追上来？她便用从前的招数，拿被子掩饰。

听陆宴臣说要走的时候她松了口气，若不然，定会被他发现她此刻脸颊通红，一看就很不正经。

她住在青山别墅比住在陆家放松很多。除了陆宴臣，这里没人管她。

陆宴臣很忙，每天都要出门，还会遇到刚才那样的情况，不分时间处理工作。

想到这个，姜予眠重新趴回床上，手臂交叠，下巴垫在手背上，思绪乱七八糟的。

陆家爷孙三个人，陆老爷子已经很少管事，只有公司做重大决策的时候会参与。陆习整日只顾吃喝玩乐，吃过的最大的苦就是学习。这样想来，好像整个陆家的重担都压在陆宴臣一个人身上……他好辛苦。

或许，她不该这样病着，会耗费陆宴臣的精力……

姜予眠爬下床，把散布在房间里的书本都收拾了一遍，将上学用的东西全部整理出来放进书包里。她打算从明天开始，回学校上课。

弄好这些，她又想起陆宴臣临走前的叮嘱，下楼去看，餐桌已经被收拾干净。

时间过了太久，用人默认他们吃完了，已经把剩余的食物全部收走。

唉，她决定从明天开始好好吃饭。

第二天，姜予眠主动提出上学的要求，陆宴臣立即为她安排司机，还是老赵。

老赵对这项时不时冒出来的外派任务已经非常熟练："眠眠小姐，好久不见。"

姜予眠颔首，算是回应了他。

她返校的第一天，陆宴臣亲自送她上车，甚至问了一句是否需要陪她到学校。

姜予眠悄悄拉着书包的拉链，尽管很想，但还是拒绝了。

陆宴臣已经很辛苦了，她何必让他来回跑一趟？毕竟去教室学习，只有她自己能完成。

这次姜予眠的恢复速度很快，陆宴臣乐见其成。当他把情况反映给祁医生后，祁医生显然也放松下来："看来这次不是完全复发。"

"为什么会这样？"

"她不是去年突然生病的，高考那天早晨发生的意外只是其中一个关键点，也可以说是爆发点。

"那时候的姜予眠长期生活在压抑的环境下，所有的情绪累积到自身无法承受的时候，顷刻间爆发，一下子病得很重。

"接连失去家人，又在学校里被人欺负，亲戚养她却不管她，说句简单的，她就是缺乏关爱。"

祁医生见过不少病人，清楚生活环境带给一个人的影响是巨大的。

"经过这一年，无论是生活条件的改善，还是周围人的关心，都在治愈她。她失语，或多或少跟那个朋友有点儿关系。对了，高考当天那件事现在有新的进展吗？"

当初姜予眠被刺激得恢复记忆后，状态很不好，陆老爷子明令禁止他们采用这个方式去治疗。考虑到高三这年是姜予眠学习的关键时期，他们决定暂时放弃这个办法，那件事暂时搁置。但陆宴臣安排的人一直在，如今可以加大从孟州身上查线索的力度。

祁医生这话问出不久，陆宴臣便接到私人侦探 Mark 的来电："陆总，孟州那边有新消息。"

前几日,突然有个叫文娟的女人去探监,说要找孟州。警方告知文娟,孟州早在半年前便撞到脑袋成了植物人。文娟听完,神色慌张地走了。

Mark 追踪下去,找到一个叫王强的男人。

"这个王强之前是和孟州一起混的。他因为经常做偷鸡摸狗的事不敢去监狱,就托文娟去探监。他是前不久突然回来的,在得知孟州变成植物人后又打算离开,去别的城市谋生。"

陆宴臣:"给我一份他的资料。"

很快,Mark 将关于王强的资料发送过来。陆宴臣打开文件查看,首先看到那张照片。

照片里的人獐头鼠目,令人生厌。

关于王强的资料寥寥无几,他的生活既复杂又简单。这个人从小不学好,十几岁就开始混日子,三十多岁了也没个正经的工作,前几年跟着一个叫孟海的人到处跑。孟海正是孟州的大哥。

陆宴臣目光沉静:"当初怎么没查到孟州有个哥哥?"

Mark 解释道:"他们没在一个户口簿上。孟海没别的亲人,居无定所,不好查。那个孟州靠一张脸去骗女人的钱,都是私下跟孟海联系的,外面没人知道他们认识。"

至于王强,完全是因为他跟孟海形影不离,所以 Mark 才查到了两个人的关系。

"想办法把人拦下,带过来。"

"好的陆总。"Mark 答应得很快,"不过这费用……"

屏幕上映出男人冰冷的面孔:"事情办好再跟我讨论酬劳。"

Mark 暗道这人城府果然很深,一点儿都不上套。

"您放心,我 Mark 答应的事,一定给您办妥当。"

王强是在第二天被带到景城的。Mark 没下什么功夫,一点儿钱就足以让这种人上钩。

王强刚下飞机,账户里就多出六位数的巨款。他美滋滋地上了辆车,问:"到底谁要见我?"

Mark 声音沙哑:"我们老板。"

王强追问:"你们老板是谁?"

Mark 笑:"到了你就知道了。"

王强自出生到现在也没见过什么有本事的人,这些年游手好闲干些偷鸡摸狗的事，不知道谁要见自己。

刚开始他是拒绝的，但对方实在是给得太多了……

对方随随便便给出的一笔钱就是他这辈子都没见过的巨款。哪怕是龙潭虎穴，他也要闯一闯。

他被带到一个僻静的地方，这里地势平坦、环境幽静、布局雅致，跟他们道上那些乌七八糟的地方不同，王强心里逐渐放下戒备。

他被带进去，隔着一扇玻璃门听到里面传来的声音："你就是王强？"

王强被吓了一跳，定睛朝前看。但是隔着玻璃门，他什么也看不清。

王强凑过去，把脸贴在玻璃上。这是单向玻璃，外面的人看不见里面，里面的陆宴臣却将他看得一清二楚。

能让陆宴臣看第一眼就皱眉的，王强当属第一人。

王强看不见里面，以为是什么高科技。他打量四周，看大厅宽敞又干净，周围的摆件样样精致，恨不得顺手偷一件带走。

人在见到美丽的东西时，戒备心也会随之降低，王强便是如此。他甚至主动高声道："大老板，听说你要见我！"

陆宴臣坐在屋内，声音传出去："是有些事想跟你谈谈。"

王强一听，立即挺直腰杆。

住这种房子的大老板要跟他谈事？这以后说出去，他脸上都有光。

他努力端起架子："你要跟我谈什么？"

陆宴臣将手搭在椅子扶手上，开门见山地问："你跟孟州是什么关系？"

王强脸色一变："这是我的事，凭什么告诉你？"

很快，有人拎着一个小箱子从旁边出来，当着他的面打开。

王强看清里面那一沓现金后，眼睛都直了，飞速地答道："我跟孟州是兄弟，我以前是跟他大哥一起混的。"

"你让文娟替你探监，想做什么？"男人试探道，"总不能是叙旧吧？"

"这……"王强盯着箱子里的东西咽了口唾沫，"他大哥孟海死了，临死前让我给孟州带个话，哪里晓得那小子成了活死人。"

陆宴臣又问："认识梁雨彤吗？"

王强眼皮一颤："梁……梁雨彤是谁？"

随着男人溢出一声轻笑，提箱子的人立即把箱子合上。

王强见状，差点儿扑上去："认识！"

王强被金钱冲昏头脑，干脆承认："她是孟州的女朋友中的一个。"

王强说话有些绕，但意思很清楚——孟州花心，交往了多个女朋友。

"之后发生了什么？"

随着陆宴臣的问题，又一沓现金摆在王强面前。

于是王强把孟州盯上梁雨彤，以及引梁雨彤上钩的过程全部交代，包括后面发生的惨剧："有一天，梁雨彤突然冲到孟州面前大吵大闹。那时候他们站在楼梯间里，梁雨彤不小心跌了下去。"

陆宴臣屈指轻叩椅背："这么仔细，你看见的？"

王强回："当时我跟孟海就在旁边。"

只不过，他在外面见到孟州都当孟州是陌生人，别人不知道他们互相认识。

王强每说一句，就有一沓现金到手，到后面，被金钱撬开的话匣子再也关不住了："孟州被送进监狱后，孟海很生气，想找梁雨彤算账。但是梁雨彤住院后身边一直有人，我们下不了手。我们本想等风头过了再找她，哪知那家人直接搬走了。"

"所以你们去找了梁雨彤的朋友？"

"你怎么知道？"王强下意识地追问，才反应过来自己说漏嘴，不得不承认，"孟海说，要不是那个叫什么眠的多嘴，梁雨彤不会去找孟州，不会闹到最后收不了场。"

当时他们在后边看戏，听梁雨彤控诉孟州出轨的时候提到了什么眠眠，才知道有人去梁雨彤面前"告了状"。

"孟海说要给那个女的一个教训。"

于是他们在高考那天对梁雨彤的朋友动了手。

"所以你们撕掉她的准考证，让她不能参加高考。"

当时警方在找到姜予眠的地方搜到了被撕碎的准考证，估计就是这俩人动的手。

王强连忙推脱："是孟海的意思，他查到那个女的是年级第一名，说这样就能毁掉她。"

男人逐渐握紧双手，声音仍在克制："除此之外，你们还做了什么？"

"没，"王强摇头，"没有，就是吓吓她。"

话说到这儿，箱子里的一沓现金被发完了。王强翻了翻，里面全是真钱，内心的狂喜盖过危机意识："你问的，我都说了。我能走了吧？"

"恐怕还没完吧？"陆宴臣拿了一部手机，在已经破除密码的相册里找到一个视频，"你手机里的视频，倒是挺高清的。"

他直接点开，视频里是梁雨彤跟孟州争吵，在拉扯间摔下楼的画面。

王强在听到声音的时候去摸自己的手机，却发现手机早已不翼而飞。

当时看到梁雨彤来找麻烦，他本想录下来威胁梁雨彤给钱，没料到会闹成那样。

第一个视频结束后，陆宴臣将手指滑到另一边："还有一个加密视频，是我放给你听，还是你自己交代？"

第二个视频并非正面拍摄，而是偷拍的角度。

视频里能看见穿着校服的女生，还有一个男人的侧脸，这个视频里的声音混着第一个视频里的声音。

这就意味着，当时在现场，有人举着手机反复播放第一个视频。

"我把这些东西交到警察手里，文娟下次要探监的对象，恐怕就是你。"

王强被吓得当场跪下："你你你……你到底是谁？把手机还给我。"

"还？"

"事到如今，你还以为我是在跟你谈交易？"

玻璃门缓缓打开，男人终于出现。

王强还没来得及抬头去看，脑袋就被人按在地上。

"砰"的一声，额头磕地，王强立刻挣扎，却被人控制住手脚。

"你们撕毁她的准考证，逼她看梁雨彤摔下楼的视频，恐吓甚至妄图侵犯她。只是因为孟州刚被送进监狱，你们不敢对未成年人下手，才没有付诸实践。"

王强惊恐地大叫，因为被这个男人说中了。

撕毁准考证后，孟海把梁雨彤摔下楼的视频当着姜予眠的面反复播放，强迫她看着自己的朋友一次又一次摔得鲜血淋漓。

姜予眠被吓得大哭，他们就把她的嘴堵起来，叫她不能发出尖叫。

他们差点儿对姜予眠下手，但想到孟州进局子的原因，怕留下罪证，才放弃那个念头。眼见姜予眠的精神濒临崩溃，他们一时放松警惕，不小心让姜予眠逃了出去。

怕事情败露，他跟孟海连夜跑路，再也没回来。

直到孟海去世，临终前托他给弟弟孟州带句话，他才一个人偷偷回来，绕了几个弯请文娟帮忙，哪知一直有人守株待兔。

"我错了，我错了，大老板饶命。"王强口齿不清地道。

"既然孟海死了，那这份罪，就由你替你的好兄弟一起受了吧。"男人轻飘飘的一句话，听不出任何情绪波动，但落在王强耳中，无异于魔鬼的诅咒。

他被按在地上，任人宰割。

嘴被塞住，他疼得双眼充血却发不出声音，眼泪肆意流淌。

居高临下的男人拿起昂贵的手帕轻拭刚才碰过手机的手，眼前这骇人的一幕激不起其眼底的一丝波澜。

直到，属于他的那部手机收到一条新消息。

咩咩："我今天有好好吃饭。"

附图是丰盛的午餐照片。

男人嘴角微扬。

L："很乖。"

"眠眠，听说你生病了，现在身体好点儿了吗？"

"你请假半个月，我们还以为出了什么大事，都打算一起去医院看你了。"

回到学校后，姜予眠一进教室就受到全班同学的关注。

趁没上课，姜乐乐跑到姜予眠的座位旁，一边问候一边吐苦水："你不在的这半个月，我们又做了好多卷子。"

姜予眠看她一眼，默不作声地从书包里抽出一沓试卷，全是请假这两周做的。一班同学每天的题海训练，也是她必须完成的任务。

姜乐乐歪过头，眼睛瞪大："不是吧，你生病都在学习？"

姜乐乐掂了掂那一堆卷子，惊觉姜予眠做的题绝对不比他们少。

姜乐乐拱手："佩服佩服，膜拜大佬。"

不久后，上课铃声响起，姜乐乐一溜烟跑回座位。

姜予眠把试卷折叠放在旁边。

后桌的蒋博知拿笔戳了戳她的胳膊："昨天那张数学卷子的最后那道大题你做了吗？"

姜予眠回想一秒，点点头，从梳理好的试卷中抽出那张递给他。

蒋博知："我不是要抄答案，是想跟你讨论一下这个方案。"

姜予眠愣了一下，拿出草稿纸写道："抱歉，最近可能不是很方便，我可以把详细的步骤写给你。"

见她在纸上写字，蒋博知突然反应过来，诧异地望着她："你又失语了？"

姜予眠深吸一口气，点头。

蒋博知眉心微动，正要说什么，老师来了。

因为在演讲比赛中获得第一名，姜予眠备受关注。所以，她在长假后再次失语的事也很快传开。不时有人从她的座位旁路过，也有人特意跑来问她，而她本人不受干扰，专注于学习。

六班，消息灵通的李航川从后门溜进教室里。他跟孙斌坐在倒数第二排，陆习坐在最后一排。

李航川往后一靠："习哥、习哥，眠妹怎么又变哑巴了？"

自打发现陆习跟姜予眠关系匪浅后，李航川厚着脸皮喊姜予眠"妹妹"，差点儿被揍，加上一个"眠"字，勉强过关。

陆习白了他一眼："关你啥事？"

李航川"啧"了一声："我这不是好奇吗？而且你跟眠妹不是亲戚吗？"

孙斌笑："你什么记性？习哥早就说过，姜予眠是借住的。"

前几个月，姜予眠跟陆习同坐一辆车上学，他们作为陆习的好兄弟，当然发现了这一点，追问之下得知了姜予眠跟陆家的关系。

"哦，对。"李航川一拍脑袋，"习哥最近心情不好，难道跟眠妹有关？"

聊到这种话题，孙斌就激动了："据我多年的追剧经验，他们没血缘关系，年龄又差不多，多半有点儿东西。"

两个人嗓门不小，坐在后排的陆习听得一清二楚，拿起卷子就往两个人的身上打："你们当我死了？"

那卷子落在身上没半点儿攻击力，李航川丝毫不怕，侧身坐着，胳膊搭在陆习的桌上，问道："习哥，她为什么又不能说话了？"

孙斌附和："为什么？"

这次陆习卷起了书本："你们烦不烦？生病有什么好问的？"

李航川往后一缩，摆手道："行行行，不问了。"

最近陆习心情一直不大畅快，连话都变少，沉着脸坐了两节课。

大课间休息时间，学生全部到操场集合做体操，教室里空无一人。

烂熟于心的音乐响起，操场上的同学千姿百态，敷衍地动动手、动动脚。等到广播结束，学生们以班级为单位陆续返回教室。

李航川走着路，问："明天游戏更新，要上线的特效你买不买？"

孙斌："不买，没意思。"

李航川："我觉得还行，看着挺酷，问问习哥。"

陆习长得高，每次都站在最后一排，跟他们隔了两三个人。

李航川回头寻找，没在队伍里看到陆习的身影，摸摸脑袋问："习哥人呢？"

孙斌摊手："不知道啊。"

等他们跟着大部队返回教室，不久后，陆习踩着上课铃声从后面走进来。李航川随口问："嘿，你跑到哪儿去了？刚才没见到你人。"

陆习拉开凳子，言简意赅地回了两个字："尿急。"

李航川没有丝毫怀疑，继续跟他说游戏的事。

课间操结束后，姜予眠被姜乐乐拉着去了趟小卖铺。

姜乐乐一只手抓着零食，另一只手抓着饮料瓶，说道："小卖铺新进的面包不错，草莓味的，你试试。"

在姜乐乐的强烈推荐下，姜予眠买了一块草莓面包。

二人到门口结账，姜乐乐见她只拿面包，问："你不买水啊？"

姜予眠打字给她看："有"。

早晨出门的时候，阿姨就已经替她准备好温水，她知道，一定是那个人特意交代过的。

姜乐乐"哦"了两声。

付完钱，两个人并肩走回教室。

姜予眠轻车熟路地走向座位，却发现课桌上摆着一瓶牛奶和一盒饼干。她环顾四周，没发现任何异样。

姜予眠写好字，拿给蒋博知看："我桌子上的牛奶和饼干是谁放的啊？"

"啊？"蒋博知也蒙了，"不是你的吗？我刚才回教室时就看到了。"

姜予眠摇头，以为是谁放错了，连忙在本子上写字，让蒋博知帮忙问问。

蒋博知举着牛奶和饼干站起来，问："这是谁把牛奶和饼干放错位置了？自己来认领。"

全班人几乎都在教室里，但是没人来取东西。

姜乐乐调侃："我看不是放错，是哪个好心人特意给眠眠买的吧？"

又有人说："哟，不会是哪个暗恋者吧？"

这种事虽然不常见，但也不是没有，暗地里送温暖，那人多半是喜欢姜予眠。

"谁送的？出来挨夸！"

事态往不可控的方向发展，姜予眠很无奈。她明明只是想问问是谁的东西。

找不到人，姜予眠也无法接受来历不明的食物。在教室里直接扔掉东西不太礼貌，她只能暂时把东西搁在旁边，看看是否会有人来认领。

但是中午，暗恋者给姜予眠送温暖的事就传开了。

李航川坐在教室里捧腹大笑："哈哈，听说有人悄悄给眠妹送牛奶和小饼干，这年头居然还有人搞暗恋。"

他是那种主动型的，就好比去年在商场里见到姜予眠，直接冲上去要联系方式。

孙斌也记得这件事，故意踢他的脚："你好意思笑别人，你自己不也栽过？"

"陈年旧事能别提了吗？我也很惨的好吧？"

想当初，他的爱情还没开始就夭折了。

孙斌："别啊，你现在追还来得及。"

李航川摆手："不了不了，眠妹虽然很可爱，但不说话呀。你想想，你跟她讲一堆情话，她回你还得慢悠悠地写字，气氛都没了。"

说完他又被踢了一脚，跟刚才的力道不一样。

李航川回头瞪孙斌："有毛病啊？"

孙斌蒙了："我干啥了？"

后桌的陆习收回腿，懒洋洋地抄起手："不小心踢了你一脚。"

之后连续几天，姜予眠都会收到牛奶和饼干，有时候是早自习后，有时候是课间操后，也有时候是在下午。有人暗恋姜予眠的事传开了。

姜予眠无从解释，解释了别人也不信。每天都有东西被送来，她想制止这种行为都找不到人。

晚自习下课后，她把未拆封的牛奶和饼干从抽屉里拿出来，装进书包里打算带走处理。

她还是习惯等人散去后慢悠悠地离开，今天又是最后一个出教室，本以为外面已经没人了，哪知刚踏出教室就差点儿跟陆习撞上。

少年倚在墙边，任夜风灌进他宽松的薄外套里，在灯下，蓬松的短发透出光芒。

姜予眠恍惚了几秒，**静静看着他**。

陆习单手挎着书包，吊儿郎当地站在走廊里，问："你什么时候回家？"

姜予眠毫不犹豫地打字回道："现在啊。"

就知道她没懂，陆习"啧"了一声："我是说陆家。"

姜予眠抬眸。

被她这么盯着，陆习有些不自在，将书包换到只手拎着："那什么，爷爷整天在我耳边念叨你，我烦都烦死了。你要是休养好了，就搬回来呗。"

姜予眠打字："我可能还需要静养一段时间。"

她不愿离开青山别墅。

"家里挺安静的啊，又没人打扰你。"陆习眼神飘忽，"青山别墅那么远，你每天来回不累啊？"

姜予眠打字："我坐车，可以在车上补觉，没关系。"

陆习被噎住了。她还是高智商学霸呢，一点儿事都不会想。

"随便你。你爱回不回，反正我是无所谓了。"他甩甩胳膊，别扭地道，"不过我哥挺忙的，你别总是耽搁他时间。"

姜予眠张嘴，无声地"哦"了一下。

陆习提到的"陆爷爷会想她"以及"青山别墅距离学校太远"这两个理由没让她动摇，但最后这句"耽搁他时间"，让她沉默下来。

她已经尽量不给陆宴臣添麻烦了，但似乎，她的存在对陆宴臣来说就是个耽搁时间、浪费精力的麻烦。

姜予眠闷闷不乐地回到青山别墅，在心里打好腹稿，又编辑到备忘录里。

简单几句话，她删删减减，斟酌用词，最后发现所有的理由都是完美编织的谎言。她根本不想走，却不得不走。

这几天，陆宴臣总是早出晚归。

她知道他有多忙。她住在这里，陆宴臣总要分出精力关注她的事，大到病情恢复情况，小到每天早晨的那杯温水。

陆宴臣为她做了许多，而她无法给予他回报。这种双方付出完全不对等的状况让她感到无力，却没办法在近期做出改变。

离开青山别墅，减轻他的压力，这是她目前最好的选择。

姜予眠拿手机抵在额前默默地放空了一会儿，把备忘录里无可挑剔的字句删掉重写，去繁就简。

她准备今晚就说回陆家的事，陆宴臣却迟迟未归。姜予眠拿出一张没做完的试卷继续苦战，一边做题一边等人。

晚上十一点，楼下亮起灯。

姜予眠连忙放下笔出去，不一会儿就见西装革履的男人乘电梯上来，转身走向另一边。那边是陆宴臣的卧室和书房。

姜予眠握着手机悄悄叹了一口气，趁自己还有勇气说离开的事，赶紧追了上去。

身后由远及近的脚步声引起陆宴臣的注意，他转身便见姜予眠小跑着过来。他停下脚步等待："别跑，没人催你。"

姜予眠听话地刹住脚，变成小步慢行。

她也不想跑，可以自身走路的速度，哪里追得上陆宴臣？

走廊里的灯光拉长二人的身影，陆宴臣站在走廊中央，将西装外套搭在臂弯处，衬衣领口系的深蓝色领带依旧整洁干净，像他本人一样一丝不苟。

不过此刻，陆宴臣并不严肃。他站在柔和的灯光下，脸庞上挂着浅浅的笑，像静谧的月夜里拂过的风。

那阵风穿过树梢落入她的眉眼间，涤荡在心间。

姜予眠双手紧扣，瞬间变得无措。

两个人面对面，她的表情、动作尽数落进陆宴臣的眼底。

经过长时间的相处，他比从前更容易读懂女孩儿的小表情。

"怎么，有话要跟我说？"

他最近回家较晚，上完晚自习回来的姜予眠同样睡得晚，两个人的作息在某种程度上达到一致。所以每晚休息前，小姑娘都会特别有礼貌地跑过来跟他道晚安。

不过眼前这状态，她显然不是来说晚安的。

姜予眠的思绪被他的声音勾住，她勉强回神，打字："是，有一件事。"

"嗯？"陆宴臣从容不迫地把外套换到另一只手上，指尖在柔软的面料上滑过，"说来听听。"

周遭过于安静，姜予眠努力思考怎么开口才不突兀，前方的人却忽然挪动脚步，跟她拉近距离。

浓郁的酒香扑鼻，姜予眠忘了自己的目的："你……喝酒了？"

陆宴臣轻捻指尖，眼眸中显露出一丝迷离。他轻描淡写地道："应酬而已。"

"我去给你煮解酒汤。"她打字。

"不用，已经吃过解酒药了。"

姜予眠无声地"哦"了下，失落地垂下眼。

看吧，她对陆宴臣果然没有半分用处。

她缓缓举起手机，上面有早已编辑好的说辞："最近感觉身体好了很多，晚上也不做噩梦了。"

她似乎在求表扬？

男人眉梢一挑，扬起手臂，骨节漂亮的手指落在女孩儿乌黑的发间，轻揉了两下："恢复得不错，再接再厉。"

随着手指弯曲的动作，他手背上的青筋浮现。男人的手掌宽而厚，仿佛只要张开，就能将一切掌控。

头顶传来的温柔触感让姜予眠发愣。

他这哄小孩儿般的语气以及每一次轻抚的手感都让她的心跟着颤抖，给她一种痒痒的感觉。以至于，她犹豫很久才点开第二条消息给他看："青山别墅离学校有点儿远，我想回陆家住，可以吗？"

落在头顶的温度太诱人，她怕自己再不说，就说不出口了。

她若再自私一些，一定要赖在这里，绝口不提离开的事。

看着手机上的文字，男人眼里的那点儿笑意顷刻间消失。

她这是把回陆家住的理由全部列出来了。

陆宴臣静静地注视着手机上的文字，目光掠过她脸上认真的表情，嘴角的弧度微敛，沉默片刻，道："随你。"

这轻飘飘的两个字让姜予眠脊背一僵。

陆宴臣的反应跟她想的似乎不太一样。

她不是指他不应该同意，而是陆宴臣最后落在她身上的那个眼神，让人心慌。

她总觉得，她好像说错了什么。

说出去的话就像泼出去的水，她提出了，而陆宴臣同意了，这个话题只能到此为止。

姜予眠看了他几眼，心跳变得不正常，只能埋头打字："那……等明后天模拟考试结束后，我再回去。"

距离高考还剩不到两个月的时间，学习氛围越发紧张，她一旦回到陆家，想见他一面就难了。本次模拟测试是全市排名，她拿考试当借口，多留两天也好。

看清眼前的内容，陆宴臣面不改色地道："可以。"

他不是第一次接到姜予眠的"通知"了。既然她连时间都已经安排清楚，他也没什么可说的。

他回答得太快，姜予眠难掩心底的失落。

人真是别扭，明明是她提出要走的，心里又为对方没有挽留而难过。

姜予眠无法开口，自然没有回应的声音。

陆宴臣抬眸，主动结束话题："还有事吗？没事我先去书房了，你早点儿休息。"

最后那句细心的叮嘱更像是他习惯性的礼貌用语，不含任何感情。

见姜予眠轻轻摇头，他便转身离开，没有丝毫留恋。

男人的身影在她的余光中消失，姜予眠眼眶一酸。她站在原地，抬起头，目不转睛地注视着那道逐渐远去的背影。

陆宴臣转身后，她才敢抬头看。

走廊里灯光昏黄，他的影子被拉长，高大的身影显得孤寂。

姜予眠轻轻闭眼，攥了攥拳头，睁开眼，朝那道背影追上去。

姜予眠追上他，两道影子在走廊里重叠，抵在书房门口。

他不回头，姜予眠便动了手。她本想扯他一下，不小心拽下男人臂间的外套。

西装外套猝不及防地落到地上，两个人都觉得意外。陆宴臣缓缓转身，地面上的光影随之晃动，盖过女孩儿纤瘦的身影。

姜予眠连忙捡起外套递回去，张唇无声地道："不好意思。"

陆宴臣抬手掸掉灰尘："没事，不必在意。"

安静了几秒。

"怎么，还有事吗？"他看她的眼神十分清醒，平和的面容上不见之前温柔的笑意。

姜予眠踟蹰不前，思绪纷乱。她不知所措地举起手机，胡乱扯了个理由："这么晚了，你还要工作吗？"

"这么晚了，你该睡觉了。"陆宴臣没有正面回答她的问题。

同住在一处的两个人，生活节奏有天壤之别。陆宴臣掌握了她的所有信息，而她只能从陆宴臣的口中探听消息。一旦对方没了交流的意识，她便再也无法窥探半分。

离开青山别墅的理由她想了很久，最后发现那根本不是为了说给陆宴臣听，而是麻痹自己、说服自己的手段。

当那个人站在她面前时，她的理智就分崩离析了。以至看见那道孤单的身影后，她便不受控制地向他靠近。

女孩儿站在门前，既无措，又委屈。那点儿不安的情绪来源于她的内心，而她无法在陆宴臣面前倾诉。

似有千斤重量压在指间，她发觉连打字都会耗掉自身全部的精力："我只是……担心你太累。"

男人依旧一副从容不迫的模样，任何时候的举动都完美到无可挑剔："没关系，我有分寸。"

姜予眠只好打字跟他道了声"晚安"。

陆宴臣从不跟人甩脸，也会认真地回应她的每句话："好梦。"

随后，他踏进那扇门里，两道交叠的影子渐行渐远。

姜予眠站在静默的走廊里，望着那间她从未踏入过的书房。

那间书房就像陆宴臣的心思，她从来没看明白过。

书房里，陆宴臣随手挂好外套。

几日没消息的 Mark 突然联系他："陆总，王强醒了。"

男人哂笑："这么久才醒，真是废物。"

Mark 想：王强满身伤，这么快醒过来已经很不错了。

Mark 实在搞不懂这个高深莫测的男人想做什么，最初他叫自己办事时说的是，找出姜予眠高考前发生意外的真相，之后一切交给法律处理。

那现在呢？

他把王强揍得半死不活，又请人用最好的药给王强医治，纯属折腾人。

Mark 回想起陆宴臣接电话后说的第一句充满戾气的话，这跟男人平时维持的形象大相径庭。Mark 大胆地试探："陆总，你是不是心情不好？"

"有吗？"他甚至在电话里溢出笑声。

远隔上万米的 Mark 咧嘴倒吸一口凉气，赶紧道："开玩笑的，听闻陆总近日连登财经新闻，事业一帆顺风，一定春风得意。"

陆宴臣拉开抽屉，在熟悉的角落里拿起一个墨绿色的打火机，顷刻擦亮："猜得不错，没有下次。"

Mark："……"

这位老板不按常理出牌，他拍马屁拍到马蹄上了。

不过，拿人钱财替人消灾，摊上这么个恐怖又多金的老板，Mark 只能认命："那请问陆总，接下来您打算怎么处置这个人？"

陆宴臣灭掉火："高考之前，治好他。"

虽然他们已经查清事情的经过，但姜予眠的记忆还没完全恢复，所以陆宴臣没把王强带到她面前。

哦，那个小姑娘刚才还告诉他，她不做噩梦，可以"回家"了。

要是她跟王强见了面，被勾起回忆，恐怕又要抱着他哭。

半夜，繁华的城市被一场瓢泼大雨笼罩，"哗啦啦"的声音冲刷着城市里的喧嚣。

四月，已过惊蛰，是多雨的季节，这座城市迎来今年的第一道响雷。

窗外闪过电光，蜷缩在大床上的女孩儿抱着被子辗转反侧。密密麻麻的汗水渗出额头，她又梦见一幕幕恐怖的画面。

先是梁雨彤从高高的楼梯上滚下来，见了血。

画面一转，她走进一间杂乱的卧室里。梁雨彤坐在床头，她尝试喊了几声"彤彤"却一直没得到回应。

于是她往前走了几步，轻拍梁雨彤的肩膀，却见梁雨彤手拿一把锋利的匕首，在细瘦的胳膊上划下一刀又一刀血痕。

姜予眠惊恐地捂嘴，冲上去阻止，却被梁雨彤推开。

梁雨彤眼神冰冷又陌生，嘴里不断说："都怪你，都是你的错。"

她拼了命地摇头，想解释，却怎么也发不出声音。

她想上前抱住那个伤痕累累的女孩儿，身体却被定在原地，无法动弹。

耳边响起雨声，眨眼间，她看见自己被人捆绑在柱子上。

生锈的墙面、倾倒的铁桶、厚重的灰尘、坑洼的地面上散落着的碎石，以及她头顶纵横交错的破旧电线都在告知她，这是一座废弃的工厂。

在那个对高三学生来说至关重要的日子，她被人带到了旧工厂。

准考证被撕碎的时候，她声嘶力竭地哭，火辣辣的巴掌扇在脸上，嘴巴也被堵住。

她不明白自己什么时候招惹了这些人。那个人指着她的鼻子骂她多管闲事，当着她的面点开梁雨彤滚下楼梯的视频反复播放："看到没？这就是你多管闲事的下场。"

那些人嘴里骂着肮脏的话，不堪入耳。

她已经无力分辨他们说了什么。

她痛苦地闭上眼睛，却被人强行扒开。

"看啊，我叫你看！"

她只能睁眼，那短短十几秒的视频在她的眼前播放了一遍又一遍。

她睁着眼，眼泪滑过脸颊。从此，她跌落尘埃。

"轰隆——"震耳欲聋的雷声直击心灵，搅碎无数人的梦。

蜷缩在床边的女孩儿被雷声惊醒，双眼死死地盯着天花板。

电光从窗外一闪而过，透过花纹纱帘照在冰冷的墙面上，刺得她眼睛扑闪。

她不敢睡，一闭上眼全是那些乌七八糟的画面。但是睁开眼后，精神紧张的她眼前所见都变成奇形怪状的恐怖物件。

姜予眠蒙住头，躲在被窝里发抖。

"啪嗒——"

在她毫无察觉的时候，卧室里的灯突然亮起，一个高大的身影逐渐靠近床边。

当他的手触碰到那团耸立的圆球时，在被子里颤抖的人反射性地尖叫。

陆宴臣隔着被子安抚她："别怕，是我。"

被子突然被掀开，一个柔软滚烫的身体向他扑来，与他撞个满怀。

姜予眠抱着陆宴臣发抖。

陆宴臣手指微颤了一瞬，而后一只手扣住她的后脑，另一只手揽在她的背上，一声又一声地道："没事了。"

今晚雷声很大，浅眠的他一下子被惊醒，想到暂住在家里的女孩儿，最后起身踏出房门。只要她待在青山别墅一天，他就该负责。

他敲门，无人回应。姜予眠没有锁门的习惯，他尝试着一拧，门就开了。

借着窗外的闪电，他看到床上那团瑟缩的影子。此刻，可怜兮兮的女孩儿已经粘在了他的身上。

"陆宴臣。"

她终于重新开口说话，跟上次的情形有些相似。

他不由得想到，姜予眠第一次开口喊他，说的是："我讨厌你。"

陆宴臣将思绪收回，聆听女孩儿的声音。

她哭着说："我想起来了。"

那段失去的记忆在她的梦中一点点地被拼凑出来，原来一切结果都是自己种下的因。

"我不该乱说话的。"她跪在床上，薄被从身后滑落。

此刻的她仍被梦魇缠绕，情绪剧烈地起伏："如果我没有自以为是地插手别人的事，那一天彤彤就不会跟孟州发生争执，就不会摔下楼梯。"

"这不是你的错。"陆宴臣用手指穿过她的头发，将她凌乱的头发理顺，"他们之间的关系是既定事实，或早或晚都会闹出矛盾。"

姜予眠摇头，伸手比画："如果她晚一点儿发现，如果他们在别的地方争吵，结果可能会比现在好很多。如果忍耐一下，或许她就不会……"

她抽泣，说不出话。

陆宴臣轻拍她的后背，低声道："这世界上有很多不光彩的事，如果没人站出来指出错误，社会秩序也将不复存在。"

男人低柔的声音带着抚慰人心的功效，姜予眠激烈的情绪渐渐被安抚。

过了一会儿，女孩儿仍在哽咽："以前，她们也叫我不要乱说话。"

男人声音一沉："谁？"

姜予眠断断续续地道："她们欺负我，威胁我不准说出去……我没有顺从。每一次，我都告诉了老师和舅舅……他们却觉得这是小事，没放在心上。于是我去找了警察。"

"但是下一次，她们下手更狠……她们说，如果我没有去告状，她们是不打算再找我麻烦的。"

梁雨彤对她的指责，以及多次遭遇的校园暴力，都是她生病的原因。

她过去遭遇不公而产生的委屈，在这一刻终于找到出口。

"即便这样，你也没有屈服，对吗？"

"嗯……"她鼻音很重。

陆宴臣为她梳理思绪："可以告诉我，你为什么想那样做吗？"

姜予眠吸吸鼻子："她们欺负我，做了坏事，应该受到惩罚。"

"你说得很对。"陆宴臣将人搂入怀中，娇弱的身体被他的大手掌控。

他低下头，下巴触碰到女孩儿柔嫩的肩膀，脸与脸之间只隔咫尺。

"犯罪的永远是那些施暴者。姜予眠，你没有错。

"你保护了自己，很勇敢。"

男人的眼眸中翻涌着比窗外的闪电更骇人的光，他问："敢不敢，去见见那个让你错过高考的人？"

这个雨夜，一辆银色的轿车驶出青山别墅，如游龙般穿梭在密集的雨帘之中。

姜予眠裹着外套缩在座椅中，头偏向中央，不敢看车窗外的闪电。

直到今夜，她终于恢复全部的记忆。陆宴臣却问她，敢不敢面对潜意识里一直在逃避的人。

她只记得当时他的声音很近，他的唇就在她的耳边。男人喷洒的气息里带着热度，弱化了她其他的感觉，包括内心的恐惧。

"你……早就知道了？"

"前不久刚查到。"

"他们在哪儿？"她"唰"的一下变了脸色，"报警，马上报警，他们想伤害彤彤。"

当初那两个人在抓住她的时候说，原定的目标是梁雨彤，只因为找不到人才退而求其次拿她泄愤。如果他们继续逍遥法外，随时都可能酿成大祸。

陆宴臣笃定地道："放心，他们没本事再作乱。"

他不再隐瞒，把孟海跟孟州的关系，以及找到王强的经过和盘托出。

孟海身亡，孟州自食苦果，至于王强……

陆宴臣道："我原本打算待你高考后再跟你提这事，既然你已经恢复记忆，我们的计划可以提前。"

这些信息让姜予眠一时难以消化："什么……计划？"

男人在笑，眼底流转的光比窗外的雨水还凉："自然是……送他去该去的地方。"

往事伴随嘈杂的雷声袭来，姜予眠呼吸不畅，伸手按下车窗。

雨点"啪啦"砸在窗外，又随呼啸的风砸到脸颊上，姜予眠赶紧关上窗。刚才走神回想事情，她一时忘记外面在下雨。

陆宴臣将她的反常行为收入眼中，手指轻点膝盖，低声问道："在想什么？"

姜予眠摇头，双手捂眼："很多，说不清。"

一只温暖的手落在她的头顶上，男人轻揉的那一下充满安全感："没事，很快就要天晴了。"

车停在郊外的一栋花园洋房前。夜里黑，姜予眠走在路上一个趔趄。

男人及时将她拉住："小心点儿。"

姜予眠顺理成章地挨着他走，不用看路。

Mark 收到消息，一看手机才凌晨五点。他眼睛都没睁开，穿上裤子就出来迎接："陆总。"

几个小时前才通过电话的男人突然出现，身边还带着个女孩儿……Mark 揉着太阳穴，认出是姜予眠。

"你们这是……？"

"带路，去看王强。"

姜予眠安静地跟在陆宴臣身后，来到一间玻璃屋前——王强就躺在里面，脸色苍白、毫无声息的样子，跟在医院的孟州如出一辙。

姜予眠不由得收紧外套，试图驱散侵袭全身的寒意："他……怎么了？"

陆宴臣叹气一声，轻描淡写地解释了王强躺在里面的原因："我们的人找到他的时候，他心虚逃跑，摔了一跤，磕到脑袋了。"

陆宴臣胡编乱造的原因让一旁的 Mark 睁大眼睛，往旁边瞟了眼。

这陆总说谎毫无破绽。要不是事情是自己亲手经办的，他真就信了。

别看王强现在穿着干净整洁，那衣服里不知道藏着多少道新伤。

Mark 突然收到男人淡漠的眼神，轻轻抬手，默默撤退。

全神贯注的姜予眠浑然不觉，甚至对陆宴臣的话深信不疑。

一动不动的王强让她想到那个躺着医院的混混……

她问："那他现在跟孟州一样，醒不过来了吗？"

陆宴臣站在她身侧，深色的瞳孔像漆黑子夜，蕴含着神秘莫测的笑意："不，他很快就会醒来。"

陆宴臣引导她一步步走近，看得更清楚："你看，曾经伤害你的人如今躺在里面苟延残喘，那段记忆也没有那么可怕是不是？"

姜予眠闭眼深深地呼出一口气，垂下脑袋，努力地平复不安的心。梳理清楚噩梦的源头，减少未知的恐惧后，她好像真的没那么害怕了。

之前，她埋在心底的阴影久久不散。现在，她明白只有坦诚面对，才能真正跨过那道坎。

他们离开的时候已经快到六点。

雨停了，银色轿车缓缓驶向回家的路。

"你说，彤彤还会恢复吗？像我这样。"姜予眠坐在车里，声音随颠簸的道路发颤，很快又自己否定，"不，我们不一样。"

她遭遇的事跟梁雨彤遭遇的相比，实在算轻的。至少她的身体和心理都在恢复，而梁雨彤遭受了一辈子无法治愈的重创，重度抑郁到自残。

"你们的确不一样。"

耳畔传来男人低沉的嗓音，她思绪被吸引，连呼吸都慢了半拍。

男人将手指搭在膝上，无节奏地轻敲："因他人遭受无妄之灾，跟自己掉进甜蜜的陷阱里本身就是两个概念，前者之错在于心术不正的施暴者，而后者需要自己承担结果。"

他句句大道理，出口便能成章，令旁人不禁被带入他的世界里。

姜予眠抱着外套，身体随车晃动："照你这么说，我没错吗？"

"你有什么错？"男人对上她的视线，眉梢轻挑，"是错在招人喜欢，还是错在认清人渣，提醒朋友及时止损？"

姜予眠为他的理由感到意外。

他轻快的语气抚平了女孩儿眉间的褶皱，笼罩在她身上的沉重气息也被化解。

施暴者忌妒她的容貌，老师叫她息事宁人，舅舅说一个巴掌拍不响，梁雨彤怪她多嘴。但是现在，有人斩钉截铁地告诉她："你没错！"

"我没错。"她不由自主地重复，嘴角隐隐上扬。

陆宴臣轻笑一声，降下车窗。

清晨的凉风吹散车内的点点燥意，也吹散萦绕在他心头的阴霾。

姜予眠掩唇，无声地打了个呵欠。她太困了，坐在摇晃的车里忍不住想睡觉。

她刚闭眼的时候突然被惊醒，可当睁开眼时，模糊的视线中还有那个人的存在，便什么也不怕了。

天亮了。

噩梦被驱散，从此她的世界里，繁花盛开。

第 九 章
喜欢你

第二天的模拟考从八点半开始，姜予眠早上补了两小时的觉，闹钟一响就从被窝里爬起来刷牙洗脸，上厕所时意外地发现大姨妈造访。

近半年，她的例假来得比之前准时。

姜予眠垫好卫生巾，在去学校的路上隐隐感觉不适。

上午考语文，因为要书写的文字较多，时间比较紧迫。一坐两个半小时，按照往常她最多提前十几分钟写好，今天身体不适，时间一晃竟已过去大半。

最后写到作文，她赶时间，几乎没怎么思考，快结尾的时候，铃声响了。监考老师勒令考生停笔，禁止继续答题。

第一天考试状态不好，她晚上回家后早早就睡下。但她睡得不太安稳，惊醒了几次，勉强睡满八个小时。

第二天，她精神好了许多。

下午考完，蒋博知来找她对答案："姜予眠，你猜这次我俩谁考第一名？"

姜予眠想起还差两百字才到八百字的语文作文，缓缓摇头："我这次没考好。"

蒋博知注意到了，问："你又会说话了？"

她苦笑着点头，心想：恢复的代价有点儿大。

蒋博知拿起一本练习册："那正好，下午我跟班长他们约了去自习室学习，你也一起来吧。"

姜予眠把笔装进口袋里："不了，我下午还有事。"

二人各自收拾书包，互相道别。

从教学楼到校门口会经过操场，姜予眠还是背着自己那个万年不换的老书包，慢悠悠地走在路上。

陆习把球扔给李航川，突然加速跑到最前面，假装跟她来了个偶遇。

"喂。"

姜予眠停住脚步。

穿着球服的陆习站在她面前，带着少年独有的青春气息："明天放假，你回陆家陪爷爷一天呗。"

姜予眠毫不迟疑地道："好。"

她突然发出声音，陆习惊诧："你又会说话了？"

她肯定地点了一下头。

陆习抬手转动护腕，没看她的眼睛："这么说来，你的病好了？那正好，你明天可以直接搬回来住了。"

姜予眠沉默了几秒，抬手比画："也……也没有完全好。"

陆习眯起眼睛："你这是不想回家的意思？"

他听出来了，姜予眠总是推三阻四，不愿回陆家。

为什么？他们陆家也没亏待她吧？

姜予眠捏紧书包带，脑海中瞬间闪过无数个借口："陆爷爷和谈姊都很关心我，经常问我。虽然知道他们是为我好，但他们每次问我，我都会有压力，所以……"

陆习替她补充下半句："所以你觉得住在外面没人管你，更自由。"

"也不算外面。"姜予眠抬起清亮的眸，"青山别墅是宴臣哥哥的家，不是吗？"

陆习噎住。这话他无从反驳。

他甩甩胳膊，继续道："反正爷爷整天说，你一个小姑娘住在外面，他不放心。"

"可是，宴臣哥哥从小就独自在外面生活，陆爷爷很放心。"她用软绵绵的语气表达不满——纯良的外表是最好的伪装，哪怕别人听了，也只认为她是心直口快。

陆爷爷还真是偏心，将大孙子驱逐出家，却把小孙子养在安乐窝里。

不过这些话，她不能对陆习说，不然他保不准会回去找陆爷爷质问或者无意间说出来。以陆爷爷对陆宴臣的一贯态度，也许会心生不满。

姜予眠藏起内心真实的想法，故意岔开话题："陆习，我请你喝奶茶吧。"

"干吗？"陆习狐疑地盯着她。

这人无事献殷勤，非奸即盗。

"辛苦你替陆爷爷传话了，我明天会去看他的。但是回陆家的事，以后就不用你再传达了。"

陆习说了句"有便宜不占白不占"，立马拉着她去校门口买奶茶，还特意点了超大杯。

马路旁，蒋博知跟班长等人站在一起有说有笑，一边等车一边讨论这两天的考试题。

一辆大车驶过，留下一串难闻的尾气。

姜乐乐捂嘴扭头，惊讶地道："哎，那不是眠眠吗？她怎么跟一个男生在一起？"

班长眼神定住："你们还记得考试之前，每天都有人给眠眠送吃的吗？怕不是……"

姜乐乐挽起班长的胳膊："走走走，我们去看看。"

二人心中的八卦之火熊熊燃烧，一旁沉默不语的蒋博知将目光投向远处，唇线绷紧。

姜乐乐终于看清，激动到直拍班长的胳膊："班长，你口中那个男生好像是陆习。"

他们看到姜予眠要把手里的奶茶递给陆习，陆习就着她的手喝了一口，脸上飞舞着灿烂的笑容。二人这样的互动已经超越普通朋友了。

姜予眠平时不吭声，不知什么时候跟风云人物陆习的关系好到这种地步了。

吸管是店员询问他们是带走还是现在喝之后替他们插上的。姜予眠拿号领奶茶，店员自然将奶茶交给她。

她转手递给陆习，哪知陆习直接低头吸了一口，说了句"还行"才从她手里拿走。

陆习平时痞惯了，姜予眠没把他这不按常理出牌的举动放在心上，只说："奶茶请你喝了，我先回家了。"

说完，她转身就走。

陆习伸手拽住她的书包，迫使人停住。

"走那么快干吗？我今天没事，跟你一起。"

"一起？"姜予眠觉得有必要提醒他，"陆家和青山别墅是两个方向。"

陆习吐出吸管："谁说我要回陆家？我去看望我亲爱的大哥不行吗？"

他说得光明正大且理直气壮，姜予眠哪能说个"不"字？

可惜不凑巧，陆宴臣今晚有应酬，不知道几点才能回来。

陆习倒也无所谓。他站在青山别墅的大厅里打量四周的布局，发现这里风格跟陆家有些相似。

他很少来这里。不过这是他大哥的房子，他一点儿都不拘谨。

管家拿出水果、饮料招待陆习，像是在待客。

陆习不在乎这些，摆手道："我又不是客人，别整这些花里胡哨的，差不多得了。"

管家下意识地看向姜予眠。见姜予眠点点头，管家默默离开。

俱乐部。

宽敞明亮的娱乐室内，秦舟越俯身打出一杆球："陆宴臣，你今天挺闲啊？"

陆宴臣握杆背在身后，身体倾向球桌，反手击出。

白球撞击红球，红球滚入袋口。

他收杆，直起身："怎么，你有意见？"

"哪能啊，不过听我舅说，那个小姑娘不是住在你那儿吗？人家还生着病呢，你倒好，自己在外面潇洒。"

心理医生的工作内容对外保密，秦舟越也不了解进展，只是听祁医生提过几句，说姜予眠的状态不是很好，陆宴臣在照看她。

陆宴臣淡淡地道："她回家了。"

秦舟越不解："回家？她不是住在陆家吗？"

陆宴臣看了秦舟越一眼。

秦舟越秒懂："懂了懂了，你是说她没住在你那儿，回陆家去了。"

陆宴臣没搭腔。

秦舟越贱兮兮地凑过去观察那张脸，笑得一脸不怀好意："你这表情好像个被抛弃的孤家寡人。"

男人不以为然："眼睛不用可以捐给有需要的人。"

秦舟越握杆，随意地将球打散："啧，真该让外面那些记者看看你现在的样子。"

但凡有一个记者在这儿，也写不出陆宴臣"温文尔雅""从不与人为恶"这些词。

陆宴臣很久没有放松，后来秦舟越又喊来一批兄弟，一群人玩到很晚。

姜予眠跟陆习在家里等了一晚，陆宴臣都没有回家。最后陆习直接躺在沙发上睡了，没回管家准备的客房。

姜予眠以为他在应酬，怕打扰他，忍着没打电话。

第二天，姜予眠如约回陆家看望陆老爷子和谈婶。

两位长辈对她十分想念。

另一边，昨晚没休息的陆宴臣在上午回到了青山别墅。

管家如实汇报情况："陆先生，姜小姐回陆家了。"

男人轻轻"嗯"了一声，抱着外套回到卧室，直接躺到下午。

傍晚时分，他终于从梦中清醒，品尝厨师按营养搭配表做好的晚餐。

见用人在桌上摆了两副碗筷，陆宴臣淡淡地吩咐道："以后只留一副碗筷。"

用人不解："陆先生，您是要出差吗？"

陆宴臣平时较忙，出差后厨师就不需要准备他的食物了。如今家里住着姜予眠，他们至少要备一副碗筷。

"不是。"他否认。

用人满脸疑惑："那姜小姐……"

"哎哟！"

一道清亮的女声打断用人的话。

饭厅里的两个人同时看过去，只见姜予眠弯腰站在玻璃门外，手掌在膝盖上轻揉。

姜予眠刚才进来的时候不小心撞到了玻璃，膝盖疼得很。

陆宴臣眯眼："你怎么在这儿？"

被撞疼了的小姑娘委屈地抬头："我吃饭啊。"

她一瘸一拐地走进饭厅，模样有些滑稽，还透着几分可爱。

陆宴臣打住起身搀扶她的念头："陆家没给你饭吃？"

姜予眠连忙摇头："当然不是！"

这谣言可不兴说。

她坐在椅子上，眼睛不住地乱瞟，最后定格在对面那人的身上：

"我……我跟陆爷爷说，想留在青山别墅。"

"哦？"男人语气散漫地问，"为什么？"

"他们总问我好不好、怎么样了，我一直惦记那件事，会做噩梦。"她觉得这个理由很管用。

男人若有所思："所以……？"

"所以……"女孩儿支支吾吾的，最终鼓起勇气问道："我可以继续留在这里吗？"

说话时，她小心翼翼地观察对方的脸色，见他沉默不语，出声喊道："陆宴臣！"

陆宴臣不动声色地观察她。

小姑娘做好决定，到最后才来"通知"他这种情况，他已经遇到了两次。但他最终还是点头，"嗯"了一声。

姜予眠心里悬着的石头终于落地，斩钉截铁地向陆宴臣保证："剩下的时间我会好好学习，努力冲刺的。"

似乎为了印证这话，姜予眠每天抱着书吃饭、睡觉，沉迷于知识的海洋中。

海嘉中学全体高三生终于迎来模拟考试的成绩。一直往前爬的姜予眠突然跌出全校前十名，直接落到第二十五名。

姜予眠来到一班后，所有同学、老师看着她的成绩一步步从全年级第八名升到前三名，而后跟蒋博知相互赶超——他们在第一名和第二名中不断切换。

全校第二十五名的成绩并不差，但放在姜予眠身上，就不太行了。

姜予眠数学还是满分，只是英语错得离谱。

她查看答案后发现，自己粗心填错了机读卡。英语选择题多，她填错一个，就会错很多道题。

排名靠前的学生间竞争激烈，一两分都能拉开好几个名次。

班主任神色严肃地说："这次怎么这么粗心？这要是高考，你就吃大亏了。"紧接着，班主任翻开语文试卷，"还有你的语文作文，以前每次都写得很漂亮，这回怎么连字数线都没到？白白扣掉五分。"

姜予眠解释："对不起，我考试那天身体不太舒服。"

高三以来，姜予眠经常因病请假。班主任摇头，道："算了，考都考完了，现在说这些也没用。我本想看看你在市里的排名，但这次恐怕不太理想。"班主任放柔语气说，"你是个聪明的孩子，老师们都很看好你，以后答题仔细点儿，别再犯这种低级错误。"

念叨许久，班主任才把试卷递给她，放她离开。

姜予眠走后，班主任随手把面前的书本放到一旁。

这时隔壁班的老师突然说："哎，蒋老师，我前天听侄女说起个事。"

班主任顺口问："什么事？"

"就你们班那个不会说话的女同学，听说在谈恋爱，每天都有人给她送吃的。"

这个老师的侄女也就读于海嘉中学，今年读高三，不怎么爱学习。她拿姜予眠举例，侄女听烦了，突然扬声说"你口中的好学生早恋"。

听她这么说，班主任联想到姜予眠最近的反常之举，表情逐渐凝重。

班主任没有贸然把姜予眠喊来问话，而是私下通过其他同学了解情况，得知每天都有人给姜予眠送东西，认定了心里的猜测。

距离高考还剩一个多月，万万不能放任恋情发展，班主任又考虑到学生的情绪，决定先私下跟她的家人谈谈。

班主任打开花名册，从中找到姜予眠的信息，家长联系方式栏里只填了一个号码。

班主任尝试拨打，电话通了。

"你好，请问是姜予眠的家长吗？麻烦你抽空来一趟学校。"

手机里传出一个男人低沉的声音："是，请问有什么事？"

班主任斟酌用词："姜予眠同学……可能早恋了。"

模拟考试的成绩下来，班上不少人在议论。姜予眠就当没听见，坐在位子上反思自己的粗心。

考语文的那个上午，她的确身体不适，虽然作文没写完，但已尽全力。她得想办法加快答题速度，以应付类似的意外情况。至于因粗心填错英文机读卡这个错误，她没法原谅自己，下次一定要再谨慎些。

姜予眠反省了整整一天，没想到陆宴臣也在关注这个："最近学习如何？"

姜予眠："……"

陆宴臣从未特意问过她的成绩，每次考完都是她主动汇报。男人偏偏问起她栽了跟头的模拟考试，把她吓得赶忙坐直身子。

"还……还好。"这个回答显得冷淡，她偷瞟一眼对面的男人，抿抿唇，心虚地补充，"就是……成绩不是很理想。"

"怎么说？"

"语文作文没来得及写完，扣了分，还有把英语的机读卡填错了。"

"状态不好？是因为那晚带你出去的事？"

"不是，"姜予眠道，"即使那天没去，我也睡不好，见过他后反倒能静下来。"

正因为见过王强，确信那人已经不构成威胁了，她才不怕了。

同样的情况已经被陆宴臣撞见两三次，她提起来也不像当初那样害羞，只是刻意降低了音量："生理期，肚子有点儿不舒服。"

既然是这个原因，陆宴臣也不好再提。他真正要说的是另一件事："你们老师今天给我打了电话。"

姜予眠惊得筷子没拿稳，胡乱捧起汤碗喝了一口："啊？"

陆宴臣不动声色地推开碗碟："听说学校有男孩子每天给你送东西。"

"喀喀喀——"姜予眠差点儿被含在嘴里的那口汤呛到，赶紧摆手，"误……误会。"

浓香的汤汁滚过喉间，她用力咽下，呼出一口气："我到现在都不知道是谁送的。"

"既然能够神不知鬼不觉地把东西放到你桌上，他要么是刻意避开了有人在场的时间，要么就是你们班上的人。"男人眼神中富含深意，"前者要次次避全班同学，有点儿难度，后者……"

姜予眠抽出纸巾擦嘴："我不是很清楚。我一直没找到人，我们班上应该没人那样做吧，他们都不承认。"

陆宴臣屈指："那么那些东西，你是怎么处理的？吃了？"

"没，"她当初觉得吃了不好，还不回去，丢掉还可惜，干脆把吃的送给了需要的人，"我们学校附近有家书店，老板的儿子才几岁，是个小馋猫，我把东西都给他吃了。"

"现在还是每天送？"陆宴臣建议道，"非要找的话，可以查监控。"

"不，考试后就没送了，查监控感觉不是很好，马上就要高考了，还是抓紧时间学习吧。"

大概是最近流言四起，那个人没再悄悄送过东西。

同学都猜测那些东西是暗恋她的人送的。她不知道那个人是出于什么理由，但既然是偷偷送来的，就证明他不想被人发现。

她明白暗恋的滋味。那个人并未做出什么出格的事，且已经停止，她也不想深究。

陆宴臣尊重她的意愿，没再追问。

班主任的话不可尽信，他能确信的一点是，姜予眠没有早恋。

模拟考试后，陆老爷子心情大好。陆习的成绩一次比一次好，虽然比不得姜予眠的成绩，但他考个好点儿的大学应该没问题。

想到这儿，他特意查询了姜予眠的成绩，一看排名，眉头在布满皱纹的脸上皱成山。

陆老爷子将电话打到陆宴臣那里，语气不善："眠眠最近的学习成绩一落千丈。"

陆宴臣直接道："她只是生病了，状态不好，学习没有任何问题。"

陆老爷子还记得陆宴臣上次带姜予眠离开时那理直气壮的样子，"哼"了一声："你说我照顾不好她，可她在陆家时一切正常，更没因生病耽误学习。"

陆宴臣不与老人争论，轻描淡写地把话题引入工作。

两个人就一个话题详细沟通后，陆老爷子忽然询问："拓展国外市场的计划进展得如何？"

钢笔在陆宴臣的指间打转，陆宴臣道："一切顺利。"

"听说你打算亲自去？"这几年，陆老爷子已经逐渐放权，公司的经营和对未来发展的规划都掌控在陆宴臣手里，"这几年你掌管公司，成果显著，我也十分支持你的决策。但记住，一定要脚踏实地。"

陆宴臣的父母在世时，陆氏集团涉足多个领域，但多数产业可以被替代。夫妻俩曾想过重点发展科技产业，可惜还未将设计的蓝图付诸实践，就遭遇空难。

陆老爷子接管陆氏后沿用旧规，公司发展稳定。

现代社会发展迅速，陆氏产业在某些领域出现衰退的迹象，这时陆宴臣进入公司，明确指出一条新路——发展智能科技。

天誉是这几年在国内智能科技行业杀出的一匹黑马，陆宴臣作为业界的佼佼者，备受关注。

"智能科技产业前景光明，天誉集团目前掌控的技术有限，想要成为行业领军人物，就必须先一步跨出国门，引进更先进的技术和人才。"

凡事预则立，不预则废，这是陆宴臣很早以前就懂得的道理。

在姜予眠不知道的时候，陆宴臣已经替她挡过一次陆老爷子的盘问。

姜予眠埋头学习，在之后的周测中重新回到年级第一名的宝座上。

蒋博知压力倍增："有你这么强大的对手是我的福气。"

这不，姜予眠冲上年级第一名，他学习起来比从前更有紧迫感。

偶尔，二人也会闲聊。

蒋博知问她："你大学想读什么专业？"

姜予眠眼底一片迷茫："不知道。"

"也是，反正你各科成绩都不错，学什么都行。"蒋博知拿笔戳戳头，"这件事我想了好久……我应该会往数学这方面发展吧。我还挺喜欢数学的，虽然没你厉害。"

"你也很厉害。"

这是学霸间的商业互捧。

蒋博知抬手推了一下镜框，视线落在桌上的书上，貌似不经意地开口："你要是没有特别偏好的专业，不如跟着我选，到时候咱们还能互帮互助。"

姜予眠摇头，随后拽出压在卷子下的草稿本，说："到时候再看吧。"

上课铃响，姜予眠把东西移回座位上，草稿本不小心落到地上。蒋博知弯腰捡起来，无意间瞥见翻页处写着几个"陆"字，那笔画不算工整，但很清晰。

想起前段时间撞见她跟陆习在奶茶店里的情景，蒋博知觉得心里闷闷的："你的草稿本。"

姜予眠接过并道谢。

六月，无数学生抱着对美好未来的期待踏入考场。

高考这天，陆宴臣亲自把姜予眠送入考场。离开时，他看到陆老爷子出行时最喜欢坐的那辆车经过，陆习拿着准考证从车上下来。

陆习走了两步后忽然转身——车里的人把他叫回车边叮嘱了什么。陆习敷衍地点头，陆老爷子才放他走。

看见这祖孙情深的一幕，陆宴臣嘴角的弧度微微上扬，缓缓关上车窗。

男人深沉的眼，如今日被乌云笼罩的天。

高考这场雨下了整整两天，无数家长在考场外等待。

最后一门考试结束后，姜予眠放下笔，像上学时那样，留到最后才走。

那时人群散去，她抱着透明的文具袋慢悠悠地踏出校门，游移的视线忽然找到目标。

考场外，那个熟悉的男人举着手机跟人通话，却在第一时间发现她，眼睛看过来。

姜予眠骤然欣喜，朝他跑过去。

陆宴臣还未结束对话，抽出手来揉了揉女孩儿乌黑的发。

姜予眠仰头看他，脸上的笑容藏不住。

她没有在考场外等着的亲人，却有忙里抽闲陪她参加高考的陆宴臣。

"你怎么在这里呀？"

"家里有小朋友参加高考，不都要接送吗？"

她嘟咕："我才不是小朋友。"

陆宴臣轻笑："的确，你已经是个成年的高三毕业生了。"

就年龄来说，姜予眠的确不是小朋友。只是两个人之间的阅历跟心理成熟度相差很多，对他来说，她就是小孩儿。

两个人边说边往车边走，姜予眠走在前面，自己拉开车门。

车门打开时，她惊呆了。

宽敞的后座上摆满了鲜花，一束束包好，堆在里面，像个小型花店。

陆宴臣站在她身后，说道："不知道你喜欢哪一种，就挑了几束还不错的。"

欢欣的情绪将姜予眠严严实实地包裹起来。她看着那些花，感动到不知所措："为什么，要送我花？"

"当然是恭喜姜予眠同学顺利毕业了。"他自然而然地把"小朋友"的称呼改成"同学"，像考场外的那些家长对自己的孩子那样，给予她鼓励，又带她去庆祝。

姜予眠高考结束的这天晚上，陆宴臣带她去了俱乐部。

上次来这儿是新年，这次来，姜予眠又见到了不少打扮得光鲜亮丽的人。

俱乐部里设有多个娱乐性房间，陆宴臣发话，让她选自己感兴趣的体验。

姜予眠站在带智能地图的机器前，看着上面的文字，眼里兴致满满："都感兴趣，都可以体验吗？"

陆宴臣含笑点头："当然。"

姜予眠兴高采烈，从射箭室玩到射击场，还在陆宴臣的指导下打了一把桌球。

这个晚上，她成了自由的女孩儿，玩得无比畅快。

"陆宴臣。"

"嗯？"

"谢谢你。"

"不客气。"

她忍不住伸手，拥抱了男人一下。

怕被他察觉别的心思，她又克制地很快放开了他。

她为自己找了个冠冕堂皇的理由："不知道怎么表达我对你的谢意，送一个拥抱，希望你不要嫌弃。"

"怎么会？"他在考场外见到许多家长与孩子相拥——那是他从未体验过的心情。

在姜予眠身上，他似乎感受到了做家长的滋味，虽然他的年龄并不大。

也许是因为今夜的畅玩而彻底打开了心扉，姜予眠玩笑般地提起当初耿耿于怀的事："你以前还丢了我穿过的外套。"

男人向她道歉："抱歉，下次不会了。"

还有下次？这个回答让她很期待。

高考结束这晚，是无数高三学子的狂欢夜，自然也是姜予眠的。

考完两天后，班长在班级群里组织大家吃散伙饭，邀请全班同学都参加。大家陆陆续续报名，最后发现少了姜予眠。

初步统计完，班长私下找姜予眠询问情况，却得知她已经不在景城。

高考结束后，姜予眠回到了曾经生活多年的城市，"送"王强入狱。

从警察局里走出来的那刻，姜予眠抬头望向湛蓝的天空，看到自由翱翔的鸟儿，不由自主地伸出手。

被囚禁在记忆中的女孩儿终于挣脱枷锁，冲破阴霾，迎来湛蓝的晴空。

"很久没回来了，竟觉得有些陌生。"

趁这次回到南霖，姜予眠想去拜访一下舅舅一家。虽说舅舅对她不够上心，但至少在她无家可归的时候给她提供了住处。

姜予眠来到熟悉的门前，犹豫许久才鼓起勇气敲门。

门内无人回应。隔壁的大妈都被吵醒了，拉开门："你们找谁？"

姜予眠望着女人喊了声："蒋婶。"

蒋大妈定睛一看："哎哟，是你啊。"她记得这个小姑娘，"你这是……？"

姜予眠回答："我来找舅舅。"

"找舅舅？你舅舅一家两个月前就搬走了，你不知道吗？"蒋大妈絮絮叨叨，"听说买了个新房，你舅妈买菜的时候还跟我吹嘘了好一阵呢。"

后面的话，姜予眠没听进去，只晓得舅舅搬家了，而自己这个亲外甥女毫不知情。

陆宴臣观察她的神色，道："如果你想见他们，我可以找到地址。"

姜予眠缓缓摇头："不了，也没有很想见。"

或许，她安安静静地离开，才是他们最想要的吧。

陆宴臣没有劝，只是问："接下来还有什么要做的？"

姜予眠缓缓道："想回老家看看爸妈，还有爷爷、奶奶。"

小时候，她跟爷爷、奶奶住在南霖的一个小镇上。后来奶奶去世了，她也到市里上学，跟爸妈住在一起。

"其实那个时候，大部分时间只有我跟妈妈在家。

"爸爸很忙，跟我们聚少离多，我还怪过他……但妈妈跟我说，他是个英雄。

"你不知道，我妈妈是个温柔又坚强的人。"

她性格温柔，却坚强地撑起了一个家。

陆宴臣静静聆听，心想：我知道。

十二岁那年冬天，他因在雪地里长跪而晕倒住院，醒来时没见到亲人，守在他身边的是个温柔的女人。

那个女人跟母亲的性格截然不同，却带给他母亲般的关怀。

他还在医院里见到了那个穿红棉袄的小女孩儿。

女人抱起女儿："我的乖乖，外面这么冷，妈妈给你织的围巾呢？"

小姑娘眼睛滴溜溜地打转，手里攥着棒棒糖，圆乎乎的拳头指向病床上的他："哥哥冷，给他戴。"

女人刚开始没注意到他脖子上的围巾，听完女儿的话后哭笑不得。

他将围巾还回去，女人却让他收好："眠眠送你的。我要是收回来，她该不高兴了。

"好孩子，那件事不是你的错，你爸妈要是知道你因此伤害自己的身

· 281 ·

体，会很难过的。"

趴在凳子上拿儿童画板涂鸦的小姑娘不明所以，只晓得跟着附和："哥哥没错，哥哥没错。"

所有亲人向他投来异样的眼光，连亲爷爷都把怒火发泄在他的身上，却有个温柔如母亲的人告诉他："这不是你的错。"

两个人各自回忆着往昔，到达小镇。

姜予眠买了四束不同的花。

车子再往前开，就到了乡下。

村里没有墓园，爷爷、奶奶在一处，爸妈在另一处。

墓前因为久无人打理长了许多杂草，陆宴臣若有所思地道："这里荒草丛生，有没有考虑过把骨灰移去墓园？"

"不，爷爷临走前说过，他要跟奶奶留在家乡。"姜予眠拨开草，"至于爸妈，当初爷爷说，怕人寻找踪迹报复家人，所以也留在了这里。"

姜予眠先去祭拜了爷爷、奶奶，再去看望爸妈。

乡间小道上偶尔有人路过，看见两个穿着打扮精致的年轻男女，悄悄议论起来，不知他们是从哪里来的。

姜父、姜母是合葬的墓，姜予眠送上鲜花，跪下磕了三个头。

陆宴臣对着埋葬在那儿的人深深鞠躬，神色虔诚，随后默默走开，把空间留给她。

"爸爸、妈妈，眠眠好想你们啊。"

夏风吹动发丝，眼泪落入草丛中，少女站在墓碑前，眼中涌上悲伤的情绪。

许久，她才转身离开。

离开的路上，姜予眠迈过一个石坡往下走，正好有人从下面走来。

他们跟一个中年男人擦肩而过。中年男人看到姜家夫妻俩墓碑前那两束新鲜的花，忽然想起什么，连忙回头将人拦住。

中年男人打量着这个年轻的女孩儿，在她的眉宇间依稀可见故人的影子："你……你是眠眠？"

姜予眠愣了一下，对方的身份浮现在脑海里："黎叔叔。"

遇到老熟人，原本打算离开的二人跟着黎文峰去了他家。

黎文峰的老家也在镇上，他是跟姜父一起长大的，两个人又考上了同一所警校，成了为人民伸张正义的警察。

黎文峰难得休假回家一趟，想去祭拜故人，结果遇到了友人的女儿。

他认为这是故友冥冥之中的提醒，对姜予眠十分热情。

"这些年，你过得怎么样？"

姜予眠几句话带过那些不太好的记忆，只说现在暂住于爷爷的朋友家。

"他叫陆宴臣，是……陆爷爷家的哥哥。"姜予眠还是只能这样绕一圈去介绍他的身份，"这次就是他陪我回来祭拜爷爷、奶奶和爸妈的。"

黎文峰打量着这个年轻的男人，凭借多年练就的识人本事，觉得此人一看就是人中龙凤。姜予眠有这样的一家人帮助，应该过得不错。

"算起来，你现在该读大学了吧？"

姜予眠模糊了过程，只说："去年高考不太顺利，复读了一年，今年刚高考结束。"

黎文峰点点头，觉得没考好再复读这种事很正常，也没多想："以后读什么专业？"

姜予眠还是那句话："没想好。"

黎文峰顿了顿，问："我记得你自学过编程，在计算机方面天赋极高，怎么，不打算往这个方面发展？"

姜予眠沉默了。

爸妈去世是因为遭到仇家报复，爷爷叫她学会低调。

家庭变故打消了她对一切事情的热爱。后来需要钱的时候，她才重新打开电脑，编写程序赚外快。但她也像爷爷说的那样，一直很低调。

她对未来感到迷茫，如果实在不知道选什么，或许也会考虑这方面。

"眠眠，你还记得你小时候，叔叔让你来帮我们工作吗？"

"爸爸说您爱开玩笑。"

"那还真不是。"

黎文峰记得，姜予眠在十四岁那年拿了奖。

姜父请了两个亲近的朋友庆祝，黎文峰就在其中。

那天喝了酒，他跟姜父聊起近日工作进展得不顺："现在网络逐渐发达，消息传播得太快了，那些人听到风吹草动，跑得跟兔子一样快，我们的人回回扑空。"

来给他们送酒的姜予眠耳朵灵敏，虽然并不知道他们具体要做什么，但他们是警察，肯定是要抓坏人。于是她忍不住插上一嘴："网上也可以追踪。"

黎文峰摇头："我们能想到的，对方也能想到。"

那时候的小女孩儿自信满满："那我们做得比他们更厉害不就好了？"

黎文峰笑道："差点儿忘了，我们眠眠可是个编程高手，要不你来帮叔叔工作？"

姜父推他一把："跟孩子说这些做什么？"

黎文峰却觉得，天才不论年龄，有本事才是关键。

但他也了解姜父的想法，姜予眠若要参与，必定不能再做无忧无虑的小女孩儿，那些想法也只能是酒后的玩笑。

"黎叔叔，你们还在研究怎么去抓那些人吗？"姜予眠对那些事了解不多，但隐约能猜到一些。

"是啊，现在信息发达，方便了我们，也方便了他们。"黎文峰很乐意跟她说这个话题，"你平时关注新闻吗？"

"一直忙着学习。"

"差点儿忘了，你刚高考完。"黎文峰在手机上点了几下，打开新闻网页，"其实媒体也报道过一些社会问题，就比如各种新型毒品出现在生活中，让人防不胜防。

"包括网上交易，他们用虚拟号码沟通，当我们获取信息再去找人时，已经晚了。如果我们能够更快地捕捉到这些信息，那就能够事半功倍。"

这些都是新闻报道过的事，不算秘密。

姜予眠听了半天，问："你想让我走这条路？"

"眠眠，这只是叔叔根据自身接触过的事情举的一个例子。"黎文峰在长大后的姜予眠身上看到了她父亲的影子——他们一样个性坚毅。

"天赋很难得，只要你肯发挥它，无论朝哪个方向钻研，都能有不小的成就。"

分别前，黎文峰给了她一个联系方式："以后常联系，等你确定目标了，可以告诉叔叔一声。"

从黎文峰家里出来，姜予眠脸上愁云密布。

陆宴臣打趣她："怎么见到熟人，反而变忧愁了？"

姜予眠苦恼地拍拍脸颊："黎叔叔问我以后想走什么路。"

陆宴臣挑眉："那你是怎么答的？"

"我说不知道。"姜予眠实话实说，"他叫我不要浪费自己的天赋。"

她转头问："你觉得呢？"

"这是你的人生，我无法替你做决定。"

姜予眠期待他给出意见："不是做决定，就是一个建议。"

陆宴臣停下脚步："我的建议是，听听自己的心。"

姜予眠抬手摸着心口，觉得"怦怦"跳动的心脏还没有告诉她答案。

两个人相对而立，就这么静静地站在路灯下，任由影子在黑暗中交融。

良久，见她沉吟不语，陆宴臣微微倾身，问："心跳得很快，你在想什么？"

姜予眠抬眸，撞进陆宴臣那双专注的瞳孔里："你。"

"丁零……"夜色柔和，风过眉梢。骑车路过的少年按响铃铛，惊醒路旁被心牵引的姑娘。

意识被拉回现实，姜予眠暗暗咬唇，硬着头皮补充道："我在想，你是怎么确定自己要走的路的？"

陆宴臣抬头，直起身："每个人都有自己想做的事。思考如何达成那个目标，再一步步完成的过程，就是你要走的路。"

"哦。"她小声道，故意叹了一口气。

夜色掩盖了少女发烫的脸庞。

姜予眠抬起头，被头顶的星空吸引："今晚的星星很亮。"

在城市里很难看到满天繁星，她已经很久没见过这么美丽的夜空了。

"我知道一个地方。"

路灯拉长两个人的身影，姜予眠带着他一路走到草坪大坝上，不少人在周围的树下乘凉。

几个孩童结伴追逐，嘻嘻哈哈。

路旁的老人摇着蒲扇，贩卖着冰镇西瓜。在这远离城市喧嚣的小镇里，人们浮躁的心灵得到了片刻的安宁。

姜予眠摸摸衣兜，扭头问："陆宴臣，你带钱了吗？"

陆宴臣不问原因就说："要多少？转给你。"

"不是，"姜予眠扯他的衣袖，"我是说现金。"

男人愣住了。刚才发言阔气的他竟拿不出分毫，只能摊开空空的双手，道："钱包在车上没带出来。"

"可我想吃西瓜。"女孩儿噘噘嘴，眼巴巴地望着那个方向。

"等我一下。"陆宴臣走到树下，弯腰跟坐在那里乘凉的人交流，一连问了几个人都摇头。

姜予眠连忙改口："我不吃了。"

"难得有你想要的东西，我怎么也得满足你。"他运气不错，刚说完就换到了现金。

姜予眠如愿买到两块又大又红的西瓜。

她认真地对比之后，把其中更好的那块递给陆宴臣："给。"

陆宴臣抬手拒绝："不了，你吃吧。"

"一个人吃独食不好。"

"这里没人觉得你在吃独食。"

他刚说完，旁边响起"呱"的一声。一个五六岁大的小男孩儿握着玩具青蛙站在两个人旁边，盯着姜予眠手里的西瓜。

姜予眠连忙将西瓜藏到身后。

青蛙玩具落到地上跳走，小男孩儿追着跑远。

姜予眠回过神来，看见对方脸上揶揄的表情，红着脸解释："我……我不是小气。"她结结巴巴地道，"这是……是你买的。"

这是陆宴臣问了好几个人才换钱买来的西瓜，她才不愿意分享给别人。

"守护好自己想要的东西没错。"陆宴臣不再笑她。

"那你吃吗？"姜予眠重新递出西瓜。

陆宴臣："不吃。"

姜予眠狐疑地盯着他几秒，抱着西瓜啃了起来。

含了一口在嘴里，她突然想起一件事。

长期居住在镇上的居民大多举止随意，将西瓜籽直接吐到地上。姜予眠做不出来，又觉得当着陆宴臣的面往手上吐很不雅观。而且她现在两只手都拿着西瓜……

她纠结了。

这时，旁边伸来一只手，掌心朝上，垫着纸巾："吐到这里。"

两只手拿着西瓜，女孩儿鼓起腮帮，人傻了。

陆宴臣伸手接她嘴里的西瓜籽？这……这她哪敢啊？！

"吐籽，脏的……"她缓缓开口，都不知道自己说了什么。

男人目光温柔，没有丝毫勉强："有什么关系？扔掉就好。"

但是最终，姜予眠还是选择让他帮忙拿西瓜，自己在手上垫着纸巾吐在上面。

两块西瓜很快被她吃掉。

见她喜欢，陆宴臣看向路边。老人已经买光西瓜，正在收摊。

"很喜欢吗？"陆宴臣抬手看表，"现在时间还早，街上的店铺应该没关门，我们可以再买点儿。"

姜予眠拿剩余的纸巾擦拭嘴角："这句话要是被我爷爷听到，会骂人的。"

陆宴臣放下手："嗯？"

她拧着纸团说："因为我吃多了西瓜容易闹肚子。"

陆宴臣拧眉。

她偷笑两声，选择坦白："夏天很热，爷爷每次出门都会抱回一个大西瓜。我是很喜欢啦，一个人能吃大半个西瓜，但是每次吃完都会肚子不舒服。奶奶发现之后把爷爷骂了一顿，爷爷就不买西瓜了。"

陆宴臣被她话里的快乐感染："那之后岂不是没得吃？"

姜予眠揉捏纸巾："也不是，我那时候小，想吃的时候会找爷爷、奶奶要。他们实在受不了了，还是会买给我。我少吃一点儿就没事了。"

陆宴臣笑着问："限定两块？"

她摇头："具体能吃多少我不知道。反正后来，爷爷还是每次都给我带西瓜，但只准我吃两块。"

他们继续聊着，姜予眠放慢脚步，原路返回。

陆宴臣保持着跟她一致的步伐，悠闲自在。

"多余的怎么办？"

"多余的放进冰箱里呀，我第二天再吃。"

"你还挺得意。"

走了一路，终于找到垃圾桶，姜予眠扔掉手里的东西，浑身轻松。

"不好意思，光顾着自己说了，这些琐事听起来挺无聊的。"她猛地发觉陆宴臣好像陪她聊了一堆废话。

"不会，"男人声音柔和，眸中亮起点点星光，犹如夜空中闪烁的繁星，"我觉得很有趣。"

这不是他出于礼貌的附和，而是发自内心的感受："你的童年很快乐。"

他见过那家人在一起时的幸福模样，觉得姜予眠口中那些他不知道的快乐经历更是令人向往。

陆宴臣表态后，她讲起来更带劲了，想起什么就说什么。

"我小时候会把奶奶的椅子搬到院子里，晚上躺在那儿睡觉。"

"没有蚊子？"

"有啦——"她清脆的尾声拉长，似撒娇，"结果就是我被咬得满手满脚的包。"

然后她哭着要回去找奶奶擦药。

后半句她没说，陆宴臣却问："有没有哭？"

姜予眠捂脸："给我留点儿面子好不好？"

"好的，你没哭。"他语气轻快地说。

姜予眠跺了一下脚，眼睛瞪他："陆宴臣！"

为了岔开话题，姜予眠绞尽脑汁，道："爷爷还给我做了秋千。"她回想起曾经荡着秋千度过的夏天，"不过那里已经很久没人居住了，秋千应该坏了吧。"

她抿起唇，想到爷爷、奶奶已经离世多年。

余光瞥见女孩儿缓缓垂下的脑袋，陆宴臣貌似不经意地说："可以回去看看。"

姜予眠望着夜空，说道："现在天都黑了。"

陆宴臣脚步轻快："明天去。"

"我们不是明早要走吗？"处理王强的事耽搁了两三天，陆宴臣带着笔记本电脑在车上处理工作，经常接到电话，她都不好意思了。

陆宴臣拿起手机给姚助理发了条信息，抬头时对她说："最近不是很忙，迟一点儿没关系。"

远在景城的姚助理收到老板的短信，以为是汇报的工作有了回复，点开一看，满怀期待的笑容僵在脸上。

姚助理抬手摸了摸微秃的头顶。

天誉集团总部大楼的助理办公室内，灯光亮了整整一夜。

第二天上午，姜予眠寻着记忆中的道路来到幼时住过的家门前。

原本凹凸不平的泥土路已经修成平坦坚硬的水泥路，偶尔有车经过，能直接开到家门口。

朱红色的木门上已经掉漆，锁上锈迹斑斑，院子里杂草丛生，随风摇晃。

姜予眠推开院门，耳边仿佛回响起爷爷、奶奶站在院内闲话家常，唤她名字的声音。

但是一眨眼，所有欢笑声戛然而止，她看到的是角落里布满蜘蛛网，树下的秋千椅子上爬满了绿色的藤蔓。

"果然坏了。"她望着秋千，目光惋惜，"什么都没了。"

时光掩盖了生活的痕迹，很多东西只能停留在记忆里。

陆宴臣不动声色地打量四周，抬手指向墙面，问："那是什么？"

墙上刻着一道道高低不一的划痕，到现在都很清晰。

"啊？"姜予眠被他的问题吸引了注意力，顺势看去，"是我小时候的身高线。"

她忍不住走过去，伸手抚摸那一道道印痕："爷爷说要留下我成长的痕迹，所以故意刻得很深。"

从墙上的痕迹可以看出，记录的人很用心。但是现在的姜予眠站在那里，头顶跟墙上的最后一道痕迹间有大片空白。

陆宴臣低头，四处搜寻。

姜予眠好奇："你在找什么？"

"找个东西。"话音一落，他勾起唇角，弯腰在秋千下捡起一块尖锐的石头。

姜予眠正要往陆宴臣这边来，却被他勒令站住："你站在那儿别动。"

"啊？"女孩儿蒙了。

陆宴臣拿着石头走过去，高高抬起手，掌心与她的头顶平行。

"好了，你让开。"

姜予眠微微蹲下身，听话地从他的掌下移走。

只见陆宴臣将石头的尖角抵住墙面，用力地划出一道深深的痕迹。

原来他是要替她刻下身高。

"原来我已经这么高了。"她看着墙上的痕迹，眼睛开始发酸，"可惜，空缺了好多年。"

爷爷去世后，再也没人给她记录过身高。

陆宴臣重新看向墙面，手指从最新的痕迹处往下平移，又重重地划出一道痕迹。接着，第三道、第四道……

他刻得很深，墙上的成长印记将永不磨灭。

"这是十八岁的姜予眠。

"这是十七岁的姜予眠。

"这是……"

一道道痕迹逐渐填充空白的地方，终于跟曾经的痕迹相接。

姜予眠捂住嘴，笑着笑着就湿了眼眶。

她失去的那些东西，有人细心又温柔地替她补了回来。

这天他们一起去邻居家借来工具，将院子简单地清理了一遍。他们用长棍搅掉蜘蛛网，用镰刀割掉困住秋千的藤蔓，姜予眠甚至想坐上去试试，被陆宴臣以秋千不结实为由阻止了。

但她没安分太久，站在树下乘凉的时候又盯上了树上的李子。

她伸手去摘，够不到，踮起脚也还差一点儿。

去还镰刀的陆宴臣还没回来，姜予眠便像小时候那样踩着树干往上爬。

"咚——"

当了很多年柔弱淑女的她已经丧失了爬树的技能，脚刚蹬上去就掉了下来，落地时没踩稳，摔了一屁股蹲儿。

院门口传来一道笑声。

姜予眠扭头，只见男人抄手站在那里，优哉游哉的模样，不知道看了多久。

她内心响起一万声尖叫。

"你是什么时候回来的？"

"在你打算爬树的时候。"他一副看好戏的表情。

出粮的样子被看到，女孩儿嗔怪道："你还笑！"

陆宴臣缓缓走近，伸出手。

姜予眠下意识地抓住，抬眸瞥见他眼底散不去的笑意，羞恼地甩开，自己站起来拍拍屁股。

下午，他们爬上老家对面的山坡看夕阳。

道路曲折，部分铺上了石块，部分是干燥的泥土。

姜予眠走在前面带路，走稳每一步，时不时回头看后面的人："能走吗？"

陆宴臣收回护在她身后的手，叮嘱道："认真看路。"

爬上山顶的时候已经大汗淋漓，姜予眠找到一块熟悉的大石头："这块石头我小时候就有。这么多年，它还是老样子。"

风吹不散，雨打不动。

"或许它变了，只是你没发觉。"

多年过去，怎么可能万物如故？

"我确定这就是那块石头。"姜予眠与他争论。

她一副认准了就不改的执拗口吻，陆宴臣举手投降。

她抽出纸巾垫在大石头上，招呼陆宴臣来坐。

男人盯着石头上细碎的尘土，似乎在犹豫要不要碰。

姜予眠忽然想起他爱干净，立马站起来，故作随意地在四周乱转："这边视野更好。"

他们抬头仰望天空。

空中乍泄金光，由白色渐变到橙黄色，云层从他们的头顶飘过，暖风吹拂草木。

陆宴臣侧视身旁被斜阳照亮的少女。她终于恢复十八岁女孩儿该有的活力，眼底生光。

直到夕阳缓缓落下山坡，他们不得不结束这段难得的悠闲时光。

"眠眠，我们该走了。"

"哦。"

见她望着家的方向眼含不舍，陆宴臣劝道："以后随时都可以回来。"

她扭头："你跟我一起吗？"

男人目光微顿，实在不忍破坏她难得的好心情，委婉地道："我可能之后会比较忙。"

姜予眠举起手机对着天空拍了张照，回头看着他，笑道："我知道你很忙，没关系呀，有空再来就好了。"

高高的山坡上，两道颀长的身影站在夕阳里，身披万丈霞光。

返回景城的那天，姜予眠悄无声息地更新了一条朋友圈，红霞满天，繁星璀璨。

她微信列表里那些好友及时捕捉到这条消息，纷纷点赞。

陆习："你倒好，考完就跑。"

盛菲菲："咱们看的不是同一片天空吗？我这里啥都没有。"

姜乐乐："美！眠眠快来聚餐。"

蒋博知点了个赞。

宋俊霖："哟，我怎么看某人的评论像个怨妇呢？"

姜予眠发朋友圈的频率较低。她难得更新一条，大家都忍不住跟她互动。

与此同时，宋夫人发来一条私信，祝她毕业快乐，邀请她去宁城玩。

姜予眠礼貌地回复后点开宋夫人的朋友圈，见里面大多是出席活动或宣传新产品的照片，偶尔夹着日常生活的细节。

宋夫人有成功的事业、美满的家庭，外面都说她是人生赢家，无人记得她曾经历过多少磨难。

飞机即将起飞，姜予眠关掉手机，看了眼窗外。

远离喧嚣的安宁生活终究要结束了，她将回到那座繁华的都市，开启新的人生。

六月下旬，万众期待的高考成绩终于出来了，陆老爷子、谈婶、姜予眠和陆习四个人同时守在一台电脑前。

两个毕业生互相谦让。

"你先。"

"你先。"

陆习头一次想起绅士礼仪："女士优先。"

姜予眠一脸淡定："我不着急。"

陆老爷子戴上自己的老花镜盯着屏幕："时间马上就到了，你们赶紧的，别推来推去，都给我查。"

陆老爷子发话，要盯着两个人查成绩。陆习咬咬牙，上前输入信息。

到最后一步了，陆习在点击时闭上眼睛，周围鸦雀无声。陆习睁开一只眼，逐渐清晰的视线瞄到屏幕，嘴角扯出深深的弧度："哎！它崩了！"

陆老爷子不满，赏陆习一脑瓜崩："崩了，你还这么高兴！"

姜予眠用食指在陆习的肩头轻点两下，示意换位。陆习立马起身，一分一秒都不想在那个座位上多待。

他原本哼着曲子等姜予眠查分，但姜予眠不知道点了什么，崩溃的网页上顺利跳出分数："陆习，602分。"

他的高考成绩就这么被姜予眠暴露了……

陆习揉眼，简直不敢相信："这是我的分数？"

姜予眠点点鼠标："千真万确。"

"太好了！"平时测试都只考500多的陆习竟在关键时刻超常发挥，他直接在房间里蹦了起来。

"600多分，不错啊。"谈婶搓搓手，已经开始想今晚吃什么庆祝了。

陆老爷子跟着点头。这个分数虽然不算顶尖，但以陆习的情况来说，老爷子已经很满意了。

"眠眠，快查你的看看。"

"好。"姜予眠输入自己的信息。

兴高采烈的陆习猛地凑到电脑前，脸上的表情丰富多彩。

陆老爷子扶着老花镜，缓缓念出屏幕上的分数："738分。"

谈婶算了起来："738减去602，呀，多了100分不止。"

陆习：您大可不必如此强调。

有了姜予眠的738分做对比，陆习那600多分的成绩似乎瞬间变得不值一提。这个消息很快传遍整个陆家，家里人都夸姜予眠考得好。

陆习"哼"了一声，坐在沙发上。

很奇怪，之前爷爷偏心为姜予眠训斥他的时候，他很烦躁很生气。可现在家里人都只记得姜予眠考得好，他竟然一点儿都不生气，内心还隐隐有些……骄傲。

姜予眠可是从他们陆家出来的。

班级群里，大家都在问分数，姜予眠收到许多人的私信。

蒋博知十分关注姜予眠的成绩。姜予眠发了一张分数的截图发过去，对面的人哭了。

蒋博知："我就比你少了1分。"

就因为这1分，蒋博知错失了理科状元的宝座。

前几名的成绩公布的那天，电视台的记者想要采访这位高考状元。姜予眠拍了张照，在镜头前露了个脸。

毕业后，姜乐乐将班上玩得好的几个人拉了个小群，在里面激烈地讨论起来。

姜乐乐发了一串表情包刷屏："眠眠，你太厉害了！"

蒋博知："这不得请我们吃顿饭？"

班长想起花名册上的信息："我记得，姜予眠的生日好像快到了。"

姜乐乐："那正好一起请了！"

他们就这么替姜予眠安排好了。姜予眠想了想，答应了。她上次没能参加同学聚会，觉得很抱歉，毕业之后大家很难再见，现在聚一聚也好。

咩咩："你们想去哪里吃饭呀？"

班长立马发来链接，推荐了几个好地方。姜乐乐还提议去唱歌，打心里对自己的歌喉十分自信。

许多人向姜予眠道贺，包括报考美术学院的盛菲菲。

虽然刚认识的时候对彼此的印象不好，但时间让她们看清对方，成为朋友。

姜予眠把生日聚餐的事情告诉盛菲菲。

盛菲菲一听，道："你怎么这么晚才说？不行，我得赶紧去看礼物了。"

姜予眠哭笑不得："不需要礼物，只是大家简单地吃个饭。"

她的生日聚餐跟盛菲菲、陆习的生日宴不同，大家只要找环境不错、饭菜美味的地方，一起吃个饭、唱个歌就好。

"饭是要吃的，礼物也是要买的。"盛菲菲有自己的一套道理，"我盛菲菲不带礼物就去吃人家的饭，这传出去不是丢人吗？"

想起盛菲菲挥金如土的阔气样，姜予眠也懒得跟她争了。

她算了算，来的人除了一班那几个经常交流的，还有盛菲菲以及……

陆习的名字从她的脑海中蹦出来。这一年来，她跟陆习的关系变化极大，从相看生厌到能够互帮互助。去年陆习邀请她参加生日宴会，闹了个误会。很久之后她从盛菲菲口中得知陆习曾跟贬低她的人吵过嘴，这才明白陆习叫她去并不是为了羞辱她。所以这次，她愿意踏出那一步，跟陆习交朋友。

于是，她给陆习发了同样的生日聚餐邀请。

收到信息时，陆习正跟李航川和孙斌坐在网咖的包间里讨论学校和专业。

孙斌："话说，我们填志愿为什么要约在网咖？"

李航川："可能是常来吧，觉得亲切。"

陆习："……"

这次高考，李航川发挥稳定，分数刚过 500。孙斌发挥失常，只考了400 多分。

孙斌的家人有意让他复读，而李航川选择顺其自然："反正我不想再读一年高三——再来一次我直接没了。"

"还是习哥厉害，咱六班就数你考得最好。"

陆习这一年都在进步，大家看在眼里。

陆习懒得听他们俩扯淡，拍桌问道："你俩选哪儿？"

李航川脑袋枕着双手："我还是觉得家里舒服，打算报景城的学校。"

孙斌迟疑了一下："我还没想好，可能会复读。"

曾经形影不离的好友终将踏上不同的人生道路。

陆习心里烦闷，摸过手机看到"小哑巴"发来的信息时还有些诧异。

最近周围的人都在讨论填报志愿的事，他竟不知姜予眠的生日即将到来。三个人从网咖分开后，陆习一个人去了商场。

这时，家里的姜予眠还在犹豫，要不要把过生日的事告诉陆宴臣。

可她即便告诉了他，也不能请他跟同学们一起吃饭，不然那场面肯定尴尬。

她不告诉他吧，万一他之后得知这事，会不会觉得她过生日邀请朋友吃喝玩乐，都不愿意跟他说一声？

说也不是，不说也不是，姜予眠纠结地揪住头发，把头埋向书桌。

天誉集团。

姚助理取到一个从国外寄来的包裹，连忙送往十九楼。

包裹里面是个包装精美的礼盒。

陆宴臣打开看了一眼，重新合上，转而询问姚助理另一件事："南霖那边的事进展如何？"

姚助理应答如流："陆总放心，墓碑周围已经修缮完毕，雇了人定期打扫，保证以后干干净净的。"

前不久，陆宴臣从南霖回来后便吩咐姚助理亲自去办一件事——修坟。

当时姚助理就想：为什么不把墓迁到环境更好的墓园？但老板的命令不容置疑，他直接安排人将那个地方扩建成独立的小墓园。

这是他来到天誉后，头一回出差去处理老板的私事，这位年纪轻轻的姜小姐还真是厉害。

还有，他刚才转交的包裹里装着的是法国设计师寄来的定制品。

他猜：这东西将会被送给姜予眠。

手机的振动声打断姚助理的思绪，声音来源于陆宴臣的私人手机。

姚助理默默退后，陆宴臣接通电话，里头传来女孩儿清亮婉约的声音："关于高考志愿，我可以跟你聊聊吗？"

用填报志愿的理由，姜予眠成功把陆宴臣约出来。放假后有大把的时间，她在网上搜寻很久，找到一个有几分小镇气息的公园。

这里溪水缓缓流淌，四周草木繁茂，姜予眠坐在岸边，在流水声中袒露心声："明天就要提交志愿表，景大早就联系过我，但我一直在犹豫。其实我心里是有偏向的，但不确定选择那个之后，又要去做什么。"她今天穿了件薄纱披肩，袖口的蝴蝶结抽绳垂落，她的手指绕着抽绳使其打结，"我不想再糊里糊涂地学下去。"

学习永无止境，她需要一个明确的目标，一份坚定不移的信念。

今晚他们运气好，竟能见到几颗零散的星星。

陆宴臣耐心地倾听她的烦恼，整理语言，说道："你有没有想过，将来要成为怎样的人？"

姜予眠认真地思考这个问题，浮现在脑海中的具体形象是成熟美丽的赵漫兮、大方且富有学识的书谧，还有端庄优雅的宋夫人跟鹿太太。

她说："赵漫兮想独立证明自己的能力，学金融管理专业，经营公司；书谧家庭条件富裕，觉得医生这个职业神圣，故而学了医；宋夫人专于设计——你知道这世界上有多少人怀才不遇，偏偏她成功地走了出来。

"我想变成像她们那样优秀的人。"

"从成绩而言，你各科都不错，且偏爱数学。"陆宴臣声音一顿，"如果让你专攻数学，研究数学，你期待吗？"

姜予眠摇头，道出心里话："我好像更喜欢去解决遇到的难题，而不是思考、创造。"

陆宴臣垂眸一笑，对这个答案并不意外。他换了个方式问："那你还记得，当初那个年少成名的计算机天才少女吗？"

女孩儿神色微变："我……已经不是了。"

陆宴臣毫不犹豫地道："你可以是。"

其实她心里早有答案，只是不敢面对，所以不断排除其他答案，把机会留给唯一的正确选择。

"姜予眠。"陆宴臣站在她身旁，缓缓转身。

晚风拂过发梢，两个人不约而同地看向对方，目光撞在一起。

"你不需要变成任何人，只需要努力去跟未来最好的自己相遇。"

他的鼓励，真是无与伦比地美妙。

姜予眠抬头望向天空，那几颗光亮微弱的星星依然在努力地发光。

她吸吸鼻子，忽然笑了："虽然不确定未来会走到哪一步，但我现在已经选好要走的路了。"

七月二日，姜予眠的生日。

一班学习小组的六个人，加上陆习、盛菲菲，八个人刚好凑一桌。

姜予眠定了包间。大家都很客气，给姜予眠带了份小礼物，搞得她都不好意思了。她已经好久没享受同学和朋友的热情了。

生日聚餐的事，她如实交代了。

陆宴臣在电话里沉默片刻，道："晚点儿吧。"

"什么？"姜予眠没懂。

"我晚点儿来接你。"他有个礼物要送给她。

他们没说几句便挂了电话，陆宴臣那边在忙。姜予眠回过头，准备往回走，就看见了走廊里的蒋博知。

填报志愿那几天，蒋博知一直劝姜予眠选数学专业。她在提交志愿表后把自己的选择告诉他，之后两个人再无对话。

"通信工程，你确定了？"

"嗯。"

"为什么？"蒋博知不解，"你不是痴迷数学吗？"

姜予眠摊手："我只是觉得解决那些数学题很有趣。"

蒋博知脱口而出："这不就是了？你觉得数学有趣，以后可以往这方面研究。"

姜予眠摇头："不想研究，只要有题给我训练一下思维就好。"

这个理由，蒋博知无从反驳。

二人一起返回包间，地上竟多了一箱酒。姜乐乐跟盛菲菲反客为主，招呼大家吃吃喝喝，并开了一排酒："大家都是成年人，喝点儿酒怎么了？"

盛菲菲跟陆习已经习惯这样的场面，还带大家一起掷骰子玩游戏。

姜乐乐提议："我们来玩真心话大冒险。"

盛菲菲补充："不要真心话，只能大冒险。"

姜予眠一听，脑袋摇得像拨浪鼓："不行。"

这几个人玩起来花样百出，他们口中的惩罚一定很难实施或者很令人难为情，姜予眠不想冒险。学习小组的另外两个人也保守，不愿意。

陆习拿起酒瓶："实在不想冒险就喝酒。"

他们比掷骰子。骰子摇晃，大家全神贯注。

几轮玩下来，一班那群学霸输得彻底。特别是姜予眠跟蒋博知这两个几乎每次数学考试都考满分的人，已经被罚喝了三杯。

陆习"啧"了一声："你们学霸不是会算吗？"

蒋博知不满地道："你以为演电视，光听声音就能算出来啊？"

这会儿气氛好，大家都以为他们在开玩笑，只有陆习感受到蒋博知对他的敌意。

都说熟能生巧，到后面，学霸运气转好，风水轮流转。一群成年人在这里开怀畅饮，不亦乐乎。

都说这酒不醉人，但他们喝多了，还是有些上头。好几个人起不来了，纷纷瘫在沙发上，只剩精力旺盛的盛菲菲跟陆习还在桌边划拳。

姜予眠看着两个人走神儿，内心好羡慕盛菲菲的自信大胆。盛菲菲能坦然地跟拒绝自己的人相处，在玩的过程中还不忘表达真心。

如果她也这么勇敢就好了。她悄悄叹气，垂眸放空大脑，思绪游离。

这一幕被一直观察她的蒋博知收入眼底。

在包间里待久了有些闷，姜予眠拍拍发烫的脸蛋儿，道："我出去透透气。"

她前脚刚走，蒋博知也借"上厕所"的理由跟了出去。也许是喝了酒，胆子比平常大很多，蒋博知径直走到她身旁，故作随意地问："你喜欢陆习？"

刚才盛菲菲跟陆习玩起来不顾旁人，而姜予眠一直盯着他们，心里恐怕不好受。

酒精麻痹了大脑，姜予眠花了几秒钟才理解他的问题，摇头说："没有啊。"

蒋博知不信："别否认，我看到你草稿本上的字了。"

蒋博知之前无意间发现姜予眠在草稿本上写的"陆"字，后来趁姜予眠不注意翻了她的草稿本，发现那个字不止一页上有。她在学习的时候还想着那个姓陆的人，不是喜欢他是什么？

"其实我们很早之前就看到你跟陆习在学校外面约会。"借着酒劲，蒋博知把憋在心里的话一股脑儿说出来，"还有那些牛奶和饼干，我看到了，也是陆习给你送的。"

姜予眠揉揉脑袋："你说什么？"

蒋博知"哼"了一声，转过头，想起有一次他因为拉肚子没去做课间操，返回教室时看到了陆习离开的身影。那时教室里空无一人，姜予眠的桌上多出了牛奶和饼干。

两个喝了酒的人在走廊里对峙。

机器人领着陆宴臣来到包间前。他没直接进去，在走廊里停留片刻，却意外地听到一个熟悉的声音："我是有喜欢的人。"

包间里突然响起巨大的音乐声，吞没姜予眠的下一句话。待声音降低，陆宴臣走近转角，蒋博知劝慰的话入耳："陆习不适合你，不值得你为他伤心。"

这话越说越离谱了……姜予眠想要解释，隔壁包间里又一次闹出巨大的动静，是个大嗓门的男人拿了话筒，声音震耳欲聋。

对话声被吞没，蒋博知冲回包间里拿起自己的东西离开，两个人不欢而散。

姜予眠只觉得莫名其妙。一直以来，她跟蒋博知在学习上的交流非常愉快。她觉得蒋博知大气，从未因她超越自己而心生忌妒，反而跟她友好互动。

在她迷茫的时候，蒋博知因她擅长数学给她推荐了不少专业——她以为他们算志同道合的朋友。可是现在，蒋博知一会儿质疑她选的专业，一会儿说她跟陆习有感情纠葛……

从蒋博知的话里，她听明白了造成误会的原因。她能理直气壮地解释奶茶店的事，却不知道陆习为什么要悄悄给她送东西。而且，草稿本上的"陆"字……

"蒋博知走了？"

"九点多了，我也该回家了。"

"我妈刚才都给我打电话了。"

学习小组的人陆续离开，最后还剩盛菲菲、陆习和她。

脑海中回荡着蒋博知的话，以至于她现在看到陆习都觉得别扭。

陆习喝了酒，盛菲菲又在旁边，她不好找陆习问话。

三个人直接从电梯下到停车场。

盛菲菲跟他们挥手道别："眠眠，我家司机到了，我先走了。"

刚巧陆习接到司机的电话，对姜予眠说道："陆家的司机也到了，我们走吧。"

姜予眠迟疑："那个……我还有点儿事。"

"什么事？"

二人正说着，眼前闪过一道车光。

两个人下意识地躲避。兜里的手机响起铃声，姜予眠收到信息的时候心也跟着落下，说道："之前有东西落在青山别墅，我要回去拿。"

她要是说自己要跟陆宴臣出去，万一陆习跟着咋办？

可她要是说去其他地方，陆爷爷那边也不好交代。她说要回青山别墅拿东西最合适。

"行吧，刚才跟盛菲菲斗酒，喝得我头痛。我先回去了，你拿了东西早点儿回，省得爷爷念叨。"陆习拉开车门，独自坐进去。

姜予眠按陆宴臣发来的数字找到停车位，弯腰去看，车窗已经缓缓降下来。

坐在车里的陆宴臣抬头，恰好跟外面的女孩儿脸对脸。

陆宴臣打开车门让她进来。他鼻子灵敏，闻到了酒味："喝酒了？"

姜予眠关上车门，鼻子、眉毛跟着皱起来："好闷，有点儿想吐。"

见状，陆宴臣解开安全带："去外面走走。"

七月的夜晚空气浮躁，缠得人心绪不宁。

这家店在江畔，马路对面就是江。他们沿着江走，离店越来越远。

姜予眠忽然停下往回看："我们一直走，就回不了家了。"

能载他们回家的车还在停车场里。

"怎么会？"见她一副凝重的表情，陆宴臣忍俊不禁，"走吧，丢不了你。"

她乖乖地跟上他，脸上凝重的表情还在，眉间堆出小山丘。

陆宴臣将目光落在她的脸上："小小年纪，眉头皱得这么深，有什么烦恼？或许我可以为你解惑。"

她否认："没有。"

"小撒谎精。"

"你帮不了我。"

"你不说，又怎么知道我帮不了？"

姜予眠喝了酒，心口涌上一股躁意。她解开衣服的第一颗纽扣，拿手往脸上扇风。酒香在空气中发散，她感到思维也被热流牵引，叫嚣着冲破理智的牢笼。

"我……"她强烈的心声钻出喉咙。

"嗯？"他低头，倾身聆听。

"我……"姜予眠忍不住抬起手，试图触碰眼前这个离自己很近，又很遥远的人。

"嘟嘟——"

一道突兀的手机铃声吓得她赶紧缩回手。

陆宴臣低头接听电话："喂。"

他对姜予眠有了充足的信任，并未避开姜予眠，他的声音传入姜予眠的耳中。

"出国的事安排在八月份，总部的事务从现在开始转移给副总……时间较长，归期不定。"

陆宴臣无意间回头，见女孩儿站在原地不动，肩头微耸。

陆宴臣收起手机，朝她走去。

姜予眠先一步问："你要走？"

他承认："是有这个打算。"

女孩儿一滴泪落下。

陆宴臣没想到事情这么严重："怎么哭了？"

"你说……你要帮我的。"女孩儿哽咽，声音断断续续的，"我有个喜欢了好久的人……你能不能帮我告诉他？"

陆宴臣联想到在走廊里听到的话，微微叹一口气："抱歉，这种事我好像真的帮不了你。"

他这个当大哥的，怎么去跟弟弟转达一个女孩子的心意？

"没关系，"她吸吸鼻子，用手指擦拭眼泪，"反正他也不会喜欢我。"

说与不说，都没关系，她这么劝告自己。

女孩儿故作坚强的样子落入眼中，陆宴臣神色微微一变。

他自然知道陆习没心没肺，长了一张招蜂引蝶的脸，盛家那个女孩儿追了陆习许久，现在又多了个姜予眠。

他试图安慰她："这个年纪，有喜欢的人很正常，但更重要的是学习和成长，成为更好的人才能配得上更优秀的人。"

"他很优秀，是我配不上他。"

那个次次救她于危难之中，替她扫去阴霾，背她看星星、陪她等夕阳的陆宴臣，是个很好很好的人啊。

陆宴臣不满她的回答，却明白偏爱不需要理由。

"你就这么喜欢陆习？"

她喜欢他到贬低自己？

姜予眠嗓音微哑："不，不是。"

为什么所有人都觉得她喜欢陆习？

她那见不得光的喜欢，就像写在本子上的姓，露一半藏一半，最后竟让她真正喜欢的人误会至此。

"什么？"他没听清。

江风吹动少女的裙摆，发梢拂过细腰。

她擦掉泪，在昏黄的光里，隔着一层水雾望向陆宴臣："我不喜欢他，喜欢你。"

第十章
暗恋苦

在酒精和突如其来的信息的冲击下，她藏在心底的欲念挣脱理智，控制她说出了那句话。

时间静止，空气凝固，他们默默凝视着对方，相顾无言。

一颗又一颗晶莹的泪珠从女孩儿的眼角落下，淌过脸颊，滴入脖间。

风吹过，卷起一缕及腰的长发。

她看到陆宴臣那双浓黑如墨的眼，像羽毛落入死水中，被顷刻间吞没也泛不起一丝涟漪。

姜予眠闭上眼。她输了，输得彻底。

"眠眠，"良久，那人终于开口，"你对我的感情只是吊桥效应。"

她睁开眼，露出苦笑："你可以不喜欢我，为什么要否认我的感情？"

那个高高在上的男人低下头："对不起。"

姜予眠执拗地望着他："你跟我说过，自己没做错事，没必要道歉，所以这声道歉，是为什么？"

他教她自信，教她学会探寻原因，而现在，她把学会的一切全部用在他身上。

他要怎么说？说很抱歉，没能察觉你的感情，没有及时跟你保持距离？还是说，他要否定她好不容易得到的快乐？

那个在商场雷厉风行、杀伐果断的男人第一次遇到这么棘手的问题——他当妹妹呵护的女孩儿，竟对他有了男女之情。

陆宴臣侧身避开她的视线，嗓音压得很低，说："该回去了。"

"你在岔开话题。"姜予眠绕到他面前质问，"你为什么不回答我？"

"你想让我怎么回答？"他呼吸声加重，语气跟着变沉，原本沉静的眼中挤出破碎的光，"答应还是拒绝？你想听到什么答案？"

他的一句句追问重重敲击着姜予眠的耳膜，她怔怔地望着眼前的男人，那张熟悉的脸在视线中逐渐模糊。

燠热的七月令人徒生躁意，陆宴臣呼出一口气："对不起，我失态了。"

他拿起手机给司机老赵打了通电话，告知地点，让老赵现在从停车场出来接人。

听出他有撵人的意思，姜予眠立马退后几步："我可以自己回家。"

陆宴臣手微抬："听话。"

"我不是小孩子了，陆宴臣。"前方开来一辆空车，姜予眠招手就要坐上去，被陆宴臣拉回来。

原本性格温和的两个人突然变得尖锐——他们没有争吵，却在无声地争斗。

姜予眠无法挣脱他的手，直到手腕被捏得泛红，才下意识地喊了声："疼！"

陆宴臣终于松开手。

车很快来到路边，陆宴臣打开门，把人塞进去，吩咐老赵："锁门，送她回陆家。"

随后，他"砰"的一声关上车门，老赵上了锁。

轿车在女孩儿的敲窗声中渐行渐远，站在江边的男人神色不明。

他明明有很多方式可以抚平她的情绪，将她送回陆家，却用了最不可控也最极端的一种。

他点燃一根烟，灰白色的烟雾缭绕指间，遮住眉眼，久久不散。

姜予眠在被强制送回家的路上冷静下来。到家后，她进了浴室，把自己泡在水里醒酒，江边发生的一切犹如电影画面在眼前走马灯般呈现。

她不知道自己怎么了，是最近跟他相处得太愉快，忘了那人本就高不可攀，还是因为他对她太好，让她误以为自己的感情或许能得到回应？

可现在，她说什么都晚了。

陆宴臣知道了她的感情，一定厌恶她了吧，今晚还强行送她离开。那个处事游刃有余、性情温和的人竟被她的告白逼到失态。

那日之后，姜予眠一连几天没有出门。

她本就性格安静，喜欢独处，平时除了吃饭几乎不在家里走动，其他人也没发现异样。

直到几天后，陆宴臣主动回到陆家。

她下楼时听到用人说陆宴臣回来了，正在书房里跟老爷子谈话。

他们商量着今天要多准备几道菜，姜予眠却在想待会儿在餐桌上如何面对他。

但那个场景还没发生，陆宴臣已经在走廊里看到了她。

陆宴臣一眼看出她的变化："瘦了。"他眉头微蹙，"这几天没有好好吃饭？"

姜予眠站在墙边，扭头反问："你在乎吗？"

他毫不犹豫地答："在乎。"

"为什么？"她不死心地问。

陆宴臣向她走近，高大的身躯挡在她身前："眠眠，我一直把你当妹妹一样照顾。"

甚至，他在姜予眠身上花的心思比在陆习身上花的还多。

或许是因为陆习有爷爷偏爱，而她痛失家人，或许是因为他感恩年少时那份意料之外的温暖，便对姜予眠起了怜悯之心。

但无论如何，他不可能对一个小女孩儿生出那种心思，更无法回应姜予眠的感情。

姜予眠缓缓摇头："我没把你当哥哥，从来都没有。"

"还有一周，我就要出国。"

姜予眠神色突变："是因为我吗？"

那天她分明听见陆宴臣在电话里说八月走，现在却提前了。

"不是，"陆宴臣坦诚地告诉她，"研究项目提前半个月开展，我需要过去做准备。"

"你是来通知我，你要走了？"

"我只是不想自己离开前留给你的记忆是这样难过的。"他知道姜予眠脆弱，隔得太远，就没办法再及时帮助她。

"那你留下啊！"在家里，她只能拼命压抑自己。

"眠眠，我在这里只会让你更痛苦，不是吗？"

见到他，她便一直无法从那种悲伤的情绪中挣脱，最好的办法就是远离他。

无论是为陆家，还是为姜予眠，他都不可能留下。

姜予眠难过地低下头，十指插入发间，靠着墙面缓缓蹲下去："我不知道要怎么做。"

男人抬起的手悬在她头顶，手指逐渐收紧成拳，最终还是没落在她的发间："眠眠，你只是一时被困在那里了。

"你是个聪明的女孩儿，时间一长，自然会明白的。"

他的温柔是把刀，会伤人。

七月中旬，陆宴臣出国的行程已定。

姜予眠收到了他发来的航班信息。

"想通了？在这之前的任何时候你都可以联系我。"

姜予眠既伤心又生气，把手机砸在床上："你好残忍啊，陆宴臣。"

他说的"想通"等于"放弃"，她怎么可能做得到？

飞机起飞的当天，姚助理陪陆宴臣在机场候机。

姚助理作为陆宴臣最得力、最信任的助理，将继续留在天誉总部协助副总管理公司。

姚助理陪陆宴臣出入机场多次，往日陆宴臣能够精准地计算时间，完成上飞机前的一切流程，今日却迟迟不动。

时间没剩多久了，姚助理不得不提醒道："陆总，该过安检了。"

男人拿起手机，手指在屏幕上滑了几下，又从姚助理手中接过电脑，缓缓走向安检区。

在前面排队的还剩两个人，陆宴臣把手指抵在背包外，摸到一个硬物。他不经意地回头，从人群中捕捉到一个熟悉的身影。待他定睛一看，那个人已经消失，仿佛只是他的幻觉。

最终，陆宴臣从包里取出一个巴掌大的粉色盒子交给姚助理，低声叮嘱了几句。

姚助理郑重地点头，目送老板离开。

不远处的姜予眠和姚助理望着同一道背影。

她终究无法面对陆宴臣。

迎来送往的机场，女孩儿红了眼眶。

不久后，她看到姚助理拿起手机。随后，她的手机铃声响起。

姜予眠犹豫片刻，无法控制地点了接通。

她把手机放在耳边，里面传来姚助理情绪复杂的声音："姜小姐，陆总有个东西留给你。"

女孩儿忍住抽泣，一字一句地道："我……不……要。"

她不要见他，不要接受那份"道别"的礼物。

姚助理迟疑片刻，继续道："陆总还说……这是你的生日礼物。"

最后，姜予眠收到了那份生日礼物。

巴掌大的方盒，是粉色的。

姜予眠将盒子托在手心上，缓缓打开，里面是一条项链，项坠是一只银色的"绵羊"。

绵羊卷起的耳朵是由钻石镶嵌而成的，晶莹剔透的钻石在阳光下闪烁，犹如南霖小镇的那个夜晚，他们曾见过的璀璨星河。

L："不要因我难过，好好长大。"

她摩挲着项链——那片属于他们的星河。

姜予眠手腕上戴着的饰品，是带有他诚挚祝福的平安扣手链。她努力地扬起嘴角，一次又一次。

七月下旬，姜予眠收到景大的录取通知书，并如约将报读"通信工程"专业的消息告知黎文峰。

电话里，黎文峰十分欣慰："眠眠，叔叔由衷地希望你像小时候那样，勇敢无畏、自强不息。"

"黎叔叔，您这话好像在宣誓。"

他不愧是吃国家饭的，用词都跟一般人不同。

黎文峰"哈哈"一笑："你别说我，你爸以前就这腔调。"

"爸爸以前说您总学他。"

"瞎说，是他学我。"

提到姜父的时候，两个人都语气轻松愉快。那个人是他们的牵绊，也是二人合作的牵引线。

黎文峰最后把话题拉回正轨："眠眠，我现在在侦察部门，上次跟你说的事，你考虑一下，国家需要你这样的人才。"

姜予眠垂眸，盯着桌上的录取通知书，说："这么多年过去，您不怕我已经泯然众人了吗？"

"于私，我信得过你；于公，真到那一步，你也需要参加考核。"她能否胜任并非一个人说了算，他只是不愿错过一个可塑之才。

姜予眠懂了。黎文峰向她抛出橄榄枝，要不要攀上去是她的选择，能不能攀上去还得靠本事。

姜予眠思忖片刻，道："黎叔叔，我会好好考虑的。"

挂了电话，姜予眠脸上的笑容尽数消失。

她故作轻松，似乎骗过了别人。

小群里，大家陆续晒出自己的录取通知书。

班长学医，姜乐乐去了英语学院，盛菲菲被美术学院录取，陆习成为景大的体育生。听陆习说，孙斌决定复读，李航川选了个二本。

众人在群里讨论得热火朝天，姜予眠用手机，对着录取通知书拍了张照。

她还是习惯性地点开置顶的联系人L，手指在对话框上方停留许久，最后直接退出微信。

她弯下腰，从抽屉里拿出日记本，翻到最新的一页，一笔一画地写道——

20××年7月22日

陆宴臣，我拿到景大的录取通知书了。

写完，她看了许久，最终合上日记本，放到旁边的行李箱中。

姜予眠抬头打量四周。时间在不经意间溜走，这个地方，她从陌生到熟悉，只觉恍如隔世。

高考结束后，一切尘埃落定，终于到她该离开的时候了。

择日不如撞日，姜予眠在拿到通知书这天向陆老爷子表达了自己的想法。

陆老爷子起初并不同意："怎么突然要走？是在家里住不惯吗？你缺什么？我马上让人添置。"

"不，不是的。"姜予眠认真地道，"陆爷爷收留我这一年，我很感激，陆家一切都很好。"

"那为什么还要走？"陆老爷子不解。

姜予眠心平气和地跟他表明自己的想法："陆爷爷，每个人都有自己要走的路，我不能一直依赖陆家。我今年已经十九岁，不是小孩子了，可以独立生活且照顾好自己。

"陆爷爷，真的非常感谢您。"

她郑重地向老人鞠了一躬，也表明了离开的决心。

陆老爷子提出把陆家名下的某套房子给姜予眠住，姜予眠婉拒了老人的好意。

八月，姜予眠在盛菲菲的推荐下看中一间环境不错的公寓，距离景城大学不远。

"开学不是要住校吗？"盛菲菲不明白她为什么非要在这个时候找房子。

姜予眠态度明确："我有其他事要做，走读更方便一点儿。"

听她这么说，盛菲菲也不多问，尽心尽力地帮她推荐："行。"

看房这天，姜予眠跟盛菲菲相约一同前往。

小区门口蹲着一个穿绿色背带裙、头戴小黄帽的女孩儿。见她们来，女孩儿立马站起来挥手："菲菲姐姐。"

盛菲菲撑起太阳伞，问："小曦，你蹲在这儿不热啊？"

被唤作小曦的女孩儿扬起笑脸："我刚从车上下来。"

两个人寒暄几句，盛菲菲给她们互相介绍："这是我的朋友姜予眠，小曦，你得叫姐姐。"

女孩儿很乖："姜姐姐好。"

盛菲菲又指着女孩儿，说道："她是言曦，今天跟我们一起看房，你叫她小曦就行。"

姜予眠友好地道："嗯嗯，小曦，你好。"

言曦看起来像未成年人，可能是盛菲菲叫来玩的吧。

三个人在提前选好的公寓内转了一圈。这套公寓有一室一厅一厨一卫，面积宽敞，室内阳光充足，很适合独居。公寓上面还有一个小阁楼，像个秘密基地。

姜予眠果断做出决定："感觉这里还不错，现在方便跟房东联系一下吗？"

盛菲菲竖起大拇指朝言曦指了指。

姜予眠没懂，微微探头。

盛菲菲"哎呀"一声，伸手将在后面擦花瓶的言曦拎过来："房东不就在这儿吗？"

姜予眠："……"

小黄帽妹妹举起手："对呀，在这儿。"

盛菲菲扬手画了一个圆："这栋楼都是她的，你挑中哪间就跟她说。"

姜予眠受到冲击："她看起来像个未成年人。"

"她哥送的。"盛菲菲扭头问言曦："好像是你去年的生日礼物吧？"

"嗯嗯！"言曦抱着花瓶可劲地点头，又转头向姜予眠介绍："这栋楼里还有几间空房，姐姐，你可以多看看，不行的话，对面那栋楼是我二哥的，距离这里五百米的××大楼是我大哥的……"

一栋栋大楼的名字跟不要钱似的从言曦的嘴里蹦出来，姜予眠深吸一口气："可……可……可以了……"

有钱人的世界姜予眠真是难以想象，他们光靠收租就能发家致富。

有专人替言曦处理这些事务，最终姜予眠以友情价租下这间公寓。

姜予眠搬家那天，陆老爷子跟谈婶亲自陪她过来，在屋里转了一圈才放心。

临走前，陆老爷子握着她的手，不舍地叹息："眠眠，家里的卧室永远给你留着，平时放假就回来看看爷爷。

"不要见外，这一年你帮了陆习很多，家里人都很喜欢你，爷爷真把你当孙女疼。"

姜予眠动容。

这一年的安稳生活和遇见陆宴臣的契机都是陆老爷子给的，她打从心底里感激这位老人："陆爷爷，我有空一定回去看您。"

"陆老，车到了。"谈婶同样不舍，但还是打断了这一老一少的惜别。

姜予眠把二人送到楼下。

谈婶拉开车门，却发现开车的不是司机而是陆习："陆习，你来了怎么不上去？"

驾驶座上的人朝车窗外看了几眼，没好气地道："我上去干吗？我对别人的新家没兴趣。"

自从姜予眠说要搬出去后，陆习就一直一副不爽的样子。

谈婶笑呵呵地说："你是不是舍不得眠眠？"

"舍不得她？"陆习露出一副难以置信的表情，像是为了验证自己的话，一一列举姜予眠离开的好处，"她走了，我恨不得放鞭炮庆祝。以后我再也不用跟她挤一辆车上学，在二楼想干吗干吗，真爽。"

一听这话，刚上车的陆老爷子黑了脸："陆习，你也给我搬出去锻炼锻炼！"

本以为孙子会像以前那样跟自己犟，哪知陆习一口答应："好啊，你可别后悔。"

他早就想搬出去住了，自由自在。

姜予眠送走客人回到家，家里一片安静。

夜幕降临，姜予眠开始规划自己的新生活。

写程序可以保证她的生活无忧，这种事她在高中时就干过，现在不过是重操旧业。

除此之外，她不能像以前那样只顾着埋头学习。

剩下一个月的时间，姜予眠给自己制订了一个生活计划表，每天早晨起来跑步、做早餐，然后开始学习。

她在网上搜寻了不少技术课程和论文，大量地吸收各方面的知识。

偶尔，盛菲菲会叫她出去吃饭，到好看的地方打卡。

跟朋友出去的时候，她也像个正常的少女，跟人有说有笑。只有晚上自己待在房间里时，她会望着墙面发呆，满脸落寞。

转眼，九月开学，大一新生终于踏进新校园。

开学之前可在校园网上查询班级和宿舍，姜予眠住在女生宿舍 A 幢楼405 室。

从校门口到宿舍一路平坦，学生可乘校车或骑共享单车往返。宿舍楼里装有直升电梯，搬运行李轻松无压力。

学长叹气："白白少了一个帮助学妹的好机会。"

姜予眠只在周一和周四晚上住校，行李并不多，很快将床铺好。

宿舍里一共四个人。一头大波浪长发配着红唇，成熟打扮的女生叫徐天骄，人如其名，高傲美艳。长相甜美的女生叫元清梨，是个"社恐"。还有个短发女生，高度近视，走到姜予眠面前看了半天，道："我怎么觉得你有点儿眼熟？"

姜予眠下意识往后退："可能我长相比较大众。"

"哦。"女生信了，站到宿舍中央拍手掌吸引大家的注意："自我介绍一下，我叫许朵画，以后咱们就是舍友了，多多指教。"

许朵画……许多话？

给她起名的人真有先见之明。

"我叫姜予眠。"

"啊对！我就说你怎么这么眼熟，你不就是那个理科状元吗？"许朵画猛地反应过来，打开相机对准二人，"来，状元，咱俩合个影。"

姜予眠实在受不了这么热情的人，连忙挡住脸躲开："别别别，别了。"

看见这一幕，社恐元清梨放下床帘，躲了进去。

许朵画热衷于收集网络信息，有人问她为什么选择这个专业，她的理由竟是"制裁网络键盘侠"。

后来她们一起出去吃饭，许朵画不小心摔了眼镜，在地上摸了半天。姜予眠见状，捡起眼镜递给她。

"你的眼镜度数怎么这么高？"

"冲浪冲的。"

"……"

住进宿舍的第一晚，姜予眠辗转反侧，一次次闭眼，一次次醒来，却发现才凌晨两点。

她实在睡不着，坐起来打开手机。

床上有遮光的帘子，微弱的光并不会影响其他人。

她没有上网，目光在联系人列表上停留许久，打开备忘录写下两行字：

20××年9月3日
陆宴臣，我开学了。

作为高考状元，姜予眠从进学校开始就备受关注。班主任按照花名册点名时，顺便当着全班同学的面夸了她一遍。

"姜予眠"这个名字在第一天就被所有人记住，以至后来选班长时，大部分人选了眼熟的她。

这个专业男女比例失调，405宿舍中的三位女生以优越的外表成为系上同学的关注对象。

徐天骄美得张扬，吸引人眼球，但极具攻击性。

甜妹元清梨的酒窝让人印象深刻，但由于是个社恐，她每天宿舍、教室、食堂三点一线，绝不在外面多待一分钟。

而高考状元姜予眠，琼鼻樱唇、杏眸水亮，初见时扎着马尾，身着简单的紫色雪纺衫搭配牛仔短裤，一双大长腿白到发光。

姜予眠的这张照片被发到校园墙上，大家不约而同地想到两个字——初恋。

这个看起来清纯柔弱的女孩儿以高分考进计算机系，成为一班班长后把班级事务打理得井井有条。

开学之初，姜予眠每天都会收到老师安排的各项任务，其中最麻烦的就是收集各种资料。

有些人磨磨蹭蹭的，又觉得班长柔弱好拿捏，迟迟不交。可班长实际上雷厉风行，到截止时间就将资料交给老师了，没赶上的就要自己去办公室跟老师商讨。

慢慢地，大家摸索出一套规律。学校要求做的事，姜予眠一般只通知三遍，第一遍是向全班公布，第二遍是提醒所有人，第三遍是完成前找人私聊。如果有人不在规定的时间内完成，最后缺资料，被扣学分，吃亏的只能是自己。

"叮——"下课铃声响起。

姜予眠跟元清梨同步收拾好东西，然后开始等待……等大部分同学离开后，这两个人才慢悠悠地抱起书走出教室。

元清梨对旁人的视线格外敏感，刚走没几步就发现有人往这边看。她走到姜予眠身边小声喊道："眠眠。"

"嗯？"

"好像有人在看我们。"

姜予眠在思考新闻稿的内容，经元清梨提醒才注意到斜前方的男生。他穿蓝白色的工装衬衣、休闲裤，气质很干净。

二人视线对上的那一刻，对方已经主动朝她们走来。

"你们好，我是计算机社团的会长秦衍，想邀请你……"他把目光从姜予眠的身上移到元清梨的身上，勉强道，"们加入社团。"

这么直接的邀请，他显然有备而来。

最近姜予眠在系里风头很盛，有人认识她也不足为奇。秦衍的邀请正中下怀，姜予眠答应去看，而元清梨不懂拒绝，默默从众。

一般人加入社团需要先面试，而计算机社团直接出题考核，宁缺毋滥。这种带挑战性质的设定激起姜予眠的兴趣，犹如她当初绞尽脑汁去攻克一道又一道数学难题。

"加入我们社团需要通过一个小考核。"秦衍将二人带去学校分配给社团的电脑室，里面还坐着一男一女，"这是我们社团的两位副会长，今天的考核将由我们三个人共同监考。"

随后，秦衍带姜予眠来到一台被密码锁定的电脑前，道："这台电脑已经安装了安全防御程序，只要攻破程序打开电脑，你就算通过考核了。"

"好，我试试。"姜予眠不卑不亢，拉开椅子坐下。

这时秦衍的手机铃声响了，他转身对两位副会长说道："你们先看着，我接个电话。"

秦衍离开电脑室，走到转角才接："喂，哥，人我找到了，正在我们社团参加考核呢。"

"去你的社团还要考核？你直接让她进。"

"那不行，不考不公平。"

"你小子跟我谈什么公平？反正你宴臣哥发话了，叫你看着点儿。"

秦衍眉头一挑："宴臣哥？他们俩什么关系？"

秦舟越"啧"了一声："具体什么关系不好说，但肯定比你跟我亲。"

秦衍："那不能，咱俩可是亲兄弟。"

秦舟越："也就塑料兄弟情。"

一分半钟过后，塑料兄弟的通话结束。秦衍重新回到电脑前，只见刚才坐在椅子上的姜予眠跟两位副会长换了位子。

姜予眠拉着元清梨坐在旁边，两位副会长围在电脑前。

秦衍走上前："什么情况？"

两位副会长同时让开，只见电脑上显示着一行文字："景大计算机社，欢迎你的加入。"

这是破译电脑后才会弹出的页面。

"你破译了？"秦衍看了眼手机，"才两分钟！"

其中一位副会长纠正："不是两分钟，是半分钟。"

秦衍刚踏出门几步，姜予眠便破译成功，速度快得他们不敢相信。

秦衍震惊。

陆宴臣这是给他送了个天才过来？

"姜予眠，恭喜你加入社团。"会长们看她的眼神像是捡到宝了。

姜予眠却在认真思考是否要加入："社团就这样吗？好像有点儿无聊。"

另一位副会长挽留："不，我们还有很多活动，可以加很多学分。"

秦衍看到一旁沉默不语的元清梨，笑呵呵地邀请道："你要试试吗？"

元清梨慌忙摇头。她不想加入任何社团，只想等姜予眠弄完赶紧回宿舍，非上课不外出。

"姜予眠这么厉害，你是她的朋友，肯定也很行吧。"秦衍眯眼一笑，向她伸出手，"同学，欢迎你加入我们社团。"

元清梨："……"

三位会长连蒙带骗，最终让二人同意加入。

这天是周五，晚上，姜予眠回到公寓，将备忘录里的文字写在本子上，又补上今天的事。

20××年9月15日

陆宴臣，我加入计算机社团了。

这一篇又一篇的日记让她想起之前默默记录那个人的感觉，那是自己孤独无依时唯一的精神支柱。

本来她已经能跟陆宴臣分享日常、畅谈烦恼了，可现在……一切都被她亲手毁了。

最忙碌的开学季过去后，各院系开始组织军训。

每天都有无数学生在操场上哀号，姜予眠愣是没吭声，大家都觉得这个班长外柔内刚。

站了半个小时的军姿，听到解散哨声的那刻，大家直接瘫在地上。

这时一个女生混入人群中，给姜予眠递了一瓶水："同学，有人叫我帮忙给你递瓶水。"

女生把东西塞给姜予眠就走了。

姜予眠抬头望去，看到一个熟悉的身影。

穿着红色运动背心的陆习跟一个陌生男生勾肩搭背从前方路过，朝她这边看了一眼，冷淡地收回视线，仿佛没看见她一样。

从她搬离陆家后，她跟陆习的关系便僵到极点。

午休拿回手机后，姜予眠点开微信，主动给他发了条信息："谢谢你的水。"

陆习送水，她便主动递台阶，这样或许能缓和关系。哪知陆习没有回复她的消息，却在一分钟后更新了一条有关篮球场的朋友圈。

好吧，她确定陆习是故意不回的。

"眠眠，你去食堂还是点外卖？"

她旁边传来许朵画的声音。

"食堂。"姜予眠放下手机，跟舍友去吃饭。

篮球场。

红衣服的陆习坐在观众席前排，不断刷新微信页面。

他刚才发了一张篮球场的照片，配文："刚打完球饿死了，有没有好心人在，我请他吃个饭。"

盛菲菲秒回："我来！我来！"

李航川："习哥，我吃着呢，赶紧开视频，咱们云约饭。"

孙斌："介意我带着我的'五三'来吗？"

宋俊霖："你都饿死了，还用吃？"

下面还有不少大学同学的回复，陆习看了半天，返回聊天页面，嗤笑出声。什么道谢？这个人一点儿诚意都没有。

"陆习，走啊，去食堂吃饭。"舍友抱着篮球朝他招手，指向门口。

陆习揣好手机从观众席上走下来，三五个人结伴去食堂。

景大有四五个食堂，有人提议去吃顿好的，于是舍近求远地去了大食堂。众人从侧面楼梯登上二楼，讨论着要点的食物，迟迟没听到陆习表态。

"陆习，你觉得呢？"

"随便，都行。"

此刻他的注意力已经集中在靠窗坐着的那人身上去了。

姜予眠跟元清梨保持低调，选了最角落的位子。二人用餐速度慢，嘴里嘀嘀咕咕。

姜予眠收到群消息，道："会长在群里说下午去活动室开会。"

元清梨弱弱地问："我现在退出行吗？"

"你不想加入，为什么要答应？"

"啊，他直接问我姓名和联系方式，我不好意思拒绝。"对社恐来说，发表意见和反驳他人都需要勇气。

"你想退出也得跟会长说。"

"那还是算了吧。"她宁可躲在后面随波逐流，也不想特立独行。

就在二人谈话时，旁边"砰"的一声，有人放下一个银色的餐盘。两个女生都被吓了一跳，扭头一看，姜予眠不由得往后缩了一下。

那个莫名其妙生气还不回她消息的陆习突然出现在隔壁桌。

姜予眠没出声，眼珠默默打转。

陆习也没吭声，直到同行的舍友坐下来，用一副兴奋的语气说："习哥，挺会选位子啊，我刚才怎么没看到这边坐着'初恋'呢？"

陆习眯眼："'初恋'？"

舍友朝窗边那两个女生指了指："那不是吗？"

陆习从桌下踢他一脚："你认识她吗，就碰瓷？"

陆习出现后，姜予眠明显感觉到从隔壁桌投来了数道异样的目光。她再看坐在对面的元清梨，元清梨的身子都快贴着墙角了。

姜予眠拿起手机给隔壁桌的人发了条信息："陆习，我们谈谈吧。"

饭后，二人相约离开食堂，偶尔被认识的人碰见。

"那不是体育系的陆习吗？旁边那个是谁？"

"想起来了，好像是那个在各大校园墙上被表白的计算机系系花。"

"就那样还系花？"

"人家可是高考状元。"女生说着在手机上找到校园墙，"你看她的照片，很多人说她长了一副初恋的模样。"

而他们口中的初恋系花跟新晋体育系男神站在林荫道后的凉亭里，气氛凝重。

陆习这段时间一切别扭的行为都源于姜予眠搬出陆家："你走之前征求过我的意见吗？你好歹跟我说一声吧，还当我是朋友吗？"

"抱歉。"她只是想把事情做好之后再告诉大家，免得周围的人又把她当成什么都不懂的小女孩儿，"没有提前告知，让你心里不舒服，这点是我没处理好。但有些话，我还是想说清楚。

"陆习，这一年我们之间发生过很多误会和矛盾，也正是这些经历让我们更了解对方。我知道你有时候口不对心，所以哪怕听到你说不好的话，也可以适当包容。"

她停顿一下，郑重其事地道："但是陆习，我是否搬走并不需要征求你的同意。朋友是用来尊重和理解的，而不是干涉他人的决定的。

你如果是因为我没有一开始就告诉你这件事而生气，可以告诉我，我以后会注意的，也会向你解释。"

她发现，经常跟陆习待在一起的人，例如李航川和孙斌，已经习惯了附和陆习。或者他们非常了解陆习，不介意陆习的任何行为，所以与陆习相处愉快。

可她无法做个心胸宽广包容一切的人。

陆习那些口不对心的难听话会让人产生不好的情绪。陆习生气，她知道，却不愿低头去哄。

她没有做错事，不需要道歉。

"或许这些话并不中听，甚至可能会加深我们之间的矛盾，但如果我一直忍让包容你而不去解决问题的话，潜伏的危机迟早有一天会爆发。"

"你……"陆习错愕地望着她，似乎不相信刚才那段长篇大论是从她的嘴里说出来的。

这还是他认识的姜予眠吗？这还是那个唯唯诺诺，他一吓就往后躲的"小哑巴"吗？

令人意外的是陆习没有生气，反而围着她转了一圈，仔细地打量她："你是姜予眠吗？"

姜予眠呼出一口气："这还能有假？"

陆习难以置信："你变化很大。"

女孩儿微微转头，收起刚才严肃沉着的表情，说："人总是要成长的呀。"

特别是在经历各种事情后，她迫不及待地想要长大。

不久之后，姜予眠离开凉亭，陆习独自待着。

他站在那儿，一只手叉腰，另一只手托着下巴深思，突然想起什么，从兜里摸出手机找到"三人组"的小群，打起了语音电话。

这会儿正是午休时间，李航川跟孙斌陆续接听。

陆习也不含糊，单刀直入："问你们件事，我平时说话很难听？"

李航川："习哥，你吃错药了？"

孙斌："难听是什么意思？咱习哥那声音去当配音演员都绰绰有余。"

"说正经的，"陆习敲敲手机，"我有时候说话是不是挺气人的？"

听出陆习语气认真，那两个人沉默半晌，老实地斟酌用词发表意见。

李航川唱白脸："你就是有时候太爱面子了，说话不顾他人的感受。"

孙斌唱红脸："但我们知道你没那个意思，那都是小事。"

陆习听懂了，把语音电话挂了。

很快，他们发来私信，问陆习是不是出了什么事。陆习猛地发觉自己刚才也是不顾他人的感受，只凭自己的心情便挂了电话。

姜予眠训得真没错，他我行我素惯了，却忘了朋友也会有情绪。

离开凉亭后，姜予眠去了临时组织会议的教室。

今天来了不少人，会长在台上讲社团规划，社员坐在下面摸鱼。姜予眠单手支撑着下颌，困得直点头，好不容易熬到结束，准备跟着大部队离开，忽然被会长点名叫住。

"姜予眠，你留一下。"秦衍找她有事，"不知道你有没有兴趣竞聘一下社团里的职位？"

"有什么用？"姜予眠问得直白。

"嗯……"秦衍拿着笔在空中画了两圈，绞尽脑汁地憋出一句，"生命在于奉献。"

姜予眠毫不犹豫地道："我想奉献给更有意义的事。"

这段时间她基本了解了社团干事的职责，做活动策划、上传下达、写新闻稿等。这对于只追求学分的大学生来说是个不错的选择，但她迫切地想要成长。

社团职位对姜予眠没有任何吸引力。

她要走，再次被秦衍拦下："你等等。"

秦衍稍加思考便想到挽留她的办法："我带你去见个人，你跟着他，一定能学到东西。"

姜予眠狐疑地跟着他去了活动室。

秦衍推开门，正是上次考核来的地方，电脑屏幕亮着，倾斜的椅子上躺了一个人。

那是个穿白衬衣的男生，皮肤冷白，一本摊开的计算机书盖住整张脸，令人好奇他的脸是何模样。

秦衍走过去，不客气地掀开遮脸的书，扯着嗓子问："沈清白，这儿有个跟你一样的天才学妹，你要不要带一带？"

他要带姜予眠见的人，是上一届的天才。

虽然计算机社团平时在学校里举办的活动也就那样，但若是出现有能力的人，学校有渠道把他们推向更高的平台，沈清白就是其中的一个。

沈清白现在读大二，能力远超计算机系其他人的能力，当会长屈才，便由老师牵线跟公司合作，暑假又被知名教授请去做助手，到现在才回来。

光线刺眼，沈清白抬手挡在额前，缓缓睁开眼，眉眼间染上一丝不悦："秦衍，我说过，休息时间不要打扰我。"

"哎呀，我知道你忙，但今天例外。"秦衍把姜予眠推到前面，"看看，上回我跟你说的学妹，你记得吗？她用半分钟就攻破了你的防御系统。"

"呵，半分钟。"

那不过是最低级的防御系统，只是为了初步筛选社团成员。对于普通大学生来说，一分钟攻破的确很厉害，但她是否配得上"天才"这个称呼还有待考量。

"她编写代码速度超快，几乎不用思考，还有……"秦衍不遗余力的吹捧终于勾起沈清白的一丝好奇心。

沈清白抬头看去。

正默默打量沈清白的姜予眠猝不及防对上一道冷淡的目光。

在看清姜予眠模样的瞬间，面容冷若冰霜的沈清白眼底闪过一丝异样的光。

多年前的国际赛场上，一个容颜稚嫩的女孩儿让他跟冠军失之交臂；如今，那个女孩儿长大了，重新出现在他的面前。

两个人就这么对视着，似乎在较量。

旁边的秦衍说，又问一句："够了，你带不带？"

沈清白掷地有声地道："带。"

此刻姜予眠却说："我没说要人带。"

沈清白发出邀请："不如你我比一场。"

强者遇到强者，骨子里的斗争意识便冒了出来。二人约定各自写一个程序，当成给对方的考题，谁能先一步解答对方设置的难题就算赢。

一个考题能从多方面探究对方的能力和思维，姜予眠接受挑战："比赛时间呢？"

沈清白打开电脑上的日历说："国庆节之后。"

这时已经是九月下旬了。

九月步入尾声，距离国庆节放假的日子越来越近，魔鬼般的军训终于结束。

宿舍里其他人直接躺平，姜予眠却坚持锻炼的习惯，要么晨跑要么夜跑，一直没有懈怠。

盛菲菲来学校见到她，道："眠眠，我怎么觉得你长高了？你现在多高？"

"一米六八。"

高考前体检测过身高，她到现在居然长了两厘米。

不仅如此，她的身体也在不断发育，身材变得玲珑有致。

专业学习、社团活动、身材管理，她的自律让所有人称赞不已。

国庆节放假，姜予眠在陆老爷子跟谈婶的电话催促下回了陆家，跟陆习打了照面。

这次放假回来，从前吊儿郎当的陆习似乎安静了许多，至少没有跟陆老爷子犟嘴，说些气人的话。

陆老爷子十分欣慰，心想：孙子上了大学果然长进不少。

"眠眠，我怎么感觉你瘦了？"打量姜予眠的谈婶发出"家长式"的感叹。

姜予眠当着她的面上体重秤，道："谈婶，我体重都破百了。"

因为长期锻炼塑形，她体形看上去更瘦，体重却因长高破了百。

她们两个人站在那里谈论体重、身高，陆习突然觉得曾经那朵脆弱的"小白花"一下子长大了许多，静静绽放。

寒暄后，姜予眠回了趟以前住的卧室。

陆老爷子说到做到，家里永远给她留着房间。卧室里干干净净的，很多陆家替她添置的新衣服放在柜子里，仿佛从未有人离开过。

只是每次路过书房，她都忍不住用余光去看那扇紧闭的门，好像一推开门，就能见到那人端坐在书桌前严谨办公的模样。

她在陆家待了三天，四号返回公寓，五号主动前往祁医生的心理咨询室。

祁医生递给她一杯水，同她开玩笑："其实我不想在这里见到你。"

姜予眠接过水杯，轻声道了句："谢谢。"

祁医生微微一笑："最近怎么样？"

姜予眠迟疑地道："生活一切正常。"

祁医生又问："那你来我这里是想……？"

姜予眠放下水杯，望向他："我怕自己生病。"

父母和爷爷接连去世后的那段时间她就这样，什么事情都憋在心里，最终生了病。

她有过发病的情况，怕自己控制不好，干脆向专业的医生求助。

姜予眠深吸一口气："从现在开始，我们之间的沟通内容需要保密，可以吗？"

祁医生郑重地点头："当然。"

心理咨询的内容本就应该保密，去年她情况特殊，祁医生才会同意陆宴臣了解她的具体情况。现在她以成年人的身份单独约见祁医生，即使祁医生跟陆家关系再好，也不会主动向别人透露她的事情。

本次咨询大约持续了五十分钟，来访者表现得异常冷静。

祁医生不动声色地观察着她，她用理性思维剖析着压抑在心里的情绪，从曾经懦弱、不敢表达的极端走向另一个极端。

咨询结束后，姜予眠没有过多停留，向祁医生道谢，随后离开。

走到大门口，她刚巧跟前来找舅舅的秦舟越擦肩而过。

她跟秦舟越见过几次，不算熟。

秦舟越是陆宴臣的朋友，她不知道在现在这种尴尬的时刻该如何跟对方打招呼，干脆把自己当隐形人，假装不认识。

秦舟越即将进门时停住脚步，返回花坛边，悄悄给陆宴臣打了通电话："你知道姜予眠又去找我舅舅了吗？"

心理医生需要遵守保密原则，秦舟越可不需要。

室内，祁医生刚换好衣服准备下班，手机振动个不停。看见来电人的姓名，他诧异又了然："喂？"

男人经传声器转换的嗓音更加有磁性："她又去找你了？"

姜予眠前脚走，陆宴臣后脚打电话来，祁医生联想到今晚跟外甥秦舟越有约，很快猜到原因。祁医生承认："是有这回事，不过这次，没有她的允许，我不会再跟你讨论任何关于她的情况。"

电话里的人沉默了。

祁医生单手扣上最后一颗纽扣，拉开门："怎么，后悔了？"

"我不是你的来访者。"

"别忘了，你曾经也是我的病人。"祁医生关上门，余下的话淹没在那间经年不变的咨询室里。

祁医生收起手机，加快脚步来到等候区，见秦舟越果真早早到了，坐在椅子上翻阅杂志。

祁医生"哼"了一声："你小子，汇报情况倒挺快，她是我的来访者。"

秦舟越早有预料，挑了一下眉："我不过是见到熟人，又在跟朋友闲谈时不经意地提到了。"

祁医生轻抚衣袖："闲谈？他那边现在是凌晨，恐怕觉都没醒。"

"啊，我倒是忘了这件事。"秦舟越合上杂志，"他们俩现在到底是个什么情况？"

祁医生故作深沉地道："无法见面，又无法视而不见。"

秦舟越眉头一皱，嘴角却勾起来："舅舅，你这话可真有意思。"

舅甥二人同步离去，祁医生脑子里装着他人沉甸甸的秘密，不由得感叹："人生多有趣啊！"

远在国外的陆宴臣握着手机，耳边回响起祁医生的问题——后悔了？男人盯着微信页面，对着那个动漫小羊的对话框，隐忍不语。

研究院的同事半夜口渴起床，发现他站在休息室外，问："陆，还没休息？”

陆宴臣捏捏眉心：“醒了。”

同事走后，他离开休息室，进入独立办公室。

感应到人出现，室内灯光亮起，角落里的智能机器人自动开启。

陆宴臣对智能机器人发布指令：“Star，查一下近期行程，筛选回国的航班。”

Star 只接受陆宴臣一个人的命令。

这一切，姜予眠并不知情。

她一个人去超市买菜，回家做饭，晚些时候换上运动鞋去公寓附近的湖边跑步。

累了，她就爬上修建在湖边的凉亭里歇一歇。

姜予眠将胳膊搭在护栏边，遥望远方，看着夜幕降临，四周的灯光在同一时间点亮。

她享受独处，有时看见结伴的家人、挽手的情侣，又觉得自己太孤独。

身后响起一道哭声，姜予眠下意识地回头。

原来是刚爬上凉亭的小朋友在最后一级台阶附近摔了一跤。

母亲心疼地抱起小朋友哄。小朋友依偎在妈妈的怀中，很快被逗笑。

看见这一幕，她不自觉地扬起嘴角，直到余光中出现一个人的身影，才猛地被拉回现实。

那个人从台阶处上来，个子高，穿着白色的休闲服，手里拎着即将空瓶的运动功能饮料。

是沈清白。

他们约好比赛后，她偶尔会在计算机活动室内遇到这位学长。她听社团里其他人说，沈清白是计算机系最难摘的高岭之花。

姜予眠不动声色，看着沈清白拧开瓶盖喝完最后一口饮料，将空瓶扔进垃圾桶里。

二人无声地对视，沈清白看似朝她走来，却从她的斜侧面走向台阶，离开时带起一道风，把要传达的消息送入她的耳中：“别忘了比赛。”

姜予眠转身，望着那道高大的背影：“不会。”

她的程序已经完成百分之九十了，就差最后几步。

二人比赛那天，几乎全社团的人都来围观。

沈清白的能力大家有目共睹，跟这样一位大神对垒需要勇气，而刚加入社团不久的新生竟敢直面挑战，想想都刺激。

自己写程序让对方破译是一关，挑战对方出的难题是一关。桌上摆放着两个座铃，他们攻破即可按响。高手之间的对决，一分一秒都会影响结局。

那是一般人看不懂的代码和速度，等大家回过神来，二人已经同时按响座铃了。

十分钟！

两个人几乎在同一时间完成，之后抬头对视，脸上没有争斗的紧张感，没有胜利的喜悦，只有沉着镇定、临危不乱。

跟上一届被誉为天才的学长打成平手，计算机系的姜予眠一战成名。

这个消息传到其他系，蒋博知默默地盯着数学专业的书籍，不由得想起姜予眠进入高三一班时，跟他在数学上较量的那段记忆。

无论何时何地，蒙尘的璞玉终会发光。

"眠眠，你是这个！"宿舍里，许朵画朝姜予眠竖起大拇指，满眼震撼。

冲浪少女第一时间得到消息，一种"天才少女竟是我舍友"的自豪感油然而生，拉着姜予眠说了半天。

天色渐晚，姜予眠绾起头发，从柜子里取出睡衣："我先去洗澡了。"

许朵画这才放她自由。

外出约会的徐天骄拎回一堆购物袋摆到桌上，随手拉开椅子坐下，脱掉九厘米的高跟鞋，手指揉着被勒出红印的脚："红色袋子里有吃的，你们自己拿，其他袋子别碰。"

从开学到现在，徐天骄每周都出去跟男友约会，回来时总带着一堆东西，衣服、首饰、包是最常见的，偶尔也会带些小零食。

徐天骄从来不碰这些零食，带回宿舍的食物大多进了许朵画的肚子里。

许朵画不理解："你都不吃，你男朋友还给你买这么多？"

徐天骄仰头一笑："男人有时候自以为体贴女生，就追求一丝平凡的乐趣。这次是个弟弟，说什么要给姐姐投喂。他送得开心，那我就让他送。"

从徐天骄每次带回来的大牌礼物中看得出，她的交往对象十分富有。无论对方送什么，她都会表现得很欢喜。

徐天骄仰头，V 领的衣服完美地展示着她的身材。

刚拆开一袋零食的许朵画就站在桌边："啧啧，天骄这身材，能让我摸摸吗？"

徐天骄用手撩开长发，眼神魅惑："你是女的吗？"

许朵画低头打量自己，努力挺起"小山丘"："怎么不算呢？"

刚洗完澡出来的姜予眠不知道她们在聊什么，只见许朵画突然冲到她面前打量她，道："之前没注意，原来眠眠的身材这么好。"

姜予眠睁大眼，一副防备的表情。

许朵画刚跟徐天骄讨论到身材的话题，大家只记得一眼看上去就身材傲人的徐天骄，但这宿舍里比例、线条极好的还有一个姜予眠。

姜予眠的才华太耀眼，以至大家提到她时，首先想起的是这个女生有多厉害。

许朵画捧脸露出羡慕的表情："眠眠，你长得真好看，身材又这么好，应该好好打扮一下，别浪费了这天生的美貌。"

"每天都在教室和宿舍里，有什么好打扮的？"姜予眠不抗拒打扮，只是觉得平常没必要。

许朵画试图纠正她的思维："去教室里也可以打扮啊，你想啊，每天从宿舍到教学楼，途中会遇到多少人，万一跟谁看对眼了呢？"

姜予眠斩钉截铁地道："不会。"

"也是，普通人你瞧不上。"许朵画想了想，"我觉得吧，日常留给人的印象也很重要。我要是有你这么好看，一定天天捯饬自己。"

躲在床帘后的元清梨悄悄探出脑袋，道："眠眠不化妆也很好看。"

姜予眠的美，是天然去雕饰，她在校园墙上疯传的照片也是素颜照，所以才会令人想到最纯洁无瑕的初恋。

许朵画列举一大堆理由："现在做美女很卷的，穿衣风格、化妆技术都要卷，还要给自己立人设。"

在舍友的谈论声中，姜予眠面向全身镜，望着镜子里的自己。

她羡慕过很多漂亮的人，曾经想成为她们。后来有个人告诉她，只需要做好自己，去跟未来最好的自己相遇。

所以她不再盲目地跟从潮流。她会在不断的成长中，找到属于自己的风格。

比赛之后，秦衍没再提让人带她之类的话，甚至开玩笑说："你不用奋斗了，等着明年接我的班吧。"

姜予眠暂时没有竞聘会长的打算，但也在计算机社团里稳定下来。她本想借此混个学分，但必须参与社团举办的活动才能打卡。受人关注的姜予眠被迫"营业"好几次。

有时，她在台上教同学，秦衍在旁边偷懒。

事不过三，姜予眠提出异议时，秦衍竖起手指："加学分。"

学分不但影响在校成绩，还影响到各类奖学金的评选。

姜予眠想：为奖学金和奖状折腰也行。

不仅如此，秦衍还哄她："周末请你吃饭。"

"请我吃饭？"

此人无事献殷勤，多半有问题。

秦衍解释道："社团聚餐。"

社团成员很多，聚餐的大多是担任职务的干事，差不多也就十来个人。难得的是，沈清白也在。席间，大家谈论最多的事都跟沈清白和姜予眠有关。

"你们两个到底是怎么学的？"

"有什么技巧能教教我们吗？"

沈清白沿袭一贯的高冷路线，只要不被点到名，就绝不多说一句，即使大家谈论的话题明显与他有关。

姜予眠作为学妹，性格相对柔和一些："小时候就比较感兴趣。"

听她提到小时候，对面的沈清白抬头看了她一眼。

社员好奇地追问："你小时候就会啊？听说沈学长小时候还参加过国际大赛，眠眠你呢？"

他们都被称作天才，自然事事有比较。

姜予眠略微迟疑："参加过一些吧，已经过去很久了。"

她一副不愿提及的样子，大家心想：她可能没拿什么成绩。有些天才是有天赋，有些天才是靠后天努力。

很快有人岔开话题："人家那是老天爷追着喂饭。"

聊着聊着，大家开始敬酒。

大学聚餐跟高中时期不同，学生已经开始接触酒桌文化，但并不强制，只是为了迎合大众，有时会浅酌一杯。

有些女生不能喝，可以用饮料代替。

副会长端着一杯酒跟大家推荐："这家店自酿的青梅酒不错。"

姜予眠有点儿心动。

她有个不为人知的爱好，就是品酒。

普通的没兴趣，刺激的喝不了，她就喜欢一切味道酸甜的果酒。

曾有个人宠溺地唤她"小朋友"，叫她不要贪杯。

她以为，毕业就算长大。

现在她长大了，监督她偷酒喝的人却不见了。

有几个被推荐的同学喝了，都说口感不错。

终于，姜予眠起身，去了接青梅酒的地方。

突然，她听到一道熟悉的声音。

"你怎么在这儿？"

她回头一看，竟是陆习。

自从上次她敲打过陆习之后，陆习果真变了许多，至少在她面前说话没有以前那么欠揍了。

二人的关系有所缓和，陆习主动跟她打招呼，她也乖乖回答："社团聚餐。"

陆习"哟"了一声："巧了，我们部门在隔壁。"

见姜予眠准备接酒，陆习皱眉："你一个女生，在外面喝什么酒！"

某人真是不禁夸。

但她知道陆习是好意，道："男生能喝，女生当然也能喝。"

陆习反驳："那能一样吗？"

姜予眠想起暑假的那场生日聚餐，一群人在包间里抱着酒瓶玩游戏："上次我过生日，你们可不是这么说的。"

"因时而异。"陆习振振有词，"上次都是熟人，你跟社团的人才认识多久？"

姜予眠看了眼酒坛子："一杯果酒没事吧。"

"你没看新闻吗？什么女大学生醉酒街头……"

他真是越说越离谱。

她放下杯子："好吧，不喝了。"

陆习准备了一堆话劝姜予眠，哪知她这么快被说服，差点儿没反应过来："你……肯听我的？"

太意外了，他有点儿受宠若惊。

那个平日里耍酷的少年突然怔住，傻愣的表情让姜予眠忍俊不禁："我想了想，你说得挺对的，在外面喝酒不好。"

如果她坚持说不会喝酒，别人才不会来劝酒；如果她喝了一杯，下次遇见有人敬酒就难以拒绝了。

两个人站在一起有说有笑的画面被路过的沈清白看在眼里。

回到餐桌旁后，姜予眠没碰一滴酒，次次举杯都用饮料代替。

聚餐结束已经快九点了。

宿舍十点查寝，大家直接一起打车回学校，每个人平摊下来车费也不贵。

不过他们中有些是周末可以直接回家住的，例如姜予眠、沈清白。

想起国庆节跑步时在湖边的凉亭里遇见了沈清白，她猜沈清白也住那边附近。自然而然的，他们跟其他人不同路，被留下来。

会长秦衍负责把他们送上车，见姜予眠跟沈清白站在那儿，就问："你们两个住在哪儿？"

他们异口同声道："嘉景公寓。"

而后，三个人都怔住了。

秦衍最先回神，大大咧咧地说："你们俩住在一起啊？"

"不是。"

那个地方距离学校不远，本来就有很多学生租房。

秦衍笑道："开玩笑的，既然你们两个在同一个方向，正好坐一辆车，毕竟这么晚了，女生一个人打车也不安全。"

这会儿前面刚好来了一辆车，秦衍挥手叫停。

距离车门最近的沈清白主动拉开车门，见姜予眠没懂，递来一个眼神："上车。"

这会儿也没什么好争的，姜予眠弯腰坐进去。

就在沈清白准备上去时，车门忽然被另一只手按住。

"陆习。"秦衍认识陆宴臣，自然也认识陆习。不过秦衍跟陆习不是同类人，很少一起玩。

那三个人中有两个是熟人，陆习理直气壮地抢占后座："要回家是吧？我也住在那边，帮你们分担一下车费。"

陆二少爷竟会在意这十几二十块钱？真是稀奇。

陆习就这么挤了上去。

沈清白微微眯起眼睛，"砰"的一声关上车门，去了副驾驶座。

当司机问"去哪儿"后，三个人不约而同地报出同一个地址，仿佛在宣示什么。

司机一脚油门驶向目的地。

姜予眠小声问："你什么时候搬去嘉景公寓了？"

她知道陆习为了独立也从陆家搬出来了，住在陆家另一处距离学校更近的房子里，而不是嘉景公寓。

陆习抄起胳膊，优哉游哉地往椅背上一靠："这不是要先送你回家？"

姜予眠诧异，甚至惊奇。

陆习转性了？还送她回家？

陆习轻笑一声，眼底流转着深意。

聚餐时他就盯上沈清白了。一张长桌，沈清白偏偏坐在姜予眠对面。离开时一群人下楼，沈清白又走在姜予眠身边。连打出租车回家，沈清白都跟姜予眠报出同一个地址，有这么巧的事？

事出反常必有妖，他不能不提防。

陆习不经意地将话题引到只有两个人能懂的事情上。

"开始降温了，谈婶叫你回去挑些厚衣服。"

"我之前带了，够穿。"

陆习"哼"了一声："反正家里那堆衣服，除了你没人能穿，你不穿就是浪费。"

一顶"浪费"的帽子扣到头上，姜予眠可承受不起。她也知道谈婶是好意，便道："有空我再回去拿几件。"

很多衣服是陆老爷子做主买的，直接报了尺寸让店里定制后送过来，她连拒绝的机会都没有。

二人的交谈声不大，但在这狭小的车厢内，有心留意就能听得一清二楚。

二人语气熟稔，一听就知早已相识。

副驾驶座上的少年神情冷然，上车之后一言不发，仿佛跟他们不是同路人。

姜予眠是有问有答，没考虑其他的。就在陆习滔滔不绝时，她的手机屏幕亮了一下，微信里弹出一条新消息。

她打开，是一条好友申请信息，备注"沈清白"三个字。

怦然心动

江萝萝 著

下 册

青岛出版集团 ｜ 青岛出版社

第 十 一 章
是道贺也是道别

　　三个人同乘的出租车上，陆习还在姜予眠耳边说话时，姜予眠同意了沈清白的好友申请，前排一片安静。

　　不知道为什么，她此时此刻竟有种微妙的感觉。

　　姜予眠并不知道沈清白突然加她的原因。她没主动打招呼，对方也没有发信息。对话框里除了一句添加好友的系统消息，再无其他。

　　他们上大学后，无论班级还是社团，每个人的联系方式都记录在册，不是什么秘密。姜予眠的 QQ 列表里躺着全班同学的 QQ 号，微信上也有稍微熟悉一点儿的人来加，她没把这个当回事。

　　偶尔，她去公寓附近的湖边跑步时会跟沈清白巧遇，或者参加社团组织的活动时，他们不可避免地会产生交集。

　　两个月过去，姜予眠彻底适应了新生活，不过有时被陆老爷子跟谈婶喊回陆家吃饭，熟悉的环境仍会勾起她之前在这儿生活的记忆。

　　"眠眠，这就要走了？"谈婶见姜予眠背着包走向玄关处，一副要出门的架势。想到姜予眠大半个月才回来一趟，没待一天就要走，谈婶试图挽留："要不吃了晚饭再走吧？"

　　姜予眠坐下换鞋："今天不行，晚上舍友过生日，我们要一起吃饭。"

　　今天是许朵画的生日，宿舍四个人商量着在外面吃一顿，顺便还能逛逛街。

原本元清梨是拒绝的。奈何许朵画太执着，爬到元清梨床边反复念叨，元清梨只能投降。

405宿舍的人一出门就是风景线，回头率极高。元清梨直接戴上口罩把脸遮起来，假装别人看不到自己。

四个人集合时已经是傍晚六点。她们选了一家网红餐厅，爱美的徐天骄进店后第一件事就是找漂亮的背景拍照。偶尔有客人路过打量徐天骄，她丝毫不惧，沉浸在自己的世界里摆拍。自拍不过瘾，她又让另外三个舍友帮忙。

"已经拍了很多了，还要拍吗？"

"你不懂，最美的照片得万里挑一。"

许朵画拍照"直男视角"，徐天骄嫌弃。

元清梨怕站过去被路人打量，最后只有姜予眠顶上。

姜予眠已经被盛菲菲训练出来了，技术还不错。徐天骄点名夸奖姜予眠："还得是咱们全能的眠眠。"

徐天骄一只手托腮，扭腰歪头摆好姿势。她无意间看向前方，视线在灰色的圆柱边捕捉到一道气质非凡的身影，光看侧脸就觉得十分有魅力。

徐天骄的视线定住。她放松姿态，从姜予眠的手里拿回手机："谢谢眠眠，今晚你的饭我请。"

她们都是学生，没打算让许朵画一个人请客，约定AA制。徐天骄现在说要请姜予眠，估计是为了感谢她拍摄。

姜予眠轻轻摇头："没事的。"

"我去趟卫生间，你们先吃。"徐天骄拿起手机离开。

可等她从圆柱旁边绕过去时，已经看不到那个男人的踪影了。

她善于捕捉优秀的男人，希望他们成为自己的裙下之臣，刚才没把握住机会，真是可惜。

徐天骄失望地回到餐桌边，跟姐妹们一起享用晚餐，结账时却被告知："恭喜，你们是本店接待的第一千桌顾客，本次免单。"

四个人眼睛一亮："还有这种事？"

直到没花一分钱离开餐厅，她们才相信自己真的走了大运。

店员想起刚才有位气质不凡的男人来到前台，那人说："那桌的费用由我支付，她们问起你就说……"

所谓免单，不过是有人付过款了。

饭后，几个人又商量着去逛街。

购物欲强的徐天骄把她们带进了各种服装店、饰品店里，拿起发夹往许朵画的头上比画，觉得不错就要买下："送你当生日礼物。"

许朵画很是高兴。

见到这一幕，戴口罩的元清梨偷偷在姜予眠的耳边问："眠眠，咱们是不是也要买礼物啊？"

原本她们商量好，大家只吃饭，不买礼物，免得每个人过生日时都要轮一次。现在徐天骄打破规则，她们俩不送，反倒感觉缺了些什么。

姜予眠抿唇思索，片刻后对元清梨摇头："没关系的，我们遵守自己的承诺就好。"

后来徐天骄又说要去打耳洞，她的两只耳朵上已经分别打了两个洞，现在竟还要打。作为室友，她们也只能陪着去了。

大家一起在店里挑选耳饰，许朵画惊奇地发现姜予眠双耳白净，耳垂完好。

在室友们的极力推荐和漂亮耳饰的诱惑下，姜予眠也忍不住坐过去打耳洞。

当耳钉枪穿过耳垂时，她握住了拳头，一时的疼痛换来了一对银色的耳钉，戴上后，衬得她的整张脸更为精致。

晚些时间，四个年轻靓丽的女孩儿结伴走出商场大门，坐上出租车回校。马路边的黑色轿车缓缓启动，跟着出租车护了一路。

几个人有说有笑地踏进校门，默默观察了一天的陆宴臣终于止步。

她离开陆家后成长得很好。

她有了新朋友，不再为过去痛苦，也很好。

时光飞逝，在众人日复一日地学习中，窗外原本绿意盎然的草木逐渐呈现秋的萧瑟。

当树上的最后一片枯叶凋落，寒冷的冬季悄然来临。

隔壁美术学院的盛菲菲穿着艳丽的绯色外套站在女生宿舍楼下，不时在原地跺脚，终于等到姜予眠从楼梯间出来。

盛菲菲搓手取暖："今年好冷啊，出门的都是勇士。"

姜予眠把带下来的手套递给盛菲菲："那你还要出来。"

"买礼物嘛。"盛菲菲主动挽起姜予眠的胳膊道，"走走走，赶紧出去坐车。"

这才十一月中旬，盛菲菲就开始思考给陆习送什么生日礼物了，可见有多用心。

去年一起逛商城的两个人今年还在一起，友情逐渐建立起来。

盛菲菲购物时还是那么挑剔，多次筛选后，依然两手空空。最后这位大小姐斥巨资买了最新的电子设备。

在她签单付款时，姜予眠很疑惑："你去年不是送过了吗？"

盛菲菲振振有词："电子设备在更新啊。"

姜予眠知道电子设备这种东西会不断升级，永远有更好的选择，只是不明白盛菲菲大费周章地把商场逛了一遍，又送跟去年性质相同的礼物，有什么意义。她甚至怀疑，盛菲菲以前也是这么干的。

在盛菲菲签完订购合同后，姜予眠忍不住问："那你以前送什么？"

盛菲菲认真地思索，道："键盘、耳机、游戏机……"

姜予眠：果然是一模一样的物品种类。

事情办妥，盛菲菲拍拍手掌，轻松地问道："眠眠，你呢，今年又买什么？"

到现在盛菲菲都以为去年那条围巾是属于陆习的礼物。只有姜予眠知晓，去年自己一份礼物都没送出去。

姜予眠想了想，说："不如买个篮球吧。"

陆习跟朋友约得最多的运动就是打篮球。

二人的礼物就这么定下来。

今年陆习的生日在周一，为方便聚餐，陆习特意将生日宴提前到周日晚上。

回想起去年在门外所见的场景，姜予眠努力让自己做好面对那群拿她开玩笑的人的准备。没想到这次去的大多是陆习在大学时期结交的朋友，还有他最好的两个兄弟——李航川跟孙斌。

姜予眠有些意外。经过一年多的成长，她已经具备直面过去的勇气，不料那些人早已消失在时间里。

人生每个阶段都会遇见不同的人，就像陆习——他走到哪里，身边的朋友都会换一批，除了李航川跟孙斌。他们是他年少时真心实意结交的朋友。

聚会结束后，姜予眠独自回到公寓，打开日记本，写下新的一页。

20××年12月4日
我已不再畏惧他们异样的目光和调侃，克服恐惧最好的办法就是直面恐惧。

姜予眠轻轻摩挲纸页，盯着桌边的日历出神。

你的生日也快到了呢，陆宴臣。

她忍不住想：那个特殊的日子，陆宴臣一定会回来吧。

姜予眠拿不准，趁周一下午没课，约了祁医生。

姜予眠情绪有些低沉："我不知道该不该去见他。"

祁医生做好笔记，问："你想见到他吗？"

姜予眠给出的回答却是："我不敢。"

那条信息之后，她跟陆宴臣已经接近半年没联系了。她不是因为生气，也不是不满告白失败，而是害怕。

付出精力和心血的是他，留下礼物的是他，最后发来信息的也是他。

可明明，她才是打破和谐的恶人。

她不敢面对陆宴臣，害怕贪心的自己在对方的眼中变得丑陋不堪。

知道她心里不安，祁医生用温和的语气安抚道："不要轻易质疑自己，或许你可以尝试跟他沟通，看看他的态度。"

今天的咨询持续了半个小时，有人跟她沟通，她的心里轻松了许多。

她刚下楼梯，一辆轿车在路边停下。

姜予眠后退两步，准备在旁边预约回学校的车，却见秦衍从副驾驶座上下来。没等她好奇会长怎么出现在这儿，秦舟越又从驾驶座那边绕了过来。

两兄弟站在一起，姜予眠恍然大悟。

秦舟越、秦衍，他们同姓且一起来到祁医生的心理咨询室，一定关系匪浅。

"学……学妹？"秦衍也是一愣。

他哥之前还提醒，尽量不要让姜予眠知道他们的关系，结果今天被撞个正着。

姜予眠很聪明，稍微发现苗头，再仔细回想秦衍主动找上门的样子，差不多猜到原因。

咨询室的等候厅暂时变成姜予眠跟秦舟越私聊的场所。

秦舟越承认："的确是陆宴臣让我们多留意你的，没有干涉你生活的意思，只是偶尔照看一下。"

"我不需要人照顾。"姜予眠还没从自己被关照大半个学期的事情中缓过来，语气略微不善地道，"他在国外，还要操心国内的我，不嫌麻烦吗？"

最后那句话带着些质问的语气，姜予眠说完意识到不对，迅速地调整自己的态度："请你转告他，他的好意我心领了，但我不需要，谢谢你们。"

秦舟越难以置信，曾经温和可爱的女孩儿竟变得这么理智、淡漠，句句礼貌、句句疏离。

他试图理解姜予眠刚才的话："你是觉得，陆宴臣对你的照顾给你造成了困扰？"

姜予眠微微抿唇："或许是。"

从表面而言，陆宴臣的照看能够帮助她许多，但同时，也困住了她的心。

比如现在，比如刚才，从知道秦衍的关照是源于陆宴臣开始，她心里乱糟糟的，只能用激烈的情绪来表达抗议。

"你们两个怎么突然变成这样了？"秦舟越还记得曾经见过陆宴臣跟姜予眠走在一起时的模样，小姑娘总是乖乖地跟在陆宴臣身旁。包括姜予眠生病住在青山别墅的那段时间，他还借此调侃陆宴臣头一次对一个人这么上心。

姜予眠含糊地道："一点儿私人原因。"

"姜予眠，你是觉得他在多管闲事？"

"没。"她当然知道陆宴臣不是多管闲事，更知道陆宴臣是真心实意地想帮她。可正因为如此，她才会抗拒。

得到帮助固然好，可陆宴臣对她的关怀是出于对妹妹的同情和怜悯，她并不想要这份特殊的关照。

秦舟越发现，姜予眠在故意回避跟陆宴臣相关的事。这让他更加好奇。究竟是什么私人原因把曾经要好的两个人变成这样？

"现在的小姑娘都这么犟吗？"秦舟越抱臂，轻声叹气，"你不知道，陆宴臣当初多渴望有人能帮他一把。"

姜予眠脱口而出："什么意思？"

问完，她意识到自己太着急了。

秦舟越却对她的反应很满意。

他想：看来她刚才那番冷漠、绝情的话都是口是心非，提到陆宴臣时，她会下意识地关心。

"知道我跟陆宴臣是怎么认识的吗？"秦舟越以陆宴臣为饵，引她上钩，"我跟他，是在这家咨询室里遇见的。"

姜予眠一惊："他跟祁医生……？"

秦舟越点头肯定了她的猜测："没错，我认识他的时候，他也是心理咨询室的来访者。"

陆宴臣也曾是祁医生的病人。

秦舟越从小就跟舅舅关系好，经常跑来找舅舅。也就是在那个时候，秦舟越认识了经常来看病的陆宴臣。

十几岁的少年特立独行，来到医院的永远是他一个人，形单影只。

姜予眠嗓音干涩："他为什么……会生病？"

她从不知道，那样温和强大的陆宴臣竟也患过心理疾病。

"你应该知道，当年陆老爷子把错误怪在他一个人身上，陆家那些旁支见陆老爷子厌恶他，跟着落井下石。他的压力很大，最煎熬的那些年是他一个人扛过来的。"

无人与他分享喜悦，无人替他分担痛苦。他只身一人，闯过所有悲喜。

秦舟越还记得那年冬天，景城下了大雪。

景城大部分有头有脸的人物都被邀请去参加陆老爷子的寿宴，八九岁的陆习跟在陆老爷子身边备受瞩目。

秦舟越不喜被约束，悄悄从宴会上跑出来，却见陆宴臣坐在被雪覆盖的台阶上。

秦舟越踩着厚厚的雪走过去，居高临下地问："陆宴臣，你爷爷不是过大寿吗？你怎么坐在这儿？"

十四岁的少年第一次露出脆弱的表情："我去了他会不开心。"

秦舟越迈下台阶，也不怕冷，就这么跟陆宴臣坐在一起："他？谁？里面不都是你的亲戚吗？"

少年抓起一把冰冷的雪，神情在刺骨的温度下变得淡漠："他们是我的亲人，却不愿予我半分善意。"

年少的画面一晃而过，秦舟越回到正题："他独自闯过那些困难的关卡，现在想替你指一条明路，并非要干涉你什么。"

无非是淋过雨的人，想替别人撑把伞而已。

晚上十点，飞往国内的航班落地。

晚上十一点，陆老爷子跟谈婶都已睡下，只有门口的保安在第一时间迎接大少爷回归。

晚上十一点五十分，身着黑色大衣的陆宴臣来到祠堂。

零点一到，身材高大的男人笔直地跪了下去。

后半夜，天空中降下一场大雨，好似在为大地哭泣，呼啸的风在空中哀鸣。

祠堂内灯火通明，祠堂外大雨倾盆，一扇门将其划分为两个世界。

一个人跪在屋内，靠嘈杂的雨声填满内心的荒寂；另一个人撑伞站在屋檐下，静静地守了一夜。

日出时，屋外的身影悄然离去，又在夜幕降临后归来。

祠堂内不时传来咳嗽声，门外的人好几次差点儿冲进去，但在看见那道挺直的背影时，又强行克制住自己。

他那样骄傲的人，定然会坚持到最后。

一整天，快结束的时候，走廊里传来脚步声，姜予眠默默躲到柱子后面。

十二点来临，陆习走进祠堂中，搀扶陆宴臣起身。

踏出门口时，陆宴臣停住脚步往右侧看了一眼，随即收回视线。

兄弟俩迈着沉重的步伐渐渐离去。

躲在暗处的姜予眠深吸一口气，待那两个人完全离开，才从暮色中走出来，刻意避开所有人，摸黑回到卧室里。

但是不久后，外面响起敲门声。

姜予眠仿佛被定住，而后轻手轻脚地来到门边，隔了一会儿才开门。

家里的用人似乎笃定她还醒着，见她开门丝毫没有意外："眠眠小姐，这是给你的姜汤。"

这一幕似曾相识。

去年也是这个时候，发生了同样的事情。

那时她冲进祠堂去搀扶陆宴臣，而这次仅是一声不吭地躲在外面，还是被发现了。好像什么事都逃不过那人的眼。

用人将东西送到便走了。

"姜汤……"姜予眠捧着这碗热乎乎的姜汤，嘴角扯起一抹笑，内心百感交集。

她站在门口，遥遥望向隔了一间书房的卧室。

那道门突然拉开，两个人目光相对。

五个月……从陆宴臣离开到现在，他们已经五个月未见面。

他还是她记忆中的那副容颜。

或许是因为跪了一整天，陆宴臣脸色微微泛白，但他的骨相精致，无论什么状态都颇具魅力。她曾多次为此沉沦，这次也不例外。

姜予眠不自觉地捏紧碗壁，不愿退也不敢进。

一步、两步……那道身影缓缓向她走来，越来越近。

"还不喝？汤快凉了。"

暖色的灯光照得人有些恍惚，姜予眠压低了声音问："你是什么时候知道的？"

"下雨的时候。"

他去年不知道，所以见到她的时候很意外。今年他知晓了姜予眠的感情，自然会多留意几分。

"我居然以为自己隐藏得很好。"压在瓷碗边的手指轻微滑动，姜予眠更用力几分，"那你为什么不赶我离开？"

陆宴臣抬眸，缓声道："我让你走，你会难过，不是吗？"

从某些方面来说，他们是一类人，决定要做的事不会轻易动摇，心里明明白白地往南墙上撞。

就像姜予眠告白时不求回应，但对方不能否认她的感情。

"陆宴臣，你还是这么好脾气。"姜予眠抿唇，千万种情绪涌上心头，有点儿恼他的意思。

陆宴臣疼惜她，这点毋庸置疑，只是两个人想要的感情不一样。

男人微愣，没想到她是这般反应。随后他理解了，叹了一口气，笑道："那我对你凶一点儿？"

他摊手，丢了所有计谋，就那么坦诚地站在她面前。

他温和从容，似乎能包容一切。在此刻，姜予眠突然就不怕面对他了。

陆宴臣坚持的"兄妹情"是假的，可他们共同经历的一切都是真的。

趁姜汤还温热，姜予眠捧起碗，一饮而尽。

那个晚上，没人谈起二人之间最大的问题，他们不约而同地选择忽略，静待时光给予答案。

第二天，姜予眠正常回学校上课，没有刻意等谁。陆宴臣也在生日后返回国外继续搞研究。

再过两周就是圣诞节，姜予眠再次被盛菲菲拖出来挑礼物。

姜予眠不过圣诞节，但猜想远在国外的陆宴臣身边一定很热闹。

元旦的时候，学校举办了一场大型元旦晚会，由陆习领队的街舞表演引起全场轰动。那段时间，校园墙上的表白帖几乎全是与他有关的。

姜予眠在去陆家时把学校里的趣事说给陆老爷子和谈婶听了。

陆老爷子笑得满面红光："不愧是我孙子，讨人喜欢。"

谈婶比较八卦，比陆老爷子问得细："那么多女孩子跟陆习表白，那他有没有看上的？"

"这……"姜予眠轻轻摇头，"这我就不是很清楚了。"

就这件事，还是网瘾少女许朵画告诉她的。

谈婶笑得合不拢嘴："不知道不要紧，以后可以多留意一下。"

陆老爷子越听越觉得有道理，点头附和："陆习二十岁了，可以找个好女孩儿交往了。"

这一幕像极了某些家长的催婚场面，姜予眠默默听着。

谈婶的关注点跳到另一个人身上，她说："这么说起来，宴臣少爷还比陆习大六岁，感情的事迟迟没有着落。"

姜予眠竖起耳朵，却听陆老爷子"哼"了一声："他那么大个人了，用不着操心。"

陆老爷子多次撮合陆宴臣跟赵漫兮失败，偶尔提到这件事都被陆宴臣搪塞过去。他是管不住陆宴臣了，还不如不管。

这个回答让姜予眠松了一口气，但紧接着谈婶关切的一句话又让她的整颗心都提了起来："眠眠呢？咱们眠眠长得好，成绩也好，在学校应该有很多男生追吧？"

火烧到自己身上，姜予眠赶忙摇头："没……没有，我只想好好学习。"

在读书阶段，这句话无疑是长辈们最爱听的，她轻而易举地岔开话题。

元旦结束，即将迎来寒假，各科老师开始画重点，让同学们早做准备。

"叮——"

最后一堂课结束，同学们陆续把东西收拾好离开。许朵画还在姜予眠耳边说话，班导走到课桌旁，道："姜予眠，跟我来一趟。"

姜予眠是班长，被老师叫走也不足为奇，没人过分在意。

姜予眠到办公室后，班导从抽屉里取出几份文件，道："我们学校一直向外推荐优秀人才，这次有几家科技公司在校内招寒假实习生，达到他们的要求的甚至可参与实验项目。

"你是我们系非常优秀的学生，能力大家有目共睹——系里有意推荐你。"

姜予眠专业成绩拔尖，每次上实验课的表现都令科目老师称赞不已。学校一直重点关注她，只待合适的时机把人往上推。

班导把各家公司的资料和实习要求摆在她面前，道："经校方筛选，这里有两家公司还不错，你看看有意向吗？"

现在行业竞争压力大，公司想挖掘人才，不局限于毕业生。

姜予眠展开资料，一家公司在景城，另一家公司在……南霖——她的故乡。

班导见她迟迟没有回答，一时摸不准。

大部分学生得到这种好机会都会表现得兴奋、激动，而姜予眠有着超越年龄的沉稳。

天才嘛，跟常人有些不同之处，可以理解。

班导耐心地劝道："能够多累积些经验的话，对你未来的发展也有很大的帮助。"

姜予眠从中抽出一份："我想去恒兴。"

这家公司在南霖。

听闻姜予眠通过考核要去科技公司实习，陆老爷子很是支持："年轻人就该多历练历练，放心大胆地去吧，爷爷支持你。"

这边是爷慈孙孝的画面，另一边，一身红色冲锋衣的陆习进了屋，潇洒地从他们面前路过，被老爷子叫住："你又跑到哪里去了？"

陆习不得已停下脚步，接着开始放空大脑。

"看看眠眠，这才大一，多少公司抢着要！"陆老爷子开始念叨，常说的几句话陆习几乎能够背下，"你那个体育，练出来了也就混个文凭。"

陆习边听边点头，左耳朵进，右耳朵出。

到后面，陆老爷子又是一番敲打："你什么时候也认真地做件事出来，让你爷爷我沾沾光？"

陆习"哼"了一声，当着老爷子的面拧开一瓶冰汽水："得了吧，她是天才，我可不是。"

冰水缓慢地向下流动。陆老爷子最看不惯他这副模样："大冬天的还喝冰水，生怕自己进不了医院？"

陆习无奈，愤愤地把瓶盖拧回去："喝个水你也要管，明天我回公寓住。"

他最不爱听爷爷说教，应付得差不多了，直接走人。

旁边的姜予眠尽量把自己当隐形人。

高三那年相处下来，她已经摸透了陆老爷子对陆习的教养模式，行为方面非常纵容，语言方面却喜欢打压和对比。

陆老爷子认为那是激励，却不知道这样更容易激起孩子的逆反心理。

她作为被对比的人，没有被夸赞的喜悦，反倒觉得尴尬。

饭后，姜予眠亲自端了一盘水果送上楼。她还没说话，陆习就读懂了她的意思。

"我知道是老头喊你回来的，不关你的事。"陆习靠在椅子上，"就算不是你，也会有别人。这世上比我优秀的多了去了，我小时候，他就经常拿我哥说事。"

所以后来，他只喜欢跟自己差不多的人玩。

他不是第一次被比较，姜予眠也不是第一次因这种事感到尴尬。曾经她还为这事来向他道歉，那时他心情不好，故意拿话讽刺她。

其实他心里清楚，老爷子就是那样的性子，跟别人没关系。只不过他以前太幼稚，自己烦闷，也不想别人好过。

说了半天也没听见姜予眠吭声，陆习歪头一看，只见她深深地注视着他，那认真又柔和的样子，仿佛眼里只有他一个人。

"这么看着我干吗？"想起元旦后引发的热潮，陆习心里"咯噔"一下，"你不会也暗恋我吧？"

姜予眠嘴角的弧度彻底拉平。

她就知道某些人正经不过一分钟。

她认真地道："我只是觉得，这半年你成长了很多。"

他不再像以前那么嘴欠，也能理智地思考一些事情了。

"哪能啊，比不过你这个高考状元，计算机系第一人。"他嘴上这么说，脸上的笑容却格外明显，又看向姜予眠道，"不过你一放假就去南霖？"

她答："嗯，时间定了，考完就走。"

陆习用手机查看日期，假装不经意地问："南霖啊，好玩吗？"

姜予眠仔细想想："算不上好玩，但那边风景很美。"

"哦，行吧。"陆习撑着椅子坐直身子，随口道，"有空去玩玩。"

这些话像一阵风从姜予眠的心头拂过，未泛起一丝涟漪。风散了，她也就忘了。

计算机系期末考试结束后，姜予眠去了南霖。

恒兴公司提供员工宿舍，姜予眠没有挑剔，入住简陋的房间。

她打起精神，准备面对一个全然陌生的环境，第二天去人事部报到，却看到眼熟的人——沈清白。

姜予眠有些意外，对方却波澜不惊。

她也学着沈清白的样子，让自己看起来稳重些。

带领他们的人正要介绍，翻看资料一看，笑了："你们两个都是景大的学生，应该认识吧？"

沈清白的视线终于移到她的身上，薄唇隐约勾起一道浅浅的弧度，他说："当然，她是我的同系学妹。"

姜予眠在沈清白眼里看不到学长待学妹的友好，但在他人面前，也顺着沈清白的话喊了声："学长。"

二人领到各自的工作牌，从人事部出来，姜予眠小声询问："沈学长，你也是来参与那个项目的？"

沈清白拎起崭新的工作牌在她眼前一晃："显而易见。"

论专业能力，她绝不比沈清白差，不过沈清白的实践经验比她丰富许多。沈清白是她的学长，在这全然陌生的公司里，她决定跟他搞好关系："那以后，还请学长多多指教。"

"指教谈不上。"沈清白挂好工作牌，正式进入角色，"这个项目我很感兴趣，也很期待你的表现。"

话音落下的那刻，沈清白转头看向她，嗓音微微压低，刻意地喊了声："学妹。"

姜予眠读不懂他眼中的深意。她只知道，沈清白即将成为她的合作伙伴，却也是她最大的对手。

二人由同一名资深员工带领，大家称呼他为曲老师。他们这种公司主动邀请的人才与一般实习生不同——二人上班第一天就收到一堆数据资料，得熟记。

自那天起，姜予眠每天早出晚归，辗转于宿舍和公司。即使接触不到核心技术，每日接触的新知识也让她受益匪浅。

她每天跟沈清白见面，遇到问题后免不了一起讨论，跟沈清白逐渐熟悉起来。

转眼就到了年关。

公司发布假期公告，员工们可根据实际情况调休。他们作为实习生，要求稍微宽松些，除夕到初三可以自行安排时间。

姜予眠抱着资料从办公室里出来的时候恰好撞见沈清白在打电话，听他的意思，似乎是打算留在南霖过年。

沈清白站在楼梯口，她想过去必须从他面前经过。听到电话，姜予眠有些不好意思，随口问："学长不回家过年吗？"

沈清白似乎心情不错，很乐意回答："我爸妈是搞科研的，三百六十五天也就能见到五天。你呢？"沈清白转身背对栏杆，胳膊肘向后架在杆子上，"你过年要回景城？"

姜予眠缓缓摇头："其实我老家就在南霖。"

陆老爷子打过电话，让她回陆家，被她以工作为由拒绝了。

本该回到那里的人终年无法回家，她一个外人却明目张胆地去过年，算什么事？

沈清白了然，目光落在她怀中："手里拿的什么？"

姜予眠回道："曲老师让我整理的资料，还有一些要完成的课题。我遇到点儿麻烦，正好去问问老师。"

"曲老师刚被叫走，你现在过去找不到人。"

"啊，那我等等再去吧。"

沈清白眼里闪过一抹迟疑，最终问："或许，我可以帮你看看？"

姜予眠有些诧异。不过，有人主动帮忙，她求之不得。

二人回到办公室，在里面讨论了近半个小时，姜予眠豁然开朗："谢谢学长。"

解决了难题，她语气中难掩喜悦之情。

沈清白回到自己的位子上，就在姜予眠对面，道："口头感谢未免太没意思。"

"那……？"

要不然她请他吃个饭？

沈清白想了想，问："你不是南霖人吗，不如带我过个年？"

姜予眠一愣："可我是要去扫墓。"

沈清白眉头一皱。

在她简单解释了自身的情况后，沈清白低下头："抱歉。"

姜予眠却笑着摇头："没关系，已经过去了。"

从前有人提到父母和爷爷，她总是不愿面对。直到后来经历种种事情后，她才逐渐从那些悲伤的往事中走出来，剩下的只有怀念。

除夕当天，姜予眠在镇上买了四份祭品，乘车前往村里。

村子和镇上虽然通了公路，却不方便打车，这次是沈清白说要去小镇感受民风民俗，自己租了辆车，刚好把她送到村口。

沈清白见她手里拿着几个大袋子，主动提出帮忙。

姜予眠却拒绝了："搭车已经很麻烦你了，剩下的路我可以自己走，谢谢学长。"

车熄了火，沈清白背靠座椅，手腕搭在方向盘上，望着那道单薄的身影消失在车窗外。

他这个学妹很有意思，看起来柔柔弱弱的，自主性却很强。若你主动提出帮忙，她愿意接受的不会推辞，不愿意接受的会果断拒绝，不会虚情假意地跟人推拉。

姜予眠走过一段长长的泥土路，寒风吹得她的双手冰凉，哪怕戴着手套也抵挡不住寒意。

想起夏天来时那儿杂草丛生，她以为这次会看见草被风吹雨打后的画面，到了那儿却发现，墓碑周围焕然一新，半径十米之内宽敞干净，仿佛一个独立的小墓园。

姜予眠感觉不可思议，甚至怀疑自己走错了路。直到她走近，看清碑上刻的姓名。这是她爷爷、奶奶的墓没错，可这四周……

姜予眠暂时放下心里的疑惑，将祭品奉上，随后去了父母的墓前。两座墓地情况相似，一看就知是有人刻意安排的。

陆宴臣的名字立刻蹦入姜予眠的脑海中，她向附近的村民打听。

"那个墓啊，我记得是今年夏天吧，突然来了许多人把周围重新修建了一番。那人花钱买了地，还请了人定期打扫。"村民指向邻居家，"喏，他们家的男人就是其中一个。那天我不在家，错过这赚钱的机会，真是可惜了。"

姜予眠又找到那家人询问，无论是时间，还是他们提到的姓姚的男人，都印证了她的猜测。

姜予眠走在路上，心乱如麻。那个人在她不知道的时候做了很多事……等她明白才发现，他给予的温暖早已无孔不入。

她精神恍惚地回到村口，沈清白的车还停在原地。

　　姜予眠加快步伐走过去，抬手轻敲车窗："学长，你还没走吗？"

　　"这个年还长，不急于一时。"沈清白打开车门锁，"你要走的话，正好载你出去。"

　　姜予眠没有打开车门，就站在外面说："我要回一趟老屋。"

　　这下，沈清白直接开门从车里下来："方便一起去吗？"

　　这没什么不方便的，姜予眠点头："可以的。"

　　回想半年前的场景，她以为会见到生锈的锁、破旧的门、结满蜘蛛网的墙，还有被藤蔓缠绕的秋千，推开门却发现，院子被重新打理了，秋千被保护起来了。

　　连沈清白都问："这里还有人住？"

　　姜予眠轻轻抿唇。这里当然没人居住，只有那人"特别照顾"。

　　他们在这里看到了墙上的痕迹，姜予眠第二次向人解释："那是代表我年龄的身高线。"

　　沈清白靠近墙面，发现了那些历经时间长河的身高线的特别之处："你……十四岁到十九岁，是等比例长的？"

　　十四岁到十九岁之间的线条间隔几乎一致，沈清白不知其中缘由，才会玩笑般地问出这句话。

　　姜予眠突然不敢再看那儿，转身仰望天空，试图把眼里突如其来的酸涩感压回去。

　　她闭上眼，耳边响起那个人的声音。

　　"这是十八岁的姜予眠。

　　"这是十七岁的姜予眠。

　　"这是……"

　　她终究忍不住回头，细数墙上那一道道痕迹。

　　那些刻在脑海里的回忆不断攻击着姜予眠的理智，累积的情绪顷刻间爆发，姜予眠跑出院门，蹲在外面无声地哭了起来。

　　向来冷静的沈清白被吓到，以为自己说错话，试探性地喊了几声，无人回应。

　　不知过了多久，姜予眠的情绪终于缓和。她从包里抽出纸巾擦拭狼狈的面孔，说话带着鼻音："抱歉，我只是想起一些事情，一时间有些难过。"

　　沈清白以为她是想到了逝去的亲人，怕触及她的敏感点，不好多问，只是静静地等待。

后来二人坐上车，姜予眠眼泪的痕迹还在，哑着嗓子道："沈学长，我得回一趟景城，恐怕没时间带你逛小镇了。"

沈清白系安全带的动作微顿："没事，打发时间而已。"

离开的路上，姜予眠一直看着窗外，再也没说一句话。

除夕夜。

陆家的团圆饭总共只有陆老爷子跟陆习二人吃。他们已经习惯陆宴臣不在，只是遗憾姜予眠忙于工作来不了。

"眠眠一个人在外面不容易啊。"陆老爷子始终记得姜予眠刚来陆家时胆怯弱小的模样，总担心她像以前一样受欺负。

陆习点头："您说得对。"咽下最后一口汤，他道，"正好，李航川说要去南霖玩，我跟他一起，还能帮你看看人。"

"哦？"陆老爷子没有怀疑，"那可以啊。"

反正他这孙子坐不住，每次放假都到处跑，去南霖看看眠眠总比去其他地方好。

得到老爷子首肯后，陆习打开手机查看机票——他两天前就买好了。

老人睡得早，晚饭后，陆习照例跟朋友出去跨年玩。

他拍了几张照片，想发给那个还在工作的可怜人，又自言自语："算了，还是不拉仇恨了。"

姜予眠小气得很。万一他惹到她了，明天去了南霖后"小哑巴"不待见他怎么办？

他打算先发个简单的跨年祝福，刚打开消息页面，就被旁边的李航川拉走："习哥，你一个人站在这儿干吗？赶紧来，要倒计时了。"

新年来临之际，世界各地的华人都找人互道"新年快乐"。

陆宴臣站在研究院外，抬头望着明亮的天空，算着时差在国内凌晨时分发了一条新年祝福的朋友圈，内容只有简单的"新年快乐"四个字，无人回复。

陆宴臣刷卡走出研究院大门，处理通行信息的机器人发出可爱的机械声："今晚降雪，请注意出行。"

它用了中英文双语提醒。

陆宴臣收起卡，头也不回地离开冰冷的研究室。

国内张灯结彩的热闹春节与这里无关，与他亦无关。

他在咖啡厅里坐了一下午，离开时，外面的气温仿佛又降低了两度。

他就这样静静地走在街头，从天光大亮到暮色降临。

绑定了 Star 程序的手表亮了一下，左上角的小图标变成雪花模式，不多时，空中飘落雪花。

路上的行人纷纷撑伞，在街道上穿梭。

他不紧不慢、漫无目的地前行，没有刻意躲避，任由风雪降临。

在街头的小孩儿为雪下大了而欢呼时，他头顶的雪却突然停了。

一把轻盈的雨伞从他的身后升至他的头顶。他停住脚步。

陆宴臣回头，戴着红围巾的女孩儿高高举着雨伞，白皙的手腕上佩戴的平安扣手链鲜亮如新。

空气凝固，时间静止。

那个勇敢的女孩儿啊，不远万里来到他面前，亲口回应那句祝福："新年快乐，陆宴臣。"

漫天雪花纷飞，他们站在伞下，相视一笑。

橙色的灯光点亮夜空，二人共撑一把伞漫步街头，商铺洒出金黄色的暖光，照亮行人的路。

雪花落下，两道孤独的身影越靠越近，终于挨到一起。

陆宴臣撑着伞，放慢脚步跟身边的人同步："你是怎么找到这儿的？"

说起这个，姜予眠不免有些心虚："你以前在我的手机里装过定位。"

那时她生病，情况特殊，陆宴臣为防止她再出意外，在她的手机里安装了定位系统。现在系统反而被她利用，帮她追踪到了他。

她耳边落下男人的一声轻笑。

"学到的知识都用在这儿了？"

女孩儿抬手捻动脖子前的围巾，将那快要围住嘴角的红围巾往下压了压，呼出一口气，柔声道歉："对不起嘛。"

陆宴臣带她去了市区——他在那里有套公寓。

研究院距离市区较远，要一个半小时的车程，姜予眠坐在车里搓搓手，身体很快回暖。

"怎么突然过来了？"

"反正我也是一个人过年，出来旅游一趟，也不错。"

"累吗？"

"我在飞机上睡了很久。"或许身体有些疲惫，但她现在脑子很清醒。

时间一长，她热得取下围巾，柔软的长发被弄得凌乱。

她随手把碎发撩到耳后，耳垂上的银色耳钉亮晶晶的。

陆宴臣从余光中看到姜予眠的样子。他记得是她的室友过生日那天，几个女孩儿起哄，让她打了耳洞。

"打耳洞的时候，疼吗？"

姜予眠往后靠，脑袋微仰，温热的指尖轻捏耳垂上那个简单的银饰："已经过去很久了，不痛了。"

刚打的时候会痛，时间一长，伤口愈合，她连那种疼痛的感觉也忘得一干二净。

陆宴臣感叹："你长大了许多！"

无论是穿衣风格，还是内在气质，她都悄无声息地发生了变化。

曾经无数次想听的话就这么猝不及防地传入姜予眠的耳中，姜予眠不清楚他具体指什么，突然有些害羞："我们……很久没见了啊。"

这次交谈似乎比两个月前他们在陆家见面时轻松，二人坐在车里，随意地聊起这半年来各自的生活。姜予眠把脑袋靠向车窗，玻璃窗内映出两道模糊的身影。

下车时，姜予眠只带了折叠雨伞。陆宴臣捡起她粗心落下的红围巾，追上去，递给她。

这一幕不禁让她想起，去年陆宴臣送她红围巾时，也是这般场景。

姜予眠接过围巾，柔软的毛线贴在掌心，似乎还残留着他握过的温度。四周的风吹着脖子，她赶紧整理围巾，套到脖子上戴好。

陆宴臣住的地方宽敞又干净，推开门进去，客厅里有两面巨大的转角落地窗，站在屋里就能俯瞰城市的繁华夜景。

姜予眠收回视线，不动声色地打量室内的摆设。落地窗旁有一张圆弧形状的白色三角桌，桌面上摆着一个水晶日历，轻晃一下，里面的流沙随之翻涌，静置下来需要很久才会完全沉淀。姜予眠将目光往左移，玻璃茶几上明净整洁，上面只有一个烟灰缸，干干净净的，看不出使用的痕迹。沙发背上随意地搭着条灰黑色的绒毯，看起来暖和柔软。

这里布置简洁，只有必备的家具。

"你不常住在这里吗？"

"研究院里有独立的宿舍，那边条件不错，也很清静。"

那里虽不比市内繁华，但配置齐全，很多事情有智能机器代为处理，生活也很方便。

陆宴臣递给她一杯温水："你随意坐，我去打个电话。"

他原本只打算给自己放半天假，哪知姜予眠会突然过来。行程有变，他得提前告知研究院的同事。

姜予眠捧着玻璃杯坐在沙发上，还有些不真实的感觉。

在一天前，她绝对想不到自己会只身来这儿，只为跟他说一声"新年快乐"。

下飞机后她一直在路上，这会儿才有时间看手机，各大社交软件上都收到不少祝福类的消息。朋友圈里也十分热闹，盛菲菲凌晨两点还在更新，可见除夕夜玩得多畅快。

那组照片里有许多人的身影，然而出现频率最高的还是陆习。

再往下，她看到陆习、李航川、许朵画等人发的文字、图片，以及……陆宴臣在凌晨时分发送的那句"新年快乐"。

那条朋友圈孤零零的，没有人点赞、评论。姜予眠动动手指，点了个赞。随后她又想起，她跟陆宴臣的共同好友不多——或许陆宴臣圈子里那些朋友点赞、评论了，但她没看见。

陆宴臣在异国他乡通过这样的方式跟大家送祝福，说明在他的心里，春节还是个重要的节日。

不久后，陆宴臣从房间里出来，换了件毛衣。毛衣主调为黑色，白色纹格做修饰，是慵懒的居家风。

瞥见他腕间熟悉的手表，姜予眠忽然想到什么："按照这里的时间，我们是不是还可以过个除夕？"

这里比国内时间晚十三个小时。

不知什么时候雪停了，窗外的霓虹灯灯光耀眼夺目，陆宴臣拿起外套对她点头："可以。"

"那我们现在出去逛逛？"她站在落地窗前，双手合十望着外面绚烂多彩的世界，已经迫不及待了。

陆宴臣将她从上往下打量了一遍："你的衣服太薄了。"

这里一周前就开始下雪，温度逐渐降低，特别是冬季的夜晚，在外面站久了，衣着单薄的人恐怕难以忍受。

"啊……"姜予眠隔着衣服捏捏手腕，感受身上外套的厚度。

她来得匆忙，根本没想起要带厚衣服。

见她神色惋惜，陆宴臣迟疑片刻，给出建议："你不介意的话，我房间里还有一件比较厚的棉服，这个天穿正合适。"说完他又补充，"新的。"

姜予眠诧异地抬头，见他眼神清亮坦荡，不由自主地应下："好呀。"

她心想：介不介意这种话，他该问他自己。依照二人现在的关系，分明是她占了便宜。

陆宴臣很快去房间里取出外套，厚厚的一件棉服，摸起来都暖。

她换上了外套。简单的黑色外套没有明显的男女款之分，只是他们的体型有差距，她原本玲珑有致的身姿都被宽松的外套遮住了。

姜予眠突然有点儿后悔，在喜欢的人面前穿成这样会不会缺乏美感？

人家穿男友的衬衣是诱惑，而她穿了两次陆宴臣的外套，都在冬季，美感全无。

可这是陆宴臣的衣服……

这真是难为死她了。

最终姜予眠暗自决定，穿着这件外套去商场里买漂亮的新衣服。

客厅里，陆宴臣站在落地窗边，下意识地摸出香烟要点，瞥见女孩儿来时放在茶几上的背包，最终把打火机和香烟一并放在了三角桌上。

他抱臂靠向墙面，眼底流转着让人捉摸不透的神采。

那个外表脆弱的女孩儿一次又一次做出让人出乎意料的事，总能触及他心底最柔软的地方。

见到她时，他便不自觉地给予她最大的善意，没办法对她狠下心肠。

这似乎是他有生以来，遇到的最棘手的难题。

"陆宴臣。"磨磨蹭蹭半天的姜予眠终于出来了。

陆宴臣缓缓转身，见她娇小的身体被裹在宽大的外套之下，忍俊不禁："像偷穿大人衣服的小孩儿。"

"我不是小孩儿。"她再次强调。

陆宴臣举手投降："好，姜小姐。"

姜……姜小姐？这不是她第一次听到这个称呼，却是首次从陆宴臣的口中听到。

异样的情绪自姜予眠的心底攀升，像一只干瘪的气球慢慢鼓起来，差一点儿就要把她整颗心脏填满。

她赶紧打住自己的胡思乱想："你别调侃我了。时间不早了，咱们快出门吧。"

她径直走向门口。

陆宴臣跟在她身后，又一次替她拿起落在沙发上的围巾。

时代广场一派繁华，道路四通八达，霓虹灯灯箱的显示屏上滚动着中文，高楼大厦间为节日亮起的红色灯光在整座城市里熠熠生辉。

周围有不少华人面孔，姜予眠靠到陆宴臣的身边说话："差点儿忘了自己身处异国。"

陆宴臣解释："很多企业在这里投放广告宣传片，春节时也会举办与节日相关的活动，不少留学生出来跨年。"

许多华人会聚的广场上展示着具有民族特色的舞蹈和乐器，精彩绝伦的表演引得路人纷纷驻足。

充满艺术气息的街头画家不惧凛冽的寒冬，绘出一幅又一幅惟妙惟肖的人像画。

他们一起走过热闹的街道，穿过人流量最大的地方，川流不息的人潮驱散了冬季的寒意。

进入迎来送往的商场，姜予眠想趁机买一件合身的女款外套。精美的服饰让人眼花缭乱，她拿不定主意的时候看向陆宴臣，期待他会给出中肯的建议。

"这件好看吗？"

"很适合你。"

鲜亮的绯色跟新年气象十分匹配，她站在全身镜前左右看。不远处的男人默默看着灯光下那道娇俏的身影，眼中无意间流露出几分宠溺。

姜予眠穿着崭新的外套，跟他开启新旅程。

二人一路逛到布莱恩特滑冰场。

露天的冰场内有许多游客，陆宴臣道："一月份的时候，这里举办过冰上舞会。"

姜予眠扭头看他："你来看了吗？"

陆宴臣轻轻摇头："那时候研究院很忙。"

望着溜冰场里潇洒的身影，姜予眠跃跃欲试。

陆宴臣侧头问："想玩？"

她毫不犹豫地承认："想！"

在陆宴臣的纵容下，姜予眠换上溜冰鞋准备进场，却卡在入口一动不动。她以前也接触过滑冰，上学期还被徐天骄和许朵画拉去玩过，虽然技术一般，但能简单地滑动。

不过……她有段时间没玩了，好像突然不知道该怎么走动，于是只能扶着栏杆，试着往前挪。

她在努力地找感觉，却有一只手突然伸到前方。

陆宴臣手臂撑在栏杆上，抬眸笑着看她："姜予眠，你会滑吗？"

"当然！"她不许陆宴臣质疑自己，立马松开手，想证明给他看。

然后就在下一秒，她的胳膊被人稳稳握住："急什么，慢慢来。"

被他这么一握，一哄，她差点儿脚底打滑摔下去。

好在她稳住了，重新抓紧栏杆，不服输地强调道："我真的会。"

陆宴臣挑眉，不置可否。

慢慢地，姜予眠终于找回熟悉的感觉，先是扶着栏杆绕圈，随后钻进人群中。

她速度越来越快，像翩飞的蝴蝶，逐渐飞远。

她玩热了，又跑回栏杆边，精准地捕捉到陆宴臣的身影："你真的不考虑一起玩吗？"

"不了，你们年轻人的娱乐活动，我不参与。"多年前的雪地里，他伤了腿，之后再也没接触过滑雪、滑冰类的运动。

不知真相的姜予眠只关注另一个重点："你的口吻像个小老头。"

"我老？"陆宴臣仿佛听到不可思议的话，眉头都皱起来。

姜予眠强调道："是你一口一句'你们年轻人'。"

他改口："那……我们年轻人？"

姜予眠趴在栏杆边，"扑哧"一声笑出来。

这是半年来，陆宴臣在她脸上见到的最灿烂、纯粹的笑。他不自觉地被感染，指着手表提醒："十点闭场，你的时间不多了。"

姜予眠噘噘嘴，顺着栏杆走向出口。

陆宴臣过来接她："不玩了？"

"还有很多地方没逛，不能把时间浪费在一件事情上。"这次她来得很突然，但既然来了，就该多做些有意义的事，多留下美好的回忆。

附近的冬季集市她盯了许久，抱着热可可走遍各个充满艺术感的小店。

摆在木架上的那些五颜六色的蝴蝶标本被放在玻璃罩中，栩栩如生。

姜予眠指着那排漂亮的展示品，眼巴巴地道："想要。"

她没有兑换钱，只能求助于陆宴臣。

陆宴臣心领神会，朝老板道："Sir, Please give me all the butterfly specimens, thanks."

这些蝴蝶标本我全都要。

姜予眠瞪大眼，赶紧拉住他，道："我就要一个。"

陆宴臣："嗯？"

"买那么多干吗？买一个喜欢的就好了。"

"你说得对。"

最后姜予眠选了蓝紫色的蝴蝶，由内向外延展的翅膀，从蓝色过渡到紫色，放在玻璃罩中十分梦幻。

"陆宴臣，你要不要也买一个？"她觉得陆宴臣不像会逛街买东西的人，不如趁现在让他买，"来都来了，不买一个作为纪念吗？"

陆宴臣仰头看向木架，在众多标本中选了两只粉色的蝴蝶。

姜予眠大惊："你喜欢粉色？"

她真看不出来，这么严谨、沉稳的大男人，居然喜欢粉色蝴蝶。

陆宴臣接过老板包装好的两个蝴蝶标本，嘴角含笑，没承认也没否认。

迷离的夜色中，远方的列车呼啸而过。

姜予眠今晚兴奋极了，在热闹的广场上度过凌晨，才跟陆宴臣一起回公寓。他们不提那件事，还跟从前一样相处，第二次互道"新年快乐"。

"陆宴臣，我可以送你一份新年礼物吗？"

"嗯？"

她把藏在衣兜里很久的东西拿出来，是一块蓝色腕表。收了陆宴臣那么多礼物，她一直想回礼，如今终于鼓起勇气，把自己想说的话、想做的事付诸行动，不留遗憾。

夜晚，姜予眠躺在被当成临时客房的次卧里，与主卧中的人一墙之隔。

她盯着那面墙许久，直到眼睛疲惫到睁不开了，才轻轻合上眼，带着复杂的情绪入睡。

深夜，主卧里的男人打开房门，在客厅里点燃一支烟。

落地窗外灯火通明，男人坐在沙发上，微微向前倾，注视着茶几上的两个蝴蝶标本，眼底染上几分浓烈的色彩。

他们默契地当那件事不存在，可刻在脑海里的记忆，岂是不说出口，就能消失的？

他一开始把照顾她当任务，之后将帮她寻找真相当责任。后来有很多事他本没必要去管，可还是管了。他承认姜予眠是个特别的存在，以至曾经自诩坦诚的他都困在其中。

爷爷的训诫言犹在耳，他不能抱着尝试的心态回应姜予眠。两个人一旦开始，结局难以控制。如果他中途离开，无疑会给她造成更大的伤害。

良久，客厅里的烟灭了。

满身疲倦的男人抬手揉眉心，靠着沙发静坐一夜。

第二天，姜予眠早早从陌生的环境中醒来，躺在床上缓了一会儿，起床拉开门。

隐约听到客厅里传来动静，姜予眠走过去一看，穿戴整齐的陆宴臣正要出门。

她揉揉干涩的眼睛："你要走了吗？"

"研究院那边打来电话，有事需要处理。"他解释，"给你留了言。"

他本不想打扰她休息，却不料她醒得这么早。

"你要去多久呀？"

"时间不确定。"

"哦……"

她明天就要走了，原本以为还能跟他待上一天，现在看来这是奢望。

见她明显情绪低落，陆宴臣沉吟片刻，主动询问："要不要跟我去研究院看看？"

"可以吗？"姜予眠瞬间精神了。

一个半小时后，车停在研究院外。

姜予眠紧跟着陆宴臣来到这座充满科技感的研究院，赞叹从入口到他们路过的每一处都设计得让人叹为观止。

她知道智能科技的发展潜力无限，但亲身体验跟看视频想象的感觉截然不同。拥有高等级授权的人在里面畅通无阻，像姜予眠这种外来者若没有专人带领，将会寸步难行。

见陆宴臣带来一个生面孔，大家纷纷感到好奇。有人问起她的身份，他便用熟练的英文向人解释："是朋友。"

这个身份让姜予眠松了一口气。

她为什么会喜欢他呢？大概是他的温柔、细心会让她真切地感受到，自己说过的话被认真地对待了，自己被尊重了。

研究院的同事脚步匆匆，语气急切："陆，研发的机器送检出现了问题。"

质检不合格的机器被送回，他们才会将请假的陆宴臣叫回来。

核心研究室不允许外人参观，姜予眠只能留在外面。陆宴臣向她说明情况，并找了研究室里为数不多的华人同事陪她待一会儿："你可以去附近参观一下，或者去我的办公室里休息。"

交代好一切，陆宴臣疾步穿过红外自动门，进入研究室。

姜予眠隔着窗户，看着他忙碌的身影、专注的神情。她听不见里面的声音，却看得到陆宴臣跟同事交流时严谨从容的表情。无论遇到什么事，他总是那么镇定自若，让人信服。

她在外面看了不知道多久，才去办公室。

陆宴臣的同事替她推开门，里面的机器人敏锐地睁开眼睛。

同事解释："这是只听从陆老师指令的智能机器人，叫'Star'。它能感应并记录进入房间里的人，自动执行一些简单的任务，例如待客。"

姜予眠并不了解它的具体功能，尝试着跟它对话："Star，你的名字真好听。"

星星，她最喜欢的事物之一。

"美丽的小姐，请问你叫什么名字？"

"姜予眠。"

"姜予眠，你的名字也很好听。"

这是个聪明、情商高的机器人没错了。

后来姜予眠什么也没做，就在办公室里跟 Star 聊了一上午。陆宴臣回来后，发现平日里只会严谨地执行命令的 Star 已经变成油嘴滑舌的"僚机"，哭笑不得地问："你对它做了什么？"

姜予眠老实巴交地眨眨眼："没做什么呀，我们俩聊天呢。你忙完了？"

"嗯，处理好了。你下午有什么想去的地方吗？"他知道姜予眠待不了多久，尽量满足她的要求。

可姜予眠初来乍到，对国外的一切并不了解："我都可以。"

正要搜索，陆宴臣在手机里看到 Jessie 分享的森林小木屋的假期日志，突然做了决定。

悠闲的森林小木屋距离这里大概两个半小时的车程，姜予眠一路上很兴奋，举起手机录下车窗外不断倒退的风景，回头时却发现，旁边的陆宴臣已经睡着了。

她悄悄地打量他，看清他眉眼间流露的疲惫，心口像被小针刺了一下。

一个外表光鲜亮丽的人，在背后一定付出了超出常人的精力。

他明明疲惫不堪，还要带她出来……

姜予眠顿时对小木屋没了期待，想着等会儿到那边就说自己困了要睡觉，这样陆宴臣也能心安理得地去休息。

下车后，姜予眠被这里的景色惊艳了。

石子铺路，草地橙黄，林间烟雾缭绕，似一片仙境。

森林木屋的主人前来接待他们，点燃屋内的壁炉取暖。

姜予眠刚想找借口，却见陆宴臣盯着手机道："人来了。"

门口处果然来了一家人。

姜予眠看到一脸络腮胡子的 Jessie 抱着一个黑发碧眼的小姑娘，身边站着一个丰满的东方女人。

这个 Jessie 就是他们去年在宁城雪山见到的外国人。

Jessie 中文越来越流利："陆宴臣，陆……妹妹？"

Jessie 忘了姜予眠的名字，只记得自己曾把她错认成陆宴臣的太太。

Jessie 一家已经过来住了两天，主要是小朋友喜欢这儿，他跟太太便陪女儿在这远离闹市的仙境里玩耍。

森林小屋室内温暖，里面摆放着积木等益智小玩具。Jessie 兴高采烈地告诉他们地下室里有多项娱乐设施——只因之前没人作陪，玩不起劲，现在陆宴臣来了，他迫不及待想拉他们一起玩。

姜予眠在陆宴臣的耳边小声建议："要不休息一下再去玩？"

陆宴臣："没事，我在车上睡了两个小时，差不多了。"

姜予眠的计划告吹。

到了晚上，两家人在院子里烧烤。Jessie 装备齐全，肉食、素菜和酒，应有尽有。

入乡随俗，大家开始用英文交流，但 Jessie 的妻子是华人，他们一家都会中文。

Jessie 的小女儿 Lily 非常喜欢姜予眠，从下午到晚上都缠着她一起玩，烧烤时也要挨着她坐。

于是 Lily、姜予眠和陆宴臣三个人紧挨着坐，Jessie 夫妇坐在对面。

混血的 Lily 有五分东方人的模样，Jessie 开玩笑说："Lily 更像你们的女儿。"

他是指现在的座位。

说者无心，听者有意，被调侃的两个人脸上有了细微的表情变化，都目不转睛地盯着手里的烧烤串，谁也没敢看谁。

直到 Lily 突然惊呼："Deer（小鹿）！"

姜予眠循声望去，不远处的树下站着一只棕色的小鹿。见它盯着前面的青菜跃跃欲试，Lily 大着胆子走过去。

姜予眠连忙将小孩儿拉住。

Jessie 解释，那是木屋主人家养的鹿，他们住在这里的第一晚，就给小鹿喂了食。

在好奇心的驱使下，姜予眠学 Lily 递出一片青菜叶。小鹿非常赏脸，把菜叶吃个干净，之后就在院子里溜达。

肉串烤好了，Jessie 从房间里拎来两瓶酒，姜予眠的眼睛都快长到上面了。

Jessie 倒酒，首先递给他们俩。

姜予眠一连喝了两杯，就在要接受第三杯时，陆宴臣压下她的手腕："差不多了。"

"你说毕业之后就算长大，长大了就可以随便喝。"姜予眠拿他很早之前说的话反驳他。

陆宴臣否认："我可没说过后半句。"

她理直气壮地道："我的阅读理解能力满分。"

笑意在陆宴臣的眼底扩散，他说："满分恐怕不够。"

她仰头问："为什么？"

"起码再给你的想象力加十分。"

后半句纯粹是她脑补的，哪来的理解能力满分？

Jessie 一家三口去旁边玩，二人才产生这番幼稚的争论。姜予眠东拉西扯，骗到第三杯，也是最后一杯酒。

烤炉里渐渐灭了火，Jessie 夫妇带玩累了的女儿回去睡觉，留姜予眠跟陆宴臣一起望着小路旁映照出来的光。

她想去那条满是灯的路上看看。陆宴臣起身拍拍外套，跟在她身后。

姜予眠走了两步突然停下来，朝陆宴臣勾手指。陆宴臣顺势低头，女孩儿的声音落在耳边。他叹气，笑了笑，随后在姜予眠面前蹲下："上来吧。"

刚才那个小酒鬼问他，能不能再背她一次，就像五年前那样。

姜予眠趴在他的背上，回想这两天畅玩的经历，发现这两天积攒下来的欢乐比她过去半年都多。

"陆宴臣，我寒假在南霖实习。"

"嗯。"他知道。

临走前，她不得不重新提起那个被他们刻意回避的话题："我回去祭拜的时候发现墓碑周围被重新修建过，还有……墙上的第十九道痕迹。"

他们夏天去的时候，她还未过十九岁生日，陆宴臣是从她十八岁开始划的。她冬天再去，发现多了一道痕迹，那必然是后来有人去过，留下了代表她十九岁的成长线。

陆宴臣默默听完，承认道："是我。"

姜予眠的生日过后，他又去了一趟南霖。

陆宴臣回答之后，背上的人突然安静下来。

他主动问："打扰到你了吗？"

女孩儿笑："巴不得被你打扰呢。"

他沉声道："以后我会注意。"

"嗯。"女孩儿轻轻道，眼睛蓦然泛酸，"今天在研究院看到你工作时的样子，感觉很不一样。"

在研究室里从容不迫的他，比在电视机里侃侃而谈的商人更真实、更亮眼。

她突然明白一些事，人生本就有许多遗憾和求而不得，每个阶段都有必须完成的任务，做好了，才能拥有选择今后道路的权利。

"哪里不一样？"

"好像更帅了。"她用小女孩儿的口吻调皮地作答。

男人背着她走路，步伐明显一顿："眠眠，回去之后……"

"陆宴臣。"姜予眠故意打断他的话。

她收紧胳膊，环住他的脖子，比刚才更用力了。

她低下头，把小脸埋在他的颈窝里："回去之后，我就不喜欢你了。"

那个男人，有梦想，有目标。他要奔赴的远方没有终点，但那一定是个无比精彩的世界。

她不远万里来到这里，是道贺，也是道别。

第十二章
重　逢

　　这个新年，到南霖的陆习扑了空，多次给姜予眠打电话关机，还以为她出了什么事。

　　迎来送往的机场，姜予眠在下飞机后发现有许多未接电话，抱着蝴蝶标本回了陆家。她对自己这两天的经历只字不提，谁也不知道她新年去了哪里。

　　三月，姜予眠主动联系了黎文峰。

　　七月，她收到一份从国外寄来的生日礼物，没拆，直接放入柜子里。

　　九月，她大二开学，巧遇景大校园网遭到攻击，无人能解。计算机系的她出手进行完美反击，再次在校内引起关注。

　　十二月，姜予眠带着跟盛菲菲一起买的礼物参加陆习的生日聚会，玩到凌晨。

　　她带着醉醺醺的盛菲菲回到嘉景公寓，在那个无眠的夜里，打开了尘封许久的日记本。

　　半夜，天降大雨，身披外套的女孩儿抬头仰望窗外，仿佛又看到那道孤傲挺拔的身影跪在祠堂里，一天一夜。

　　两个月后，春节来临。

　　姜予眠依然没在陆家过节。她接受宋夫人的邀约去了宁城，再度爬上那座雪山。

　　她站在那座观景桥畔，看见红色的绸带迎风飞舞，多次试图踏上那座桥，最后却收回脚，转身离去。

在鹿太太的建议下，宋夫人把姜予眠认作干女儿，特意为她设计了一套独一无二的首饰。

得知自己多了个妹妹的宋俊霖特意打电话给陆习，得意扬扬地告诉陆习这个"好消息"。陆习气得当场买机票，要飞过来跟宋俊霖当面聊。

姜予眠让陆习控制他的暴脾气，陆习反过来质问："你为什么不回家过年？"

姜予眠平静地望着他那双充满不甘与质疑的眼睛，像温柔的水，扑灭那团熊熊燃烧的火焰："陆习，真正应该回家过年的人，不是我。"

她跟陆习一起返回景城后，收到姚助理送来的一份新年礼物。

大二下学期，姜予眠在社团成员的推选下接替秦衍成为计算机社团的新会长，并跟沈清白一起参与研发新项目。

新的一年到来，姜予眠回南霖扫墓，看到院子的墙上多出两道划痕。

女孩儿缓缓伸出手，去感受，在摸到凹陷的地方时"嗯嗯"自语："原来我已经二十一岁了啊。"

除夕夜，万家灯火通明。

冰冷的研究院里，那条仅一人可见的"新年快乐"有人连续发了三年，今年无人回应。

Star 从记忆系统里提取的语音在办公室内播放了一遍又一遍。

"Star，你的名字真好听。"

"美丽的小姐，请问你叫什么名字？"

"姜予眠。"

"姜予眠，你的名字也很好听。"

三个月后。

正午的阳光穿透枝杈落在地上，像细密的金沙。

调皮的暖阳穿过玻璃窗，洒在斜躺在电脑椅上的女孩儿身上。

元清梨蹑手蹑脚地来到女孩儿身旁，伸手揭开她盖在脸上的专业书籍，故意凑到她耳边吹气："会……长……"

闭目养神的姜予眠微蹙眉头，睁开一只眼瞧元清梨，见她手里拿着一份打印资料，赶紧重新闭上眼，当不知道。

元清梨一只手拿书，另一只手拿活动策划案，手背抵在腰间，生气地道："眠眠，你别装睡。"

不就是学校让社团组织活动吗？有那么麻烦吗？

本届会长选拔时，大家都投了姜予眠。姜予眠本想学沈清白，坚定地拒绝，岂料社员联合起来，软磨硬泡请她答应。

在很长一段时间的拉锯战后，姜予眠坐上了这个位置。

这会儿，会长赖在椅子上不起来："我就是个挂名的。"

她经常不在学校，大部分事情交给副会长处理。

元清梨愁眉苦脸地道："就是因为你很少回来，我已经帮你做了很多事。"

"那你为什么不直接当会长？"

"我社恐，不敢。"

元清梨这伶俐的口齿，可一点儿都不像社恐。

"对了，"姜予眠睁眼从椅子上坐起来，"秦衍最近不是要回来领毕业证吗？不如你去找他。"

前会长也是会长，抓来用用也不错。

提到秦衍，元清梨神色古怪："我不行！"

姜予眠："嗯？"

元清梨连连摆手："你知道的，我社恐，不敢去找人。"

姜予眠无奈："都认识几年了。"

"那……那也不敢，他是男的。"跟他相处，元清梨不像跟同性相处那么随意。

"唉。"劳心劳力的会长大人懒洋洋地伸出手。

一缕阳光缠绕而上，衬得她肤若凝脂，左手腕间的花色串珠手链如琉璃般通透，映射着光。

元清梨喜滋滋地将策划案递上，顺便通知会长："下午开会，别忘了哟。"

姜予眠敷衍地点头，打开活动策划案，一目十行。

快看到结尾时，姜予眠接到一通电话，停下阅读，注意力移到手机上："黎叔叔。"

"好消息，这次靠你的敏锐追踪我们及时找到窝点，抓获涉毒人员八个人，缴获三百多克毒品，还有……"电话里，黎文峰讲话的声音中透着满满的喜悦。

姜予眠听了也是喜上眉梢："真是太好了。"

两年半前，她主动联系黎文峰，并成功地通过政审和能力测试，开始参与研究。

正如黎文峰当初所言，随着网络技术的发展，追捕狡猾的嫌疑人犹如大海捞针。网络追踪系统和网络安全系统需要不断升级，姜予眠参与核心技术研发后，很快在原有基础上编写出新程序。

升级的程序具有更高的信息捕捉敏锐度，他们计划好后抛出诱饵，同时姜予眠对其进行网络抓捕，锁定地点，成功地缴获一批含毒电子烟。

众人对她的能力大为赞赏。

姜予眠不骄不躁地道："信息数据时代，只要他做了坏事，就一定会留下痕迹。"

这两年，姜予眠用事实证明了这句话的正确性。

姜予眠在社团活动室修改完策划案后发给元清梨，又收到许朵画让她帮忙带饭的短信。

"唉。"她好不容易回学校放松一周，她的几位好室友便使劲压榨她。

姜予眠回了个"好"后，慢悠悠地去了食堂。

这会儿刚下课，食堂里有些拥挤，姜予眠走到最短的队伍后面排队，见前面的人把玩手里的卡，才想起自己没带饭卡。

嗯，看来那五毛钱她是节约不了了。

终于轮到姜予眠了。她准备扫码，旁边突然伸来一部手机挡在她面前，扫码付款。

姜予眠扭头一看，一个个子高、小脸白净的鬈发男生举着手机，笑嘻嘻地对她说："学姐，这顿饭我请了，能加个联系方式吗？"

姜予眠："……"

现在的学弟都这么猛吗？

男生一开口，旁边投来多道目光，很多人等着看好戏。

姜予眠从容地举起手机重新扫码付款，离开前对学弟说："不好意思，没联系方式。"

后面的人没忍住，"扑哧"一声笑出来。

学弟钱花了，脸也丢了，联系方式也没要到。

姜予眠拎着打包好的食盒，气定神闲地朝门口走去，轻薄的米色开衫上，袖口的系带随着她的脚步摇摆，一袭白色法式长裙优雅翩然。

看见这一幕，众人心里不禁冒出一个字：绝！

当初被大家称为"初恋"的清纯系花在三年里不断蜕变，成为许多人心中气质超绝的女神。不过这位女神是可远观而不可亵玩的神级人物，大多时间存在于校友们的口中。

她经常不在学校，各系老师对她的要求只有“来参加考试”。但她这样并非荒废学业，相反，她的专业成绩稳居系里第一名，在校期间在国际期刊上发表了多篇论文，学分和各项奖金拿到手软。

国外多所著名大学主动向她发出邀请，她却选择继续留校深造。

没人会说她不识好歹，因为天才无论在哪里都能创造出令人瞩目的成绩。

除此之外，她的情感八卦也一直在校园里流传。

学弟被拒后，旁边的人开始给他介绍：“你不知道吗？论坛上都说她跟他们系上一届的高岭之花沈清白是一对。”

后面的人反驳：“不不不，我听我们社团计算机系的学姐说，她跟体育系的陆习来往密切。”

有人附和：“对啊，之前不是有人拍到一张她跟陆习同上一辆车的照片吗？一个是计算机系的，另一个是体育系的，八竿子打不着，能走到一起说明什么？”

有人提出异议：“我觉得沈清白更合适，他们都是计算机系的学霸，有共同话题。”

“她自己就够厉害了，再找个跟自己一样的多没意思！我还是站陆习。”

他们越聊越起劲，哪里还顾得上安慰被拒绝的学弟？

就在这时，姜予眠已经进了宿舍电梯，直达405宿舍。

“朵朵，你的饭到了。”

床上的许朵画掀开帘子，脑袋露出来，噘唇送上一个飞吻，道：“爱你。”

说完，她就给姜予眠转了账。

姜予眠把东西放下，手链不小心磕到桌面，珠子突然断线。她手疾眼快地握住大部分珠子，还是有两三颗逃走，跳到地上，四处散开。

刚爬下床的许朵画见这一幕，无情地嘲笑：“我就说质量很差，你非要买。”

姜予眠也不恼，慢悠悠地将逃走的珠子捡回来：“好看啊。”

去年五一，她们宿舍四个人相约去邻近的古镇旅游，到那儿后发现周围都被商业化了。姜予眠在商铺里买了一串颜值高的手链，带回来后一直放在桌上。今天她随手拿起来戴，没想到直接断送了它的使用寿命。

这时候，对镜化妆的徐天骄开口："你要是喜欢戴，我盒子里有一堆，你随便挑。"

她们宿舍四个人性格各异，但这几年相处得很愉快。

许朵画拆开饭盒，对姜予眠说："我记得你以前那个平安扣手链就很好看，后来也没看你戴过。"

她对姜予眠的那条平安扣手链印象深刻。当时她看了很喜欢，去网上查，才知道是某慈善拍卖会的限量款拍卖品。

不过，不知道从什么时候开始，姜予眠的手腕上空了。

听许朵画提起这个，姜予眠漫不经心地道："找不到了。"

许朵画听完差点儿吐出一口血。那可是有人高价拍下来的限量款，而且是独一无二的。

姜予眠把珠子全部塞进首饰盒里，没再佩戴其他的手链。

下午，姜予眠以会长的身份出席社团会议，选举新的会长。

大三即将结束，她终于可以功成身退。

会议结束后，姜予眠跟新任会长一起前往社团常用的活动室交接。

"咚咚——"

二人交接的过程中，一道敲门声响起。

他们同时望去，那个站在门边、穿着白衬衣的面容清隽的青年可不就是前不久被提到的高岭之花沈清白？

"姜予眠！"沈清白站在那边，喊她名字时的语气中夹着几分严厉。

她倒是好心情地伸手打招呼："嗨。"

新会长眼珠打转，一副吃到新瓜的惊喜表情，但很快，就被这两位天才委婉地"请"出去。

姜予眠说："我这边资料不多，如果你还有其他疑惑，可以联系副会长们，他们比我更了解社团的管理情况。"

新会长在门口跟沈清白擦肩而过。

沈清白走进屋里，关上门："你倒是会享受，'逐星'系统上市在即，你跑回学校躲清闲。"

他语气不善，像是抓到逃跑的犯人，兴师问罪来了。

姜予眠眼珠一转，理直气壮地道："什么躲清闲，你没看到社团有多忙？又是活动策划，又是选会长和干事什么的，可累死我了。"

反正沈清白不知道学校的事，她怎么编都行。

他抱臂轻哼一声，冷笑道："还不是你自己非要当这个会长？"

姜予眠随手拎起桌上被弃用的策划案："能者多劳，能为大家多做些事让我的人生充满了意义。"

沈清白瞪了她一眼。

这几年姜予眠变化巨大，不过二人长期一起共事，沈清白早已摸清她的脾性："行了，这次我来是有别的事。"

姜予眠放下策划案，神色正经了几分，说道："你说。"

沈清白递出一封邀请函："七月有一场交流会，含金量很高，他们给'逐星'系统的研发团队送了邀请函，你去吗？"

这是一场计算机科技交流会，有不少教授过去交流，还有许多相关领域的企业家将到场，除此之外，少部分青年才俊也能够收到邀请函。

这场盛会便于行业之间友好交流，也是一个人才与企业双向选择的机会。

"啊，你说这个……"姜予眠只扫了两眼。

沈清白微微眯着眼："你没兴趣？"

"不是，"她慢悠悠地拉开抽屉，取出一封一模一样的邀请函，"昨天，有一封寄到学校了。"

受邀人姓名写的姜予眠。

邀请函千金难求，而她轻轻松松拿到两封——一是景大的天才十分瞩目，二是她跟沈清白正在合作研发的"逐星"系统一直被人关注。

不过"逐星"系统的核心技术人员，很少有人知道具体是谁。

当初，姜予眠在研究网络追踪系统时提出新想法："现在大部分手机有诈骗和广告等提醒，但依然无法精准拦截，反诈 APP 的短信提示比较迟缓，而诈骗手段层出不穷，我们可以通过提取关键词，利用程序收集数据。"

当然，这一切的前提是经过用户同意。

这个想法听起来跟大众所知的拦截和提醒差不多，但她要做得更细致，包含语音、图文等，收集数据是个巨大的工程。

刚开始大家并不看好，沈清白在得知她的想法后，主动找到她合作。

二人用了一年的时间将团队扩大并拉到投资商，系统初见雏形。

大家把起名权交给率先提出想法的姜予眠："我们这个系统叫什么名字？"

那时她想了一下，果断地报出两个字："'逐星'。"

如今"逐星"系统即将上市，备受期待。

沈清白回校的消息不知道被谁传出来，又有人看见他们在食堂吃饭，几乎坐实了传言中的恋情。

听到这个消息后，陆习直接叫回篮球场上的兄弟，道："饿了，谁要去食堂？我请客。"

众人起哄，全部举手。

陆习根据校友提供的信息找到姜予眠所在的位子。一看见她对面坐着那个整天冷着脸耍帅的"小白脸"，陆习就来气。这两年，姜予眠越来越忙，但有空的时候还是会回家看望陆老爷子。陆习越发觉得，她也算陆家的一员。

他看不惯沈清白，生怕姜予眠哪天想不开跟沈清白在一起。此刻他非要挤进去打破气氛，不给二人独处的空间。

于是，二人行变成三人修罗场，篮球队的朋友们直呼"好家伙"。

这顿饭，心里坦荡的姜予眠吃得最香。

饭后，她跟沈清白在食堂外道别："学校里还有些事，处理好后我就回去。"

沈清白"嗯"了一声："不急，这两天我住在公寓，准备毕业考试。"

二人谈话时保持着一定的距离，旁边的人眼神似火烧。

沈清白走后，陆习才追上来："小哑巴。"

偶尔，陆习还用这个称呼喊姜予眠，像个随口的昵称，姜予眠也不再介意。

她回头："怎么了？"

陆习开口，一时想不到什么合情合理的借口，脑中灵光一闪："你知不知道我哥要回来了？"

姜予眠微微张口，沉默许久才发出极轻的声音："知道。"

近年来，智能科技产业集群越发广泛，逐渐应用于商业、医疗、衣食住行等产业。

天誉集团更是走在前端，陆宴臣人在国外，参与研发的项目有了成果，直接拓宽国际市场，引入新技术，以另一种方式活跃于大众视野里。

七月，天誉集团总裁陆宴臣回国的消息传遍业界。

机场，一群记者蹲守在内，争取拿到一手资料。这场面，不知道的还以为是哪位大明星来了。

姚助理在机场的 VIP 接机通道见到了远赴国外扩展市场的陆宴臣。

双方时常通过视频会议沟通工作，偶尔陆宴臣回国，他们也能在公司里碰面。虽然看似不曾远离，但这次，陆宴臣带着全新的技术真正回归，意义非同小可。

"陆总。"一声简单的称呼中包含着姚助理这几年所有的辛酸泪。

陆宴臣回来坐镇，公司重新有了主心骨。

陆宴臣抬手搭在姚助理的肩头，郑重其事地道："辛苦了。"

他们本打算低调地离开机场，无奈陆宴臣的气场太强大、独特，哪怕他没露脸，都会引人注目。

眼尖的记者发现他，一群人一窝蜂地追了上去。

很快，陆宴臣现身机场的照片流传到网上。

网瘾少女许朵画刷到这条热搜，第一眼还以为是哪个新冒出来的明星，直到看见身份信息，连连咂嘴："啧啧，这脸、这身材，现实中的霸总天花板啊！"

她上网关注的大多是娱乐新闻，突然发现一条天誉集团董事长兼总裁靠颜值出圈的消息，赶紧点进去。

最近很多同学在找实习公司，关注到许多科技公司，天誉集团门槛高，普通人想都不敢想。

许朵画把热搜链接分享到 405 宿舍群："快看，小说中的霸总照进现实。"

她去不了他的公司，欣赏一下霸总的颜值总行吧？

宿舍群里弹出消息的时候，姜予眠刚好点开那张照片——是记者抓拍陆宴臣在机场回头的画面。他容颜清晰，旁边跟着一个模糊的背影，她认出那是姚助理。

这几年，姚助理受命于陆宴臣，偶尔会来给她送些东西，比如新年礼物、生日礼物……

那些未拆封的礼品盒一直被她放在公寓里。

"眠眠，这条裙子怎么样？"

一抹火红的色彩扫过，打断姜予眠的思路。姜予眠抬头望去，只见徐天骄身着红色长裙，在她面前转了个圈。

美则美矣，但她们今天来这儿买衣服是为了即将开办的计算机交流会，徐天骄身上的这条红裙太张扬，不合适。

姜予眠委婉地道："这次是学术交流会，我觉得通勤风格的或者低调一点儿的比较好。"

"话虽这么说，但那天要去的不止一些严谨的老学究，还有许多商业人士，大多数是男人，而男人都是视觉生物。"徐天骄拎着裙摆左右晃动，对自己这身很满意。即使这条裙子不适合穿去那种场合，她也打算买下来，留着下次约会时穿。

姜予眠对她的观念不置可否。从她们认识到现在，徐天骄一直这样，用自己的美貌和情商捕获男人的心，从中获取想要的东西。她有手段，无空窗期，但从不脚踏两只船。她总说："男女之间的事，你情我愿，他图我的美貌，我图他的钱财，扯平了，谁也不欠谁。"徐天骄对她们向来大方，也很少与她们产生矛盾，她们无法对徐天骄的行为过多议论或指责。

最后徐天骄听了姜予眠的建议，选了一件 V 领的蕾丝衬衫，搭配红色包臀裙。

这已经是徐天骄能接受的"最低调"的打扮了。

凡事不打无准备的仗，姜予眠也开始为参加交流会做功课。

这次会有许多有能力、有声望的教授和科技行业领军人物到场，她得在这样的场合给人留下印象，方便以后行事。

姜予眠在网上查阅资料，把名单上提到的人了解了个大概。

她阅读速度很快，记忆力好，基本过一遍就行，看到最后，只剩下天誉……

就在她打开天誉的官网时，手机铃声响了。

"喂？"

"眠眠，你家方便吗？让我借宿两天。"

徐天骄在电话里解释了原因。她上周刚分手的前男友死缠烂打找她复合——见她不同意，前男友就到家门前守株待兔，害得她没法回家。

得到姜予眠的允许后，徐天骄很快来到公寓。她顶着精致的妆容进来，喘气声里带着怨气："大热天，有家不能回，都怪那个臭男人。"

姜予眠递给她一杯温水："你也翻车了？"

"这次是我失算，惹了一个愣头儿青。"徐天骄边吐槽边伸手接杯子，往嘴边一凑发现是温的，直接放下来，"有冰的吗？"

"温水好，冰水伤身。"姜予眠吃过来例假的苦，现在一年四季都习惯喝温水。

徐天骄却不听："我喝不了温的。渴死了，给我弄些冰块来也行。"

"好吧。"最后姜予眠给了她一瓶冰的运动功能饮料。

徐天骄感觉这种饮料跟姜予眠很不搭："你还喝这个？"

"啊……"姜予眠笑道，"偶尔。"

其实这饮料是陆习那家伙带来的。

她这栋楼挨着湖边跑道，有时候陆习锻炼完会来串个门，也要喝冰水。她说没有，陆习直接去楼下超市抱了一箱上来，往冰箱里塞了两瓶。

她对这种饮料不感兴趣，刚好给徐天骄喝。

徐天骄暂时在这里住下，在姜予眠了解交流会相关信息时，跟着看了几眼。

天誉的信息跳入眼帘，徐天骄忽然想起什么，问："朵朵在群里发的链接你看到没？"

"看到了。"

"天誉的总裁还真是人间极品。"

"的确。"这一点，姜予眠不得不承认。

毕竟从前她总是盯着陆宴臣那张脸发呆。

徐天骄盯着屏幕"啧"了一声："真想去天誉实习。"

姜予眠顺着她的话道："你可以试试。"

徐天骄没再接话。她跟姜予眠不同——姜予眠收到邀请是凭实力，她……是凭人情。

转眼就到了交流会举行的这天。

交流会在下午举行，徐天骄从上午就开始化妆打扮。她穿着上次跟姜予眠去商场购买的包臀裙，一头栗色鬈发，完全是都市丽人的形象。

徐天骄打扮好来敲门，见姜予眠还穿着居家服，一副完全不着急的样子。

"你今天穿什么？要不我给你搭配？"徐天骄在穿搭方面深有研究。

姜予眠打开衣柜，伸手一拨，似乎在犹豫。

徐天骄："你不是说要干练吗？你那套白衬衣和米色西装裤就不错。"

姜予眠五官柔美，穿上简洁干练的西服，既有职场气质，又不显严厉。

姜予眠轻轻摇头，取出一件白色雪纺衫和一条红色鱼尾裙。

徐天骄有些意外："你要穿这个？"

徐天骄原以为姜予眠真的会打扮得干练，跟那群学术家讨论严谨的话题，结果她还是选择了展示美貌的衣服。

姜予眠不以为意地道："通勤装而已。"

这个颜色的衣服她穿着比较温柔，不出挑，也不会出错。

她开始对镜化淡妆。徐天骄就站在她斜后方。

雪纺衫前的系带没系，姜予眠的锁骨露了出来，徐天骄看到了她锁骨旁的"蝴蝶"。她们宿舍的人都知道那个图案是胎记，还羡慕姜予眠连胎记都生得如此漂亮，跟文上去的一样。

徐天骄不明白姜予眠为什么要把那么好看的"蝴蝶"遮起来，倒是从中得到灵感，特意去文了一个更精致的。

姜予眠的胎记位置偏后，平时被衣服遮着，徐天骄则故意文在前面，穿V领的衣服时就会露出来。

正看着，徐天骄收到短信，道："眠眠，接我的人来了，我先下去了。"

姜予眠回头道："好，待会儿见。"

不一会儿，姜予眠接到一通电话。住在附近的沈清白也要去交流会，她正好搭个便车。

车停在路边，沈清白远远看见那道倩影款步走来。

他降下车窗，待姜予眠拉开车门，他的目光停留在她今日这身衣裙上："今天这身不错。"

姜予眠礼貌地回道："你这身也不错。"

她难得见他打了领带。

交流会上，群英荟萃，自觉形成三个圈。

一是那群搞研究的教授、科学家谈论学术话题，二是企业之间拓展人脉、互相打听，三是潜力无限的青年才俊抱着对学术的追求和对未来的发展来到这里。

"你们看，门口刚进来的那两个……"

"我认得，是景大的沈清白跟姜予眠，我们学校老师经常拿他们俩举例。"

一个是冷静卓绝的青年，另一个是冰雪聪明的少女，各方面匹配度极高，站在一起十分登对。

很多人对这两个被誉为天才的人有些忌惮。他们比自己年轻，还比自己厉害，那些人想：有他们在，自己脱颖而出的概率大大降低。

当事人对旁人的议论充耳不闻，找到自己的位子落座。

沈清白刚好在她旁边。

快开始的时候，徐天骄也坐了过来。主办方估计看他们都是景大的学生，所以将他们安排在一起。

徐天骄自然地靠向姜予眠吐槽："真无聊，看了一圈，没一个合眼缘的。"

她从踏进这里开始，就在物色目标，觉得都不是上乘之选。她好不容易才来到这里，总得争取些利益才对得起浪费掉的人情。

姜予眠正要回话，人群中响起一阵轰动。

"天誉集团"等字眼传入耳后，众人齐齐望去。原本拥挤的人群逐渐向两侧散开，中间让出一条道。

越过人群，姜予眠看见一道挺拔的身影。

男人腰细肩宽，西装裤包裹住大长腿，黑色衬衣的扣子一丝不苟地扣到最后，银灰色领带搭配出高级感。

他的眼神沉着有力，他走到哪里，哪里就有光。

人们陆续提到他的名字："是陆宴臣。"

是陆宴臣。

那个坚毅果敢的男人，带着梦想归来，即将开启新征途。

姜予眠盯着那道身影出神，男人似乎不经意地投来目光。

人声鼎沸之中，两道视线静静相交。

不久后，演讲正式开始。

主办方之一老吴跟在陆宴臣身边，为他介绍国内的情况，大到科技发展进程，小到人才选拔。

老吴指着景大那群人说："你看那边的两个，景大计算机系的金童玉女，个人能力很强。"

陆宴臣始终一副温和的样子，慢条斯理地回道："我看不像。"

老吴："啊？"

陆宴臣摩挲着腕间那块蓝色的手表，最终没解释这句"不像"是指什么。

这场学术演讲持续了整整三个小时，主办方告知大家，在一楼大厅里为众人准备了丰盛的下午茶。

这场交流会，一是学术演讲，二是为大家提供一个公开的交流平台。

听完演讲的人们陆续离开，姜予眠习惯性地留在最后，沈清白跟徐天骄也没走。

等人群散去，他们才起身离开，从楼梯步行下去。

走着走着，徐天骄回头瞥见后方来的人，故意跟前面两个人拉开距离。

她从见到陆宴臣的那刻就确定，这个优秀的男人是今晚的最佳人选，没有之一。

她要放慢步伐，又不能显得太刻意，尽量跟前面的姜予眠保持距离。余光中出现那道西装革履的身影，徐天骄不动声色，却见陆宴臣直接越过自己。

徐天骄眉头微皱，又发现他走到自己前面后，没有再加快步伐。她跟姜予眠被陆宴臣隔开。

徐天骄看准机会，故意朝前喊道："眠眠，等我一下！"

说着，她从陆宴臣身边走过。

听觉、视觉，这些都是引人注意的关键，徐天骄想在不经意间给他留下印象。

姜予眠却因徐天骄的呼喊停下来，回头一看，猝不及防地撞进男人那双如墨般的眸中。

他也在看她。

两个曾经无比熟悉的人终于在他们奔赴未来的道路上重逢。曾经那个脆弱敏感、会在害怕时抱着他哭的小姑娘长大了，变得明媚灿烂、自信美好。

他试图在那双清澈的眸中寻到熟悉的眼神，却发现她从容不迫地移开了目光。倒是沈清白回头喊了声："陆总。"

前不久陆宴臣回国，沈清白已经见过他。天誉集团的陆宴臣是行业的佼佼者，高冷如沈清白，也懂人情世故、行业规则。

这时沈清白没忘记姜予眠，先向她介绍了陆宴臣，又对陆宴臣说："陆总，这是我的直系学妹姜予眠。"

陆宴臣从未想过曾经最爱跟在他身旁、躲在他身后的小姑娘，如今会以"陌生人"的身份站在他的对面。

姜予眠率先伸出手："陆总，你好，我是姜予眠。"

别人恨不得在天誉总裁面前用卓越的成绩赢取关注，而她的自我介绍平淡到没有任何附加的东西。

陆宴臣垂眸，视线落在姜予眠那双莹白如玉的手上，余光瞥见她垂在身侧的左手手腕上没有佩戴任何首饰。

森林小屋那条通往未来的道路上，姜予眠趴在他的背上道别，摘下平安扣手链。从那之后，他再未见过那条保佑她平安的手链。

那个聪明伶俐的女孩儿，凭自己的本事平安地长大了。

大庭广众之下，陆宴臣握住了姜予眠的手："你好，我是陆宴臣。"

他们今天站在这里，重新认识一遍。

二人双手交握的那刻，姜予眠清晰地感受到熟悉的温暖流转于指间，将她包裹住。

时间仿佛停了一秒。

男人嘴角噙笑，那温和的眼神让姜予眠感觉无比熟悉。

之后，得知此事的人一阵惊叹，这……他们这介绍是不是有点儿不对？

普通人互相见面这样介绍自己没问题，可今天这场合，一个未毕业的学生跟一个成功的企业家，陆宴臣肯跟她握手就不错了，居然还跟她介绍自己的名字……

这里谁不认识他？

不过，一个前途无量的天才少女和一个站在金字塔顶端的天之骄子，或许他们之间的关系无法用身份来评估。

有人私下议论："陆宴臣是不是想把姜予眠挖去天誉？"

"姜予眠确实厉害。"

在网上搜她的名字，有一堆获奖词条，她还申请了个人专利，这样的人才无论去哪里，都能带去巨大的利益。

"天誉集团现在蒸蒸日上，多少人挤破头都进不去。"

"难啊……"

议论声不绝于耳，徐天骄端着蛋糕盘从人群中走过。当时她站在一旁，在陆宴臣的眼里看见了对姜予眠的欣赏，还有别的……

那抹情绪太复杂，她捉摸不透。

不过有一点很确定，陆宴臣现在一定对姜予眠印象深刻。

徐天骄有些懊恼。她本希望陆宴臣听见她的声音，看到她的外表，结果却给他人做了嫁衣。

"这位小姐，你……"

有不少男性被徐天骄出众的外表吸引，徐天骄一般会视其身份决定自己的态度。但现在这个人一靠近她，立刻被她打发走。因为就在此刻，她察觉到了陆宴臣的视线。

她装作不经意地抬头，想与陆宴臣对视，却见陆宴臣已经离开。

虽然那个时间很短，但她确定陆宴臣的目光在自己的身上停留过。

男人啊，果然还是视觉动物。

脸蛋儿和身材一直是她引以为傲的资本。她徐天骄出马，还从未失手过。况且陆宴臣已经注意到她，只要她肯动心思，相信拿下这个男人也不在话下。

陆宴臣几乎全程被人环绕。他从容不迫地应对着，意外发现了徐天骄。

徐天骄是姜予眠的室友，不知道两个人关系有多好，竟连蝴蝶印记都一样。

不过很可惜，他并没有在徐天骄身旁发现那个熟悉的身影，于是头也不回地离开了那个地方。

室外的草坪上，姜予眠出来透气。

前辈们的演讲确实非常不错，只是结束后的交流变得商业化。

恰好黎文峰给她发了消息，她就站在树下回复。不知不觉几分钟过去，姜予眠觉得脸颊有点儿痒，忍不住用手指轻挠两下，脸上很快起了豆子大的小红点。

陆宴臣刚找到人，见她穿着短袖长裙站在树下，无奈地摇头，转身回去跟人要了两样东西。

姜予眠皱起眉。

"你的脸怎么了？"沈清白发现她的异样。

"可能是刚才被蚊子咬了。"怕扩散，姜予眠不敢再随意挠。

"等我一下。"沈清白回大厅找到服务生，很快拿到止痒药，是青草膏。

陆宴臣晚了一步。

姜予眠拿手机当镜子，对着屏幕擦药，沈清白替她托着药瓶。

简单地抹匀之后，姜予眠拧好瓶盖向他道谢。青年和女孩儿站在草地上，身后是橙红色的夕阳。

陆宴臣缓缓握紧手里的物品。

见老吴出来了，陆宴臣收起止痒膏，将手里的防蚊圈递出去："让人把这个防蚊圈送给那边的女孩儿。"

他指向那棵树。

老吴顺势望去，却看见两个女生——徐天骄是刚来的。那两个人的风格截然不同，一个柔美，另一个张扬。

姜予眠跟沈清白是"一对"，那么，能让陆宴臣这种禁欲系的男人看上的，应该是旁边那个更妩媚张扬的女人吧？

老吴觉得自己猜得没错，叫服务生把防蚊圈给徐天骄送去。吩咐完觉得不够，老吴还把人叫到身边特意叮嘱："如果那人问起，你就说是陆总……切记不要宣扬。"

毕竟这种事没成时，当事人自己知晓就行。

徐天骄收到防蚊圈后果然面露欣喜，服务生只悄悄告诉她送东西的人的姓名。

这场学术研讨会持续到傍晚。

散场后，沈清白被一通电话叫走。徐天骄说要买东西，拉姜予眠一起去了商场。

姜予眠原以为徐天骄要跟她一起回公寓，逛完出来，听徐天骄说有人来接："眠眠，从今晚开始我就回家住，有空再去你那边收拾东西。"

"好。"别人的事情，姜予眠没有过多干涉。

徐天骄走后，又剩下姜予眠一个人。

姜予眠站在路旁打车，天空突然下起雨。

夏季的雨来势汹汹，毫无征兆，行人纷纷跑到最近的屋檐下躲雨。

雨势越来越急，夜灯把密集的金豆子抛向大地。或许是因为下雨了，迟迟没有司机接单。

姜予眠站在屋檐下，无聊的目光投向手机。交流会现场的照片登上新闻，天誉集团陆宴臣的信息浮现在姜予眠的眼前。姜予眠伸手触摸屏幕，却迟迟没舍得刷新。

不远处，有一个人蹚过积水，徐徐走来。

一抹熟悉的身影猝不及防地撞入姜予眠游离的视线中，最终停在她面前。

大伞遮挡住扑面而来的雨水，高大的身影将姜予眠笼罩。她缓缓抬头，看到那张在梦里反复出现的脸。

他踏着夜色撑伞而来，如当初乘着月光出现。

耳边落下"淅淅沥沥"的雨声，姜予眠呼吸变缓。

男人揭下疏离的面具，弯唇微笑，单手撑伞，温柔的触感落在她的发间："好久不见，小眠眠。"

亲昵的动作一下子把他们拉回几年前，仿佛他们从未分开。

事实上，他们的变化很大。

姜予眠专注地打量他：白天打理得一丝不苟的领带已被解开，纽扣松开两颗，长袖半挽，随性自然。

灯光照着他棱角分明的下颌，眉弓高，眼深沉——他比两年前更具成熟男性的魅力，那种浑然天成的气场吸引着一切目光。

姜予眠看到他手腕上的表，是那年春节她送的礼物。

虽不知道他是否一直佩戴着这块表，但这一刻，她不得不承认，自己差点儿被这个细节打败。

半晌，她才回应道："陆宴臣，好久不见。"

姜予眠撤掉网约车的单子，上了陆宴臣的车。

穿鱼尾裙，她不方便迈大步。好在有雨伞保护，她在躲进车里之前没淋到半点儿雨。

陆宴臣绕到另一边，坐上驾驶座。他腿长，稍微调整了一下位置。

几年不见，他们单独相处的时候，姜予眠有几分无措。

掌心抵在一起，拇指互相揉搓，她坐得直，像要去参加面试，完全没办法像在交流会现场那样从容。

其实当时，她并不淡定，说得少才没出错。

她沉浸在回忆中，直到陆宴臣忽然喊道："眠眠！"

姜予眠一下子仰头："嗯？"

陆宴臣抬手示意："安全带。"

"哦。"她连忙拽起右边的安全带，越过胸前，拉向左侧。

动作太急，她好几下都没插进去。

陆宴臣伸手握住一端，对准锁扣，拼接成功。

一来就这么丢人，姜予眠有些羞愧："谢谢。"

陆宴臣转头面向前方，温和地道："不客气。"

车缓缓启动，驶入雨中。他们像老朋友一样寒暄，陆宴臣问："这两年过得怎么样？"

姜予眠一下又一下，无意识地揉捏手指："还好啊。"

"可以跟我说说吗？"

姜予眠稍微整理了一下语言，把二人分开之后发生的事挑挑拣拣地说给他听。

女孩儿用娇柔的声音讲述曾经的经历，伴着窗外的雨声，将一切娓娓道来。

车缓缓停下等待绿灯，陆宴臣将手搭在方向盘上，侧首凝望。

她成熟了不少，清纯稚嫩的容颜长开了，原本精致的五官更美了。她穿衣风格变了，明明和从前一样爱穿浅色系衣裙，曾经是可爱，现在则完全展现出女人的柔美，妍姿艳质，楚楚动人，如一朵逐渐绽放的花，不断释放出诱人的美。

只是那朵花，开在人声鼎沸的舞台上，而非他的掌心上。

最后还是姜予眠指着前方提醒道："绿灯了。"

车重新启动，她的故事也进入尾声。她提到交流会时，陆宴臣顺势问："今天这场交流会如何？"

她不假思索地道："很精彩，学到很多知识。"

陆宴臣失笑："跟我还打官腔？"

姜予眠抿唇几秒，吐露真实的想法："那些教授和科学家演讲的时候比较精彩，之后就变得商业化了，不过也有好处，开阔眼界。"

简单来说就是，方便扩展人脉。

他当然知道，姜予眠今天在交流会上赚足了名片。

"你大三结束后打算去哪里实习？"

"嗯……这个不急。"学校要的是实习证明，她完全不担心。

看样子她还没确定，陆宴臣顺势抛出橄榄枝："有没有兴趣来天誉？"

姜予眠错愕，细微的情绪在眼底流转。

她没想好答案，听到突如其来的手机铃声，心口一松。

姜予眠拿起手机："我接个电话。"

电话是元清梨打来的，她没刻意回避，只是稍微把头靠向车窗。

元清梨在电话里说："你之前断掉的手链，我不是在帮你串吗？结果被我一起带回老家了。"

那次姜予眠的手链断了，元清梨知道后主动说要帮姜予眠重新串。姜予眠本觉得没必要，但见她那么感兴趣，就把珠子给她了。

前段时间忙于考试，元清梨串好手链后忘记拿出来，混在自己的首饰盒里一并打包带回了家。这会儿她就是打电话来跟姜予眠说一声："眠眠，你现在住在哪儿？我直接把手链给你寄过去。"

姜予眠对手链并不执着。不过元清梨费心费力，她得领情："还是嘉景公寓。"

车内空间小，两个小姐妹的话被陆宴臣听得一清二楚。

余光瞥见她空空的手腕，他轻声问："平安扣手链，你不喜欢了吗？"

"那时候看到手链，总会想起你。"所以她摘下手链，强迫自己忘记。

陆宴臣心念一动："眠眠，当初……"

"宴臣哥，"姜予眠用一声称呼表明自己的决心，"过去的事已经过去了，我都忘了。"

雨停了，车也行驶到了目的地。陆宴臣随她一起下车，送她到小区门口。

姜予眠转身道谢："谢谢你，要不是你，我估计得淋雨回家了。"

"不客气，以后有事给我打电话。"陆宴臣顿了顿，补充道，"还是以前那个号码。"

"这话好耳熟啊。"

以前，陆宴臣总跟她说，有事打电话、有事发信息、有事告诉他。那时她一心想着依赖他、靠近他，可是如今……

如今她自信明媚，连同他给予的关心一并拒绝："我已经长大了，有事会自己解决的。"

陆宴臣微不可察地蹙了一下眉，眼前的女孩儿冲他挥挥手，洒脱地转身。

路灯下，女孩儿迈着轻盈的步伐一步步离开他的视线，没有回头，没有留恋。

陆宴臣伸手摸烟，却想起自己已经戒烟很久了。

刷卡进入小区，姜予眠加快步伐上楼。

回到公寓后，她冲进卫生间，用冷水洗了把脸。

虽然不想承认，但那些刻在脑海里的记忆差点儿就要死灰复燃，所以她一分一秒都不敢多待。

姜予眠扯出洗脸巾擦脸，看到洗手台前那些不属于自己的瓶瓶罐罐，回房给徐天骄留言："天骄，我过几天要离开景城，你的东西如果最近需要用的话，尽量这两天过来拿。"

徐天骄很快回复："好，我明天过去。"

徐天骄刚把个人简历重新润色好，投入天誉集团。这次计算机交流会不仅有学术演讲，还为优秀青年和希望选拔人才的企业提供双向选择的机会。

参加交流会的人可以向自己的意向公司投递个人简历，再由主办方汇总，直接递到公司高层面前。

老吴正是负责处理简历的人。

收到各方发来的简历后，他按照公司意向分类，发现投给天誉的简历占总数的一半，真是了不起。

老吴把简历收好，在给天誉集团的那类中发现徐天骄的资料，于是把徐天骄的个人简历放在最前面。

在将简历转交给天誉人事部时，老吴模棱两可地给人事部主管提了个醒，对方心领神会。

很快，徐天骄收到面试通知。

徐天骄兴高采烈地打扮一番，给姜予眠打电话说要过去拿东西，顺便请她吃饭感谢她。

这次，姜予眠按徐天骄的喜好准备了冰饮料，道："你今天心情很好。"

徐天骄毫不掩饰："我刚收到一家公司的面试通知。"

"那很好啊，是哪家呀？"

"天誉集团。"

听到这个答案后，姜予眠有些意外。

她跟徐天骄做了三年同学，徐天骄的专业成绩……应当达不到天誉集团的标准。

不过，看人也不能只看分数。徐天骄能得到面试机会，姜予眠由衷地为她高兴："那太好了，祝你面试顺利。"

徐天骄抬手打了个响指。

姜予眠突然发现她手腕上戴的东西跟往日亮闪闪的首饰完全是两个画风："你这手环……？"

徐天骄得意地向她展示："好看吧？"

看清图案后，姜予眠终于想起来，道："这是那天的防蚊圈吧，你还戴着呢？"

徐天骄收回手，右手捏着左手腕上的手环，欢快地道："当然。"

姜予眠很意外："看来这次你是动真格的了？"

"不，有别的用意。"徐天骄打算戴着手环去面试。如果那人看见这意义特别的手环一直在她的手腕上，应该很有意思。

姜予眠差不多懂了。徐天骄追男人很有一套，既然说了"别有用意"，那多半是为了送她手环的人。

徐天骄按照通知的时间前往天誉集团。这天她刻意打扮过，想尽量在面试时表现得完美。

"知情人士"窃窃私语："陆总出差不在，这人我们留还是不留？"

按照徐天骄的真实水平，肯定是不过关的，但人事部主管想起老吴送简历时说的话，决定赌一把："先留着观察观察。"

反正是实习生而非正式员工，如果这两位真有那关系，那徐天骄转不转正自有人通知。如果是误会了，那等时间一到，他直接把人开了，也不是多大的事。

很快，徐天骄收到面试通过的消息。她握着手机，脸上满是笑意。

她的专业能力有几分，她心里门儿清。得到面试通知已经很意外了，能够进入天誉实习，她更加确定心中的猜测。

她把这个好消息发到 405 宿舍群，许朵画直呼"牛啊"。

三位舍友都在各自的实习岗位上稳定下来，只有姜予眠忙得晕头转向。"逐星"系统在内测时候发现一些问题，她在实验室里熬了两周。

负责项目的唐总前来慰问："最近辛苦大家了，明天我以个人名义请各位吃饭，放松放松。"

众人欢呼。

他们本以为是吃饭或类似的团建活动，结果唐总带他们一行人去了高尔夫球场。唐总是高尔夫运动的资深爱好者，非常希望把参加这项运动的快乐分享给大家。

姜予眠望着头顶的太阳，心想：还不如躺在床上睡觉。

姜予眠想应付几下就找借口进去休息，刚站到位置上，旁边传来沈清白的声音："你握杆的姿势不对。"

驻场教练没到，沈清白已经率先走到她身边，认真地指导起她握杆的手势和站立的方式。

"这样？"虽然不是很感兴趣，但有人教，她也听得很认真，并且一一照做。

在沈清白的指导下，姜予眠练习挥杆，不断纠正错误的姿势。

沈清白离姜予眠越来越近……

姜予眠举起球杆，突然听到有人喊："眠眠！"

姜予眠下意识地抬头，看见不远处的徐天骄，放下球杆问："你也来这儿玩吗？"

"今天休假，来放松一下。"徐天骄今天穿了一套高尔夫女装，贴身又舒适的白上衣清晰地勾勒出身材曲线，黑色裙裤下两条笔直的大长腿白到晃眼。

她特意来姜予眠面前打招呼，道："刚才看到你还不太确定。"

姜予眠解释："跟一些做项目的同事来团建。"

她姑且就这么解释唐总带他们来这儿放松的行为。

徐天骄问："你找到工作了？"

姜予眠含糊地道："算是吧。"

徐天骄点点头："也对，你去哪儿都有人抢着要。"

姜予眠轻描淡写地带过话题，问起徐天骄的近况："你现在也不错啊，在天誉实习还适应吗？"

说到这个，徐天骄眼角眉梢都飞舞着喜悦："之前只晓得天誉难进，进去后才明白它跟普通公司的不同之处。"

在这里正式工作的技术人员，一个个能力都是顶尖的，代表行业标准，而她现在已经触碰到往上爬的阶梯了。

今天徐天骄是带着目的来这里的。

自从交流会之后，她没再跟陆宴臣碰过面，偶然得知陆宴臣跟人约了周末来高尔夫球场，决定抓住这次机会。

徐天骄密切地关注着来往的人，直到陆宴臣跟秦舟越出现。

徐天骄连忙拨乱几缕碎发，让自己看起来像是刚练习过的，走进休息区，装成偶遇："陆总。"

两个男人同时望去，看清来人，陆宴臣微微领首。

陆宴臣对外向来是一副温和又疏离的样子。徐天骄不像普通女孩儿那么容易害羞，大大方方地迎上去："我是徐天骄，可能你不记得我了。我现在是天誉的实习生。"

徐天骄有资格参加交流会，应当能力不错，能通过天誉的面试不足为奇。陆宴臣以领导该有的口吻鼓励员工："好好工作。"

徐天骄抬手将一缕碎发别至耳后，不经意间露出手腕上的防蚊圈，然而陆宴臣早已收回目光，跟秦舟越谈话。

徐天骄有些尴尬，但这时继续打扰他们显然不合适，便去拿水喝。

徐天骄一走，秦舟越装不下去了，问："对一个女职员这么和颜悦色？"

陆宴臣面不改色地道："她是眠眠的朋友。"

"说起来，你家那个小丫头还真是了不得，专业能力跟你一样强到变态。"

当初陆宴臣把姜予眠"捡"回来，她那副病恹恹又懦弱的样子秦舟越见过，短短几年过去，她的蜕变一次又一次地刷新秦舟越的认知。

陆宴臣承认："她的确很有本事。"

二人交谈时，徐天骄没理由再往前凑，只好守在他们去球场的必经之路上假装打电话，借此"解释"她出现在这儿的原因："对，我跟眠眠这会儿都在球场。"

她站在那儿打电话，陆宴臣和秦舟越从她后方经过。

秦舟越压低声音，问："我没听错吧？她刚才提到……眠眠，是姜予眠吗？"

"或许是。"对于这个，陆宴臣也感到意外。

高尔夫球场上，姜予眠挥杆挥累了，好不容易打出去两个球，还被沈清白批评："你这个动作不对，容易扭伤脚。"

沈清白那副冰冷冷的面孔，语速一快就显得既严肃又凶。

姜予眠内心有些抗拒："要不你自己去打？我可以跟教练学。"

"做事怎么能半途而废？"沈清白义正词严地拒绝，抬手点了一下她的肩膀，"脚与肩同宽，看杆头……"

遇上一个严厉的老师，姜予眠内心煎熬，殊不知后方有人将二人的互动尽收眼底。

秦舟越满脸看戏的表情："啧啧啧，原来是在约会啊。"

从秦舟越的角度看过去，那两个人挨得很近，他点评道："手把手教学，不错，真不错。"

陆宴臣声音低沉："把人弄走。"

秦舟越满脸问号："这大庭广众之下，怎么弄？"

陆宴臣睨他一眼："打个电话，不会吗？"

秦舟越嘟囔："你直接过去不就行了？"

"人太多。"陆宴臣不确定姜予眠是否愿意让其他人知道她跟天誉的关系。

秦舟越"啧"了一声，去替陆宴臣办事。

很快，沈清白接到一个电话，姜予眠暂时一个人留下。

她根据刚才所学挥动球杆，发球，意外地打得不错。她来了兴趣，再度尝试，没注意到后方有人离她越来越近。

姜予眠摆好姿势，挥杆……抢空了。

身后传来一道明显的笑声，姜予眠回头，意外地看到来人，一想到陆宴臣站在后方看完全程，失败的恼意爬上心头："你笑什么？！"

陆宴臣慢慢走近："看你打得高兴，没忍心打扰。"

姜予眠握着球杆胡乱挥动，显然不吃他这套。

他别以为答非所问就能掩饰刚才的嘲笑。

陆宴臣走上球垫，自然而然地开始指导："你刚才用力过猛，稍微放松一点儿，避免肌肉紧绷……手放在中心，右手覆盖住左手的大拇指。"他声音温和有力，跟沈清白严厉的教学风格完全不同，"膝盖微屈，挥杆时重心不要偏离……"

人在接受陌生知识时本就容易产生抗拒心理，而他就像春风化雨，耐心地滋润贫瘠的土地，使之重现生机。

姜予眠反应过来，竟真的照做了。

她松开球杆重新握住，将球杆对准地面，瞄准目标。可她一动，姿势就有些变样。

陆宴臣伸手将她合起的手掌扳正。

二人的距离蓦然拉得更近。

她今天穿的是黑色吊带，与短裤之间露出白嫩的小蛮腰。薄薄的白衬衣外套罩在颇为骨感的身上，翻开的衣领沿着饱满的玉峰向两侧散开。

男人喉结一滚，不着痕迹地抬高视线，看见一缕头发贴在她的脸上。

姜予眠似乎也感受到了，右手从他的掌中挣脱，随意地勾起发丝别在耳后。

她红唇微张，吸气吐气。

站在她身侧的他恰好能将她起伏的弧度看得一清二楚。

"重新来。"姜予眠摇摇手腕，重新握住球杆。

紧接着，为了矫正她的姿势，陆宴臣一只手按在她肩头，另一只手贴在她的腰后。

隔着单薄的衬衣，她的肌肤仍然被烫到，不知是太阳太大，还是他紧贴的温度太炙热。

姜予眠脊背绷紧。

"眠眠。"

"嗯？"

"放轻松。"

"……"

他贴身教学，她怎么能放轻松？

姜予眠握着球杆，有些不自在："你……你离我远点儿，我自己打。"

陆宴臣拧眉，打量着姜予眠："你从哪儿学的招数？"

姜予眠不解："什么招数？"

"过河拆桥。"

她刚用完他就叫他走远点儿，真是没良心。

她红着脸反驳："我没有！"

男人轻笑一声，往后退，给她发挥的空间。

姜予眠凝神静气，再度挥杆，稳稳打飞一记球。她欣喜地转身："我好像感受到了！"

她不再是胡乱地练习，而是真真切切地控制着身体挥出了那一杆。

可她回头后，看见的却是沈清白。

姜予眠笑容微僵，逐渐收敛："学长。"

"刚才打得不错。"沈清白上前鼓励，"趁还有手感，多练习几次。"

姜予眠没了兴致，抬手擦擦额头上的汗："有点儿累了，我先去旁边休息一下。"

她大概猜到，陆宴臣在刻意回避她。

放好球杆后，姜予眠走向休息室，意外地看见陆宴臣跟徐天骄站在一起。

徐天骄手里举着那条最近一直佩戴的驱蚊手环，不知道在说什么。

陆宴臣跟秦舟越离开休息室不久，徐天骄不再假装打电话，特意等了一会儿才走出去，没想到会看见陆宴臣耐心地教姜予眠打高尔夫球。

一时间，徐天骄惊讶又疑惑。

她略微回想，那天，陆宴臣在交流会上就对姜予眠很特别，而她跟陆宴臣并无任何语言和肢体接触。

徐天骄低头看着手里的驱蚊手环，猛地想起当时在树下，被蚊虫叮咬脸颊的是姜予眠。

这真是蛮可笑的，她竟戴着这东西满心算计，还多次被姜予眠看见。

徐天骄羞愤地扯下手环，可在准备扔掉的那刻犹豫了。

她现在去勾搭陆宴臣，失败的可能性极高，但如果她能帮上陆宴臣，说不定能讨一份人情。

于是她耐心地等，等陆宴臣从休息室里出来后，抱着赌一把的心态迎了上去："陆总，交流会那天你是否让人给过眠眠一个驱蚊手环？"

"的确。"陆宴臣的目光落在那个淡绿色的防蚊圈上，若非徐天骄刻意提起，他根本没注意看。

徐天骄早早进入社会摸爬滚打——权衡利弊才是她做人的准则。

她知道在这种人面前玩花样容易翻车，干脆坦白，解开这个误会。

她把手环递向陆宴臣，陆宴臣伸手接过，这一幕恰好被走进来的姜予眠撞见。

陆宴臣跟徐天骄？

徐天骄目前就在天誉实习。徐天骄的手环是交流会上的"有心人"所赠，她为什么会递给陆宴臣？难道那个"有心人"就是……他？

姜予眠面无表情地看着他们分开。

"眠眠？"徐天骄突然发现她的存在，不知道她站在那儿看了多久，"你看到了？"

姜予眠点了一下头。

徐天骄呼出一口气，趁此机会解释道："之前是我误会了，那条驱蚊手环原本是要送给你的。"

姜予眠看到徐天骄的手腕上空空如也。

其实在徐天骄朝她走过来时，她就猜到了。

陆宴臣跟徐天骄并无交集，不至于在交流会上突然送徐天骄东西。即使有人真的对徐天骄一见钟情，注意到这些小细节，也肯定不是陆宴臣。

她不知道陆宴臣喜欢一个人会是什么模样，但他肯定不会偷偷摸摸的。

二人一起进了休息区，点了饮料，在安静的角落里坐下。

徐天骄仍有疑惑："你跟陆宴臣……是什么时候开始的？"

姜予眠握着饮料浅吸一口："你想听真话还是假话？"

徐天骄诧异："这还能有假？"

酸溜溜的果粒从吸管里冒出来，姜予眠咀嚼，咽下："假话是，我们是从交流会开始有交集的。"

徐天骄眼底浮现疑惑："那真话……？"

姜予眠握着吸管搅动杯中透明的冰块，那些随之流转的色彩在眼底呈现，犹如记忆中五彩斑斓的过去："真话是，我跟他认识很久了，交流会那天下午，是重逢。"

"你们俩有前缘？"敢情她想着讨人情，又是白搭。

姜予眠点头："有点儿复杂。"

徐天骄想起之前的行为，一阵尴尬："我在你面前出丑了。"

"一个误会而已，你不必放在心上。"姜予眠当时的确没想到，那个手环会是陆宴臣送给她的东西。

徐天骄低头咬住吸管。

有些人天生好运，不仅有聪明的头脑、优越的身材及外貌，遇到的人都是一等一地好，真是令人羡慕。

众人在高尔夫球场上待了一上午，中午，唐总请团队成员吃饭。

老板最近对他们过于热情，姜予眠反倒觉得不适应。吃饭时，即使有人提到工作，唐总也会劝说大家："今天出来是为了放松，咱们只谈吃喝，

384

不提工作。"

宴席散去后，姜予眠跟沈清白同乘一辆车返回嘉景公寓。

途中，姜予眠忍不住道出心中的疑惑："你觉不觉得，唐总最近的态度有点儿奇怪？"

"你是说，无事献殷勤？"沈清白也有同感。

虽然唐总这样算不得献殷勤，但相较于他们之前的交流模式，显得有些过了。那种只可意会不可言传的感觉，姜予眠也说不清："我现在就盼着'逐星'早日通过测试，顺利上市。"

唐总出钱，他们出技术，双方合作共赢。

下午，陆宴臣查了徐天骄的个人简历以及面试监控记录。人事部主管本以为自己赌对了，却突然收到被辞退的通知。

陆宴臣做事雷厉风行，秦舟越躺在他的办公室里看好戏："那徐天骄，你打算怎么处理？"

陆宴臣不假思索地道："实习照旧，能不能留下看她的本事。"

可他们都知道，依照徐天骄目前的能力，几乎无法转正。

他这番操作看得秦舟越连连咂嘴，问："你这是为姜予眠开后门？"

"还人情。"

一份人情的重量，在于那件事本身涉及的利益或……人。

秦舟越挑起眉，对他的做法不予置评。

秦舟越想起刚收到的消息，神色正经了几分，说道："我听到点儿风声，唐氏集团的资金链似乎出了问题。"

知己知彼，百战不殆，在经营自己事业的同时，他们也会关注行业内相关公司的发展状况。

陆宴臣将手抵住桌子往后一推，座椅退了半米。他十指交错置于膝上，不紧不慢地开口："你的消息太慢了。"

秦舟越竖起大拇指："看来你早就知道。"

陆宴臣承认："关注过。"

秦舟越又问："那你打算怎么做？听说老唐最近到处找人帮忙。"

"雪中送炭，岂不快哉？"陆宴臣言谈自若，似乎一切都在掌控之中。

"你有那么好心？"看来陆宴臣早有计划，秦舟越从沙发上翻身坐起，问，"不会是为了那个小丫头吧？"

陆宴臣睨他一眼："你最近提到她的频率很高。"

"哦，那还不是怪你自己？一大把年纪了，身边也没个女人。"秦舟越有时想聊聊兄弟的八卦消息都没素材。

陆宴臣被气笑了："就算我有女人，她也不是你的谈资。"

秦舟越举手投降。听语气他就知道，话题必须点到为止。他再调侃下去，陆宴臣得跟他翻脸。

秦舟越扫了眼手机，说回正题："小道消息，据说明天老唐打算带那组人去郊外的庄园，估计老狐狸按捺不住了。"

陆宴臣看到秦舟越发来的地址，那边有个森林茶室，茶室旁的树林和小溪像极了当初他跟姜予眠见到的。

陆宴臣轻扯嘴角，似笑非笑地道："倒是会选地方。"

第二天，老唐果然邀"逐星"研发小组去了郊外庄园。

这番操作像极了先礼后兵的战术，姜予眠不动声色，私下跟沈清白通过气。

现在过得越是舒坦，他们就越是容易跌入老唐编织的陷阱里。

郊外有一间藏在一片大树中的森林茶室，中西式风格融合，窗外郁郁葱葱的，人坐在里面品茶，享受净化心灵的静谧感。

这确实是个休闲的好地方，可惜这里有人别有用心。

"这附近真不错，一直待在实验室，好久没呼吸新鲜空气了。"研发组的小李特意带来相机拍摄风景，进了茶室又在室内寻找角度拍摄，忙得脚不沾地。

"姜姐！沈哥！"

他们的年龄其实比其他人的年龄小，但他们在组里能力最强。大家称呼他们，都用尊称。

听到小李在喊，二人齐齐回头。镜头对着他们，捕捉到这一幕。

"你们坐着别动，就保持这个姿势，我给你们俩拍几张。"

就在小李准备按下快门时，店员端着托盘闯入镜头："打扰一下，这是给各位准备的水果。"

店员送来几盘水果，西瓜被切成方形，分成几份，分别放于每位客人面前。

小李举着相机等店员离开，对方却转头告诉他："先生，非常抱歉，店内禁止拍摄。"

"啊，可是刚才……"刚才他拍了那么多，其他店员看到也没说啊。

作为客人，只能遵从茶室的规定，小李悻悻地收起相机："抱歉，没法拍了。"

姜予眠对拍照兴趣不大，招呼小李道："没事，来吃西瓜吧。"

西瓜跟夏天绝配，姜予眠拿起旁边备用的叉子，在看手机里的资料时不停地往嘴里喂，吃了一块又一块。

很快，姜予眠的那盘西瓜见底。

她专注于资料，没太注意，下意识地往空盘里插。

沈清白将自己的那盘递过去："这里还有。"

姜予眠愕然，手机几乎在同一时间弹出一条新消息。

L："不要贪吃。"

突如其来的信息惊得姜予眠手里的叉子都松了。

她抬头看向四周，在众多客人中捕捉到一抹熟悉的背影。

她正要起身去确认，小组另一位成员突然进来，道："姜姐，唐总叫你去一趟。"

姜予眠回头跟沈清白对视一眼，表情凝重了几分。

沿着森林茶室外的小径绕到后方，有一个人工建设的钓鱼池。大腹便便的唐总穿着西装坐在那里垂钓，怎么看怎么别扭。

"小姜啊，来，坐。"唐总满脸笑容，朝她招手，不知道里面藏着多锋利的刀，"最近大家都辛苦了，尤其是你。'逐星'的研发，你功不可没。"

他提到"逐星"，姜予眠警惕了几分，脸上保持淡淡的微笑，客套地道："唐总客气了，应该的。"

他又问："'逐星'进度如何？"

姜予眠据实说："前不久刚修复漏洞，还在最后的完善阶段，需要一点儿时间。"

唐总终于按捺不住，提出让"逐星"立即上市的建议："'逐星'本就计划在今年上线，已经很不错了，提前上市也能使用。"

姜予眠义正词严地说："唐总，我们构建了庞大的数据信息网，应该还有未检测出的漏洞，必须严格审核，保证万无一失。"

"查出漏洞后你们可以更新啊，立刻修复！"唐总放下鱼竿，"没有一个软件能一次性实现百分之百的功能，时代进步了，系统要不断更新换代，'逐星'正式使用后才能更快查找出问题，根据用户需求去更新。"

姜予眠皱眉："那怎么能一样？"

这段话听起来还真像那么回事，如果姜予眠是个什么都不懂的人，或许会被他绕进去，可"逐星"不是靠用户以身试险去完善的。

"逐星"系统在为用户拦截诈骗信息等消息的同时，会留存用户的数据进行分析，如果让不完善的软件上市，极有可能泄露用户信息，非常不安全。

"姜予眠，这一年你们研发'逐星'，我们唐氏给予了最大的支持。如果唐氏真的出问题了，你觉得用户还会信任唐氏研发的软件？"男人脸上虚假的笑容已经消失殆尽，"况且，你们研发组其他人都表示同意。"

老谋深算的狐狸终于露出真面目。

难怪他不跟他们一起进茶室！大家一起议论容易被引导，他单个约见才能逐一击破。

姜予眠作为核心研发者，是最难搞的那个。

唐总软硬兼施："别忘了，公司已经申请了软件著作权，你总不想自己的心血烂在这里吧？"

唐总始终以利益为先。但他们研发"逐星"的初衷并非牟利，姜予眠决不允许不完善的系统上市。

最终二人不欢而散。

姜予眠立即打电话给沈清白，告知唐总的意图。

"你现在是怎么想的？"沈清白问她。

姜予眠态度很明确："当然不能立即上市，特别是在唐氏这么敏感的阶段，一旦'逐星'被盯上，我们构建的信息网就会遭受攻击。"

软件掌控在唐氏手中，如果唐总非要上市，姜予眠他们拦不住，除非直接站出去说明真相。可这样一来，"逐星"就会变成大家眼中不值得信任的系统，那他们所做的一切努力都白费了。

这一刻，姜予眠才发现，顶尖的技术如果被资本支配，也将走向两个极端，要么成功，要么毁灭。

姜予眠为此焦虑，满腹心事地走上林荫小径。手机突然响了，她接到一通意料之外的电话。

姜予眠握着手机，改道走向另一条路。

这里距离森林茶室不远，金色的光柱洒在林间，还有游客在树下取景拍照。

姜予眠按照共享的位置一路前行，终于找到他。

陆宴臣抱臂站在树下，一身米白色休闲装，跟往日西装革履的样子判若两人。

姜予眠纵步走到溪边，与他并肩而立。

林间有溪流，清澈见底，石头露出水面，呈现出被阳光晒干后的沙砾。

姜予眠抬脚蹭了蹭距离水边最近的尖石，低声问："你怎么在这儿？"

陆宴臣松开手，言简意赅地道："有事。"

"神神秘秘的。"想起刚才那条微信，以及坐在茶室里的背影，姜予眠拿话堵他，"吃西瓜你都要盯着。"

听出她不满，陆宴臣反驳："西瓜吃多了会拉肚子的是谁？"

"我自己知道。"

我不用你提醒。

"知道还去吃别人的？"

"你管我？"上午见了唐总，心情不畅，现在她句句话都带火药味。

陆宴臣也察觉她情绪不对，侧身看过来，注视着她的眼睛。

她的容貌、气质相较于几年前都有变化，唯独那双清澈的杏眼，他专注地看着时，能辨认出其中的情绪。

他回国这么久，第一次见她闹脾气。陆宴臣觉得稀奇，借此打趣："小眠眠，你怎么这么凶？"

姜予眠呆住了。她刚才凶了陆宴臣？

重逢之后，她本想以优雅成熟的大女人姿态出现在陆宴臣面前，哪知那么多巧合，每次出事都让他碰见。

陆宴臣倒是好脾气，不管她是什么态度，都能笑出来，道："送你一个东西。"

说着，他从兜里掏出一个粉色的手镯。

镯子并非她印象中的翡翠玉石，而是由特殊材质制成的，凑近些能闻到上面散发的味道。她很快猜到镯子的用途，准确来说，这不是镯子，而是样式精美的驱蚊手环。

这个手环跟她上次在交流会上见到的，是两个档次。

姜予眠手指微动，没去接。

陆宴臣托起她的手，她的手腕上本该佩戴着平安扣手链，如今却空着。

那晚她趴在他的背上，用一句"不喜欢"打断他的话，将他给予的礼物和心意一并丢弃。

男人宽厚的手跟女孩儿纤细的手腕对比鲜明。他用掌心托着她的手，修长的手指握住她的手掌两侧，几乎捏拢。

姜予眠感觉到他在发力，下意识地抽手，却被拽回。

陆宴臣将手环戴在她的左手手腕上，细心叮嘱："树林里蚊虫多，要注意。"

姜予眠垂眸盯着手上崭新的手环，若是不凑近闻，看上去就是一个粉色的手镯。

她皮肤白，手腕细，戴上饰品后更美了。她心情不好，偏要找他麻烦：“陆总这么喜欢送人驱蚊手环吗？”

陆宴臣一噎：“你朋友的误会不是解释清楚了吗？”

老吴认错人，阴错阳差造成了误会。况且那个驱蚊手环只是他在会场附近购买的一次性手环，怎么能跟现在这款比？

姜予眠再也憋不住，笑了起来。

她表情并不夸张，是很标准的淑女姿态，唇上扬，眼弯弯：“谢谢你呀，陆宴臣。”

谢谢你，总是在我难过的时候，给予恰如其分的温柔。

“不客气。”

“不过，你怎么知道我在这儿，还随身带着手环？”

从茶室到这里，陆宴臣仿佛无处不在，对她的情况了如指掌。姜予眠一个激灵，狐疑的眼神在他的脸上流转。

陆宴臣虚握拳头靠近唇边，轻咳一声：“有事。”

他确实知晓他们会来，不过到这儿是另有所图，至于具体原因，还不到说的时候。

“好吧。”姜予眠噘了一下嘴，听出他没有深谈的意思，也没追问。

她握着手环，在旁边找了块大石头坐下来。心里揣着事，她对周围的一切兴致缺缺。

行业之间几乎没有能完全藏住的秘密，运筹帷幄的陆宴臣比她经验丰富许多。或许，她可以向他请教破解之法。

但如果主动找陆宴臣求助，她岂不是又变成当初那个只会依赖他的小女孩儿？

可她又想：成年人更应该理智分析利弊得失，而非逞一时之气。

姜予眠内心万分纠结，正要开口时，对方抢先一步：“我记得前面有个秋千，要不要去玩玩？”

姜予眠讶然抬头。

这片区域景色很好，在炎热的夏季也十分清凉，又恰逢周末，来这儿打卡的游客较多。她的确见到了秋千，不过早已被拍照的人征用，甚至旁边排着一条队。

姜予眠叹气，心想今天真倒霉。

这时有两个女孩儿走了过来，其中一个道：“你们好，请问有打火机吗？我们这边有个东西缠住了，想借打火机烧断。”

姜予眠看向陆宴臣。

陆宴臣摊手："没有。"

"不好意思，打扰了。"两个女孩儿又去询问下一个目标。

姜予眠倒觉得稀奇："你们抽烟的人不都随身带打火机吗？"

陆宴臣答："已经戒了。"

"什么，这么突然吗？"

"不是你说的吗？"陆宴臣看向她，说出记忆中的那句话，"抽烟对身体不好。"

那年他们在国外过春节，姜予眠临走前收拾东西，在拿蝴蝶标本的时候看到原本干净的烟灰缸里铺着许多烟头。

她不知道陆宴臣为什么一夜之间抽了那么多支烟，弯腰抱走蝴蝶标本的时候，忍不住说了句："抽烟对身体不好。"

当时陆宴臣就站在她身后，不言不语。

她也没等他回应，抱着蝴蝶标本，带上为数不多的属于自己的东西回国了。

现在得知原因后，姜予眠愣住了。

她都不知道自己的一句话能让习惯抽烟的男人直接戒烟。

姜予眠抠着手指，拉回游离的思绪，小声附和："戒了好呀，健康。"

陆宴臣扬起眉，调侃自己："是啊，还想多活几年。"

秋千被占用，姜予眠不打算再去凑人数，踩着石头过了小溪，满腹心事。

就在她快要上岸时，脚底突然打滑。

"啊——"

幸亏她身手敏捷，手疾眼快地撑住了身旁的石头。正当姜予眠庆幸好运时，手下按着的石头一滚。"扑通"一声，她一屁股坐进水里。

飞溅的水花飘到脸上，姜予眠耳边嗡鸣，大脑一片空白。

怎会有如此喜剧的事发生在她身上？

陆宴臣俯身揽住她的腰，轻松地将人带起来："摔疼了没？"

姜予眠无力回答，只感觉身后湿乎乎的，反手一摸……衣服里果然进了水。

小溪不深，却打湿了臀部，她看不见身后，只晓得站在陆宴臣面前时，脸颊上火辣辣的。

见她表情微妙，陆宴臣握住她的胳膊，低头查看。

水珠顺着掌心滑过手臂，姜予眠伸手挡在他眼前，急切地吼道："不准看！"

有模特和脖子上挂着相机的摄影师从旁路过，姜予眠下意识地转身，避免被人看见。

可她这一转身，又背对着陆宴臣了。

姜予眠别扭地侧身，脚板心像踩着针了，一直挪动。

八月的天气，大家都只穿单件的衣服，没有多余的给她遮挡。来这边拍照的游客很多，姜予眠恨不得把自己的脸蒙起来。

她现在要怎么走回去？别人会不会以为她尿裤子了？

陆宴臣不着痕迹地挡在她身后。

刚才被这边的动静吸引过来的目光都被男人犀利的眼神赶走。

小溪四面八方都有人，实在无处可藏，姜予眠转身撞向一片炙热的胸膛。

一抹柔软撞上胸膛，触感明显，陆宴臣呼吸一窒。

上次是肉眼看见，现在是肌肤相贴，陆宴臣再次意识到，她不是曾经那个偷偷吃木瓜补身体的小女孩儿了，而是身材丰盈的女人。

男人喉结滚动，甚至不敢坦然地低头去看，被拉扯住的双臂垂在身侧，手指逐渐握成拳。

"眠眠……"他开口，却发现嗓音低哑，痒痒的。

姜予眠在他的怀中摇头，双手攥着他的衣袖，小脸埋下去："他们在笑我。"

突然撞过来的小脑袋抵在陆宴臣的身前，他推不开，只能护着，低声哄道："没有。"

"有！"姜予眠一口咬定，手指扯他的衣袖，"我现在要怎么回去？"

陆宴臣低头看，女孩儿已经羞红了耳尖。

他不禁抬手轻揉女孩儿乌黑柔软的发，耐心地安抚道："不要太在意他人的眼光，他们不认识你。"

他这句话好像在说：只要你不尴尬，尴尬的就是别人。

她红着脸，羞恼的话里流露出几分委屈："落水的不是你，你当然不在意。"

她刚说完，就听路过的小孩儿发出稚嫩的童声："妈妈，你看那个姐姐尿裤子了。"

母亲赶紧捂住小孩儿的嘴："别乱说，姐姐只是在玩水。"

啊！姜予眠内心近乎崩溃。

陆宴臣低下头，低沉的声音传入她的耳中："我抱你回去，好不好？"

第十三章
藏不住的心思

女孩儿仰起脑袋，额头抵在他的喉间。

日光穿过树梢照耀在人身上，热意在体内翻滚。

旁人议论纷纷，陆宴臣倾身，一把将人打横抱起，稳稳地踏过溪流。

"躲好。"

姜予眠捂住脸，大脑霎时间一片空白。

阳光穿透指缝，白皙的手指被照射成鲜红色，她在他温暖的怀中，听到强有力的心脏跳动声。

"扑通……扑通……"

"我们……算是在掩耳盗铃吗？"

"不算。"

"为什么呢？"

"他们只会羡慕你，走累了还有人抱。"

姜予眠在充满安全感的怀里低笑出声。

被人抱着走同样引人关注，但相较于被人盯着湿漉漉的裤子，她更愿意这样——反正把脸藏起来，谁也不知道她是谁。

但同时，她想到一个很严肃的问题：现在该去哪儿？

她回到茶室后也没有能换的裤子，还要在组员面前丢人。搞不好，令人讨厌的唐总还在。

姜予眠把脸埋在他的胸前，小声问："陆宴臣，我们去哪儿啊？"

他早已想好："回车上。"

"那你的车在哪儿啊？"她不知道还要走多久，只晓得这条路上似乎有很多人。

男人轻描淡写地告诉她："停车场。"

开车来的游客都从那边经过，人能不多吗？

森林茶室外有个露天停车场，姜予眠心想：不用进去就不会碰到熟人，那没事。

陆宴臣怀里抱着一个人，依然步伐轻松。

一路上，姜予眠都向内侧着脸。接近露天停车场时，阳光刺眼，她下意识地抬手遮挡。

转头打量四周的那一瞬，姜予眠小声惊呼："我好像看到沈学长了，快放我下来。"

陆宴臣循着她的视线望去，看到沈清白从一辆车旁走过来。

他们从这边过去要迈上两级石阶。

"眠眠。"

"嗯？"

"抱紧我。"

他手一抖，姜予眠下意识地伸手，搂住他的脖子。

上去后，男人才不急不缓地解释："上台阶，不太稳。"

沈清白已经从另一个方向离开，前往茶室。

到车边，陆宴臣把人放下。

看着眼前干净的豪车，想到自己湿漉漉的屁股即将坐上去，姜予眠有点儿罪恶感。

不过在车门被打开的第一秒，她还是迅速钻了进去。

反正她在陆宴臣面前丢脸也不是第一次了，随便怎么着吧。她看淡了，不再像从前那样小心翼翼地在他面前维护形象。

坐上去后，自然因底下的湿意而觉得不适，她苦着脸道："不舒服。"

"如果你还要留在这边，我们可以开车出去看看附近有没有卖衣服的店，或者直接回市里。"陆宴臣探身从后排拿起一件外套，"穿湿的不舒服，你可以换下来用它遮。"

姜予眠盯着他手里那件灰色的衬衣，面露迟疑："这不合适吧。"

"你们女生穿的裙子，不也有很短的？"

他这么说也有点儿道理。

后来陆宴臣下车，在炙热的阳光下站了许久，直到姜予眠打开车窗喊他："陆宴臣，我好了，你上来吧！"

男人回头，见她趴在窗口，风吹过，额前一缕刘海儿随之拂动。女孩儿抬手拨弄刘海儿，腕间的粉色手环滑到手臂上，仿佛某种特别的标签。

陆宴臣上了驾驶座。

坐在他旁边的姜予眠把衬衣系在腰间打结，堆叠出褶子。宽大的衣摆堪堪遮住她的膝盖，女孩儿那双漫画人物般的大长腿便藏在他的衬衣下。

她嫌热，又把衣摆往上撩，膝盖露了出来。

男人不动声色地移开眼。

姜予眠浑然不觉，低头给沈清白发信息，说有事要提前离开。反正唐总打着请他们放松的名号来此，不会交代工作。

茶室里的沈清白收到信息，眉头皱起来。

刚才他去车里拿东西，偶然看见一个男人抱着一个女人走过。

那个女人的衣服跟姜予眠今天穿的衣服很像，但他根本没往那方面想。

现在姜予眠说有事提前走了……

大家是乘同一辆车来的，她自己怎么离开？

沈清白狐疑地打开通讯录，拨打电话。

车还没开动，姜予眠的手机先振动起来，她看着屏幕上沈清白的名字，顿时觉得手机烫手。

陆宴臣饶有兴致地将手搭在方向盘上等待，见她迟迟没有动作，问："怎么不接？"

姜予眠瞥他一眼，接了。

"学长。"

"突然要走？什么事这么着急？"

"家里出了点儿事情，要赶紧回去。"

沈清白信以为真，考虑到回家的距离，直接从座位上起身："你自己怎么回去？我……"

姜予眠："我遇到一个好心人要回市区，乘他的车。"

沈清白严肃地道："陌生人的车不安全。"

她迟疑了一下，扫了眼旁边的陆宴臣，脸不红心不跳地撒谎："是一家三口，没事的。"

一番推拉之后，沈清白终于放弃送她的心思，改口道："把车牌号发我，到家后报平安。"

车内格外安静，手机里的那道男声传入耳中，陆宴臣嘴角的弧度渐渐拉平。

沈清白这关切的口吻让他有些不爽。

挂断电话后，姜予眠把手机递给陆宴臣："宴臣哥，可以帮忙拍一下车牌号吗？"

她现在不方便下车。

她这么听话？陆宴臣接过手机，勾起唇角："关系挺好。"

姜予眠眨眨眼睛："对啊，我们认识很久了。"

陆宴臣打开车门，下车，对着含数字"999"的车牌拍下清晰的照片，随后将手机重新交到她手里："给，'一家三口'的车牌号。"

姜予眠噘了一下嘴，将照片发给沈清白。

收到照片的沈清白一看这不同寻常的车牌号，眉头皱得更深。

姜予眠收起手机，拍拍车座："开车。"

陆宴臣"哼"了一声："你倒是会使唤人。"

姜予眠笑道："你说过拿我当妹妹，哥哥照顾妹妹不是应该的吗，宴臣哥哥？"

她故意学之前的样子，叫了叠词。

女孩儿态度坦然，真找不到当初那个"可怜妹妹"的影子。她有了自立的资本和勇气，不再害怕被抛弃，什么话都敢说。

陆宴臣歪头看过来，用开玩笑的口吻道："照顾妹妹这么麻烦，我现在收回那句话成吗？"

姜予眠手指微颤，笑容浮上脸颊，声音清亮："行啊，如果陆爷爷说不拿我当孙女，我肯定不会乱攀关系。"

她用一句不可能的话堵他的嘴。

陆宴臣不动声色地坐回原位，系上安全带，拧钥匙发动车子。

车上的两个人各怀心思。

从意外落水到被陆宴臣抱上车，姜予眠已经彻底冷静下来。他们回市区再去嘉景公寓大约需要一个半小时，姜予眠并没有浪费时间，在车上搜寻关于唐氏的最新消息。

留在茶室里的沈清白旁敲侧击，打听出另外几个组员的意思——他们因为唐总开出的条件而动摇了，恐怕最终不会选择跟姜予眠站在统一战线上。

软件的著作权在唐氏手中，没到最后一刻，姜予眠不想跟唐氏硬碰硬，否则只会得不偿失。

"怎么了，脸色这么沉重？"车里过于安静，陆宴臣注意到旁边的人状态不对劲。

姜予眠揉揉太阳穴："工作上的事。"

她还没想清楚应对之策。

陆宴臣目视前方，轻松地操控着方向盘，车子转弯。

他像个捕鱼者，在整个池塘中撒下大网，趁鱼儿毫无防备，逐渐收紧："因为'逐星'吗？"

他轻飘飘的语气化作巨石砸在姜予眠心头。

她猛地坐直了："你怎么知道？"

陆宴臣半真半假地道："大家都有自己的消息渠道，当初你们要找人投资，就注定不可能彻底隐瞒这个消息。

"据我所知，唐氏最近资金链出现问题，下一步很可能会对'逐星'下手。"

姜予眠收回思绪，犹豫片刻。这件事并非只与个人私利有关，面子和初心孰轻孰重，她弄得明白。

"他想要'逐星'提前上市……"姜予眠把自己的顾虑重复了一遍。

陆宴臣听完，以一种过来人的口吻对此事做总结："你专攻技术，不懂商人为利益无所不用其极。你强行与之作对，只会两败俱伤。你应该也不想见到自己的心血付诸东流吧。"

"是……"她有过硬的技术，却缺乏与资本抗衡的力量，若非如此，也不会为难到这个地步。

陆宴臣掌控方向盘，脸上悠然自得的神情与愁容满面的姜予眠截然不同："除非唐氏资金回笼，才会让你们继续研发'逐星'。"

姜予眠摇头："虽然对商业上的情况不太懂，但我看了那些消息，短时间内恐怕不可能。"

陆宴臣沉吟："还有个办法。"

听他轻松的语气，姜予眠眼睛一亮："什么办法？"

陆宴臣沉着地道："唐氏转让'逐星'的著作权。"

姜予眠沉默。

这个敏感的时间点，东西还未调试完，哪个公司会接手？

"先别想了。"途经平坦地段，陆宴臣腾出一只手轻揉她的头，"今天是周末，开心点儿。"

姜予眠抬头时，那只手已经离开。

车直接开进嘉景公寓的地下车库，陆宴臣绕到副驾驶座朝她伸手。

"车库里没人，不用啦。"姜予眠从车上下来，将衬衣纽扣全部扣上，长袖绕腰部系得很紧。她一只手捏着衬衣避免掉落，完全能将其当一条半身裙使用。

停车库电梯直达姜予眠所住的楼层。

姜予眠按密码锁打开门，从玄关处拎出一双深蓝色的男式拖鞋，抱歉地看向他："没有新的拖鞋了。"

她自己都是偶尔才回来，没买备用的东西。有时沈清白会来给她送东西，基本很少进屋。只有没皮没脸的陆习，不仅大摇大摆地走进来，还把自己常喝的饮料往她家里搬。

陆宴臣低头看着地面上那双别人穿过的拖鞋，微眯起眼："平时有人过来？"

姜予眠含糊地道："嗯。"

"谁？"男人面露警惕之色。

"沈学长、陆习……"她掰着手指数起来。

陆宴臣顿时觉得心口有火："你一个独居的女孩儿，怎么能随便让男人进屋？"

他突然凶过来，姜予眠缩了缩脖子，小声道："你也是男人啊。"

这话一字不漏地传入耳中，他厉声道："我不一样。"

"哪里不一样？难道你……？"姜予眠低头，耐人寻味的目光移到下方。

男人眼里带着审视："姜予眠。"

他突然喊她的全名，就这么盯着她。

姜予眠举手投降："好了，不开玩笑了。"她踢开脚边的拖鞋，敞开大门，"你直接进来吧。"

看着光洁如新的屋子，陆宴臣站在门口，得体的笑容简直无懈可击："没关系，我换鞋，希望下次……"

姜予眠反倒觉得抱歉，立马接话："我下次准备新的。"

男人听到她的承诺后，步伐都变得轻快了。

姜予眠指着宽敞明亮的客厅让陆宴臣随意坐。这一幕像极了当初她去国外，进入陆宴臣住所的画面。

"你喝冰饮还是温水？冰饮在冰箱里，温水的话……"姜予眠没空给他倒水，指着客厅里的饮水机说，"你想喝水可以自己接，我先去洗澡了。"

陆宴臣从容地道："嗯。"

姜予眠迅速地回房间搜寻换洗的衣服，抱着质地柔软的白色吊带裙去了浴室。

客厅里，陆宴臣不着痕迹地打量四周。

米色软沙发上倒立着两个抱枕，地毯连接沙发，中间有一张小圆桌，上面摆着蓝色纸巾盒和一些小物件。

客厅色调明朗，沙发旁的大白熊图案手托盘里摆着几粒糖果，陆宴臣拿起来看，是柠檬口味的。他将糖果放回去，走到饮水机旁，底下只有一个常用的陶瓷杯跟备用的一次性水杯。

花洒下，姜予眠解开发绳，顺便清洗头发。

洗完，女孩儿穿上吊带裙，湿漉漉的长发中散发着清香淡雅的香味。

姜予眠取了干毛巾裹住长发，将换下来的衣服放好，突然想起自己那条湿裤子还在陆宴臣的车上。

还有她刚脱下的衬衣，也不方便跟她换掉的衣服放在一起，只好暂时搁在架子上。

这件衣服她用来遮过身体，估计陆宴臣也不会要回去。

收好东西后，姜予眠去客厅里拿吹风机。

女孩儿的脚步声越来越近，陆宴臣抬头，跟从转角处出来的姜予眠对上视线。

毛巾裹着湿漉漉的长发垂在右侧，女孩儿用双手揉着毛巾吸水。

从景大学生公认的清纯"初恋"到学霸女神，她单看气质就足以吸引人。

姜予眠从他面前走过，新换的吊带裙长至膝盖，一双匀称的大长腿白到发光。

最终她停留在电视柜旁，蹲下身拉开抽屉，荷叶边的裙摆快要触地。

很快，她拿到吹风机，合上抽屉起身。

姜予眠突然回头，两个人的目光不期而遇，撞到一起。

陆宴臣条件反射性地收回视线，意识到自己失态，重新抬眸。他又一次见到女孩儿锁骨下的那只粉色蝴蝶。

姜予眠一只手捏着毛巾，另一只手拿着吹风机站在地毯上，对他道：

"宴臣哥，车上的裤子我忘了拿回来，要麻烦你等我把头发吹干了。"

她得吹了头发才方便出门拿东西。

陆宴臣轻轻"嗯"了一声："不着急。"

姜予眠冲他一笑，正要回卫生间吹头发，门铃突然响起。

她疑惑地走过去，透过门口的监控一看，惊愕地睁大眼，看向沙发上的陆宴臣："陆习来了。"

"他来做什么？"

"不知道啊。"

听陆习一直在按门铃，姜予眠伸出手，却被陆宴臣制止："你打算就这样开门？"

姜予眠看看自己，头发湿漉漉的，穿着吊带裙。她在自己家里洗浴很正常，不正常的是陆宴臣在这儿。

成年男女共处一室，她又是刚洗完的模样，看起来很不对劲……

"你说得对！"姜予眠反手一抓，把人拉到卧室门口，一把将人推进去，"不能让陆习看到你。"

从来没受过这种待遇的男人脸色古怪，在房门关闭之前，忽然伸手抵住门："等等。"

二人在门口僵持，姜予眠不解地问道："怎么了？"

陆宴臣看着女孩儿——她细细的吊带压在肩上，裙子只遮住背部的一半，身形玲珑有致。

"你这样见他，好像不太方便。"他看到靠墙摆放的衣架，上面挂着一件黑色的外套，一把取过来，递给她，"你不是不喜欢露出'蝴蝶'吗？穿上吧。"

他的理由很充分。

姜予眠眨了眨眼睛，乖乖地张开手臂，穿上了外套。这件黑色开衫是夏季薄款，十分修身，衬得她胳膊纤细、脖颈白皙。

这时，她洗澡前放在卧室里的手机响了。她跟陆宴臣对视一眼，推开门走过去，拿起手机一看，还是陆习。

陆习这么坚持不懈肯定有事，姜予眠接通电话。

"姜予眠，你在家吗？"

"有事吗？"

陆习直截了当地道："我上次有个东西落在你这儿了，得拿走。"

她往门口瞟了一眼，对着手机回应道："在家，稍等一下。"

姜予眠挂了电话后，顺手把毛巾披在肩头，垫着滴水的头发。弄完，她象征性地说了句："我出去了……"

陆宴臣在她路过门口时伸出了手，替她将开衫上唯一的花形纽扣扣好，这才放人："去吧。"

姜予眠穿着拖鞋去开门。

知道有人在家，陆习靠在走廊的墙上，双臂环抱，嘴里哼着欢快的小曲。

"咔嗒。"

门从里面被打开，姜予眠探出脑袋，扶着门左右张望："陆习？"

"这儿！"陆习伸出一只手示意，挥出时却感觉指尖触碰到了什么。

他这出其不意的动作让姜予眠一惊。她立即退后两步，看着横在门口的那只手臂，眼里烧起火。

后知后觉的陆习扭头一看，试图弄清答案。回想刚才那柔软的触感，他是不是不小心碰到了姜予眠的……胸？

姜予眠瞪他一眼，语气瞬间变了："看什么看，你要找什么东西？"。

反应过来的陆习有些茫然，结结巴巴地道："找……找个 U 盘。"

姜予眠皱眉："我这里哪有你的 U 盘？"

"不确定，得找找，我上次给你送东西时可能掉在这边了。"他本要用 U 盘，在家里找了一圈没有发现，想起上回受谈姉之托来给姜予眠送东西时似乎带了那个 U 盘，所以来这边看看，是不是送东西的时候不小心将其掉在公寓里了。

姜予眠侧身让出一条路："自己找。"

得到允许后，陆习赶紧进屋，连鞋都忘了换。

这段时间姜予眠白天有事，晚上才回来休息，没怎么在客厅里待，也没有仔细收拾东西。而陆习在这屋里的活动区域很小，很容易锁定目标，无非就是客厅的沙发或茶几。

他背对着姜予眠，弯腰移动茶几和沙发上的小物件搜寻，偶尔侧头想看她一眼，目光触及她的腿部就赶忙收回，再翻东西时手抖得厉害。

姜予眠还记着他伸手"打"到自己的事，气鼓鼓地站在后面不肯帮忙。

卧室门悄然开了。姜予眠不经意地回头，看到本该藏在屋里的陆宴臣走了出来。

她赶紧打手势让陆宴臣进去。男人却抱臂倚在墙边，从容地望着她，满脸都是"我故意的"。

这兄弟俩都是来气她的吧？

"找到了！"最后，陆习在沙发上的抱枕下找到了 U 盘。

他举着 U 盘惊喜地回头，正跟陆宴臣打手势的姜予眠也恰好转过身来。

两个心虚的人突然对上视线。

姜予眠露出假笑以掩饰自己的情绪，陆习却突然有种被击中的感觉。

女孩儿湿漉漉的头发披在肩头，有种天然的凌乱美，配上那张不施粉黛的脸，又纯又欲。

余光中，被毛巾遮住的地方弧度突显，陆习不敢再看，举起 U 盘挡在眼前："我……我先走了。"

陆习揣着 U 盘一溜烟消失在门口，跑到楼梯通道里大口大口地喘气，一股热意直接烧红了耳根。

等等，热意……陆习抬手触碰鼻尖，一看，手指被血染红。

一定是夏天太热，他上火了。

姜予眠重新把门关上，看着从卧室里走出来的男人，有种藏着地下情人的刺激感。

陆宴臣一出现，强大的存在感笼罩整个客厅："他经常过来？"

姜予眠眨眼："没有。"

陆宴臣心想：还好。

但下一秒，他就听女孩儿认真地补充道："也就一周来两三次。"

一周才七天。

经过陆习这件事，姜予眠没了别的心思，重新拿起吹风机去卫生间。

要是陆习听到那句话，一定满脸问号。

见鬼的一周两三次，姜予眠行踪不定，他们一个月能遇到两三次就不错了。

卫生间门没关，吹风机"嗡嗡"的声音传到客厅。

坐在沙发上的男人目光微冷，想起刚才在卧室里看到的那堆未拆封的礼盒，眼底闪过复杂的情绪。

"我好了。"没过多久，吹干头发的姜予眠走了出来，"我找个袋子，然后去车里拿裤子吧。"

"嗯。"陆宴臣起身，带她返回停车场。

姜予眠把打湿的裤子装进袋子里，藏在身后："今天谢谢你，那我先上去了？"

陆宴臣倚在车旁朝她挥手："去吧。"

姜予眠拎着袋子径直走向电梯口。

直到电梯升到她所住的楼层，男人才转身上车。

车内，陆宴臣拨打电话："唐总。"

唐总在得知他的身份后，殷勤地从郊外赶回市区。

公寓内，姜予眠把湿裤子扔进洗衣机里，洗了个手，抽出纸巾擦干。

她去客厅拿手机，盘腿靠在沙发上，搜索某男装品牌的官网，找了件跟那件灰色衬衣差不多款式的外套下单。

过了一会儿，她又在网上挑了款男式拖鞋。

购物完毕，姜予眠将手机抵在下巴上，眼里流出细腻又鲜明的色彩。

逃出嘉景公寓的陆习跑回自己的住所，在洗手池前折腾半天，终于把鼻血止住了。

他双手撑在台上，对着镜子呼出一口气，镜中隐约浮现一个女孩儿的身影。

陆习摇晃脑袋，拧开水龙头，捧起清水直往脸上扑。

不对劲，他太不对劲！

他用湿漉漉的手抹了一下脸，没擦干水就出去了，瘫在沙发上，打开游戏转移注意力。

不知道李航川跟孙斌在群里聊什么，消息直往外跳，陆习随手点开，看到李航川刷屏似的往群里发了一堆女人的照片，都肤白貌美腿长。

陆习："你有病？"

李航川："？"

孙斌："？？"

原来导演系的孙斌准备找个人拍短视频，缺一个这样风格的女配角，花花公子李航川在给他推荐。

李航川冷嘲热讽："哟，习哥这是咋了？"

孙斌补刀："估计犯病了。"

三个人多年来互损惯了，向来左耳朵进右耳朵出，谁也不放在心上。

陆习往群里发了句语音："有空吗？出来喝酒。"

他们约在酒吧里见面。陆习说要请客，李航川跟孙斌毫不客气，一人点了三杯酒。

　　陆习直接开了一瓶，握在手里时不时灌两口："我跟你们俩说个事，你们听听看有什么感受。"

　　"嗯？"听闻前方有瓜，李航川跟孙斌同时竖起耳朵，"说！"

　　"我有个哥们儿……"他一开口，瞥见那俩人的表情就知道他们不信，一本正经地强调，"真的是朋友！"

　　李航川跟孙斌对视一眼，异口同声地道："好的，您继续。"

　　"我那个哥们儿有个认识很久的女性朋友。"为了增添故事的真实性，陆习特意编了些信息，"青梅竹马，两家人关系特别好的那种。"

　　"哦。"

　　二人想：这么听起来，还真不是他自己的故事？

　　陆习继续道："是这么个事，他一直把那个女生当朋友，结果有一天不小心碰到了那个女生的身体。"

　　李航川："怎么碰到的？"

　　孙斌："碰到什么程度？"

　　回想起今天下午在姜予眠门前发生的那一幕，陆习缓缓抬手，右手食指点了一下左手手背。

　　李航川："就这……？"

　　孙斌："没意思。"

　　碰个手，有什么好说的？

　　陆习舔舔嘴唇，歪头解释："不是手，是碰到了那个女生的胸。"

　　李航川张大嘴"哇"了一声。

　　从小爱看言情剧的孙斌听得上头："然后呢？然后呢？"

　　"从那之后他整个人都不对劲了，不仅对着女生流鼻血，脑子里还总想着那件事。那个女生明明是他的朋友，他怎么能有那种想法？你们说他是不是有病？"陆习义愤填膺，越说越激动，像是正义的使者要去批判那个对朋友有了别的心思的人。

　　李航川："呃……"

　　孙斌："嗯，怎么不算呢？"

　　陆习激动成这样，怎么不算"有病"呢？

　　李航川还没搞懂："难道习哥你就是想让我们回答，他是不是有病？"

　　"当然不是。"陆习翻起白眼，"我是让你们俩想想这是怎么回事。"

李航川大手一拍："这还用得着想吗？摆明就是男的动情了。"

陆习立即反驳："不可能，他拿她当朋友！"

孙斌抬手安抚二人，理智地分析："你看，青梅竹马，家里人关系好，这说明他们认识很久了，来往密切，感情深厚。或许是长期的朋友关系让他误以为自己把女生当朋友，其实内心早已有了男女之情，两个成年异性经常来往，心动也很正常。"根据多年的追剧经验，即将成为导演的孙斌对此做出一大堆分析，最后总结道，"我肯定你喜欢她。"

陆习气红了脸："都说了是我哥们儿！"

李航川冲孙斌挤眼，点头附和："就是，咱们习哥不可能做那么猥琐的事。"

陆习伸手搭住李航川的肩："我再强调一下，是不小心碰到的，是意外！"

他这怎么就猥琐了？

"不管是不是意外，真相只有一个，就是你……哥们儿得好好想想，到底是因为不小心碰到觉得冒犯了朋友，还是这个意外的举动让他开始正视自己的内心？"

听完孙斌的话，陆习又灌了两瓶酒。

李航川小声说："你说习说的是真朋友还是他自己？"

孙斌一脸看穿的表情，也小声回道："你觉得他那种一根筋的人，会为别人的感情伤神吗？"

李航川恍然大悟："这样说来，习哥有喜欢的人了？他有什么关系不错的女生朋友吗？难道是盛菲菲？"李航川托腮思索，"不能吧，盛菲菲不是申请了出国读研吗？"

"哈哈。"孙斌心中已有人选，暂时不想戳破。

三个人举杯畅饮，有不少小姐姐被风格不同的他们吸引，端着酒杯来结交。

李航川顺势收了不少美女的联系方式。

孙斌来一个拒一个，就差双手合十念一声"阿弥陀佛"了。

行情最好的还是陆习，偏偏他的脾气最差，来一个凶一个："别烦我。"

晚上九点，陆习醉醺醺地回到家，澡都没洗就直接趴到床上睡了。

他做了一个梦。

他十八岁那年，一个小白兔似的女孩儿背着洗旧了的书包来到他家，不会说话，就睁着那双水汪汪的大眼睛看着他。

他觉得那女孩儿可爱，递出一枚绵羊形状的发夹。

女孩儿欢喜地接过，从此住进家里，帮他补习，跟他一起上学、回家。

后来，他们一天天长大，女生终于开口喊他："陆习。"

听到自己的名字，陆习回头，看到一个模糊的窈窕身影朝自己走来。

那身影越来越近，越来越清晰。

他忍不住伸手拨开挡在眼前的迷雾，看见长大后的女孩儿朝他露出一个无比灿烂的笑。

夜深人静，忘开空调的陆习直接被热醒。

他跑进浴室里冲了个冷水澡，把要换洗的衣服扔进洗衣机里，只留下满是痕迹的底裤。

男生站在水池前清洗，整个过程中，耳朵像充血一样红。

处理完一切已经凌晨三点，陆习瘫在床上，望着天花板，脑子格外清醒。

要命，他真的喜欢上姜予眠了。

浓稠的夜色退去，火红的朝阳在东方升起。姜予眠在清晨的第一缕阳光中醒来，缠了她一夜的噩梦也终于散去。

日有所思，夜有所梦，她昨晚睡觉时脑子里都装着"逐星"的未来规划。

一大早，姜予眠去了唐氏。

工作人员将姜予眠拦下。见她出示工作证明，工作人员用内线电话打到唐总的办公室，得到让她上去的吩咐。

电梯里的数字不断跳动，姜予眠打好腹稿准备应战，踏进办公室里却发现，昨日还对她威逼利诱摆脸色的老唐此刻和颜悦色，脸上都快笑出一朵花来。

姜予眠很是诧异，面上却不显。她斟酌用词："唐总，很抱歉来打扰你，我还是想谈谈'逐星'的研发……"

唐总十分客气地请她坐，又让秘书送来咖啡："小姜啊，你不用担心，以后你们可以继续研发'逐星'，想研发多久就研发多久。"

他态度转变得这么快，肯定有问题。姜予眠试探性地问："唐总，你这话的意思是……？"

老唐端起咖啡杯，笑得满面春风："公司决定把'逐星'的软件著作权转给天誉。"

姜予眠手一抖，咖啡差点儿洒出来。

时隔三年，姜予眠再度来到天誉集团总部。

尽职尽责的前台工作人员正要询问她是否预约了，只见姚助理匆匆赶来："姜小姐，陆总让我带你上去。"

来公司前，她给陆宴臣发过一条信息，因此对姚助理的及时出现丝毫不意外。

姚助理进了电梯。天誉的电梯里装有高科技系统，识别面部即可显示楼层权限，姚助理选中十九楼，回头冲姜予眠礼貌地点头。

姜予眠报以微笑："姚助理，好久不见。"

"姜小姐说笑了，上个月我还给您送过礼物。"

陆宴臣在国外的这几年，每逢七月二日，姚助理都会替他给姜予眠送上一份生日礼物。

这么一说，姜予眠当真想起堆放在卧室里的那几盒未拆的礼品。她没拆，也不会拒收，不想为难跑腿的姚助理，只道："辛苦姚助理了。"

"不辛苦，陆总发工资的。"他言明自己在替陆宴臣跑腿。

姜予眠但笑不语。陆宴臣身边的人，一个个都是人精。

姚助理把她带进办公室，送来两杯咖啡。

姜予眠还没细想，陆宴臣便说了句："换温水。"

姚助理又立马把咖啡换成温水。

办公室里只剩下两个人，姜予眠不着痕迹地打量四周。办公室现在的风格及布局有所变动，她曾经趴着写作业、睡觉的那张桌子已经换了新的。

姜予眠走近几步："陆总。"

陆宴臣松开鼠标："好好说话。"

他听不得这个称呼。

姜予眠一本正经地道："在公言公。"

陆宴臣："好。"

姜予眠正色道："那我就不打官腔，咱们开门见山地谈。"

陆宴臣抬手示意她继续。

"天誉要收购'逐星'的著作权？"

"是。"

"是因为我昨天向你寻求解决麻烦的办法吗？"不怪她有此疑虑，因为一切太突然了。老唐昨天还要上市，今天就改变主意，她很难不多想。

"不，"陆宴臣否认她的猜测，"我很欣赏'逐星'系统的研发意义，而且一旦推广成功，它也会给公司带来利益。"

他这话，一下子给"逐星"扣了顶大帽子，姜予眠半信半疑。

陆宴臣十指相交，搁在桌上："你昨天问我为什么出现在那里，我现在可以回答你了。因为从一开始，我就打算要'逐星'。你是'逐星'的核心研发者，最清楚这个软件上线之后会给用户带来怎样的好处。现在几乎人人都离不开网络，而网络陷阱层出不穷，我们需要一个不断更新的防御系统去抵御风险，甚至是主动出击找到那些陷阱，把它们清理掉。

"它不同于普通娱乐软件，我们对它的期望自然也不一样。"

"所以姜予眠……"

陆宴臣推开椅子，站起身："天誉收购'逐星'的唯一原因就是，希望你可以继续研究它，直到它全面通过审核，成功上市。"

这番话简直说到她的心坎上，能继续完善"逐星"正是她所求的。

陆宴臣字字句句从公事出发，她理智上已经接受，情感上还是有些无奈："最后还是要你出手。"

她本以为独立成长，就是凭自己的本事站在与之匹配的位置上，结果一转身，又绕回陆宴臣的圈子里。

"姜予眠。"他今天第二次喊她的全名，那双深沉的眼睛如昨晚浓稠的夜色，格外真实，"我希望你记住一点，'逐星'是你的作品。无论投资'逐星'的是谁，它都属于你和你的团队，任何人都不能剥夺你们的功劳和付出。

"天誉也不能。"

被这一番严谨且有力量的话点燃了心中的热血，她终于心无芥蒂地接受了这一现实，向他承诺："好，我会尽我所能，让'逐星'完美上市。"

很快，天誉收购"逐星"的事登上新闻。

那几个曾因老唐开出的条件而动摇的组员很不好意思，来到天誉的那天你挤我、我挤你，最终一起走到姜予眠面前，低头认错。

姜予眠先是严厉地批评了他们，又温和地接受了他们的道歉，最后借情怀笼络人心："希望你们不负初心，让'逐星'走得更远。"

准备进来视察工作的陆宴臣听到这番话后，眼底流露出欣赏之意。他退后两步，转身离开，没有进去打扰他们。

这件事尘埃落定，从某种意义上来说，姜予眠也成了天誉的成员。

陆老爷子听闻此事，喜不胜收。

他早就提议让姜予眠去天誉，姜予眠却以学习为由次次拒绝。如今她读大四，在实习阶段去了天誉，等习惯之后，留在天誉的可能性很大。

为此，陆老爷子叫三个小辈回家小聚。

"眠眠，在天誉实习的感觉如何？"

"公司很好。"

"我哪里是问这些？我是问你习不习惯？上班累不累？还有职场上那些有资历的老员工总爱使唤新人……"陆老爷子在面对姜予眠时完完全全就是"爷爷"的身份，也不管天誉集团是自家的产业。

姜予眠连忙回道："还好，我慢慢就习惯了。公司的前辈们也很好，都很乐意教导我。"

当然也会遇到那些对她的成就阴阳怪气的人，不过这种糟心事她都懒得计较，更不必跟老人诉苦。

饭桌上，陆老爷子满脸欣慰地感叹："现在你们都大了，宴臣的事业不用操心，就是个人感情问题得抓紧！"

陆宴臣端着茶杯，对老爷子的话充耳不闻。

陆老爷子说不动他，便把目光移到最听话、最体贴的姜予眠身上："眠眠向来乖巧，也很让人省心。"

姜予眠保持着不失礼貌的微笑。这种话，她谦虚显得假，坦然接受又显得太嚣张，能给予的回应就是微笑。

"只有你……"陆老爷子对陆习道，"还没毕业，也不知道出来后做什么。"

陆习向来乐观："爷爷，您放心，你孙子我毕业肯定能找着工作，饿不死。"

"饿不死就行了？你以后娶媳妇、养孩子怎么办？继续啃老啊？"虽然陆习作为陆家嫡孙，有财产继承权，但陆老爷子并不希望小孙子一辈子混吃等死。

"什么娶媳妇、养孩子，八字还没一撇呢。"陆习说着，却偷偷往姜予眠那边瞥了一眼。

怕战火牵连到自己的姜予眠只顾着埋头吃饭，而端坐于她左侧的陆宴臣漫不经心地轻晃茶杯，看到了陆习往姜予眠那边投去的目光。

"你看以后哪个女生会看上你。"

"哼，追我的人一堆，我还怕找不到媳妇吗？"

"等以后进了社会，你以为还会有一群小女孩儿光看脸就喜欢你？要是人家遇到像你大哥这样的精英，你觉得她们会更喜欢谁？"

"爷爷，你就瞎扯，你又不是小姑娘。"

你凭什么代替小姑娘发言？

陆老爷子偏不信这个邪，对坐在一旁只知道吃饭的姑娘喊道："眠眠！"

姜予眠噎住了。她就想平平安安吃完这顿饭，怎么突然被点名了？

爷孙俩扯来扯去说不清，陆老爷子干脆问在场唯一拥有发言权的女孩儿："眠眠你说，要是你，怎么选？"

陆老爷子的问题简直把她架在火上烤。

三道目光齐齐射来，姜予眠慌张地端起手边的茶水喝了一口，动作太急，呛得直咳嗽。

"喀——"

面前递来两张纸巾，来自不同的方向，姜予眠目视前方，眼珠都不敢乱转。

在这诡异的氛围下，她同时收下两张纸巾，又自己伸手抽取纸巾擦拭嘴角，干巴巴地道："谢谢。"

陆习扭头扫了眼跟自己同时出手的大哥，却见对方视线低垂，没看任何人。

陆老爷子注意力都落在姜予眠身上："慢点儿，别呛着了。"

姜予眠轻轻摇头："没事的，陆爷爷。"

"就是啊，爷爷，你乱问什么，看把人给吓得。"陆习在旁边插嘴，却连看都不敢看姜予眠一眼。

陆老爷子没好气地瞪他："就你话多。"

姜予眠这么一呛，完美地岔开话题。她低头扒拉碗里最后一口米饭，目光落到一旁那个男人身上。他依然不动声色，做着自己的事，这一幕像极了当初。

慢慢咽下最后一口饭，姜予眠放下碗筷离席。

不久，陆宴臣跟陆习一前一后离开。陆老爷子看着满桌没怎么动的饭菜，越发觉得自己看不懂年轻人了。

这时观望许久的谈婶从隔壁走过来："陆老，不是我说你，你当着兄弟俩的面要眠眠选一个，这不是为难人吗？"

她本想过来问问是否要添汤，哪知撞到这么尴尬的一幕。

"怎么为难了？"陆老爷子皱起眉，脸上皱纹密布，"两个是我亲孙子，一个是跟我孙女一样亲近的小姑娘，开个玩笑也不行？"

他就是想敲打敲打陆习，二十几岁的人了，还跟十几岁那会儿一样不着调。

谈婶委婉地道："一个是曾经照顾她许久的大哥，另一个是熟识几年的朋友，她不管选哪个，都伤了另一个人的心。"

陆老爷子不满被质疑："哼，他们要是被这么一个小问题打败，那才是真没出息。"

"瞧您这话说的……"

虽说陆老爷子年龄摆在这里，谈婶却知道，老爷子脾气犟，身居高位惯了，不愿站在小辈的角度思考问题。

谈婶叹气道："您又不是不知道，眠眠是个心思敏感的孩子，虽说这两年变得外向许多，可本质上还是那个需要呵护的小女孩儿。"

这两年，姜予眠肉眼可见地成熟了许多，不再像刚来时那般谨小慎微，可外表坚强的人也有一颗柔软的心。时间教会她编织华丽的外壳保护自己，以至大家忘记了藏在最里面的那颗被她小心翼翼地保护起来的初心。

"再说了，他们兄弟俩跟眠眠又不是真兄妹，万一有人当真了怎么办？"

俗话说，说者无心，听者有意。前不久谈婶去陆习的房间打扫卫生，不小心碰掉桌上的书，发现里面夹着一张姜予眠的照片。

一个男生在书里收藏一个女生的照片，多半是动了心思。陆习喜欢姜予眠，可谈婶瞧着姜予眠对陆习没那意思，这真是令人头痛。

这边，陆习在院子里溜达了一圈上楼，恰好撞见姜予眠从另一边出来。

看到她，陆习像耗子见了猫，转身就走。

姜予眠追上去："陆习，等一下。"

她在叫他！

陆习立即停在原地，绷直了背："有……有事吗？"

姜予眠没察觉他的异样，只记得把答应别人的话带到："菲菲说给你

· 411 ·

寄的东西到了两天了，你一直没去拿，让我提醒你一声，别忘了。"

盛菲菲为了毕业设计出去采风，在外面玩了一个多月，有时途经当地的特色商店就会给他们寄点儿东西回来。

见陆习迟迟没领快递，盛菲菲怕催多了他会烦，听说姜予眠在陆家，干脆让姜予眠带个话。

"哦。"陆习梗着脖子，头也不回地问，"还有事吗？"

"没。"姜予眠老实地摇头，"我先走了。"

听到脚步声，陆习立刻回头，只看到姜予眠转身离开的背影。她说要走，真的一分一秒都没有犹豫。

陆习身体前倾，又在即将迈步时退回原位，心里不是滋味。"小哑巴"完全不拿他当回事，他要是主动凑上去，多丢人！

姜予眠在玄关处遇到陆宴臣。

"要走？"他问。

"嗯。"姜予眠话不多。

陆宴臣抬起胳膊看表："正好，我要去公司，顺路，一起吧。"

姜予眠犹豫片刻，接受了他的好意："那就麻烦你了。"

她没喊他名字，今日显得礼貌疏离了许多。

老赵开车来接他们，车里播放着悠扬的音乐。

二人坐在后座上，陆宴臣端坐于正中间，姜予眠却把重心偏向靠窗的位置。

过了一会儿，陆宴臣发现她靠着车窗睡着了。

女孩儿睡颜恬静，精致的脸庞被光笼罩，一缕带着弧度的碎发从耳后跑到脸颊旁，垂落于肩颈部位。

"老赵，把音乐关了。"

车行驶在平坦宽敞的马路上，姜予眠的脑袋时而轻晃。

老赵无意间扫了眼后视镜，看到那位在商场上运筹帷幄的陆总伸手，小心地呵护旁边睡着的女孩儿。

男人神色微敛，余光中的身影动了一下。

车子"刺啦"一声拐向右侧，猛地一个急刹车。

陆宴臣倏地侧身。

车身颠簸晃醒了姜予眠。她骤然睁眼，发现一只强有力的胳膊挡在她面前，护着她因冲力向前倾的身子。

姜予眠茫然了片刻，心里忐忑，下意识地抓紧陆宴臣的手臂："怎……怎么了？"

见她惊慌不安，陆宴臣解开安全带，离她更近："没事。"

车子平稳地停在路边，老赵惊魂未定地看向后方，确认车里的人都平安后才松了一口气："好像是大车翻了。"

前面有辆卡车失控冲破围栏，幸亏老赵反应及时，避开撞击。

老赵下车查看四周的情况，姜予眠清醒过来，才意识到此刻他们的姿势有多亲昵。

她慢慢地松开手指，轻声道："谢谢。"

陆宴臣："跟我客气什么！"

姜予眠轻扯嘴角，想起他在席间一如既往地沉着冷静，强迫自己理智，一点点把人推开。

陆宴臣不着痕迹地抽回左手，搭在身侧。

在姜予眠没注意到的时候，他垂眸看了眼手背，撞到车门的手背因摩擦破了皮，骨节处泛红。

交警很快来到现场，指挥与车祸无关的车辆有序地离开，避免造成交通堵塞。老赵熟练地开车重新上路，平安抵达嘉景公寓。

姜予眠抬手摸到车门把手："等一下，我有东西要给你。"

她没邀请陆宴臣上楼，而是自己上去，拎下来一个印着精致 logo（标志）的黑金色礼品袋："上次借用你的衣服，我买了一件同色系的新款风衣，希望你喜欢。"

陆宴臣不肯接："我说过，不会再扔你穿过的衣服。"

"那不一样。"即使她把衣服还回去，陆宴臣也不会再穿。她总不能既麻烦了人家，还让他白搭一件衣服。

陆宴臣绷起唇角，明确表态："我不介意。"

"可我介意。"姜予眠语气有些急，"我本来就欠你很多，好像怎么也还不清，能够花钱解决的事，何必要拖欠？"

她用钱跟他划清界限。陆宴臣面色渐冷，道："我不觉得你欠我的，也从未想过让你还。"

"但是我没法心安理得地接受你的付出。"姜予眠轻吸一口气，认真地看向他的眼睛，再次将衣服递出去，"帮忙也该有来有往，对吗？"

今天在饭桌上，陆爷爷问她选谁，她还是忍不住多看了那人一眼。

一个人喜欢另一个人的话，应该会为那个人吃醋、开心、生气，还会有一些无法言喻的复杂情绪。

可是陆宴臣呢？他永远那么沉着冷静，似乎谁也进不去他的心。

她以为自己长大了，陆宴臣看待她应该和从前不一样了，事实证明还是一样的——一样无微不至，一样出于对"妹妹"的呵护。

那个人天生温柔，她想提醒自己长记性，不能再痴心妄想。

那天之后，姜予眠全身心投入到工作中。天誉对"逐星"的全力支持让他们充满干劲。

偶尔，陆宴臣会以监督工作进度的名义去实验室。她处理问题时冷静沉着，指挥成员时有条不紊，成功时自信喜悦……这一切他都看在眼里。

她在自己擅长的领域里发光，曾经气息奄奄的生命变得灿烂夺目。

只是她很忙，他们没再私下见过面。

有一天，秦舟越来找陆宴臣喝酒："听说你一个月要去实验室八百回？"

"听谁说的？"

"这不是重点，重点是你去那里的原因。"

陆宴臣叫他闭嘴。

研发小组在实验室里埋头苦干。九月，"逐星"成功通过审核，众人欢呼雀跃。

姜予眠看了眼时间，已经晚上九点多："这段时间辛苦大家了。大家早点儿回去休息，明后天放假，该吃吃该喝喝。"

小李在头上抓了一把，稀疏的头发看着让人心疼："再熬下去我都快秃了，走了走了。"

众人陆续离开，最后剩下姜予眠跟沈清白。

姜予眠把桌子收拾干净，发现沈清白坐在角落里那个位子上迟迟没动，出声提醒："学长，下班了。"

沈清白沉沉地"嗯"了一声，双手架在桌边，抬头问："十一月的计算机国际竞赛，你参加吗？"

姜予眠一拍脑袋："我最近满脑子都是'逐星'，差点儿把这事忘了。"

沈清白站起来，道："不早了，边走边说。"

姜予眠："行，我再确认一下仪器。"

她去检查时，室内的灯光突然熄灭，整个环境暗下来。

"怎么回事？"

沈清白第一时间打开手机手电筒照明，走到姜予眠跟前。姜予眠去桌上拿到自己的手机，道："去检查一下电路。"

阴影里，姜予眠头顶的仪器摇摇欲坠。

沈清白蓦然抬头，下坠的物体在瞳孔中放大。他猛地伸手推开姜予眠，仪器从他的脑后擦过，"哐当"一声坠地。

设备失灵，智能控制的大门无声关闭。

"咚——"被推开的姜予眠撞到墙上，胳膊肘子一麻。

她猝然回头望向沈清白，见他直挺挺地站在那里，手机砸在地上，手电筒已经熄灭。

"学长。"

沈清白在她面前倒了下去。

九点半，姚助理匆匆推开办公室的门："陆总，实验室那边出事了！"

昏迷的沈清白被送进医院，迟迟没有醒来。

姜予眠坐在病房外，平静的面容下，一颗心忐忑不安。

她闭上眼，眼前不断浮现出沈清白在她面前倒下的那一幕。她伸手一摸，他的脑后全是血。她害怕极了，试图对外拨打电话，发现没信号。她只能强迫自己冷静思考，用带血的手去摸寻警报器求救。做完这一切，她跪坐在地上，眼泪止不住地往下掉。

很多年前，她也是这样的，眼睁睁地看着父母在自己面前倒下，再也没有醒来。

"嗞——"手上的疼痛唤醒了她。

陆宴臣正托着她的胳膊消毒。

他们得到消息后打开实验室的门，最终在角落里找到了被困的人。从那时起，姜予眠就一直守着沈清白，不愿离开。她浑然不觉自己的胳膊被撞伤，被人提醒后也不肯去处理，好在情况不严重。

陆宴臣亲自替她擦拭消毒药水，见姜予眠的胳膊痛得一颤，放轻了动作："疼吗？"

姜予眠唇色发白，扭头望着病房的方向，呢喃："他会疼吗？"

他流了那么多血，一定很疼吧。

陆宴臣看着她为另一个人伤神，眸中闪过难言的情绪，低声安抚："眠眠，他没有生命危险，休息好了就会醒来。"

陆宴臣无法跟姜予眠一样担忧沈清白，但比谁都希望沈清白平安，否则小姑娘会自责一辈子。

凌晨，姜予眠还是坐在那儿，没有离开的打算。陆宴臣知她执拗，没有劝说，只是静静地坐在她旁边。

其间，姜予眠叫他去休息："宴臣哥，我一个人就可以，你去休息吧。"

陆宴臣环抱双臂，靠着椅子合上眼。

两个固执的人。

时间慢慢过去，姜予眠抬手轻揉干涩的眼。这段时间她每天加班，再加上今天遭遇意外，最终扛不住疲惫睡着了。

陆宴臣缓缓睁开眼，转头去看。她不知梦见了什么，睡着也皱眉。他犹豫着伸出手，在即将触到她眉间的那刻，女孩儿摇晃不定的脑袋朝另一边倾斜。

陆宴臣及时伸手扶住，轻轻地将她的脑袋拨过来，靠向自己的肩膀。

他想起在角落里找到那两个人的画面——姜予眠跪坐在地上，守在沈清白的身旁，无声地哭泣。

救援人员上前查看沈清白的情况，他则拉起姜予眠，看见了那双充满泪意的眼。这个女孩儿跟多年前站在父母墓前的女孩儿的模样重叠。

她见过太多亲人、朋友在自己面前倒下的画面，父母倒下时的无助，梁雨彤倒下时的凄惨，这些都深深刻在她的心里。哪怕今日沈清白没有生命危险，也足以让姜予眠感到恐惧。

姜予眠睡得很不安稳，睫毛颤动，眼底起了湿意。她没醒，却在梦里哭。

她比从前坚强了许多，没有害怕到躲起来，也没有再向他寻求温暖的怀抱。

她终于长大，变得独立、出众，不再依赖他，他却觉得心里空落落的。当初那个小心翼翼地捧着作业来找他，望向他时眼睛亮晶晶的女孩儿离他越来越远了。

这种认知令他感到恐惧。

从小到大，他拥有的不多，除了毫无温度的奖杯、见风使舵的亲人，其余的早就埋葬在那场铺天盖地的风雪里。

他戴上假面，把那颗冰冷的心脏藏在笑容之下，看着那些得到利益的人对他感激涕零，让他们再也挑不出错。

直到在爷爷的命令下抱起那个伤痕累累的小女孩儿，他才发现，眼泪是咸的、怀抱是有温度的。

那个女孩儿沉默且不求回报地在风雨中陪他整夜，勇敢无惧地奔赴万里为他创造最好的新年记忆。就像那年大雪，路都走不稳的小姑娘愿意把唯一的围巾送给他。

陆宴臣换了个姿势，将女孩儿拥入怀中，让她靠得更舒服。

半夜，巡房的护士路过走廊，看到病房外，小心呵护女孩儿的男人低下头，在女孩儿的额前落下一枚轻吻。

"病人醒了。"

天蒙蒙亮，昏睡的沈清白终于睁开眼。

他头部被砸伤外加连日加班，疲惫昏睡，颅内暂时没有大碍，但需要留院观察。

经医生允许，姜予眠寸步不离地守在病房内，把医生的叮嘱一一记下。

医生走后，姜予眠又轻声问："学长，你还好吗？"

白纱布将沈清白的头部裹了一圈，原本冷峻的脸庞缺乏血色，显得苍白无力，姜予眠把他当成易碎的瓷娃娃。

"我没事。"沈清白坐起来，目光落在她身上，不似平时那般冷，"认识三年，你还是第一次对我这么热情。"

说起来他跟姜予眠认识很久，长期一起共事，还住在同一个小区里。或许是他性格冷，鲜少主动跟人交流，而姜予眠也是安静的性子，他们站在一起，基本都聊些专业知识，算是有共同话题、不远不近的朋友。如今见姜予眠关心他，他竟有些感谢这场灾难。

"什么热情不热情的，如果不是你及时把我推开，现在躺在这里的就是我了。"姜予眠把盛好的清粥送到他面前，"学长，你昨晚到现在都没吃饭，现在也不能吃别的，喝点儿粥垫垫肚子吧。"

沈清白接过碗，见她还是昨天那身衣服，猜出她一直在这儿："那你呢？"

姜予眠呼吸一窒："我……我吃过了。"

她吃不下。昨晚发生了那样的事，她一点儿胃口也没有。现在或许是饿久了，她都没什么感觉了。

见沈清白不太相信，姜予眠故作轻松地说了几句话，打消了他的疑虑。

沈清白吃饭的时候，姜予眠就安静地坐在旁边的凳子上，低头，反复地玩手指。

她仅有的照顾病人的经验来自照顾爷爷。那时候爷爷住在医院里，她向学校请了长假。爷爷怕耽搁她学习，心里过意不去，她就每天坐在旁边看书、写作业，宽慰老人的心。

她只知道，病人就是要守着的。

如今沈清白为救她住院，她也只好守在这里，盼他早日康复。

"姜予眠。"沈清白突然出声。

"嗯？"听到名字，她下意识地抬头，见沈清白手上空掉的碗，立马反应过来，"哦哦。"

她那一系列小表情串在一起，有几分懵懂、可爱，跟实验室里运筹帷幄的那个人截然不同。

姜予眠接过粥碗，问沈清白还要不要。沈清白摇头，她便收拾碗和勺子去清洗。

她回来后，沈清白才想起问昨晚的事："实验室那边什么情况？"

今早姜予眠已经从陆宴臣口中得知了检查结果："是仪器松脱造成的故障，确认是意外。"

沈清白犹豫了一下，问："你是不是哭了？"

"啊？"话题跳跃速度之快，姜予眠一时没跟上。

"在实验室的时候，我听见你哭了。"其实他倒下的时候听到她在他的耳边喊他的名字，还听见了哭声。

他从没听过姜予眠哭，第一次听，竟是因为他。那时他实在睁不开眼，看不见她，更无法安慰她。而此刻，他保护得很好的女孩儿就在他面前。他再忍不住，做了早就想做的事。

走廊里，姚助理匆匆跟上陆宴臣的步伐来到沈清白的病房外。姚助理推开虚掩的门请陆宴臣先进，却意外地看到病床前，沈清白伸手摸了姜予眠的头。

姚助理内心直呼：救命。

昨晚来医院的时候，姜予眠整颗心挂在沈清白的身上，而他们陆总两只眼睛都锁定在姜予眠的身上。

跟在陆宴臣身边多年，饶是陆宴臣的心思再难猜，姚助理也清楚地感受到陆宴臣对姜予眠与对别人不同。姚助理声音哆嗦，不敢看男人的脸色：“陆……陆总。”

良久，他才听到陆宴臣不含感情地道：“去找两名专业护工。”

姚助理心领神会，马上去办。

被摸头的时候，姜予眠怔住了，很意外。他们之前从来没有这么亲昵过。

听到门口的动静，姜予眠迅速起身，走到门口：“陆……陆总。”

她差点儿喊了“陆宴臣”。

看着女孩儿的背影，沈清白抬手贴着额头。或许他真是被砸昏了头，才会忍不住把想象中的“安慰”付诸行动。

陆宴臣以探望员工的名义来到这里，简单地叙述了一遍事故发生的原因，以及公司对此做出的补偿：“公司会支付你全部的医疗费，并给予赔偿。如果你有其他要求，可以联系姚助理。”

“嗯。”沈清白有些意外。

他想：难怪天誉集团在行业中名声极好，一个员工受伤，董事长竟亲自来医院看望。

沈清白话不多，不像寻常员工见到大老板时那样殷勤，但这毕竟是职场，该有的礼貌不能少。他总不能叫陆宴臣冷场。

沈清白原以为陆宴臣客套两句就会离开，哪知陆宴臣坐在看护椅上纹丝不动，没有要走的意思。之前对他关怀备至的姜予眠回来后则坐在另一边，不吭声，仿佛隐形人。

沈清白忽然觉得，这位大老板有些碍眼。

他抬手轻扶脑袋，一次、两次、第三次时，终于被姜予眠发现。

糟糕，是他聊得太久头痛了，又不好意思跟陆宴臣讲？姜予眠琢磨了一会儿，替他开口：“陆总，医生叫他好好休息。”

陆宴臣转过头，目光落在她身上：“哦，是吗？”

姜予眠瞳孔放大，心想：这还能有假？

陆宴臣利落地起身：“既然如此，就不打扰了。”

沈清白积极地说道：“陆总慢走。”

陆宴臣勾唇笑了笑，走前不忘带上那个一心报恩的傻姑娘：“姜予眠，跟我出来。”

“哦。”姜予眠没觉得不对。

看着空荡荡的病房，沈清白突然觉得脑袋疼。陆宴臣不再打扰他，却

419

把姜予眠也叫走了。

病房外，姜予眠以为他有事要说，哪知陆宴臣开口就问："吃饭了吗？"

"吃……"在陆宴臣那双洞察人心的眼睛下，姜予眠没胆量撒谎，"吃不下。"

陆宴臣了然。今早是他让人送的早餐，沈清白的那份动了，姜予眠的那份没动。陆宴臣无奈地说："我陪你去吃饭。"

"可是学长……"姜予眠不放心把刚醒过来的人独自留在病房里。

陆宴臣早已安排妥当："放心，有比你更专业的人照顾他。"

话音刚落，姚助理带着两名年轻美丽、穿着蓝色护工服的女人出现，道："这两位都是高级护工，有多年经验，一定能照顾好沈工。"

姚助理把两名女护工带到病床前，沈清白那张苍白的脸上露出难以言喻的神情。

他就是脑袋受伤，能走能吃，需要两个护工守着？沈清白绷着脸说："陆总，不必为我如此破费。"

陆宴臣轻飘飘地道："不算破费，你在公司里受伤，公司自然会负责到底。"

"有学妹偶尔搭把手就可以。"沈清白给姜予眠递眼神。

"她不行。"陆宴臣不着痕迹地迈了一步，挡住他们交流的视线，"她另有工作安排。"

沈清白据理力争："这两天休假。"

这两个人对话，语气几乎一样，看似平静，实际互不相让。

姜予眠从后面站出来，想说服沈清白接受护工的照顾，又觉得这样似乎显得自己不想负责。但她也不能让人拒绝专业人士吧？

陆宴臣把试图发言的姜予眠按回去，嘴角扯出一丝淡漠的笑："沈工这是挟恩图报？"

沈清白的脸上浮现一丝羞恼的红。他只是想跟姜予眠多待，不是真的要姜予眠为他服务。

紧接着，陆宴臣又淡淡地抛出一枚重弹："你大概不知道，她还没吃饭。"

不得不说，这句简单的话击中了沈清白的心。

姜予眠迅速补救："他说的是午饭。"

可现在才上午十点半。

沈清白终于接受了两个护工的照顾，离开医院的二人却因此产生矛盾。

车上，陆宴臣把蛋糕和牛奶递向她。

姜予眠闷闷不乐，并不伸手接："你不该那样说学长，他不是那种人。"

她在为沈清白控诉他的行为？！陆宴臣动作一僵："你在为他跟我生气？"

姜予眠抿的抿唇，道："我没有。"

只是无私救人被当成挟恩图报，当事人肯定会生气吧。

"我知道你是为我好，但你不是很擅长搞人际关系吗？换个说法也可以啊。"

陆宴臣放下蛋糕，直视她："你也觉得，我该让所有人开怀？"不等姜予眠回话，他重新笑起来，把牛奶放到她手里，"小眠眠，身体重要，你尽量吃点儿，我下车透透气。"

他笑容温和、语气温柔，姜予眠却感觉心口被刺了一下。她怎么忘了，真正的陆宴臣是那个教导她控制情绪，不在外人面前露破绽的领导者，而非本身如此？可他最后说那句话时，显然是在她面前戴上了假面具。

姜予眠捧着牛奶，好几下张口都没发出声音，万分纠结地望向窗外，看他越走越远。

陆宴臣下了车，把空间留给她一个人。

"姚助理，有烟吗？"

姚助理不太好意思地说了实话："我老婆、女儿不让我抽烟……"

"哦。"陆宴臣不再问。

姚助理试探性地问："陆总你要的话，我去附近给你看看？"

"算了……她不喜欢。"

陆宴臣从来不在姜予眠面前抽烟。

姚助理觉得自己好像发现了什么了不得的真相。他琢磨一下，趁陆宴臣不注意，靠近车窗，道："姜小姐，陆总昨晚守你一夜，早上给你买了早餐又回了公司调查情况。他其实挺累的，但是放心不下你，非要亲自来医院。"

包括探望沈清白，陆宴臣完全可以安排人去做，却因为沈清白是姜予眠的救命恩人，没有丝毫敷衍。

姜予眠听后淡淡地回了一句："我知道。"

她只是还没想好，要怎么回应陆宴臣给予她的这些。

没过多久，姜予眠推开车门下来，走到陆宴臣身边说："我再上去一趟。"

男人闭了闭眼，说："随你。"

似曾相识的话一下子把她的记忆拉回几年前，她主动提出离开青山别墅时，陆宴臣也是这个反应。

她再次拉住了陆宴臣，问："你可以等我吗？"

陆宴臣垂眸看她。

亲人离世后，姜予眠对所得的温暖十分珍视。帮助过她的人，她都会想办法回报。如今，对姜予眠有恩的人又多了一个。

"去吧。"

他知道姜予眠不安，更明白她对沈清白病情的看重。

亲人挽留不住，以前的朋友判若两人，如今这个还为她而受伤，她怎么可能不在意？

不过这次，姜予眠回来得比他想象中更快。

在送姜予眠回家的路上，姚助理机智地升起隔板，给后座上的二人留下畅谈的空间。

"对不起。"姜予眠没说为什么道歉，但话里包含了方方面面。

陆宴臣闭着眼说："你没说错，不用跟我道歉。"

"我就是说错了。"有些事情不是用理智去判断的，任何人都可以说，但她不能。

见他装睡，姜予眠不达目的不罢休，凑到他的耳边问："哥哥，你能原谅我吗？"

"你叫我什么？"陆宴臣睁开眼，眸中流动着冷色。

姜予眠被吓得缩回车窗边。这有什么不对吗？他不是一直希望她喊他"哥哥"吗？

上午她想了很久，他们之间的感情无法磨灭，自己无法逃避陆宴臣的好，那就与他真真正正地做兄妹吧。

她不明白陆宴臣为什么看起来更生气了，尽管他自己并不承认。

车停在嘉景公寓楼下，姜予眠想起姚助理那番话，有意把陆宴臣留下。

他陪她一夜，她便还他这个人情，亲自下厨做了午饭。

午后，陆宴臣借姜予眠的电脑回复了几封邮件。姜予眠站在门外算，这人已经多久没睡觉了？等陆宴臣从书房里出来后，姜予眠关切地问："你要不要睡个午觉？"

陆宴臣问："在你家？"

"嗯。"

陆宴臣不知该庆幸自己有此待遇，还是该教育这个不省心的小姑娘：

"留一个男人在家里睡觉，你胆子很大啊。"

"你不一样啊。"她曾在青山别墅住了那么久，还跑去陆宴臣在国外的公寓，陆宴臣要是有什么歹心，哪里会等到现在？她补充一句："你是哥哥啊。"

陆宴臣："你是故意的吧？"

姜予眠没否认。她就是想提醒自己，牢记他们的身份。

最后陆宴臣还是在沙发上躺下，说"眯一会儿"。

姜予眠把客厅的窗帘拉上，方便他更好地入睡。

姜予眠待在卧室里，以免打扰他，隔一段时间便悄悄出去看一眼。

陆宴臣今天午睡的时间格外长。她又一次出去，看见桌上的手机屏幕亮了，是姚助理的来电。

姜予眠拿起手机，进屋里接听："姚助理，他在午睡，有什么事吗？"

如果姚助理找陆宴臣有急事，她再叫醒他。

姚助理一听，立马改了口："没什么大事，不着急，我晚点儿再跟陆总汇报，你们好好休息。"

姜予眠"哦"了一声，把手机放回去，没注意到姚助理的用词。

下午五点，陆宴臣还没醒。他已经睡了三个小时。

姜予眠来来去去好几趟，脱了鞋踩在地毯上，无聊地跪坐在沙发旁，小心翼翼给他盖空调毯。

临近七点。

客厅里没开灯，只有落地窗外千家万户的灯光照进来。陆宴臣抬手放在头上，意识逐渐清醒。

他很久没睡过这么沉的觉了。

他睁开眼，忽然感觉腿被压着，借双臂支撑起身。

他这一动，睡得迷糊的姜予眠挪了一下脑袋。她似乎感觉冷，无意识地去抓毯子。

男人闷哼一声，握住了她的手。

"痛……"手腕传来的疼痛让姜予眠彻底清醒。

意识到陆宴臣正捏着自己的手腕，姜予眠仰起头，有些小脾气。

"你干吗呀？"她刚睡醒，口齿不太清晰。

陆宴臣心口起伏，嗓音沙哑地道："抱歉，不小心捏到了。"

这也能不小心？他突然使那么大力，难道是睡梦中抓到她的手，做噩梦了？

姜予眠无论如何也想不到自己半梦半醒时干的坏事，疑惑地抽回自己的手，试图从地毯上爬起来。但她睡觉时趴麻了腿，上身刚起来，腿又软了，立刻跌下去。

她的脸砸在了陆宴臣的腿上，以一种编都编不出来的离谱姿势……

陆宴臣呼吸一窒，半晌，才哑着嗓音开口："眠眠，我抓了你一下，你不至于恨我到这个地步吧？"

短短几分钟，她招惹他两次。

姜予眠不敢站了，麻利地往后退，坐在地毯上，离他远远的。

"对……对不起。"

只有他们自己明白各自道歉的原因。

姜予眠将脸埋在掌心里。还好客厅没开灯，不然她得原地打个洞钻进去。

为了防止尴尬的气氛蔓延，姜予眠凭着对家中布局的熟悉度，摸黑回了卧室。

客厅里，男人盖好空调毯，内心久久才平静下来。

天黑了，姜予眠想起远在医院里的沈清白，给他打了个电话，问他的身体状况。

沈清白望着左右两位尽职尽责的护工，有苦说不出。她们的服务专业到无可挑剔，然而这根本不是沈清白想要的。他甚至想自私一回，让姜予眠过来，可每当这个念头冒出来时，陆宴臣那句"挟恩图报"都在提醒他这个想法有多无耻。

路过门边，陆宴臣听到她在跟沈清白打电话，眼前闪过沈清白摸她头的那一幕。

英雄救美这种戏码屡试不爽，姜予眠偏偏是很懂得感恩的人。她担忧沈清白是否有性命之忧，是否会留下后遗症，就会不断地接触对方，跟对方交流。

时间一长，感情发酵……

"眠眠。"

"嗯？"

"晚饭吃什么？"男人倚在门边，装模作样地问。

姜予眠的注意力果然被带偏，她放下手机往厨房走去，打开冰箱门，道："好像没什么菜了。"

以前在青山别墅白吃了陆宴臣那么多顿饭，现在难得请人来家里一次，她总不能用一两个小菜将他打发了。

姜予眠合上冰箱门，问："我去楼下超市买点儿吧，你想吃什么？"

她熟练的语气跟当初那个需要人照顾的小女孩儿判若两人，好像反过来了，他被她照料着。

陆宴臣没拒绝，只是揣起手，道："走吧，一起去看看。"

他们认识这么多年，一起逛超市买菜还是头一回。见惯了陆宴臣坐在会议室里运筹帷幄或站在台上稳重自持的模样，再看他出现在超市里，她只觉得违和。

姜予眠暗自感叹时，那人当真开始选起来："鲜虾可以吗？"

姜予眠弯腰看："可以啊，我会做油焖的、爆炒的……"

陆宴臣侧头微笑："这么厉害，有什么是你不会的？"

"不会可以学啊。"她从来不觉得现在不会就是永远不会。事实证明她还挺厉害的，不过是会费些时间罢了。

他们逛了一圈，买了些食材，推车去收银台。

收银台旁边摆着三台自助扫码的付款机，陆宴臣主动付款，却被提示要下载某软件，一系列操作十分烦琐。姜予眠握住他的胳膊把人拉开："我来吧。"

她在学校附近待了三年，早已能熟练操作，一扫码就能支付。

就几十块钱，陆宴臣也没跟她争："一个简单的程序，也要绑定使用。"

姜予眠取过旁边的购物袋，又扫了一遍码："没办法，我们想省时省事，对方想要用户。"

二人合作把零零散散的东西装进去，都想自己拎，结果两只手撞在一起。最后，陆宴臣攥紧了袋子，道："我来。"

姜予眠轻扯嘴角。

她前不久还想跟陆宴臣划清界限，后来发现两个人之间牵扯太深，从此生疏是不太可能的。不过现在她想通了，把他当哥哥，一切相处都变得自然。他们甚至还在回家的路上商量要做什么口味的晚餐。

二人走后，许朵画才从货架后出来。

看着手机里男女互动的亲近画面，她满脸写着不可思议。

第 十 四 章
强大的情敌

现在姜予眠跟徐天骄同在天誉上班，偶尔能见到徐天骄在群里抱怨公司那群"指导老师"仗着资历深指挥他们这些实习生跑腿。

姜予眠很少发言，大家都知道她忙。

许朵画万万没想到会在这里看见姜予眠跟陆宴臣像平常情侣一样一起逛超市。

身体里的八卦因子活跃起来，许朵画按捺不住好奇心，给徐天骄发了私信："天骄，眠眠跟你们公司的陆总，是不是有点儿什么？"

收到信息时，徐天骄已经在酒吧里喝了一轮。她熟练地跟前来搭讪的男人交流，猝不及防地被许朵画的这条信息惊到。

许朵画藏不住事，被徐天骄三言两语套出了抓拍的照片——那熟悉的超市背景，就在姜予眠的公寓附近。

姜予眠曾说他们很早就认识，但又不是那种关系，可这大晚上的，一男一女待在一个家里……可真有意思。

男人不满徐天骄长时间玩手机不看自己，找借口跟她坐得更近，问她的手机上有什么好看的。

徐天骄喝得醉醺醺的，拿起手机在他面前晃了一眼："朋友分享的新瓜，你说好看不好看？"

男人抓住她的手腕调情，本是为了迎合去看照片，却在看清图中人时，眼里闪过一丝激动。

嘉景公寓。

姜予眠在厨房里忙得火热，陆宴臣给她打下手，这种情况还是头一回出现。

他们两个都是小小年纪就被迫自己成长的人，早早掌握生活技能，差别在于，谁更厉害。

不知怎么说起来的，二人决定各做一盘菜，比比谁做得更美味。后来，姜予眠盯着桌上的一盘虾、一盘鸡翅，托腮思考：菜都不一样，口感不同，怎么比？

姜予眠不肯轻易认输："万一我做的鸡翅比你做的鸡翅好吃呢？"

"你说的有道理。"陆宴臣没想跟她争，顺水推舟邀约，"下次可以再试试。"

这顿晚餐是他们难得的温馨场面。

饭后，姜予眠犹豫着对陆宴臣开口："宴臣哥，你一会儿要回家吗？"

陆宴臣听出她的话外音："这就赶人了？"

姜予眠反驳得很快："不是，你想留在这里也可以。"

见姜予眠在收拾东西，似乎要外出，他问了才知，这倔强的姑娘竟打算又去医院守一晚。

"学长是因为我躺在医院里的，亲人又不在身边，我就这么把人扔在医院不好。"她不是医生，治不了病，能做的只有陪伴。

陆宴臣："有护工。你知道的，她们很专业。"

"那不一样，钱是公司出的，而我什么也没做。如果我还不知道感恩的话，他真是白救我了。"正因为钱和力都不用自己出，她能拿出的只有态度。

陆宴臣被气笑："你以为公司做这么多事是为什么？"

他安排最好的病房、最专业的护工给沈清白，不过是在替她报恩。

但这话他不能说，否则她那边的恩情没还完，又会觉得亏欠他良多。

他换了个方式："你不是说他需要静养吗？"

"对啊。"

"那你一天到晚跑去看他，就不算打扰了？"

"我哪有像你说的那样？"她也没有一天到晚跑过去吧……

陆宴臣又问："照顾病人，你觉得自己和专业护工谁更合适？"

姜予眠毫不犹豫地道："护工。"

"这就对了。"陆宴臣循循善诱,"偶尔看望,以示感激就好,你一直守在病床前,你们又是异性,很多事情不方便。

"就算你坐在外面,他恐怕也不能理所当然地接受。你是去报恩的,这么做岂不是加重人家的心理负担?"

一番话说得姜予眠无从反驳。

她甚至被说服了:"你说的……好像有点儿道理。"

姜予眠打算一天去探望一次,直到沈清白出院。

第二天上午,姜予眠拎着水果去医院看望沈清白,发现研发小组有好几个人在。

得知沈清白意外受伤,他们特意来探望,桌上摆了好几个果篮和新鲜花束,大概是在附近买的,甚至有同款的。

姜予眠心想:还好她是在楼下的超市里挑的。

同事探望就是看个人情脸面,大家坐在一起聊了大概半个小时就走了,最后只剩下姜予眠。她从自己带来的水果里挑出一个苹果,问他:"吃吗?"

沈清白眉头微皱:"削皮麻烦。"

"我给你削!"终于能为恩人做点儿事,姜予眠很乐意。

她迅速给苹果去皮,又切成块摆好,送到沈清白面前:"给。"

姜予眠直直地站着。自从昨天他摸她的头后,她再也没离他这么近过。

沈清白抿起干涩的唇,伸手接过。

这时门开了,一对中年夫妻走了进来。夫妻俩看到病床前的年轻女子,面面相觑。

沈父:"这……"

沈母:"我们俩来得不是时候?"

沈清白的父母是科研人员,平时很忙碌,好不容易放假过来,想给儿子一个惊喜,没想到儿子先给了他们一个惊吓——儿子住院了。

他们立马从公寓赶来医院,结果,儿子没有想象中凄惨,反而有这么一个年轻漂亮的小姑娘相伴。

沈清白礼貌地把他们介绍给对方。

沈母听到儿子口中的"学妹兼同事",有些失望。

知子莫如母,沈母打算为儿子助力一把,打着合眼缘的旗号拉着姜予眠谈天说地。

　　VIP病房里有单独的会客厅，沈母在那边，旁敲侧击地问了姜予眠许多问题，例如近期的工作、学习等，又说自己的儿子从小就不爱笑，顶着一张冷脸耍酷，唯一庆幸的是那张脸长得不错。

　　沈母叹气："看他这冷冰冰的样子，也不知道以后哪个姑娘肯喜欢他。"

　　"学长一直很受欢迎，阿姨不用太担心这个问题。"

　　沈清白在学校里人气高，想脱单是分分钟的事。

　　听着沈母的声音从会客厅里传来，沈父背着手："你妈那张嘴……"

　　沈清白微微蹙眉："爸，你让她收敛点儿。"

　　沈父摇头："我哪里管得住？再说了，你妈也是为了帮你。"

　　"我不需要。"

　　"你是不需要，还是对人家姑娘没意思？"

　　"……"

　　病房内的四个人心思各异，大概只有沈父、沈母的心愿相同，就是儿子能追求到心仪的女孩儿。

　　沈母凭一己之力，愣是把姜予眠留到中午，快十二点的时候非要请她吃饭。

　　姜予眠拒绝了，走到门口都能被沈母拉回去，最后只能陪沈清白的父母在医院附近吃了一顿。

　　陆宴臣站在空荡荡的公寓里，骂了声："小骗子。"

　　她说是去看一眼，一个上午没回家。

　　姜予眠的确很聪明，但在处理人际关系方面很愚钝。要是对方有心设局，她根本玩不过。

　　周一，姜予眠按时回公司上班。

　　她专业能力强，在行业内赫赫有名。大家都知道她非池中物，没有真把她当实习生压榨。

　　相比之下，徐天骄吃了不少苦头。

　　她的行事作风确实能帮她吸引不少男性，但也有很多人不待见她。徐天骄的主管就经常给她安排远超一般实习生的工作量。

　　她一向能屈能伸，可发现即便主动讨好，对方也不放过她，反而变本加厉。她终于忍不住发出抗议："同样是实习生，为什么你不让他们做？"

"能一样吗？人家要做的工作可不是收拾资料这种事。"主管道。主管心想：就拿姜予眠来说，没人敢把琐碎的工作分配给她，因为人家另有工作。

徐天骄气得慌，但舍不得离开天誉，最终没有跟对方撕破脸。

抱着厚厚一沓资料坐在电脑前，徐天骄不由得想起在酒吧的那晚，那个男人自称记者，想花钱买她手里的照片的事……

徐天骄忙了一天，终于在下班前把事情做完。她去接水，路过姜予眠的工位："眠眠，你……"

徐天骄刚开口，部门主管就站在她身后道："姜予眠，跟我来办公室一趟。"

见姜予眠抬头问自己有什么急事，徐天骄把话憋回去，道："就是随便跟你打声招呼。主管喊你，你先去吧。"

姜予眠去了，主管递给她一张电梯卡："姚助理通知你去十九楼。"

绕了这么大一个弯，她最终见到的还是陆宴臣。

姜予眠在公司里喊他"陆总"，他开口提到的也是工作："聊聊'逐星'发布会的事。"

"我一直在跟策划部的人沟通。"发布会定在十月，姜予眠一直在跟进。

陆宴臣转动钢笔："嗯，不过你是研发人，有些事我想听听你的意见。"

他们这一聊，半个小时过去了，已到下班时间，话题自然从工作过渡到私事。

"你现在回家还是去医院？"

"先吃饭，再去医院。"

"怎么，这回不怕他饿着了？"

"学长的父母应该在那边，他有亲人陪着，我去表个态就行。"成年人的时间很宝贵，她愿意每天跑一趟，就是最大的诚意。

陆宴臣听了她的话，停止转笔的动作，眸中流转着深意："你见过他的父母了？"

她点头："还一起吃了顿饭。"

良久，男人丢开钢笔，对她笑道："挺好。"

之后的两天，姜予眠总能见到沈母。好在沈清白检查无碍，即日便可出院。

公司安排了车来接，沈母直夸老板体贴，只有姜予眠认出，司机是老赵。

车上，沈母拉着姜予眠说话："我跟他爸很忙，马上就要回科研所工作，白白现在还是个病人……"

老赵将这些话转达给陆宴臣。

陆宴臣端起咖啡杯，心中苦涩。

他们住在同一栋楼里，让姜予眠天天去照顾沈清白，这人真是打得一手好算盘。

沈母临走前语重心长地把儿子托付给姜予眠："眠眠，阿姨和叔叔要回去工作了，白白就拜托你了。"

沈母又滔滔不绝地说了许多话，没有片刻停歇。所幸姜予眠的手机振动起来，让她暂时有了喘气的时间。

"小姜，我看你这半天假期快休完了，打算什么时候回来上班啊？"部门主管和颜悦色地说。

为了接沈清白出院，姜予眠向公司请了半天假。她以为主管这是在敲打她请假的事，看了眼时间，承诺道："我下午一定准时回公司。"

岂料对方话锋一转，以公事公办的口吻发布通知："你今天不用过来了，收拾一下，明天跟陆总出差。"

次日，姜予眠坐上了离开景城的飞机。

姚助理亲自订的机票，她跟陆宴臣都在头等舱。

起飞前，姜予眠收到沈清白的短信，低头回复。

旁边的人似乎知道她在担心什么，道："放心，我已经请了专业的家政服务人员，为他准备一日三餐。"

"没有不放心。"就算她答应沈母去照顾沈清白，也不等于要去伺候沈清白的一日三餐。感激归感激，她又不是一辈子要跟沈清白绑在一起。这点她还是很清楚的。

出差地点在榕城，这里曾发生过一件让姜予眠记忆深刻的事。多年过去，她以为自己忘记了，实际上并没有。她依旧能清晰地记起梁雨彤伤痕累累的模样。

姜予眠深吸一口气。好在即使她一辈子忘不掉那件事，也不会再因此而胆战心惊了。

只是想起曾经那样要好的朋友，她还是有些遗憾……

二人出了机场，提前抵达的专车接送他们去酒店。

姜予眠出示证件，发现自己跟陆宴臣一样都住着豪华套房。

她迟疑，在陆宴臣身旁小声道："你是大老板，我只是个实习生，我跟你住一样规格的房间不合适吧……"

"是我让他安排的。"陆宴臣替她把身份证递出去，"学东西是靠你的脑子，不是靠房型。"

言外之意，你出差是来学习的，住在哪里是其次。

他们的房间挨在一起，姜予眠到这边就要听陆宴臣的安排，可以先休息。

姜予眠刚把行李放好，盛菲菲就打了语音电话过来。姜予眠盘腿坐在沙发上跟她聊。

"眠眠，出来逛街，逛街！"盛菲菲充当重复机，在手机里嚷道。

姜予眠不得不提醒她，自己现在已经不是随心所欲的大学生了："我出差了。"

"出差？你都出差了？！"而她还是个被美术学院的毕业设计逼到头秃的小可怜，"你跟谁一起出差啊？我跟你讲，职场上有些事可乱了，要是有人给你灌酒咋办？你一个人在外面，叫天天不应、叫地地不灵。"

盛菲菲没经历过社会的毒打，但生活在那样的家庭里，听过不少肮脏事。

姜予眠连忙制止她胡思乱想："是陆宴臣。"

"哦，陆大哥啊，那没事了。"义愤填膺的盛菲菲瞬间躺回懒人椅上，显然是彻底放心了。

空调制冷，姜予眠抱起沙发上的抱枕："你对他倒是挺信任的。"

盛菲菲在电话里回道："我不是信任他，是信任他对你的用心。"

这话有趣，姜予眠问："怎么说？"

盛菲菲瘫在椅子上摇晃："人家在国外都怕你受欺负，还让我跟秦衍多多照顾你。"

姜予眠愣了一下："这事还有你的份？"

当初她发现秦衍跟秦舟越认识，追问之下才得知秦衍受人所托，万万没想到，盛菲菲也是其中一个。

"那可不？你还记得高三毕业那阵我找你找得特别勤吧，我还不是受人所托？"

说实话，当初姜予眠跟谁都不交心——盛菲菲跟姜予眠关系也一般。盛菲菲自身还有一堆朋友，犯不着次次主动去找姜予眠——谁叫盛菲菲被陆宴臣收买了呢？

之后盛菲菲慢慢发现，以前一起玩的姐妹大多是塑料友情，而姜予眠是那种别人对她好，她就会默默回报的人。

时间一长，盛菲菲跟姜予眠彻底变成真朋友。

突然又发现一个真相，姜予眠再次在心里感叹：陆宴臣对她是真的好，连社交需求都为她考虑到了！

她一定要好好回报陆宴臣。

下午，陆宴臣给她发了条信息，二人差不多同时出门。

姜予眠见到他时特别殷勤，帮他拎公文包，抢着开电梯门，见外面太阳大，甚至主动撑起伞。

看着比自己矮了一个脑袋的姑娘高举着太阳伞，陆宴臣表情微妙地问："你这是……？"

姜予眠一本正经地道："我作为助理跟你一起出差，这些都是我应该做的。"

"行了，上车吧。"

"哦。"

姜予眠手里有行程安排表，他们下午要去的地方是智能工厂。

随着科技的发展，智能机器被广泛应用于各大行业，大大提高了工作效率。同时也少不了人工监测系统，及时为智能机器排除故障。

姜予眠看到那些机器，问："天誉近年往医疗方面发展了？"

陆宴臣说："人都会经历生老病死，人工智能在医疗行业的运用是现在的热门研究领域之一。"

这几年，姜予眠去过很多专业场合，听过许多优秀的演讲，收获的东西却没有这个下午陆宴臣带她见到的这些东西实在。

她耳边是他沉着有力的声音，字字句句全是知识。这次出差跟姜予眠想象中的不一样，更像是陆宴臣给她上了一堂课。

第二天上午，她又跟陆宴臣去了线下市场。

这些工作对陆宴臣来说有点儿大材小用，对姜予眠却是刚刚好。

他们工作结束时已经十二点半了。姜予眠肚子饿了，问："今天中午吃什么？"

陆宴臣眉梢一挑："你是助理还是我是助理？"

姜予眠摸摸肚子："这不是要征求老板的意见吗？"

陆宴臣："只要不是在酒店里吃就好，其他的任你选。"

姜予眠搜寻半天，找了家环境不错的泰式餐厅。

陆宴臣把菜单推给了姜予眠。

她边选边询问他的意见，最终定下四道主菜。

"陆总。"

"嗯？"

姜予眠轻叹："你这样当老板，很容易吃亏呀！"

陆宴臣放下水杯，问："怎么说？"

姜予眠把这两天发生的事一一列出来，道："你带人出差还要费尽口舌给人上课，吃饭都不积极，便宜我这个小助理了。"

"你觉得，人人都有这个待遇？"男人淡淡地问。

远在景城的姚助理忍不住打了个喷嚏。他任劳任怨地处理公司的事不说，还要隔着网络安排老板出差的事。

至于姜予眠，老板不过是打着出差的名号把人带走罢了。

中午上菜速度有些慢，姜予眠托腮等待。

无聊了，她便捧着透明水杯四处打量。忽然，她将视线定格在被服务生请进来的那两名客人身上。

那是一男一女，女人扎着飘逸柔顺的长发，穿着清新淡雅的连衣裙，化了淡妆。姜予眠一眼认出她——梁雨彤。

那张脸，姜予眠无论如何也不会忘记。

从梁父口中得知真相后，姜予眠再也不敢面对梁雨彤，怕刺激得梁雨彤自残。她本以为她们此生不会再见，没想到三年后她们又在同一家店里遇上。

虽然姜予眠不知道梁雨彤经历了什么，但她现在看起来过得不错，仿佛回到高中时无忧无虑、温和平静的状态。

不管怎么说，姜予眠由衷地为梁雨彤感到高兴。

当梁雨彤望过来时，姜予眠立马竖起菜单挡住脸。对面的陆宴臣见她举止异样，眉梢微挑。

梁雨彤却主动走了过来："请问，你是姜予眠吗？"

听到自己的名字，姜予眠一点点地把菜单移开，露出整张脸。

相较于高三时期，她们的容貌和穿衣打扮风格都发生很大的变化。不过她们曾是那样要好的朋友，一眼就能从人群中认出对方。

姜予眠站起来跟梁雨彤打招呼："彤彤，好久不见。"

"好久不见。"梁雨彤很自然地把姜予眠介绍给身旁的男人，并称她为"最好的朋友"，这让姜予眠很意外。

"这是我先生，喻明扬。"梁雨彤又坦然地向姜予眠介绍自己的另一半。

姜予眠正要打招呼，男人却十分抱歉地笑着说："抱歉，我看不见。"

梁雨彤安置好喻明扬，在距离两个男人不远的地方另外找了张桌子和姜予眠聊天。

接下来的十分钟里，姜予眠从梁雨彤的口中听到了她这几年的故事。

很长一段时间里，梁雨彤自暴自弃，多次想以极端的方式寻求解脱。可她始终舍不得扔下为她付出良多的父母，艰难地活着。

她实在没勇气面对外面精彩的世界，也不愿大家看到她落魄的模样，直到有一次在网上看到了那些比自己更可怜的人。

她阴暗地拿自己跟那些人比较，从中获得活下去的力量。她知道自己不正常，甚至成为志愿者，去接触那些可怜的人。

她努力将自己伪装成一个善良有爱的人，去照顾那些特殊的小朋友。在那里，她遇见了喻明扬。

对方是盲人，梁雨彤反倒很放心跟他相处，因为对方永远看不见她丑陋的外表。

梁雨彤去当志愿者的次数越来越多，二人越来越熟悉，直到有一天，喻明扬对她说："你是个善良的好姑娘。"

那时，梁雨彤竟想不起自己刚开始来这儿的目的。

再后来，她对喻明扬坦白了自己的经历。男人却毫不介意，并耐心地陪伴她一步步走了出来。

听完这段充满救赎和治愈感的故事，姜予眠深有感触："彤彤，你本来就是个很善良的人。"

梁雨彤说是出于私心才去当志愿者的，可自身从未做过伤害别人的事，付出的东西都是实实在在的。

梁雨彤愧对姜予眠的夸赞，真诚地向她道歉："当初把一切怪罪在你身上，我很抱歉。那时我真是没办法了，好像把错误推到别人身上，自己才有勇气活下去……其实是我蠢。"

姜予眠摇头："过去的事就不要再提了，现在看到你生活幸福，我很高兴。"

"你也是。"梁雨彤看向坐在窗边的那个气质不凡的成熟男人，感叹道，"这么多年了，你们还在一起！"

姜予眠顿了顿，道："就是哥哥……"

梁雨彤看到她摸耳垂的动作，道："眠眠，好歹咱们也做过两年的朋友，你撒谎的时候，要管住自己的手。"

姜予眠："……"

其实她不是每次撒谎都会摸耳垂，只有在放松的情况下才会下意识地做这个动作。

该说的都说了，梁雨彤起身道别："好了，我不能让我先生一个人等太久。出门分开太久，他会担心。"

梁雨彤回去后，喻明扬笑着让她点餐。结账时，夫妻俩被告知已经有人替他们付了钱。

夫妻二人紧握双手，知道是谁做了这件好事。

梁雨彤感叹："是我愧对朋友！"

她其实是个胆小鬼，知道错了却不敢承认，也没勇气再去找姜予眠。直到前不久，那个叫陆宴臣的男人突然找到她，她才知道当年姜予眠为自己遭了难，还患上了轻度自闭症。

陆宴臣希望她能彻底让姜予眠对往事释怀，所以才有了今天这场偶遇。

她说的一切都不作假，只不过事情的起因是那个男人的爱。

梁雨彤抬头仰望晴天："眠眠一定会比我幸福的。"

喻明扬："你现在不幸福吗？"

梁雨彤挽紧了丈夫的胳膊："我也很幸福。"

下午，姜予眠暂时获得休息时间，晚上又陪陆宴臣去了一个饭局。

陆宴臣要见的是个老客户，他们往来多年，见面时都很热情。

对方带来的秘书喝了酒，姜予眠理应替陆宴臣挡酒，却被陆宴臣护着，只喝了两杯。

饭局结束后，姜予眠扶着陆宴臣，问："一定要喝这么多酒吗？"顿了顿，她叹了一口气，"你已经很厉害了。"

她知道商人谈工作免不了喝酒，却担忧他伤身。以陆宴臣的地位，就算他说不喝，也没人会强行劝他。

陆宴臣："身份、地位很重要，技术也很重要，但当你玩转人情世故，会发现那才是任由你发挥本领的新天地。"

"那你今天还替我挡酒？"照他这么说，很多酒该由她喝。

陆宴臣没有立刻回应，只是在上车时隐约说了一句"到底是舍不得"。

这个男人表面上看不出喝多了，只有距离他最近的姜予眠看见了他眼里的那几分迷离。

下车后，她不放心，陪陆宴臣进了房间。

陆宴臣坐在沙发上，长腿叉开，松开领带。

姜予眠递给他一杯水："宴臣哥，你先喝点儿温水，我去给你买点儿解酒药。"

他今晚喝了这么多，她怕他不舒服。

"不用。"长臂一伸，陆宴臣拽住姜予眠的胳膊，令毫无防备的她往后一仰。

"咚"的一声，水杯掉落在地上，在地毯上滚了一圈。下一秒，姜予眠直接撞进陆宴臣的怀里。

这一切不过短短几秒，姜予眠惊魂未定，心脏狂跳。

那只及时护住她的手从她的腰间移至脑后，熟练地在她的头顶上摸了摸，陆宴臣安抚道："睡觉。"

姜予眠想：他一定是醉了。

"陆……陆宴臣。"姜予眠试图从他的怀里挣脱，对方却按住她的脑袋不让她起。

好不容易从陆宴臣的手中逃脱，姜予眠先起身，后弯腰，却见他闭着眼睛，真睡着了。男人睫毛又浓密又长，好看到令人忌妒。

姜予眠轻轻叹气，心想：他今天肯定是太累，又喝了酒，困得只想睡觉。

她搬不动陆宴臣，好在套房里的沙发够宽敞、舒适。姜予眠去房间里拿了条毯子给他盖上，随后打开房门出去。

姜予眠走后，男人缓缓睁开眼，掀开身上的毯子，起身去了浴室。

水冲刷着凌乱的发，男人赤身，待在里面的时间比平时长了很多。

"嘀——"迅速卸妆洗完澡的姜予眠重新回到这个房间。

以前她生病，陆宴臣总会照顾她一整夜。如今他突然睡过去，万一半夜不舒服了怎么办？

思来想去，她还是决定守着看情况，不料回来后，沙发上空无一人。

卧室的房门开着，里面没人。姜予眠静下来，隐约听见浴室里传来水声。

她循着声音找过去。

"咔嗒"一声，男人裹着浴巾拉开门。

二人都很意外。

他刚洗完出来，浴巾系在腰间，其他部位清晰可见。

他滴水的发梢、性感的喉结、线条明显的腹肌，让人看了想尖叫。

男人眼底因酒精而产生的迷离感还未完全散去，这会儿竟朝她笑，问："好看吗？"

姜予眠紧抿着嘴，生怕自己说错话。

她曾在青山别墅撞见过陆宴臣跃出泳池的诱惑画面，那时既羞又好奇，这回看得更清楚。他的身材一直很好，甚至比从前更好。

姜予眠退回客厅，指着桌子结结巴巴地道："宴臣哥，解酒药在桌上，我……我先走了。"

说完也不等陆宴臣回应，她再次夺门而出。

男人不紧不慢地来到客厅，看到桌上的药。

那时他拉住姜予眠是想说，解酒药，他有。谁知她差点儿摔倒，又撞进他的怀里。

她到底还是胆小了些。

之后几天，姜予眠一直不敢看陆宴臣的眼睛。她闯进别人的房里看到那一幕，实在莽撞，"玷污"了陆宴臣的清白。

于是她在心里默念几遍"是哥哥"，警告自己不要起贼心。

出差的第三天，陆宴臣在酒店里跟总部的人开视频会议，姜予眠找策划部的人对接"逐星"发布会的进度。

出差的第四天，陆宴臣带她去榕城这边的实验室，又给她上了一堂课。

第五天，这场特殊的"旅程"终于结束。同时，大家最喜欢的法定假期国庆节到了。这就意味着，"逐星"发布会即将到来。

"逐星"系统的版权最终落在天誉手中，众人对此非常期待。而且，天誉总裁陆宴臣将出席发布会，届时研发"逐星"的人也会露面。

这一消息传出，业界记者纷纷开始抢名额，都想挤进现场拿到头条新闻。

而此刻，姜予眠站在镜子前，试了一套又一套衣服。

"眠眠，再试试这条。"

姜予眠扭头看去，宋夫人双手拎着一条香槟色的气质长裙，要她换上去看效果。

宋氏跟陆氏近年来有两次合作，宋夫人是为数不多知晓姜予眠是"逐星"的核心研发人员之事的人。所以这次参加发布会，宋夫人提前了一周过来。

宋夫人参加发布会是其次，主要是过来看看姜予眠。这几年，两个人一直没断了联系，宋夫人几乎成了姜予眠的事业粉，就想看看这个像极了她的女孩儿能走到哪一步。

事实证明宋夫人的眼光很好，姜予眠比宋夫人以为的更有才能。当初知晓姜予眠在计算机上的天赋，宋夫人直呼自己捡到宝。

软件系统发布会不同于宋夫人经常参加的那些时尚发布会，她们的穿衣风格不能太张扬，也不能太普通。最终，姜予眠选了一款穿上颇有气质的紫色连衣裙，优雅又精致。只是，这条裙子的肩带很细，她锁骨上的"蝴蝶"暴露无遗。

她从未在公众面前露出自己的胎记，倒不是害羞，而是对这个有执念，觉得这是属于自己的秘密，不想被众人知道。

听闻姜予眠的顾虑，宋夫人立马道："这简单。"

宋夫人从首饰盒里找了一枚质地较轻的花形胸针别在姜予眠的肩带上，刚好将"蝴蝶"遮住。姜予眠心满意足。

宋夫人围着她转了两圈："这身打扮好看，不过还是低调了些，下个月我过生日，你来宁城，我再给你试试别的风格。"

姜予眠笑着说"好"。

发布会当天需要提前到场，沈清白要自己开车，想顺便载姜予眠一程。姜予眠正要答应，老赵的电话先一步打过来："眠眠小姐，陆总让我接你去发布会现场。"

这么多年，老赵对姜予眠的称呼没变，好像她还是当初那个十八岁的高三生。姜予眠谢绝了沈清白的好意。

沈清白绕了路，去接距离自己不远的小赵。

小赵带着电脑和相机上车，小心翼翼地护着俩宝贝，生怕磕到碰到。

沈清白向来没什么表情，大多时候顶着一张冰块脸，小赵打过招呼后就安安分分地坐在座位上。

车行驶途中，沈清白突然问："带相机去拍照？"

"嗯，虽然不知道待会儿方不方便，但我先带着吧。到时候姜姐肯定要单独上台发言，有机会我给她拍两张。"小赵的重点不在拍美照，他只是想把"逐星"的辉煌时刻记录下来。

沈清白假装不经意地提道："上次的照片怎么没见你发？"

小赵疑惑："你说哪次？"

沈清白慢悠悠地道："森林茶室。"

小赵终于想起来，道："哦，你说那次啊。他们店不是不让拍吗？我觉得发出来不好，就没弄。"

沈清白："嗯。"

沈清白先开了口，小赵以为他今天心情好，开始找话题闲聊，最后发现他又变成惜字如金的模样，只好抱着自己的相机继续沉默。

说起森林茶室，小赵打开相机翻了一遍当时拍的照片，发现里面有一张沈清白跟姜予眠的合照。小赵惊喜："呀，找到一张你跟姜姐的照片。沈哥，这照片你还要吗？你要的话，我导出来发你。"

"嗯。"沈清白应了声，却被旁边车子的鸣笛声盖住。

小赵没听见，又问了一遍："你要吗？"

沈清白目不转睛地看着路，道："发微信。"

小赵立马连接蓝牙导出照片，发送到沈清白的微信上。

车驶进发布会场地外的停车场里，沈清白找到车位停进去，正要离开时，前面来了辆车，车牌号码很是眼熟。

沈清白突然想起什么，点开跟姜予眠的聊天记录查找图片，一直翻到八月去森林茶室那天。

姜予眠口中"一家三口"的车牌号，竟跟这辆车的一模一样。

准确来说，那就是同一辆车。

这辆车的主人也是来参加发布会的？

沈清白站在原地，想一探究竟。

"咔嗒——"

车门打开，难得正儿八经地穿了衬衣的陆习走了出来。

老爷子督促他干点儿正事，再加上这次发布会跟姜予眠有关，他便装模作样地穿了衬衣、打了领带。

兄弟俩性格不同，买车风格也不一样，他特意借了大哥的车来开，显得成熟稳重些。

陆习一下车，犀利地捕捉到沈清白投来的目光。

情敌见面，分外眼红，沈清白是冷，陆习是痞，二人气质迥异。

今天是陆氏的主场，陆习扯扯领带，大摇大摆地从沈清白面前走过去。

进了会场，陆习左看右看，没找到想见的人，在前排随意地找了一个位子坐下。

没过多久，沈清白就来撵人了："起来。"

陆习抄起手："怎么，想找麻烦？"

沈清白冷哼一声，伸手拿起座位牌，转了个面："这是我的位子。"

看清名字后，陆习一下子弹起来，说："坐坐而已，别那么小气，沈冰块。"

沈清白郑重地把座位牌放回原位，当着陆习的面坐了下来。

陆习"啧"了一声，打电话给姚助理，寻问自己该坐在哪里。

姚助理可怕了这位不服管教的祖宗："您的位子在陆总旁边。"

届时有记者录像，兄弟俩当然不能距离太远。

陆习找到自己的座位，是视野最佳的第一排。他回头冲沈清白比了个手势，却看到沈清白旁边的位子上写着姜予眠的名字。

他现在换位子还来得及吗？

"逐星"研发小组成员的座位排在一起，姜予眠跟沈清白作为关键人物，自然挨得近。

姜予眠出现，陆习的目光第一时间锁定在她的身上。旁边有不少人议论，提到她的才能，以及不可忽视的美貌。

平时吊儿郎当的陆习一脸严肃地说："哥，你要提防沈清白。"

陆宴臣："嗯？"

"沈清白对小……姜予眠有意思。"见大哥态度冷淡，陆习正色道，"姜予眠从来到咱们家到现在已经好几年了，算半个陆家人吧？我不能看着她往火坑里跳。"

陆习思索片刻，道："那个人长着一张冰块脸，看起来就很不好相处。

"而且他在学校里就我行我素、不近人情，跩得跟二五八万似的。有女生跟他表白，他拒绝就拒绝吧，嘴巴还特毒，说人家长得丑不配。

"沈清白冰冰冷冷的，搞不好之后会冷暴力姜予眠。"

陆习努力地抹黑沈清白。

"放心。"陆宴臣承诺，"他不会如愿的。"

陆习知道陆宴臣从不说大话，拍着胸脯道："大哥办事，我放心。"

发布会正式开始，主持人请相关人员上台发言。

陆宴臣、姜予眠及其他"逐星"团队成员依次上台，记者连连抓拍。网友看了照片都夸天誉集团是行业的门面担当，从董事长到研发人，全长着比明星还出众的脸。

"现在诈骗方式层出不穷，'逐星'软件中划分出几个板块，除了常规设置的公告，还设有诈骗案例公布区。我们的团队会通过数据库收集各种新型诈骗案例，经处理后公布在上面，以提醒大家注意。

"除了最基础的电话和信息拦截功能，'逐星'还设有录音和追踪系统，只要用户同意，这两项功能便能有效降低用户受骗的概率，并通过软件记忆查找诈骗电话的归属地。"

女孩儿声音温和有力，流利地为大家介绍"逐星"。

记者提问环节，陆宴臣跟姜予眠的站位越来越近。商业性问题由陆宴臣负责解答，专业性问题则由姜予眠回答，他们只需要一个简单的眼神，就能明白对方下一步想做什么。

一直兴奋地鼓掌的陆习笑着笑着，突然拉下嘴角。

台上的二人站在一起的画面和谐美好，甚至有人窃窃私语，说到了"般配"二字。

陆习眉头紧皱，忽然想起爷爷那天给姜予眠出的选择题。

他跟陆宴臣，姜予眠会选谁？

直到这一刻他才觉得，姜予眠不一定会选大哥，但肯定不会选他这样的人。

随心所欲生活了二十几年的陆习第一次反思自己，活得不像个可靠的男人。

发布会结束后，一名男性记者看着自己拍的陆宴臣跟姜予眠的合照，以及手机里他们俩一起逛超市的照片，心满意足地出去打了通电话。

"照片都拍到了，这次的料一定猛。"

天誉的陆宴臣洁身自好多年，回国后不久便收购了"逐星"，而"逐星"的研发者又是大学生姜予眠。这些事情合在一起，这场戏就有看头了。

散场后，陆习在人群中寻找姜予眠的身影，却被告知"逐星"研发小组要单独出去举办庆功宴。

陆习抄起胳膊站在大哥身边，酸溜溜地吐槽："她倒是挺忙。"

陆宴臣睨他一眼，什么都没说，走了。

夜幕降临，一辆低调奢华的轿车停在路旁。

霸占后座的秦舟越伸了个懒腰："到哪儿了？"他趴在窗口往外望，看见周围熟悉的环境，感叹，"还在这儿呢！"

傍晚跟陆宴臣一起吃了饭，秦舟越赖着不走，在车里打盹。这会儿他醒过来一看时间，都八点半了。

秦舟越抬手打了个呵欠："不是要接人，怎么还不去？"

陆宴臣抬起腕表看了看，道："再等等。"

秦舟越"啧啧"两声："你就慢慢等吧，等你家那姑娘把男朋友牵到你面前，再喊你一声'大舅哥'。"

话音刚落，他听到了开关车门的声音，副驾驶座上的男人已经不见踪影了。

姚助理扭头："秦总，您嘴巴真毒。"

秦舟越拱手，谦虚地道："过奖过奖。"

自己淋过雨，勉勉强强给兄弟撑把伞吧。

庆功宴上，大家纷纷敬酒，姜予眠喝了不少。

小李一番演讲，感叹一路走来的心酸，让人热泪盈眶。

饭局结束后，姜予眠跟沈清白留在最后。

姜予眠踩着高跟鞋站在走廊里吹风。夜里降温了，她觉得冷，下意识地抱住双臂，却发现锁骨前的那枚胸针不翼而飞。

她今天盘了发髻，只有脸侧两缕细长的发丝被风吹动，窈窕的身姿显得单薄。

沈清白站在她身后："姜予眠。"

听到有人喊，她下意识回头，嘴角含笑，说："学长。"

她慢慢转过身来，跟沈清白面对面。

沈清白上前一步，脱下自己的外套从后往前给她披上。这时，姜予眠垂在身侧的手忽然被人握住。下一秒，外套重新回到沈清白的怀中。

沈清白错愕地抱住外套，看清来人，眼底涌现浓浓的不悦："陆总，你这是什么意思？"

陆宴臣的注意力都落在姜予眠身上，他见她锁骨前的胸针不知何时已经没了，反手把人搂到身前，再看沈清白，道："感谢沈工对眠眠的关照，不过她现在该回家了。"

回家？沈清白毫不示弱地盯着陆宴臣："陆总就这样带走醉酒的女员工不好吧？"

"抱歉，或许应该向你解释一下我们的关系。"陆宴臣没有直接告知，而是以行动证明。

陆宴臣直接用自己的外套把姜予眠罩住了。见姜予眠在他身前摇晃脑袋，男人扶住她，低声哄道："乖点儿，带你回家。"

被他搂在怀里，姜予眠迷迷糊糊地问："哪个家？"

陆宴臣拍拍她的后背，问："你想回哪里？"

她真是晕了，分不清现在是什么时候，不记得公寓，只记得……

"青……青山别墅。"

"好。"男人脸上的笑容漾开。

听了这番对话后，沈清白还有什么不懂的？可他不甘心，唤道："姜予眠。"

"嗯？"她听到名字就给反应。

"你跟他……"沈清白问不出口。他悄然握拳，视线移到陆宴臣的脸上："我跟她认识三年，从未听她提过跟陆总有私交。"

"眠眠向来低调，很少对外提起家里的事。"陆宴臣态度有礼，话语却扎心。

沈清白一口咬定："她现在喝醉酒了不清醒，我绝对不允许你把她带走！"

"这可由不得你。"男人嘴角噙笑，轻飘飘的语气中释放着压迫的力量。

陆宴臣轻松地抱起姜予眠，转身离去。沈清白追上去，陆习却突然冲出来，拦住沈清白的去路。

沈清白心里冒火："让开！"

陆习"哼"了一声："不可能，我今天要是放你过去了，就不姓陆！"

谈不拢，不知道是谁先动的手，二人扭打成团。

路过的员工叫来保安，分开他们。他们各自拍拍灰尘，坐在台阶上吹风。

沈清白忽然问："陆习，八月份你去过郊外的森林茶室吗？"

"什么茶？"陆习没听清，只为阻拦成功而得意扬扬。

沈清白冷笑，骂了陆习一句："傻子。"

他恍然大悟，那辆车的主人不是陆习，而是陆宴臣。

陆习把他沈清白当成最大的敌人，殊不知自己信任的大哥才是藏得最深的那匹狼。

陆宴臣把人抱上车，秦舟越早已识相地消失。

姚助理想问是否需要帮忙，还没开口就听到姜予眠搂着陆宴臣喊了声："学长……"

姚助理眼观鼻鼻观心，见一副风雨欲来的架势，赶紧升起后座的隔板。

姜予眠坐在车上，外套滑下，堆在腰间。

车内一片沉默，她吸了吸鼻子，想起自己的胸针丢了，嘴角一撇。

陆宴臣托起她的下巴，声音无比温柔："你刚刚……在喊谁？"

她眼睛眨了眨，认真地回想了一遍，不确定似的道："学长？"

男人不怒反笑，扣住她的肩膀，张开的拇指移向她的锁骨，按着那个蝴蝶胎记道："小眠眠，看清楚我是谁。"

"你是……"姜予眠听话地睁大眼睛，凑过去辨认，"陆……陆……好痒。"

姜予眠迟迟说不出名字。男人轻揉"蝴蝶"，如羽毛挠过锁骨的感觉，姜予眠下意识地后缩。

陆宴臣伸手把人拎回来，继续使坏。

姜予眠眼泪汪汪地控诉："你怎么欺负人？！"

"我欺负你了？"这话他可不认，还是那副温柔无害的口吻，"你不是一直说，我对你很好？"

姜予眠一下又一下地拍打他的胳膊，奈何力道太轻，无法撼动男人丝毫，只能放声警告："对我好也不能欺负我，我会报恩也会报仇。"

她不是默默忍受的人，陆宴臣一直知道。

两个人拉扯间，外套从座椅上溜走，姜予眠没发现，陆宴臣也不管。

或许是觉得够了，男人慢条斯理地收回手，眉间透着几分恣意："你记不记得我当初怎么教你的？"

她受欺负的时候，他说："你要变得强大，无人敢欺，让曾经诋毁你的人俯首称臣。"

姜予眠记得很清楚，还自己偷换了词："你别欺负我！等我变强了，你就要俯首称臣了！"

"是吗？眠眠这么厉害啊。"

"嗯，我可厉害了。"她丝毫不谦虚，似乎要从气势上压倒对方。

但是很快，吼着要报仇的人泄下气来。她今天穿高跟鞋的时间太长，已经开始不舒服了。姜予眠弯腰解开高跟鞋的卡扣。

高跟鞋从脚上松脱，她踩在车垫上，脚掌通红。

陆宴臣看着她随性的举动，问："痛了？"

姜予眠叹气，美丽果然是需要付出代价的。

陆宴臣捡起外套，倾身握住她的脚踝，抬高。

随后他将外套搭在她的腿上，遮住裙摆，又将她的双脚放到自己的膝盖上。

在姜予眠错愕的目光下，陆宴臣托起她的脚掌，轻轻按摩。

姜予眠条件反射性地抽脚，却被他稳稳握住。女孩儿攥紧了搭在身上的外套，声音颤抖："脏。"

男人从容不迫地说："不脏。"

男人那双手完美地控制好力道，让她疲惫的脚得到舒缓。

她感动到流泪："陆宴臣，你真是天下最好的哥哥。"

"……"

动作戛然而止，陆宴臣抬头望着她。在光线昏暗的车里，猎人的意图才能得以隐藏。

任劳任怨充当司机的姚助理两耳不闻"车后事"，只知道陆宴臣把姜予眠从车上抱下来的时候，她原本梳得漂亮的发髻变得有些凌乱。

姜予眠发出声音，姚助理竖起耳朵去听也无法辨认——她嘴里像含了一颗枣，说话含混不清。

第二天醒来，姜予眠惊讶地发现自己身处青山别墅。

她曾住过的卧室里干净如新，连布局都不曾改变，一下子把她的记忆拉回几年前。

出席发布会穿的裙子已经被换掉，变成宽松舒适的睡衣，姜予眠爬起来，抱着毯子坐在床上发呆，思绪游离了很久。

昨天她喝了很多酒，然后发现胸针掉了。她看到沈清白，刚喊了声"学长"就被陆宴臣带上车。

姜予眠拍拍脸蛋儿，长长地吐出一口气。她打开手机，发现有好几通未接来电，沈清白、陆习、许朵画……

她还没来得及挨个打电话问，突然发现外面变了天。

"逐星"发布会的消息登上新闻，天誉董事长陆宴臣跟"逐星"研发人姜予眠一起逛超市的照片也随之曝光。

几乎从未跟女人传过绯闻的陆宴臣竟跟自己的员工在一起了？夺人眼球的标题迅速抢占热搜位。

一些博主还特意提到了姜予眠的年龄，点明她还是个未毕业的大学生。

男方比女方大六岁没什么稀奇的，可一旦给他们冠上悬殊的身份，比如二十八岁的成功人士跟二十二岁的女大学生，关系立马变得敏感。

造谣就凭一张嘴，不明真相的"键盘侠"抓住几个关键词，连"陆宴臣为支持姜予眠研发'逐星'，对唐氏下黑手"这种毫无逻辑的话都编得出来。

许朵画看到这条热搜时连忙打开相册，确认照片就是自己拍的那张。

她从没把这张照片发到网上，这些人怎么会有？

许朵画纠结地挠头，忽然想起自己曾把照片发给徐天骄。

"不应该啊……"

徐天骄对她们一向不错，不可能出卖室友吧。

许朵画拿捏不准，犹豫许久决定打电话问问徐天骄，结果打不通。

许朵画郁闷地坐在工位上，忽然觉得薯片也不香了。

姜予眠醒来时，这件事已经发酵，尽管陆氏很快做了公关处理，但那些被人保存的照片、文字依然无法被消除。

一个企业家的影响力本没有这么大，但很明显这件事背后有推手。

姜予眠连衣服没来得及换就跑出房间，却得知陆宴臣已经离开青山别墅了。

"眠眠小姐，陆先生说你醒来之后可能不舒服，让厨师准备了蜂蜜水……"

姜予眠出声打断："他去哪儿了？"

"这……"用人摇头，"陆先生没告诉我们他的行踪。"

陆家，许久未动怒的陆老爷子指着大孙子劈头盖脸一顿骂："你看看你干的好事！"

动静这么大，陆老爷子都被惊动了，当即打电话把陆宴臣叫回陆家询问情况。陆宴臣直接承认了，说那张照片的确是他跟姜予眠一起去超市买东西时被拍到的。

超市里人来人往，学生居多，时间一长，他也找不到是谁偷拍了照片。

陆老爷子听完更生气了，质问道："你知不知道现在外面都是怎么说你的？"

陆宴臣挺直脊背站在书房中央，淡淡地回应："除了年龄，没一句是真的。"

他的确对姜予眠有心思，但绝对没有私下做一些小动作。

陆老爷子生气地道："那又怎么样？人家只相信自己看到的，不会听你辩解。"

"爷爷说的这群人里，也包括您吗？她今年二十二岁，已经到了法定的结婚年龄。"陆宴臣只觉得荒谬，"两个单身且独立的成年人一起逛超市，竟也成了什么不可饶恕的罪？"

欲加之罪，何患无辞？他不在意那些流言蜚语，但爷爷每每遇到事情便先把他训斥一番，这件事传出去恐怕比今日的流言更精彩。

陆宴臣拉开门，靠在门口的陆习差点儿一头栽进去。

陆宴臣冷静地扫陆习一眼，陆习举手投降。

陆宴臣从陆习身旁擦肩而过。

陆习被老爷子吼了一顿，开始为大哥辩驳："爷爷，一起逛超市也没什么吧？我还经常去串门呢。"

"那能一样吗？你们都是学生，都住在学校附近，被人看见了也不会闹上热搜。"陆老爷子道。

而陆宴臣身为天誉的董事，言行举止都跟集团的声誉挂钩，当然要谨言慎行，严格地要求自己。

陆习心想：还好自己没出息，那套古板的规矩束缚不了自己。

陆习不乐意听爷爷念叨，追上陆宴臣："大哥，爷爷只是觉得你的影响力比较大，才会口不择言说出那些话。"

幸好陆宴臣性格好，要是换了陆习，屋顶都得被掀翻。

陆宴臣头也不回地道："或许是吧。"

也无所谓，他早就习惯了。

从陆家出来后，陆宴臣刚到车库里，就见一个灵活的身影从另一辆车上跳下来："陆宴臣，照片的事……"

陆宴臣安抚跑到面前的女孩儿："很快就会解决的，别担心。"

不等姜予眠开口，陆宴臣接到姚助理的电话："陆总，查到第一个发布照片的人了。"

陆宴臣吩咐了几句，挂断电话。姜予眠一直望着他，这时才道："其实我也想说，我找到上传照片的网络 IP 地址了。"

她还顺藤摸瓜地查到了那人的信息。

陆宴臣唇角翘起来，熟练地伸手揉她的脑袋，心情突然变好了。

她比大家想的都要坚强、冷静。

他们找到那名记者。记者很快交代，为了获取更大的利益，他把照片卖给了天誉的对家。对方借他的手抹黑陆宴臣，想借此压压天誉的气焰。

"照片是怎么来的？"

"是……是一个女人给我的。"

"谁？"

记者没想到他们这么厉害，自己还没来得及跑就被抓到了，如今只能认栽，把在酒吧里遇到徐天骄的事都说了，又道："但我们出去玩都不用真名，我也不知道那个女人叫什么名字。"

身材好、烈焰红唇的女人酒吧里多的是，现在过了这么久，监控记录都没了，他们很难找到人。

陆宴臣抱臂，看向姜予眠。

她举手："时间还不算太久，我可以尝试恢复记录。"

他们正准备去酒吧调取监控记录，姜予眠接到一通来电："等等，我接个电话……天骄？"

大约两分钟后，姜予眠握着手机回来，举着相册中的照片问记者："那个给你照片的女人，是她吗？"

记者脸色突变。

姜予眠把他的神情收进眼底："很巧，我也认识她。"

记者面如死灰。

"所以，照片不是你发出去的？"被叫到楼下喝咖啡的许朵画终于松了一口气。

徐天骄电话打不通的时候，许朵画真害怕两个室友对立。就在她差点儿忍不住跟姜予眠交代实情时，徐天骄回了电话，说在她公司楼下，想请她喝咖啡。

此刻，徐天骄否认道："我没那么蠢。"

照片是许朵画发给她的，她们一对峙就会露馅儿，她得罪陆宴臣有什么好处？她还想在圈子里混。

那个记者是趁徐天骄不注意，偷偷将照片发过去的。

最终，陆宴臣、姜予眠以"造谣诽谤"的罪名把那个记者送进去吃了牢饭。

听闻记者的结局，许朵画赶紧把手机里的照片删了，生怕惹火上身。

只是，有些捕风捉影的事一旦传开，很多人看人时就容易戴上有色眼镜。

公司员工建了很多个群私下议论，有人对姜予眠嗤之以鼻，有人上赶着巴结她。

徐天骄路过姜予眠的工位，特意停下脚步说："你别听他们的，懂你的人自然会懂。"

姜予眠报以微笑。

下班回公寓的路上，她意外地遇到沈清白，对方似乎犹豫了半天才开口："你跟陆宴臣……"

姜予眠停下脚步："学长，你也觉得我像网上说的那样，为了前途和利益去跟大老板做交易吗？"

"当然不是。"沈清白注视着她，问道，"我只是好奇，你跟他到底是什么关系？"

姜予眠想了想，道："挺复杂的，硬要说的话，像兄妹吧。"

他们比朋友亲近，又无法做恋人，只能当兄妹了。

"兄妹……"他记得那晚陆宴臣抱着姜予眠离开的样子，充满占有欲。

他这学妹在感情上很迟钝，友情和爱情永远分不清。

他只当不知，在听完姜予眠简述的故事后，道了一句："原来如此。"

照片的事表面上平息下去，陆老爷子那边却有了动作。

陆老爷子从前觉得自己管不了陆宴臣的事，也懒得管。但发生这件事后，他又开始为陆宴臣物色合适的结婚对象，甚至把姜予眠叫过去，问："眠眠，你看看这些照片，觉得哪个合适？"

姜予眠如坐针毡，委婉地道："选对象，还得本人满意才行吧。"

这种事又不是她说了算的。

陆老爷子自顾自地拿起照片，道："这个张小姐就不错，博士毕业，学历跟年龄都合适，家里也……"

后面那些夸赞的话，姜予眠一个字都没听进去。

后来，老爷子又提起往事："以前漫兮一心向着他，他视而不见。现

450

在人家生活美满，他还是孤家寡人。"

赵漫兮在陆宴臣出国的第二年就跟人订了婚，如今已经结婚，夫妻俩经常一起出席活动，看起来感情不错。

姜予眠心不在焉地附和，不知道老爷子说到哪儿了，只听到他最后拍板道："明天就安排陆宴臣跟张小姐见面。"

老爷子下了死令，陆宴臣这些年对老爷子百般忍让，即使不愿意，也可能会去应付一下。

那晚姜予眠没回公寓，第二天就在陆家听墙脚。

"他根本没去，扔下一句出差就走了。"

姜予眠有些想笑，但很快就笑不出来了。

陆宴臣这次出差是要去查一个制药厂的问题，制药厂引进了他们的机器，却说因为系统出错导致批量生产的药品检验不合格。

因为这件事，陆宴臣在那边耽搁了一个星期。

他回来后在公司里露了个面，姜予眠没见到他，但听谈婶说，陆老爷子又安排了时间，让他跟某家千金见面。

结果这次，陆宴臣还是爽约了。

"其实不怪宴臣少爷爽约。他本就没答应，是陆老一头热。"谈婶叹气道。她不好带头在别墅里议论主人家的事，只能悄悄跟姜予眠分享。

以前陆宴臣看在陆老爷子的面子上还会应付一下，如今是连表面功夫都不做了。陆老爷子在陆家气得发抖，连陆习都不敢招惹他。

姜予眠听了心里不是滋味。

其实，陆爷爷对她真的很不错，就是太顽固，还偏心，似乎总觉得陆宴臣不会受伤。

下午，完成工作的姜予眠正等着下班，姚助理忽然找来，道："姜小姐，我今天答应女儿去接她放学，能不能麻烦你把这份文件带给陆总？别人我不放心。"

"好。"姜予眠答应帮忙送到。

说起来，姜予眠从陆宴臣出差开始就没见过他，偶尔跟他互发消息，也尽量保持分寸。

文件要送到青山别墅，姜予眠去那边熟门熟路。

用人告诉她："陆先生在房里。"

姜予眠前去敲门，里面传出一声咳嗽："进。"

得到允许后，姜予眠缓缓推开门。

男人身着白色卫衣坐在靠窗的桌前，手里握着钢笔，气场有所收敛。

或许是被姚助理提前告知过，陆宴臣见到她并不意外。

姜予眠把文件送到他面前，见他脸色不太好看，问："你怎么了？"

"没事，小感冒。"每年冬天或是临近冬季，他总会病一场，这或许是惩罚。

"这两天你没来公司，是因为生病了吗？"

"算是。"

姜予眠有些懊恼，他病了两天，却无人知晓。陆老爷子怪他爽约，却不关心孙子忙碌到生病。

陆宴臣抬起腕表："算时间，你刚下班就过来了，没吃饭吧？想吃什么就跟厨师说。"

姜予眠随意地拉开他旁边的椅子坐下，念叨："你就知道关心别人，自己的身体都不爱惜。"

她不挑食，晚饭随陆宴臣的口味，吃得清淡。

陆宴臣吃得比她还少，还处处为她着想，问："一会儿要回公寓吗？我安排司机过来接……"

他话没说完，又是一阵咳。

见他这样，姜予眠哪里放心得下，道："我不回了，今晚就住在这里，可以吗？"

"当然，你随意。"

以前姜予眠生病，陆宴臣整夜不睡觉，现在反过来了——姜予眠守他守得紧，提醒他吃药，给他倒开水，见他看文件都要在旁边说几句："都生病了，不能先把工作放一放吗？"

陆宴臣拿起文件，忽然递给她："你帮我看？"

他这个要求倒是令人意外，不过姜予眠欣然接受，看完提炼出重点，一段一段讲给他听。

她偶尔遇到不懂的，便向他求助，他也会耐心地跟她解释清楚。到最后，她分不清自己是帮忙看了一份文件，还是又跟着陆宴臣上了一堂课。

姜予眠似懂非懂地听完，在脑海中消化，突然注意到已经晚上九点了："宴臣哥，你该休息了。"

生病的人就该早睡。

"嗯。"睡前有些发热，陆宴臣换了更薄的衬衣。

姜予眠走了几步又回来，在门口问："可以不关门吗？"

纽扣刚系到最后两颗，陆宴臣停下来问："怎么，你还想半夜偷偷进来？"

姜予眠没心思跟他开玩笑："万一你之后不舒服怎么办？"

男人嘴角挂着淡笑，从容地道："前两天，不也这么过来了？"

姜予眠："那不一样，前两天我又不知道。"

她不知道就不会乱想，现在知道了，肯定放心不下。

见她满脸担忧之色，陆宴臣最终轻轻点头，随她去了。

姜予眠的担忧没错，陆宴臣这一觉根本睡不安稳，醒来发现才十点，汗水浸湿了背。

他伸手打开灯，刚好走到门口的姜予眠冲了进来。

男人靠在床边，头微仰，露出脖子。

"怎么了？怎么了？"她紧张到重复。

陆宴臣深吸一口气："只是有些发汗。"

"我去拿体温计。"姜予眠拿了体温计给他测体温，又去接了半杯水。

时间差不多了，姜予眠让他取出体温计，仔细一看，37.8℃。这个温度可以尝试物理降温，姜予眠让人准备了冰袋和毛巾，拿到卧室里。

管家询问是否需要帮忙，姜予眠摆摆手："没事，我来吧。"

她把冰毛巾折叠好，搭在陆宴臣的额头上，又拿毛巾裹着冰袋在陆宴臣的脸侧擦拭。

脖子下是袒露的胸膛，姜予眠见过里面的光景。

因为发汗，他衬衣的纽扣已经解开三颗了。她举着毛巾，有点儿擦不下去。

理智跟羞涩较劲，姜予眠眨眨眼，望向床头那位病人："你发烧了。"

男人问："嗯，要帮我降温吗？"

姜予眠将手里的毛巾抖了抖。她又不是专业医生，被这位不同寻常的病人直勾勾地看着，哪能平心静气地掀开他的衣服？

于是她将毛巾递出去："你自己来吧。"

男人握拳咳嗽，额头上的毛巾都跟着颤。姜予眠抬手按住毛巾，怕掉下来："算了，你还是别乱动了。"

反正她看都看过了，摸一摸……不是，隔着毛巾擦一擦也没关系吧？医生看病的时候还不分患者是男是女呢。

姜予眠说服自己，伸手去解他衬衣纽扣。

脱男人衣服这种事她还是头一回做，目不斜视，只看扣子，强迫自己不要胡思乱想。

一颗、两颗、三颗……她解得越多，那几块线条优美的肌肉就越明显。

她跟陆宴臣的腹肌的距离，真是一次比一次近。

随后，姜予眠弯腰去取盆里的湿毛巾，试了温度，沿陆宴臣的脖子往下擦，最后移到腰部。

"嗯……"他叫了一声。

"你能不能不要叫？"

不知道的还以为她在做什么不可描述的事。

"再擦就要起火了。"他因为感冒，嗓音比平时沙哑。

"冰的。"毛巾里裹的冰袋还散发着寒意，姜予眠摸了摸，突然反应过来，顿时面红耳赤。她把毛巾扔回水盆，道："不擦了，实在不行就去医院吧。"

不禁逗的小姑娘跑得比兔子还快，脱了他的衣服又不管，最后还是他自己一颗颗扣好扣子，只留下两颗开着。

在姜予眠物理降温的帮助下，十二点前，他就退烧了。

姜予眠不放心，跑回来坐在他旁边守着。

她没事做，趴在桌上戳蝴蝶标本的玻璃罩。

先前只顾着照顾陆宴臣，这会儿她看见蝴蝶标本，觉得稀奇。不是标本稀奇，而是标本出现在这间与之风格不同的卧室里，就像展翅的蝴蝶落入了光秃秃的草地上，而非繁花盛开的花丛中。

他这样日理万机的人竟把在过节时买的小摆件完好无损地保存至今，还特意从国外带回来，放在自己的私人领地里。

她有蓝紫色的蝴蝶标本，陆宴臣收藏粉色的蝴蝶标本，就显得特别……有少女心。

姜予眠突发奇想："宴臣哥，要不改天我们俩换换蝴蝶标本？"

男人侧头看她，问："理由？"

姜予眠歪着脑袋说："每天对着一模一样的东西不会审美疲劳吗？换个颜色不一样的，看起来新鲜。"

陆宴臣毫不迟疑地说："不会。"顿了片刻，他又斩钉截铁地说，"不换。"

她真没想到，向来纵容她的陆宴臣在这件小事上竟不肯答应她。

姜予眠想：他可真喜欢粉色。

"好嘛，不换就是了。"今天生病的人最大，姜予眠不跟他争。

见时间不早了，陆宴臣闷声咳嗽，清了清嗓子，道："你回去睡觉吧。"

她摇头，还是担心："你又发热了怎么办？"

陆宴臣沉默了片刻："眠眠，其实我没有那么脆弱。"

这十几年来，他早就习惯了。

姜予眠推开椅子，走过去，神色认真地说："每个人都有脆弱的权利，你都生病了，该被人好好照顾。"

"是吗？"十二岁后，他还是第一次听人说，他该被好好照顾。

姜予眠坐在床边，伸手感受他额上的温度："哥哥，今晚我守着你，好吗？"

头顶的灯光太刺眼，姜予眠关了它，只开着墙上光线较弱的几盏灯。散开的几束光照射在桌上的反光摆件上，亮闪闪的，像星星一样。

那晚之后，陆宴臣的感冒渐渐好了起来。

周末休息这两天，姜予眠一直待在青山别墅。其间，陆习给她打过电话，说李航川搞了个派对，问她有没有兴趣，被她婉拒了。

最近她忙着准备计算机大赛的事，一直在跟队友磨合。

十一月有一场面向全世界的高等院校的团队比赛，她跟沈清白的名字都在景大的参赛名单中。出国比赛在即，她不敢掉以轻心。

李航川办派对的那天，陆习心不在焉。

李航川坐到陆习身旁，点燃一支烟："习哥，眠妹还是不肯来啊？"

陆习郁闷地说："她说没时间。"

"唉，"李航川拍拍他的肩膀安慰道，"眠妹是跟咱们不一样，忙嘛，理解一下。"

姜予眠是加速往前冲的天才，而他们选择摆烂。

陆习听不得他说大实话，只觉得刺耳极了，站起来反驳："怎么不一样？都是两只眼睛、一个鼻子、一张嘴，怎么不一样？"

李航川正要回话，孙斌连忙把人拉开，悄声提醒："没看出来吗？习哥心情不好，你就别触他霉头了。"

李航川这个笨蛋，还自称游戏花丛呢，到现在都没看出陆习喜欢的人就是姜予眠。

说起来也怪陆习死要面子不承认。但凡别人发现点儿苗头，他总能凭着那张嘴灭掉所有的粉红泡泡。

哪有人喜欢女孩子时像他这样既不表明心意，又不付诸行动的？

偶尔，他可能是想行动——结果对方没接招，他便立马顺退路逃了。他不单身谁单身？

孙斌终于看不下去了，打算敲打敲打陆习："听说眠妹要代表学校参加什么超级计算机大赛，习哥，你去鼓励一下吧。"

陆习白了他一眼："她那么牛，还要我鼓励？"

孙斌搓搓手："好歹是份心意。"

受到点拨的陆习给姜予眠打了电话。恰好姜予眠正在办理出国手续，没时间跟他多说。

陆习摸了摸脑袋，挂了电话，也没再打。

姜予眠出国参赛的那天，陆老爷子跟谈婶在家里念叨，陆习心念一动，借两位长辈的名义前去送机。

他找到景大的那支队伍，却发现姜予眠不在其中，一问才知，刚才有人找姜予眠，二人到边上谈话去了。

姜予眠不会离团队太远，所以陆习在附近溜达两圈就捕捉到了那道熟悉的身影。

而姜予眠身边的人，正是陆宴臣。

没想到陆宴臣也在，陆习有些心虚，有种偷偷见喜欢的女孩儿还被家人撞见的感觉。

他行事向来无拘无束，偏偏那份无法描述的感情压住了他的本性，让这个春心萌动的大男孩儿变成自己以前最讨厌的扭扭捏捏的那种人。

陆宴臣是来交代事情的。他在国外的那间公寓空着，有人定期打扫，如果姜予眠去了那附近，随时可以过去。

姜予眠不得不提醒："我是去比赛的，不是去玩的。"

陆宴臣沉默了一秒，说："劳逸结合。"

姜予眠："队员每天都要跟带队老师住在一起。"

陆宴臣："这我倒是忘了。不过没关系，你有机会再去。"

听他说的都是些琐事，跟比赛无关，姜予眠倒有些意外，因为最近每个人都会跟她说"比赛加油，拿个好成绩"之类的话。

临走前，她还是忍不住转身问："陆宴臣，你不祝我比赛胜利吗？"

他挥挥手，说："祝你比赛开心。"

好特别的送行祝福。

姜予眠回到队伍中，一位大二的学弟提醒道："姜学姐，刚才有人找你。"

姜予眠疑惑地问："谁？"

学弟左顾右盼，指着不远处靠墙的身影："在那儿。"

竟然是陆习。

姜予眠主动走了过去，伸手一晃。

他似乎在发呆，才清醒过来。

姜予眠以为陆习有什么事，却迟迟没听他开口。她先问："陆习，你有什么要说的吗？"

陆习拿出早就准备好的理由："没，就是爷爷跟谈婶不放心你，叫你注意安全。"

姜予眠弯起唇："我会的，请替我向他们转达一下感谢。"

要过安检了，听队友在叫自己，她挥手跟陆习道别。陆习迟疑了半秒，追上去："小哑巴。"

姜予眠回头，听到他说："比赛加油。"

她回了声"谢谢"。

参加这场比赛的团队皆实力不凡，但他们也是身怀绝技，前期进行得比较顺利。

到中期，原本团结的队伍因遇到困难而产生矛盾。姜予眠作为队长提出一套方案，可他们在实施的过程中受挫，开始质疑她。刚开始姜予眠鼓励他们振作，但这种方法治标不治本。一群人时刻待在一起，连姜予眠都不免被影响。

大晚上，姜予眠睡不着，站在大阳台上吹风。

沈清白走到她身旁，默默站了很久，说："你不该这样。"

姜予眠问："为什么？"

沈清白说得铿锵有力："你是队长，肩负着整个团队的重担。即使所有人倒下，你也不能气馁。"

"听起来倒是很振奋人心。"

人人爱她光鲜亮丽，不允许她有一丝懈怠。

她累了，先回房间，准备躺下时刚好接到陆宴臣的电话。

他问："休息了吗？"

她低声叹气："还没。"

"怎么听起来有气无力？遇到事了？"

姜予眠犹豫了一会儿，像是找到倾诉口，跟他说了团队的现状。

他说："强者惺惺相惜，也会互相排斥，他们输给你的技术，却不愿臣服于你。"

这才是队友们一遇到挫折就质疑队长的原因。

姜予眠问："那我要怎么办呢？"

陆宴臣教她："如果你确信自己是对的，那就坚持，用结果给他们一个教训。"

姜予眠迟疑地说："听起来好狠。"

电话里传来一声笑，他继续道："却很管用。"

大多数人有反骨，只是有些表现得明显，有些被压制。在绝对的技术面前，耍嘴皮子没用，实力就是王道。

陆宴臣又帮姜予眠分析了每个队员的性格和行事特点。她突然意识到，这个人竟然在教她如何驾驭人性。

在姜予眠的带领下，景大的队伍成功地闯入决赛。

决赛那天，陆老爷子跟谈婶在影音室里投屏观看直播。谈婶有意叫了陆习，他嘴上说着没意思，转身就打开自己的电脑，看起了比赛。

赛场上跟队友并肩作战的女孩儿沉着冷静，认真的神情散发着睿智的光。最终时刻，陆习屏住呼吸，听见景大代表队夺冠的消息后，直接从椅子上蹦起来，仿佛身在现场，感受到了那份喜悦。

景大代表队夺冠的消息传回国内，直接上了新闻。

众人纷纷向姜予眠发来祝贺，比如黎文峰、宋夫人……

比赛是面向世界的，姜予眠带队夺冠，从某种意义上说也是为国争光。部分网友还记得因超市照片引发的流言，现在看人家这么优秀，纷纷倒戈。

"一时不知道该说谁高攀了谁。"

"强强联合，顶峰相遇，他们这难道不般配吗？"

但是相较于姜予眠和陆宴臣这对，新鲜出炉的"金童玉女"显然更得人心。

姜予眠跟沈清白，两个都被校内人称为天才的人，不仅一起研发出"逐星"，还在世界大赛中夺冠，谁听了不夸一声"般配"？

"天才少女和天才少年，这是什么神仙组合？"

"颜值般配！明明能靠脸吃饭，偏要靠才华。"

"啊啊啊，有人'考古'发现，八年前的计算机国际大赛青年组里，姜和沈都在！"

这对搭档因颜值出圈，有网友剪了许多视频，并开始关注他们以前的事，发现多年前被称为"计算机天才少女"的人正是姜予眠。

当时网络不如现在发达，天才少女从那次比赛后销声匿迹，直到这阵子才"重返江湖"。

姜予眠的很多旧闻被挖出来，她的粉丝量猛地涨到六位数。

不过这些，姜予眠都不在乎。

刚回国这两天她很忙，既要回学校接受奖励，又要应对记者的采访。等她忙完，备忘录里的闹钟开始提醒她，三天后是宋夫人的生日。

上回宋夫人来参加发布会，特意邀姜予眠去宁城。姜予眠提前准备了礼物，在宋夫人生日的前一天飞了过去。

宋夫人亲自接机，到家后，又欢天喜地把人拉进衣帽间里，指着那排按姜予眠的尺寸定做的礼服，让她试穿。姜予眠差点儿误认为自己才是明天生日宴的主角。

宋夫人十分讲究——姜予眠每换一套，她都要打开自己的珠宝库，给姜予眠搭配一整套首饰。

"以前我就想要个女儿继承我那堆珠宝首饰，结果没能如愿。"

主要还是她家老宋不舍得，等她生了儿子后就去医院结扎了，说不愿再让她受苦。

她当时嘴里骂他冲动，心却是暖的，这辈子都跟丈夫分不开了。

每次跟宋夫人聊天都会猝不及防地吃到粮，姜予眠听着听着就习惯了。

"不过现在好了，无痛养女儿，真是老天眷顾。"宋夫人说着把一串珠子戴到姜予眠的手腕上。

姜予眠仿佛成了橱窗里的芭比娃娃，被"母亲"打扮得精致漂亮。

礼服有十套，颜色、款式全都不同。姜予眠是衣架子，穿什么都好看。宋夫人选择困难症犯了："我挑不出来，看你自己比较喜欢哪套。"

"我都可以。"姜予眠不太在意。

"明天的场合很热闹，你是我的干女儿，肯定有很多人想认识你。"宋夫人握住姜予眠的手，"万一遇到喜欢的，争取一举拿下。"

彼时，姜予眠手里刚好拎着一条娇艳欲滴的玫瑰项链。

项链上的玫瑰吊坠是以特殊材质制成的，像是真花的缩小版，外面还涂了一层特殊材料，看起来晶莹透亮，在灯下闪闪发光。连接两朵玫瑰的东西是碎钻，项链佩戴后，吊坠在锁骨处垂落。

姜予眠戴上项链后反倒开始担心会喧宾夺主。

宋夫人万分满意地看着自己的装扮成果，按住姜予眠试图取下项链的手："年轻人，就该光芒四射。"

第十五章
我在为你心动

下午，姜予眠更新了一条在宁城的朋友圈，好友纷纷点赞。

陆宴臣刷到那张照片，感慨："跑得倒是快。"

自打姜予眠回国，学校领导和新闻记者都找过她，还有一些不是那么熟的人开始热情地联络她。

可她已经一声不吭提前去了宁城。

"哎哟，我怎么感觉这办公室里一股怨气？"秦舟越阴阳怪气地道，从沙发上坐起来，探出脑袋问，"你跟那小丫头现在到底咋回事啊？"

办公桌前的男人抬眸看向秦舟越，突然开口："也没那么小吧？"

"嗯？"秦舟越一时没反应过来。

陆宴臣松开手指，胳膊架于扶手上，弯曲的手指抵着脸，耐人寻味地道："二十二岁了。"

秦舟越愣了一下，随即读懂了其中的含义，不禁拍手称奇："陆宴臣啊陆宴臣，你也有今天。"

追着陆宴臣跑的女人一直不少，陆宴臣心里除了学习和事业没别的，现在倒是起了心思。一个合乎情理的猜测浮现在秦舟越的脑海中，他恍然大悟："理解你，毕竟年龄也到这儿了。"

陆宴臣对着手机屏幕看自己的脸，嘴角的弧度隐约浮现："也没那么老吧？"

他才二十几岁，正年轻。

秦舟越正要嘲讽,那人却抢先一步道:"哦,我差点儿忘了,你比我大两岁,今年三十岁了。"

秦舟越顿时暴跳如雷:"你别欲求不满就人身攻击啊!"

对面的男人慢条斯理地合上文件,起身拿上外套,心情颇好地朝秦舟越挥手:"我该去机场了,再见。"

看着陆宴臣那副气定神闲的模样,秦舟越简直想给他两拳。

陆宴臣大大方方地把宽敞的办公室留给秦舟越。

秦舟越重新躺回去,摸出手机打给秦衍:"下班了吗? 出来喝酒。"

一道模糊的女声从电话里传来,接着他才听到秦衍回话:"哥,我在约会呢。"

这个突如其来的消息把秦舟越惊得坐起来:"约会? 你小子什么时候谈的?"

"我女朋友在喊我,先不跟你说了。"秦衍敷衍地把秦舟越打发了。

电话挂断之前,秦舟越还听见自家弟弟喊了声"梨梨"。

秦舟越的眉头、鼻子都皱起来了。

这都冬天了,怎么还有一群人上赶着开花?

陆宴臣乘坐的航班傍晚起飞,晚上九点半落地宁城。

宋家,宋夫人笑盈盈地吩咐用人把姜予眠今晚试穿的衣服和首饰全部打包:"眠眠,今晚你试的那些我让人全都包好了,你留个地址,我给你寄过去。"

姜予眠惊愕地说:"不用⋯⋯"

不等她把话说完,宋夫人按住她的手,又说:"这些礼服本就是为你准备的,留下我也穿不了。这些设计师都跟我有合作,你要是有特别喜欢的风格,尽管告诉我,我跟他们约时间定制。"

有个豪爽又大方的干妈,姜予眠再也不愁穿搭。

二人聊到快十点,忙碌的宋先生回了家。宋夫人去陪伴丈夫,姜予眠才在客房里歇下。

她的手机上有一通未接来电,是陆宴臣打来的。

以为有什么事,姜予眠回拨电话,那边很快接通。

姜予眠把手机贴在耳边:"宴臣哥。"

陆宴臣刚洗完澡,正用毛巾擦湿漉漉的头发,手机搁在桌旁:"嗯,在干什么?"

"刚洗漱完回房间。"姜予眠问，"你之前给我打电话是有事吗？"

他轻笑一声，放下毛巾走向落地窗，打开一点儿："你上午到宁城，怎么没说？"

"啊，这也要告诉你吗？"姜予眠装傻，"老板还管实习生的事？"

一会儿哥哥，一会儿老板，她可真行。

"老板不管实习生的私事。"陆宴臣话锋一转，"但是眠眠，我得管你。"

姜予眠一顿，道："我都快二十三岁了，不是小孩子。"

"的确，不是小孩子了。"男人站在窗前，眺望天边，嘴角的弧度隐现。

打完电话，姜予眠才确定陆宴臣来了宁城。

其实她之前猜想过，但没问。若是以前，她肯定会旁敲侧击去打听，但"想通"之后，明白有些事不能干涉太多，这样才能让自己慢慢放下。只是她没料到，陆宴臣会打给她。

姜予眠盘腿坐在床上，大脑放空几秒，重新拿起手机。

列表里暂时没有其他人发来的消息，L的对话框出现在第一行，像她当初置顶时那样。

分开的那两年，她没打开过陆宴臣的消息框，这会儿仔细看，才发现他换了头像。

她记得，陆宴臣之前使用的头像中有大片留白，点开大图才能看清上面有一层薄薄的灰色烟雾，那种色调虚幻又冷寂。

他现在的头像不一样了，小图看起来像一团绽放的烟火，点开后才能看清，那散发着彩色光芒的云团酷似蝴蝶的翅膀，那是——蝴蝶星云。

明亮又炽热的星云头像，跟他从前的头像截然不同。

姜予眠躺下来，又翻了个身，趴在床上，弯起双腿轻轻摇晃。

L："晚安，明天见。"

咩咩："晚安呀，明天见。"

宋夫人的珠宝品牌在国内数一数二，她难得大办生日宴，无论关系远近，有时间的都愿意来凑热闹。

宴会从下午六点开场，姜予眠随宋家人提前过去，遇到人问起，宋夫人便会拉着姜予眠的手大方地跟人介绍："这是我的干女儿，姜予眠。"

听到这个名字，有人想起什么，道："我知道她，她好像就是前不久拿了国际计算机大赛大奖的那个，在网上很火。"

说着，那人就拿起手机搜索，感叹模样跟名字都对得上，真人比视频、照片中还惊艳。

一字肩礼服完美地展现了女孩儿玲珑有致的身材，细肩带上镶满了细碎的水钻。这件黑色礼服上几乎没有别的装饰，只在左侧锁骨处别了朵玫瑰形状的胸花做点缀。

最吸引人目光的，是她脖子上的那条设计独特的项链。当她从面前经过，人们脑海中便有了画面——在午夜盛开的玫瑰，在光里摇曳的黑色裙摆。

经过宋夫人的介绍，不少人对姜予眠有了印象。当然，这其中少不了宋俊霖的功劳。

上回姜予眠带领团队参加超级计算机大赛夺冠，网友都夸她为国争光，宋俊霖突然有了一种"为国争光的天才少女是我妹"的自豪感，此后逢人就说："看见了吗？那是我妹，拿国际大奖的。"这次他也不例外。

"喊，又不是亲的。"不远处，陆习倚在柱子上，对宋俊霖不要脸的行为嗤之以鼻。

宋俊霖发现陆习，仇人见面，分外眼红："陆二，你怎么在这儿？"

陆习耸肩："我陆家的人被你们宋家忽悠走了，我得来看着。"

宋俊霖顿时警惕起来："你不会是来砸场子的吧？！"

陆习上前一步，拍拍他的肩，语重心长地道："宋二，别这么幼稚。"

宋俊霖："……"

陆习继续说："你听听这话，是人能说得出口的吗？"

同样的问题，宋俊霖抛给了姜予眠。

姜予眠听后忍俊不禁："俊霖哥，你们俩打闹这么多年，还不腻啊？"

宋俊霖狠狠地皱眉："我跟他气场不和，这辈子都有仇。"

姜予眠似懂非懂地点头，得出结论："你还想跟人家争一辈子？"

宋俊霖一拍脑门反应过来，委屈了一秒钟："不带像你这样忽悠人的。"

姜予眠望着他特意做过造型的头发，忽然明白陆宴臣总是摸她脑袋的原因了。从心理和阅历层面来讲，她现在真有种长辈看晚辈的既视感。

姜予眠准备哄人，下一秒就见宋俊霖盯着手机屏幕乐了起来："我隽哥来了，我去接人。"

宋俊霖一走，她回头就撞上了另一个幼稚鬼。

"姜予眠。"不知道从哪儿冒出来的陆习就站在她身后。

"陆习，你也过来了。"

看来陆习跟宋俊霖的感情还不赖，竟然甘愿跑来宁城参加宋夫人的生日宴。

陆习"嗯"了一声，忽然就不知道该说什么话了。

那场大赛后，网友曝光的信息让他有了紧迫感。

孙斌点破他的心思："习哥，你喜欢的那个女孩儿本身就挺优秀的，你要是再不主动出击，恐怕要被别人抢占先机。"

大学那几年，他看姜予眠身边的异性都不顺眼，沈清白就是他的头号针对对象。那时他糊里糊涂的，没意识到那是吃醋，又放不下面子承认自己喜欢上了当初看不上眼的"小哑巴"。

看着沈清白和姜予眠越走越近，他那小打小闹般的阻挠之举无异于隔靴搔痒，根本没用。

直到某天，她被大众所知，喜欢她的人越来越多。如果他再不作为，等她接受了别人，一切都晚了。

他在家里琢磨许久，打算等姜予眠从宁城回来后，就找个机会表明心意。

孙斌听了，对他一番敲打："生日宴上那么多人，万一她碰到了什么青年才俊，干柴烈火……等你找到合适的时机，人家的孩子都打酱油了。"

孙斌提醒他，想要获得好感，首先得收敛性子，管住自己那张讨人嫌的嘴。

陆习在大脑中搜寻讨女孩儿欢心的方式，一无所获，一旦想刻意说些好听的话，就会舌头打结，连正常交流都难。

等了半天陆习也没说出个所以然，姜予眠又收到了宋夫人的短信，便对陆习挥挥手："干妈叫我去找她，我先过去一下。"

她走得干脆，留陆习在原地抓狂。

孙斌出的什么破主意？他现在面对姜予眠，完全没法正常说话。

宋夫人有意替姜予眠开路，带她见了不少人。

临近七点半，宋夫人发现儿子已经不见踪影，道："宴会马上开始，俊霖不知道跑到哪儿去了，也不接电话。"

姜予眠安抚道："他之前说去接一个朋友，我去找找。"

宋夫人交代："行，找到人，你们俩直接到这边来。"

姜予眠去寻找宋俊霖，问了几个人，说是看到他去了阳台。

姜予眠赶过去，发现宋俊霖面前站着一个身穿蓝色衬衣的男人，他们不知道在交流什么，神情愉悦。

她并非特意探听别人的秘密，只是宋俊霖嗓门太大，说着说着便笑了起来，还提到了"雪山"。

姜予眠站在不远处等了一会儿。那个男人先发现她，提醒宋俊霖。

宋俊霖回头一看，走了过来。

姜予眠告知来意："俊霖哥，干妈叫你过去找她。"

宋俊霖"哦"了一声，扭头就指着两个人互相介绍："给你介绍一下，这是我妹妹姜予眠。"他又对姜予眠说："这就是我以前跟你说的那个，跟我有过命交情还带我学摄影的兄弟——言隽。"

姜予眠早已从宋俊霖的口中熟悉这个名字，在景城也听说过言隽，如今见到本人，的确觉得惊艳。

男人眉眼带笑，一双茶色的瞳孔让人过目难忘。

他整个人，像柔和的风。

打过招呼后，姜予眠并未多停留。兄妹俩并肩而行，宋俊霖张开手抵着下巴，眼里是藏不住的兴奋："妹，我跟你说，我觉得我兄弟八成是谈恋爱了。"

姜予眠不忍心打击他的积极性，便问："你怎么知道？"

宋俊霖严谨地分析："他说过段时间可能要来宁城滑雪，让我帮忙准备一些东西。"

"滑雪就是谈恋爱了？"

"不啊，东西他要双人份的，还给我列清单。"

宋俊霖"哼"了两声，非常笃定地说："那个女人让他这么用心，不是亲人就是情人。"

姜予眠提供选项："万一是朋友？"

"不可能！"宋俊霖斩钉截铁地说，"你真以为异性间会有纯友谊？那人家的对象不得吃醋吗？"

姜予眠又问："没对象呢？"

宋俊霖拍拍手："那就说明，想把对方变成对象。"

这段对话让姜予眠想起了什么。她不由得停下脚步，沉默了两秒钟，忽然说："哥，我觉得你挺聪明的。"

"是吗？"宋俊霖摸摸脑袋，突然害羞起来，"我其实一直这么觉得。"

宴会开始，宋夫人跟宋先生相携出场，这对互相扶持、结婚多年依然恩爱如初的夫妻在圈内让人羡慕不已。

宋夫人在台上向大家介绍了自己的一对儿女。众人都讨论起姜予眠的身份，得知她年纪轻轻便获得那些成就后，忽然明白了宋夫人毫不吝啬地替干女儿铺路的原因。

姜予眠在台上道出祝贺词，不经意间看向人群，猝不及防地跟陆宴臣对上视线。

有些人，无论站在独立的高台上还是拥挤的人群中，都会发光。

宴会开始，众人举杯共庆。姜予眠接过服务员呈上的红酒杯，随宋夫人的动作抬手。

台下的男人遥遥举杯，不敬任何人，只祝她前程似锦、功成名就。

宴会场地左边设有餐厅，右边设有舞厅，音乐不断，客人可根据自己的需求选择要去的地方。

见姜予眠走下了台阶，陆宴臣穿梭在人群中，不断有人前来搭讪。

他晚了一步，宋夫人把姜予眠叫回去，跟一位年轻男士认识。

人群中，关于姜予眠的讨论声不绝于耳，还有人自然而然地提起沈清白，说他们郎才女貌、十分般配。

陆宴臣握紧酒杯，几欲离开，被从旁边冲出来的陆习挡住视线。

"大哥。"宴会刚开场，陆习已是浑身酒味。

陆宴臣皱眉："怎么喝了这么多酒？"

陆习故意给自己灌了两瓶香槟酒，没怎么上脸，却有些上头："大哥，你说我去跟小哑巴表白，成功概率大吗？"

陆宴臣问："你喜欢她？"

"我也是突然想明白的。我想趁今天跟她说明白，你觉得怎么样？"喝酒果然能壮胆，一直不敢承认心思的陆习在大哥面前袒露心扉，企图得到支持。

陆宴臣凝视着弟弟，答非所问："酒味太重。"

陆习立马低下头，抬起胳膊左右嗅一嗅："是有点儿重。"陆习这次反应很快，扭头去找宋俊霖："宋二，有干净的衣服吗？借一套穿穿。"

陆宴臣冷静地看着那道离开的身影，胸腔起伏，将手中的酒一饮而尽。

他拒绝了所有搭讪的人，径直走向她。

裙摆映入眼帘，陆宴臣拉着她奔入舞池。

这一切发生得太突然，姜予眠完全是被牵着走的，直到停在舞池中央，才有喘息的机会。

她不解地望着眼前的男人，问："怎么了？"

男人收敛情绪，低下头，凑到她的耳边说："眠眠，帮个忙。"

他离她这么近说话，姜予眠的心跳漏了一拍。她说："你……你说。"

他抬头，掌心贴在她的腰后："陪我跳支舞。"

他竟是这样的要求。

腰间的温度迅速攀升，姜予眠心口蹿上一阵酥麻感："为……为什么呀？"

陆宴臣轻笑一声："晚点儿告诉你原因，可以吗？"

姜予眠根本没法拒绝："好。"

陆宴臣摸摸她的脑袋。这么乖的女孩儿，他当然不会告诉她，是因为他不想看到她跟别的男人相谈甚欢，不想听到别人说她跟另一个人多么般配，更不想……让陆习跟她表白。

姜予眠只会简单的舞步，陆宴臣特意配合她的动作，目光一直落在她的身上。

她今天把长发弄成蓬松的大波浪，两侧编发束在后面，又挑出两缕碎发在耳侧。

陆宴臣的目光停留在她白皙的脖子上，他说："今天这条项链很特别。"

被夸的女孩儿笑道："干妈送的。"

陆宴臣低头问："我送的，你戴过吗？"

她不说话了。

陆宴臣了然，说了声："没关系。"

迟疑了一会儿，姜予眠还是认真地解释："不是不喜欢。"

她不戴项链、不拆礼物的原因，陆宴臣心知肚明："我知道，所以没关系。"

一曲舞毕，二人缓缓停下脚步，姜予眠扶着他喘气。

一个不识趣的年轻男人来到二人面前，正是宋夫人刚才介绍给姜予眠的青年才俊。

姜予眠松开搭在陆宴臣胳膊上的那只手。

陆宴臣不着痕迹地摩挲着蓝色腕表。

青年邀请姜予眠跳舞。见姜予眠下意识地看向旁边的人，青年转而看向陆宴臣，问："不知道先生是否介意换一位舞伴？"

陆宴臣弯起唇角："不介意。"然而就在与姜予眠擦肩而过时，陆宴臣一把握住她的手腕，将她拽回身边，"可能吗？"

他不介意……可能吗？他含笑的语气似乎在嘲讽对方的愚蠢。

可那人实在没有证据，因为陆宴臣始终一副温和的样子，让人找不出一丝破绽。

姜予眠礼貌地拒绝了青年的邀约。青年悻悻离开。

姜予眠回头指着陆宴臣，道："你今晚怪怪的。"

"是吗？"他抬手扶额，"或许是喝多了。"

姜予眠信以为真："楼上有休息室。"

陆宴臣欣然接受了她的建议："可以麻烦你带我去吗？"

姜予眠想了一下，点头同意，然后去拿了手机和房卡。

二人进入左边的电梯里，门关上的那一刻，右边的电梯应声打开，换完衣服的陆习从里面出来。

姜予眠带陆宴臣去了宋家为她准备的那间休息室，道："宴臣哥，你在这里休息吧。"

姜予眠打量房间一圈，准备离开时，却见陆宴臣抱臂倚在门口："你刚刚问我，为什么要请你跳舞？"

她本忘了这回事，听他提起又感兴趣了，把耳朵凑过去，问："为什么？"

姜予眠还没等到答案，手机铃声响了。姜予眠拿起手机一看，沈清白的名字赫然出现在屏幕上方。

有人邀请她跳舞，有人要跟她表白，还有人对她念念不忘……

"我先接个电话。"姜予眠摇晃手机示意，转身离开的瞬间，手机猝不及防地被人夺走。

她错愕地回头，垂于胸前的玫瑰项链被他的手指缠住，他轻轻一带，她的身体便不由自主地撞上去。

陆宴臣挂断电话，意味不明地轻笑一声，道："凡事讲究先来后到，对吗？眠眠，我还没把话说完，你怎么能接别人的电话？"

"可那是突然打来的电话，而你就在我面前啊。"姜予眠声音发颤。

项链在陆宴臣的手中，她逃不开。

"你说得对。"男人眼中带着鲜明的欲念。

二人的身体隔着薄薄的衣服贴紧，姜予眠再迟钝，也察觉气氛不对。

"放……放开我。"

她的声音娇柔婉转，落入他的耳中，更像娇嗔。

陆宴臣如姜予眠所愿，松开手，在她松懈下来的那一秒，低头吻上觊觎已久的唇。

姜予眠大脑一片混乱，心脏狂跳，胡乱地抓住他的衣服。

当她反应过来，要退离时，男人一只手扣住她的脑袋，另一只手掐在她的腰间。

从容不迫的男人终于失去耐心，不打算再陪她演下去。她越是抗拒，他那只手就箍得越紧。

手机再次振动起来，姜予眠下意识地张口，男人顺势攻入。

他们在熟悉的铃声中，气息交融。

陌生又奇妙的感觉刺激着姜予眠的大脑，她感觉理智暂时被吞噬，舌尖微翘。

男人感受到她的反应，眼底释放出笑意，引她共舞。

直到姜予眠快喘不过气了，陆宴臣终于抬头，让她自由地呼吸。

但他并未完全放开她，双手依然锁在她的腰间和脑后。姜予眠的心跳迟迟不能平复，她说："陆宴臣，你喝醉了。"

"眠眠，"陆宴臣将手指温柔地穿入她的发间，"我从未像此刻这样清醒。"

姜予眠抬头，呼吸都跟着颤抖。她迎着男人深沉的目光，一字一顿地问："为什么……亲我？"

"还不明白吗？"陆宴臣取下她锁骨前的那枚胸花，在她的目光下，吻上那只展翅的粉色"蝴蝶"，"我在为你心动。"

花瓣亲吻了蝴蝶，蝴蝶振翅，最后失去力气，跌落进花丛中。

禁锢着她的脑袋的那只手终于撤离，陆宴臣扶住她的后颈，伏在她的耳边轻声喘息："小眠眠，你的心跳得很快。"

他好像在说：你的心跳频率，在因我而改变。

"不，不是……"她不肯承认，很快就受到惩罚。

濡湿的触感让人全身酥麻，姜予眠彻底说不出话，喉咙却不受控制地发出令她面红耳赤的声音。

房间里没开暖气，她却一点儿都不觉得冷，心里像被火烧，身体逐渐化成一摊水。

陆宴臣循循善诱，握着那只柔若无骨的手，按在自己的腰间。

"站不稳了？可以抱我。"

手掌亲密地贴着他精壮的腰腹，姜予眠差点儿就要听他的话搂紧他。关键时刻，她清醒过来，顺势推他一把："陆宴臣，你别欺负我了。"

她力气太小，根本无法动陆宴臣分毫。陆宴臣还是停下了动作，认真地对她说："不是欺负，是喜欢。"

姜予眠转头，不看他："我知道你为什么会这样。刚才在下面，那个人邀请我跳舞，你不高兴了是不是？"

她说话一针见血。

陆宴臣顿了一下，索性承认："眠眠很聪明。"

姜予眠低头，嗤笑一声："我知道，你对我有占有欲，但占有欲不是喜欢。"

她不是傻子，尽管陆宴臣平时把强势的性格掩藏得很好，但很多小细节无法改变。这个理智的男人，很早之前就对她有占有欲。

陆宴臣嘴角的弧度消失："你又怎么知道，不是因为喜欢才产生的占有欲？"

"当初你不也认为，我对你的喜欢是吊桥效应吗？"姜予眠抬头凝视他，"刚才那种情形，换了任何人都不可能心如止水，会错把心跳加速的感觉当成心动，一样的道理。"

"你也说过，可以不喜欢，但不能否认对方的感情。"陆宴臣拿她说过的话堵她。

姜予眠咬了咬唇，道："好，就算是这样，那你喜欢好了。"她退后两步，远离他的包围圈，义正词严地强调，"反正，我只是把你当哥哥。"

陆宴臣抵着门，手指转动着刚从她身前摘下的玫瑰胸花，抬眸看她："会亲你的哥哥？"

"你！"姜予眠瞪大眼，竟不知道陆宴臣也会耍无赖。

一股气涌上心头，她愤愤地伸手道："手机还我。"

陆宴臣扬唇一笑，很干脆地将手机递给她。

这个男人不按套路出牌，姜予眠完全摸不透他下一步要做什么，狐疑地转动眼珠，转身背过他。

两通未接电话，分别来自沈清白跟陆习。

陆宴臣这架势，她铁定不能在房间里回电话。姜予眠转身，指着门道："让开。"

她有些生气了，陆宴臣没有继续招惹她，闪身离开门边。就在姜予眠握住把手时，他忽然开口："等等。"陆宴臣侧头，目光落在她的唇间，"你的口红花了。"

姜予眠条件反射性地捂嘴，看见茶几上的纸巾，连忙抽取两张擦拭唇角。

纸被染红。

"没擦干净。"陆宴臣抽出纸巾，拈着一角擦拭她唇下的位置。

女孩儿很乖，刚才还控诉他不能欺负人，这会儿却安静地站在他面前，不躲也不闹。

他们距离很近，陆宴臣能看见她颤动的睫毛，像小刷子一样轻轻地扫过下眼睑。她安静得不像话。

陆宴臣放低声音："对不起，未经允许亲了你。"

姜予眠轻轻抿唇，别开眼："以后别这样了。"

陆宴臣还握着那张沾着口红的纸巾，视线追着她："不怪我吗？"

姜予眠闭了闭眼："怪你又能怎么样？难道我还要亲回去吗？"

陆宴臣沉默片刻，道："你想的话，也不是不可以。"

她眉头一皱，显然又要生气。

陆宴臣及时补救："给我一个道歉的机会？"

她赌气地说道："不。"

陆宴臣在她面前认真地检讨自己："我不该否认你的感情，也不该这么晚才意识到自己的感情。但是眠眠，我不会随便对谁产生占有欲，更不会因为占有欲就对你做那种事。

"我对你那样，只会是因为男女之情。"

而不是什么哥哥对妹妹的占有欲。

"你说喜欢就喜欢啊？我只把你当哥哥了。"她一口咬定，也不管陆宴臣有什么反应，握紧手机夺门而出。

离开被陆宴臣的强大气场侵占的空间，姜予眠重重呼出一口气，回头看了眼房间的方向，赶紧进入电梯里。

电梯厢壁上照出姜予眠的模样，她才发现锁骨下的蝴蝶印记无处可藏。

刚才陆宴臣把玫瑰胸花摘了，她跑得太快，根本没想起来。

"叮——"

电梯门缓缓打开，有人站在门外，姜予眠下意识地捂住"蝴蝶"。

她准备坐下一班电梯回去拿胸花，肩却被人拍了一下。

"小哑巴。"

听着称呼，不用看都知道是谁，姜予眠没好气地道："你才是哑巴。"

陆习错愕："你吃炸药了？"

作为成年人，姜予眠很快调整好状态："没，就是你突然拍我，我有点儿被吓到了。"

陆习没有怀疑，这会儿才注意到她用右手捂着锁骨，好奇地问："你捂那儿干吗？"

"呃……"姜予眠含糊地岔开话题，"对了，你刚才给我打电话是有什么事吗？"

"啊……"这回轮到陆习不知所措了。

他原本酝酿好了情绪，想借酒劲冲上去表白，结果换衣服、找姜予眠这一套流程下来，那点儿勇气早就被冲淡了。他总不能站在电梯口，在众目睽睽之下跟姜予眠表明心意吧？

姜予眠下巴微抬："你今天怪怪的。"

他今天总是突然出现在她面前。她一问他有什么事，他就装哑巴。

陆习摸摸鼻尖。这时另一扇电梯门开了，陆宴臣从里面走了出来。

姜予眠看见了陆宴臣手里的胸花。在陆宴臣经过她身旁时，二人默契地交接了东西。

姜予眠去洗手间里别上胸花，随后给沈清白回了通电话。沈清白说是之前的导师想邀请他们参与某个研究项目。姜予眠暂时持保留态度。

九点半，宴会散场，姜予眠跟宋夫人回了宋家。

陆宴臣发信息问姜予眠打算什么时候回景城。姜予眠扫了一眼，没回复。

陆宴臣等到晚上十二点，她依旧没动静。他终于确定，她是故意的。

小姑娘看起来性子软，心里却比谁都记仇。但她总归……要回去上班。

姜予眠只请了一天假，算上周末一共休息三天。

她提前购买的机票就在生日宴第二天的下午。

机场，贵宾厅。姜予眠把证件和行李交给工作人员，隐约听见一道熟悉的声音。她扭头一看，跟陆家兄弟俩撞个正着。

姜予眠："……"

一天不只一班航班，他们怎么就这么巧撞在一起了呢？

三个人坐在同一个休息厅内，心思各异。

姜予眠故意不看二人，却清晰地感受到那两道投在自己身上的视线，顿时如坐针毡。

干坏事的又不是她！她干吗要心虚？这么一想，姜予眠顿时挺直了腰板。

嗓子有些干，姜予眠掩唇轻咳两声，对面的兄弟俩同时站起来。

陆习看了一眼大哥，心想：大哥这无微不至地照顾人的习惯，真是值得自己好好学习。

这会儿他抢先开口，且找了一个完美的理由："突然想喝饮料，你们要吗？"

岂料二人的答案不一致。

"不用。"

"可以。"

"不用"是姜予眠说的，"可以"是陆宴臣说的。陆习本是为了照顾姜予眠，没想到需要饮料的是大哥。但他话都说出口了，没有反悔的余地，只好去了饮料区。

陆习一走，小休息厅就变成二人世界了。

姜予眠默默地把手机凑到眼前，突然有一只手伸过来，盖住了她的手机屏幕。

陆宴臣自然地在她旁边落座："为什么不回消息？"

"有吗？"姜予眠故意装傻。

陆宴臣慢条斯理地举起手机，把"证据"摆在她面前。

姜予眠张圆嘴巴"哦"了一声："不想跟不正经的人说话。"

很快，陆习拿着两杯饮料回来："大哥，饮料。"

见陆宴臣坐在姜予眠旁边，陆习灵机一动，坐到姜予眠的另一侧。

兄弟俩一左一右，姜予眠被夹在中间，不自在地摸摸后颈。她突然想起昨晚陆宴臣对她做的那些事，连忙收回手，垂于身前。

陆宴臣把她这番动作尽收眼底，起身去了对面。

陆习求之不得，赶紧向远在景城的情感大师孙斌求助。

收到恋爱教程后，陆习看向姜予眠，问："那什么……你饿了吗？"

孙斌说，女孩子注重细节，渴了你送水，饿了你投食，她缺什么你就给什么。

然而姜予眠摇头："没有啊。"

陆习："……"

陆习一番询问，但姜予眠油盐不进。陆习没辙了。

孙斌为陆习操碎了心，说："没机会就创造机会，尽量在女生面前展示你擅长的，让她看到你的优点。"

优点？他体育好，但总不能拉着姜予眠出去跑步或投篮吧。

见她一直盯着手机，陆习一拍脑门，道："最近有款爆火的小游戏，很有意思，一起玩不？"

这个提议终于戳中了姜予眠的点，她回道："可以。"

反正他们候机无聊，玩游戏可以打发时间。

就在她打开游戏时，手机振动起来。陆宴臣的消息一条又一条地弹出来，让她无法正常地玩游戏。

姜予眠点进微信，打字回复。

咩咩："幼稚！"

L："别气。"

姜予眠无语。这个人怎么这么无赖啊？故意发消息妨碍她玩游戏，又用哄人的语气跟她说"别气"。

她重重地吐出一口气，开启消息免打扰模式。

就在这时，盛菲菲发来一条语音，姜予眠转了文字。

盛菲菲："眠眠，你什么时候回来？我看中两套礼物，不知道买哪套送给陆习。"

现在是十一月中旬，距离陆习的生日还有大半个月，姜予眠又得陪盛菲菲选购礼物了。

于是姜予眠回到景城的第一件事，就是赴了盛菲菲的约。

不出姜予眠意料，盛菲菲又买了一套最新的电子产品。

姜予眠好奇地问："菲菲，你每年都给他送礼物，到底是因为喜欢，还是执念？"

"不知道，时间太久，分不清了。"盛菲菲刷卡付了款，填了个地址让商家直接把东西寄过去，回头挽起姜予眠的胳膊，边走边说，"其实我早就不指望他喜欢我了。他要是能喜欢我，早就喜欢上了，也不至于等这么多年。"

姜予眠结合自身情况，问："那万一他其实喜欢你了，但是还没有意识到呢？"

盛菲菲摇头："真正的喜欢，就算嘴上不说，也会从行动中表现出来。"

很多人觉得盛菲菲是恋爱脑，但她在某些时候，格外清醒。

"喜欢陆习，其实我也没什么损失。至少追他的时候，我自己挺高兴的。我的人生不会因他改变，也不会为他停留，我只是在合适的时间做了自己想做的事。"她清醒地追求自己喜欢的人，清醒地去做自己想做的事。就像她申请了出国读研——她并不会因为喜欢陆习而改变自己的人生轨迹。

买完东西，盛菲菲拉姜予眠去餐厅吃东西。一时间，姜予眠觉得盛菲菲叫她出来挑礼物是个幌子，去好看的餐厅拍照才是真实目的。

盛菲菲挑了最好看的九张照片发了朋友圈，这才拿起刀叉。

酒吧里，李航川刚加上一个魔鬼身材的女人的微信，顺带发现了盛菲菲更新的朋友圈："习哥，快看盛菲菲刚更新的朋友圈。"

陆习："她更新，关我什么事？"

李航川恨铁不成钢："她说和朋友聚餐，没写名字，但发了一个羊的图案。"

盛菲菲不是第一次用"绵羊"代指姜予眠，所以李航川一眼认出来。

一听这话，陆习赶紧拿起手机点开盛菲菲的朋友圈，跟李航川、孙斌头靠头地研究起照片中的背景："这家餐厅我有点儿印象，好像就在隔壁商场里。"

李航川灵机一动："那咱们现在过去，假装偶遇？"

孙斌顾虑更多："这不好吧，盛菲菲喜欢习哥啊。"

李航川摊手："完了，三角恋。"

陆习摸下巴深思："这倒是个问题，要不先跟盛菲菲说清楚？"

"女生吃起醋来很小气的，万一盛菲菲知道你喜欢姜予眠，跟姜予眠闹翻了，姜予眠又因此迁怒于你怎么办？"孙斌建议，"我觉得还是该先追人，把眠妹稳住，这样之后她才会坚定不移地站在你这边。"

经商议，三个人一致认为今晚不能出现，陆习只好放弃跟姜予眠偶遇的机会。

不久后，身着黑色大衣的陆宴臣踏入餐厅里，在离她们不远的位子上落座。

姜予眠给自己添水时无意间往前方扫了一眼，看到那抹熟悉的身影，水差点儿洒出来。

"菲菲。"

"嗯？"

姜予眠放下水壶，问："刚才有人问你朋友圈的图片是在哪儿拍的了吗？"

盛菲菲笑："你怎么知道？陆大哥说这地方不错，问我地址呢。"

"哦。"她懂了，一半是巧合一半是人为，陆宴臣大概就在附近，所以来得这么快。

后半场，姜予眠吃得心不在焉。她知道陆宴臣来的目的——当她跟盛菲菲离开时，陆宴臣走向她们。

盛菲菲愉快地跟陆宴臣打招呼："陆大哥，你来得这么快啊。"

陆宴臣："刚好就在附近。"

电梯到了，三个人陆续进去。这时突然来了一群人，赶在电梯关门前一窝蜂地挤进来。站在中间的姜予眠下意识地退后，左胳膊突然被人握住。

一个胖男人往后一挤，眼看就要撞到她身上了。忽然，她的身体被人带着往右一转，随后，她面对着冰凉的电梯壁，背抵在陆宴臣温暖的胸前。

她被陆宴臣圈在怀中，与其他人隔开。她的后背紧贴着陆宴臣的胸口，感受到他的心脏正剧烈地跳动着，姜予眠只觉得身体麻麻的。

"叮——"

电梯门开了，姜予眠下意识地转身，胳膊从他的手里滑落。

陆宴臣低头看她，道："还没到。"

她停住动作。

电梯里的乘客走了一批，又拥进来一拔，他们再次被逼到角落里。这一次，两个人面对面。

逼仄的空间、紊乱的呼吸、交织的气息，一下子把姜予眠的记忆拉回那个晚上，仿佛他一低头，就要亲吻"蝴蝶"的翅膀。

男人在姜予眠的耳边落下一道温和的声音："到了。"

眼见电梯门从自己这边打开，她这才如梦初醒，转身出了那个让人头脑发昏的地方。

盛菲菲吐槽道："真是挤死我了。"

刚才那些人明显是一起的，一下子把电梯挤满了。

"我家的车到了。眠眠，你怎么回去？"

陆宴臣抢先一步："我送她回去。"

姜予眠轻轻点头。

盛菲菲比了个"OK"的手势。

结果盛菲菲刚离开，姜予眠扭头就走。陆宴臣迈出那两条大长腿，很快追上她的步伐："去哪儿？"

姜予眠脚步不停："打车。"

"不是说好了，我送你回去？"

"我刚才答应，只是不想麻烦菲菲。"

马路上，两个嬉戏的小孩儿直直跑过来。陆宴臣伸手，把人拉向自己，躲过那两个孩子。

母亲追着两个孩子，声音逐渐远了。

"眠眠，你打算以后一见着我就跑吗？"陆宴臣揽着她，在路灯下低头道，"我不逼你回应，今天只是偶然路过附近，想看看你。"

姜予眠的睫毛呼扇了两下，她说："我没跑。"

她耳根子软。别人好言好语地跟她说话，她基本发不起脾气。

见她神色和缓，陆宴臣以退为进，与她保持半步的距离："我只是想送你回家，没别的意思。不经过你的同意，我不会对你做什么。"

这番话听起来格外真诚，姜予眠抬头望着那双眼睛，满脸写着怀疑："你太坏了，我不信。"

"好吧，我陪你打车。"陆宴臣松口，一切都依她。

姜予眠也不管他打什么主意，转身看向车流，远远瞧见前方来了一辆出租车。

正要招手，却听身旁传来几声咳嗽，姜予眠忍不住回头，见陆宴臣抬手掩唇："喀，喀喀喀——"

姜予眠心口一紧："你又生病了？"

他露出一抹笑容，看起来更像强颜欢笑："没事，没到发烧的地步。"

"小感冒不在意，加重了就发烧了。"她教训陆宴臣时，出租车从她身旁驶离。

"喀喀。"陆宴臣没反驳，回应她的只有咳嗽声。

二人站在马路边，凉风直往脸上扑，姜予眠无论如何也不想让一个病人陪自己等，改口催促："你快回车上吧，我自己打车就可以。"

陆宴臣看着她坚定地说："让你自己留在路边打车，我做不到。"

晚上降温，寒风拂过树梢，吹得树叶"沙沙"作响。不知道是不是运气不好，错过那辆车后，她迟迟没等来下一辆空车。

姜予眠捏了捏手指，率先转身："走了，去你车上。"

陆宴臣毫不迟疑地迈开脚步，黑色大衣在风中摆动，男人的嘴角扬起明显的弧度。

车边，陆宴臣替她打开副驾驶座那边的车门，姜予眠弯腰坐进去。

陆宴臣扶着车门，过了一会儿才替她把车门关上。

陆宴臣自己上了车，见姜予眠正襟危坐，道："眠眠，你现在的表情，好像我要把你拐走一样。"

姜予眠凝视前方，说："你拐不走我。"

除非她自愿。

陆宴臣没有反驳，只是俯身将胳膊伸到她身前。

姜予眠身体僵硬，不禁咽了一口唾沫："你说了不会对我做什么的。"

陆宴臣顿了顿，将手放在她的座位旁，像是把人圈在臂弯里："眠眠，你在乱想什么？"

他的袖口轻轻擦过姜予眠的下巴，正经严肃的黑色在他身上透出一丝蛊惑人心的气息。那人突然朝姜予眠靠近，熟悉的脸及身上的雪松香都让她的呼吸慢了半拍。

陆宴臣的手指已经捏住安全带，他就着这个姿势，微微侧脸："只是想帮你系下安全带。"

"咔嗒"一声，安全带嵌入锁扣。

姜予眠："……"

倒是她自作多情了。

回家的路程格外漫长，姜予眠试图靠玩手机打发时间，却没法不在意旁边的人。

不知道陆宴臣怎么突然想起自己送的那些礼物，问她："我这几年送你的礼物，你是不是都没拆过？"

姜予眠老实地道："嗯。"

陆宴臣说："有空可以打开看看。"

二人全程在这个话题上拉扯，陆宴臣说东她说西，故意作对。

到达嘉景公寓后，姜予眠迫不及待地打开车门。

陆宴臣叫住她："眠眠，我明天要出差。"

她扯扯衣摆："哦。"

陆宴臣还想说什么，见她这样，心道：算了。

"外面冷，快回去吧。"她不让陆宴臣送，陆宴臣在车里目送她离开。

到家后，姜予眠把堆放许久的礼物盒全部抱出来。这些盒子大小不同、颜色不一，她的记性好，每个盒子对应的节日她都分得清。

姜予眠随手抽了一个红色礼盒，这是新年礼物，里面是一个精致的雪人摆件，雪人身上的红围巾很亮眼。

把雪人放到旁边，她继续拆第二个新年礼物，是一本根据南霖的老房子绘制的立体绘本。

绘本里有载满童年回忆的秋千，以及那面刻着二十道划痕的身高墙。小女孩儿捧着最爱吃的西瓜坐在秋千上，爷爷、奶奶和爸爸、妈妈在她身后有说有笑。

姜予眠又取出一个蓝色的大盒子，里面的卡片上写着一行字："二十岁的姜予眠生日快乐。"卡片下躺着一双溜冰鞋。

紧接着，她打开绿色盒子，卡片上写着："二十一岁的姜予眠生日快乐。"盒子里摆放着一瓶香水。

综合看来，送礼物的人并非敷衍，而是用了心的，送的都是很有意义的东西。

这瓶香水，在姜予眠看来被赋予了一层暧昧的含义。她不敢猜陆宴臣当时是揣着什么心思，为她挑选了这份礼物。

姜予眠打开瓶盖，往手背上喷一下，低头嗅了嗅——是她喜欢的味道。

随后，她把香水放在雪人旁边，开始拆第三份生日礼物。那是一只晶莹剔透的粉水晶蝴蝶，振翅欲飞。

蝴蝶……

姜予眠抬头，一眼看到被自己摆在墙上的蝴蝶标本，想起那天在青山别墅跟陆宴臣商讨交换标本的话。

她不禁摸向锁骨处的"蝴蝶"，脑海中闪过男人低头亲吻自己的画面，不由自主地咬住嘴唇，脸红到滴血。

他才不是喜欢粉色，而是喜欢粉色"蝴蝶"！

大约半个小时后，姜予眠收到那人发来的消息。

L："拆礼物了吗？"

咩咩："没有。"

L："没关系，以后再送。"

姜予眠摊开手，看着掌心上的水晶蝴蝶，最后把它放进了首饰盒里。

第二天，姜予眠在公司里听到陆宴臣出差的消息，想起他感冒了的事，心想：这个人还真是不顾身体的工作狂。

上班时间还没到，姜予眠点开消息列表。陆宴臣七点多给她发过消息，只是她没看到。

姜予眠犹豫片刻，正想回消息，405宿舍群的消息弹了上来。

许朵画在群里吐槽："昨天丢了一对耳机，一查地址，就在市中心的商场那边。但人那么多，我怎么找？"许朵画生无可恋，"想给我的耳机打个电话，叫它快点儿回来。"

一句玩笑话突然给了姜予眠灵感。

"逐星"上市后广受好评，但一个软件想要长久发展，需要不断开发新功能。

姜予眠立马做了一个简单的方案，又召集小组成员开会："现在很多电子设备能锁定大概的位置，但如果在人多的地方，定位就如大海捞针。咱们可以在定位系统里加一些程序。

"拿耳机打比方，绑定'逐星'之后，大家可以跟自己的耳机等电子设备实时共享位置，先锁定大概的范围，再根据实时共享位置找到遗失的物品。

"这样无论是遗落在地上没人发现，还是被人捡走，大家都能找到自己的东西。"

旁边的组员问："那如果是手机遗失了呢？"

姜予眠也有对策："系统需要绑定身份信息，如果是手机遗失了，可以登录'逐星'官网，通过认证后，可以向手机发送弹窗。如果有人捡到，看到弹窗后就能联系失主。"

"万一捡到的人不愿意归还怎么办？万一手机直接关机或者没电了怎么办？"

姜予眠："科技将不断改善人们的生活，但也无法做到十全十美，我们先把初步计划整理出来。"

这一忙碌，她几乎整天都没空思考别的事。

临近下班，大家都开始收拾东西准备回家。这时员工群里忽然传出几张照片，引得大家议论纷纷。

姜予眠点开一看，公司门口停着一辆惹眼的红色跑车，这风格看上去有些眼熟。

没过一会儿，更清晰的图片发出来，跑车主人倚在车旁，一副耍酷的姿态。

"这好像是陆总的弟弟？"

"陆二少爷？"

姜予眠放大图片一看，还真是陆习。他闲得没事跑到天誉来凑什么热闹？

关于陆习的议论声不断，姜予眠摇摇头，继续处理工作。她完成手里的事后已经六点了，比下班时间晚了整整半个小时。

姜予眠迅速收拾桌子，这时手机铃声响了。她看到上面的备注，鼻子一皱："陆习？"

陆习那熟悉的声音从手机里传来："你下班了吗？没看到你啊。"

姜予眠一边接听电话，一边挪动桌上的水杯："刚准备下班，怎么了？"

陆习："那行，你出来吧，我在外面等你。"

"等等，"姜予眠想起群里流传的照片，"你不会是倚着那辆红色跑车在外面等我吧？"

陆习乐了："嘿，你怎么知道？你看见我了？"

姜予眠："……"

她万万没想到，这件事竟跟自己有关。

"你等我干吗？"

"接你下班。"

"嗯？"

陆习开车来接她下班？她没听错吧？

姜予眠想到什么，问："是陆家有什么事吗？"

陆习："没啊。"

姜予眠疑惑地问："那你接我下班干什么？"

陆习花了三秒钟思考答案："接你下班……需要理由？"

姜予眠的大脑飞速运转，她问："你不会是要整我吧？"

陆习气笑了："我在你心中的形象就是这样？"

姜予眠叹气。除了这两个原因，她是真的想不到陆习接她下班要干什么，总不能是一时兴起想做好事吧？

二人讲话的工夫，姜予眠收拾完毕，取下工作牌，拎着包往外走："虽然不知道你究竟想做什么，但你堵在大门口，我上不去车。"

陆习摸头："上不去车是什么意思？"

周围没人，姜予眠讲电话也无所谓："你不知道自己被围观了吗？你开跑车站在公司门口的照片都传开了，我要是上了你的车，他们一人一口唾沫都能淹死我。"

陆习一拍脑门，光想着接人下班了，忘了这回事。

他跟姜予眠商量着将车开去了别的地方，像特务接头似的，终于接到人。

姜予眠刚上车，陆习就问："你想吃点儿什么？"

姜予眠摸了摸头发："嗯？要去吃饭吗？"

陆习指着屏幕上的时间："这都六点了，你还不饿？"

姜予眠靠在椅背上："你还没说到底来干什么。"

陆习拍拍方向盘："这不刚提了辆新车？庆祝一下，正好路过公司，请你吃个饭。"

"你倒是潇洒。"

可怜有人带病出差。

姜予眠沉默了一会儿，没系安全带，问："你知道宴臣哥冬天经常生病吗？"

陆习扭头："知道，怎么了？"

姜予眠委婉地提醒："你作为弟弟，偶尔要关心一下哥哥。"

陆习摆手："我哥那个人你又不是不知道——别人管他，他嫌烦。"

姜予眠反驳："你不了解他。"

那个人就算生病，也只会自己默默扛着。

但这并不代表他不需要人关心。

陆宴臣之前出差回来后病了几天，他的爷爷和弟弟甚至不知情，姜予眠替他感到心寒。

"不吃了。"姜予眠推开车门，自己走了。

陆习丈二和尚摸不着头脑。

怎么提到他大哥后，她连饭都不吃了？

陆习打开车门追上去，却见姜予眠已经上了一辆出租车。

陆习连忙把情况分享到三个人的小群里，李航川跟孙斌一阵分析。

"习哥，你这是犯了大错啊！"

"眠妹说陆大哥生病，让你关心哥哥，你却这个态度。连自己哥哥都不关心的人，值得信任吗？"

陆习恍然大悟，坐在跑车里琢磨了一会儿，决定给陆宴臣发消息。

陆习："大哥，你最近身体怎么样？"

L："还行。"

陆习："降温了，你多注意保暖，别生病。"

L："？"

别说陆宴臣觉得奇怪，这段对话，陆习自己看了都一阵哆嗦。但很快，陆习深吸一口气，截图发给姜予眠，特意强调："我已经问候过大哥了。"

不久后，姜予眠回了陆习一个可爱的表情包。陆习喜不自禁，到群里分享最新进展："她回我了！"

李航川："习哥加油。"

孙斌："再接再厉。"

追人第二弹：送礼物，制造惊喜。

第二天，姜予眠去公司上班，突然收到一束鲜花。

同事纷纷起哄，姜予眠在花束里找到一张卡片，落款是"L"。

同事："谁送的呀？"

姜予眠迟疑地说道："一个朋友。"

同事："男朋友吧？哈哈哈。"

姜予眠捏着手里那张卡片，耳根有些红："不是。"

姜予眠想起昨晚跟陆宴臣聊天，因为一直惦记他的身体状况，叫他去附近的药店拿药备着。陆宴臣还特意打开窗户，说在附近没看到药店，只看到一家花店。她没想到他会做出这种事，人不在，就故意送花来刷存在感。

下午回到家，姜予眠找了个玻璃瓶把鲜花插进去，摆在茶几上，又拍了几张照片给 L 发过去："今天这花挺好看的。"

晚上，陆宴臣看到消息。他知道姜予眠偶尔会自己买花回去，便夸道："花好看，拍得也不错。"

第二天，姜予眠又收到一束花，落款还是"L"。她不禁猜想：难道是因为昨天返图给陆宴臣，所以他又订了新品种？

晚上，姜予眠同样把花拍照发给陆宴臣，他继续夸。

第三天，姜予眠收到一束粉玫瑰。公司里的人都在调侃，猜测是哪个懂浪漫的男人在追求她。姜予眠笑了笑，没回答。

而在她把粉玫瑰的图片发过去后，陆宴臣终于察觉不对劲。

很快，姚助理把收集的情报汇报过来："陆总，问到了，听公司的人说最近每天都有人给姜小姐送花。"

得知这个消息后再看姜予眠拍的那些图片，陆宴臣终于明白了她"真正"的用意。

"姚助理，查一下航班，明晚回景城。"

姚助理觉得难以置信，以前那个只晓得工作的陆总竟会因这种事改变自己的计划。

姚助理订了明天的飞机票，晚上七点落地。

姜予眠今天没有拍照，吃完饭后就换了身衣服出去夜跑。

她读大一时为了锻炼身体每天跑步，后来逐渐忙起来，变成一周两三次，现在更是懈怠了，一周一次。

湖边的灯光在夜幕降临时纷纷点亮，姜予眠刚跑了一会儿，一个人追到她旁边，竟是沈清白。

因为身高差异，姜予眠跟沈清白的步伐并不一致。见沈清白故意慢下来等她，她挥手："学长，你自己跑吧。"

"没事，一个人跑没劲。"他就是算准了姜予眠每周的跑步时间，才来制造偶遇的。

二人一起围湖跑步，偶尔停下来慢走。

沈清白问："听说这两天一直有人给你送花？"

姜予眠喘着气，道："是有这回事。"

沈清白旁敲侧击："你都收下了？是哪个追求者送的？"

姜予眠顿了一下，反问道："学长竟也聊起八卦消息了？"

沈清白收回目光，故作随意地道："最近公司里传得比较厉害，我随口问问。"

跑完这圈，姜予眠慢悠悠地走回小区时已经八点多，一通电话打了过来。

她扫了一眼沈清白，离他远了几步才接："喂？"

电话里传来男人熟悉的声音："眠眠，我回来了。"

"这么快？"姜予眠有些诧异。她分明记得，陆宴臣之前说明天才回来。

电话里传来男人的笑声，他道："是有点儿早了，差点儿打扰你跑步。"

他这语气……

姜予眠灵光一闪，抬头环顾四周，在不远处的树下发现一道人影。

姜予眠握着手机，见沈清白还在旁边，道："学长，你先回去吧，我有点儿事。"

沈清白顺势问道："什么事？需要帮忙吗？"

姜予眠摇头："不用，我自己可以。"

见她坚持，沈清白离开。等沈清白走远了，姜予眠才转身去找陆宴臣。

这时，沈清白停下脚步，回头看她朝乒乓球台的方向走去。

冬天冷，几乎没人在外闲逛，一些露天的健身器材也闲置下来。陆宴臣就倚在乒乓球台边，周围静悄悄的，只有旁边的路灯落下几缕光。

见陆宴臣脸上挂着笑容，姜予眠隐隐感觉不太对劲，却又说不上来。

这两天，他们在微信上聊得很愉快，她回想陆宴臣刚才那句话……

他难道是看见她跟沈清白在一起，吃醋了？

姜予眠走到他面前，问："你刚回来吗？"

陆宴臣换了个姿势站好："嗯，有打扰到你吗？"

他一边说着打扰，一边当着沈清白的面给她打电话……男人呀，心思就是多。

姜予眠这么想着，面色却不显："不打扰，刚跑完。"

陆宴臣的目光落在她身上。她出去跑步时穿得比平时少些，在夜里看起来很单薄。

陆宴臣取下脖子上的围巾，给她戴上。他没有立刻放手，而是慢条斯理地开始整理两侧多余的长度："最近收到的花，好看吗？"

姜予眠点头："好看。"

陆宴臣又问："很喜欢？"

她故意说："还行吧。"

陆宴臣停下动作："有想我吗？"

话题跳跃速度之快，姜予眠有点儿接不住，眼睛直眨，故意说："不想。"

陆宴臣看着她的眼睛，道："撒谎。"

姜予眠移开脸："就是不想。"

陆宴臣不气不恼，反而笑着问："那我试验一下？"

姜予眠好奇地问："怎么试？"

陆宴臣直接用行动回答。

姜予眠捂住脸颊："你说过未经允许不会乱动的。"

他刚才居然又亲了她！

"刚刚问过你，你不是想知道答案吗？我只是在回答你。"

"你要无赖。"

见她转身就要走，陆宴臣一把搂住她的腰，轻松地抱她坐到乒乓球台上。他将双手搭在她的身侧，她无处可逃，唯一能去的地方，只有他的怀中。

姜予眠推他："你干吗？"

陆宴臣纹丝不动，只朝她笑："跟你算账啊。"

她说话时软绵绵的，陆宴臣却不是，他的笑里藏着刀，不知道什么时候会露出来。

"我又没惹你，算什么账？"

"主动给我发花的照片，不是故意惹我？"

姜予眠眼珠打转。

花的照片的确是她主动发的……但她可以嘴硬："我随手拍的，就发给你看看，你也想得太多了。"

陆宴臣看了眼她后方那个不肯死心的"偷窥者"，忽然低头，鼻尖碰到她的鼻尖："对，是我想多了。"

鼻尖相触的小动作猛地击中姜予眠的心脏，她结结巴巴地道："你……没经过我同意，不……不许乱碰。"

陆宴臣抬头，看着她的眼睛说："眠眠，我很想你。"

被这么直白的话彻底击败，她顿时呆若木鸡。一个平时正经的人突然说情话，冲击力不是一般的大。

陆宴臣终于学会了征求她的意见："可以抱一下吗？"

女孩儿矜持了几秒钟，问："就抱一下？"

"嗯，我不动。"他松开按在乒乓球台上的两只手，"你来抱我。"

这似乎是把决定权完全交给她。

姜予眠撑在台子上的手缓缓抬起来，伸向前，手指搭在他的肩头。

陆宴臣有足够的耐心等她放下芥蒂，一步步靠近自己。

姜予眠的手从他的肩膀滑向后颈，她倾身靠近，搂住他的脖颈。

陆宴臣顺势把人拥住，下巴抵在她的肩上，看着那个"偷窥"许久的人落寞地离去。

男人的怀抱一如既往地温暖，姜予眠其实很贪恋这样的拥抱，但想着自己要做个矜持的人，抱了一会儿后，轻轻推开他："好了。"

就在二人分离时，陆宴臣加大力度，重新将她搂入怀中，这才开始算账："小眠眠，趁我不在收别人送的花，还故意发给我看。"

"别……别人的花？"姜予眠惊了，"什么别人送的花？不是你送的吗？"

难道这几天送花的人根本不是陆宴臣？

"不知道谁送的，你也敢乱收？"

"我哪有！它上面就写着'L'，跟你的微信名一模一样。"

陆宴臣垂眸，脑海中很快浮现一个人的名字。

姜予眠突发奇想："难道有人冒充你？"

她思考得认真，摸了摸手臂。

陆宴臣注意到她的动作，把人从乒乓球台上抱下来："外面冷，回家说。"

"我又没有邀请你去我家。"

"那你现在邀请一下？"

"不。"趁他不注意，姜予眠弯腰从一旁溜走。

最后她还是放陆宴臣进了屋。

那几束鲜花全被她摆在客厅里，还没枯萎，看起来很漂亮。

陆宴臣眼睛一扫："来历不明的花，还是不要摆在家里为好。"

陆宴臣给花贴上"来历不明"的标签后，姜予眠再看那些花，怎么看都觉得不对劲。

最后她把花扔了，陆宴臣又送了两束新鲜的花去公寓。

隔天是周末，姜予眠没去上班，本以为不会再收到鲜花，那个落款"L"的鲜花却直接送到了公寓。

保安打电话问姜予眠能不能给外送员放行时，姜予眠迷惑了……

不过这次，她知道花不是陆宴臣送的，没随便收，顺着花店一查，就找到了答案。

送花的人竟然是陆习。这家伙在搞什么？

"我送的花，她都收了。"

餐桌上，陆习正跟李航川和孙斌说最新情况。

惊喜嘛，当然要出其不意，他得先吊足她的胃口再突然出现，告知真相。而且他牢记姜予眠说过在公司要低调的话，送花时没写名字，只留了个姓。

蓄力够了，陆习打算趁周末出击："我打算等一会儿就邀请她出来吃晚饭，你们觉得怎么样？"

李航川点头："趁热打铁，也行。"

陆习乐了，开始挑选餐厅。

李航川偷偷跟孙斌说："其实我一直觉得，偷偷送花这方式不靠谱，没想到眠妹真的收了。"

孙斌感叹："是啊，咱们的方式不一定适用，万一习哥不按常理出牌的操作真的打动眠妹了呢！"

陆习做好准备，开着跑车去了嘉景公寓。

下午，姜予眠接到陆习的电话，他说要请她吃饭。

无事献殷勤，非奸即盗，他送花，还请她吃饭，看来这件事还不简单。

姜予眠下楼，上车后忍不住打开天窗说亮话："陆习，你有话直说吧，我懂你的意思。"

陆习像是被吓到，明显往后一退："你……懂我的意思？"

"嗯，"姜予眠点头，"你都表现得这么明显了，不用藏着掖着，直说吧。"

"那我直说了啊……"他最后一次征求她的意见。

姜予眠再次点头。

陆习搓搓手，扶着椅子调整坐姿。面对姜予眠，他心里开始紧张。但他是男人，不能尿！

陆习强迫自己望着对方的眼睛，嗫声嗫气地说了一句话。姜予眠完全没听清，满头雾水："你在说什么？"

陆习暗暗鼓励自己，闭上眼睛一口气道："我要追你。"

话音落下的那一刻，整个世界都变得安静。

姜予眠面不改色，只有眨动的眼睛和呼吸证明自己没有被定住。

一直没听到回应的陆习缓缓睁开眼，道："喂，给个反应呗。"

姜予眠吸了一口气，用手扶着额头："对不起，一定是我中午没睡午觉，幻听了。"她试图推开车门，"我先回家睡一觉。"

陆习手疾眼快地把人拽住："跑什么？我说真的，你别装傻。"

跑不掉，姜予眠扭头问："你为什么要追我？"

"追你还能为什么？当然是喜欢你啊。"将憋在心里许久的话说出口，陆习浑身舒畅，说话也流畅了许多。

"你……喜欢我？"姜予眠用手指指着自己，满脸不可思议。

陆习按照孙斌给的攻略，露出八颗洁白整齐的牙齿，脸上挂着灿烂的笑容，道："眠眠。"

姜予眠顿时瞪大眼："你别乱叫啊。"

这个她经常听人称呼的小名从陆习的嘴里说出来，怎么那么惊悚呢？

陆习完全不理解她此刻的反应："之前送你的那些花，你不是挺喜欢的吗？"

"我以为那是……"算了，陆习的告白来得太突然，她还是先别把陆宴臣牵扯进来为好。

姜予眠深吸一口气："虽然我不知道你为什么突然要追我，但是别喜欢我，咱们俩没结果。"

这顿饭终究没吃成，姜予眠直接跑了。

李航川听后"扑哧"一声，很不给面子地笑了出来。

孙斌对此并不意外："追女孩儿，不能急于求成，得慢慢来。女人都是感性的，要坚持，要让她看到你的诚意和真心。"

从那天开始，陆习每天坚持不懈地去公司等人。姜予眠说他高调，他就换了低调的轿车，停在距离公司几百米的地方，走路去等。

可惜这个计划并不顺利，因为姜予眠在看到他后，转身就走。

姜予眠被陆习最近的行为搅得头痛。

她拒绝了陆习的追求，并让陆习冷静思考。谁知对方越挫越勇，方式层出不穷，她现在连陆家都不敢去。

她好几次想直接告诉陆宴臣这件事，却不知道该怎么组织文字。她总不能跟陆宴臣说"你弟弟在追我"吧？这无疑是挑起兄弟俩的矛盾。

陆习最近也不好受。他刚开始信心满满、斗志昂扬，最近连连受挫，行动上虽然保持着积极性，心态却大受打击。

李航川跟孙斌刚到，陆习已经喝了两瓶酒。

李航川坐在高脚凳上，神经大条地问："习哥，你追眠妹追得怎么样了？"

"别提了，我说喜欢她，她不信。我叫她小名，她说害怕。我送花，她不肯收，发消息也不回。"

他这样做，姜予眠不是应该害羞吗？结果她一见到他就躲。以前他们还能愉快地交流，现在她见到他，连笑都不会笑了。

这段时间连连受挫的情绪涌上心头，陆习一口气喝完一瓶酒，道："她还说我没想明白，我怀疑她根本就不懂感情！"

孙斌分析道："很可能是习哥平时给人的印象不够沉稳，让她觉得你做这些事跟闹着玩一样。"

李航川点头附和："女孩儿都是很需要安全感的，就像我的前女友，每天都问我爱不爱她。我一哄，她就开心了。"

孙斌道："我倒是有个想法。

"习哥，你生日不是快到了吗？你之前说要提前到周末办，不如就跟眠妹说提前到周六，然后单独邀请她参加。咱们把场地布置得浪漫点儿，等人一到，你就正式表白，最好再提一提你们之间的美好回忆，煽煽情。"

陆习回想姜予眠最近的反应，有点儿怀疑："靠谱吗？"

孙斌摊手："试试不就知道了？"

陆习今年的生日在周四，为了方便大家聚，提前到周末办生日聚会。他按照孙斌说的，单独告诉姜予眠时间定在周六。

"小哑巴，周六我过生日，你来吗？"

"陆习，作为朋友我很乐意参加，但……"

"就以朋友的身份来……"陆习以退为进，再打出感情牌，"看在咱们认识这么多年的分儿上。"

姜予眠犹豫了一会儿："你确定只是朋友？"

陆习斩钉截铁地说："当然，我想通了，不会再向之前那样打扰你。"

这话听起来蛮真诚的，姜予眠轻叹一口气："好吧，我会去的。"

陆习给她发了地址，是临江路的一个轰趴馆。

姜予眠转头就将地址发给了盛菲菲。

以往几年，她都是跟盛菲菲一起去的，今年当然不会例外。

盛菲菲回复："谢了啊！几点？到时候我直接去你的公寓。"

盛菲菲最近忙着准备毕业设计，没空看消息。之前看到陆习在朋友圈里说周末，具体哪天她也记不清了。现在姜予眠把地点和时间发了过来，盛菲菲自然高兴。

周六，盛菲菲去找姜予眠。盛菲菲今天化了妆，毛衣搭配短裙、长靴，外面套着黄色大衣。

姜予眠今天穿着随意，一件羊羔毛外套搭配一条粉色长裤。她把头发扎起来了，看上去很小，说是高中生估计也有人信。

两个人各有各的美，只是从穿衣打扮来看，盛菲菲更精致亮眼。

姜予眠甚至没化妆，拎起包就走。

盛菲菲问："你不化妆啊？"

姜予眠摇头："懒得化了。"

要不是聚会上人多，她会更邋遢一点儿。

车上，盛菲菲吐槽自己最近学业繁重。

姜予眠更多是倾听，不发言，偶尔看手机回个消息。

陆宴臣约姜予眠晚上吃饭。

她老实交代："陆习提前过生日，就是今天。"

姜予眠每次看向手机，表情都会变得不一样。盛菲菲挨过去问："跟谁聊天呢？笑得这么开心。"

害羞的姜予眠下意识地捂住手机："没。"

盛菲菲笃定地说："有情况。"

二人在后座上打闹，亲似姐妹。

车停在轰趴馆附近的马路边，二人一前一后下车。

盛菲菲开着导航，目的地就在一百米外。

姜予眠忽然接到电话，对方说的是"逐星"系统更新升级的事。她指着手机对盛菲菲说："我这边有点儿事，你先进去吧。"

今天的轰趴馆有点儿奇怪，有店员专门守在门口，询问盛菲菲是不是来参加生日宴的。

盛菲菲点头："对，陆习的生日会是在这里办吧？"

店员拿出对讲机："客人到了。"

盛菲菲心想：这服务还挺周到。

她推开门，发现里面很暗，没开灯，窗帘都被放下来了。

盛菲菲满脑子问号，站在门口问了句："有人吗？"

话音刚落，盛菲菲眼前突然明亮起来。她的脚下鲜花遍地，墙边都是气球灯，像一簇簇星光。盛菲菲被吓得退后一步。

陆习今年的生日会办得这么高级？

出于好奇，盛菲菲沿着鲜花路往前走，发现里面别有洞天。这条路直通后院，外面的布景更是浪漫，鲜花、红酒，周围还有悦耳的吉他声。

穿着毛衣的少年背对盛菲菲坐在院中，弹着吉他。这画面，一下子把盛菲菲的记忆拉回多年前那个下午。

穿着球服的少年抱着一把吉他坐在楼梯上，打破她的某些固有印象：原来运动系的男生也能玩转音乐。

盛菲菲静静地听着，没有打断，直到一曲毕，那个人率先开口："我知道，我从前不够成熟稳重，还做了一些幼稚的事情伤害你。对此，我很后悔。幸好这几年，我们的相处逐渐愉快……"陆习越说越认真，接近尾声时，忽然提高声音道，"请你相信，我对你的喜欢不是一时兴起。"

说完，陆习缓缓转身。盛菲菲的模样在陆习的瞳孔中逐渐清晰，陆习看她的眼神跟看见了鬼一样："怎么是你！"

"你以为是谁？"盛菲菲直接问，"眠眠吗？"

刚才她问了一个朋友才知道，陆习通知的时间是明天而不是今天——他邀请的人，本来只有姜予眠。

"原来今天不是你的生日会，而是表白会。"

这一突发状况让陆习十分头痛。他明明故意瞒着盛菲菲，还是把人招来了，而自己真正要找的人却不在场。陆习左看右看，问："姜予眠呢？她没来？"

"她来了，在外面接电话。"盛菲菲没有隐瞒，抬头打量四周的环境。

他精心布置了这里。这大概是她所知道的，陆习做过最浪漫、最用心的一件事了。

"抱歉啊，你精心准备的表白被我破坏了。"

盛菲菲转身离开，原路返回。

处理完工作的姜予眠刚到门外，正要开口，盛菲菲却跟没看见她似的，一脸冷漠地从她身旁离开。

"菲菲？"姜予眠追上去。

盛菲菲举手示意她别跟上来："别问我发生了什么事，陆习在里面等你。"

姜予眠看到门口的鲜花，顿时反应过来不对。她找到陆习，道："你骗我。"

很久以前，陆习说要跟她道歉，把她骗到院子里，令她被一群人嘲讽。现在又是这样，他以多年情谊为由，骗她参加生日会。

"之前你一直拒绝我，丝毫不给我机会，所以我才想把你单独约出来。"陆习有些无措，慌忙解释，"我没想骗你，只是想给自己争取一个机会而已。"

"你要做什么事，坦坦荡荡不行吗？你有追求的权利，我也有拒绝的权利。这不是你欺骗我的理由。"她竟信以为真，还把盛菲菲叫来，真是可笑。

陆习烦躁地挠头。

表白会，被他搞砸了。

陆习还要说什么，姜予眠却没时间再听。姜予眠追上盛菲菲，向她道歉："菲菲，对不起，我不知道今天的安排。"

"我不怪你。"盛菲菲转过头，脸上不见平时的笑意，出乎意料地冷静，"亲眼见证自己喜欢多年的男生向自己最好的朋友表白，还挺奇妙的。"

姜予眠解释："我不知道今天的安排。"

盛菲菲问："那你知道他喜欢你吗？"

她迟疑了一下，道："知道。"

盛菲菲冷笑："我不怪你得到他的喜欢，但你知道他喜欢你，还瞒着我，看我给他挑礼物，甚至若无其事地喊我跟你一起参加他的生日会。"

"挑礼物的时候我不知道！"姜予眠不想产生更多的误会，"他突然说要追我，我拒绝了。他说当朋友，我才答应来的。"

盛菲菲语气一变："他说当朋友你也信？"

"那你觉得我应该怎么做？是跑到你面前告诉你，陆习喜欢我，还是因为他对我的喜欢从此躲着你？"她被陆习告白不过一周，根本没想好如何处理这些事。

姜予眠掐住掌心让自己冷静下来："菲菲，今天的事我很抱歉。距离事情发生才一周，我没想好怎么告诉你。但我不喜欢陆习，也从没想看你的笑话。"

姜予眠把整个事情讲得很清楚，她表情那么认真，以至盛菲菲跟她吵架都提不起劲。

盛菲菲心情复杂，扔下一句"让我冷静冷静"就打车走了。

姜予眠站在路边，泄气似的蹲下来，把手抵在额前。

她以为最好的解决方式就是让陆习放弃她，现在看来，的确是自己异想天开。

一辆辆车飞驰而过，姜予眠隐约听到手机铃声，慢慢将手伸进兜里，拿出手机。

电话接通，男人熟悉的声音从手机里传来："之前打你电话占线，到那边了没？"

姜予眠沉默了一会儿，说道："陆宴臣。"女孩儿吸吸鼻子，嗓音里有一丝不易察觉的哭腔，"我好像，又犯了很大的错。"

她的声音中混着汽车的鸣笛声，陆宴臣敏锐地问："你在马路边？"他合上笔记本电脑，拿上车钥匙出门，"去附近找家店等我，大概四十分钟。"

冬天的夜晚来得更早。

姜予眠在附近找了家饮品店，一坐就是半个小时。

窗外，夜幕降临，路灯徐徐点亮，温热的饮料逐渐冷却，那人还没有出现。她一个人孤零零地坐在角落里，不玩手机，就发呆，手里的饮料连吸管都没插。

店员都忍不住往那边看了几眼。

店里的人越来越多，姜予眠被喧闹声"吵醒"，起身离开了座位。

她推开门，迎面而来的除了凉风，还有熟悉的温暖的怀抱。

陆宴臣拥着她，在她的耳边问："等很久了吗？"

她摇头，说不出话。

陆宴臣的手在她的背后轻拍两下，又去牵她的手，他道："外面冷，去车上说。"

车里开了暖气，两个人坐在后排，周围十分安静。

姜予眠低下头，不安地道："之前的花，都是陆习送的。

"那天，他来找我，说喜欢我，我不信。

"后来，他每天都到公司附近来接我，我拒绝了。

"前天，他以朋友的身份邀请我参加生日会。我以为他真的只是一时兴起，结果……"

她跟盛菲菲闹翻了。

吸取教训，她直接跟陆宴臣坦白："我不是故意瞒着你们的，只是没想好要怎么告诉你们。"

他们四个人中，陆习跟陆宴臣是亲兄弟，陆习还是盛菲菲从高中喜欢到现在的人……这关系太复杂了。

陆习喜欢她这件事并不值得宣扬——对她而言是负担。她却没想到一时的隐瞒会让事情发展到这步。

姜予眠压低了声音，道："对不起，没有告诉你。"

"不需要跟我道歉。"陆宴臣抬手搭在她的肩头，"被人喜欢不是你的错，你没有摇摆不定欺骗感情，而且明确地拒绝过。你已经做得很好了。"

这段话让姜予眠舒服了很多。

她每次不知所措的时候，陆宴臣总会理智又温柔地从另一个角度替她分析，告诉她：你没做错，不需要道歉。

"我好像总是经营不好一段关系，不知道什么话该说，什么话不该说。"她体会过被好朋友否定的感觉，所以后来交朋友都保留余地。可盛菲菲当初主动靠近她，她早就认了这个朋友。

"眠眠，你要记得……"陆宴臣按在她肩头的那只大拇指抬起来，轻轻擦过她的脸颊，"你有权利保守别人喜欢你的秘密。"

"可是菲菲生气了，我没有处理好这件事。"姜予眠低声道，"坐在店里等你的时候，我也很怕告诉你之后，你会生气。"

陆宴臣拥着她的背，揉了揉她的头发："我们眠眠这么委屈啊。"

在姜予眠情绪不稳的时候，有个人这么温柔地说她受了委屈。姜予眠一下绷不住了，在他面前哭了出来。

时隔三年，女孩儿再一次以柔弱的姿态在他的怀中哭泣。

那点儿泪水不足以打湿他的胸膛，却化作利器刺进他的心脏。

陆宴臣脑中闪过祁医生告诉他的话——"爱一个人是会心疼她的。"

他想：是的。

第 十 六 章
踮脚吻上去

那晚在陆宴臣的怀里，姜予眠哭了好一会儿，也不全是因为跟朋友的矛盾，还因为他。

分开这几年，姜予眠独自生活，面对困难也会咬牙坚持下去，没哭过。现在陆宴臣说她受了委屈，她就忍不住了。因为她知道，会有人哄她、心疼她。

陆宴臣看她那双漂亮的眼睛哭得泛红，便不许她再哭："要是哭肿了眼睛，待会儿该痛了。"

"这我哪里忍得住？"姜予眠吸吸鼻子，揪着陆宴臣手里的纸巾一揩。

陆宴臣也不嫌弃。他哄人时颇有耐心，说话也温柔："肚子饿不饿？我们去吃点儿东西？"

姜予眠红着眼睛和鼻子，认真地思考了这个问题，却回答他："不知道。"

"不知道啊？"陆宴臣扶着她肩膀的手移到了她的腹部，"它告诉我，你饿了。"

他睁着眼睛说瞎话，姜予眠偏要跟他作对："才没有。"

可话音刚落，肚子就叫了几声，姜予眠闹个大脸红——真正跟她作对的是她自己。

陆宴臣问姜予眠想吃什么，她从众多菜品中选了鱼。

他们吃完饭就该回家了。陆宴臣开车，姜予眠打开导航一看，却发现这不是回公寓的方向。

"不回公寓吗？我们要去哪儿？"姜予眠以为他还有什么特别的安排。

陆宴臣却告诉她："回青山别墅。"

这个男人真是矛盾，有时温柔体贴，事事在乎你的意见；有时强势霸道，不问你的想法直接做主。

偏偏，他把每件事都处理得很好。

就像现在，他说要去青山别墅，姜予眠也觉得没关系。那个地方对她来说，像另一个家，并不陌生。

她的卧室永远是干净整洁的，衣柜里的衣服都可以直接穿。姜予眠果然哭疼了眼睛，用毛巾敷了一会儿，好了许多。

她在浴缸里泡澡。当蓝色的浴球完全化开，一只蝴蝶漂浮起来。姜予眠伸手捞起蝴蝶，心情都因藏在浴球里的小惊喜而变好了。

洗完澡，姜予眠握着手里的小东西去找陆宴臣。房间里没人，见书房里射出一道光，姜予眠来到门前，轻叩两声："我可以进去吗？"

这么多年，姜予眠还真没进过青山别墅的书房，总觉得有些神秘。这会儿陆宴臣简单一个"进"字，姜予眠终于踏入这个陌生的私人领地。

放眼望去，这间书房的布局跟陆家的那间差不多，好像没什么特别的。

姜予眠把藏在身后的东西摊开，像找到糖果的小孩儿，跟别人炫耀自己的宝贝："我抓到一只蝴蝶。"

陆宴臣一眼认出，那是浴球里的东西。由特殊材质制成的蝴蝶，会在浴球化开时漂浮到水上。他没想到她会这么开心。

"很喜欢？"见姜予眠笑，他心情舒畅，说，"家里有很多，喜欢就拿去玩。"

"你一个大男人在家里泡澡还玩这个吗？"她倒不是觉得男生不能有这个爱好，只是以陆宴臣的形象，他喜欢这个，感觉……挺奇妙的。

陆宴臣本是为她准备的……他没反驳，顺着这话反将一军："嗯，万一捉到了小蝴蝶呢？"

姜予眠鼓鼓嘴，不敢调侃他了。

这人，正经的时候理智到可怕，不正经的时候……更是胆大。

好在这会儿陆宴臣有事处理，没从座位上过来找她麻烦。

姜予眠握着蝴蝶在书房里打转，偶尔踮脚翻翻这本，看看那本。

陆宴臣一切都由着她。

直到姜予眠发现，书架后别有洞天。

奖杯、相框、玩具等不同物件分类摆放在收纳柜中，或者展示架上，这里像一间收藏室，而那些种类繁多的物品看起来已经颇有年头。

姜予眠想仔细看看，又因为没经过主人同意，讪讪地收回手。

"想看就看吧。"陆宴臣突然出现在她的身后。

"这些都是你以前的东西吗？"

"嗯。"

原本有一部分放在陆家，他买下青山别墅后，就把以前的东西都搬了过来。

姜予眠觉得稀奇，东看看西看看。发现那些奖杯跟奖状一个比一个含金量高，她不禁发出感叹："陆宴臣，你好厉害啊！"

不得不说，她这崇拜的语气让陆宴臣十分受用。

姜予眠对他的过去充满好奇，连角落都看了，还拉开抽屉："咦，这里有部手机。"

那手机看起来是很多年前的款式。陆宴臣居然这么念旧，连一部旧手机都收藏到现在。

可这么多年来，他应该换过许多部手机，却只收藏了这一部。

陆宴臣脸色微变，单膝蹲在她身旁，启唇道："这是我十二岁的生日礼物。"停了几秒后，他补充道，"爸妈送的。"

陆父、陆母自知工作繁忙，没有回家的打算，提前给两个儿子邮寄礼物回家。收到这部崭新的手机后，陆宴臣迫不及待地换上卡，没想到，用这部手机打出去的电话却断送了父母的性命。

"他们用这部手机拍了照片和视频，用这样的方式跟我见面。那时我觉得他们这么做很没意思，后来发现，他们是对的。"

他还记得父母在视频里对他跟陆习说的话。他们说，想爸妈的时候就可以打开手机看。

对男孩子来说，这种煽情的话让他觉得难为情。但后来，他把那些视频反反复复看了不知道多少遍。

姜予眠的心跟着他的声音一起变得沉重，她问："那些视频还有吗？"

陆宴臣站起身："已经很多年了，手机早就坏了吧。"

陆氏集团岌岌可危的时候，他彻底清醒过来。他要做的事很多，要承担的责任很重，有些记忆和情感，只适合留在回忆里，慢慢淡去。

姜予眠用手指擦了擦屏幕，发现这部手机外表一直被保存得很好："手机可以借我吗？我想试试……"

陆宴臣满足她的好奇心："随你。"

姜予眠把手机揣进兜里。

她穿着长款睡袍，腰间系了蝴蝶结，里面还有一条裙子。

姜予眠泡澡时扎起的丸子头没拆，碎发毫无章法地向四周冒。陆宴臣一伸手，她的发圈就脱了。

姜予眠乌黑的长发散下来，凌乱地披在肩后。她夺过发圈，说："你别弄我的头发。"

陆宴臣眼底含笑："这样好看。"

"披头发好看，扎头发就不好看吗？"

女人永远能够迅速地抓到"重点"。

"都好看。"

男人给出中规中矩的答案。

她那张脸，太年轻、太清纯，素颜扎头发的时候像十七八岁的小朋友，不是不好看，而是……

"不太好下手。"

"嗯？"姜予眠没听清。

陆宴臣不肯重复，柔声哄道："不早了，回去休息吧。"

他把进退的分寸掌控得很好，倒是姜予眠被勾得心痒痒。

之前在外面，陆宴臣总亲她。今天两个人在家里独处，他却什么也没做。如果这是欲擒故纵的把戏，那么她承认，陆宴臣成功了。

回到青山别墅这一晚，姜予眠睡得很沉。

睡前，她想了很多，醒来后对最近的事情也有了明确的规划。

上午，姜予眠回复了陆习昨天发来的多条信息，并主动要跟他见面："你今天有空吗？"

"有有有，当然有！"陆习迫不及待地答应，兴高采烈地在房间里收拾打扮一番。全身镜里照出那个穿着红色羽绒服的身影，心态年轻的陆习仍是十七八岁的少年模样。

两个人见面后，姜予眠做的第一件事却是跟他道歉。

陆习顿时蒙了。昨天姜予眠控诉他欺骗，今天却反过来跟他道歉？

"对不起，陆习。"

"你……你这什么意思？"

"关于你跟我表白，我却质疑你用心的事。"

"这有什么大不了？"陆习摸摸脑袋，"以前我的确做得不够好，以后……我会证明给你看。"

"不，我的意思是，我应该尊重你的喜欢。但是陆习，我拒绝你也是认真的。"她望着陆习的眼睛，坦诚地告诉他，"我有喜欢的人了。"

陆习整个人都僵住了："你喜欢谁？"

这话听起来还算平静，姜予眠却看见他的手紧握成拳。她丝毫不怀疑，以陆习冲动的性格，他听见那个人的名字后会发火。

马上就是他们的生日了，她怎么也得等陆宴臣最难熬的那天过了再说。

姜予眠只能拖延："有些事我还没想好。再过几天，我会告诉你的。"

陆习迅速地思考姜予眠可能喜欢的人，除了沈清白，没别人。

姜予眠很少交友，私交较好的异性寥寥无几。沈清白跟她住在一个小区里，他们一起负责项目，日久生情就是最合理的解释。

陆习问："你们还没在一起，对吧？"

姜予眠没说"是"，也没说"不是"。

陆习拍桌站起身，再次宣告："你也说了，拒绝是你的权利，追求是我的权利。你能喜欢别人，我也能喜欢你。我不会就这么放弃的！"

他活了二十几年，好不容易有个喜欢的女孩儿，怎么肯轻易放手？

姜予眠习惯跟人心平气和地讲道理，可显然陆习根本不吃这套，结局只能是不欢而散。

见过陆习，姜予眠又去找了盛菲菲。

朋友闹矛盾的时候不能拖，一拖就会胡思乱想，如果两个人谁也不肯先低头，就会渐行渐远。好在姜予眠是理智的，愿意主动踏出那一步，去跟朋友和解。

盛菲菲在景大附近的美术学院上学，姜予眠曾经去过盛菲菲住的地方，还知道大门的密码。

到门口后，姜予眠给盛菲菲打电话。盛菲菲刚好拎着一袋美术工具从电梯里出来，手机"嗡嗡"作响。

二人站在走廊里对看几秒钟，姜予眠挂断电话，盛菲菲换了只手拎东西，去输密码开门。

盛菲菲开了门，见姜予眠站在门外一动不动，把东西往旁边一放：

"进来吧。"

盛菲菲肯让姜予眠进屋，说话时却没有以前那股热乎劲了。

姜予眠猜她还在生气。

姜予眠进了屋，盛菲菲也跟从前一样，没有特意招呼她，先把工具放到画室里，才出来见她。

姜予眠开口："菲菲，对不起。"

盛菲菲动作一顿："你不会又是因为陆习喜欢你这件事来跟我道歉吧？"

"不，"姜予眠解释道，"我在知道那件事后没有第一时间告诉你，这才是我道歉的原因。"

盛菲菲捏着刚才购物的小票："那这么说，我也应该向你道歉。我没有考虑你的难处。"

她们奇奇怪怪的，不像是在吵架，倒像是在比赛认错。

偏偏姜予眠还认真地思考了一下，对盛菲菲说："你要因此跟我道歉的话，我接受。"

盛菲菲实在憋不住，"扑哧"一声笑出来。她把揉成团的小票扔进垃圾桶里，摆摆手："算了，跟你吵架没意思。"

姜予眠没懂盛菲菲的意思，按照自己的想法说实话："我没想跟你吵。"

盛菲菲坐在沙发上，跷起二郎腿："我想跟你吵啊。"

姜予眠说："吵架不好。"

伤感情。

盛菲菲扶额，心想：真是败给她了。

"其实昨晚回来我就没气了。"盛菲菲搂住抱枕，"仔细想想，我也没那么难过。当我发现陆习喜欢别人的时候，居然一滴眼泪也没掉。

"可能我早就不喜欢他了，只是没遇到更喜欢的人，所以一直坚持着，好像自己很专情一样。"

盛菲菲的那份喜欢早就埋葬在十七八岁的青春里，跟二十二岁的她有什么关系？

盛菲菲一副看淡了的样子，说："正好，这次托你的福，让我彻底断了念头。"

姜予眠半信半疑："你真是这么想的？"

盛菲菲郑重地点头："比真金还要真。"

姜予眠眼里恢复了光彩："那我们……和好了？"

盛菲菲犹豫了一下，拇指捏着食指比画："还差那么一点点。"

"哪一点？"姜予眠问。

盛菲菲扔了抱枕，双手合十搓了搓，一脸期待地问："你喜欢的那个人是谁？"

姜予眠瞬间愣住。今天有两个人问了她这个问题。

上一个姜予眠暂时不能说，这一个……姜予眠有点儿害羞，问："怎么突然问起这个？"

"好奇啊，我姐妹有喜欢的人我居然不知道，这合适吗？"盛菲菲拽姜予眠的胳膊，"你快满足一下我的好奇心吧。"

姜予眠被盛菲菲摇得不能安生，眼神飘了一圈，说："其实这个人……你也认识。"

"我认识啊？"盛菲菲更加好奇了，"快说，是谁？"

"陆……"

姜予眠慢腾腾的，刚说一个字就被盛菲菲打断："你昨天才说不喜欢陆习的！"

"不是陆习！"姜予眠扬声反驳，脱口而出，"是陆宴臣。"

盛菲菲呆住了，很久之后，竖起大拇指给姜予眠点了个赞："你好强，连陆家大哥也敢上。"

姜予眠支支吾吾的，悄然红了耳朵："还……还没上呢。"

菲菲可真敢想。

陆家兄弟俩的生日一晃就到，因为日子特殊，陆家从来不会为他们庆祝。

陆习觉得每个人都是独立的，哥哥犯的错不该由弟弟承担，每年享受着生日该有的热闹和祝福。反之，陆宴臣永远被束缚在十二岁那年的那个冬天。

今年的冬季比往年更加寒冷。

姜予眠在晚上十二点之前给陆宴臣发了最后一条信息，继续坐在电脑前导入数据。

之前她把从青山别墅拿到的手机拿去实验室，借用机器帮忙恢复数据，一并传输到电脑上。

今晚陆宴臣在祠堂里，她必定睡不着，干脆加个班，把那些数据转化成音频导出来。

视频画质严重受损，模糊不清，声音有些断断续续的，但姜予眠还是听到了一对中年夫妻的声音。

父母，都是疼爱自己孩子的啊……

姜予眠一边传输数据，一边尝试修复文件。一道稚气的童声跟还未变声的少年音交替传入耳中，姜予眠一下子来了精神。

那似乎是，陆宴臣跟弟弟陆习的声音。

姜予眠正要仔细听，公寓楼里一阵巨大的动静惊醒了所有人。

姜予眠走到窗口去看，只见一团熊熊燃烧的火焰直往上蹿。

"着火了！"

"快跑！"

公寓楼里乱成一片，充斥着逃命求救的声音。

令人窒息的烟雾散至每个角落，烈火无情地吞噬着周遭的一切，像凶猛的怪兽露出獠牙和魔爪，彻底打碎夜晚的宁静。

通红的火光照亮一片天，察觉危险的人纷纷逃窜。姜予眠迅速抱起电脑，走到房门口又折回，打开抽屉拿出日记本，跑到楼梯间。

电梯还在运行，却不能使用。姜予眠用湿毛巾捂住口鼻从安全通道飞速下楼，还遇到两三个跟她差不多大的学生。就在他们以为马上就要逃出去的那一刻，一道倒塌的铁门挡在出口的方向，阻挡了去路。

嘉景公寓附近年轻人较多，发生火灾的第一时间，照片和文字信息就被人发到网上。有人甚至站在远处开启直播。

高速公路上，驾驶黑色轿车的男人面色冷静，脚下却不断加速。

他联系不上姜予眠。

他打破惯例离开祠堂，失了理智，以最快的速度冲向火场。

大门被堵死，姜予眠跟其他人不得不回到室内寻找安全点。

"去阳台求救。"

有一面墙壁还没被烈火覆盖，高度却不允许他们直接跳下去。

在他们等待救援的过程中，最先被摧毁的是理智。

有人喊哑了嗓子，楼下终于支起逃生气垫。一对情侣拉拉扯扯，女生缩在男友的怀里瑟瑟发抖："要跳下去？我不敢。"

有些人天生恐高，会产生一种致命的恐惧感。

依靠气垫逃生只能一个一个下，这当中已经有人鼓起勇气往下跳。有人成功获救，有人则跳离中心点差点儿直接摔到地上。

女生跟随男朋友来到阳台边，害怕到双腿发颤。她一直抓着男朋友，嘴里念叨着害怕。

男生最终狠心地把人推开："你不敢跳，我可不想跟你一起死。"

姜予眠早已弃了电脑，手机也在逃跑时遗落，只带着怀里的日记本。

她在楼梯间里吸了烟雾，难受极了，撑着来到窗台边准备跳下去时，却被女生死死拽住："带我一起，求求你。"

姜予眠嗓音沙哑地说："你跳啊。"

女生却哭着说："我不敢。"

女生不敢跳，也不肯松手。

烟雾越发浓了，姜予眠的湿毛巾早已起不了作用，她一时间无法挣脱体形大自己许多的女生，急红了眼："逃生气垫一次只能救一个人，你要跳就快跳。"

她不想死。

她得活着。

挣扎的过程中，姜予眠头部撞到阳台上，眩晕了片刻。

楼下喧闹声不断，大家都喊着："跳！快跳啊！"

蔓延的火势冲进房间，女生被吓得顾不上恐惧，踩着凳子爬上阳台，摔在气垫上。随后，惊魂未定的女生哆嗦着说："上面……上面还有一个女生……她晕倒了。"

恍惚间，姜予眠看见冲天的火光，听到熟悉的声音。

"眠眠。

"姜予眠！"

沉重的身体一下子腾空，她被人抱了起来。姜予眠睁开眼，有风擦过脸颊，滚烫的、炙热的。

那个抱着她逐渐降落的人，是陆宴臣。

陆习最近事事不顺，在生日当天喝得烂醉，从下午躺到晚上，又被李航川的电话叫醒，得知嘉景公寓出事了。

陆习立马醒了酒赶过来，眼见施救人员在周围拉起了警戒线。姜予眠的手机关机了，陆习在附近打转，找人询问消息。

这边要么是不知情的群众，要么是忙于善后的施救人员，陆习不死心，碰着人挨个儿问。他没注意路，差点儿被绊倒，低头一看，脚下是个厚厚的本子。陆习弯腰捡起来，翻开发现是个日记本。他本不在意，上面的姓名却深深地吸引了他的注意力。

20××年10月10日
星星很漂亮，眠眠很想你们。

20××年10月12日
爸妈走了，哥哥也回家了，我只有爷爷了。

20××年12月18日
爷爷生病了，我好害怕。

20××年6月
爷爷去世后，我躲在房间里偷偷哭，被他发现了。
哥哥说，他一直一个人生活，叫我不要害怕，还教了我很多。

本子上记录了一个少女最煎熬的时刻。陆习逐渐失去耐心，几页几页地夹在一起往后翻。

这一年，姜予眠刚上高一。

20××年9月
开学了，我一点儿都不开心。
一个人报名，一个人吃饭，一个人回家。

20××年10月
终于放假了，舅舅、舅妈带着弟弟出去旅游了。
我不羡慕他们。以前我这么大的时候，也有爸爸、妈妈带着我……可惜以后不会再有了。

20××年11月
哥哥得奖了。他好厉害啊，我也想成为像他那样的人。

20××年12月

她们来找我麻烦，竟然是因为有人喜欢我。我打不过她们，好疼啊……

20××年1月

为什么都不肯帮我？为什么都要我原谅？我不能默默忍受。

哥哥说过，一个人也要好好生活。

到后来，"哥哥"在她笔下出现的次数越来越多。她似乎把"哥哥"当成支撑她前行的精神动力，用"哥哥"的优秀鞭策自己继续努力。然而她生活中所遭遇的不公、歧视、排挤，一步步把那个脆弱的女孩儿逼向深渊。

陆习迫不及待地想知道这个"哥哥"到底是谁，直到翻到后面，每页上都有陆宴臣的名字。

日记本在空中翻了好几页，"啪"的一声，重重地落到地上。

过了许久，陆习才从震惊中回过神，弯腰捡起本子。

他意外看到的这段文字，让他瞬间红了眼眶。

20××年5月

我坚持不下去了。想给哥哥打电话，但我没有他的联系方式。

我找到了陆爷爷曾经留下的号码，犹豫了很久才打过去。接电话的人好凶，他说哥哥很忙，警告我不要再往他们家打电话。

…………

人都是这样的，舅舅、舅妈都不想管我，更何况没有血缘的故人。

被亲人冷漠对待，遭受校园暴力，姜予眠最煎熬的时候，曾鼓起勇气给陆家打过一通求助电话。

那天陆习抱着篮球正要出门，顺手接了电话，听说有人要找陆宴臣，直接说："找我哥？我哥忙着呢，谁管你啊？

"不知道你用什么手段拿到了我家的电话，但我警告你，别再乱打电话，小心我告你骚扰！"

认识他哥的人都知道，他哥不住在陆家。这个人想通过他骗取大哥的联系方式，门都没有。

那个时候，陆习眼里只有玩，没有深究那通电话背后的故事，接完就置之脑后。他根本不知道，自己脱口而出的话断送了女孩儿最后的希望。

从那以后，姜予眠再也没联系过陆家。

陆习死死地攥着日记本，反复看这段话，双眼通红。

他此刻悲痛的模样吓到了路人。

"小伙子，你是要找人吗？"

"我……朋友就住在起火的那栋楼里。"

"这附近不安全，人要么被疏散到学院路那边去了，要么被送去医院了。"

陆习带着本子转身，朝路人指的方向跑去。

他想立马见到姜予眠，跟她道歉。

没受伤的人集中在一片空地上休息，受伤的则被送到最近的医院。陆习拿着姜予眠的照片问了一圈，发现她不在这里，于是去了医院。

他一番寻找，终于有了收获。

护士告诉他："刚才的确来了几个从火场出来的人，在急诊区。"

现在已经凌晨一点多，来看病的人都挂急诊，寻人范围缩小了许多。

可他来得不巧，急诊区里的确坐着一堆从火场来的人，却没有姜予眠。

"你们见到这个女生了吗？她是我朋友。听说发生火灾，我联系不上她。"陆习拿出姜予眠的照片。

旁边人看了一眼，对美女印象深刻："有，刚才她跟一个男人一起来的。"

男人？难道是沈清白？

路人给他指了一个方向："那个男的手受伤了，刚包扎完，好像去洗手间了。"

陆习一路寻去，在走廊里看到了自己要找的人。

她面前站着一个身材挺拔的男人，正是他的大哥陆宴臣。

陆习来不及思考本该跪在祠堂里的大哥为什么出现在这儿，正要提步上前，却看见自己挂念了许久的女孩儿主动搂住男人的脖颈，踮脚吻了上去。

被陆宴臣救下来后，姜予眠就醒了。

楼上那一下撞得她晕晕乎乎的，好在并不严重。在去往医院的路上，她已经清醒过来。

陆宴臣不顾自身安危，徒手爬上四楼，系上救援绳抱她下去，胳膊和手全被不同程度地擦伤、勒伤。

而在他怀里的姜予眠被保护得很好。

在去往医院的车上，姜予眠止不住地流眼泪。

"别哭。"陆宴臣抬手想替她擦拭，看到手上的血，又收起来，藏在身后，"你一哭，我的心就疼。"

"都这种时候了，你还说胡话。"姜予眠只当他是在说好听的话哄她。

陆宴臣无力地笑道："不骗你，真的。"

姜予眠擦干眼泪，使劲憋着，在医生给陆宴臣上药包扎时，死死地咬着唇。后来陆宴臣说去洗手间，她也非要跟着。

到了卫生间门口，陆宴臣不得不提醒："眠眠，这是男厕所。"

女孩儿委屈巴巴地望着他，眼里满是不舍："我就在外面等你。"

她那副可怜巴巴的模样，像是被遗弃的宠物。

可她不是宠物，是掉一滴眼泪都会让他心疼的姑娘。

他们站在公用洗手池前，陆宴臣决定让她帮忙："好了，我不方便，你帮我把左手上沾了灰的地方擦干净。"

"嗯嗯！"姜予眠扯了纸巾，认真地替他擦拭没有受伤的地方。

休息的地方一堆人，走廊里却很安静。

于是他们停在回去的路上，陆宴臣安抚："今天吓到了，是不是？"

姜予眠老实地点头，回想起来一阵后怕："大火来得太突然，我好不容易跑下楼，发现出口被堵住，要跳下去的时候也好害怕。"

结果那个人拉着她，害她晕倒在火场。如果不是陆宴臣不顾危险冲上来救她，或许她就要葬身火海了。

"你不是应该……在祠堂里吗？"

"本来打算给你回最后一条消息的。"

发达的网络让他在准备放下手机的关键时候得知这一消息——向来沉稳的他失了理智，不要命地找到她。

困住他十七年的噩梦，因此被中断。

姜予眠知道他对父母的那份愧疚多年来早已渗入骨髓。曾经，她愿意陪陆宴臣一起，后来发现陆宴臣被困在其中，而解铃人死了，谁也拯救不了他。现在，在他生日当天，她又差点儿出事。

陆宴臣无法想象那个场景。即使现在在他们平安逃脱，他依然觉得那是一场令人恐惧的……噩梦。

"又是一场噩梦。"

姜予眠缓缓摇头："可是你救了我，我们都还活着，这是好事。"

陆宴臣不得不承认："你没受伤，的确是好事。"

"不止这样。"姜予眠拉住他没受伤的那只手，"陆宴臣，你的生日从来不是噩梦，我听到叔叔、阿姨在视频里对你说的话了。他们很爱你，一定希望你快快乐乐地活着。"

每个人都肩负着责任，要努力工作、照顾家人，无法兼顾的时候，他们更倾向于选择前者，赚取足够的钱给孩子更好的生活。

他们没有错，只是选择不同。

"你想念他们，他们也在想念你。你看过视频很多次，难道忘了他们在视频最后说的话吗？"

因为陆宴臣跟陆习年龄相差较大，能听懂的文字信息不一样，陆爸、陆妈对两个孩子一碗水端平，分别录制视频，用适合兄弟俩的方式道贺。

陆宴臣的父母在视频最后对他说的话是："你出生这天是我们最幸福的时刻，亲爱的儿子，祝你生日快乐。"

陆宴臣没忘，更不可能忘，那些话牢牢地刻在他的脑海中。

正因为如此，他才更痛恨那通许愿的电话。

鲜少外露情绪的男人额前青筋暴起。

姜予眠试图安抚他："曾经只从别人口中听到你年少时的经历，我无法判断什么，所以一直不敢发表意见，但是现在……"她感知到了那对夫妻对他的爱，那样的父母，即使走到生命尽头，所想的一定不是埋怨，而是遗憾没能满足孩子的心愿，对他失约了。

所以现在，她勇敢地踮起脚，将美好的祝福连同自己的心一并交付："生日快乐，陆宴臣。"

女孩儿的唇，柔软而甜蜜。

男人眉头舒展，紧握的手逐渐松开，转而搂住女孩儿纤细的腰。

远处的陆习死死地盯着这一幕，几乎要将手里的日记本捏烂。

竟然是这样……姜予眠喜欢的人，就是她日记本里的"哥哥"，也是他的大哥陆宴臣。

终于，分开的二人发现了陆习。在他们看过来的瞬间，陆习不知道出于何种心理，转身消失在医院里。

姜予眠有些惊讶，还有些无措："陆习，看见了。"

陆宴臣单手护着她，稳重而可靠："他迟早都要知道的。"

姜予眠打算找陆习坦白，结果第二天先接到了陆老爷子的问候电话。

陆老爷子在醒来后得知嘉景公寓出事了，连忙打给她，听她说平安还不信，非要她回去。谈婶就在旁边，二人一唱一和的，姜予眠不得不答应。

不过这次，她是跟陆宴臣一起回的陆家。

见姜予眠安然无恙地出现，陆老爷子很是欢喜，转头一看陆宴臣，疑惑地皱眉："你没在祠堂里？"

不等陆宴臣回答，旁边的谈婶惊呼："哎呀，宴臣你的手怎么了？"

因为昨晚拉着绳子降落时勒伤了掌心，此时男人手上包裹着几层纱布，十分显眼。

陆老爷子终于发现不对，惊讶地问："你这手……？"

陆宴臣面不改色地说："小伤。"

姜予眠不着痕迹地挡在他身前，清楚地告诉他们："昨天公寓起火，是宴臣哥哥及时出现救了我，结果自己受了伤。"

这样他们便知道，陆宴臣没在祠堂里是因为出去救她了，受伤也是为了救她。

作为一个外人，把责任往自己身上揽其实并不明智，但姜予眠已经足够了解陆老爷子的行为方式。

就好比现在，一听陆宴臣是为了救姜予眠受伤的，陆老爷子立刻说了几句好话，夸他有担当，却没指责姜予眠半句。

陆老爷子对她一个外人，都比对陆宴臣关心得多。

她并没有那么开心，反而为陆宴臣感到难过。陆宴臣所做的一切是为了让人夸他英勇无畏吗？当然不是。他救了自己不想失去的人，受伤也在所不惜，但如果，有更多人关心他一下就好了。

可惜陆老爷子永远不会像呵护陆习一样去对待陆宴臣。

姜予眠替陆宴臣感到不公。

陆老爷子忽然问："祠堂那边，还去吗？"

陆宴臣沉默片刻，转身就要走。姜予眠反应极快地抓住他的手，抓得很紧。

所有人都望着姜予眠。

她硬着头皮解释："宴臣哥哥昨晚受了伤，不只是手。医生说他要好好休息——去祠堂他会受不了的。"

陆宴臣救了姜予眠，姜予眠替他说话也在情理之中。陆老爷子没多想，还在看到陆宴臣的包扎痕迹时松口了："既然受伤了就好好休息，那边就先别去了吧。"

姜予眠稳稳地抓住陆宴臣不放。

她赌赢了。

陆宴臣迟迟走不出过去的原因，不仅在于自身重情，更在于有人长期施压。

她知道陆宴臣并不惧怕陆爷爷，但觉得亏欠，所以一直纵容这位思想顽固的老人。陆爷爷每次提到与陆宴臣的爸妈相关的事，陆宴臣都会退让。

姜予眠拉着陆宴臣说："我有点儿事没弄完，需要借用你的电脑。"

陆宴臣带她去了书房。

姜予眠的手机跟电脑都丢了，这对一个从事计算机行业的人来说非常难受，不过在那种时候，保命要紧。人活着，数据可以恢复，就好比陆宴臣早上让人送来了新手机，很快就办好新卡，还是原来的那个号。

姜予眠联系了实验室的同事，麻烦他把旧手机里的数据重新传输一份过来。姜予眠重复昨晚的工作，导入音频。

长期依赖电子设备的她深知备份很关键，虽然麻烦，却能在关键时刻发挥很大的作用。

这次姜予眠听得很快，关于父母的部分直接跳过，直到混有童声的那个地方……

那段话并非从视频中提取的，包含陆爸、陆妈和两个儿子的声音，听起来似乎是双方在打电话时无意间录下的音频。

"你们老师一直在夸你，儿子真棒。"

刚开始只有陆宴臣在跟母亲通话，不久之后，开着玩具车的陆习突然冲进来，喊着要跟妈妈说话。

陆宴臣把手机递给弟弟。

陆母在电话里问小儿子："玩具好不好玩？"

小陆习说："好玩，还要。"

陆父讲话的声音插进来："买，只要你喜欢，爸妈都给你们买。"

小儿子想要什么都直说，大儿子却很懂事，从不主动提要求。夫妻俩不偏心，便问陆宴臣有什么生日愿望。

少年却说:"没有。"

这时,小陆习那道稚嫩的童声重新挤入电话里:"要爸爸、妈妈回来玩。"

陆宴臣告诉弟弟:"他们很忙。"

小陆习不听,父母则用另一种方式安抚小儿子:"小习,你已经许愿要玩具了,不可以贪心。"

小陆习不依不饶,缠着哥哥向父母许愿:"哥哥,许愿,要爸爸、妈妈回来陪我玩。"

六岁的弟弟直白而简单的要求戳中了少年对父母的思念。在弟弟的催促下,少年终于许愿:"我希望,你们能够回来陪我跟小习过生日。"

陆爸、陆妈很是为难。

小儿子好哄,拥有简单的玩具就能开心,可大儿子不一样。那么懂事的孩子,唯一的生日愿望只是见他们一面。夫妻俩犹豫很久,同意了儿子的要求。

至此,录音结束。

这才是十七年前的真相……

姜予眠坐在椅子上,久久没有动弹。等她回过神来时,脸上的眼泪都快干了。

姜予眠跑去洗手间里洗了把脸,鼻尖红通通的,出来时又差点儿撞到陆宴臣。

"怎么了?"陆宴臣一眼察觉她不对劲。

"没……没事。"姜予眠心里慌慌的。

那条录音,她不确定有多少人听过。但她肯定,那通电话的经过,陆宴臣一定记得。

那时他已经十二岁,怎么会不记得许愿的起因和经过?可他什么都没说。

刚经过冷水刺激的鼻尖再度泛酸,姜予眠张开手臂:"陆宴臣,你抱抱我。"

陆宴臣,我想抱抱你。

女孩儿一脸可怜的样子让男人坚硬的心变得柔软。他把人揽进怀里,下巴轻轻压在她的头上,似乎把她整个人包裹起来了,以一种充满安全感的姿势。

"有什么事情要跟我说?"

姜予眠随口扯了个谎："真的没什么，我刚才打盹做了个梦，梦见火灾，心有余悸。"

有人在公寓里乱接电线，不慎起火，恰好周围有易燃物，火势蔓延得很快。除了像他们这样平安逃脱的人，还有两个人重伤入院。

到了后半夜，天降大雨，冲刷了火烧的痕迹。

陆宴臣信了她的话，整个下午都陪她待在书房里。

傍晚又下了一场雨，吃饭时，姜予眠有意挨着陆宴臣坐下——理由是陆宴臣的右手因她受了伤，她要肩负起照顾陆宴臣的责任。

陆老爷子没有怀疑，只有陆习注意到二人之间的互动，心里难受极了。

自己喜欢的女生喜欢别人，那个人还是自己的大哥，除了吃醋，陆习还有疑惑。他难以想象，差别这么大的两个人是怎么走到一起的……

陆宴臣才回国半年，突然就跟姜予眠两情相悦了？还是说他们很早之前……

那时姜予眠还是个高中生，如果陆宴臣对比自己小这么多的女孩儿动心思，那可真恶心。

还有姜予眠，在日记本里明明白白地写着"哥哥"，却亲了陆宴臣，这算什么？

陆习越想越气，直接扔了碗筷："不吃了。"

"这臭小子，越来越无法无天了！"陆老爷子吹胡子瞪眼，却又拿小孙子没办法，还以为他是出了什么事，让人去问问。

陆习心情不好，不见任何人，直到陆宴臣主动敲开他的房门。

"哟，大哥来了。"陆习开口就是嘲讽，"刚表演完一出英雄救美，不抓紧时间培养感情，来向我炫耀？"

陆宴臣不轻易动怒，沉稳地训道："你现在这副怨天尤人的样子，是做给谁看的？"

"我怨天尤人？"陆习不甘地控诉，"明明是你们自己做了龌龊事。"

"不会说话可以闭嘴。"陆宴臣不接受陆习把那些难听的词用在姜予眠身上。

"这就听不惯了？"陆习继续嘲讽，"也是，外面都夸您丰神俊朗、洁身自好，他们哪知道，你连住在家里的妹妹都不放过。"

"你喜欢就是真心实意，我动心就是哄骗不堪？"陆宴臣抬手，在他的脑袋上轻敲几下，"陆习，二十三岁的人了，长长脑子。还有，别用现在这种表情来面对我，面对她。"

陆宴臣头一次出手，警告肆意妄为的弟弟："我跟她，没有对不起你。你不要用这双充满恶意的眼睛看她。"

陆习的确算不清那些账，怒道："你夺走了爸妈，还要抢走我喜欢的人！"

陆宴臣简直被气笑了。他怎么会有如此蠢笨的弟弟？

"这么多年，我为陆家付出一切。陆习，我不欠你的。"他没想跟兄弟煽情一番然后握手言和。故事的结局早已注定，从此，他只想护住自己想护的人。

陆宴臣转身离开，步伐果决，充满坚毅。

陆习在原地愤懑不已。

就在这时，一道脚步声由远及近，灯光下出现了姜予眠的脸。

"小哑……"陆习还像以前那样唤她，又想起复杂的关系，改口道，"姜予眠。"

姜予眠丝毫不在意这些，一步步走到陆习面前，一张脸冷若冰霜，连声音都是生硬的："你为什么……要那样说他？"

"我……"气势汹汹发火的人突然变成被逼问的一方，陆习梗着脖子，粗声粗气地道，"我怎么了？我有说错吗？他本来就欠我的。"

"啪——"

从未主动动手打过人的姜予眠，第一个巴掌扇在了陆习的脸上。

陆习难以置信，眼底一下子冒起火光："姜予眠，你……你居然为了他打我！"

从来没人打过他耳光，而姜予眠居然为了陆宴臣打他！

"你该打。"姜予眠声色俱厉地说，"我从来都不属于你，何来他抢走我一说？"

姜予眠又想起陆习向她表白的话，跟当初在电话里听到的无情男声截然不同……她再也无法和颜悦色地跟他好好谈话。

她直接把最狠的话说了出来："你说喜欢我，要追我……但你知道吗？我根本不可能喜欢你。"

陆习咬牙切齿，不甘地追问："为什么？"

姜予眠笑，回忆起很多年前的那通电话："高中时我遇到过校园暴力。那时我觉得自己快熬不下去了，便跟你们求助……是你接了电话。你还记得吗？你讽刺我痴心妄想，警告我不准再打。

"其实，不用你威胁，我根本不会打第二次。"

因为那一次已经耗尽了她所有的勇气。

那是陆爷爷的孙子，陆宴臣的弟弟，她怎么会质疑他的话呢？她只能觉得，陆家根本不会对她施以援手。于是她靠自己撑了下去，直到陆爷爷主动提出带她回家。

姜予眠是个明白人，从未因那件事记恨陆习："其实我不怪你，帮我是情分，不帮是本分。只是，你那时真的很恶劣。你生活在云端，不知道陷在泥潭里的人有多么绝望。任何一句话，都可能是压倒他们的最后一根稻草。"

她从来不提往事，甚至在后来的相处中跟陆习成为朋友，却不代表她的心里会忘记那些伤痛。

陆习嚣张的气焰瞬间减弱："这事我的确对不起你。我知道错了。"

在看到日记后，他就明白自己做错事了，匆忙赶去医院之后撞见的画面让他的心中充满忌妒，连带着歉意也消失了。如今姜予眠亲口提起，浓浓的愧疚感再次席卷而来，陆习悔不当初。

"不，你真正对不起的人不是我。"姜予眠扬起手机，当着他的面按下播放键。

陌生的对话声从手机里传出来，陆习从疑惑到震惊，最后已是满脸难以言喻的惊慌之色。

姜予眠故意问："听清楚了吗？当初胡搅蛮缠要爸妈回家的人究竟是谁？"

陆习面如死灰，姜予眠却没打算放过他。她当着陆习的面说出了鲜血淋漓的真相："是陆宴臣替你隐瞒，代你受罚，还因此自责多年。

"你每年过生日潇潇洒洒，肆意享受陆爷爷对你的宠爱，可这一切本该属于陆宴臣。

"他那么努力，从小就那么优秀。为了你，为了保护他唯一的弟弟，他一个人默默承受所有的指责和唾骂，背负'任性地害死双亲'的罪名，一夕之间失去所有。"

那个看似无情的男人其实最重情。

陆习被姜予眠犀利的话逼得节节败退。

可她仍不肯停："可你呢？你做了什么？你仗着陆爷爷的偏爱不学无术、任性妄为，还跟陆爷爷顶嘴。你靠陆宴臣挣的钱挥霍度日，从未想过担起守护陆家的责任。"

陆习哑口无言，颓丧地靠向墙面。

"我从来不喜欢跟别人分享自己的感情。不过现在，我可以告诉你实话。"她气势汹汹，自己先红了眼眶，眼里满是少女的倔强，第一次袒露心扉是为了保护自己喜欢的人，"贪心的人不是他，是我。"

姜予眠指着自己的心脏："我瞒着所有人，喜欢了他九年。"

整整九年，姜予眠都在追逐陆宴臣。那是她生命里，唯一能够触碰的星星。

姜予眠的哭声里掺着笑，像在嘲讽他这么多年备受保护却毫无作为，她继续道："陆习，你对得起谁啊？你谁也对不起。"

吵完架，把想说的话通通说完，姜予眠才感觉到一丝畅快。她待人有礼貌，很少与人对峙，更不会故意用犀利的言辞刺伤他人。然而这次陆习的做法和态度，让她实在无法忍受。

他怎么可以……怎么可以用充满仇恨的目光看陆宴臣？全世界，他是最没资格指责陆宴臣的那个。

骂完陆习，姜予眠回到房间用冷水冲眼睛。怕被人发现端倪，她谎称在房间里工作，不让人进来打扰。

冬季的水都是冰凉的，姜予眠在洗手池前站了一会儿，听到卧室里传来手机铃声，擦干双手出去接听。

是沈清白的来电。

姜予眠一接通，对方慌张急切的声音迅速传入耳中："眠眠抱歉，我才知道公寓出事了，你现在怎么样？平安吗？受伤了没？"

姜予眠："没事，我很平安，也没受伤。"

沈清白是在职研究生，最近正在外地跟老师研究一个实验课题，恰好逃过火灾。只是等他收到消息时，已经晚了一天。

得知姜予眠无恙，沈清白松了口气。他此刻正马不停蹄地赶回景城，开车也要六个小时。但这件事他没告诉姜予眠，怕她觉得麻烦。

在看到嘉景公寓被大火包围的视频时，沈清白突然明白，世上充满未知和意外，不能等到失去的那刻再追悔。他要回到景城，回到姜予眠身边，把自己的想法和感情全部告诉她！

沈清白开车冲进雨幕。

六七个小时后，沈清白疲惫地坐在驾驶座上，看着凌晨三点灰黑的天色，才想起即使他赶回来，也不可能在半夜跟她相见。嘉景公寓毁了，他的住所也没了。

父母留下的房子距离这边还有几十公里，沈清白揉揉头发，眼底的疲倦席卷而来。他再也提不起一丝力气，坐在车里沉沉睡去。

第二天，沈清白收到嘉景公寓负责人那边发来的短信，让业主去领取部分失物。

火灾现场暂时被围了起来，有些房间里的生活痕迹荡然无存，有些房间尚算完整，但是为安全起见，暂时不允许人随意进入。

处理后续事宜的工作人员通知住户去认领部分物品。姜予眠自然也收到了短信，可过去后什么也没找到，瞬间消沉下来："什么都没了。"

陆宴臣站在一旁，看着她失落的目光，问："你丢了什么？我陪你去买新的。还有新的笔记本电脑，我已经让人送去青山别墅了。"

"不是这些。"姜予眠失落地把头垂下，"你送的礼物全部放在公寓里，很可能都没了。"

想起那熊熊的火焰，姜予眠几乎不抱希望了："雪人摆件没了，溜冰鞋没了，我的蝴蝶标本也不见了。"

还有……她的日记本。

清醒之后，她身边没有日记本，它估计已经葬身火海。这本子里藏着她年少时的秘密，她也无法说给陆宴臣听。

"这只是一部分，或许你的房间并没有受损。"陆宴臣不敢保证那些东西一定还在，先哄人道，"损坏的东西，重新给你补回来好不好？"

姜予眠毫不犹豫地拒绝："不好，那都不是以前的。"

失去的财物她都不在乎，唯独那些礼物，意义非凡、不可取代。

陆宴臣改口："送你新的。"

姜予眠撇嘴："不要。"

陆宴臣都顺着她："等限制期结束后，我陪你进去找找，说不定那些东西还在。"

"嗯。"姜予眠勉强应下来。

他们准备离开时，一位老人扛着东西路过，由于东西堆得太高，顶部的一些快要掉下来了。老人求助："小伙子，能帮忙把上面的东西拿下来吗？"

见老人看向自己，陆宴臣用没受伤的左手去拿。

旁边有物件跟着掉下来，陆宴臣条件反射性地伸出右手去拦，伤上加伤。东西重重地砸落在地上，陆宴臣额上冒出密密麻麻的汗水。

突如其来的状况吓到了姜予眠，他们赶紧打车去医院检查。

医生撩开陆宴臣的衣袖，发现他的手肘逐渐肿胀起来，判断他的手臂神经受到损伤，产生了局部无力的症状。

姜予眠难以置信地说："可他昨天还没事。"

"人体本就复杂，不能一概而论，当时没有察觉不代表没有受伤。据他本人描述，应当是下落时撞到墙壁上，可能已经损伤了手臂神经，这段时间要多注意休息，配合治疗。"

医生说，陆宴臣手臂上的伤比看起来严重，需要多多观察、好好治疗。

姜予眠听了心里痛。她忍住没哭，在医生面前表现得理智坚强，认真地记下注意事项。

回到陆宴臣面前，看见那条胳膊，姜予眠再也撑不住了："你不是很理智吗？等专业的救援团队不行吗？干吗要自己逞英雄？"她凶巴巴地吼人，自己倒先掉了眼泪，不敢往他的怀里扑，就趴在他的膝盖上道，"其实你来找我，我好高兴。可是，我宁愿自己受伤也不想你为我受伤。"

明知火场情况危险，他也毫不犹豫地闯进去。他把她护在怀里，自己却承担所有的伤害。这个人……这个人为什么就不自私一点儿呢？

看着她的眼泪直往下掉，陆宴臣没提半句伤痛，反而伸出自己最干净的那根手指，替她轻拭眼角："还好啊。"他唇色苍白，嘴角还挂着笑，看向女孩儿的眼神温柔极了，"还有一根手指可以给你擦眼泪。"

姜予眠吸着鼻子忍住哭意，捧起他的手贴在自己的脸颊上："我不哭了。我会好好保护自己，也会好好照顾你。"

为了观察情况，陆宴臣在医院里住了两天。

听闻这桩意外，秦舟越拎了两条烟来看望好友。

秦舟越把烟往桌上一放，陆宴臣皱眉："我戒烟了。"

"知道你戒烟了，这是我买给自己抽的。"说着，秦舟越自顾自地拆开包装取出一支烟，从兜里掏出一个墨绿色的打火机，给自己点根烟压压惊。

秦舟越吸了一口烟，"啧"了一声："这么多年，我头一次见你这么疯。你不是一直很……"秦舟越抬手，想了几个词，"稳重、理智吗？"

"理智吗？"陆宴臣坐在床上，手里捧着一本书，情绪淡淡的，"也不见得。"

他要是完全理智，就该在当年查清姜予眠受伤的真相后，把她当成完成的任务，毫无感情地存档，而不是在她说完再见后，依然不断送去礼物。

那些意义非凡的礼物，每一份都承载着他无法言喻的牵挂。

秦舟越手指夹烟，拇指揉太阳穴："我以为你承认自己喜欢姜予眠就已经是件很了不得的事了，没想到为了她，你连自己的命都不要了。"

听说陆宴臣为了救姜予眠徒手爬窗户，还差点儿废了一只手，这种为爱牺牲的壮举旁人听到都要拍手感叹一句"英勇无畏"，可作为兄弟，他更偏向陆宴臣。

哪知陆宴臣抬眸看向他，嘴角轻扬："你要命，不要老婆。"

秦舟越跟碰到刺似的，立马后退几步："我好心来看你，你拿刀子往我身上戳？"

陆宴臣面不改色："我只是提醒你，时间不等人，后悔了就去追。"

秦舟越指间的烟都在抖："你住个院，还住出追人经验来了？"

陆宴臣笑了一声。

秦舟越心里骂了句脏话，陆宴臣这反应，分明就是在嘲讽自己。

就在此时，姜予眠推门进来，见秦舟越笔挺地站在床前，笑着跟他打招呼："舟越哥，你来了。"

因为当初总往祁医生那边跑，姜予眠见过秦舟越好几回，二人偶尔还会心平气和地坐下来聊聊天。所以现在，他们关系也算不错。

见姜予眠进来，秦舟越灭了烟："唉，我看他这手多半是要废了。要不眠眠你考虑一下，换个对象？我认识的人挺多的，你喜欢哪款？我给你介绍。"

姜予眠狐疑的目光在他们身上打转。

秦舟越不会平白无故地拿这种事开玩笑，估计陆宴臣说什么话刺激到他了。

不过姜予眠是个极其护短的人，道："谢谢你的好意，我不考虑。而且，舟越哥，你别乱说话，他的手养养就会好的。"

她听不得别人说陆宴臣半句不好，哪怕只是玩笑。

秦舟越："……"

陆宴臣冲秦舟越扬眉，平时不动声色的人，此时眼底明显写着得意。

姜予眠把保温盒端到床边："看，香喷喷的粥，我亲自给你煮的。"

陆宴臣夸她："很棒。"

散发着恋爱酸臭味的互动让秦舟越酸得牙疼。

姜予眠没忘记客人，问："舟越哥，你吃午饭了吗？"

"没呢。"秦舟越看向她那两个豪华饭盒。

姜予眠果然接话:"你没吃的话……我帮你点一份?"

秦舟越的笑容顿时消失。他看起来是那种没钱自己买午饭的人吗?

秦舟越:"行了,我中午约了人,不陪你们俩瞎扯,走了。"

姜予眠随即站起来:"舟越哥……"

秦舟越义正词严地阻挡:"不用送。"

"不是,"姜予眠仍然追上去,把手里的东西递给他,"我想说,你的烟没拿。"

秦舟越深吸一口气,心想:这破地方他这辈子都不会来第二次!

送走秦舟越,姜予眠与陆宴臣相视一笑,有了一定的默契。

姜予眠还是好奇:"你们刚才说什么呢?"

陆宴臣拿起勺子:"帮他打通任督二脉。"

他竟还有心思跟她开玩笑。

姜予眠拿干净的小碗盛粥,递到陆宴臣面前。他右手现在不能动,只能用左手拿勺子,姜予眠则帮他托着碗。

陆宴臣舀了一勺粥,"咝"了一声。

"怎么了?"姜予眠立马紧张起来。

手指一松,勺子落入碗中,陆宴臣皱眉:"手有点儿酸。"

姜予眠心疼地道:"你别动了。"

陆宴臣叹息:"这么香的粥,不吃可惜。"

姜予眠十分上道:"我喂你吃。"

她很细心,舀了一勺,低头吹凉才递到陆宴臣嘴边。

被那双又亮又干净的大眼睛就这么看着,陆宴臣差点儿露馅儿。他把粥含在嘴里,让味道在舌尖传递:"很好吃。"

"那你多吃一点儿。"姜予眠十分受用,更是欢喜。

回来拿打火机的秦舟越隔着门缝看到这一幕,想骂人。陆宴臣戳他心窝子时精神抖擞,现在弱到拿不起一把勺子?陆宴臣可真能装!

这招数虽然老套,但很管用,曾几何时,他也用过……

秦舟越反应过来时,把烟都快揉碎了。

他真的被陆宴臣的话影响了。

因为受伤,陆宴臣暂时居家办公,姜予眠也向公司请了假。

上面很快批准,姚助理摸着快秃了的头顶让她给陆宴臣带话,希望陆总早日康复。

姜予眠被姚助理的举动逗笑，离开公司前跟沈清白见了一面。

"学长。"

那天办理失物招领手续，沈清白就打了电话约她见面。但陆宴臣受伤，她实在抽不出时间，便约了今天跟沈清白见面。

见面后，沈清白庆幸她安然无恙，又担心她的现状："你现在住在哪里？"

姜予眠微微一笑："跟我男朋友在一起。"

沈清白脸上的错愕掩盖了眼底的惊慌："男朋友？你……谈恋爱了？"

他说最后那几个字时，嗓音都是哑的。

"嗯。"姜予眠大大方方地承认，"确定关系不久，但我们认识很久了。"

藏在桌下的手悄悄握拳，沈清白逼自己冷静，表现得像她真正的朋友，问："我可以知道他是谁吗？"

姜予眠犹豫了一下，还是决定告诉他："你见过的，就是陆宴臣。"

她之前不说，是因为关系不明确，还碍于身份。但现在，他们在一起了，迟早会将这件事告诉大家，她没必要再隐瞒。

沈清白闭上眼。其实他早已猜到，只是不敢确信。

姜予眠的果断让他彻底死心。

从计算机交流会那天开始，陆宴臣就表现出对姜予眠的与众不同。可笑的是所有人都觉得他们刚认识，应该没什么关系。

分别之前，沈清白忍不住问出最后一个问题："那你……曾经喜欢的那个带你看星星的大哥哥呢？"

姜予眠错愕不已："你怎么知道？"

沈清白陷入回忆中："有一次'逐星'团队聚会，大家问你为什么给系统起这个名字，你说觉得好听就起了。"

只有那晚跟姜予眠同路回家的沈清白知道真相。

那晚夜色很美，繁星点点，姜予眠站在小区门口，望着天空看了许久。

就算她是赏月亮、赏星星，时间也过长了，沈清白终于忍不住问："你在看什么？"

"星星。"她望着天边最亮的那颗星星说，"我喜欢的人，像星星一样遥远。"

姜予眠醒来后仿佛忘了那件事，沈清白也从未提起。

这几年出现在姜予眠身边的异性少之又少，他以为只要长时间跟她相处，他们就能培养出感情。后来他却发现，感情的确可以靠时间积累，但感情分很多种。他们相处几年，更多是友情，却没有爱情。

姜予眠没想到自己曾经暴露过秘密。好在一切都过去了，她已经不计较那些小事了。如今她可以明白地告诉所有人："我刚才跟你说过，我跟他认识很久了，带我看星星的人就是他。"

沈清白心如死灰。

原来有些人，从一开始就是赢家。

姜予眠没有读懂沈清白眼里的深意。老赵的车到了，她该走了。

"学长，我先走了，再见。"

沈清白费力地张口说了声"再见"，率先转身，避开姜予眠的目光。

他怕再多看她一眼，就会忍不住毁掉自己小心翼翼维持多年的情谊，到那时，姜予眠定会对他避之不及。

车停靠路边，姜予眠刚走到车边，老赵打来电话。

她没接，轻敲车窗，老赵连忙挂断。

姜予眠上了车，老赵一如既往地跟她打招呼："眠眠小姐。"

"赵叔，麻烦你了。"

"不麻烦，不麻烦。"

"最初接送你，你才读高三，一转眼都是大人了。"老赵和气地道，"以后该喊你陆太太了。"

姜予眠脸皮薄："赵叔，你就别开我玩笑了。"

"我说的都是实话。这些年我在陆氏工作接送过不少人，唯独你不同。"他原先以为姜予眠就是陆先生的妹妹，哪知他们还能在一起。

他算看着姜予眠一步步成长起来的人，为他们感到高兴。

二人有一搭没一搭地聊着往事，等反应过来时，已经到了青山别墅。

火灾后，姜予眠没了去处，陆宴臣顺理成章地邀请她回青山别墅。姜予眠思考了一下，答应了。

她不缺钱，甚至可以全款买一套房子，不过眼下要照顾陆宴臣，住到青山别墅最方便。

进了卧室，她发现里面又添了一些东西。梳妆台上摆着全新的首饰和化妆品，他看起来是要让她长期居住在这里。

他们没去公司，这两天就躺在别墅的小院里悠闲度日。

盛菲菲来看望姜予眠，送来一盆水仙。她突然想起什么，问姜予眠：

"你知道陆习最近发生什么事了不？"

姜予眠微怔，问："怎么了？"

"我也不知道啊，听李航川跟孙斌说，最近陆习都不出来玩，既不去学校上课，也不出来打游戏、喝酒。他们去陆家找陆习，陆习看起来死气沉沉的，问原因，陆习不说。他们俩猜测，陆习这样是不是因为失恋了。"

姜予眠知道原因，但不能把秘密随便告诉他人，模棱两可地道："不是失恋吧。"

盛菲菲点头："我也觉得不是。他就是个傻子，为这点儿事要死要活也太没趣。"

"你现在对陆习的意见很大啊。"

盛菲菲"哼"了一声："我以前看他有滤镜，现在滤镜没了，他什么都不是。"

那个人幼稚、低情商、脾气差，除了有帅气的脸和发达的运动细胞，没别的优点。

二人聊得热火朝天，陆宴臣慢悠悠地出现。

盛菲菲率先打招呼："陆大哥。"

陆宴臣颔首回应。

盛菲菲识趣得很，不当电灯泡："出来大半天，我也该回学校了，先走了。

"眠眠再见。陆大哥再见，祝你早日康复。"

陆宴臣温声道："再见。"

姜予眠起身："我送你出去。"

在去门口的那条路上，盛菲菲挽着姜予眠的胳膊说："以前觉得陆大哥气场强大到可怕，但其实我每次见到他，他都笑着，说话也温柔。"

这对兄弟对比明显，傻瓜都知道选谁。

姜予眠含笑道："对啊，他很好的。"

送走盛菲菲，姜予眠回了后花园。陆宴臣坐在藤椅上，气定神闲。

姜予眠还惦记着盛菲菲送来的水仙，围住花盆捣鼓，问："水仙的花期是什么时候？"

陆宴臣堪比百科全书，直接道："通常是一月到三月。"

现在已经一月份了，属于花期。

姜予眠蹲在花盆前，揉揉脸蛋儿："我小时候也养过一盆水仙，长得可好看了。"

她只养过那么一回，印象深刻。

"姜予眠。"陆宴臣忽然唤她。

"嗯？"姜予眠仰头。

陆宴臣微微眯起眼，露出一脸不可思议的表情："你刚玩了泥巴，又摸自己的脸？"

"啊？啊！"经他提醒，姜予眠摊开手才反应过来，连忙跑去洗脸。

她逃走的姿态，像小孩儿。

陆宴臣坐在原地，心想：做小孩儿也好，至少她很快乐。

姜予眠洗完脸没回来。

陆宴臣优哉游哉地走进大厅，穿过走廊又上电梯，辗转来到姜予眠的卧室，见她果然在里面。

陆宴臣倚在门口问："你是不是忘了一件事？"

正在梳妆台前摆弄首饰的姜予眠蓦然回头："什么？"

"比如……"陆宴臣故意停顿，吊足她胃口，然后指控，"把你的男朋友一个人留在后花园里。"

姜予眠反应过来，朝门口那人眨眨眼，夹着嗓音道："人家不是故意的。"

陆宴臣大步迈向她，托起她的下巴道："你再给我夹？"

"喀喀，"她轻咳两声，声音终于恢复正常，"好了。"

她的皮肤又白又嫩，一捏就起红印子，陆宴臣松开手，问："你刚才在弄什么？"

"在看水晶蝴蝶。"姜予眠举起亮晶晶的水晶蝴蝶，炫耀似的从他眼前晃过。

公寓后来允许租客进去了，姜予眠回去后收拾了一部分东西过来。蝴蝶标本被毁了，陆宴臣送她的那只水晶蝴蝶还在。

姜予眠把带来的东西摆好，甚至说想找个火烧不化的观赏柜把它们装起来。

听完她的想法，陆宴臣沉默了片刻，说："青山别墅应该不会发生火灾。"

姜予眠神情严肃："那万一呢？之前也没人觉得公寓楼会烧起来。"

"好吧。"陆宴臣没跟她争，之后真的让人做个防火的展示柜送来。

陆宴臣送姜予眠的那些礼物都在，姜予眠很欢喜。不过那些东西不方便携带，倒是这只水晶蝴蝶，小巧精致又漂亮，她握在掌心里刚刚好。

"哦……"陆宴臣轻声道，"我的'蝴蝶'也很好看。"

心思单纯的女孩儿立刻反驳："你哪有蝴蝶？"

男人忽地伸出手，修长的手指挑起她的衣领，轻车熟路地移向某处："这里，我的。"

姜予眠预感不妙，想要逃跑，却被捉回去。

她不能反抗，因为一挣扎，那个人就会用他受伤的手臂"拿捏"她。

苦肉计虽然老套，但百试百灵。

蝴蝶扇扇翅膀，落入密织的网里。

…………

"你……你的伤还没好！"她咬唇，嗓子里抑制不住地发出声音。

"嗯，所以需要你帮帮忙。"陆宴臣一路握住她的手腕、手掌，最后是手指，牵引往下，与她耳鬓厮磨。

"小蝴蝶，往这里飞。"

小……小蝴蝶！这个人真是的，暧昧的昵称张口就来。

"陆……陆宴臣……"姜予眠紧张得咽口水，连话都说不清了。

头一次触摸到陌生的地方，姜予眠手心发烫。那种触电般的感觉从指尖传到心脏，吓得她要退离，却被陆宴臣逮住，不许她逃走。

盛菲菲说他温柔是真的，但姜予眠知道，他强势也是真的。

在某些事情上，他会循序渐进地引导她，但绝对不许她中途退缩。

陆宴臣也会询问她的感受："害怕？"

男人低沉磁性的声音和炙热的呼吸一起洒下，姜予眠一阵耳热，小声道："不，不是。"

"那是什么感觉？告诉我。"陆宴臣教她正视这种事，这是情人之间特别的交流方式。

姜予眠好学，认真地回答："怪怪的……"

心如小鹿乱撞，她有种害羞又充满刺激感的探求欲，很奇妙。

陆宴臣唇角勾起，道："熟悉熟悉就好了。"

姜予眠信了他的话，刚开始充满干劲，到后面累得趴在他的怀里喘气："你怎么还没好？"

"快了。"男人嘴上这么说，手却没停。

结束之后，姜予眠的能力被他质疑："你不是每周都在锻炼，锻炼到哪里去了？"

"这跟我锻炼有什么关系？"姜予眠又羞又气，红着脸跟他争执，"这个跟跑步又不一样。"

跑步还能自由呼吸，跟他待在一起，她憋得慌。

陆宴臣："那你可要注意了。"

姜予眠缩在床头歇气，主要是手酸，问："注意什么？"

陆宴臣抬起手，转动手腕："等它恢复，我可要来真的了。"

姜予眠攥紧被子，嘴里嘀咕："难道之前都是假的吗？"

"当然不是，"陆宴臣弯腰，凑到她耳边，嘴角上扬，"不过下次更真实。"

姜予眠几乎瞬间理解了这句话的真实含义。

在陆宴臣受伤休养的时间里，二人在别墅里度过了最甜蜜的一个星期。

这天，姜予眠正捧着一份文件念给陆宴臣听，忽然接到电话，抬手示意："陆爷爷给我打电话了。"

原来是赵家老爷子大寿，发来请帖邀人参加，陆老爷子本打算带陆习去，但不知道陆习最近怎么了，每天见不到人影。

小孙子不靠谱，陆老爷子就想带姜予眠去，女孩子乖巧讨喜，带出去有面子。

赵家就是赵漫兮家，说起来，姜予眠读高中时还因为演讲比赛的事跟赵家产生过矛盾，不过长大后，一切都淡了。

赵漫兮曾经是她最忌惮的人，也是她渴望成为的那种女人，直到后来陆宴臣告诉她，她应该成为最好的自己。

姜予眠答应陪陆老爷子一同前往。

挂了电话后，姜予眠扭头说："爷爷让我陪他去参加赵爷爷的寿宴，应该会见到漫兮姐。她最近好像上了什么杂志，你知道吗？"

女朋友当着自己的面提起曾经喜欢自己的人……陆宴臣顿时警惕起来，故意不回答问题，卷起怀里的文件，慵懒地敲着膝盖问："小眠眠，你不会还在吃醋吧？"

姜予眠坐回去，摇头笑："漫兮姐的孩子都出生了，我吃什么醋？"

她跟赵漫兮，早已不是情敌关系。

"不过，我们的事要怎么跟爷爷说呢？"

他们在一起有一段时间了，没有刻意隐瞒谁，也没有特意通知谁。

其他人倒无所谓，姜予眠最拿捏不准的就是陆老爷子的态度，毕竟陆老爷子总希望她跟陆宴臣保持距离。他们不像寻常爷孙那样亲近，也不知陆老爷子听到这个消息后，是会祝福还是……？

见她一脸忧愁，陆宴臣展开文件，缓缓问："你怕吗？"

姜予眠几乎毫不犹豫地说："当然不怕。"

陆宴臣笑着问："如果爷爷不同意，你打算怎么办？"

"就……努力地说服他呀。"她重新坐回椅子上，跟陆宴臣面对面，摸摸手背，问，"倒是你，你以前最听陆爷爷的话，想怎么办？"

陆宴臣摊开文件，声音平稳却不容置疑："他做不了我的主。"

他"听话"从来不是因为真的听话。只是在自身容忍的范围内，他想尽力补偿爷爷罢了。

赵老爷子大寿那天，姜予眠陪陆老爷子出席。有人认出了她，陆老爷子特别骄傲。

姜予眠见到了赵漫兮——赵漫兮抱着一个六个月大的宝宝。

宝宝一见到姜予眠就笑。

"看来他很喜欢你。"赵漫兮抱着儿子，满脸母性的光辉。

赵漫兮结婚生子后没有放弃自己的事业，依然是个成熟又漂亮的女人，甚至比曾经更有韵味。

"他好可爱。"姜予眠仔细地看着孩子。

小宝宝的眼睛跟黑葡萄似的，又大又亮。

二人坐在一起，小宝宝被逗笑，一个劲想往姜予眠的怀里爬。赵漫兮拦不住他，干脆递给姜予眠抱。

姜予眠第一次抱这么小的孩子，格外小心，生怕小家伙不舒服。

赵漫兮端起一杯饮料慢慢品："你现在在在天誉，跟陆宴臣怎么样了？"

姜予眠顿了几秒，眼里满是笑意："我们……在一起了。"

赵漫兮轻叹一声，真诚地祝福："恭喜你啊，得偿所愿。"

姜予眠轻轻握着小宝宝软乎乎的手指，道："你也很幸运。"

这段婚姻一开始是家族联姻，但后来赵漫兮跟丈夫真心相爱，孕育一子，也算圆满。

姜予眠想起往事，真诚地对赵漫兮说："漫兮姐，谢谢你，要不是你当初那些话，我可能还要多难过一阵。"

当初赵漫兮举办婚礼，也是姜予眠陪陆爷爷参加的。

赵漫兮说要单独跟姜予眠见一面。姜予眠本以为赵漫兮会说些不中听的话，结果却出乎意料。

赵漫兮坐在化妆镜前，背对着姜予眠说："我结婚了，你最大的威胁就没了。"

那时她们还是互相看不顺眼的情敌关系，姜予眠不甘示弱："他不喜欢你，你不是威胁。"

"也对。"赵漫兮缓缓转身，看着这个不施粉黛、模样还稚嫩的客人，"他喜欢你，你才是赢面最大的那个。"

"他也不喜欢我。"

其实，她们俩都是输家。

赵漫兮抬手轻扶头顶上的皇冠，道："你以为我为什么追了他那么多年，却在他走后答应联姻嫁人？

"其实在陆宴臣出国前，我找他坦白了自己的心意……他却告诉我，以后不必再联系。

"他就是那么无情。我不说的时候他装糊涂，一旦说了，他就不会再留余地。"

一番话打乱了姜予眠的思绪，她问："你为什么告诉我这些？"

赵漫兮侧坐着，一会儿打量镜子里的自己，一会儿打量旁边的姜予眠，说："因为我好奇。"

姜予眠不解地问："好奇什么？"

赵漫兮拿起桌上的耳环，道："我很好奇，如果他知道你的心意，又会是什么反应？"

陆宴臣做事太绝，身边没什么逢场作戏的莺莺燕燕，这样就更显出某些人的特别。

"如果有那一天，记得告诉我。"赵漫兮戴上耳环，几颗明亮的珍珠在耳边晃荡。

赵漫兮拨弄着漂亮的首饰，却听见背后传来姜予眠的声音："有。"

赵漫兮动作一顿，听她继续说："很巧，在他出国之前，我也坦白过心意。"

但陆宴臣放不下姜予眠，这就是答案。

能赢的人，从来不是因为自身有手段，而是因为对方从始至终都偏爱她。

寿宴结束后，陆家司机要送他们回家，陆老爷子这才想起嘉景公寓被毁后，姜予眠的住宿问题："对了，眠眠，你现在住在哪儿？"

姜予眠犹豫了一下，回道："青山别墅。"

陆老爷子知道陆宴臣最近一直在休养，下意识以为姜予眠又是为了照顾陆宴臣，提醒道："你们都大了，孤男寡女同居，说出去到底不好听……"

话音落下，他们已经走到路边。

司机早已在这里等候。除了陆家的车，还有陆宴臣出行时常开的那辆车。

后排的车门被人从里面打开，两条被西装裤包裹的大长腿伸了出来，陆宴臣径直走到姜予眠身旁。

两个仪表不凡的年轻人挨在一起，陆老爷子瞬间产生了一种无法言喻的感觉。

陆老爷子从那奇怪的思绪中抽离，说话很直白："你来得正好，我才跟眠眠说，她一个女孩子，住在你那边不方便。"

陆宴臣慢条斯理地问道："怎么不方便？"

陆老爷子皱眉。陆宴臣都是二十几岁的人了，竟还能问出这种问题？

然而下一秒，陆宴臣直接用行动解答了陆老爷子的疑惑。他用没受伤的左手牵住了姜予眠："差点儿忘了告诉爷爷，我跟眠眠在一起了。"

姜予眠没出声，却不动声色地回握住陆宴臣的手。

陆老爷子当场变了脸色。

这天晚上，陆家用人纷纷躲着，不去前厅。他们不知道里面发生了什么事，只晓得陆老爷子发了很大的火。

陆老爷子不赞成陆宴臣跟姜予眠在一起，更接受不了往日乖巧的姜予眠因为陆宴臣而站在自己的对立面。

"眠眠，爷爷对你不好吗？我待你像亲孙女，你要为了他跟爷爷作对？"

陆老爷子打出感情牌，姜予眠心里难受，道："陆爷爷，你对我很好，我也很感激你，但这跟我喜欢陆宴臣有什么关系呢？"

陆老爷子声色俱厉地说："当然有关系！你们可是兄妹，怎么能在一起？"

姜予眠摇头反驳："我们没有血缘关系。成年人可以自由选择恋爱对象，我们为什么不可以在一起？"

"你十八岁就来了陆家！那时你才多大！现在你跟陆宴臣在一起，不知道的还以为你们……"那些话陆老爷子说不出口，总归不是什么好词。

"陆爷爷，陆宴臣在国外三年，这是众所周知的事。我只是陆家故交的血脉，这也是众所周知的事。"姜予眠反问，"别的情侣从小相识就是一段佳话，我们成年后才相遇，时至今日才走到一起，怎么就不正常了呢？"

她有句憋了很久的话终于忍不住了："一切不过是您对陆宴臣的偏见罢了。"

"胡说！"陆老爷子怒而拍桌。

听到动静，被勒令站在外面的陆宴臣终于忍不住推门而入。

陆老爷子不悦，扬声质问："还有没有规矩？"

陆宴臣神情冷淡："规矩是死的，人是活的。"

陆宴臣平时温和，真冷下来，连陆老爷子都不敢与之对视。他想做什么事的时候，什么规矩都拦不住。

陆老爷子拄着拐杖敲地："你们两个如果非要在一起，那就不要认我这个爷爷！"

姜予眠还要说什么，被陆宴臣抢先道："既然爷爷这么看不惯，我跟眠眠就不在你面前碍眼了。"

陆宴臣转头看姜予眠，姜予眠义无反顾地握紧他的手。

二人就要离开，陆老爷子忽然伸出拐杖挡住去路："站住。

"你忤逆长辈，不听忠告，要想走出陆家，先受陆家家法！"

霎时间，整个房间都安静下来。

陆宴臣缓缓回头："我接受。"

姜予眠瞬间皱眉，急忙道："我们没有做错。"

陆宴臣却冲她笑，说："不是认错，是感谢。"他最后一次用那样的眼神望着自己的亲爷爷，一字一句，声声泣血地说，"就当感谢爷爷一时善心，让我找到你。"

认识姜予眠是因为陆老爷子，所以现在，陆宴臣愿意承受陆老爷子的怒火，以此了断一切。

姜予眠瞬间懂了陆宴臣的想法。为爷孙情、为手足情，他忍了这么多年，早已在崩溃的边缘。如今他拥有了第三份感情，这恰好成为斩断他对陆家的感情的最后一把刀。

他本已麻木，不再奢求任何情义，直到现在，才终于找到值得自己守护的人。拿他当工具的家人，和一个勇敢奔向他的女孩儿，他很清楚该怎么选。

姜予眠懂他，却还是不舍："不可以，你本就受伤了。"她越过陆宴臣，用自己娇小的身体挡在他前面："陆爷爷，我替他受罚。"

"有些了断只能我来做。"陆宴臣牵她走到门口，"在外面等我。"

他又抬手摸她的头，哄道："再等一会儿，我就带你回家。"

姜予眠连连摇头，拉着他不肯放手。

陆宴臣低声对她说："眠眠，这么多年，我真的很累。"

姜予眠的眼泪一下子流了出来，她慢慢地松开了手。

"乖啊，这是最后一次，以后不会了。"陆宴臣温柔地替她拭去眼泪，然后义无反顾地走进那扇门。

陆老爷子面色铁青。他本没真的想上家法，只是想叫年轻人服软，哪知陆宴臣性格那么烈——现在他下不来台，只能硬着头皮上。

长棍落下的那一刻，姜予眠死死地捂住嘴。屋里发出一声惨叫，她猛地推开门："陆爷爷，你太狠心了。"

姜予眠好多话没说，却见趴在地上的人翻了个面，赫然是陆习。

谁也没料到，陆习会突然冲出来替陆宴臣挡下那一棍。他疼得龇牙咧嘴，陆宴臣因为被他推的那一下碰到伤口，脸色也不太好看。

"你跑出来干什么？！"见陆习痛得打滚，陆老爷子连忙扔了手里的棍子。

陆习摸着发烫的后背，咬牙道："爷爷，是我们对不起大哥。"

一个、两个、三个都跟自己作对，陆老爷子摔了杯子发泄："都走！都走！"

姜予眠扶着陆宴臣，看了眼坐在地上的陆习，犹豫片刻，头也不回地离去。

出了门，姜予眠小声道："他还算有些良知。"

陆宴臣觉得诧异："这倒不像是你会说的话。"

"因为我……"姜予眠迟疑片刻，选择坦白，"旧手机里有一段录音，我听到了，当初是陆习缠着你许愿的。

"你替他受了这么多年的罪，一棍怎么还得清？"

陆习潇潇洒洒、无忧无虑，在哥哥的庇护下活了这么多年，替哥哥挨一棍，实在太轻。

"我也偏心，只希望我喜欢的人过得好。"姜予眠靠近距离他心脏最近的地方，"你就是我最喜欢的人。"

所以陆宴臣，我最偏心你。

这一次，他们终于自由了，不用再顾虑任何人。

第 十 七 章
相爱之人终会重逢

茶杯在地上滚了几圈，水洒出来。

陆老爷子恨铁不成钢，火急火燎地把家庭医生叫来给陆习治疗。

长这么大，陆习还是第一次挨打，背上一道红痕。

陆老爷子又气又心疼："你冲出来干什么？！"

"爷爷真舍得对大哥下手……"陆习再一次意识到爷爷对自己的偏爱。如果不是他出来挡这一下，棍子就要落到陆宴臣身上了。

听出陆习话里的不满，陆老爷子怒道："都是他自找的！"

陆宴臣一而再再而三地挑起陆老爷子的怒火，如今连姜予眠都为陆宴臣变得叛逆，陆老爷子无法接受这样的落差，只能用长辈的身份去压制，以掩饰自己的挫败感。

医生往背上搽药，陆习咬牙，忍耐到结束，让医生出去。

房间里只剩自己跟爷爷时，陆习大口喘气："爷爷，你是因为我爸妈去世的事埋怨大哥，所以才处处挑刺，看他不顺眼，是吗？"

这些天陆习过得浑浑噩噩的，一开始把自己关在家里，后来又天天往外跑，漫无目的地晃荡。被突如其来的真相压得喘不过气，他不知道该怎么办。

事情过去这么多年，他跟陆宴臣都长大了。陆宴臣受到的伤害无法挽回，他亏欠陆宴臣的数也数不清。

后来，他决定回到陆家，找谈婶问清楚，直面这些年陆宴臣替他承受的一切。

原来，大哥搬出陆家，不是因为自身想独立，而是爷爷不愿见他。

原来，大哥年少成才，不是因为想一手掌控陆家，而是当时的陆家岌岌可危——大哥必须迅速长大。

他每年过生日时有美酒佳肴，而大哥跪在祠堂里，一天一夜，甚至连除夕都无法回家团圆。

这一切，本该是他承受的。

陆习想通了，所以回了陆家，没想到会撞见大哥跟爷爷对峙的场面。这些年，他总是调皮捣蛋，跟爷爷作对。爷爷每次说要打他罚他，最后都不会下手。

他在赌，赌爷爷对大哥也是嘴硬心软。

结果是他太天真。那么一棍子，爷爷是真下得去手。

于是就有了现在的一幕，他替陆宴臣挨棍子，爷爷在旁边焦急又心疼。陆习觉得讽刺，可又没资格责怪爷爷偏心。

"你瞎说什么？"老爷子甚至不承认自己偏心。

陆习低着头，本不愿面对，却不得不承认："当年给爸妈打电话时，大哥并没有叫他们回来，真正缠着爸妈回家的是我。"

那通电话里，大哥体谅爸妈工作辛苦，让他不要闹。是他得了玩具又反悔，央求大哥许愿，陆宴臣才会说出那句话。

谁也无法预料到飞机会失事。

他们没办法责怪死去的人，只能把责任推到活着的人身上，这样才能让心里好受些。

所以年仅十二岁的陆宴臣在一夜之间背负上骂名，被迫独自长大。

"无理取闹的是我，害死爸妈的是我。"陆习重复着这句话，不管陆老爷子震惊又疑惑的目光，继续道，"爷爷，你错了，我也错了，我们都对不起大哥。"

"你在……胡说些什么？"陆老爷子无法接受这一事实，拄着拐杖的手在颤抖。

陆习摸着肩膀，当了这么多年废物，总该清醒了。

那天之后，陆家的气氛变得十分古怪。

家里再也听不到陆习跟陆老爷子争吵的声音，用人们战战兢兢的，生怕触主人家霉头。

陆家的情况，姜予眠是从谈婶口中听到的。

谈婶曾无意间发现陆习喜欢姜予眠。她看出姜予眠不喜欢陆习，却没看出姜予眠跟陆宴臣之间的情谊。如今知晓他们俩走到一起，谈婶也持祝福的态度。

"宴臣这孩子也是我看着长大的。他呀，真的吃了很多苦。"谈婶心慈，却也无法插手别人家的事，这些年能帮就帮，但干涉不了太多，"那天陆习跑来问我，宴臣这些年都经历了什么……我估计啊，他是心疼大哥了。"

姜予眠深知，是电话录音起了作用。

陆习对陆宴臣产生了愧疚感，才会去追查陆宴臣年少离家的真相。

聊天接近尾声，姜予眠想起一件事："谈婶，可以麻烦你帮我个忙吗？"

"你说，你说。"谈婶十分乐意。

姜予眠告诉她："我之前住的房间，梳妆台下面的抽屉里放着两个盒子……"

根据姜予眠的描述，谈婶很快找到了两个巴掌大的盒子，一个是红色的，另一个是粉色的："我找到了，是一条手链和一条项链？"

"对的，谢谢谈婶。"姜予眠暂时不方便去陆家，只能麻烦谈婶把存放在那儿的东西拿出来。

她们在距离陆家不远的地方碰面，谈婶委婉地让姜予眠回陆家看看。姜予眠抬头遥望陆家的方向，缓缓摇头："暂时不去了。"

拿到东西，姜予眠直接回了青山别墅。

陆宴臣一眼就发现了她跟出门时有所不同。

"平安扣手链？"陆宴臣发现了她手腕上的红绳。

姜予眠晃晃手腕，脸上扬起笑："对啊，我拿回来了。"说着，她又从衣领里掏出项链，"还有这个，你送我的十九岁生日礼物。"

陆宴臣眉头一挑："这么厉害？"

"我有先见之明。"幸好她没把这两样东西带去公寓，否则说不定这两样东西也要葬身火海。

陆宴臣朝她招手："过来给我看看。"

姜予眠凑近了给他看。结果那人要赖，低头就在她唇边亲了一口。

姜予眠第一反应是害羞，又觉得自己凭什么怕一个"伤患"？这么帅的男朋友不亲白不亲，她站在沙发旁对着他的脸嘬了几下。

陆宴臣感到很意外。那个表情落在姜予眠的眼里，像是她太厉害，把陆宴臣给镇住了。

她得意扬扬地叉起腰："亲亲男朋友怎么了？"

她终于体验到占上风的好处，然而没嚣张三秒，就被更无耻的人打败。

"下次教你别的……"

陆宴臣拉着姜予眠，在她的耳畔低语几句，羞得姜予眠直躲。

"你正经点儿，该去复查你的胳膊了。"

这段时间，陆宴臣的胳膊消肿了，伤痕也在逐渐消退，医生当着二人的面说："恢复得不错。"

姜予眠终于放下心来，离开医院时，走路都在飘："太好了，再过一段时间应该就能养回来了。"

陆宴臣始终笑着，没告诉她医生私下提醒他的那句话："你的手臂神经遭受创伤，很可能是永久性的，即使表面恢复了，也承受不了重量。"

任何一个健康人听到这一消息都无法平静地接受，而陆宴臣当时是怎么回答的呢？陆宴臣面不改色地摸着那只手臂，说："不影响日常生活就好。"

只要他掩饰得好，姜予眠就永远不会发现这个秘密。

元旦佳节，街头树梢纷纷挂起红灯笼。

405 宿舍群的消息从早上就开始跳个不停，姜予眠吃饭时打开群看了一眼，大多是许朵画在说话。

话很多的许朵画："今天有仙女下凡食人间烟火吗？"

一堆网络词堆在一起，让人起鸡皮疙瘩。

很少发言的咩咩："有事，出不来。"

过节从不缺人约的徐天骄："约会，勿扰。"

元清梨："秦衍说，要带我去他们家……"

"你们进度神速啊！"

元清梨跟秦衍是今年才在一起的。元清梨胆小，秦衍想方设法给足她安全感，大学还没毕业就要把她拐回家。

许朵画猜测："你不会到时候一只手毕业证，另一只手结婚证吧？"

元清梨被调侃得不敢出来说话。后来许朵画发现，全群就剩她一个人单身了，直接点了炸鸡和啤酒。

徐天骄要跟新男友约会，元清梨要跟男朋友回去见家长，姜予眠则要……独自去见男朋友的家长。

昨天，谈婶打电话给她，暗示她跟陆宴臣回陆家吃个跨年饭。姜予眠本要拒绝，又听谈婶说是老爷子的意思。姜予眠跟陆宴臣商量后，决定独自前往。

姜予眠换好衣服准备出发，见陆宴臣坐在沙发上纹丝不动，弯腰凑过去，问最后一遍："你真的不去吗？"

陆宴臣："嗯。"

"好。"姜予眠没劝，尊重他的意愿，"那你等我，我会早点儿回家的。"

她去，是因为陆老爷子确实保护了她这么多年。

姜予眠到陆家时，陆老爷子就坐在客厅里距离大门最近的地方。

见姜予眠独自一人，陆老爷子刚开始没说，最后再也沉不住气，问："他是不是还在生气？"

"陆爷爷，他从来都没有跟您生气，只是……这次失望了吧。"

她不是陆宴臣，不会什么都不说。她想让陆习知道真相，更想看到陆老爷子后悔——这是她的私心。

"失望？"陆老爷子仿佛一下子失去精神，握着拐杖的手在发抖，嘴里反复念叨着"失望"两个字。

在陆宴臣面前当了这么多年的指挥者，陆老爷子早已不知道该怎么用正常的爷孙关系去跟陆宴臣相处。

姜予眠站在老人面前，冷静且清晰地把这些年的事讲给他听。

"陆爷爷，你知道我为什么义无反顾地站在陆宴臣那边吗？不仅仅是因为我喜欢他。

"单从恩情上来讲，您的确给了我一个新生的机会，所以我尊敬您、感谢您。可是您或许自己都没有发现，很多事情，您只会动动嘴皮子吩咐，真正奔波忙碌，花费时间和精力的却是陆宴臣。"

从始至终，陆老爷子喜欢她乖巧，也只喜欢她乖巧。陆老爷子每次说想她了，都是叫她回陆家。

陆老爷子觉得自己在施恩，又何尝不是从她的反应中赚取情绪价值？毕竟两个孙子都不是那么听话。

"您可能会觉得，那段时间我一直生活在陆家……可要是没有他做的那些事，您给我再好的衣服和食物，都没用。

"我倒在路上的时候，是他救了我；我害怕住院的时候，是他陪着我；他带我寻找失语的真相，带我走出困境，重拾信心，开始新的生活。

"您让他照看我，他其实可以随意花钱把我打发掉——可是他没有。我踩过的一个个坑，都是他亲自带我走出来的。

"别人说他无情、面热心冷，可事实上，他比任何人都重情。

"他听您的话，不是因为惧怕您，而是因为您是他的爷爷，是亲人。

"在您偏爱陆习的时候，他不是没感觉，也不是不在意。只是时间太长，长到他已经不再期待任何善意。"

她生病的时候，陆宴臣不眠不休地守她一夜；她高考的时候，陆宴臣像个家长一样送她进考场，送花庆祝她毕业。那么他在那个年纪的时候，是否也期待过有家人陪伴？

然而什么都没有，那个十几岁的少年被迫成长，独自一人扛过风雨，成长至今。

"陆爷爷，您对我的好，我不会忘记。只要您有需要，我都会尽可能帮您。但，这仅限于我个人对您的感恩。"说完，姜予眠郑重地向陆老爷子鞠了一躬。

陆老爷子问她是不是故意跑来气他的。

姜予眠说"不是，"她又道，"我只是想让陆爷爷知道，他受的委屈不止如此。"

陆宴臣从来不说，别人便以为他不会疼。

他怎么会不疼呢？他有着一颗宁可自己千疮百孔，也要保护幼弟、守住家业的心啊。

一月中旬，姜予眠的水仙开花了，莲似的白色花瓣交错绽放，黄色的花蕊点缀中心，一朵挨着一朵，盛开时白净素雅，赏心悦目。

水仙盛开的第一天，姜予眠离开了景城，去黎文峰那边帮助警方升级系统。那边传来消息，曾有不知名黑客攻击安全信息网，他们想顺藤摸瓜，把躲在阴沟里的老鼠揪出来。

临走前，姜予眠向陆宴臣承诺年前回来。

年关将至，黎文峰邀请姜予眠回家吃饭，还喊她留下来一起过年。

姜予眠拒绝了，并告知黎文峰自己跟陆宴臣在一起的事。

黎文峰对陆宴臣还有印象，听说是他，也觉得满意："主要是你自己喜欢。你喜欢，我们都为你高兴。"

说起来，她跟陆宴臣似乎都跟亲人没什么缘分。

爱她的亲人不在了，健在的亲人对她有意见，倒是黎文峰、宋夫人这些她长大后建立关系的长辈纷纷送上祝福。

除夕的前一天，姜予眠赶回景城。

前段时间因手伤休息了大半个月的陆宴臣忙了起来。她回家时，陆宴臣不在。

姜予眠去花园里看自己的水仙花，长得很好。

姜予眠拿手机给花拍照，正要发给某人看时，先接了一通电话。

"喂，我是陆习。"手机里传来的嗓音微沉，那人不似从前那般张扬，"姜予眠，方便见一面吗？"

这个这么有礼貌的人，是陆习？姜予眠有些惊讶。

许久不见，陆习剪了头发，穿着藏青色的羽绒服，乍一看确实像个沉稳的青年。

陆习见到她后有些不自在。二人面对面坐在咖啡厅里，陆习让她先点餐，也不说话。

倒是姜予眠主动问："你背上的伤好了吗？"

"还行，死不了，很精神。"他一开口就原形毕露。

陆老爷子毕竟年迈，力气不大。陆习就是当时疼，但还扛得住。

活了二十几年，陆习第一次切身体验到大哥的感受。若不是他挡下那一棍，挨打的就是陆宴臣。

姜予眠猜他其实没什么事，否则陆家那边不会安生谈婶私下也跟她说过，陆习问题不大。

姜予眠点了一杯热咖啡，问："那么你今天找我出来，是有什么事吗？"

她语气平和，脸上也没有戾气。

陆习有些受宠若惊："你不怪我了？"

姜予眠缓缓摇头："我说过，我从未怪过你。"

陆习叹出一口气："那么当初，你是替大哥打抱不平。"

姜予眠毫不犹豫地承认："对！"

她义无反顾地维护陆宴臣的态度让陆习想起了那晚——姜予眠指着她的心脏告诉他，她喜欢陆宴臣整整九年。

当时他很震撼。那么多出乎意料的事情一下子挤进脑海里，他艰难地接收着那些信息，一度质疑自己，最后开始反思自己。

姜予眠说得对，他陆习长这么大一事无成，对不起所有在意他的人。

陆习伸手抹了一把脸，又拽出身后的背包，拿出一个金色的日记本递给姜予眠，说道："还你。"

姜予眠错愕又惊喜，接过失而复得的日记本翻阅，本子完好无损。不过很快，她反应过来，问："日记本怎么会在你那儿？"

火灾那天情况危急，她的电脑和手机都不得已遗留在火场里，只有这个日记本被她抱在怀里，后来不见了。

陆习抬手挡住眼睛，道："那天我去公寓找你，在附近捡到了日记本。"

或许是冥冥之中早已注定让他看清真相，不然怎么会那么凑巧，这个日记本落地时，刚好停在他"欺负"姜予眠的那一页？

"谢谢你。"姜予眠捧着日记本，试探性地问，"你……看了吗？"

"这……"他不想撒谎，说太多又尴尬，随口道，"看了前几页，本来只是想找找失主的信息，没想到是你。"

陆习不喜欢文绉绉地抒情，也不想过多解释，端起面前那杯还没动过的苦咖啡，像喝水一样一口饮尽："好了，我今天请你出来就是为了这件事。提前跟你说声'新年快乐'，我得去赶火车了。"

"赶火车？"令她惊讶的事一件接着一件。

陆习拉上背包的拉链，道："是啊，我买了一张去远方的火车票，今晚就出发。"

见他迫不及待的模样，姜予眠不确定地翻了翻手机日历，提醒道："明天是除夕……"

陆习从座位上起身，拎起背包："所以提前跟你说一句'新年快乐'啊，不，说两句吧，麻烦你带一句给我哥。"

姜予眠礼貌地起身。

陆习走到门边，外面的凉风迎面扑来。他忽然想起什么，又跑回姜予眠身边，道："来之前我给大哥发过信息，他估计快到了，还有……"陆习站在原地犹豫了一会儿，"祝你跟我哥百年好合。"

陆习咽下一口唾沫，凝望着这个曾让自己心动的女孩儿，握拳喊道："大嫂！"

他承认姜予眠的身份，放下私心，去祝福这段感情。

姜予眠把他送到门口。穿着藏青色羽绒服的青年在路灯下朝她挥挥手，逐渐走远。

火车即将出发，陆习给陆宴臣打了一通电话。

电话接通后，谁也没有出声，最后是陆习先艰难地道："哥，今年除夕，你回家吧。"

陆宴臣声音毫无起伏："回不去了。"

从很早以前开始，他就回不去了。

挂了电话，陆宴臣在寒冷的街头呼出一口热气，推门走进咖啡厅，一眼捕捉到那个捧杯坐在位子上的戴红围巾的女孩儿。

他大步朝姜予眠走去。姜予眠很快发现他，放下咖啡杯起身："陆宴臣。"

"来接你回家。"

"嗯。"姜予眠抱起日记本，挨着他的左边走。

"手里拿的什么？"陆宴臣发现她的日记本了。

"秘密。"姜予眠把日记本往怀里藏，不给他看。

陆宴臣允许她有自己的小秘密，并送来一个惊喜："想不想去宁城过年？那边下雪了。"

姜予眠既欢喜又担心："可以吗？你的身体……"

陆宴臣拍拍她的脑袋："没你想象中那么弱。"

"哦，那感冒发烧的人是谁呀？"她故意这么说，很快受到陆宴臣的惩罚。

除夕那天，二人飞往宁城，白天在宋家吃了顿团圆饭。

宋夫人打趣道："现在天誉的领头人是我干女婿了！"

姜予眠不好意思，倒是被调侃的陆宴臣说了声"是"。

他亲缘淡薄，不会跟着姜予眠称呼对方"干爹""干妈"。承认"干女婿"这个身份，已算是他在表达对他们的尊重。毕竟他们对姜予眠那么好。

宋夫人十分欢喜，有种丈母娘看女婿的感觉，越看越觉得不错。

说起来，宋家最高兴的当属宋俊霖。

宋俊霖跑到二人面前，认真地分析："你是我妹，你是我妹的对象，这么说来，我就是你的大舅哥？"厘清这一关系线，宋俊霖彻底乐了，"陆二的大哥是我的妹夫，那陆二岂不是永远矮了我一头？"

姜予眠："……"

他真是一直在思考怎么跟陆习作对。

姜予眠没有打击这位便宜哥哥的积极性，任他自己折腾。

下午，姜予眠跟陆宴臣上了雪山。二人临走前，宋俊霖往他们车里塞了小型烟花，道："这些飞得不高，但是好看，在空地上就可以放。还有这些，能直接拿在手里玩。"

他们乘缆车来到曾经走过的那片雪地，去看曾经看过的观景桥。观景桥上的红色绸带迎风飘扬，那是人们在雪中见过最鲜艳的色彩。

二人晚上住在鹿太太的度假山庄里，是规格最豪华的房间，只要了一间房。

客厅里开了暖气，姜予眠喜欢坐在软绵绵的沙发上。

朋友圈里陆陆续续有人开始发与新年相关的内容，姜予眠一时兴起，寻找角度自拍。可她本身不是那种喜欢发自拍照的人，总感觉有些奇怪。

姜予眠跑到窗边拍夜景，又回到沙发上拍房间。

照片中只有景色没有人，好像没达到她发朋友圈的目的。这时，陆宴臣的背影入镜，姜予眠手疾眼快地竖起剪刀手，抓拍了一张特别有感觉的照片，心满意足地发了朋友圈，文案是"在你身边"。

姜予眠有不少微信好友，照片一发出去，大家都嗅到了狗粮的味道。

盛菲菲："在线蹲个牙医，救救我，甜掉牙了。"

咩咩："已推荐，建议常联系。"

秦舟越："真是便宜某个老男人了。"

咩咩："他说你比他还大两岁。"

秦舟越删除评论。

秦衍："便宜某个老男人了，哼。"

咩咩："梨梨说，她喜欢比较 Man 的男人，建议少撒娇。"

秦衍删除评论。

许朵画和徐天骄在下面发了"99"，还有缓缓上线的元清梨，傻乎乎地跑来给她发了红包，说随份子。

蒋博知、姜予眠读高中时的班长、姜乐乐："恭喜。"

沈清白原本点了个赞，后来那个赞又消失了。

景城陆家。

今天家里十分冷清，年轻人不在，只剩谈姆陪伴那个孤独的老人。

陆老爷子坐在圆桌前，看着厨师准备的佳肴，颤巍巍地拿起筷子，夹起一口菜送进嘴里，只觉得索然无味。

老人拿起手机，问："都不回来了？"

迟迟无人回应。

过了很久，老人把手机从耳边移开，才发现屏幕上空空的，根本没人联系他。

除夕夜，奔赴远方的陆习坐在火车上，手机迟迟没有信号。

在朋友圈跟人聊得火热的姜予眠突然被收走手机。

"你干吗呀？"

"跟我过节，还玩手机？"他对女朋友经常忘记男朋友的行为十分不满。

"不玩手机玩什么？"他们要守岁，距离跨年还有两个小时，男朋友再好看，她也不能盯着这张脸两个小时啊。

陆宴臣："过来，教你点儿好玩的事。"

这是一个会让她的手酸到没法玩手机的游戏。

今晚的陆宴臣更放肆些，压着她的头发，含住她的耳朵。

姜予眠的技术在他的教导和多次练习下逐渐娴熟，她是个好学生，学什么都快，甚至靠经验掌控了对方的敏感点。男人更愉悦了，在她的耳畔发出喟叹。

姜予眠的脸红到滴血，她说："你别叫。"

陆宴臣用手指在蝴蝶胎记上抚摩："忍不住啊，小眠眠。"

姜予眠喊他："闭上嘴巴！"

陆宴臣："不然你试试？"

姜予眠将头摇得像拨浪鼓："不要。"

陆宴臣没想在这里跟她发生关系，却故意吓唬她："再放过你一次。"

陆宴臣去了浴室，出来时已经十一点半了。

姜予眠在他跟前是不长记性的，刚喊着累，这会儿又往他身边凑。她玩着手机，突然点进陆宴臣的朋友圈里。他一共也没发多少条，她很快就找到他去年发的那条"新年快乐"。

姜予眠实在忍不住，笑话他："陆宴臣，你人缘好差。"

陆宴臣不明所以："嗯？"

"为什么每年你发的'新年快乐'，都没人给你点赞或评论啊？"

连秦舟越跟秦衍都会给她评论。

因为他每年的新年祝福，仅她可见。

姜予眠在朋友圈里看到有人去海边放烟花的视频，忽然想起宋俊霖往车里塞的东西，顿时来了精神："陆宴臣，我们去楼下放烟花吧。"

下楼时，他们问工作人员借了打火机。旁边的游客听说他们要去放烟花，大胆地询问能否一起看。

陆宴臣率先看向旁边的女孩儿。新年，人多才热闹，姜予眠欣然同意。

他们把烟花摆在空地上，一共有六个。陆宴臣让她退后，她便站在选好的观赏位置上朝他招手。陆宴臣很快点燃引线，来到她身边。

烟花绽放的瞬间，周围都被光照亮，众人欢呼，纷纷举起手机记录这美丽的一幕。

"陆宴臣，这是我们一起过的第三个新年。"

第一年，他为她破例回陆家，送上平安扣手链。

第二年，她为他奔赴万里，赠予新年礼。

第三年，他们携手回到原点，点燃绚烂的烟花迎接新的一年。

时间卡得刚刚好。

当烟花交错飞舞升空，火光在他们眼底照亮。他们牵着手，不约而同地望向对方。

"陆宴臣，新年快乐。"姜予眠抢先一步，祝福脱口而出。

陆宴臣转身拥她入怀："新年快乐，小眠眠。"

烟花燃尽，姜予眠依偎在他的怀里，轻声问："如果三年前，我没有跟你告别，你会说什么呢？"

陆宴臣沉默许久，终于告诉她答案："回去之后好好照顾自己，我等你长大。"

姜予眠抬头，让他继续表达："那你现在在想什么呢？"

陆宴臣用鼻子碰她的鼻尖："感谢你陪我过第三个新年。"

姜予眠欣然一笑，踮起脚吻他："今后有我陪你，岁岁年年。"

他们曾无依无靠，在充满恶意的世界里孤独前行。

他们曾懵懵懂懂，在感情里遍体鳞伤。然而爱的力量无比强大，能使胆怯者无畏，高傲者俯首。于是他们在跌跌撞撞中成长，学会爱，拥有爱。

他们彼此牺牲，彼此成就。

山高水远，相爱之人终将重逢。

春节的雪山之行后，陆宴臣没事，姜予眠感冒了。

她情况不严重，但还是因此提前结束旅行。

姜予眠身旁的垃圾桶里有一堆揉成团的纸巾。

陆宴臣给她冲了一包感冒药，握着杯子轻轻摇晃，道："温热的，可以喝了。"

姜予眠捧着杯子凑到鼻子前，问："为什么这个感冒药，这么难闻？"

陆宴臣看她红通通的鼻头，笑道："鼻子都堵上了，还闻得这么仔细？"

"我只是流鼻涕又不是失去嗅觉。"姜予眠皱着眉头，几小口就把感冒药喝完了。

姜予眠生病后比平时更黏人。她是那种越宠越娇的女孩儿，以前总在陆宴臣面前卖乖，如今慢慢开始使小性子。但，她发脾气时也是软的。

陆宴臣站在那儿打电话，她使坏，故意走过去抱他的腰。

他对着电话说着医疗和智能机械方面的词，姜予眠一知半解。这会儿她也懒得动脑子，故意往他怀里钻。

陆宴臣一边举着手机接听电话，一边摸她的脑袋。

他声音沉稳有力，思路清晰，似乎没有因她的拥抱受到丝毫干扰。

她眯着眼，靠在陆宴臣胸前，快要睡着的时候，他的电话终于打完了。

陆宴臣搂着她，道："困了就去房间里休息。"

"昨天睡得太久了。"她不是困，就是提不起精神，也不想思考。

手指从她的头顶落下，陆宴臣摸摸她的耳朵："给你个好玩的。"

姜予眠微微仰起头："什么？"

陆宴臣点开手机控制软件，一个半人高的智能机器人从门后走进来，白色的身体、圆圆的脑袋和手脚，萌态十足。

姜予眠没精打采的眼睛瞬间放大："这是……？"

陆宴臣介绍道："这是根据 Star 程序升级的智能机器人，功能很多。你可以叫它 Lucky Star。"

"幸运星？"姜予眠松开搂住他的手，注意力落到 Lucky Star 圆乎乎的脑袋上。

它感受得到人的存在，眼睛里流动着光。

姜予眠喜欢捣鼓机器，不要陆宴臣教，打算自己研究其中的奥妙。

"我去书房传一份文件，你自己玩一会儿。"他说话的语气跟哄小朋友似的，还拿玩具打发她。

不过，姜予眠对 Lucky Star 很感兴趣，也不缠着他，只说："去吧，去吧。"

Lucky Star 可以进行语音对话，姜予眠根据上面的英文提示一步步操作，很快记下每个快捷方式。

Lucky Star 还没绑定使用人，姜予眠找到一个数据库，里面还有从旧版 Star 中复制过来的部分信息。

不知怎么了，她点进录音系统里，发现一段时间标注为三年前的录音。抱着好奇心，姜予眠伸手点了点。Lucky Star 接收指令，发出声音。

"Star，你的名字真好听。"

"美丽的小姐，请问你叫什么名字？"

"姜予眠。"

"姜予眠，你的名字也很好听。"

这不是她三年前去国外找陆宴臣，在办公室里跟 Star 的对话吗？为什么还有记录？

就算把 Star 的记忆芯片复制过来了，但他得留存三年甚至更久的数据，那得多麻烦！而且，这段录音并不长，如果跟所有数据一起被记录，不该轻易被她发现。这段录音像是他特意提取出来的。

半个小时后，姜予眠几乎把 Lucky Star 研究透了，陆宴臣还没回来。

他真不愧是理智的老男人，爱情和事业分得清清楚楚，一点儿都不被美色所迷惑。这么想想，她不知道该高兴还是该生气。

她欣赏这种人，如果对方不是自己男朋友的话。

姜予眠不打算黏他了，自己回了卧室，顺便带走了 Lucky Star。

也许是凑巧，陆宴臣恰好从书房里出来，二人在走廊里撞见。

看见姜予眠身后那圆头圆脑的家伙，陆宴臣丝毫不意外，问："会玩了？"

姜予眠毫不谦虚地道："很简单，权限呢？"

"等会儿给你绑定，它可以只听你一个人的命令。"

"好呀。"她不跟陆宴臣客气，想起刚才那段语音，又问，"Lucky Star 复制了 Star 的所有数据吗？"

陆宴臣："只有半年内的数据，以及一些非权限人不能删除的东西。"

"哦？非权限人不能删除？"她似乎发现了什么不得了的事。

那段对话发生于三年前，言外之意，曾经拥有 Star 唯一使用权限的陆宴臣，单独把那段话保留下来了。

姜予眠眼珠一转："Star 的其他数据，都还保存着吗？"

陆宴臣说："还在。"

"可以给我研究一下吗？"姜予眠指着身旁这颗圆脑袋，"我对 Lucky Star 很感兴趣。"

陆宴臣没有怀疑："回头给你。"他摇晃手机，没忘记找她的目的，"秦舟越请我们去俱乐部玩，有兴趣吗？"

姜予眠不假思索地道："有！"

陆宴臣无奈："早上没精打采，出去玩倒是精神。"

"本来也没多少时间休假，春节后就要开始做新的研究了。"

去年听陆宴臣提到天誉在发展医疗行业的智能机器，她决定加入。这对她来说是个陌生的领域，到那时又会忙得脚不沾地。所以现在，她迫切地想玩。

还是老地方，不过这家俱乐部与时俱进，且舍得花钱更新装修风格，老客人根本不会腻。

姜予眠还记得自己第一次来的时候，躲在陆宴臣身后，像刘姥姥进大观园，对一切陌生又新奇。

可那时，陆宴臣不许她躲在后面，要她跟他并排走，站在他身边。

陆宴臣把她当成需要呵护的对象，却不允许她成为弱者。从始至终，他的目的都是带她成长。

现在，她已经彻底蜕变，见到那些光鲜亮丽的人，再也不会感到自卑、羡慕。

陆宴臣递给她一面施了魔法的镜子，让她看见自己身上的光。

秦舟越早早在里面等着，见他们俩过来，连忙起身招呼，表现得格外热情："今天你们俩在这里，吃喝玩乐我全包。"

知道秦舟越邀请的不止他们俩，姜予眠只当那是客气话，直到秦舟越亲自给她端来一杯果汁。

姜予眠受宠若惊："舟越哥。"

秦舟越满脸写着好意："我记得你喜欢喝果酒，新来的调酒师技术不错，我给你点两杯。"

不等姜予眠拒绝，秦舟越亲自去了。

姜予眠呆呆地站在原地，转头问身旁的人："他今天怎么了？"

陆宴臣捏了一下她的手指："无事献殷勤。"

非奸即盗。

他们在短沙发上坐下，姜予眠手里还捧着那杯果汁，甜甜的。

最近感冒，她喝着腻，抿了抿唇角，对陆宴臣说："不是很想喝，太甜了。"

"是吗？我试试。"

姜予眠大方地把饮料递到陆宴臣嘴边。陆宴臣就着她用过的吸管喝了一口，点评道："的确很甜。"

"是吧？"她以为他是同道中人。

他转头碰到她的脑袋，压低声音在她耳边说："水蜜桃味的。"

那是她今天涂的口红的味道！

姜予眠反应过来，他哪里是要喝果汁，分明是故意调侃她。

她不上当，故意将身体转向另一侧，道："你味觉有问题。"

陆宴臣揉揉她的脑袋。

姜予眠不依，推他的手："别揉，我好不容易编的辫子。"

不远处的秦舟越看到这一幕，心里不是滋味。小情侣打情骂俏，真是……令人羡慕、忌妒。

秦舟越想着心里的事，犹豫着上前，道："宴臣，把你家小朋友借我一会儿。"

陆宴臣气定神闲地靠在沙发上，将手搭在姜予眠的脖颈间："不借。"

姜予眠一脸蒙，指着自己，问："你们说的，是我吗？"

秦舟越继续跟陆宴臣商量道："兄弟，大过年的，你让我顺利一回行吗？"

陆宴臣眉头一挑，指着秦舟越对身旁的女孩儿道："他想请你帮个忙，去听听。"

陆宴臣知道姜予眠会感兴趣。

姜予眠糊里糊涂地跟着秦舟越出去，手里还抱着那杯不太想喝的果汁。

秦舟越和颜悦色地说："眠眠，哥找你问点儿事。"

姜予眠示意："嗯，你说。"

秦舟越摩挲着手，磨了磨牙，问："听说你跟秦衍的女朋友是室友？"

姜予眠点点头："对，怎么了？"

秦舟越双手交握，试探性地问："关系挺好的吧？"

"还不错。"

所以呢？

"你能不能……"找姜予眠要堂弟的女朋友的联系方式这种事，秦舟越自己也觉得难以启齿，"把她的联系方式给我？"

"啊？"余光扫到手里这杯果汁，姜予眠忽然觉得欠别人的感觉真不好。

秦舟越想要元清梨的联系方式，为什么不直接问秦衍？还这么一副羞于启齿的表情，他像是要做什么见不得人的事。

姜予眠婉拒："舟越哥，我可以帮你问问，看能不能给。"

"别啊。"秦舟越阻止她，"别问。"

她问了，元清梨会理他才怪。

姜予眠坚持道："虽然我跟她是朋友，但我不能未经允许把她的联系方式给其他人。"

秦舟越："我知道这有点儿为难你。但我拿人格担保，我绝对不是干坏事。"

"抱歉。"姜予眠态度坚决。

这条路断了，秦舟越心情骤然变差。

见他这样，姜予眠也为难："如果你真的需要联系她，我可以现在给她打个电话……"

秦舟越摆手："算了。"

一个电话根本解决不了问题，元清梨知道是他，肯定会挂电话。

秦舟越摆手道："你回去玩吧，果酒应该调好了，我让人给你送过去。"

姜予眠心里不是滋味。

秦舟越不让她询问元清梨的意见，也不告诉她原因，她不能稀里糊涂地把一个朋友的联系方式告诉另一个人。特别是，秦舟越绕过秦衍来找她要元清梨的号码，这很奇怪。

她开开心心地去，兴致缺缺地回。

陆宴臣指指身旁的位子，道："看来不该让你去。"

姜予眠突然想到什么，问："你说我会感兴趣，是不是知道点儿什么？"

陆宴臣反问："他没告诉你？"

姜予眠摇头："他除了问我要梨梨的联系方式，什么也没说。"

陆宴臣轻声道："真贱。"

直觉告诉姜予眠，这个秘密与男女之情有关。

她没追问这件事。

她不愿意把朋友的联系方式告诉秦舟越。同样，在秦舟越不想告诉她的情况下，她也不能要求陆宴臣透露秦舟越的事。

秦舟越给姜予眠点的两杯果酒终于送来，她迫不及待地想尝试，被陆宴臣拦下："感冒了，还喝什么酒？"

姜予眠抗议："那舟越哥说要点的时候，你怎么不阻止？"

陆宴臣理直气壮地说："嗯，给你过过眼瘾。"

姜予眠恨不得挠他，老男人坏心思真多。

在她的软磨硬泡之下，陆宴臣最终同意让她尝两口："一杯尝一口，不许讨价还价。"

姜予眠要小聪明，喝了一大口含在嘴里，然而没等咽下，就被陆宴臣掐住腮。

姜予眠保持姿势不变，偷偷地，一小口一小口地将酒往下咽。

男人忽然拿旁边的杂志挡住二人，低头在她的口中夺酒。

酒香在二人的舌尖弥漫。

她扑到陆宴臣的怀里，嘴里嘟嘟囔囔。陆宴臣一只手揽着她，另一只手端起还没动过的那杯果酒，送到她嘴边："小眠眠，还有一口。"

她不喝，他就喂给她喝。

说好的量，他不多给，也不能少给。

她明明只喝了一点儿酒，脸已经彻底红了。

陆宴臣低声哄道："时间不早了，回家吧。"

姜予眠抱着他的手腕，指着自己送的那块表说："还早，才八点。"

陆宴臣将手搭在膝盖上，有一搭没一搭地轻敲："这里无聊，回家教你好玩的。"

姜予眠大抵猜出今晚的教学内容是进阶版的，有点儿害羞，拿起刚才陆宴臣用过的杂志遮住大半张脸，只露出一双圆溜溜的眼睛在外面："我可以拒绝吗？"

陆宴臣仰头，非常大度地说："可以。"

姜予眠正要说两句好听的话夸他，只听陆宴臣不紧不慢地补充："晚点儿回去熬夜教学，也行。"

姜予眠："……"

他们说是要回去，陆宴臣却恰好遇到了某合作商，暂时走不了。姜予眠趁此机会去别的地方玩，竟在保龄球区巧遇盛菲菲。

盛菲菲刚扔出一颗保龄球，球歪了，只砸倒三个瓶子。

姜予眠朝她招手："菲菲。"

"眠眠，你也来了。"盛菲菲脱了打球专用的鞋子，踩着自己那双高跟鞋过来。

姜予眠环顾四周，问："你一个人在这里打？"

"不啊，"盛菲菲扭头寻找，见上完洗手间的言曦刚好回来，便指着言曦说，"这不是还有言曦吗？"

言曦长大了不少，穿着鹅黄色的小香风外套，青春可爱。

火灾后的赔偿问题，言曦没露面处理，有人全权负责。这会儿她们碰见了，言曦跟姜予眠招呼，一开口就问："姜姐姐，你还需要房子吗？"

姜予眠摇头："不用啦，我现在有住的地方。"

言曦笑了："那你需要的话，随时找我。"

盛菲菲点了点她的额头，道："你一个小孩儿懂什么？人家跟男朋友同居。"

"我懂的！"言曦立刻道，"上个月我跟哥哥去榕城参加拍卖会，遇到一个漂亮姐姐。我哥哥喜欢她，就让她住在自己的房子里。"

"咦？"盛菲菲感到不可思议，"言隽哥还能做出这种事？"

姜予眠也记得几个月前在宋夫人的生日宴上见过那个如清风般的男人。难道男人面对喜欢的女人，都这样？

"能！"言曦重重点头，"哥哥为了跟漂亮姐姐共进晚餐，还贿赂我当工具人。"

言曦绘声绘色地描述事情经过，姜予眠听得津津有味。

最后盛菲菲道："你在外面这么宣扬，你哥知道吗？"

"嘘，"言曦竖起手指，"我们悄悄说。"

三个女生聚在一起，就会有聊不完的八卦消息。

歇够了，姜予眠跟她们俩一起打了几把保龄球，运气不错，有两次全中。

扔球看似简单，实则费力，还容易出汗，姜予眠敞开外套休息时，恰好收到陆宴臣的短信。

她站起来，跟盛菲菲和言曦告别："我得走了，你们慢慢玩。"

盛菲菲怀里抱着一颗球："这就走了啊，还早呢。"

姜予眠挥手："还有事。"

言曦嘀咕："大晚上的，还有什么事？"

盛菲菲用力地抛出最后一颗球："大晚上的，当然要做晚上才能做的事。"

言曦恍然大悟："姜姐姐要回去睡觉？那我们也走吧，早睡早起身体好。"

盛菲菲抬手捂住眼，不忍心带坏小孩儿。

见姜予眠敞着衣服过来，陆宴臣一把抓住她的衣服，将扣子一颗颗重新扣好。

姜予眠抗议道："热。"

陆宴臣牵起她的手："外面冷。"

果然，他们刚踏出俱乐部的大门，迎面而来的就是一阵凉风。姜予眠缩脖子："果然好冷，我们快走吧。"

她跑到了前面，像是在拽着陆宴臣。

上车后，姜予眠搓搓脸蛋儿。她刚才在洗手间里用温水冲了一会儿手，一时分不清是脸冷还是手冷。

"陆宴臣，我有点儿困。"她小声道。

男人心领神会，摆出方便她靠着睡觉的姿势。

她白天没睡午觉，刚才玩累了，一上车就开始犯困。

夜景在车窗外飞速闪过，陆宴臣任由她靠着，指尖勾起她的发丝。

随着时间流逝，他们距离青山别墅越来越近，车内的温度似乎逐渐降下来。

怕姜予眠冷，陆宴臣提醒老赵。

认真驾驶的老赵这才注意到，车里的暖气似乎出了问题。他尝试两次没能重新开启，只能作罢。

幸好还有两公里就到了，之后他再开车去修就行。

到达目的地后，车缓缓停下，姜予眠还睡着。

见老赵扭过头，陆宴臣让他噤声。

睡迷糊了的姜予眠感受到熟悉的气息，主动往陆宴臣那边靠，小手搭在他的身前，脸蛋儿蹭过他柔软的衣料，一副十分依恋的姿态。

陆宴臣从很早之前就知道，姜予眠很信任他。

或许是从他第一次背姜予眠看星星起，又或许是从他在路上捡到她起，她十分信赖他。她曾依偎在他的怀中许多次。

过了一会儿，见陆宴臣没有叫醒姜予眠的意思，老赵小声提醒："陆先生，要不您抱眠眠小姐回去吧？这车的暖气出了问题。"

老赵知道陆宴臣不忍心吵醒姜予眠，可惜暖气坏了，姜予眠感冒没好，受不得凉。

老赵是出于关心，却不知陆宴臣垂在身侧的右手紧握成拳。

陆宴臣之前觉得，只要隐藏得好，不让她发现自己的状况就没事了。直到此刻他才意识到，她那么信任地躺在他怀里，他却没办法把她抱起来——他的手伤了。

"你下去。"男人垂下头，又浓又黑的睫毛遮住满是挣扎的眼睛。

老赵轻手轻脚地下了车。

陆宴臣伸手，右手穿过她的腿弯。然而车内空间狭窄，他没办法用一只手的力量抱她出去。

就在他不甘地抽回手时，姜予眠醒了。

长睫颤动几下，她睁开眼，清晰地看见面前那张帅气的脸，轻声唤道："陆宴臣。"

"嗯，"男人的手指在她的脸上流连，他说，"到家了。"

她很乖，抬头坐起身，自己打开车门下去。

陆宴臣绕过来，左手牵起她的右手，带她往家里走去。

从下车到回到房间，姜予眠已经彻底清醒。半个小时的睡眠让她恢复了精神。她牵着那只特别有安全感的手，想起了与他在俱乐部里讨论的话题。

她害羞，一直没敢跟陆宴臣对视，因此没发现男人眼中的情欲早已被另一件沉重的心事覆盖。

被陆宴臣送到房间后，姜予眠率先出声："我先去洗澡了。"

陆宴臣松开她："去吧。"

姜予眠走后，陆宴臣转身回了主卧。

他脱下大衣，撩起深蓝色毛衣的衣袖，伤口早已结疤愈合，然而手肘被撞击得最狠的地方，留下了永不磨灭的印记。

风平浪静之下，隐藏着灾难。

次卧里，姜予眠脱下厚实的外套，在衣柜前徘徊。

陆宴臣给她准备了衣帽间，但她嫌麻烦，将常穿的睡衣挂在房间里。

女为悦己者容。于是，她在一排颜色和款式各不相同的睡衣之间，拎出了一件宽松的睡裙。

今天的浴球是粉色的，化开后，水面上浮起来一只奶白色的绵羊。姜予眠用手指捞起绵羊，放到盒子里。

泡完澡，姜予眠顶着丸子头站在镜子前，没扎好的几缕碎发上沾了水。出去之前，她伸手取下发圈，柔软的长发自然地散下来，披在肩后。

她脸色白里透红，眼睛漂亮又充满情意，精致的眉眼间生出几分介于成熟女人和少女之间的魅惑。

镜子里的少女既期待又羞涩，是男人看一眼便会为之着迷的模样。

姜予眠做好了迎接新体验的准备，在浴室里磨蹭了一会儿才出去。

卧室内暖暖的，却没有陆宴臣的身影。他也回去洗漱了吗？比她还晚？

那她应该在房间里等陆宴臣来找她，还是自己过去呢？

自己过去会不会显得太不矜持？她毕竟是女孩子。姜予眠在房间里徘徊，最终决定留在房间里等。

干坐着容易紧张，她脑子里全是陆宴臣与她抢酒喝的画面，将手边的睡裙都攥成了团。

啊，她不能再这样下去了！

姜予眠左顾右盼，发现了桌上的笔记本电脑，干脆坐过去办事。

她现在要做什么呢？

绑定了 Lucky Star 的电脑屏幕上弹出它圆头圆脑的图片，姜予眠灵机一动，找出陆宴臣白天给她的 U 盘，里面包含初代 Star 的数据。

不出意外，她找到了那段特别的录音。

当初在陆宴臣的办公室里，她一时兴起跟 Star 聊天。那段语音保存至今，是谁的刻意为之，毋庸置疑。她好奇的是，陆宴臣保存这段记录干什么呢？聊天内容并不特别……

出于好奇，姜予眠查阅了这段语音。一串数字跃入眼帘，她愣住了。

这段简短且毫无意义的语音，播放次数——3675 次。

这怎么会？姜予眠呆呆地望着屏幕，忽然连键盘都不会敲了。

她还记得新年来临的那天，陆宴臣为她放了绚丽的烟花，告诉她，当年没说出口的话不是道别，而是等她长大。

她以为，陆宴臣是在哄她。

当初，她很清楚地知道，那个阶段的他们无法走到一起。所以她狠下心改变固有的关系，努力地改变自己，期待蜕变后以全新的姿态与他相遇。

去年在他们重逢的那场学术交流会上，她故意穿了优雅知性的鱼尾裙，就是为了让陆宴臣看到她长大了，再也不是曾经那个胆怯的小女孩儿。

她没有拒绝陆宴臣的亲近举动，是因为从始至终，她的内心都没有真正放弃过。所以她才会一次次配合他，制造与他相处的机会。

她以为陆宴臣是在这一过程中被她吸引的，事实却比这更早。

不是她赌赢了人心，而是陆宴臣克制隐忍，给了她成长和自由选择的机会。

姜予眠合上电脑，乱七八糟的心思早就没了，只想去见他。

主卧的门被推开时，陆宴臣身穿浴袍，正用干毛巾擦着湿漉漉的短发。

不等他开口，姜予眠冲过去扑进他的怀中，双手紧紧地圈住他的腰。

擦头发的动作因她而停止，陆宴臣不明所以，低头问："怎么了？"

他怀里的人摇摇头："就是突然很想……听听你的声音。"

陆宴臣没怀疑，笑着说："头发还没干。"

姜予眠自告奋勇："我帮你吹吧！"

这倒是她第一回这么说。

陆宴臣没有拒绝她的好意。姜予眠很快拿来吹风机，调节到适宜的温度。

他个子高，只能坐着，姜予眠站在他后面吹。

他的短发细而浓密，不硬不软，摸起来手感舒适。她忽然有点儿明白，陆宴臣为什么总喜欢揉她的脑袋。

吹风机发出"嗡嗡"的声音，谁也没说话。头发快干的时候，姜予眠故意使坏，在他的头上揉了两把，结果被人抓住手腕，不得动弹。

她抗议："只许你摸我，不许我摸你，霸道。"

"可以摸。"陆宴臣不慌不忙地道，"上面不行。"

"你不正经！"姜予眠脸一红，抽出手，把吹风机一并带走。

陆宴臣气笑了："你自己突然跑过来抱我，还说我不正经？"

"抱抱是很正常的事。"姜予眠据理力争。

"我说的也是很正常的事。"陆宴臣一本正经地道。

有了这一出，姜予眠把吹风机放好后，反倒不知道该怎么办了。

她该假装扭头就走，等陆宴臣拽她回去，还是若无其事地待在这里，等一些事自然而然地发生？

姜予眠站着没动，陆宴臣走了过来。

听到熟悉的脚步声，她又开始紧张，怕表现得不自然会闹笑话。

终于，陆宴臣停在她身旁，却说："很晚了，回去睡觉吧。"

"回……回去睡觉？"姜予眠怀疑自己听错了。

在俱乐部里诱惑她早点儿回家的陆宴臣，此时此刻当着一个刚出浴的女孩儿的面，让她回自己的房间睡觉？

她刚才说他不正经是跟他打情骂俏。其实，她该说他不正常。

姜予眠上下打量他一遍，怀疑他只敢嘴上说说，实际上跟她一样没经验。

回想起来，陆宴臣次次撩拨她，看她害羞地逃跑，结果到最后，都让她回自己的房间睡觉……这很可疑。

但她也没留下，当真转身就走，只是在走到门口时停顿几秒，扭头看他。

陆宴臣无奈，道："过来。"

她站在门口不动。

陆宴臣看她的眼神就知道，如果今天真的让她走出这扇门，小姑娘心里指不定会怎么想。

他张开双臂，道："过来，我抱。"

笑容重新爬上脸颊，姜予眠转身朝他跑去。她最喜欢的，就是陆宴臣能读懂她的心思。

二人拥抱在一起，只因想靠近彼此。

姜予眠很喜欢陆宴臣的怀抱，也喜欢挨着他。或许是因为从一开始，他就以那样的姿态带给她安全感以及……说不清的情意。

他们抱了一会儿，陆宴臣让姜予眠留在这边睡。姜予眠瞧着没那种气氛，便乖乖地爬到床中间的位置坐好。

宽大柔软的床显得她的身体无比娇小。陆宴臣解开睡袍，姜予眠的两只眼睛都要挂在他精壮的腹肌上了。怎奈下一秒，陆宴臣拿出一件宽松的睡衣套上，盖住所有美色。

姜予眠更加疑惑。看起来，他不像是要进行进阶版教学。

陆宴臣在她右边躺下，伸出手臂给她当枕头。

姜予眠睁着大眼睛，睡不着。

陆宴臣读懂她的疑惑，哄道："今天先不学。"

"为什么？"

"你感冒还没好。"

"我感冒好得差不多了。"她下意识地反驳道。

她喝完药，不咳嗽了。

陆宴臣手臂一弯，挑起她的长发在指尖缠绕："眠眠，如果你很想的话……"

"才没有，"她不承认，拉起被子盖住脑袋，"我睡觉了。"

有一段时间，她因为害羞把自己蒙在被子里不肯出来，又趁陆宴臣打电话时偷偷看他，他便会伸出空闲的手给她玩。她现在回想起来，陆宴臣一直很纵容她。

于是她重新探出脑袋，手指紧紧地攥着毛毯，转身面向陆宴臣："我发现一个秘密。"

她头发长，转来转去也不会扯到。

陆宴臣保持刚才的姿势没动："嗯？说来听听。"

姜予眠想起那条播放过 3675 遍的录音，眼底闪着光："我在 Lucky Star 的记录里听到一段对话录音。"

她没说具体内容，陆宴臣已经懂了。他自己保存下来的东西，自己最清楚。

姜予眠其实是个有话直说的女孩儿："你为什么要留着那段录音啊？没什么实质内容，毫无意义。"

她问了，陆宴臣没答。

她再看过去，那人闭着眼睛，像是睡着了，也没再玩她的头发。

以为等不到答案，姜予眠张嘴打了个呵欠，也闭上眼。

就在她快睡着时，那人在她的耳边说："不是没有意义的。"

那是她跟他告别后，唯一留下的声音。

那天晚上，姜予眠一夜好眠。

盛菲菲总好奇，姜予眠有没有成功地拿下陆宴臣。

姜予眠称还没有。姜予眠以前不会主动分享自己的感情状况，但谈恋爱之后变了。她不会主动说，但如果小姐妹追问，也会回答。

盛菲菲诧异极了："不会吧？陆大哥都快三十岁了。"

他这个年纪，以前洁身自好就算了，现在面对喜欢的女人还这么克制，真的很奇怪。

"我也不知道啊。"姜予眠也有些困惑。

盛菲菲根据已有的信息得出结论："那可能是他很重视你，或许要等跟你结婚后呢。"

姜予眠咬了口吸管："其实我……不介意的。"

她觉得互相有感觉才是最重要的，精神愉悦和身体愉悦并不冲突。所以每次陆宴臣提起那件事，她并没有真的拒绝，更多是害羞时的欲拒还迎。

"唉，不懂。"盛菲菲托腮，上下打量姜予眠，道，"浪费了你这么好的身材。"

姜予眠差点儿被饮料呛到："菲菲！"

盛菲菲在姐妹面前毫无顾忌："我要是有喜欢的人，肯定忍不住。我一直很好奇，苦于没人一起尝试。"

学校里追盛菲菲的人一把大，但她都不喜欢。

姜予眠叹了一口气，搞不懂陆宴臣到底是怎么想的。而且这两天他有点儿奇怪，虽然依然对她很温柔，却给她一种说不上来的感觉。

他似乎心情不太好。

姜予眠毫无头绪。直到有一天下午，她无意间发现他放在大衣里的检查报告单。

陆宴臣去检查胳膊了，却没告诉她。

太专业的词汇她看不懂，只晓得结果跟她上回从医生口中听到的有出入，情况不太理想。

姜予眠拿着报告单去医院，是老赵开的车。老赵说之前那辆车的暖气修好了，姜予眠还很疑惑。

老赵解释："就是你们去俱乐部那天，回来的时候暖气坏了，陆先生怕你着凉又怕吵醒你。我还让陆先生直接抱你回去，结果你自己醒了。"

老赵替他们开车多年，算老熟人，讲话比较随意。

姜予眠想起来，她醒来的时候陆宴臣离她很近，似乎打算抱她。可他并没有，是因为手伤吗？

姜予眠摸出那张报告单，根据上面的签名，找到那个医生。

不久后，姜予眠返回青山别墅，让老赵对她今天去医院的事保密。

她把检查报告单放回陆宴臣的大衣口袋里，假装一切都没有发生。

陆宴臣在书房处理工作的时候，她也在旁边忙自己的事。坐久了，她抬头提醒："你的手刚恢复不久，一直保持这个姿势会不会累？"

她假装无意地碰到陆宴臣的胳膊，他却条件反射地一躲。

那是逃避的动作。

有些人遇到困难时不会大喊大叫宣泄伤痛，习惯藏着情绪，却不代表不在意。

他那么骄傲的一个人，右手成了他的缺陷。他以前能抱着她走路，现在却只能牵她的手。她终于知道那天她在车上睡了一觉后，陆宴臣为何会有那种反应。

他独自吞了苦难，只把美好的一面展示给她看。

姜予眠没有戳穿他，像没注意到一样，回到座位上合上书籍，道："我都看累了，先去洗澡了。"

陆宴臣轻轻地"嗯"了一声，只当是平常的睡前准备。

姜予眠走后，他再次撩起衣袖。

强大如他，也会害怕。他怕姜予眠发现，怕她自责、愧疚，更怕在她需要的时候，自己抱不起她。

陆宴臣拉下衣袖，手指落在键盘上的速度越来越快，心却是烦躁的。

这不像平时的他，却又是真实的他。

不知过去多久，书房的门被人重新推开。男人停下动作，脸色平静。

然而当他抬眸后，却再也移不开眼。

姜予眠穿着浴袍，腰间的蝴蝶结系得很松，领口处露出白皙的肌肤。

随着她前进的步伐，那道落在她身上的目光逐渐炽热。姜予眠的脸红扑扑的，她却没像之前那样害羞地逃跑。

姜予眠在他面前停下，右手抚上左边的锁骨，将浴袍扯开一点儿。

那只"蝴蝶"，似乎更美丽了。

陆宴臣目不转睛地看着她，嗓音低哑地说："你知道自己在做什么吗？"

姜予眠牵他的手，覆上那只"蝴蝶"："你喜欢这个，不是吗？"

她希望陆宴臣冲破那道自我压抑的防线，以任何一种方式都行。

半晌，陆宴臣缓缓启唇，告诉她："不是。"

姜予眠的眼底闪过一丝错愕，然而下一秒，她猝不及防地被人扛上肩头。

姜予眠忍不住惊呼出声。

从书房到卧室，她被扔在床上。

系带早已松了，她坐在柔软的毛毯上，身前灌入凉气。

但很快，一道炙热的气息覆上来，先是侵占了"蝴蝶"所在的位置。

这还不够，有人主动献上宝物引他入局，他便再也控制不住讨伐的欲望，开疆拓土。

姜予眠仿佛重新看见，陆宴臣受刺激后把她抵在门口那晚的眼神，带着熟悉又陌生的侵占欲。

陆宴臣笑了起来，美得那样惊心动魄，比任何一次都真实。

他放飞"蝴蝶"，手指探下去："比起小蝴蝶，我还是更喜欢小眠眠。"

他喜欢……小眠眠。

姜予眠看到他的那抹笑容。眼前的身影移开的那一刻，头顶的光刺到眼睛，她下意识地闭眼。

她来不及细想，毫无防备地被人侵入。姜予眠攥紧身下的毯子，忍不住蜷缩脚趾，弓起腰。

"别……"她试图叫停，然而声音都是颤抖的，嗓音也跟平时极为不同，像是变了个人。

前段时间，陆宴臣并没教她这些。

脑海中接受的知识跟实践天差地别，姜予眠顿时明白自己曾经去捂嘴的行为有多可笑。

她根本就不受控制。

她像是要哭出来。

陆宴臣俯身碰了碰她的鼻尖，像是在安抚，问："害怕？"

二人鼻尖相触，距离太近，姜予眠能清晰地感受到对方炙热的呼吸。她挺起胸脯，为自己正名："不……不怕。"

"嗯，"陆宴臣弯唇，又夸她，"小眠眠真勇敢。"

她好像并不需要这样的夸奖。

感觉到她身体给出的反应，陆宴臣抽回手，给她片刻缓冲的机会，开始上课："你可以……亲我。"

小姑娘很听话，仰起脑袋，亲到他的下巴。

陆宴臣的心软得一塌糊涂，他低下头，配合她的动作从下巴亲到唇边，堵住她的声音。

姜予眠只觉得从心脏到全身都痒痒的，仿佛飘在空中。她睁开眼，眼前是她熟悉的眉眼，跳动的心脏逐渐寻到归处，与之共舞。

她的手被捉住，笨拙地去解他的衣扣。外套被脱下后，陆宴臣特意感受了一下她的体温："你的手很热。"

姜予眠的大脑一片空白，不管陆宴臣说什么，她只能凭本能应对："我……我体热，冬天就这样。"

"那你帮我暖暖。"说着，陆宴臣把她的手藏进他的毛衣里。

他的腹肌很结实，姜予眠咽下一口唾沫，道："你也很热。"

他根本就不需要她帮忙升温。

陆宴臣却说："那就麻烦小眠眠帮忙降降温。"

他迅速改口，说话前后矛盾。

姜予眠抬头一看，男人脖子上青筋毕露，刚才那阵无法控制的感觉再度袭来。

然而很快，征伐者重新启程，在平静的水中掀起巨浪。陆宴臣是故意转移她的注意力，趁她专注于别处时，猝不及防地占有领地。

因为疼痛，姜予眠下意识地抵挡。然而双方力量悬殊，她只能可怜巴巴地喊他的名字："陆宴臣！"

陆宴臣修长的手指穿入她的发间，轻揉她的脑袋。然而他平时安抚的动作在此刻通通失效，她还是疼。知道这是必经的过程，姜予眠心一横，咬牙坚持下去，问："还要多久？"

陆宴臣无奈地抵住她的额头："宝贝，我还没进去。"

姜予眠彻底僵住，这下哭都哭不出来了。

她怕疼，会哭，陆宴臣却受不了她的眼泪："我有没有跟你说过，你哭的时候，我胸口疼。"

姜予眠不哭了，伸手贴近他的胸口："真的吗？"

她以为那都是哄人的情话。

"嗯。"他心里会堵着，闷闷的，很不好受。

听到她的哭声，他没办法只顾自己。

姜予眠心脏一颤，结结巴巴地跟他商量："那……那改天……我不哭……"

陆宴臣没说话，让她亲手探寻答案。

箭在弦上，蓄势待发。

见她不说话了，陆宴臣故意逗她："改天就不哭了？"

她保证不了。

主动的是自己，打退堂鼓的也是自己，姜予眠觉得理亏，试图卖乖："宴臣哥哥，我可以帮你，像之前那样。"

陆宴臣修长的手指在她绯红的脸上流连："那不一样，眠眠。"

"哦。"姜予眠故意避开他的视线，没好意思看他。

她当然知道不一样，也知道陆宴臣对她格外纵容。慢慢地，她搂住陆宴臣的脖子，主动靠近他，道："现在……也可以。"

她用陆宴臣之前教的方式亲近他，他有足够的耐心等她做好准备。

第二次，她还是哭了，眼泪汪汪的，看得他好一阵心疼。

她模样漂亮，哭起来梨花带雨，惹人怜惜。在疼痛稍微缓解之后，她抽出精力问："这下可以了吗？"

陆宴臣觉得好笑，又爱怜不已："你自己感受不到吗？"

他的攻势看似温和，实则猛烈，不留余地。姜予眠感受得清清楚楚。

众所周知，熬夜不好。对姜予眠来说，熬夜"学习"好，也不好。

有些人天生慕强，姜予眠就是其中之一。

她求知欲旺盛，会不自觉地靠近能替自己解答疑惑的人。就像她当初喜欢上陆宴臣后，会把他当成自己的榜样。

但她没想到，有一天这种事也能体现强弱，且勾起她的探知欲。

她刚开始很难受，逐渐适应之后感觉又不一样了，于是化身好奇宝宝，冒出一个又一个问题。

陆宴臣一开始非常乐意为姜予眠解答，到后来，她的问题逐渐偏离主题……陆宴臣摸到她滚烫的背，问："眠眠，你是跟我探究人体结构吗？"

她终于意识到，这似乎不是讨论问题的场合："我就是随便问问。"

陆宴臣捏了捏她的脸蛋儿："有些问题暂时无法回答，因为我也没实践过。"

"哦，那我不问了。"姜予眠闭上嘴巴。

陆宴臣按住她的下巴，指腹在她的唇边摩挲几下："没关系，我记性还不错，你现在问，以后咱们可以亲自探索答案。"

听懂他的弦外之音，姜予眠害羞了。陆宴臣暗暗挑眉，喜欢看她这样。

姜予眠经常锻炼，虽然怕疼，但身体素质还不错，他们熬到深夜才停下。

她眯着眼睛喊困，似乎马上就要睡过去。

陆宴臣用哄小孩儿的语气道："等会儿再睡好不好？"

姜予眠往被子里缩："我不要了。"

陆宴臣揽着她的背把人扶起来："不动你，洗一洗再睡。"

姜予眠不配合。她困得要死，连手指都懒得动，只想倒头睡一觉，完全不想去洗澡。

如果是以前，陆宴臣会直接抱她去，然而现在……他顾虑的事无时无刻不提醒着他——他废了一只手，多么没用。

陆宴臣不让她躺下，将人搂入怀中，把下巴抵在她的肩头，道："我单手抱你，你会不舒服。"

他单手完全可以抱起姜予眠，但那样的抱法会让她难受。

听他提到手，姜予眠蓦然睁眼，倦意顷刻消失。

她紧紧地回抱住陆宴臣。

她下了床，走路姿势有些奇怪。

陆宴臣没让她独自一人去洗澡。

陆宴臣调节水温时，姜予眠一直抱着他，黏在他身边。她眼睛是闭着的，像在找支撑点打盹。

"你是考拉吗？"陆宴臣这会儿心情极好。

"嗯。"姜予眠还没睡着，只是疲惫到懒得睁眼，连害羞都顾不上了。

见她困得不行，陆宴臣没再逗她，迅速帮她洗了一遍，擦干了，给她裹上浴袍，牵她回去。

姜予眠把自己塞进被子里，一沾床就睡着了。

站在一旁的陆宴臣凝视她半晌，俯身在她的嘴角、脸蛋儿、鼻尖、眉心处分别落下一个吻，带着无比虔诚的爱意。

一觉睡到日上三竿，姜予眠是被饿醒的。

没见着人，姜予眠坐起身，身体的不适感仍在。而且，她身上光溜溜的。

姜予眠突然想起来，她的东西都在自己的卧室里，昨晚洗澡后便没穿衣服了。

姜予眠环顾四周，惊喜地发现床头叠放着一整套衣服，赶紧穿好。

她打算回房时，Lucky Star 突然从一旁出来，自动开仓，提示她取走里面摆放的早餐。姜予眠第一次意识到 Lucky Star 的方便之处，但想到自己还没洗漱，决定先不吃早餐。

姜予眠打开门，差点儿跟迎面而来的陆宴臣撞上。

看见他，姜予眠脑子里自动浮现昨晚纠缠的画面。

他问道："吃早餐了吗？"

姜予眠下意识地捂嘴："我还没洗脸刷牙。"

陆宴臣向前迈了两步："房间里有，直接在这边洗漱。"

"咦？"

他这边什么时候有她的洗漱用品了？

她进去一看，洗手台上摆放着她常用的洗漱用具，还有那些护肤用品——应该是陆宴臣挪过来的。

肚子饿得"咕咕"叫，惦记着 Lucky Star 送来的早餐，姜予眠很快洗漱完。

她一口气喝了一碗粥，才想起别的事："你把我的东西拿到这边来干吗？"

"嗯？"她的问题倒是出乎意料，过了一会儿，陆宴臣耐心地回答，"同居。"

"我们之前不算同居吗？"姜予眠问得诚恳，从来没把两者认真区分。她以为住进青山别墅就是跟他同居，他们的卧室相隔不远，见面很方便。

陆宴臣说："你想的跟我想的有偏差。"

他说的"同居"是他们要同睡一张床。她挺喜欢跟陆宴臣待在一起的感觉，暂时对此没有异议。二人好不容易走到这一步，无论是心灵还是身体，都因对方充满了热情。

有些事情食髓知味，不论是白天还是黑夜，不论是在卧室还是书房里，一旦气氛微妙起来，他们一个不经意间相撞的眼神都会擦起火花。

陆宴臣当真记下姜予眠那天所有的问题，并在实践中一一找到答案，而她为了答案付出了不少代价。

她快招架不住的时候，工作拯救了她。

春节假期结束后，姜予眠正式进入项目组参与研发。

他们本次研发的项目跟医疗相关，医疗器械服务于人类。在明确需求后，她坚持安全和创新的理念，对各阶段数据进行精密把控。

医疗器械产品的研发周期较长，姜予眠刚进去那阵忙得不可开交。组内成员都是前辈，姜予眠作为初出茅庐的年轻人，要付出比其他人更多的时间和努力才能得到他们的认可。

姜予眠因为进组晚，不仅要跟进度，还要花费时间学习大量的知识，每天给自己补课，有种回到高三的错觉。

卧室里，陆宴臣送来一杯牛奶，没出声，在姜予眠身后站了好一会儿，愣是没被姜予眠察觉。

她看资料看到眼睛发酸，伸手揉眼时被陆宴臣阻止："别乱揉。"

姜予眠这才知道他来了。

陆宴臣把牛奶递给她："看累了就去歇着。"

姜予眠捧着玻璃杯小口小口地喝，嘴上浮起一层奶。陆宴臣抽出纸巾给她擦嘴。

姜予眠摇着手里的牛奶杯，还剩一小半："我刚才喝了很多水，现在喝不下了。"

陆宴臣从容地伸出手，姜予眠立即把杯子递给他。陆宴臣握住杯子，毫不嫌弃地帮她喝光余下的牛奶。

"累了就歇一会儿。"

"还有几页，我想看完。"

她跟陆宴臣在某种程度上是同类人，忙起来时十分专注，每日勤勤恳恳，大脑里全是数据。这样的生活持续了一个月，姜予眠才逐渐适应过来。

慢慢地，她将作息时间调整回去，晚上不再加班加点看资料，终于可以正常生活以及……约会。

他们都没什么恋爱经验，尝试像普通情侣那样约会，而后发现有些活动并不适合他们。

比如烛光晚餐，刻意追求氛围，但外面餐厅的食物还不如青山别墅的厨师做得好。

比如看电影，姜予眠选了一部新片，电影院里座无虚席，总有不自觉的人吵闹。于是两个人回家，躺在独立影音室里看电影，安静又舒适。

后来，他们在沙发上聊天，姜予眠将头枕在他的腿上点评："我觉得，外面那些约会项目不适合我们。"

陆宴臣捏了捏她的脸蛋儿，含笑道："我也觉得，里面更合适。"

姜予眠一溜烟爬起来，坐到沙发另一头，不想承认自己居然立刻懂了。而且，她在陆宴臣的眼里看见了那种捕捉猎物的眼神，很熟悉，也很……热烈。

她上个月忙，陆宴臣很少打扰她。除非有时候她不小心滚进陆宴臣的怀里，他才会哄着她帮忙解决。这就让姜予眠产生了一种他自制力非常强的错觉。

直到这两天，她像往日一样躺下睡觉，没过一会儿就被剥得精光，他往日的克制力通通消失。

见她跑得比兔子还快，陆宴臣假装不知缘由，问："跑那么远做什么？"

姜予眠心想：躲你。

陆宴臣屈膝，将左臂搭在膝盖上，朝她勾手："过来，我抱。"

他的姿势，怎么看都不适合拥抱。

她伸出脚，想穿拖鞋："我突然想起还有些资料没看。"

他快她一步，用脚把拖鞋踢到更远的地方，直勾勾地看着她道："有什么不懂的？我教你。"

看着拖鞋，姜予眠坐回沙发上："我可以自学。"

陆宴臣却笑道："我教你，你学得更快。"

她果然没逃掉，被人按在沙发上。陆宴臣履行承诺，在她耳边念着与项目相关的专业词汇，美其名曰帮她学习。刚开始她还听得清晰，到后面，她的声音盖住了陆宴臣授课的声音，整个人软成一摊水，哪里分得出心思去学习？

她反抗的声音在嗓子里变得断断续续的："不能……一心二用。"

陆宴臣纠正道："这叫节约时间，事半功倍。"

而且明天是休息日，他可以肆无忌惮些。

次日，姜予眠有气无力地坐在梳妆台前，看着镜子里自己逐渐加深的黑眼圈，跟陆宴臣商量道："我觉得还是之前的卧室住得舒服。我搬回去，我们给彼此留些私人空间好吗？"

陆宴臣抬头看她一眼，反驳的话都懒得说。

"俗话说，距离产生美。"姜予眠一边抹眼霜一边说，"而且，做人要懂得节制。咱们可以按照双方的意愿约定时间，需要增进感情的时候再住在一起。"

陆宴臣放下文件，道："你这个建议有点儿意思。"

姜予眠笑了笑，趁热打铁："是吧？你也认同的话，那我们……"

陆宴臣一动不动地盯着她，笑道："明明是情侣，偏要当……"

姜予眠："……"

护完肤，姜予眠对着空气发出疑问："你真的是陆宴臣吗？"

坐在她后方的陆宴臣自觉地道："嗯？"

姜予眠彻底转身，面对他："你以前不是这样的。"

陆宴臣挑眉："以前我是什么样的？"

姜予眠不假思索地道："你以前成熟稳重，说话彬彬有礼，更不会开玩笑说一些有歧义的话。"

陆宴臣："亲疏有别。"

姜予眠双手合十，别有深意地道："啊，原来是我们以前关系不够亲近吗？"

陆宴臣再度因为她的话放下资料，勾起唇角："零距离和负距离，还是有区别的。"

姜予眠："……"

她曾以为陆宴臣只会说些大道理，直到二人成为情侣后，才晓得做他的女朋友还有这种待遇——只有她能见到陆宴臣的这一面。

这么想想，她还是挺开心的。

姜予眠是个容易满足的人——一点儿新奇的发现都能让她快乐很久。今天她要跟陆宴臣出门约会，创造属于他们的共同回忆。

现在已是四月，气温逐渐变暖，姜予眠穿了条杏色的连衣裙，搭配一件针织外套。

姜予眠本就很白，红色的针织外套穿在身上，更衬得脸蛋儿白里透红。她还涂了口红，整个人看起来青春靓丽。

随后，她又从宋夫人送的珠宝首饰里挑出一对爱心耳坠，正要佩戴时，手机铃声响了。

她拿过来一看，竟是谈婶。

自打跟陆老爷子摊牌后，陆宴臣便没再去过陆家，她跟谈婶的联系也逐渐减少。谈婶这会儿打过来，恐怕是有事。

姜予眠接通电话："谈婶。"

谈婶在电话里焦急地说着话，这时有人推开门。姜予眠抬头望去，面对逐渐走近的陆宴臣，脸上的笑意淡了。

"陆爷爷住院了。"

二人直接去了医院。

谈婶说，陆老爷子从新年开始身体就不大好，一直挺着，也不许谈婶将病情告诉他们。

今天上午，陆老爷子突然晕倒，被紧急送往医院。

谈婶赶忙给姜予眠打了电话。谈婶知道姜予眠一定会来，但不确定陆宴臣是否会来。见二人一起出现在病房门口，谈婶松了一口气。

他们从青山别墅赶过来时，陆老爷子已经醒了，正躺在病床上休息。

"谈婶，陆爷爷怎么样？"姜予眠还不知道里面的情形。

谈婶连忙道："刚醒，医生说他要多休息，这两天先住院观察。"

姜予眠点点头："那我等一会儿进去看看他。"

谈婶连连说"好"，又看向后方的陆宴臣："宴臣少爷也来了，老爷子见着你们肯定高兴。"

往日尊重长辈的陆宴臣头一次没接谈婶的话，只对姜予眠说："去吧，我在外面等你。"

他理解姜予眠对陆老爷子的感激之情，不会阻止她回报恩情。但他跟陆家的关系，早在陆老爷子拿棍子打下来的那一刻就断了。

一听这话，谈婶立刻明白了他的意思——他不会进去看望陆老爷子。

姜予眠轻轻推开病房门，谈婶跟陆宴臣仍在外面。谈婶斟酌着道："宴臣，其实你爷爷这段时间经常提到你……"

陆宴臣面不改色地道："谈婶，哪些话该说，哪些话不该说，您应该很清楚。"

听他这么说，谈婶便知不能再劝。

说到底，是陆老爷子亏待了这个孙子，陆宴臣独自走到今天并不容易。当初是陆老爷子"驱赶"陆宴臣离开陆家，而今陆宴臣终于摆脱枷锁。

他以一己之力撑起陆家，给了陆老爷子足够的体面，这已是爷孙俩最好的结局。

姜予眠进入病房时，陆老爷子正歪头看着门口，似乎是知道谁来了，沧桑的眼里有了情绪。

"陆爷爷，我来看你了。"

"眠……眠眠。"

许久不见，陆老爷子比往日消瘦了许多。他躺着说话不方便，抬手指向床边，让姜予眠帮他把病床升起来。

姜予眠将病床调整到合适的高度，方便陆老爷子靠着，又拿枕头垫在他身后，问："陆爷爷，您现在好点儿了吗？"

陆老爷子长长吐出一口气："好多了。"

往日两个人见面，爷爷慈祥、孙女乖巧，看起来十分温情。如今他们再见，物是人非，竟然无话可说。

陆老爷子不经意地往门口看了一眼，问："你一个人来的？"

姜予眠迟疑片刻，摩挲着手指道："宴臣哥哥也来了。"

他来了，却没进来。

陆老爷子道："他还在生我的气。"

"他没有生气。"

他只是情绪累积到一定程度，终于爆发。

陆老爷子从陆习的口中得知当年那通电话的真相，心中有悔意，然而这么多年过去，早已无法挽回犯过的错。

当初的陆宴臣犯错了吗？没有。

陆宴臣离开后，陆老爷子常常想起往事，内心后悔不已："如果当初知道不是他……"

"是陆习，就该怪罪了吗？"姜予眠皱起眉头，"陆爷爷到现在仍然觉得，两个跟父母聚少离多的孩子，提出想见爸妈一面的要求，有错吗？"

航班失事是意外，他们对灾难感到痛苦、惋惜是人之常情，却不该把一切责任推到一个小孩儿身上。

假如陆爷爷当初知道是陆习胡搅蛮缠致使其父母回来的，又会怎么做？他是会觉得孩子小，不懂事，不应怪罪，还是会对一个六岁的小孩儿发火，从此偏袒陆宴臣，让陆习自生自灭？

无论犯错的孩子是谁，依照陆老爷子的个性，那个孩子都不会好过。

姜予眠："或许正因为意识到这点，他才会独自揽下一切，去保护弟弟吧。"

六岁的陆习尚且不懂事，十二岁的陆宴臣却在一夕之间看清人心。所以陆宴臣更不愿说出真相，否则在当初的情形下，不过是兄弟俩一起被针对。

人心就是这样，陆老爷子只知道自己失去了优秀的儿子和儿媳，陆家其他人只晓得失去了两大依靠，却没人关心失去父母的陆宴臣是否难过。

"陆爷爷，你知道吗？宴臣哥哥十几岁就开始看医生了，"姜予眠顿了一下，声音有些哽咽，"是心理医生。"

当初陆宴臣彻夜难眠，不是因为身体上的病，而是心理上的病。

她是祁医生的病人，陆宴臣也是。只不过她生病时有人关心，而陆宴臣从来都是独自一人挣扎求救。谁也不知道他是怎么走出来的，连祁医生都佩服那个坚忍的少年。

祁医生遵守职业道德，并没有详细地告诉她陆宴臣求医的经过，只是说："那年陆家的情况不断变差，陆宴臣很长一段时间没来，之后就痊愈了。"

他没有时间和精力沉浸于痛苦之中。

他要承担的责任很重。

她亲身经历过被心理疾病折磨的痛苦，即使无法完全跟陆宴臣感同身受，也能想象出他当初的日子过得多么艰难。

姜予眠的话再次砸蒙了陆老爷子。

他抬起手，声音颤抖地说："他从来没跟我说过……"

"说了又会怎么样呢？"每每提到往事，姜予眠都有无数句想替那个十二岁的小男孩儿说的话，"让一个刚失去父母的孩子离开从小成长的家庭，这本身就是最大的伤害。

"而且，如果您让他待在家里，却一直对他有不好的看法，这一切还是会发生。"

伤害陆宴臣的，从始至终都是陆老爷子。

姜予眠眼眶发酸，深吸一下气，迅速平复心情，假装若无其事地道："陆爷爷，事情已经过去，就先不提了。"

她的确很想让老人意识到自己做错了，但理智回归，这并不是回忆往昔的最佳时间。情绪影响心情，她还是希望陆爷爷的身体能好起来。

陆老爷子表情一变，脸上的皱纹更明显了，看起来有几分可怜："你把他叫进来。"

"陆爷爷有什么话要说？或许我可以带给他。"姜予眠婉拒了。

人的情绪很敏感，对陆老爷子而言平常的话，落在姜予眠的耳中就变了味儿。在她看来，陆老爷子每次让陆宴臣办事时都是一副命令的口吻。此刻这句理所应当的话，让她感觉不到陆老爷子的歉意。

她不想陆宴臣再听到这种言论。

陆老爷子盯着她，苍老的眼睛似乎要看穿她的内心："眠眠，你现在对爷爷意见很大，是吗？"

姜予眠避重就轻地说："除了关于陆宴臣的事，我仍然非常感激您。"

陆老爷子懂了——在她心里，陆宴臣最重要。

老人"喃喃"自语："这样也好。"

他那个孙子孤身一人这么多年，如今终于得到一份偏爱。

这段时间他想了许多。他曾反问自己，后悔吗？肯定是后悔的，但他已经不知道怎么跟陆宴臣相处，也不晓得要如何挽回……

"我只是想问，陆习在哪里，你们知道吗？"

姜予眠缓缓摇头。

除夕之后，陆习就再也没回过陆家。他本该去外面实习、准备毕业，却一直没出现，只是每隔一周报一次平安，也不说自己在哪里。

过年不回家，他把自己放逐了。

陆老爷子摆手，让她出去。

姜予眠叮嘱老人好好休息，随后退出病房。

她离开后，陆老爷子无力地靠在床上，内心说不出的煎熬。两个孙子，一个过门而不入，另一个下落不明……陆老爷子猛然发觉，他这一辈子，糊涂至极。

姜予眠轻轻合上病房门，转头一看，走廊里只有谈婶。

"宴臣哥哥呢？"她在长辈面前还是习惯这么称呼陆宴臣。

谈婶叹气："他走了，说在外面的走廊里等你。"

是她说错话了，陆宴臣连病房门口都不愿意待了。

姜予眠温柔地说："谈婶，如果以后爷爷身体有恙，还是及时告诉我吧，麻烦您了。"

谈婶连忙应道："应该的，应该的。"

姜予眠跟谈婶道别，离开病房区，跨出那扇门，就看到那个身形颀长的男人。

他站在走廊冷白的灯光下，显出几分孤寂。

姜予眠走过去牵住他的手："爷爷没事了。"

陆宴臣轻轻"嗯"了一声，脸上看不出多少情绪。

"哥哥，"姜予眠难得去掉姓名这么喊他，有些卖乖的意思，"你真的不进去看看陆爷爷？"

"嗯。"他牵着她往外走，用行动表明自己的答案。

"哥哥。"姜予眠又用这个称呼唤他。

陆宴臣："嗯。"

姜予眠试探性地问："你知道陆习在哪儿吗？"

陆宴臣面不改色地道："嗯。"

"你怎么只知道'嗯'，都不说话？"

姜予眠摇晃手臂，牵着她的陆宴臣自然受到影响。他问："你想听我说什么？"

姜予眠扬起下巴，从侧面望着他道："不是我想听你说什么，是你想跟我说什么。"

陆宴臣神色淡淡的："没什么好说的。"

身边的小姑娘不依不饶，指尖在他的掌心上轻挠："可是我想听。"

陆宴臣只说了五个字："陆习在山里。"

姜予眠："啊？"

第十八章
爱是保护，不是欺负

陆习在山里，已经整整两个月了。

原本他买了一张去往远方的长途火车票——结果金尊玉贵的小少爷在火车最好的床位上躺了一夜，浑身不爽。

这次他下定决心，抛下陆家二少爷的身份去外面闯荡，再苦再累，也要咬牙坚持下来。

就这样，陆习在火车上躺了两天。

火车上，陆习看到形形色色的人，他们有的喧闹无礼，有的脸色疲倦、小心翼翼。

盒饭是他以前绝对不会碰的东西。然而肚子饿了，他把盒饭吃得一粒不剩。

第三天，火车上来了一位带着两岁女儿的母亲。她们没有座位，十分不方便，陆习把床位让给了她们。

第四天，陆习遇到一群去探险的人。在这些人兴致勃勃地讲述中，陆习提出同行。

他们一起攀过悬崖，蹚过湍急的河流，那精彩刺激的半个月让陆习对旅行有了截然不同的认识。

他一直很爱玩，去过国内外不少地方，住最高级的酒店，无论去哪个景点都有专车接送。他只需要用眼睛去看美景，用嘴去品尝美食，享受生活。

然而现在，他穿着几天无法换洗的衣服，背着保护人身安全的工具，跟队伍里经验丰富的探险者同吃同住，磕着碰着了就咬咬牙坚持坚持。

这样的生活比以前艰难百倍，陆习却没有退缩。

半个月后，他们来到另一座山进行探险，途中不幸遇到山石坠落，陆习的一条腿被砸伤。

他们不得不退下山，向村民求助。

陆习有钱，可这些地方，拿钱也换不到好资源。

如果在景城，他现在已经躺在VIP病房里，等着技术最好的医生用上等的药给他治疗。然而在这里，只有连医师资格证都拿不出来的老村医用草药帮他敷伤口。

队伍里的人跟他唠嗑："探险就是这样，指不定什么时候就会出意外。"

陆习问："你们为什么会探险？"

对方说："每个人追求的东西不一样，就我而言，探索未知的旅途比坐在办公室里过着日复一日的生活更有意义。"

陆习回想自己从小到大的生活，可谓丰富多彩，吃喝玩乐样样精通。他读初高中时喜欢跟朋友一起打游戏，读大学时常常混迹酒吧，只为寻求刺激。

他现在才明白，原来真正的刺激是跋山涉水，踏上未知的旅途去探索人生。

陆习腿伤了，暂时在条件稍微好些的村长家住下。

其实这里条件也不算好，唯一的单人房是村长外出打工的儿子留下的，里面只有一张床和一张书桌，面积很小。

这里的条件明明比火车上更恶劣，但风餐露宿了半个月，陆习已经能够接受硬如铁石的床了。

这里的生活枯燥无味，直到陆习在柜子上发现一把蒙尘的吉他。

村长说："我儿子以前喜欢，但是没钱学啊。后来他出去打工，买了一把吉他回来，说要给我孙女玩……"

但还是同样的问题，他们家没钱学，也没老师教，那把吉他更像是村长儿子留下的念想。

那把吉他，价钱刚过三位数，是陆习从未听过的牌子。它的音色相较于他之前随手放在家里的吉他，更是天壤之别。

这天阳光明媚，陆习坐在村长家门前，闲来没事拨弄了几下吉他，引

571

来一群小孩儿围观。

一串串音符在陆习的手中编织成一首曲子，孩子们觉得稀奇，缠着他再来一首。

陆习抱着吉他自拍了一张，发给陆宴臣："哥，我现在在山里，过得还不错。"

他新年时离家，觉得自己不配回去。但他并不想跟大哥断了联系。大哥保护了他这么多年，他希望跟大哥修复关系。

但他也不强求，一切顺其自然。

这段时间以来，他断断续续地给陆宴臣发了许多条信息，偶尔会抱怨一下旅程艰辛，但仍然保持积极的心态。当然，腿受伤的事，他不会告诉陆宴臣。

李航川跟孙斌倒是经常找陆习。

陆习把头发往上抓，立起来，像做了个发型，随后拍照发到群里："老子潇洒得很，别整天在群里说我出事了。"

陆习离家的理由不能告诉其他人。知道两个好友对自己的反常行为很是担忧，陆习说话时尽量保持着往常的语气。

这下他们确信他没事了："这欠骂的语气，是习哥本人了。"

陆习懒得回。

他正准备关手机，意外地发现往日不回消息的陆宴臣破天荒给他发了一条消息。陆习连忙点进去。

"爷爷在住院。"

之后陆习再问，陆宴臣又不回了。

陆习打电话给姜予眠："小……姜予眠。"

差一点儿，他又喊她"小哑巴"。

"陆习？"接到陆习的电话，姜予眠很意外。

陆习急忙问道："听我哥说爷爷住院了，爷爷现在怎么样？"

"没事，你别着急。陆爷爷就是需要多休息，具体情况要再观察。"

其实陆老爷子没什么大病，就是年迈，身子骨弱了。

诧异之余，姜予眠捕捉到重点："你是说，陆宴臣跟你说了陆爷爷生病的事？"

"啊，我经常给我哥发消息，他平时都不回，唯独今天回了一句话。"

姜予眠了然。那个人，果然拥有一颗最柔软的心。

说到这儿，陆习忍不住好奇地问："我大哥跟爷爷，现在关系怎么样？"

姜予眠斟酌用词："那天之后，没见过面。"

爷孙俩的问题并非一朝一夕形成的，或许时间会化解一切，或许这辈子他们都无法解开那道心结。

姜予眠在电话里听到一阵孩童的声音，对方喊陆习"哥哥"，让他唱歌。姜予眠难以想象，性子急躁又缺乏耐心的陆习会怎么应付一群孩子。

一群小孩儿"叽叽喳喳"的，陆习的确不好受，好在有村长的孙女在一旁帮忙。她两三句话就让那群小不点儿有序地坐到地上，听他弹唱。大多数孩子就是图个新鲜，听完两三首就跑了，只剩下村长的孙女杨慧。

杨慧今年十三岁，或许是受父亲影响，对吉他表现出莫大的兴趣。陆习闲来没事，正好教教这个小姑娘。

杨慧有些天赋，对陆习教的歌曲两遍就会，顿时让他充满成就感。

唯一糟心的是，杨慧有个邻居，是比她大一岁的男生，经常来打扰她。

杨慧正专注地练琴，男生偷偷绕到她背后扯她的头发。待她转身去骂，男生又冲她做鬼脸。杨慧不搭理，男生就继续捣乱，非要惹得杨慧放下吉他，起身去追打他。

男生明显比杨慧速度快，故意跟她保持不远不近的距离，在杨慧要追到的时候加速，又在杨慧追不上的时候等等她。

杨慧又累又气，抱着吉他回屋。

见男生掉头追上去，陆习从后面一把揪住男生的衣领："喂。"

"干什么？"男生看陆习的眼神不善，语气也恶劣。

陆习一副看透了的样子，问："你喜欢她啊？"

"你鬼扯什么？"男生一下子弹开了。

陆习想起近几日观察到的画面——这个男生每天早上等杨慧一起上学，下午跟杨慧一起回家，想方设法地引起杨慧的注意，就是希望杨慧多跟他说说话，或者多看看他。

陆习无视男生不友善的态度，好意提醒："你喜欢她，就别欺负她。"

男生梗着脖子反驳："我没欺负她！"

"你觉得是开玩笑，女孩儿不一定这么想。"陆习转头眺望远方，"就算你放不下面子说好话，也不要以惹她生气的方式去吸引她的注意。"

被戳穿心思的小男生恼羞成怒："我听不懂你在说什么。"

陆习拍拍大腿："无所谓，看在你爷爷替我治腿的分儿上，我才以过来人的身份提醒你小子一句：爱是保护，不是欺负。"

　　去医院的事打破了姜予眠跟陆宴臣原定的计划，他们只好再做打算。

　　约会方式还没确定，姜予眠跟陆宴臣分别接到陆习和秦舟越的电话，又耽搁了一阵。

　　二人几乎是同时挂断电话的，陆宴臣先问了姜予眠。

　　她坦白说："是陆习，问爷爷的事。"

　　随后轮到姜予眠询问。

　　陆宴臣表情微妙："来了个小麻烦。"

　　"啊？"姜予眠疑惑。

　　什么叫来了个小麻烦？

　　半个小时后，姜予眠成功地见到陆宴臣口中的"小麻烦"。

　　青山别墅来了两位客人，一大一小，一生一熟。姜予眠跟陆宴臣进去时，看到秦舟越肩头坐着一个小女孩儿，在屋里走来走去。

　　姜予眠目瞪口呆，才一个半月没见，秦舟越当爹了？

　　陆宴臣倒是淡定，就站在门口看着。秦舟越发现自己说幼稚话哄女儿的样子被兄弟和姜予眠看见后，尴尬到恨不得原地打洞钻进去。

　　秦舟越停在原地，两只手仍护着坐在肩头的小女孩儿，问："你们俩啥时候进来的？"

　　姜予眠："有一会儿了。"

　　秦舟越撇嘴："也不吭声。"

　　陆宴臣提醒："这是我家。"

　　秦舟越顿时理亏。

　　姜予眠打量秦舟越肩上的小女孩儿。小女孩儿剪着蘑菇头，齐刘海儿，包子似的脸蛋儿看起来可爱极了。

　　她在看小女孩儿，小女孩儿也在看她。二人都是大眼睛，又圆又亮，似乎都在欣赏对方的美貌。

　　秦舟越把小女孩儿放下来，牵在手边："介绍一下，这是我女儿元果果，今年四岁。"

　　尽管在返回青山别墅的路上，陆宴臣已经给姜予眠做过心理建设了，但在见到秦舟越和这个小家伙后，姜予眠还是震惊了。

　　陆宴臣在车上跟她说了一个故事。

　　六七年前，秦舟越是个浪荡的公子哥，去山里飙车遇到一个性格洒脱的女赛车手元西茉。二人一拍即合，发展出男女关系。

他们享受暧昧的感觉，谁也不提名分，就这么玩了两年，直到元西茉提出结束这段关系。

他们来往两年，中间没有其他人，即使表面不承认，内心也无法否定对方的特殊性。

秦舟越不太愿意就此结束。

元西茉玩笑似的给了他两个选择："要么你娶我，要么你跟我从此见面不相识。"

关系开始之初，谁也没约定以后要走到哪一步，但显然，结婚不在秦舟越的计划之内。元西茉主动提出这样的条件，秦舟越觉得她越界了，失了分寸感。他嘴角一直挂着笑，说的话却是冰冷的："看来只能选后者了。"

元西茉也笑，挥手跟他说"再见"。

刚开始那几天，谁也没联系谁。某天，秦舟越不知不觉走到二人见面时住的公寓，准备了多个借口，打开门却发现，属于元西茉的痕迹消失得一干二净。

秦舟越没去找她，只当是露水情缘，散了就散了。他恢复以前的生活，跟朋友吃喝玩乐，唯独感情停滞在元西茉离开的那天。

姜予眠好奇地问："舟越哥这些年都没去找她吗？"

"找过吧。"陆宴臣道。

只是秦舟越如此骄傲，不会大肆宣扬自己被一个女人勾走心魂的事。

原本，这段感情中没有谁对不起谁，双方都付出了时间和精力，得到了对方提供的情绪价值，结局也配得上"好聚好散"四个字。只是秦舟越放不下，执念没有被时间消磨，反而越来越深刻。

后来，他找遍景城也没找到元西茉，却在今年意外地发现，堂弟的女朋友元清梨跟元西茉长相有五分相似，甚至姓氏相同。

"啊，想起来了，梨梨说元旦要跟秦衍见家长。"姜予眠记得这件事，她们还曾在室友群里调侃元清梨毕业证跟结婚证两手抓。

元旦那天，秦舟越因忙于工作没见到元清梨。直到春节前，秦舟越说请秦衍和他的女朋友吃饭，他们这才见了面。

看到元清梨，秦舟越诧异又惊喜。他以秦衍家人的身份旁敲侧击，打听到元清梨有个同父异母的姐姐。他继续追问，元清梨却不肯多说。

他以为是人多不方便，想把元清梨单独约出来谈谈。然而元清梨是

"社恐"，见到他后都快哭了。秦衍护得紧，秦舟越没法从元清梨的口中问出更多消息，于是顺着元清梨的信息去查，找到了她们的父亲，才知道元西茉一直跟着妈妈生活。

最后，秦舟越终于找到了元西茉。

那天阳光明媚，秦舟越看着元西茉牵着一个小女孩儿走出小区，径直去了附近的私立幼儿园。

秦舟越顿时觉得天旋地转，世界颠覆。

阔别多年的情人在幼儿园门口重逢，元西茉显然很意外。但她没有心虚，没有窘迫，甚至像平常好友一样跟他打招呼："好久不见。"

故事讲到这里，姜予眠忍不住插了句话："这剧情好耳熟，好像梨梨经常看的言情小说，'带球跑'加'追妻火葬场'。"

"你少看那些。"陆宴臣揉揉她的脑袋，提醒她该下车了。

走到客厅还要一段时间，姜予眠缠着他继续讲："那么舟越哥现在追回梨梨的姐姐了吗？"

陆宴臣说："据我所知，应该没有。"

"可他把女儿带到我们家来了。"

按照小说剧情，女主不是应该守着女儿，生怕男方把孩子抢走吗？

秦舟越的剧本显然跟那类小说的套路不同。元西茉非但没有带着女儿东躲西藏，甚至大大方方地在放学后介绍父女俩认识。

元西茉指着秦舟越，对女儿说："介绍一下，你爹秦舟越。"她又指着女儿对秦舟越说："你女儿元果果。"

父女俩大眼瞪小眼。元果果一点儿都不怕生，伸手摸了一把秦舟越的脸，趴到秦舟越的怀里，在他的脸上亲了一口。

秦舟越受宠若惊，慌得说不出话。

元西茉扶额："她……是个颜控。"

元果果是个颜控，而且秦舟越不仅给她买好吃的、好玩的，还会满足她除"与太阳并肩"之外的所有要求，于是，她很快接受了这个突然出现的爸爸。

这几天她妈有事出差，她主动说要来找爸爸玩。毕竟秦舟越宠她，什么都给她买。今天上午，元果果在玩他的手机时发现了陆宴臣的照片，点名要见照片上的帅叔叔。

秦舟越刚开始是不愿意的，但不敢得罪女儿，只好带她来了青山别墅，也就有了之前那通电话。现在即使他们见面了，秦舟越也不敢松手，生怕女儿也去亲陆宴臣。

秦舟越没好意思说实话，找了个理由："周末，带我女儿来跟你们认识一下。"

陆宴臣对带小孩儿这种事并不热衷，吩咐管家准备一些小朋友喜欢的东西送过来，没上前逗弄小孩儿。

姜予眠倒是有几分好奇，因为元果果跟元清梨模样有几分相似。

"你好呀。"她尽量用可爱的声音去跟小朋友交流。

见元果果伸手要抱，姜予眠动作生疏地抱起这个四岁小孩儿，还没习惯，就毫无防备地被亲了一口。

秦舟越想要阻止已经来不及："元果果！你才答应了我什么？"

"你说不能乱亲别的叔叔，可我亲的是姐姐呀。"小女孩儿口齿不清，但整句话的意思，他们听得明明白白。

秦舟越对女儿一通教育。

元果果不听不看，转身抱住姜予眠，把脸埋到姜予眠身前，正是左边锁骨的位置。

姜予眠轻拍小女孩儿的背，一旁的陆宴臣却眯起眼——那个位置是属于他的。

管家很快弄来一堆玩具，姜予眠陪小朋友一起玩。

秦舟越跟陆宴臣站在边上说话，元果果也把姜予眠拉到一边说悄悄话。

"我骗他的。我才没有亲别的叔叔——我知道他是爸爸才亲的。我可聪明了，是苹果班的第一名。"元果果给自己竖起大拇指，"是这个！"

元清梨"社恐"，外甥女却"社牛"。元果果在姜予眠耳边说了不少关于她爸妈的八卦消息。元果果仿佛一个聊天机器，操着一口奶音自言自语，姜予眠的心都快化了。

偶尔，元果果会抬头看看秦舟越和陆宴臣，问："漂亮阿姨，那个帅叔叔是你的男朋友吗？"

"是呀，你怎么知道？"

"爸爸说的。"

"哦……"

姜予眠还以为小朋友聪明到一眼看出他们十分般配。

二人一问一答，姜予眠忍不住打听："小果果，那你爸妈是男女朋友吗？"

元果果摇头："妈妈说了，男朋友都是赔钱货，她不要。"

姜予眠："……"

姜予眠以为秦舟越拿到的是甜宠剧本，原来元西茉根本没有再续前缘的打算。

姜予眠是十八岁去的陆家。那年秦舟越刚好跟元西茉分开，因此她对这些事一无所知。

秦舟越显然有成为女儿奴的潜质，时不时就要过来问女儿饿不饿、渴不渴、累不累。元果果偷偷趴在姜予眠的耳边说："妈妈说，这种唠叨的男人要不得。"

姜予眠实在没忍住，"扑哧"一声笑出来。

秦舟越父女俩在青山别墅玩了一下午，吃过晚饭才离开。临走前，元果果趴在秦舟越的怀里邀请姜予眠去她家玩。姜予眠爽快地答应，腰却被人搂住，往后带了带。

眼尖的秦舟越捕捉到这一幕，赶紧抱女儿上车。

等人走了，姜予眠才问陆宴臣："你不喜欢小孩子吗？"

今天陆宴臣表面上礼貌待客，吩咐管家满足小孩儿的需求，其实并没有亲近元果果。

"没有。"他对任何人都很难亲近，除非时间积累出了情分。

"可是你都不对果果笑，果果本来想跟你玩，说感觉你不喜欢亲近人，不敢过去。"

小孩子无法用完全准确的语言去描述，感觉却十分灵敏。

"我对她还不够友好？"因为她是秦舟越的女儿，陆宴臣已经给予她最大的善意，给她买了一堆东西。

"没有啦。"姜予眠挽住他的胳膊，"我只是好奇，你以前很温柔的。"

"是吗？"陆宴臣轻轻捏她的手指。

"嗯，你背我看星星的时候，还有教我一个人也要好好生活的时候……"过去那些意义非凡的事情，她记得很清楚。

当初来吊唁她的父母，两家仅仅是爷爷辈关系好，陆宴臣都能付出耐心陪她。秦舟越是他的兄弟，以陆宴臣的情商，他想哄一个小孩儿简直轻而易举。

"你以为我对谁都那样？"

"不知道呀。"她拿出今天跟果果聊天的语气道，"毕竟你一直在国外。"

陆宴臣轻轻掐住她的脸，道："小没良心的。"

这些年，他就对这么一个小姑娘付出了时间，对她心生怜意。

姜予眠大概听出了他的意思，但不明白："可是为什么呢？"

陆宴臣转头看她，二人互相凝视。在姜予眠满是期待的眼神中，陆宴臣缓缓道出两个字："秘密。"

他不肯说，即使姜予眠撒娇也无动于衷。

姜予眠思考半天也想不到答案，问："关于我的秘密，有什么是我不能知道的吗？"

陆宴臣故弄玄虚，吊足她的胃口："嗯，因为有个小笨蛋自己忘了。"

姜予眠："啊？到底是什么意思啊？"

他始终没说，当初被罚跪在雪地上，只有六岁的小姑娘摇摇晃晃地走过来，摘下自己的围巾戴在他的身上。

二人回到客厅里，管家正在收拾今天她们玩过的玩具。元果果带走了一部分，还剩下许多。姜予眠一时兴起，捞起里面的一只蓝粉色的变脸小章鱼玩具，故意翻出不高兴的一面放到陆宴臣眼前。

陆宴臣一把按下她的手："你是小孩儿吗？"

她不高兴，表情变得跟玩具一样："你没有童心。"

陆宴臣"哼"了一声："小眠眠，我都快三十岁了，还要什么童心？"

姜予眠反驳："舟越哥比你大两岁，哄果果的时候可有一套了。"

"那是他的女儿，"陆宴臣着重强调，"亲生的。"

姜予眠不经大脑思考，突然问："你以后都不带小孩儿吗？"

这话一出，二人都顿了一下。姜予眠才反应过来自己说了什么惹人浮想联翩的话，眯眼按住眉心。

陆宴臣饶有兴趣地打量她："你生？"

"我什么都没说。"她抓着玩具从陆宴臣的眼皮子底下溜走，连电梯都没坐，自己爬上楼。

等姜予眠绕了一圈上楼，陆宴臣早已在房间里守株待兔了。

姜予眠回的是自己原来的卧室。那人早有预料，神清气爽地靠在桌边，腿抵着的抽屉——那是她存放日记本的地方。

姜予眠想起昨天拿日记本时忘了锁抽屉，明知陆宴臣不会随意地翻看她的东西，依然有点儿心虚。本子上的少女心事如同陆宴臣不可能回答的"秘密"，她不想让陆宴臣看到。

姜予眠站在门口，一时不知道做什么，把手里的玩具翻了个面，"不高兴"的章鱼变成粉色的笑脸章鱼。

"你说我没童心，"陆宴臣一步步朝她走来，"我不确定，但可以试试。"

"试……试试？"

现在当然没有小孩儿给他试。他们唯一能做的，是创造一个孩子……

"孩子的事还……还早啊！"她大学还没毕业，他们也没结婚。

陆宴臣漫不经心地把手搭在章鱼的头上："是啊，还早，也没打算让你现在生。"

姜予眠总觉得他那双眼睛里满是深意："那你的意思是……？"

陆宴臣教她一个成语："熟能生巧。"

在姜予眠困惑的目光中，男人慢条斯理地拿走她手里的玩具，用指尖轻轻刮过她的掌心："现在多练习，以后更容易生。"

姜予眠："……"

她没来得及发问，就被陆宴臣熟稔的手法撩得面红耳赤。他们做过最亲密的事，陆宴臣知道她全身所有的敏感点。

他们偶尔撞击上坚硬的门板，像是房门被敲响，一阵一阵的。

"抱我。"陆宴臣感受到她在寻找支撑点。

姜予眠站不稳，主动扶他借力。那被娇养的手指柔嫩细腻，蹭过的地方跟羽毛挠似的，勾得人心里发痒。

姜予眠微微喘着气："还……还没洗澡。"

"我帮你。"

他今晚格外"厚待"蝴蝶印，要么用温水冲洗，要么反复亲吻。

姜予眠头发长，淋湿后一绺一绺地贴着肌肤，水顺着发梢一滴滴往下掉。她的头发不小心遮到眼睛，陆宴臣帮她拨开，嘴角溢出一声笑："好多水。"

姜予眠睁不开眼，紧咬着红唇。

他颇有耐心，抹了洗发露在掌心揉，起泡后抹在姜予眠那头乌黑亮丽的秀发间，清洗后又为她抹上护发素。整个过程中，二人靠得很近。

等待护发素生效时，姜予眠只觉感官被占据，光滑的墙面硌得她的后背发疼。姜予眠忍不住叫了一声，陆宴臣用手替她垫着头，却不放她离开。

"陆宴臣……"

"嗯。"男人轻声回应。

姜予眠攀着他，额前滴落水珠："热。"

陆宴臣摸了摸她涂了一层护发素的湿发："宝贝，才十分钟。"

这点儿时间，他还没好。

………………

这大概是姜予眠有生以来洗过最长、最疲惫的澡。她湿漉漉的头发仍在滴水，浴室内热气腾腾，感觉不到丝毫冷意。

大脑空白，她抽不出一丝理智去分析，人也乏力，全靠陆宴臣支撑才没倒在地上。姜予眠伏在他的胸膛上用力地喘气，迟迟无法平复呼吸。

姜予眠不知道他们在里面待了多久，连续不断的水冲刷掉身上的痕迹。

后来陆宴臣帮她随手裹了件浴袍，二人一起走出浴室。姜予眠打了一个大大的呵欠，眼里蒙上一层水雾："好困。"

陆宴臣指着椅子让她坐："把头发吹干了才能睡。"

单恋陆宴臣那会儿，对方对她说什么，她都觉得是难能可贵的关心。他们在一起后，陆宴臣经常管东管西，像是她的长辈。

"你好像我爸。"大概是瞌睡虫偷走了她的理智，她不小心将心里话脱口而出。姜予眠后知后觉，身体跟着一颤。

陆宴臣把那句话听得清清楚楚，手指在即将按下吹风机开关时停顿了几秒，安静的室内，二人静静对望。

陆宴臣沉吟道："你要想那么喊，也行。"

姜予眠眨眼。

陆宴臣拨开她的长发，视线落在她脖颈上那一颗颗草莓印上，真诚地建议："不过最好是改天。"

姜予眠：你还真敢想。

吹风机的声音传来，姜予眠偷偷骂他不知道节制，那断断续续的抱怨被杂音吞噬。

她头发长，但睡觉前必须全部吹干，这会儿耽搁了不少时间。动手的人还没发话，坐在那儿享受的姜予眠无聊到犯困，拿起手机一看，今天都还没过去。

"才十一点，为什么我这么困？"她就是无聊，随便发牢骚。

陆宴臣认真地回答她的问题："运动之后容易疲惫，很正常。"

姜予眠：他是怎么一本正经地说出那些带颜色的话的？

头发终于吹干了，姜予眠第一时间爬上床，准备睡觉。她想起自己还穿着浴袍，睡前得换衣服。

"宴臣哥哥，帮我把架子上的睡裙递过来。"姜予眠对刚放好吹风机的男人说，求人时声音都是软的。

陆宴臣倒是很乐意帮姜予眠做这些事，优哉游哉地走到衣架旁，取下睡衣、睡裤，而非她说的睡裙。

姜予眠直接在床上解开浴袍的系带……她只是想换上睡衣，没察觉床边的男人眼睛里重新燃起了光。

女孩儿皮肤白皙细腻，稍微用点儿力就会留下明显的痕迹，姜予眠的身上不均地分布着他留下的印记，仿佛整个人贴上了"陆宴臣"的标签。

姜予眠动作很快，将浴袍搁在床边。她懒得动，自然又要喊陆宴臣帮忙。

姜予眠双手托起浴袍递过去，陆宴臣二话不说接过。

陆宴臣的头发也湿了，他去卫生间里重新清洗一遍，吹干。但他头发短，整个过程加起来都不如姜予眠洗头的时间长。

已经到睡觉时间了，陆宴臣站在床边，却发现刚才喊着困的人到现在都没睡着，眼睛直勾勾地盯着他。

陆宴臣收回准备关灯的手："不是说困了？"

姜予眠缩在被窝里摇头："好像过了那段时间，又不困了。"

有时陆宴臣说她能折腾，真不是冤枉她。姜予眠乖巧是乖巧，但骨子里藏着的那股娇劲，知道对谁使。

之前躲避不及的是她，这会儿主动缠过来的也是她。陆宴臣侧身躺下，旁边那个软乎乎的人又滚了过来。姜予眠的手越过他的胳膊，搭在他后面，像揽着他。

陆宴臣觉得好笑。她手臂很细，跟他富有肌肉的胳膊比较，真像小孩子费劲地去拥抱大人。

二人靠得近，能清楚地听见对方的呼吸声。姜予眠闭着眼睛，把头依偎在他的怀里入睡。陆宴臣呼吸一紧，将手指插进她干燥的发间。

陆宴臣平常就爱揉姜予眠的脑袋，姜予眠没当回事，搭在胳膊上的手滑到男人的颈窝处。她重新眯起眼睛准备入睡，一股炙热的温度覆盖住她的胸口。

她被拿捏了。

姜予眠收回自己的手，轻轻推他："干吗？"

"这话应该我问你。"她说要睡觉，还一个劲地往他身上蹭，他又不是清心寡欲的和尚。

被他倒打一耙，姜予眠不认，控诉："明明是你在动手动脚。"

"眠眠，我没动脚。"他不仅特意声明，还加强了力道让她感受。

虽然想反抗，但是她了解陆宴臣，在这种氛围下，自己越反抗他越来劲。于是她把自己想象成一条咸鱼，说："刚才已经透支了，我好累好累。"

陆宴臣转移战地，摸到她的手指，与她十指相扣："是我在动，你累什么？"

头顶的光被遮住，姜予眠睁眼只能看见那张熟悉的脸："我像被妖精吸干了精力。"

陆宴臣笑了笑："那你是什么妖精？"

姜予眠满脑子都是"咸鱼"，脱口而出："咸鱼精。"

陆宴臣却说："错了。"

她不是真正的咸鱼，咸鱼还知道自己翻身呢，她却被陆宴臣翻了个身。

好在第二天是周日，他们都可以休息。

姜予眠后来想明白了，她和陆宴臣就适合舒舒服服地躺在家里，吃喝玩乐。

中午，姜予眠接到秦舟越的电话，说是果果回家后一直念叨着"眠眠姐姐"，想跟她通视频聊聊天。姜予眠欣然接受，主动拨打视频电话。

秦舟越接了，镜头中露出元果果那张可爱的脸。

元果果跟她打招呼："眠眠姐姐。"

"果果中午好。"面对四岁的小朋友，姜予眠说话时都会不自觉地变可爱。

元果果话很多，滔滔不绝，就是没什么逻辑，令姜予眠听得有些费力。不过小孩儿的奶音很可爱，光是听她说，姜予眠也觉得有趣。

偶尔，陆宴臣从镜头前路过，元果果眼尖得很，主动喊"叔叔"。姜予眠举起手机，陆宴臣便冲对方点一下头。

姜予眠忽然捕捉到一个有趣的细节："她叫你'叔叔'，叫我'姐姐'，我们是不是差辈了？"

陆宴臣转头，目光落在她的脸上："你也可以叫'叔叔'，我不介意。"

姜予眠嘴角抽了抽。论嘴上功夫，她就没占过便宜。

陆宴臣对外都是一副文雅做派，在家里就不做人了。但他就是有那个本事——无论什么话从他的嘴里说出来，配上他独有的语气和表情，都会显得格外正经。

她们聊天没什么逻辑，胜在话题多。

元清梨跟元西茉的名字都不错，元果果就显得简单了许多。姜予眠问起起名的原因，秦舟越在旁边道："生她的时候她妈妈刚好在吃苹果。"

对于女儿的名字，秦舟越也提出过不同意见："小时候听着可爱，长大后不会显得很幼稚吗？"

元西茉就说："啊，我那会儿刚咬了一口苹果，她就闹了。"

当时元西茉就想：叫元苹果挺奇怪的，干脆就叫果果吧，显得可爱一点儿。

悠闲的周末时光结束，姜予眠不得不回归岗位，继续加班。

周三这天，陆宴臣告诉她，他要去国外出差。

"多久啊？"姜予眠咬着筷子问。

"一周。"陆宴臣盛了一碗汤，推到她面前。

"哦。"姜予眠捧着碗，笑容都咧到了耳根。

陆宴臣提醒："我还没走。"

姜予眠仰头："嗯？"

陆宴臣"哼"了一声："把你嘴角的弧度收一收。"

说实话，姜予眠对那种事并不是真的抗拒，情侣相处，总要推拉才有意思。不过陆宴臣常常把她折腾得没力气，她能歇一周也挺好的。

机票已经订好，陆宴臣周四起飞。姜予眠在研究室内埋头苦干，没能去送他。好在这次姚助理跟着他，把出行事宜打理得十分妥帖。

飞机落地后，陆宴臣按约定给姜予眠发了条信息。姜予眠计算着时间看手机，刚好收到短信。

这样一来，他们之间有了时差，再加上工作忙，很少聊天，当然，早晚问候必不可少。

分开的第四天，二人才同时腾出时间视频。

姜予眠坐在后花园里，头顶星空跟他打招呼："晚上好呀。"

陆宴臣那边天亮了，窗帘拉开一小部分，清晨的阳光照射进来，透出几分模糊。

陆宴臣昨晚喝了酒，刚醒，对着镜头，发型有几分凌乱。姜予眠看得很仔细，他的纽扣解开了两颗，腹肌若隐若现，配上那有几分迷离的眼神，他的模样特别勾人。

平时，即使二人躺在一张床上，姜予眠也不敢在早晨招惹他，因为男人在这个时间段格外敏感。现在隔着屏幕，姜予眠胆子大了，肆无忌惮地打量他，目不转睛。

她对着手机问："陆宴臣，你睡醒了吗？"

陆宴臣从鼻腔里发出声音："嗯。"

姜予眠坐在吊椅上，脚尖用力，微微摇晃："我觉得你还没完全醒。"

陆宴臣语气平淡地说："哦，你看出来了？"

姜予眠："对啊，你现在的眼神就是清醒中带着迷糊。"

陆宴臣否认："你看错了。"

"我还听见了。"姜予眠让自己停下，认真地说，"你现在的声音听起来跟平时不一样。"

他抬眸问："哪里不一样？"

姜予眠弯起嘴角，故意拖长尾音："现在特别——性感。"

即使她刻意压低声音说出最后两个字，在安静的环境下，陆宴臣依旧把她的话听得一清二楚。陆宴臣眯了一下眼睛，眼底逐渐恢复清明："你跟平时也不一样。"

姜予眠疑惑："我哪里不一样？"

陆宴臣指出："你现在特别大胆。"

姜予眠被压迫久了，故意趁他远在异国时说这些话来撩拨他，这是她的反击。二人心知肚明。

然而情侣谈起这类话题，无异于调情。在陆宴臣的影响下，学习能力极强的姜予眠早已不是当初被撩一下就会脸红的小女孩儿，如今不仅能飞速地读懂潜台词，还会撩拨回去。

她靠向吊椅，把手机往脸前凑，目光显得格外真诚："哥哥，你怎么能这么说我？"

陆宴臣手一抖，手机差点儿没拿稳。从前她是无论如何也不肯喊他"哥哥"的，现在这个称呼变成情话，再也不单纯了。

"哥哥，你现在在想我吗？

"我这边天都黑了，可以睡觉了。

"你那边天亮了，什么都做不了——你还要去上班。"

姜予眠把镜头对准自己，一边说话一边叹气，似乎在为他感到可惜。

手机里传来男人喘息的声音，过了一会儿，她听到自己的名字。

"眠眠，"陆宴臣提醒，"你会后悔的。"

姜予眠夸张地道："哦。"

她才不怕呢，反正结果都一样，累瘫在床上。现在她能在口头上占占便宜，也不错。

陆宴臣出差一周，算算时间，大概是周六回来。姜予眠主动提出接机，他却说有事要去一趟别的城市。

姜予眠以为是工作上的事，不好插手，就没细问，结果转头就看到宋俊霖在朋友圈里炫耀，说妹夫给他送了一份礼。

姜予眠看不到其他人的留言，只是捕捉到关键词。宋俊霖似乎没有别的妹妹吧？

她不确定，找宋俊霖问情况。

咩咩："俊霖哥，你在朋友圈里说的妹夫是谁？"

宋俊霖："陆宴臣啊。"

还真是他。

陆宴臣说有事，结果去了宁城，还给宋俊霖送了礼？

咩咩："他为什么给你送礼物？"

宋俊霖："妹夫给我送礼物还需要理由？"

姜予眠："……"

她差点儿忘了，宋俊霖脑回路跟常人不同。

后来她又仔细问了，宋俊霖说不知道原因，反正陆宴臣亲自到宋家拜访了，给他和他爸妈都准备了礼物。

陆家跟宋家原本就有过合作，只是关系不太密切，或许如今多了一层关系，才会加深联系吧。

宋家。

陆宴臣跟宋夫人谈完事后从书房里出来。听宋夫人留自己吃饭，陆宴臣婉拒了："出差太久，怕她等急了。"

宋夫人是过来人，光听这话就读出几层意思。

姜予眠有没有等急她不知道，反正她眼前这个人，归心似箭。

宋夫人没留他，笑着让他下次带姜予眠一起过来。陆宴臣以晚辈的身份礼貌地回应。

陆宴臣走后，宋俊霖突然从旁边蹿出来，贼兮兮地探头去看宋夫人手里的东西。那是一张戒指的设计图。

宋俊霖瞄了几眼："妈，这是你的新作品？"

宋夫人摇头，笑容神秘地说："是，也不是。"

她的作品向来由自己设计元素，而这幅手稿，并非她设计的。

第 十 九 章
带你回去结婚

　　飞机落地景城已经是晚上七点，姜予眠准时接机。陆宴臣让人把东西送回别墅，自己跟姜予眠去外面吃饭。

　　今天姜予眠是自己开车来的。

　　看她坐在驾驶座上，陆宴臣觉得稀奇："你会开车？"

　　姜予眠得意地道："当然，我大学就拿到驾照了。"

　　拿到驾照后，她偶尔会找机会练习，以免生疏。只是跟陆宴臣在一起时一般有司机接送，所以她一直没机会在他面前开车。

　　一周没见，二人都没表现得特别想念对方，甚至见面后都没有扑过去拥抱对方。

　　"陆宴臣。"

　　"嗯？"

　　"刚才在机场，你看到我们旁边的情侣了吗？"

　　陆宴臣挑眉。她在眼前，他怎么会关注别人？

　　姜予眠暗暗观察他的表情，道："人家接机，会拥抱啊！"

　　她亲自去接，还请他吃饭，他却比之前在家时还冷淡，没有亲昵的互动，也没有甜言蜜语。不是说小别胜新婚吗？她异国恋一周了，感情就淡了？真可怕。

　　陆宴臣思索片刻，猜测道："你是觉得，我应该给你一个拥抱？"不等姜予眠反驳，他已经自觉地补充，"可以，先欠着。"

"不要。"姜予眠假矜持。

陆宴臣笑而不语。

二人选了家中式酒馆，陆宴臣让姜予眠点菜，姜予眠凭菜品的颜值点了几道。

店家送来两支酒，一支是粉色的，另一支是蓝色的，盛在透明容器里，像花束。

以往姜予眠就爱喝这些，陆宴臣便把两支酒都给了姜予眠。

姜予眠却义正词严地拒绝："我要开车，不能喝酒。"

"好。"陆宴臣没劝，直接把酒收回，自己喝了。

姜予眠："……"

虽然也想喝，但她今天说好当司机接送陆宴臣的，不能反悔。

他们在这古朴雅致的包间里吃着摆盘精致的佳肴，听着外面传来的悠扬曲调，整个气氛变得小意柔情起来。

见陆宴臣喝了两支酒，菜吃得少，姜予眠担心："你是不是累了？"

陆宴臣轻轻摇晃酒杯："我在飞机上吃过一点儿。"

姜予眠了然："好，那你陪我吃。"

见姜予眠埋头吃饭，陆宴臣提醒："别吃得太撑。"

姜予眠晚上确实要稍微控制食量。但这家店味道不错，她比平时多吃了小半碗饭，吃完还打嗝了。

时间还早，陆宴臣带她去附近溜达了两圈消食，感觉差不多了才回到车上。

陆宴臣正想跟姜予眠说什么，姜予眠抢先道："陆宴臣，你先别跟我说话，我不能一心二用。"

姜予眠开车很稳，只是速度稍慢，也分不出心思跟人讲话。陆宴臣单手支颐，在车上闭目小憩。

这次开回青山别墅比平时多花了十几分钟，姜予眠把车稳稳停下。周围安安静静的，她扭头，见陆宴臣仍然靠在座位上没动，以为他睡着了。

出差一周，他应该很累吧？

姜予眠悄悄解开陆宴臣的安全带，怕带子弹到他，动作很慢，手臂也要绕过他身前。

她这样做时，身体自然而然地向陆宴臣靠近。

馨香入怀，男人蓦然睁眼。

姜予眠刚要退回去，腰忽然被搂住。她小声惊呼，下巴却被掐住，整个人迎向陆宴臣。

他喝了酒，姜予眠闻到了酒香，道："你把我的酒喝了。"

陆宴臣笑："现在还给你，好不好？"

因为很久没见，姜予眠主动伸手搂住他，这样的动作无异于鼓励他继续。

他们忘了地点，行为越发放肆。

在车上不舒服，陆宴臣松开她，打开车门。姜予眠随手拨弄两下头发，以为要回家。她迟一点儿打开车门，忽然被绕过来的陆宴臣拽住手。他直接把她推到后座上。

"干……干什么呀？"姜予眠顿时结巴了。

陆宴臣打开天窗，绚烂的夜色映入眼帘。姜予眠抬头望去，眼里满是欢喜："今晚好多星星。"

陆宴臣坐进来，陪她一起观景："比起你前几天看的多吗？"

姜予眠老实地说："比之前更多。"

车门在她不知道的时候关上，旁边的人收回视线，目光落在她的侧脸上："多多益善。"

沉迷于观星的姜予眠顿时回神——她现在对陆宴臣口中的成语产生了阴影。她回头一看，男人那双深沉的眼在车灯下熠熠生辉，很亮，也很……富有深意。

姜予眠飞速地从脑海中选了个话题："今天俊霖哥发朋友圈说你送他礼物。你去宋家了吗？去干吗？"

她不问还好，一问，陆宴臣眼底的笑容更盛："托人帮忙。"

"啊？"他这话说得好谦虚，姜予眠是真的好奇了，"你有什么需要他们帮忙的？"

陆宴臣不急不缓地抛出鱼饵："想知道？"

见姜予眠连忙点头，男人食指轻勾："过来，我告诉你。"

姜予眠好骗，凑过去，结果自投罗网。

他揉红了蝴蝶胎记才说："小眠眠，我忍你很久了。"

他出差一周，姜予眠在语音和视频里"作威作福"，算好时差故意在早上给他打电话，仗着距离遥远，所以肆无忌惮。

藏在平静外表下的真实情绪汹涌而来，他不仅偿还了姜予眠索要的拥抱，还免费赠送她更多。

他的呼吸在姜予眠的脸颊上流连，又从嘴角到颈间……

姜予眠意识到不妙："陆……陆宴臣，我们还没回家。"

"有什么关系？"陆宴臣伸手关掉车灯，后座顷刻变得黑暗。

陆宴臣让她坐到他的腿上，抚摩她柔顺的发丝，把修长的手指穿进她的发间，紧贴着头皮，触感清晰。

"抱好我，嗯？"

一时间，姜予眠竟分不清他那个"嗯"字是叹词还是嗓子不受控制发出的声音。她无意识地仰头看向星空，月亮在她的眼前晃动，无数星光闪烁。

紧闭的车窗外，有月光，有微风，渐渐地，她的注意力被剥夺，她再也没心思欣赏美丽的夜景了。

"关……关掉天窗。"她试图伸手，却被捉回。

"你不是喜欢星星吗？"月光下，陆宴臣的手指间一片晶莹，他说，"多多益善。"

离开舒适的环境，在这狭窄而新奇的地方，他们心灵和身体达到双重愉悦的顶峰。

陆宴臣低沉的声音落在她的耳畔："上次你说谁是妖精？"

她嗓音中染上一丝哭腔："你……"

陆宴臣却说："错了。"

宽大的裙摆像花瓣一样绽放，陆宴臣捉住了跌入花丛中的那只妖精。

"你才是……小蝴蝶精。"

在颤动的车里，姜予眠最终为自己"嚣张"的举止付出了代价。以至于后来，她再也没开过那辆车。

那晚的月亮和星空很美，姜予眠却没精力欣赏。她忘了自己随口提的问题，再也没心思探究陆宴臣去宋家的目的。

晚上十点多，姜予眠披着一件男式外套被陆宴臣牵回家。管家正要打招呼，却见平时温和有礼的两位主人径直乘电梯上了楼。

管家想：陆先生跟姜小姐感情真好。姜予眠多年前住在青山别墅，陆宴臣就对她关怀备至，如今他们变成恋人，在家都形影不离。

姜予眠回屋后直接进了浴室。

她脱下外套，里面是条浅绿色的长袖连衣裙，像生机盎然的春天。这是前不久她跟盛菲菲一起逛街买的新裙子，今天第一次穿。

"咔嗒"，门开了。

姜予眠微微转头，余光扫到那抹熟悉的身影，嘴里小声埋怨："新裙子就这么坏了。"

陆先生："赔给你。"

于是第二天，她收到了一堆新衣服，以及陆宴臣从国外带回来的小礼物。

转眼就到了五月，姜予眠跟平常一样早起上班。她原本以为又是平淡无奇的一天，直到一对自称是她舅舅、舅妈的夫妻找来公司。

当年她跟陆宴臣回南霖，发现舅舅一家不告而别，默认对方想摆脱她这个包袱，没有去找，从此断了联系。没想到时隔多年，他们主动出现。

姜予眠没带他们回家，而是在附近的餐厅里订了个包间。

舅舅和舅妈对姜予眠嘘寒问暖。姜予眠默默听着，心里激不起半点儿涟漪。

他们滔滔不绝地说，姜予眠不予回应。时间一长，他们也意识到自己在唱独角戏。当年他们对姜予眠如何，大家心知肚明。

舅舅和舅妈对视一眼，默契地闭上嘴，包间内一片安静，气氛更尴尬了。

二人仔细打量外甥女，她长高了，也变漂亮了，从内到外容光焕发，跟当初那个骨瘦如柴、唯唯诺诺的小女孩儿截然不同。

他们平时不怎么上网，更不会关注科技方面的新闻，所以对姜予眠的改变一无所知。直到前不久，儿子在网上看到姜予眠的视频，跑到他们面前确认姜予眠的身份，他们才知晓自家外甥女成了前途无量的网络红人。

二人你推推我，我推推你，最后是舅妈搓手询问："眠眠，这些年你过得还好吗？"

姜予眠虚握着茶杯，生疏地回应："还好。"

舅妈叹气："你这孩子，当年跟人走了也不联系我们，我和你舅舅时常念起你，都觉得心疼。"

姜予眠顿了几秒，道："我记得，当初是舅舅和舅妈让我去陆家借住的吧？"

陆老爷子在电话里提出带她回陆家的建议，她当时不知所措，反倒是舅舅和舅妈一直催她答应，生怕甩不掉她。

"我们也是为你好，陆家家大业大，看你现在过得多好。"舅妈指着姜予眠那身整洁精致的工作装道，"有了钱，生活条件好了，学习好了，连工作都这么上档次。不像我们，挤在几十平方米的小房子里，还要早出晚归地赚辛苦钱，供你弟弟上学。"

姜予眠眉头轻挑："照这么说，我应该感谢舅舅和舅妈有先见之明，在我去了陆家后不闻不问，连声招呼都不打就直接搬家，以免我再回去。"

这丫头从前不爱吭声，现在嘴皮子变得这么厉害，绵里藏针，扎得人生疼。

"眠眠，你这话真是错怪我跟你舅舅了。当初你去了陆家，也不给我们留个联系方式，我们想找你都找不到。要不是前不久你弟弟在网上看到关于你的消息，咱们真不知道什么时候才能重逢。"

姜予眠含笑不语。他们前面还说陆家家大业大，怎么会联系不上她？不过是托词。

舅妈还在表演："你是不知道这几年咱们家过得有多惨。前年你舅舅被公司裁员了，他的年龄上来了，一直没找到合适的工作。你弟弟还在读书，开销大，我们一家人只能靠打些零工供他上学，维持生活。"

姜予眠默默呼出一口气。她在等，等舅舅、舅妈忍不住说明来意。他们总不能是想念她，找她叙旧。

果不其然，见姜予眠一副冷淡的模样，二人终于忍不住了。舅妈说："眠眠，你现在在这么大的公司工作，有出息了，能不能帮帮咱们家？"

他们从前对她不闻不问，现在上门攀关系……姜予眠不咸不淡地拒绝："抱歉，舅妈，我不过是个学生，在公司实习，没什么话语权。"

舅妈不信："你现在过得这么好，陆家一定对你不错吧？我们查过了，你在的这家公司就是陆家的。他们肯让你来这里上班，对你真是不错。你能不能帮你舅舅也找个工作？"

原来他们以为，是陆家开后门让她在天誉工作的，真是可笑。

"我说了，我只是个实习生，没有那么大的本事。"就算有，她也不会做。

姜予眠一再拒绝，二人的脸色逐渐难看。

舅舅终于忍不住了，道："姜予眠，当初我们收留你住在家里整整三年，你现在这也不肯，那也不愿，是什么意思？"

他不提还好，提起来，姜予眠只能彻底撕破他们的假面："舅舅收留我，难道不是因为我爸妈和爷爷留下的钱吗？"

他们成为她的监护人，拿到了她父母留下的钱财，用来养她……

真不知道谁占了便宜。

如果舅舅、舅妈对她好，她不会计较这些。但她的脑子没坏，他们那嫌弃的目光她到现在都忘不掉。

　　姜予眠知道他们来的目的，无非是要钱，直接道："我当初住在你们家里，我的学费和其他支出都是用的我爸妈留给我的钱，并不欠你们的。如果你们非要计较，顶多是一日三餐。我还在实习，没什么钱，会把这笔费用折算成现金，每个月打给你们。"

　　姜予眠算了算，一个月不过几百块。

　　这跟打发叫花子似的，舅舅满脸写着不乐意："你这是什么意思？我跟你舅妈是来管你要那几百块的生活费的吗？"

　　姜予眠刚掏出手机，又收回去："不要吗？那我就不转了。"

　　他们显然没想到姜予眠如今成了这副样子，神态淡漠，十分无情。

　　"姜予眠，你拿几百块钱就想打发我们？你现在出息了，就不管你舅舅、舅妈了？网上都夸你是天才——你那么出名，连亲情都不顾！"他们试图用网络舆论吓唬姜予眠。

　　她在外面光鲜亮丽，却不管亲舅舅一家的死活，传出去，网友一人一口唾沫都能把她淹死。

　　姜予眠并不打算跟他们说这些，只道："现在是法治社会，我并没有赡养你们的义务。舅舅、舅妈如果有疑问，不如去找个律师来跟我谈。"

　　姜予眠外表柔弱，骨子里倔强得很。

　　这样的眼神让他们想起来，当年姜予眠在学校里被欺负，也是这么不肯屈服，找老师、找警察，就是不肯自己吃亏。

　　她从来不是任人欺负的女孩儿，从来不是。

　　本以为这辈子都不会再联系的亲人出现，姜予眠并没有感到开心，因为那些人带着目的而来，用心不纯。

　　她把生活费转给舅舅，多算了一些，一个月一千块钱。她没有一次性给清，而是定期转账，算是回报他们曾给了她一个遮风挡雨的地方。

　　提到实习，姜予眠的实习报告早已经填写完毕，公司盖了章，只待姜予眠返校考试时带回去上交。

　　毕业在即，消失半年的陆习终于回家。

　　谈婶欢天喜地打电话给姜予眠，希望她跟陆宴臣都回家聚一聚。

　　姜予眠征求了陆宴臣的意见，最终独自前往。陆老爷子眼中满是失落，姜予眠只当没看见，从不主动提起陆宴臣。

她见到陆习，那个曾经张扬的少年在短短半年间大变样。他剪了寸头，显得干脆利索。他以前最爱明艳的红色，现在却穿着黑T恤。他皮肤黑了些，身上少了几分少年气，眉宇间沉淀出几分内敛之色。他不再跟爷爷斗嘴，甚至能坐下来耐心地陪爷爷说说话。

姜予眠看到这一幕，觉得稀奇。自从那件事后，陆习改变了许多，好像真的长大了。

见到姜予眠，陆习跟她打了个招呼。

姜予眠颔首："好久不见。"

饭桌上，陆习跟陆老爷子讲述了自己这半年遇到的趣事。他讲到有趣的片段时，姜予眠悄悄竖起耳朵，觉得他的体验非常新奇。

直到最后，陆老爷子问了一句："你还走吗？"

姜予眠突然明白，她跟陆爷爷的关注点完全不同。她会好奇陆习的经历，而陆爷爷只担心孙子是否还会离开。她一边为陆爷爷小心试探的语气感到心酸，一边又替陆宴臣觉得委屈。

人到老年，只盼亲人留在身边，陆老爷子曾经把偏爱给了陆习，现在依然将不舍给了陆习。

时隔多年，陆老爷子已经想不起失去儿子的痛。他只剩下两个孙子——对这个小孙子，他付出感情宠爱多年，到底舍不得陆习受苦。

晚饭后，姜予眠要回家，陆老爷子留不住。

外面在下雨，陆习撑着伞出来："我跟你一起走吧。"

姜予眠手里也拎着一把雨伞："嗯？"

陆习说："我要去一趟青山别墅，找大哥有点儿事。"

来陆家接人的是老赵。他半年不见陆习，还特意打了声招呼。

姜予眠跟陆习坐在后排，刚开始都沉默，几分钟后，陆习突然出声："我想资助一个小孩儿上学。"

姜予眠扭头问："谁？"

陆习把自己在村里遇到杨慧的事告诉她，除了隐瞒了腿伤，其他的都说了。

"她很有音乐天赋，留在村里太可惜。"

如果杨慧的天赋一直被埋没，天才也会泯然众人。

他想帮杨慧走音乐路，不仅仅是资金，还要提供好的学习环境。村里没有那个条件，城里才能找到专业的老师教学。

听到这个故事，姜予眠觉得似曾相识。陆习对杨慧的怜悯，不正是当初陆家的人看到她的样子吗？当初那个只会欺负她的少年真的长大了，竟也懂得助人。

"你是希望陆宴臣帮你资助吗？"

"暂时是，等我工作了，会自己负责。"

他有钱——陆家每年的分红都够他享受一辈子。如果在以前，他想做什么就做了，根本不会征求谁的意见。但现在不一样了，他明白自己有钱都是沾了大哥的光，所以想等大哥同意后再把杨慧带进城里学习。再过两年，他会自己赚钱资助她。

姜予眠大概听懂了他的意思。

其实每年陆氏都会做慈善，资助学生的项目只是其中之一，多资助一个孩子对陆宴臣来说根本不算事。但陆习的意思是，以后他要自己帮杨慧走出困境。

青山别墅到了，二人一起下车。

分别四个月，兄弟俩再见面，陆宴臣依然是那副表面儒雅、眼底没什么情绪的状态，而陆习在面对陆宴臣时多了几分拘谨。明明陆习才是客人，还给陆宴臣端茶递水。

姜予眠看到这一幕，心里悄悄笑了。

陆宴臣倒是很懂弟弟，直接问："什么事？"

陆习把关于杨慧的事重复了一遍："我想资助她。"

陆宴臣面不改色地"哦"了一声。

这反应过于平淡，让人捉摸不透。

陆习继续道："大哥，我现在还没毕业，所以想请你帮忙，先把她转到城里来。"

陆宴臣放下杯子："是你要帮她，不是我。"

陆习补充："我知道。我没有一直麻烦你的意思，只是暂时。等我工作后，会接管她。"

陆宴臣平静地道："那就等你工作后，自己想办法。"

陆宴臣的反应出乎意料，陆习本以为是十拿九稳的事情，大哥竟拒绝了。

陆习不明白："大哥，你不是经常做慈善吗？资助杨慧对你来说只是一句话的事。"

陆宴臣提醒他："现在要做慈善的是你，不是我。自己没本事，就不要想着拯救别人。"

陆习失落地离开。

姜予眠觉得奇怪："你刚才那句话好像让他受了打击。他难得想做件有意义的事。"

陆宴臣："如果几句话就让他放弃了，那也没有开始的必要。"

姜予眠："其实这半年来，陆习好像成长了许多。"

陆宴臣不以为然："如果真正长大了，他就不会一有事就跑来找我帮忙。"

陆习仍然没有脱离陆家带给他的庇护，始终觉得做任何事都有依靠。

姜予眠顿时明白了陆宴臣的用意，还没来得及感叹陆宴臣用心良苦，就被他逮到："眠眠，你今天一直在帮他说话。"

"才没有！"她不过就事论事。

陆宴臣这辈子遇到最不公的事，大概就是陆爷爷区别对待他跟陆习，姜予眠一点儿都不希望他觉得，自己会因为别人而质疑他。

她踮起脚，主动搂住陆宴臣的脖颈："不管你说什么、做什么，我都会坚定不移地站在你这边。"

陆宴臣顺手扣住她的后脑："做错了也站？"

姜予眠毫不犹豫地点头："也站！"

她那双杏眼亮晶晶的，里面写满了真诚。

陆宴臣忍不住低头吻她。

他从小到大没体会过的偏爱，最后姜予眠给他了。

眼前这个人，从小女孩儿变成大人，他迫不及待地想给她冠上另一个身份，让她与自己结成更亲密的关系。

六月底，姜予眠返校参加毕业考试，之后是拍毕业照以及参加毕业典礼。

与此同时，陆宴臣收到宋夫人派专人从宁城送来的东西。那个精美的方盒里装着一枚戒指，紫色的蝴蝶振翅欲飞，蛊惑人心。

考完那天，405宿舍的人聚餐庆祝。提到对未来的规划，有人雄心壮志，有人迷茫前行。

姜予眠早早被学校保研，接下来依然是工作和学习两手抓。

许朵画打算回老家找工作："我爸妈都舍不得我离家太远，其实我自己也不习惯一个人在外面打拼。"

徐天骄离开了天誉，去了家新公司，最近情场不顺："前阵子遇到一个愣头儿青，他现在非要我负责。"

众人："……"

"天骄，你这样玩弄人家的感情是不对的。"

"我怎么玩弄他了？我们开始之前说得清清楚楚，他占了便宜还要我负责。"徐天骄理直气壮地说，"算了，不说糟心事，有没有开心点儿的说来听听？"

这时，一直埋头吃饭的元清梨缓缓举起手，小声道："我……我想跟你们说……说一件事。"

许朵画吐槽："梨梨，咱们都认识多久了，你跟我们说话还结巴？"

"不，不是结巴。"她是害羞、紧张。

许朵画"嘿嘿"笑："你的脸怎么红了？"

元清梨放下手，规矩地搭在桌上，说："那个，我跟秦衍打算后天领结婚证。你们有空可以留下来，我请你们吃饭。"

元清梨说完，其余三个人默契地沉默了近十秒钟。

最后是许朵画忍不住，朝元清梨竖起大拇指："牛啊，还真毕业证跟结婚证两手抓。"

姜予眠以茶代酒举杯："恭喜你。"

"考都考完了，还喝什么茶！这种好日子必须上酒。"徐天骄叫来服务员，一人点了一杯酒。

后来她们越聊越开心，爱喝酒的又喝了不少，不太能喝酒的元清梨只抿了几小口。

徐天骄千杯不醉，走的时候依然很清醒。

元清梨接到电话。她们听不到对方的声音，但是元清梨的回答很清楚。

"我还在饭店里……差不多吃完了，她们在喝酒……我没喝多少，只抿了几小口……好，我在这里等你。"

秦衍正在来接元清梨的路上。

元清梨打完电话后，姜予眠又收到语音消息。姜予眠将语音转成文字，操作最后一条时失误，语音直接播放出来。

陆宴臣讲话的声音跟他本人一样独具魅力："还有十分钟到。"

许朵画左看一眼，右看一眼，对着前方郑重其事地打了个饱嗝。

她想：你们有男朋友了不起啊？

眼见陆宴臣跟秦衍一前一后走进来，许朵画默默地在桌上画圈，心想：有男朋友的确了不起。

说来也巧，陆宴臣跟秦衍没约时间，刚好在楼下碰到，就一起上来了。

秦衍发出邀请："我跟梨梨后天领证。宴臣哥，你要是有空，改天来喝杯喜酒。"

"办婚礼吗？"陆宴臣之前知道秦衍有求婚计划，就是没想到这一天来得这么快。

秦衍摇头："梨梨不太习惯人多的场合，我们打算旅行结婚，到时候请一些关系近的亲朋好友吃一顿。"

婚礼那天会全程被人盯着，这对元清梨来说是一种折磨。结婚是两个人的事，他只想给元清梨一个最合适的"婚礼"，并不局限于一场仪式。

陆宴臣答应去。

谈话间，两个人进入饭店，找到各自未来的老婆。

元清梨还是清醒的，软绵绵地喊了声"秦衍"。秦衍又开始关心她有没有喝酒……

姜予眠左手托腮靠在椅子上，右手握着酒杯，里面的酒还剩一半。她似乎没发现陆宴臣到了，直到陆宴臣夺走她手里的杯子。

姜予眠下意识地仰头，望着他，不说话。

陆宴臣伸手捏了一下她的脸，问："喝了多少？"

姜予眠摇头："不记得了。"

陆宴臣懒得跟她计较："该回家了。"

姜予眠伸手要他拉自己，那姿态，据许朵画描述，当真是矫揉造作。这些亲昵的表现对单身人士来说攻击力很强，对情侣来说就刚刚好。

被陆宴臣牵着走，姜予眠乖乖地跟在他身边。

陆宴臣是开完会过来的，穿着西服，而姜予眠回学校考试，打扮得朴素简约，一看就是学生。他们牵着手走路，姜予眠忽然起了玩心，摇晃他的手："梨梨说，她跟秦衍结婚，要请我们吃饭。"

陆宴臣"嗯"了一声，说："我知道。"片刻后，他顺着问，"那你呢？眠眠想结婚吗？"

"结婚？"姜予眠努力地睁大眼睛，思考这件事，又反问，"我要结婚吗？"

陆宴臣停下脚步，看着她的眼睛说："如果你想的话。"

姜予眠毫不畏惧，迎上那道炙热的目光："跟你的话，我想。"

她直白的话语直击他那颗忐忑的心脏。

在陆宴臣的眼里，这世界上没有比她更好的姑娘了。

这件事，姜予眠清醒后并没有提起。陆宴臣不确定她是否记得，也没问。

各科成绩出来了，姜予眠不太关注分数，只想着明天的毕业典礼。

明天是个意义非凡的日子，有人毕业，有人结婚。

这时可以邀请关系亲近的人陪自己毕业，姜予眠自然想到陆宴臣："明天我们拍毕业照，你要来吗？"

陆宴臣说："我上午有个采访。"

姜予眠"哦"了一声。

他补充道："结束后我尽量赶过去找你。"

姜予眠点头。尽管知道陆宴臣从来不是言情剧里为了女主角什么都不顾的"霸道总裁"，可她喜欢这样遵守约定、事事有规划的男人。陆宴臣重视工作，却从未因为工作让她觉得被忽视。

毕业这天，陆宴臣先把她送进学校，再去公司。

采访地点就在办公室里。

记者早早来到公司等待，见到他后，把准备好的问题陆续抛出。

中途，陆宴臣的手机响起几秒铃声，像是特别关注的提醒。

向来严谨的陆宴臣竟暂停采访，拿起手机，一边打字回复一边说道："抱歉，回一个消息。"

他不知在跟谁交流，神色十分柔和。

待陆宴臣收起手机后，记者适时问："看陆总毫不犹豫地回复，是很重要的消息吧？"

陆宴臣笑了笑，好脾气地回道："女朋友的。"

此话一出，在场的工作人员，包括在旁边待命的姚助理都露出震惊的表情。多少记者费尽心思挖不到的情感消息，陆宴臣竟亲口说出来了。

这可是陆宴臣啊，如今科技行业的领军人物。这个消息即使与商业无关，传出去也一定会爆。

记者随机应变："以前都说陆总忙于工作，没时间顾及感情生活。这还是陆总第一次在大众面前公开个人感情，不知道是不是好事将近？"

记者眼里充满期待，只希望陆宴臣多吐露一点儿。

陆宴臣抬眸，看向镜头："没错，我打算跟她求婚。"

毕业典礼从上午九点半开始举行，元清梨差点儿迟到。

许朵画朝元清梨招手，姜予眠则让了个位子给她。她脸蛋儿红扑扑的，喘气声有些急。

"你怎么这么晚？马上就开始了。"许朵画压低声音问。然而注意到元清梨手里的红本本后，她顿时后悔，自己为什么要找虐？

姜予眠伸手扶了元清梨一把，问："领证了？"

元清梨深吸一口气，重重点头："嗯！"

她跟秦衍很早就去排队了，成为今天第一对办理结婚证的新人，办完赶来学校刚刚好。她是那种从来不迟到的好学生，进校门后直接跑过来的。

三位室友跟她道贺："恭喜呀，梨梨。"

姜予眠空闲时看手机，发现元清梨跟秦衍已经在朋友圈里晒了结婚证的照片。

元清梨不太爱发朋友圈，不想别人关注自己的生活，怕发出的内容被人议论。可这天，好友点赞、评论的消息提示个不停，她却很高兴，没有被高度关注的恐惧感。

秦衍也发了图，不客气地向祁医生、秦舟越等人索要份子。

姜予眠看了一会儿，点开置顶的对话框。

咩咩："梨梨和秦衍结婚，我给梨梨交了份子。"

L："嗯。"

咩咩："嗯？"

L："回来报销。"

咩咩："份子钱也报销？"

L："毕竟其中有我一份。"

她只是想问陆宴臣给了秦衍多少，打探一下行情，但按陆宴臣的意思——她给了元清梨，他就不给秦衍了？

姜予眠立马领悟了陆宴臣的意思，他们是一起的，交一份钱就好。

咩咩："你的采访完成了吗？"

L："没有。"

咩咩："那你在干吗呀？"

L："回你消息。"

姜予眠："……"

"废话文学"被他玩明白了。

毕业典礼，校长、老师在讲台上滔滔不绝，下面的学生十有八九在开小差，所以她既能刷朋友圈，还能给陆宴臣发消息。但陆宴臣回复得那么快，是采访还没开始？

于是她继续给陆宴臣发信息，心想：他如果有事，总会告诉自己一声。

许朵画抓紧最后的时间跟同学聊天，从左到右，从前往后，最后轻拍姜予眠的胳膊，问："眠眠，你的生日是不是快到了？"

突如其来的问题打断了姜予眠的思路，她想了想，道："啊，好像是的。"

她的生日就在七月，现在已经是六月份的尾声了。

许朵画翻看手机，道："我买了三号的票，还可以给你庆个生。"

元清梨结婚要请客，姜予眠过生日要请客，她们在毕业之际，还能吃两顿。

姜予眠很爽快："可以啊，我请你们吃饭。"

许朵画一碗水端平，每个人都要招呼，回头喊了徐天骄几声："天骄！天骄！"

徐天骄坐在椅子上打盹，被吵醒，眼里透着不悦。徐天骄五官大气，这时眼神犀利，要是不熟悉的人，恐怕会被吓到。

但同寝四年，许朵画早已摸透了她的脾气，丝毫不慌："在这儿你也能睡着？"

"说。"徐天骄困得不行，眉眼间透着焦躁。

许朵画"嘿嘿"笑了："瞧你这副没精打采的样子，跟哪位帅哥共度春宵去了？"

徐天骄抬手打呵欠："还能是谁？都说了有块狗皮膏药甩都甩不掉。"

"啊，就是你之前说的男性气息爆棚的那个男的？"

"嗯。"

"你这样……肯定甩不掉啊。"

哪有人一边说分，一边身体交流的？

徐天骄没说自己抵抗不住诱惑，只问："送到嘴边的肉你不吃？"

许朵画："你就没想过找个人定下来吗？"

徐天骄"哼"了一声："这世界上的男人可信？"

"有啊。"许朵画立马指向另外两位室友，"秦衍学长对梨梨一见钟情，追了她三年，现在梨梨毕业证跟结婚证两手抓。眠眠跟陆总年少相识，等待多年，在看不见对方的地方各自成长，顶峰相遇。"

"她们运气好。"

姜予眠暗恋多年得偿所愿，元清梨谈一次恋爱就能从校服走到婚纱，而徐天骄出生就拿着一把烂牌，也没运气遇到良人。

毕业典礼结束后，同学们穿着学士服到处拍照。

秦衍送来四束花，庆祝直系学妹们毕业。她们三个拿到满天星，只有元清梨拿到的是一大束玫瑰。

许朵画苦中作乐："好歹是束花呢，有总比没有好。"

她们让秦衍帮忙拍照。见姜予眠时不时看手机，许朵画随口问："你家陆总不来吗？"

"快到了。"

采访结束后，陆宴臣又开了个会才从公司过来。学校面积太大，他对校园环境不熟悉，似乎迷路了。

"这边人好多，我先去找他。"姜予眠跟室友打了声招呼，边走边拨打电话。陆宴臣的声音传到耳边，姜予眠问他附近的标志性建筑，强调道："可以拍张照。"

陆宴臣很快发来一张图片。

姜予眠放大图片，自言自语："好像就在附近啊。"

其实这几年，她没太多时间在学校里到处逛，只是隐约有点儿印象："附近是不是有座桥？"

"是。"

"我知道在哪儿了，你去桥头等我。"

穿着学士服、扎着马尾的女孩儿拿着手机奔跑。六月的阳光追着她，影子陪她走过长长的路。终于，她在桥边见到低头看手机的男人。他穿着白色衬衣，手捧鲜花站在阳光下，光是侧脸就令人心动。

二人心有灵犀似的，在姜予眠提步向前的路上，陆宴臣转头一望，立即向她走来。

在她不均匀的呼吸声中，陆宴臣用高大的身躯替她挡住太阳，弯下腰拥抱她，道："毕业快乐，我的宝贝。"

姜予眠收到一束明艳的向日葵——这让她想起高考那年，陆宴臣在车里准备了一堆鲜花。

从她高中毕业到大学毕业，亲人缺席的日子，陆宴臣都给她补得完完整整。

　　她带陆宴臣跟室友们碰面，顺便让秦衍帮她跟陆宴臣拍了一张合照。姜予眠遮住陆宴臣的脸将照片发到朋友圈里，底下的评论五花八门。

　　姜乐乐："毕业快乐！我明天毕业典礼。"

　　高中的班长和蒋博知给她点了赞。

　　盛菲菲："这年头谁发照片还贴贴纸啊？删除重发。"

　　盛菲菲前两天在朋友圈发的毕业照，全是精修图。

　　陆习点了个赞。

　　秦衍："摄影费，打钱。"

　　秦舟越："最近是有点儿费钱。"

　　L："怎么，我见不得人？"

　　当陆宴臣的评论跳出来时，姜予眠诧异地望向身旁的人："你还给我评论？"

　　陆宴臣抬眸，又是疑问句："怎么，你的朋友圈我不能评？"

　　"能……"

　　能是能，但陆宴臣话中的意思，是要她公开发他的照片？

　　"我以为你不想被关注。"她这是公开发的，没有分组。大多数人只知道她有男朋友，但一直不清楚对方的身份。

　　陆宴臣反问："我什么时候说过不能公开了？"

　　姜予眠琢磨了一下，征求他的意见："那我重发一次？"

　　手机铃声打断他们的谈话。

　　陆宴臣接了电话，姚助理正替记者试探："陆总，今天的采访里，关于您个人感情的内容可以发吗？"

　　陆宴臣："嗯。"

　　对话很快结束，姜予眠完全不知道对方说了什么，把刚才的话重复一遍："那我重发一次？"

　　陆宴臣盯着她几秒，笑道："下次吧。"

　　他确信，姜予眠下次分享的内容会更精彩。

　　姜予眠大半年才发一次朋友圈，只为记录比较有意义的事情。她以为下次发动态要很久，没想到是几天后……

　　七月二日，姜予眠的生日如期而至。

今年陆老爷子没叫她回去，而是直接让人送来礼物。姜予眠跟朋友们约了吃午饭。她现在不是一个人，连时间都要分成几等份分配。

姜予眠从上午开始化妆，粉底也盖不住脖子上的印记。她也不喜欢把粉底抹得到处都是，干脆找了件能遮脖子的衣服换上。

今天陆宴臣不上班，大早上坐在家里喝茶。姜予眠从他身旁经过，又特意转回去，站在他面前道："陆宴臣，你这习惯得改改。"

陆宴臣仰头："嗯？"

她指着衣领，问："你这样，我夏天怎么穿裙子？"

陆宴臣对答如流："在家里穿。"

"你很烦。"

谁不希望夏天穿漂漂亮亮的裙子和姐妹出门逛街？

"很严重？"他放下茶杯，招招手，"过来我看看。"

姜予眠以为他终于良心发现，当即解开两颗纽扣给他看。"你自己看。"

有些痕迹是他早晨留下的，所以现在很清晰。

没有衣领遮挡，陆宴臣才发现她今天佩戴的项链是他送她的十九岁生日礼物——绵羊和星星的设计。

目光在钻石项链上停留片刻后，陆宴臣一把将人拉入怀中，敷衍地承诺道："下次我注意。"

这本是个温情的画面，如果姜予眠不戳穿他的话。

"你每次都这么说。"

就这个问题，她找陆宴臣理论了不下十次。他每次都认错很快，就是不改。

陆宴臣含笑不语，替她把纽扣一颗一颗扣上："走吧，送你去餐厅。"

陆宴臣亲自开车送姜予眠过去，她一路上都在看手机。

盛菲菲慢腾腾地发来信息。

菲菲公主："我最近忙着毕业，今天就不过去了，改天给你补礼物。"

咩咩："没事，没事。"

她完全不介意。

从凌晨开始就陆续有人发来生日祝福，姜予眠在消息列表里看到许久没联系的沈清白。沈清白后来离开了天誉，二人渐渐联系得少了，只是偶尔会聊聊与"逐星"有关的事。

很快，沈清白收到她客气的回复："谢谢学长。"

学长……姜予眠对他的称呼始终如一。

毕业那天，他想跟姜予眠说句"毕业快乐"，结果看到她朋友圈里的合照，干脆作罢。

今天是姜予眠的生日，于情于理，他也该跟这位曾经一起共事的小师妹说声"生日快乐"。

"沈清白。"导师在叫沈清白。

沈清白收起手机，道："马上来。"

中午的饭局只有她们宿舍的四个人参加。

七月，外面的温度已经很高了，除了许朵画，其他三个人都穿着不同风格的衣服，相同点是领口都拉得很高。

许朵画本想调侃，看了一圈发现自己才是最惨的那个。她们一个新婚，一个正处于热恋期，一个正与人极限推拉……只有她，依旧单身。

饭局结束，四个人迎来真正的告别。

姜予眠、元清梨以后应该还会常有来往，徐天骄在别的领域里努力，至于回老家的许朵画，或许这辈子也不会再跟她们见几次了。

秦衍来接元清梨，姜予眠跟这对新婚夫妻挥手道别。

秦衍："拜拜。"

元清梨："晚上见。"

姜予眠："啊？"

秦衍偷偷拍元清梨的后背。

不擅长撒谎的女孩儿吞吞吐吐地改口："我……我说下次再见。"

在姜予眠看不到的地方，秦衍感叹："刚收到的份子，又要交出去了！"

元清梨还是单纯了些，说道："眠眠也要结婚了吗？没听她说呀。"

秦衍重申："是求婚。她还不知道呢。"

陆宴臣接姜予眠回去，见她靠在窗边，显得心不在焉。

"过生日还不高兴？"

"时间过得好快，四年的大学生活就这么结束了。"姜予眠眺望窗外迅速地向后的风景，感叹道，"分别，不是一个好词！"

红灯，陆宴臣停车，腾出一只手摸摸她的头："放心，我们不会。"

后来姜予眠才发现这不是回家的路，问："你要带我去哪儿？"

陆宴臣说："看星星。"

她不知道陆宴臣是什么时候申请的航线，当天下午，一架私人飞机从景城飞往南霖。

陆宴臣带她回老家，是为了告知她最敬爱的亲人，他想娶她。

院墙上的身高线在姜予眠满二十三岁的这天又添上一笔。

姜予眠年年来，年年都能看到增长的身高线。其实到她这个年龄，身高不会再增加，所谓身高线更像是年龄线。她长一岁，他添一道。

"你以前专门飞回来添线了吗？"

"嗯。"

"但是你每次都让姚助理送礼物。"

"我怕忍不住。"

他怕自己控制欲作祟，打破姜予眠原本的成长线，怕自己一旦介入，再也无法抽身。

幸好，他们在最合适的时间重逢。

"天不早了，陆宴臣。"姜予眠以为他们该走了，陆宴臣却牵着她的手，推开那扇沉重的门。

在陆宴臣的安排下，这里时常有人来打扫，十分整洁。开门后，姜予眠发现家中有所不同了。

"坏掉的家具都放在另一间屋子里，能用的都被清洗干净了，这边你可以直接住下。"

原本属于这里的家具没什么变动，屋子看起来却焕然一新。

他替她留住了童年的记忆，又还给她一个崭新的家。

"还有你的秋千，已经重新固定过，你随时可以玩。"

风扬起裙摆，姜予眠坐在秋千上，手扶的位置上缠绕着柔软的丝带。他如此细心地布置好一切，比任何生日祝贺都让姜予眠开心。

"陆宴臣，你帮我推一下。"

"好。"

替人推秋千这种事，陆宴臣一辈子只做过两次，一次是现在，另一次是多年前。

那年他晕倒在雪地里，去医院住了两天。姜家人把他送回家的时候，爷爷沉浸在失去儿子和儿媳的悲痛中，看都没看他一眼。

他回房后，门还没来得及关上，忍不住发出几声咳嗽。唇红齿白的小姑娘站在门口不走："哥哥生病了，一个人。"

最后，姜予眠的爷爷出面，跟陆老爷子说情，带他到外面住了几天。陆老爷子像打发物件似的，任由他跟姜家的人走了。

陆宴臣无所谓去哪儿，不吭声。六岁的小姑娘自然感觉不到哀伤，一旦脱离那个环境，就变得活蹦乱跳的。

当时他们住的地方附近有娱乐区，她喜欢荡秋千，冬天也不怕冷，非要往上爬。

"哥哥，你推。"小姑娘使唤人的模样跟现在差不多。

月光穿透树梢，大树挡住了星星。

在秋千下玩了一会儿，陆宴臣问："要去看星星吗？"

"好啊。"姜予眠一下子离开秋千，动作灵敏，也不怕摔着。

她直接往前走，被陆宴臣拉住。在她困惑的眼神中，陆宴臣蹲下来："我背你。"

有风，有灯，今晚的村子格外漂亮。

姜予眠双手搂住他的脖颈："很久没在村里逛过了，原来这里的夜晚这么好看。"

陆宴臣在心里反驳：不是村里的夜晚好看，是特意布置过的夜晚格外美。

童年的记忆在姜予眠的脑海中十分清晰，她清楚地记得哪一条路通向什么地方。

但陆宴臣知道吗？她不确定。她也不知道村里什么时候安装上了那么多路灯，一盏一盏的，像地上也有了星星。

陆宴臣背着她往前走，他们抬头就能看到星空。

有星星的夜晚对姜予眠来说非常特殊，在城里很难看到闪耀的星星，南霖小镇却满天繁星，格外璀璨。

她以为，这就是陆宴臣要带她看的星星。

陆宴臣背着她，每一步都走得很稳："眠眠，今天许愿了吗？"

"许过了。"她中午跟元清梨她们吃饭的时候许了生日愿望。

"许了几个愿望？"陆宴臣问。

"一个。"跟陆宴臣说话的时候，姜予眠低下头，趴在他的肩上。

他说："一个啊，太少了。"

"不能太贪心，我怕所求太多，愿望就不灵了。"人们习惯性许三个愿望，而她本就只有一个愿望。

他们来到山坡上。

山野不似往日漆黑，树下有灯带，地面上也没有杂草。

腕表的屏幕亮起，陆宴臣停下脚步："那不贪心的小眠眠，想要生日礼物吗？"

"想。"她等一天了。

"你抬头。"

随着这声指令，姜予眠抬头仰望天空。

星月交辉，数道"流星"划过长空，一束束火花穿透夜空，点亮姜予眠的眼睛。

"这是……流星雨？"她又惊又喜，因为在此之前，从未听说南霖会下流星雨。

陆宴臣把她放下来，待她双脚稳稳落地才松开。

"你可以向它许愿。"

惊喜盖过理智，她闭上眼睛，抓紧时间对流星许愿，睁眼时却发现流星雨仍在持续，且散发出不同颜色的光芒。

"这是流星吗？"

都说流星转瞬即逝，但这场流星雨持续不断。

陆宴臣同她一起欣赏这场五颜六色的流星雨，问："这是送你的生日礼物，喜欢吗？"

她毫不掩饰地道："好喜欢！"

陆宴臣侧头，凝视女孩儿的脸："喜欢……我吗？"

光在她的脸上跳跃，她回应的声音清脆响亮："也好喜欢。"

陆宴臣忍不住拉她入怀，手指落在她的发间："有喜欢到……会答应嫁给我的程度吗？"

她仰起头，笑容绽放："有。"

一枚冰凉的戒指滑入她的指间，将她牢牢套住。

"那么，小蝴蝶是我的了。"

一枚展翅的蝴蝶戒指彻底套住了姜予眠。

二人对视，眼中涌动着情意。就在他们快亲下去的那刻，躲在周围的见证者们突然跑出来，异口同声地道："Surprise（惊喜）！"

受惊的姜予眠一头扎进陆宴臣的怀里。

陆宴臣突然后悔，怎么请了这群没眼力见儿的人？

说了"晚上见"的元清梨跟秦衍如约出现，说忙着毕业的盛菲菲、凑热闹的秦舟越以及站在远处的陆习都在。

"生日快乐！求婚快乐！"

这场人造流星雨持续了整整十五分钟，村里的人都欣赏到了这场用钱砸出来的浪漫"流星雨"。

有人把它录制成视频发到网上，点赞量不断上涨，标题含有"求婚""惊喜"这类词。

网友纷纷感慨:"天呐,这是人造流星雨吗?"

"又是哪位土豪在给他的小娇妻制造惊喜?"

"这年头,不放烟花,直接升级到流星雨了吗?"

"长这么大,第一次知道流星雨还有彩色的。"

村里人不认识陆宴臣,但是陆宴臣为制造惊喜搞出这么大动静,大家都好奇,一打听,知道了他姓"陆"。

这类娱乐新闻一般都是一阵风,吹过就散了,偏偏这时,天誉集团董事陆宴臣的采访视频发了出来。

其中,一段与他的感情状况相关的短视频在网上火了。

"看陆总毫不犹豫地回复,是很重要的消息吧?"

"女朋友的。"

"是不是好事将近?"

"没错,我打算跟她求婚。"

这边,洁身自好多年的男神级总裁自己爆出感情进展,称打算求婚;另一边,陆姓男子制造流星雨求婚……他们都姓陆。即使真的是巧合,网友也愿意将两者联系到一起。

"爱你的人,永远有时间回消息。"

"我男朋友需要看看。"

"照进现实的总裁文学。"

"只有我想知道那个幸运儿是谁吗?"

话说回来,姜予眠被求婚后,发现身边原来有这么多人,在陆宴臣的耳边控诉道:"你干吗不早点儿告诉我?!"

"怕你紧张。"如果他提前告诉姜予眠,她肯定浑身不自在。

姜予眠的确不紧张,现在却觉得好害羞。刚才她踮了脚,差一点儿就要亲上去……希望夜色替她隐藏这个小小的举动。

姜予眠跟陆宴臣分开后,盛菲菲故意走过来,撞她的胳膊,问:"没亲成,是不是很可惜?"

姜予眠:盛菲菲哪壶不开提哪壶。

盛菲菲直接把带头的人卖了:"是舟越哥出的主意,回头你们找他算账。"

姜予眠懂了:"他大概是心态不平衡了。"

秦舟越的追妻火葬场剧本到手半年了,现在依然没有进展,姜予眠听元清梨说,她姐一门心思赚钱养女儿,对男人没兴趣。

秦舟越当初的事，知情人很少。自从找回女儿后，他恨不得四处宣扬自家多了一位小公主。别人问起，秦舟越就大大方方地说自己年少轻狂，伤了对方的心，正在极力挽回。因此大家都知道，他正在追求前女友。

盛菲菲感叹道："被抛弃的男人真可怕！"

姜予眠掩唇笑道："你这话，别让他听见。"

她们一致认为，秦舟越这个人，赚钱可以，谈恋爱不行。

盛菲菲："谈恋爱还得跟我小叔学。恋爱那套给他整明白了，一见钟情、二见倾心、三个月，喀喀……"

盛菲菲不说了。

姜予眠不是第一次听盛菲菲提起小叔，那似乎是个恋爱高手。姜予眠好奇地问："你小叔，最擅长什么？"

盛菲菲面露为难之色，稍微想了想，挤出三个字："挖墙脚。"

姜予眠："……"

这个夜晚，一群人围坐在布置过的山坡上，吹着晚风为姜予眠庆生，以及祝贺陆宴臣求婚成功。

陆家，陆老爷子关注到陆宴臣的采访视频，给陆习发消息打听情况。陆习直接把陆宴臣的求婚视频发给陆老爷子看，道："大哥求婚成功了。"

听到这句话，陆老爷子露出欣慰的表情。可随着视频结束，他脸上的笑容渐渐消失，换成了冷漠与心寒。

求婚这么大的事，他这个当爷爷的一点儿都不知道。

陆宴臣是铁了心要跟他划清界限。或许哪一日他们结婚，有了孩子，陆宴臣也不会主动告诉他。

"小谈，你说一个人犯了错，是不是永远无法弥补？"

谈婶没有接话。偌大的家里，似乎没有一丝暖意。

不知过了多久，屋里响起老人沧桑的声音："错了就是错了。"

无论怎么弥补，他给陆宴臣造成的伤害永远不会消失。

陆习没再收到爷爷的消息，这才放下手机。

陆宴臣请他们来是为了见证这重要的时刻，人不多不少，六七个刚刚好。

盛菲菲无论走到哪里都喜欢拍照，被精心布置过的山坡成为她的背景，几个女生互相拍。就连不喜欢自拍的元清梨也抗拒不了盛菲菲的热情邀请，加入队伍中。

几个男人坐在另一边，相较于刚领证的秦衍，在元西茉那里屡屡受挫的秦舟越显得格外可怜。

秦衍一只手搭在秦舟越的肩头："哥，你别气馁，再不济还有果果呢，你的亲女儿。"

秦舟越："你说这些，还不如让你老婆帮我吹吹耳边风。"

秦衍立马收回手："你知道的，她们两个同父异母，关系微妙，梨梨胆子又小。"

秦舟越给他一拳："就你老婆金贵。"

话虽这么说，秦舟越倒真的没有让元清梨帮忙的意思。别说她们同父异母，以元清梨那说两句话就要往后缩的性子，就算同父同母也没用。

他只是郁闷，同为秦家人，为什么秦衍能一眼认定元清梨，且坚持不懈地追了三年，而自己当初脑袋抽筋，放开了元西茉的手。

秦家兄弟一悲一喜，陆家兄弟俩亦然。

求婚成功的陆宴臣神色悠然，坐在陆宴臣右边的陆习就没那么自在了。陆习行事不像从前那般横冲直撞，琢磨很久才向陆宴臣重新提起资助杨慧上学的事。

"大哥，我还是决定资助杨慧，用以前卡里的钱，希望你能同意。"当时他觉得，自己不用陆家的钱就是独立。后来他跟杨慧打电话，听到小女孩儿对外界充满向往的声音，决定坚持到底。

陆宴臣头也不回地说："陆氏有你的股份，你花你的钱，不需要经过我同意。"

陆习暗暗握拳："陆氏的钱都是你挣的，总有一天我会还给你的。"

"是吗？那我拭目以待。"陆宴臣不在乎钱，只是想告诉陆习，做事情要有魄力，不要犹犹豫豫，看别人的脸色行事。

"咔嚓——"

盛菲菲将镜头对准四个人，拍了一张颇有氛围感的照片。

"他们两个两个坐在一起，认识的，知道他们是兄弟，不认识的还以为……"后半句话盛菲菲没说。

姜予眠跟盛菲菲认识这么多年，立刻懂了。

元清梨一脸单纯地问："以为什么？"

姜予眠跟盛菲菲对视一眼，决定不要带坏元清梨。

拍久了，元清梨累了，好几次想停止，但一面对热情的盛菲菲就无法开口。等盛菲菲终于收起相机和手机了，元清梨才问："我能不能回去了？"

元清梨像个小学生，做什么事都要征求别人的意见。

盛菲菲偏偏逮着元清梨不放，问："听说秦衍追了你三年，你到底是怎么做到的？"

　　盛菲菲完全想象不到"社恐"会是什么样子的，别人跟元清梨交流，真的不会被急死吗？

　　答案是因人而异。

　　就连姜予眠性格这么平和的人，有时都为元清梨感到焦急，秦衍却没有。

　　所谓秦衍追求元清梨三年，其实是相识一年、暗恋一年、暧昧一年。

　　当初秦衍受陆宴臣所托，在学校里照看姜予眠，于是以计算机社团会长的身份主动邀请姜予眠加入。也就是那时，他关注到了姜予眠身旁的元清梨。

　　在秦衍的推动下，元清梨迷迷糊糊地加入社团。

　　社团要给部门成员分配任务，秦衍借机联系元清梨。可他发短信，元清梨犹豫很久，不知道该怎么回复；他打电话，元清梨不敢接，会一直等到铃声结束。直到他们多开了几次会，这种情况才逐渐缓解。

　　元清梨在学校里基本只跟宿舍的人来往，大一上学期结束，也只记得秦衍的名字和身份，知道他是个脾气不错的人。

　　大一下学期，秦衍找姜予眠了解了元清梨的社恐程度，有意帮助元清梨改变。

　　他安排元清梨给部门里的人发短信通知事情，比如开会时间及会议内容等。内容不需要额外修饰，清晰明了即可，且对方看到消息后一般只会回复"收到"。

　　元清梨逐渐接受了这样的安排。

　　她也会遇到别人不明白细节，反复向她询问的情况。她一开始会手足无措地向姜予眠求助："眠眠，他们都发信息来问我，我不想通知他们了。"

　　"梨梨，只是短信，他们的问题你都知道答案不是吗？编辑短信告诉他们就好了。"曾被人引导着成长的姜予眠在这一刻担当起大姐姐的角色，"他们看不见你，也听不到你的声音，你不要害怕。"

　　再后来，遇到元清梨无法解答的问题，姜予眠会让元清梨找秦衍："秦衍学长的脾气好，你有事就找他，他知道的都会告诉你。"

　　一开始，元清梨会打字转述同学的疑问，而且犹豫很久才发出消息。秦衍很快回复，让元清梨如释重负。

　　慢慢地，二人之间的联系逐渐增多，沟通也比之前顺利，但仅限于打字交流。他们见了面，元清梨还是想躲。

直到有一天，元清梨悄悄跟姜予眠说："眠眠，我好没用，今天坐公交车绕了一圈都不敢说下车。"

姜予眠问："为什么啊？"

"因为……"

当时元清梨看到车后面几排有空座位，就选了一个靠过道的位子坐下。紧接着，秦衍出现在她面前，问她能不能往里面挪一下。

她想拒绝的，可是当着秦衍的面，双脚不听使唤，移到靠窗的位子坐下。

秦衍找她说话，她支支吾吾的。后来秦衍眯着眼睡觉，她才松了口气。

一路上，她偷偷看了秦衍好多次，心里一直在想他到底什么时候下车，结果秦衍坐到了终点站。

司机提示大家下车，秦衍这才睁开眼："不好意思，我睡过站了。你要去哪儿？我送你回去吧。"

她本要拒绝，秦衍一副"不把你送到，我于心有愧"的模样，连哄带骗，又陪了她一程。

故事讲到最后，元清梨还说了句："会长真是好人。"

姜予眠：这个被骗了还要帮人数钱的傻姑娘。

从那以后，秦衍跟元清梨的接触逐渐增多。秦衍以"我知道你害怕跟人交流，你想做什么可以告诉我，我帮你想办法"为借口，一点点攻破元清梨的防线。

整个过程，秦衍用了一年。

大二上学期，元清梨终于承认，秦衍是她的朋友。

再后来，秦衍以朋友的名义找元清梨，逢年过节就说自己可怜，没人陪，忽悠元清梨陪他吃饭、看电影。

不懂拒绝的元清梨一骗一个准。

两个人在相处过程中，关系拉近是必然的。听闻社团内部开始传秦衍在跟自己谈恋爱，元清梨又羞又急，好几次想澄清，又不知道从何说起。

在群里解释？群里有上百个人，她可不敢随便说话。

当面说？人家又没当面问她，她总不能平白无故地澄清。

为了避嫌，元清梨干脆躲着秦衍，这打乱了秦衍"温水煮青蛙"的节奏。当时他大三结束，即将离校实习，终于忍不住对元清梨表明心迹。

元清梨被吓到了，第一反应是逃跑。

放暑假了，她在老家住了两个月。直到九月开学返校，秦衍特意去学校守株待兔，二人才重新见上面。

两年时间已经足够秦衍掌握元清梨的脾性和习惯了。他不向元清梨要答案，而是默默出现在元清梨会去的地方，送上元清梨爱吃的零食、爱看的书，在无形中挤进元清梨的生活中。

元清梨这种性格，不会站出来把人"撵走"，只会默默把东西塞进自己的口袋里，日积月累，这份友情转化成另一种情感。当那种情感多到他们都无法掩饰的时候，一切水到渠成。

大三结束，元清梨即将开始实习，回了老家那边。

从学校迈入社会，辛苦是必然的，面对全新的环境，那种疲惫的状态、烦躁又脆弱的内心，一旦有人戳破，她便忍不住宣泄情绪。

秦衍去了元清梨所在的城市，在她最需要人支持和安慰的时候，陪在她身边。

那个暑假，秦衍终于得偿所愿。

作为元清梨的好友，姜予眠得知消息后第一时间送上祝福，又在看到秦衍后，忍不住替朋友说了几句话："梨梨可能不太会主动，希望你今后也能对她抱有耐心。"

秦衍说："会的，她比任何人都真诚。"

元清梨或许永远不懂得主动。她给予的回应，就是最大的诚意。

他想给元清梨安全感，于是主动提出带她回家。元清梨不擅长应付那种场合，还是会鼓起勇气答应他。

他们的感情是双向的。

听完这段故事后，盛菲菲越发明白为什么自己求而不得，而别人所求皆所愿。她对陆习是无效追求，秦衍对元清梨才是有效追求。

盛菲菲看向那几个男人，总结："才二十几岁的弟弟都结婚了，三十岁的哥哥还在追妻呢。"

姜予眠："……"

元清梨："……"

这话可千万别让秦舟越听见。

不远处的秦舟越打了一个喷嚏，嘀咕："是不是果果想我了？"

他当着大家的面给女儿打视频电话，被元西苿无情地挂断。元西苿发来语音："睡觉，勿扰。"

众人只当没听见。

这个夜晚，他们枕着清风，观星赏月。

姜予眠坐在陆宴臣左边，挨着他的胳膊，歪头靠在他肩上，在月下观赏自己的蝴蝶钻戒："好好看，你什么时候买的？"

陆宴臣答："我画的草稿，找你干妈定制的。"

姜予眠想起他有一次从国外出差回来，专门去了一趟宁城，或许就是那个时候。

原来那么早，陆宴臣就开始计划一切。她抬起头，转身对陆宴臣道："我是不是也要给你买一枚戒指？"

月光照在男人俊美的脸庞上。他不看姜予眠，缓缓吐出两个字："随你。"

姜予眠"扑哧"一声笑出来。

陆宴臣用这两个字的频率极低，但每次都颇有深意。一开始她以为陆宴臣是不在意，后来才发现，这个闷骚的男人还有点儿。

姜予眠绞尽脑汁设计了一款，由宋夫人精修，定稿制作。不久后的一天，天誉的员工都发现，他们陆总的左手中指上多了一枚戒指。

下半年，毕业生各奔前程。盛菲菲出国读研，徐天骄成功入职，许朵画在实习期。

元清梨不想去竞争激烈的地方打拼，只想找个规模小又不需要与人过多交流的工作，蜜月旅行后去了家小公司。

陆习找了一份体育教练的工作，李航川和孙斌听到这个消息后都傻了。

他们以为陆习会进入陆氏，随便顶个职位收分红，结果陆习像毫无背景的普通人一样，拿着自己的简历去面试，找了一份普通的工作。

中秋节，姜予眠在陆家见到陆习。

陆习告诉她："比起穿着西装坐在办公室里，我还是喜欢在练习场上训练。"

西装就像绳索，会勒得他无法呼吸。

"你不是要资助杨慧吗？"

"我最近在学一些金融方面的知识，虽然达不到专业人士的水准，好歹也了解了一些。"陆习从前学习一般，不是笨，而是不用心。他最近开始学习理财，还找了一位专业人士当老师，也是为了以后不在资金方面发愁。

姜予眠把这件事告诉了陆宴臣。后来她无意间发现，陆习说的那位老师竟是陆宴臣请到公司的一位金融行业高才生，只有傻傻的陆习被蒙在鼓里。

姜予眠读研期间，导师有意推荐她去国外交流学习一年。她考虑到在天誉参与的项目，只能将交流计划延后。

她把自己的计划告诉了陆宴臣。

陆宴臣摸摸她的脑袋，说："去吧，展翅的蝴蝶才能高飞。"

想让她站在更高更远的地方，他首先要放她自由飞翔。

研二那年，姜予眠去国外交流学习。这一年发生了很多事，徐天骄谈恋爱了，这次的恋爱时间超过了一年；许朵画被父母催着相亲，隔三岔五就在群里吐槽；以及，元清梨怀孕了。

这两个人，在一起之前慢腾腾的，在一起后的流程快得仿佛开火箭。

听闻这个消息后，姜予眠跟陆宴臣打视频电话，兴高采烈地说："舟越哥之前就到处炫耀果果！现在梨梨都怀孕了，他还没追到元西茉！"

"你消息倒是灵通。"

"当然，就这么点儿乐趣了。"这些消息都是她隔着屏幕"听"来的，她的口中抱怨道，"为什么大家过得这么快乐，我还在国外累死累活地学习。"

镜头里的男人淡定地翻了一页书："不然你回来？"

姜予眠"哼"了一声："不成学，没脸归来。"

这话别人听见了，恐怕要说她"凡尔赛"。姜予眠读研期间发表了几篇论文，登上了 SCI 期刊，国外有人高薪聘请，都没能打动她。

二人聊了很久，直到陆宴臣提醒："你那边时间不早了，该休息了。"

姜予眠不说话，也不肯挂断电话，两只圆溜溜的杏眼盯着屏幕。

两边都静悄悄的。

陆宴臣从不主动挂姜予眠的电话。就像现在，他催她去睡觉，见姜予眠不挂，便只会等着。

过了一会儿，姜予眠叹气，声音中带着一丝委屈："陆宴臣，我想你了。"

说完，她依依不舍地挂断视频，摸着指间的戒指睡觉。

结果，她第二天下课，一道熟悉的身影出现在教室外。

姜予眠愣了一下，难以置信地奔进他的怀里。

陆宴臣稳稳地接住她："请假吧，眠眠。"

"嗯？"她以为他们是要出去约会，"我有两天假期，可以陪你。"

"不，"陆宴臣拥住她，笑声在她的耳畔响起，"我是说，我要带你回去结婚。"

番　外

这天，常年不发朋友圈的陆宴臣破天荒地晒出一张照片——两个红本本交错地摆在一起，红底烫金字清楚地写着"结婚证"。

秦舟越："啥？"

秦衍："恭喜恭喜。"

盛菲菲："咦，眠眠不是在上学吗？"

熟悉的人都知道，姜予眠出去交流学习了，这会儿应该在国外。陆宴臣突然晒出两本结婚证，真是令人匪夷所思。

但很快，姜予眠也发了朋友圈，二人确实登记了。

菲菲公主："牛，你什么时候领的证？"

咩咩："今天。"

菲菲公主："你回国了？"

咩咩："对。"

大家知道姜予眠回国且结婚了，但没人知道她是特意回国领证的。

陆宴臣出现在教室外，说要带她回去结婚，那一刻她真的觉得那是她这辈子听过最浪漫的情话。他来得那么突然，又那么理所当然。

领证当天，陆宴臣带她去了新家，是一栋花园洋房。

她不知道陆宴臣是什么时候买下且装修的，只听见陆宴臣在埋头亲吻她脖颈时告诉她："这是新婚礼物。"

这对新婚夫妻在新房内度过了一个美好的夜晚，她被折腾得腰酸。

"我还要坐飞机呢。"她控诉陆宴臣，却像在撒娇。

陆宴臣安抚道："你可以躺着飞回去。"

姜予眠："……"

姜予眠在飞机上舒舒服服地睡了一觉，睁眼就到了。陆宴臣陪她一起。

一开始她觉得麻烦，陆宴臣却很坚持。他不觉得麻烦，甚至很乐意这样做："这是特权。"

姜予眠问："什么特权？"

陆宴臣执起她的手，吻她的无名指："老婆的特权。"

虽然领证当晚，陆宴臣"逼着"她喊了老公，但她清醒时是绝对叫不出口的。姜予眠这会儿听他在耳边说话，脸直接红到脖子根。

新婚生活固然甜蜜，时间却有限，飞机落地，二人即将分离，气氛忽然有几分伤感。

分开时，姜予眠叮嘱他："冬天到了，你要注意身体。"

往年冬天，陆宴臣总会生病，今年还没病过，这是好事。但她怕自己不在他身边，他病了却强忍着不说。

陆宴臣揉着她的手指，道："小朋友，这句话应该我叮嘱你。"

"谁是小朋友？"她"哼"了两声，举起指间的戒指向他炫耀，"我是你老婆！"

陆宴臣看着她，承认："嗯，老婆。"

姜予眠差点儿醉倒在那双满是柔情的眼睛里。

不久后，陆宴臣出席天誉的产品发布会，记者一阵猛拍。照片发出去，细心的网友发现，陆宴臣的戒指从中指换到了无名指上。这件大喜事，让寒冷的冬季变得温暖如春。

更稀奇的是，陆宴臣这个冬天都没有生病。

他想：这是他的妻子带给他的好运。

春节来临，姜予眠忙于课题，陆宴臣飞去国外陪她。二人约见了Jessie一家。

Jessie曾经把姜予眠错认成"陆太太"，如今她真的成了陆太太。

Jessie的女儿Lily长大了，五官精致好看。Lily活泼明媚，见到姜予眠后还用中文喊她"姐姐"，却喊陆宴臣"叔叔"。Jessie一时不知道该怎么纠正她。

陆宴臣倒是不介意："各喊各的，挺好。"

人与人相处，快乐最重要，无须有太多束缚。

但也因此闹出一个小小的乌龙事件。

姜予眠跟 Lily 在院子里玩耍，被邻居家的儿子看见。他坦率又热情，直接从家里摘了一朵鲜花过来跟姜予眠示爱。姜予眠被吓得连连退后，赶忙用英文解释自己已婚的事。

小伙子十分遗憾，把花当道歉礼送给她。

小伙子跟 Jessie 一家认识，姜予眠便收下了花，打算在人走后转送给 Lily。结果这一幕被陆宴臣撞见了。

陆宴臣来到她身边，从容地揽住她的腰，用非常标准的英文跟小伙子道谢："谢谢你送给我妻子的花。"

他脸上在笑，姜予眠却感觉到他放在自己腰间的那只手加大了力道。

小伙子离开后，陆宴臣一脸温和地让 Lily 改口，叫姜予眠"阿姨"。

姜予眠抗议："把我都喊老了。"

陆宴臣面不改色地道："你在我这里永远年轻。"

好吧，姜予眠承认自己被哄好了。

春节过后，姜予眠忙于学业，陆宴臣带领天誉发展，他们像从前那样，在不同的地方忙碌、进步，最终于高处重逢。

姜予眠学成归来的那个夏天，元清梨生下一个女儿，起名秦昭昭。姜予眠带着礼物去串门，白白净净的孩子可爱极了。

回国后，姜予眠还去陆家看望了陆老爷子。

一年不见，他比曾经更加苍老，也更加脆弱。

陆老爷子现在很少外出，经常一个人待在院子里晒太阳，拄着拐杖散步。从前喜欢叫他下棋、喝茶的老友约他，他也不怎么应。

陆老爷子说："出去一趟怪累的，不如躺着舒服。"

姜予眠守在老人身边，劝道："爷爷，偶尔也可以出去活动一下。"

陆老爷子问起姜予眠在国外的学习生活，姜予眠一一作答。直到最后，陆老爷子问："什么时候举行婚礼？"

她答道："秋天。"

春天已经来不及了，而夏天太热，秋天正好合适。

盛大的婚礼在秋季举行。婚礼在景城最豪华的场所举办，宾客众多。

除了陆家的亲戚和生意上的合作伙伴，宁城的宋家、国外的 Jessie 一家，还有黎文峰一家等，前来观礼。

姜予眠的父母不在了，干爹、干妈也不想占她亲生父母的位置，但举行仪式时，她并不是一个人走的红毯。

婚礼现场的圆台经过巧妙布置，呈现出星河璀璨的效果，穿着洁白婚纱的新娘坐在一轮弯月上缓缓降落，像银河中最闪亮的那颗星。与她眼神相交的瞬间，陆宴臣朝她伸出手，牵引她一步步来到自己身边。

当司仪询问他们是否愿意的时候，宾客听到的不止三个字。萦绕在他们之间无人可以介入的磁场，他们的一颦一笑，每一个眼神、每一个动作，都写满了"我愿意"。

陆老爷子坐在前排。大家都知道他是新郎的亲爷爷，有人为了奉承他，不断在他耳边夸这对新人，说孙子年轻有为、孙媳妇也有本事，二人真是郎才女貌、天生一对等等。

看到台上如此般配的两个人，陆老爷子心里更是悔恨万分。到现在，他都记得陆宴臣牵着姜予眠的手离开陆家的画面。

他愧对孙子，还因为固执和自大试图拆散有情人，现在回想起来真是可笑。如今他坐在这个位子上，像个空壳。

陆习看到爷爷复杂的表情，心里不是滋味，脸上却扬起笑，语气轻快地道："爷爷，你那么喜欢姜予眠，现在她嫁给大哥，真是恭喜你了。孙媳妇跟孙女也差不多。"

坐在另一边的宋夫人差点儿看哭了，真有种看着女儿出嫁的感觉。宋夫人转头看向丈夫，道："她也算得偿所愿了。"

宋先生非常明白妻子内心的想法，深情地握住她的手："这些年，谢谢你了。"

他非常感谢妻子能鼓起勇气与他携手并肩。

黎文峰亦满脸欣慰，在心里对好兄弟道：一转眼，眠眠都嫁为人妻了，你和弟妹泉下有知，也会很高兴吧？

这天沈清白也来了。他坐在人群中，看着漂亮的新娘，猛地回想起十几岁时的那场比赛。穿着白纱裙的女孩儿站在讲台上，脸上洋溢着自信的笑容，跟其他选手截然不同。

她看起来那么纯洁美好，还打败了所有人夺冠。那时吸引他的是她的实力，后来吸引他的是她的个人魅力。

大学那几年，他总觉得可以再等等，等他们再熟悉一点儿，关系再亲近一点儿，姜予眠再信任他一点儿……后来他才知道，在他对姜予眠念念不忘的同时，姜予眠心中也有个念念不忘的人。

幸好，他们之间，至少有一个人得偿所愿。

也幸好，那个人是她。

仪式结束后，姜予眠换了身衣服，准备跟陆宴臣一起接待宾客。

她正要走，伴娘盛菲菲赶紧提醒："你还没换鞋。"

姜予眠低头看着脚上的银色高跟鞋："啊？"

盛菲菲从旁边的盒子里取出一双平底鞋，道："宴臣哥特意提醒过，让你换这个。"

"哦。"姜予眠坐在那里，弯腰换鞋。

盛菲菲羡慕道："宴臣哥对你真好，连这个都想得到。"

这些事情不大不小，宾客们只会注意到新娘的鞋子有多么昂贵、漂亮，只有陆宴臣担心她会受累。

"你知道吗？刚才小曦跟我说，宋俊霖在追她。"

小曦就是言曦，在景大上学。陆宴臣的婚礼请了许多人，言家自然也在其中。言曦跟盛菲菲关系好，将这件事对盛菲菲说了。

"他们两个是什么时候认识的？"

"就是前两个月吧。言曦的哥哥过生日，宋俊霖在那里见到言曦，对她一见钟情。其实言曦根本没察觉，但你哥太直白了，上去就跟她说要追她。"

"哈哈，俊霖哥就是这样的。"

喜欢一个人，大大方方说出来又何妨？

二人边说边走，离开了房间。

姜予眠想陪陆宴臣招待宾客，但陆宴臣不舍得她操劳，找了个合适的时机送她回房休息。

当晚，陆宴臣不准其他人进来闹，姜予眠待在房间里，很自在。

秦舟越等人拉着陆宴臣喝酒，祁医生跟他们这群小辈坐在一桌。祁医生想起，陆宴臣跟姜予眠都曾是他的病人，而这两个人都凭借过人的毅力，勇敢地战胜了心魔，真是厉害。他还记得，姜予眠刚上大学时因为心情低落，害怕病症复发所以时常找他疏导情绪。

在她的倾诉里，他感受到了一个女孩儿的执念与心酸。

陆宴臣私下打电话找他询问姜予眠的情况，他没有透露。陆宴臣说可以自己回国查，祁医生直接道："陆宴臣，你对她有掌控欲。"

陆宴臣的掌控欲不会强势地表现出来，而是会不经意地把人圈入自己的领地里，让对方再也难以逃脱。

姜予眠是幸运的。她喜欢陆宴臣，会主动奔赴，所以根本察觉不出异样。她只会觉得，陆宴臣所有的表现是在乎她，是爱她。

陆宴臣也是幸运的。他喜欢的女孩儿偏爱他，更不会因为旁人而冷落他、丢下他。

陆宴臣回到新房里，身上满是酒味。他没有靠近姜予眠，先去洗澡。

这让姜予眠想起很多年前的一件事。那时她在陆家的书房里，陆宴臣站在阳台外面抽烟，还不让她知道，甚至还换了身衣服才靠近她。后来她说抽烟不好，陆宴臣就把烟戒了。

陆宴臣洗完澡出来，见他的妻子正对着手机笑。

"在看什么？"他问。

姜予眠点开手机照片给他看："梨梨说秦衍喝醉了，想抱昭昭，结果昭昭一脚端到了他的脸上。"

秦衍跟秦舟越想给陆宴臣灌酒，结果陆宴臣没倒下，秦衍喝大了。秦衍想去抱女儿，四个月大的昭昭受不了那股刺鼻的味道，挥着小手小脚"咿咿呀呀"，结果一脚端到秦衍的脸上。

身为女儿奴，秦衍非但不嫌弃，还说："不愧是我的女儿，小脚丫都是香的。"

元清梨跟女儿一起鄙视他。

这只是个小插曲。

陆宴臣出来后，姜予眠放下手机陪他。她能在陆宴臣的保护下偷懒，陆宴臣却是真的累了一天。

她伸手抱了抱陆宴臣，闻到淡淡的酒香，不刺鼻，还有沐浴露的味道，香香的。

"你今天喝了多少？"姜予眠仰头问。

陆宴臣低头看她："不知道。"

姜予眠用下巴在他的身前蹭了蹭："感觉你还挺清醒的。"

陆宴臣每次喝完酒，都会变得勾人，但这会儿看起来还挺正常的。

陆宴臣轻笑一声，忽然问她："喜欢小孩儿？"

"还挺喜欢的。"

她见过赵漫兮的儿子，接触过秦舟越的女儿，还抱过昭昭。那些小孩儿都很喜欢她，她也觉得他们十分可爱。

陆宴臣玩着她的头发，道："养小孩儿不是一件容易的事，得对他们负责。"

前半句话，姜予眠深以为然。

后半句话却让她有些心酸。她的童年过得非常幸福，而陆宴臣得到的只有物质。

她没有提起过去，反而换了个话题："你喜欢儿子还是女儿呢？"

"无论男女，他们都是该被期待的小生命。"他讲道理时，全身似乎散发着金光。

姜予眠调皮地眨眼，暗示道："如果哥哥你养小孩儿，一定会非常负责吧？"

姜予眠居然在这个时候喊他"哥哥"。

陆宴臣勾唇，一把将人推倒在床上："生一个出来就知道了。"

姜予眠跟陆宴臣在某些人生计划上的意见高度一致，比如他们都觉得现在适合备孕。

陆宴臣最近滴酒不沾。这本是好事，偏偏秦舟越看不惯他一本正经地故意透露新婚甜蜜细节的模样，有一次当着陆宴臣的面吐槽道："上回有人劝酒，他完全可以直接拒绝，非要说在备孕。"

陆宴臣不怒反笑："你如果不服，也可以备孕。"

他这话直戳秦舟越的心窝。

经过两三年的努力，再加上女儿的帮助，秦舟越终于摆脱单身男士的行列。然而元西茉非常坚决地告诉他："不结婚。"

当时热爱自由、不愿结婚的是他，现在元西茉一心赚钱，面对男人时丝毫不心软。甚至在秦舟越厚着脸皮上门，苦口婆心地说女儿需要一个完整的家时，元西茉直接道："我女儿吃得好、睡得香，有爹有妈，挺幸福的。她已经有一个完整的家了。"

元西茉可不吃那套。

大概是因为元西茉性情豁达，元果果天性开朗，从没因为自己没爸爸而难过或自卑。不过爸爸出现后，元果果开始拥有花不完的零花钱，过生日的时候还能收到好多份礼物。这一切，让她十分高兴。

这些都是元清梨偷偷告诉姜予眠的。元清梨不爱社交，朋友很少，能分享这些事情的也只有姜予眠了。

姜予眠一问，元清梨便全部交代。

有空的时候，姜予眠会去看望秦家的小公主秦昭昭。

元清梨知道姜予眠有备孕计划，特别贴心地把自己的经验传授给她。最后元清梨想起一点，问："你备孕的话，还参与工作吗？"

姜予眠毫不犹豫地道："当然要工作。"

学成归国的姜予眠进了天誉。

公司高层曾提出异议，但当姜予眠把一项项成就列出来后，众人无话可说。

她走技术路线，不参与公司的管理事宜。

天誉站在行业前端，是大展宏图的最佳选择，她没必要因为别人的议论而改变自己的人生轨迹。夫妻俩的事业蒸蒸日上。

天誉研究的智能医疗机械和服务类智能机器在医疗行业做出了卓越的贡献，拿到国内专利，一时间名声大噪。其中，姜予眠贡献突出。慢慢地，外界开始夸他们夫妻"携手同心，其利断金"了。

姜予眠一忙就是几个月，转眼又要到春节了。她还没彻底闲下来，盛菲菲打来电话，邀请她去看画展："眠眠，下周来我的画廊，有一场画展。"

盛菲菲回国后在家人的帮助下开了一家画廊。一开始，大家没指望她做出什么名堂。后来她不知去哪里请来一位大神坐镇，竟将画廊办得有模有样的，唯一的缺点就是……

"太累了，累死了。

"我以为花钱让人装修，再找个团队运营就行了，哪知操作起来这么劳心费神……"

类似的话，盛菲菲在姜予眠的耳边说了很多次。盛菲菲运气好，请来坐镇的大神是非常知名的年轻画家，仅花了半年的时间，画廊便逐渐走上正轨。

姜予眠脑子里全是代码、数据，不太了解他们圈子里的事，最后答应盛菲菲一定会准时去捧场。

盛菲菲顺着杆子往上爬："嘿嘿，如果方便的话，你把陆总拉过来吧，镇镇场子。"

姜予眠觉得好笑："陆总？"

盛菲菲扬声道："气势，气势你懂吧？一喊陆总，顿时觉得厉害了。"

姜予眠说会帮盛菲菲问问。

洗完澡，陆宴臣推开房门。姜予眠看到他，问："菲菲的画廊要办画展，在下周六，你有时间吗？"

陆宴臣毫不犹豫地回："问姚助理。"

姜予眠抱着被子靠在床边："现在约你，还要问姚助理？"

陆宴臣步步靠近她："参加盛菲菲的画展不具备必要性，我自然要优先考虑原定的行程。"

眼前的光被那道高大的身影遮挡，姜予眠问："那什么才有必要性？"

陆宴臣勾起嘴角："陆太太的邀约，我必然不能拒绝。"

他那眼神好像在问：你要约我吗？

读懂他炙热的眼神，姜予眠拽起被子盖过头顶，蒙着脑袋喊："我睡觉了！"

然而热情的夜晚……刚刚开始。

一周后，姜予眠跟陆宴臣齐齐到场。

盛菲菲不仅喊了他们。秦舟越、秦衍等，全部被她叫过来撑场子。

姜予眠在现场见到了六岁的元果果。

元果果被秦舟越牵着，蹦蹦跳跳地问秦衍："堂叔，昭昭呢？"

秦衍回道："昭昭在家。"

秦昭昭才几个月大，秦衍跟元清梨说要带女儿来熏陶熏陶。

元清梨笑着捶他："昭昭哪里看得懂？万一昭昭在里面哭闹，反倒影响不好。"

几个月的孩子难以控制，这是盛菲菲第一次办画展，他们还是注意一些比较好。

熟人聚在一起，格外热闹。在盛菲菲的带领下，姜予眠见到了以一己之力支撑起整个画廊名声的画家。姜予眠听盛菲菲喊他"阿檀"。

姜予眠暗暗打量那位年轻画家。他头发长，刘海儿快要遮住眼睛了，整个人看起来有些冷漠、阴郁。这样的气质让人忽略了他的模样，盛菲菲却说："这叫艺术家的独特气质，阿檀人很好的。"

"你们是怎么认识的？"姜予眠问。

"在国外捡的。"这是盛菲菲在国外求学时发生的事。

据盛菲菲回忆，她在法国街头"捡"到阿檀，以为他是个小可怜，没想到人家转眼就成了知名画家。

"嘿嘿，有资源，不用白不用。"提起这件事，盛菲菲颇为得意，夸自己慧眼识珠，"我真是太善良，太机智了。"

姜予眠听见那个画家喊盛菲菲"姐姐"，觉得好像哪里不对劲。晚上回家后，姜予眠随口跟陆宴臣提起这事，问："你今天见到那个画家了吗？"

"怎么？"

"他看起来好矛盾。"

陆宴臣收回目光："那是人家的事。"

姜予眠："随便聊聊天啊。"

陆宴臣脱下外套挂到衣架上，道："他喜欢盛菲菲。"

姜予眠惊愕："你怎么知道？"

陆宴臣直接说："眼神。"

姜予眠回想起来，自己根本没认真看对方的眼睛。她笃定盛菲菲也并未察觉这点，陆宴臣却发现了。男人和女人表达感情的方式果然有差异。

姜予眠脱下大衣抱在手里，感觉里面有什么东西凸出来了，伸手摸兜，从中取出一根棒棒糖。

她突然想起什么，道："这好像是果果的棒棒糖。"姜予眠拿着糖果，不知怎么就算了起来，"果果都六岁了，昭昭也出生了……"

她低头看着自己的肚子，怎么还没动静？

女人的心思千变万化，她刚刚还在愉快地讨论八卦消息，转眼心情就乌云密布了："陆宴臣，为什么我们半年没做措施，还是没有动静？"

这个问题，陆宴臣当然回答不了。他揽着妻子的肩膀安慰："顺其自然。"

他倒是不着急，姜予眠却不放心："我想去医院检查一下。"

为了让她安心，陆宴臣特意抽出时间陪她去了医院。

检查结果出来，二人的身体都没什么大问题。

见她担忧，医生问了她一些问题，听完叮嘱她："不要太操劳，放松心情，疲劳过度造成的压力也会影响身体激素的分泌。"

的确，她忙起来时经常熬夜，这种状态不是很适合孕育小孩儿。姜予眠有些为难，对陆宴臣道："忙工作的话，就不适合备孕。"

"做你自己想做的事，工作可以推迟，备孕计划也可以推迟。"陆宴臣望着她的眼睛道，"你是自由的，我尊重你的选择。"

回家的路上，姜予眠一直在思考。她想起那根棒棒糖，想起元果果，想起昭昭，甚至想起了赵漫兮在朋友圈里发的儿子的照片……

姜予眠豁然开朗，道："我喜欢小朋友。"

她是在幸福的家庭里长大的孩子。那时候爸爸因为工作经常不在家，她就成了妈妈的精神支柱。在她小时候，爷爷、奶奶常叮嘱她："要听妈妈的话，妈妈带你很辛苦的，眠眠要做个懂事的好孩子。"于是她跑去问妈妈："妈妈，你一个人带我累不累？"妈妈总会弯下腰抱她，说："怎么会？把你带来这个世界，是妈妈这辈子做过的最幸福的事。"

专业知识在脑海中，永远属于她。可孩子是未知的，她需要为此做出努力，才可能迎接孩子的到来。

姜予眠也并非放弃工作，只是暂时转去工作量适中的岗位。空闲的时间，她会锻炼身体保持健康，继续学习计算机类的知识，拓展思维。业界的人也会邀请她参加一些学术交流会。

春季，开学后，景大邀请她回母校举办讲座。姜予眠带着荣誉归校，迎来学弟、学妹们赞赏和羡慕的目光。

不用每天在研究室埋头工作，她整个人的状态的确好了许多。

五月，立夏那天，姜予眠发现自己有了呕吐反应，赶紧买来验孕棒测试，两道杠。为了得到更准确的结果，她下午请假去了医院。检查结果出来，她的肚子里已经有了两个月大的宝宝。她拿到检查报告单的那刻，手指都在抖。

她迫不及待地拿起手机，要把这个好消息告诉陆宴臣，打字时突然想起，陆宴臣跟她说过下午有个重要的会议，或许不能接她下班。她现在告诉他这个消息，会打扰他工作吧？

姜予眠按捺住激动的心情，将报告单装进包里，回家后，故意放在陆宴臣书房的桌上。陆宴臣每天都要去书房，到时就会发现这个惊喜。

傍晚，姜予眠收到信息。

L："今晚有饭局，晚点儿回来，你自己在家里好好吃饭。"

眯眯："好吧。"

因为怀孕了，姜予眠尽量远离电脑和手机。她上班时免不了接触这些，回家后就尽量不看。可这样太无聊了，她坐在被窝里等着等着，就躺在床上睡着了。

十点多，陆宴臣回到家中，先查看卧室的空调温度。

姜予眠侧躺在床上，空调被遮住了小腹以下的地方，露在外面的手臂是冰凉的。陆宴臣小心翼翼地将她的胳膊塞进被窝里。

不久后，浴室里响起水声，陆宴臣洗了澡才上床抱着她睡觉。

感受到熟悉的气息，姜予眠下意识地往他的怀里钻，手脚也不老实。

陆宴臣神色微变。

姜予眠在睡梦中感觉有人在咬自己，迷迷糊糊地睁眼，意识到陆宴臣在自己身边。

一切都很自然，直到陆宴臣的手伸进她的衣服里。

"不，不可以。"姜予眠骤然清醒。

"嗯？"陆宴臣动作不停。

姜予眠连忙按住他的胳膊，道："我……我……喀喀……"

她说话太急，被口水呛到了。陆宴臣连忙扶她坐起来，轻轻拍她的背。姜予眠终于顺过那口气。

"急什么，是身体不舒服吗？"

他们俩在这方面一向很和谐，姜予眠虽然常害羞，却也没有真正地抗拒过这件事。

姜予眠低着头。

不明情况的陆宴臣有些担心："眠眠？"

姜予眠没忍住，歪头看着他笑。

陆宴臣皱起眉头。

"你是不是没去书房？"姜予眠问。

"回家太晚了，没去。"陆宴臣反问，"怎么了？"

姜予眠拉住他的手靠近小腹："我怀孕了。"

那一刻，陆宴臣没说一句话，姜予眠却清楚记得他眼里的震惊、喜悦，以及期待。

很快，这个好消息传遍朋友圈。

得知老板娘怀孕的那天，姚助理摸着稀疏的头发，顿时有种预感，接下来的几个月，自己头发不保；盛菲菲第一时间发来祝贺，说处理完画廊的事就来找她玩；体贴的元清梨列出孕期的注意事项发给她，令她十分感谢；陆老爷子甚至想亲自来看她，只是青山别墅……他不方便踏入。

姜予眠猜到了老人家的心思，主动回了趟陆家，还见到了陆习。

陆习长大了，成熟了许多。他跟着专业人士学习投资，小有成就，未来的目标是自己当老板，还是体育方向的。

不过他没有好高骛远，说："目前这只是个计划，就当给自己定个奋斗目标。"

姜予眠仍然持鼓励态度："加油。"

在陆家，她还见到一个十六七岁的女孩儿，正是陆习资助的山村女孩儿杨慧。现在，女孩儿名叫杨雪枝。

为方便以后发展，杨慧在来到城里后不久改名为杨雪枝，取自"雪后燕瑶池，人间第一枝"，意为大雪过后，人间报春的第一枝花。

看到杨雪枝陪伴陆爷爷的画面，姜予眠觉得似曾相识——当初她好像也是这个样子的。甚至杨雪枝看向陆习的眼神，她都无比熟悉。

路过楼梯时，她意外地听见二人的对话。

"陆习哥，上个月的成绩单，我发给你了。"

"哦，发不发都行，反正你是学霸。"

"我……我会发的。"

陆习对感情仍然迟钝，大大咧咧的，只觉得靠自己改变一个人的命运很了不得，全然没发现杨雪枝的小心翼翼。

姜予眠想起了阿檀。她当时没看懂阿檀，此时却看清了杨雪枝。

姜予眠什么也没说，只是在回家后拿出了许久没翻开的日记本。那里面藏着她年少时最深的秘密，她不想让任何人知道。

姜予眠怀孕之后，夫妻俩正式进入养胎生活。没错，是夫妻俩。整个孕期，不仅姜予眠为这个孩子推迟了工作计划，连陆宴臣都当起了甩手掌柜。

他本就细心，现在更是无微不至，从不缺席她的产检。他能帮姜予眠做的，绝不让姜予眠自己动手。在二人的精心呵护下，姜予眠肚子里的宝宝健康成长。

姜予眠报了一个孕妈妈的课程，其中有新手奶爸的教学课。在商场上叱咤风云的陆总在抱住假婴儿的时候如临大敌，面色紧绷。

授课的老师看了直摇头："这位爸爸，你放松点儿，抱太紧会勒着孩子的。"

一旁的姜予眠忍不住笑了。

那天课程结束后，她突然想到一个问题："你是不是从来没抱过小孩儿？"

陆宴臣："嗯。"

姜予眠戳戳他的胳膊："你也不怎么亲近果果和昭昭。"

陆宴臣："嗯。"

"你会很喜欢他吗？"姜予眠指向肚子里的小生命。

"我会好好照顾他的。"陆宴臣没有正面回答。

姜予眠纠正："不只是照顾，小朋友成长时需要很多爱。"

他说："好。"

接连三个问题他都回答得这么敷衍，姜予眠噘嘴："'好'是什么意思？"

陆宴臣沉默半晌，向她以及肚子里的孩子承诺："我会给他很多爱。"

除了专属于妻子的那份爱，他会给这个孩子全部的爱。

次年一月，姜予眠足月生下一名男孩儿，起名陆云谦。

孩子满月的时候，陆老爷子送来一块生肖金牌。姜予眠把东西交给陆宴臣，陆宴臣拿在手里久久无言。

百天宴那天，金牌被挂在了陆云谦的脖子上。宝宝还小，他们没请太多人，只来了几个常联系的亲朋好友。

元果果守着陆云谦喊"弟弟"，几次想抱他，却被妈妈阻拦。最后姜予眠让元果果坐到沙发上，再把陆云谦轻轻放到她的怀里。元果果如愿以偿地抱了孩子一小会儿，后面有一堆叔叔、阿姨争着抢着要抱。

轮到盛菲菲的时候，她大笑道："他脾气也太好了。这么多人抱他，他都不闹。"

话音刚落，陆云谦张开嘴巴大哭起来，吓得盛菲菲赶紧把他塞回姜予眠的手里，说："我可没惹他啊。"

见她紧张慌乱的神情，众人都笑了。

"菲菲，怎么我们抱不哭，你抱他就哭了？"

"肯定是你们把小家伙折腾累了。到我这儿，他实在坚持不住了才哭的。"盛菲菲绝对不会承认自己不招小孩儿喜欢。

"宝宝可能是饿了。"姜予眠抱着孩子轻拍两下，回屋里喂奶。

吃饱喝足的奶娃娃在妈妈的怀里睡着了。他喜欢温暖的怀抱，一沾床就容易醒，姜予眠只好抱着他。

陆宴臣推开门，轻手轻脚地来到她身边："给我吧。"

陆云谦在爸爸怀里换了个姿势继续睡。

上奶爸教学课的时候，陆宴臣练习了很久才学会各种抱娃的姿势。孩子出生后，陆宴臣很喜欢抱孩子。姜予眠怀疑儿子不愿睡床的习惯就是他爸给抱出来的。

姜予眠抬手揉揉酸痛的胳膊，余光瞥见陆宴臣的手。

有一次，她玩笑似的让陆宴臣少抱孩子，免得孩子不愿睡床。陆宴臣却满不在意地道："趁现在还抱得动。"

陆宴臣从未亲口告诉她关于手臂的事，她也假装不知道。或许，他们只是心照不宣。

见陆宴臣熟练地抱着儿子，姜予眠起身，看到刚才喂奶时摘下的小金牌，又想起早晨陆习带来的两份礼物，说："爷爷送来了一份礼物。"

陆宴臣："嗯。"

姜予眠还没来得及拆开看，但陆老爷子送给曾孙子的肯定不会差。

这几年，陆老爷子的身体情况越来越不好了，也没再跟陆宴臣碰过面，姜予眠仿佛成了维系二人关系的纽带。她没特意劝陆宴臣放下过往，只做自己该做的事，道："过几天，我带云谦回陆家看看吧？"

陆宴臣垂下眸："随你。"

姜予眠了然。陆宴臣自己不去，却从未阻止过她的行动。

百天宴结束后的一个晴天，姜予眠带着孩子去了趟陆家。

陆老爷子已经不太能走动了，出行都靠轮椅。

姜予眠把孩子放在陆老爷子的怀中，陆老爷子眼角湿润。他颤巍巍地伸出手，想要摸摸孩子的脸，却在看到自己布满皱纹、肤色暗沉的手指后，收回了手。

天真无邪的婴儿咧起嘴角对陆老爷子笑，老人嘴角翕动。姜予眠弯腰靠近陆老爷子，听见他口中喊的名字是……

"宴臣。"

陆老爷子想起很多年前，自己的第一个孙子出生，全家将陆宴臣视若珍宝。儿子、儿媳雄心壮志，说要为儿子创造一个商业帝国。

他们一切行为的出发点是孩子，最后愧对的也是孩子。

陆宴臣幼年时，他曾亲自带着陆宴臣学习、玩耍。那个聪明伶俐的孩子说以后长大了，一定孝敬爷爷，让爷爷过得好。

陆宴臣做到了，他却早早地食言了。

他们是怎么走到如今这一步的呢？是因为他的顽固、无知。

孩子在怀里扭动，重新吸引了陆老爷子的注意力。小云谦撇撇嘴，一副要哭了的样子。陆老爷子把孩子还给姜予眠，小云谦回到妈妈的怀抱，瞬间乐了。

陆老爷子问："宴臣会照顾孩子吗？"

"他看孩子比我还上心。"

小云谦刚出生那会儿，陆宴臣请了两三个专业的育婴师待命。即使如此，他能做的也会亲力亲为，照顾她和孩子。

他们就养孩子的事聊了许久，最后陆老爷子发出一声叹息，道："辛苦你了。"

姜予眠搂着儿子笑："甘之如饴。"

她运气不错，生孩子的过程很顺利。后来她被推出产房，陆宴臣第一时间来到她身边，跟她道歉，又和她道谢。

他说："对不起，让你这么疼。"

他说："谢谢你，把小云谦平安地带来这个世界。"

那个人渴望温暖，却从来不说。

但他承诺给孩子爱，都做到了。

在所有人的精心呵护下，小云谦健康平安地长大了。

今天是小云谦一周岁的生日。小云谦穿着喜气洋洋的红衣服坐在地毯上，准备抓周。

他面前摆着毛笔、书本、小金算盘、乐器等物件，周围一群人围着他，盼着他从中选取。奈何小云谦稳坐钓鱼台，坐在中央左顾右盼，就是不选。如果有人喊他的名字，他就仰头朝对方笑。

盛菲菲逐渐迷失在宝宝的笑容里，说："宝宝，快选一个你喜欢的。"

听见盛菲菲的声音，小云谦扭头背对她。

她立刻哀怨地道："什么嘛？他每次都这样。"

说来奇怪，盛菲菲一抱他，他就哭；一跟他说话，他就扭头，也不知道缘由。盛菲菲曾多次用吃的玩的接近小云谦，他都不买账。

但要说小云谦不喜欢盛菲菲吧，也不是。他很聪明，等盛菲菲真的垂头丧气、满脸失落了，又会迈出小手小脚爬到她面前，朝她笑，跟逗她玩似的。

"我觉得是你的表情太夸张了，像要拐卖小孩儿。"

"大概是小云谦看透了你老阿姨的本质。"

"菲菲，你不行啊，要不自己生个吧？"

他们一人调侃一句，气得盛菲菲连连拍桌："生就生！不就是孩子？改天生他十个八个。"

盛菲菲放出豪言壮语，其他人却"哈哈"大笑起来。她自己都还像个孩子，怎么养孩子？

秦舟越："怎么，菲菲有对象了？"

秦衍："舟越哥，你可真是落伍，人家菲菲早八百年前就谈上了。"

秦舟越问："谁啊？谁能入咱们盛大小姐的眼？"

秦衍："你以为盛大小姐的那个画廊是怎么开起来的？"

盛菲菲才不管他们怎么调侃，拍拍手，十分得意："我已经想好了，上啃老，下啃小，我在中间躺平。"

秦舟越为她鼓掌："真是打得一手如意算盘。"

话音刚落，他们听见玉珠碰撞的清脆声响，循声看去，只见小云谦抓住小金算盘，举在手里晃。

"看来小云谦以后要赚大钱啊！"

小云谦似乎是听懂了这句话，举起双手给自己鼓掌，金算盘在他的手里"啪啪"响。

周岁宴这天十分热闹，有一群人争着抢着陪小云谦玩，姜予眠乐得清闲，捧着温水杯去阳台透气。

姜予眠过去后发现外面还站着一个人。

"雪枝。"姜予眠轻声唤出她的名字。

短发女孩儿回头，亲切地喊了声："姜姐姐！"

杨雪枝是跟陆习一起来的。

她发现自己的性格无法融入那个圈子。

杨雪枝羡慕姜予眠知性成熟、事业有成、家庭美满；羡慕盛菲菲活泼开朗、豁达大度，无论旁人打趣什么，都能笑着回应。她就不行——即使是玩笑话，她听了也会仔细斟酌这话里是否有弦外之音。

她们都不是特别健谈的人，见杨雪枝拘谨，姜予眠主动问："你喜欢陆习，是吗？"

杨雪枝既惊愕又无措："姜姐姐……"

姜予眠往屋内扫了一眼，安抚道："放心，我不会告诉他的。"

这几年，连天生爱玩的李航川跟赵斌都陆续结婚了，陆习却开始把心思放在赚钱、搞事业上。姜予眠前不久听谈姊说，有人撮合陆习跟哪位千金小姐，陆习连面子功夫都懒得做，直接拒绝。如果陆老爷子念叨，他就拿大哥打比方："大哥三十岁才结婚，我急什么。"每当他提到陆宴臣，陆老爷子便会消停。

姜予眠终于懂得宋夫人当初见到她时，与她惺惺相惜的心态——她现在看着杨雪枝也一样。

杨雪枝听过姜予眠的故事，二人站在一起，即使不说话，也能读懂对方。

她们在外面聊了十几分钟，里面有人敲窗，话题点到为止。杨雪枝认真地对她说："姜姐姐，我想像你一样。"

姜予眠颔首，微笑道："那我祝你心想事成。"

宋夫人和她都走向完美的结局，或许这份好运能够延续下去……

然而，在陆习成功开办健身馆的那年夏天，杨雪枝的梦彻底碎了。

一个含着金汤匙出生，从小被宠到大的少爷，即使在经历挫折后开始改变自己对生活的看法，一些习惯和表达方式还是不会变的。

他确实已经是个有能力、有责任心的男人了，但依然无法真切地理解杨雪枝敏感的心。能挤入他的生活圈的，一定是善于表达的人，例如当初的盛菲菲，以及陆习现在的女朋友。

陆习的女朋友是个喜欢穿 Lolita（洛丽塔风格的服饰）的甜美少女，刚大学毕业。

那个女孩儿从小学习防身之术，武力值不低，有一次在朋友的推荐下去了陆习的健身馆，恰好遇到正在亲自教学员的陆习。

从那之后，那个女孩儿天天往健身馆跑，制造与陆习相遇的机会。她大胆又直白，最终陆习没招架住，栽了。

消息公开时，盛菲菲嗑着瓜子跟姜予眠吐槽："我就知道陆习喜欢这种类型的。他真的很粗心，就拿当初我追他的事来说吧，你见过谁放任一个对自己有觊觎之心的女生在身边当朋友了？"

姜予眠："网上都管这叫备胎。"

盛菲菲："那我是吗？"

姜予眠想了想："还真不是。"

陆习从未利用盛菲菲做任何事，也不会给她任何希望，他们当初的状态，跟小孩儿过家家差不多。

"就不说我了，说你。他从高三到大学，这么多年才发现自己喜欢你，这反射弧也太长了！"盛菲菲继续道，"说白了，喜欢陆习这种人，你就得大声告诉他。等他主动发现，你孩子都会打酱油了。"

事实的确如此。

陆习对杨雪枝从来就没那份心。如果无人打破他的认知，他很难自己发现对方的心思。

姜予眠想起曾经的自己，如果自己生日那天没有跟蒋博知发生乌龙般的对话，让陆宴臣误以为自己喜欢陆习，从而让自己在酒精的作用下向陆宴臣告白，打破固有的关系，那么他们现在会在一起吗？

夜晚，姜予眠从陆宴臣口中得到肯定的答复："会。"

当情感逾越理智，他身上的掌控欲就会显露。姜予眠的告白只是恰好撞上了那个节点，把他还未发觉的情感推出去，再牵扯出来。

"你忘了？你当初很勇敢。"陆宴臣永远记得那天，自己在纷飞的雪花里看见了那鲜红的色彩。

姜予眠出国来到他身边，让他整夜难眠，最终认清自己也是个俗人。

姜予眠点点头："我觉得你算计了我。"

陆宴臣："嗯？"

姜予眠戳着他的胳膊指控："明知道我对你放不下，你还每年去给我添生日线，这不是存心搅乱我平静如水的心吗？"

陆宴臣挑眉："平静如水？你确定？"

好吧，她没有。

她不说话，直接往后退，在即将逃离之际，又被"猎人"捉了回去："需要亲自检验一下，'小蝴蝶'是不是平静如水。"

"蝴蝶"无法抵抗，只能道："你很烦。"

夫妻俩打趣之时，两颗圆滚滚的脑袋从门口冒出来。

一岁半的小云谦带着 Lucky Star 出现在卧室门口，吓得姜予眠赶紧把陆宴臣推开。

小男孩儿抱着奶瓶来到他们面前，一口小奶音："爸爸、妈妈，不睡。"

他吐字慢，说得却很清晰。

姜予眠在孩子周岁后恢复了工作，夫妻俩上班时，家里有专门的保姆带他。

小云谦有自己的房间，这个时间本该睡觉，估计是趁保姆不注意跑了出来。

他自己在家里行走也是不用怕的——Lucky Star 会跟着他。别人家的孩子遛宠物，他们家的孩子睡不着就喜欢遛 Lucky Star，两个矮个子的家伙在家里到处跑。

升级后的 Lucky Star 有了更高级、智能的功能。他们依然保留了 Lucky Star 最初的外形，圆润可爱，是小云谦的忠实伙伴。

不一会儿，保姆找上门，询问夫妻俩，确定小孩儿可以在这边后，才放心地离开。

小云谦自己走到床边，姜予眠柔声问："宝宝，今天还不想睡觉吗？"

小云谦摇头："不，不睡。"

姜予眠拿走他的奶瓶检查，发现奶已经凉了："冷掉的奶不能喝。"

小云谦点头，把奶瓶接过来放进 Lucky Star 的储存仓里。他回头一看，爸爸正靠在床头，一脸沉静地盯着自己。小云谦绕过去，抬头，就听见爸爸问："不睡觉，到这儿来做什么？"

"故事，爸爸，听故事。"小云谦向爸爸伸手。

陆宴臣伸手抱起儿子，放到他们中间，让 Lucky Star 打开童话电子书。

Lucky Star 具备讲故事的功能，甚至不是毫无感情的机械音。小云谦却是个挑剔的人，故事，要爸爸、妈妈讲的才动听。昨天妈妈讲了故事，今天轮到爸爸讲。

小云谦越听越入迷，倒是姜予眠在男人低沉温柔的声音中闭上眼睛，进入梦乡。

为了不打扰她，陆宴臣把儿子从中间挪到自己这侧。渐渐地，小云谦困了，半边身子趴在爸爸的身上，沉沉睡去。

陆宴臣关了 Lucky Star 的阅读屏幕，看着身旁熟睡的妻儿，心里流动着说不出的温馨与动容。

拥有他们，大概是他这辈子最幸运的事。

得到过长辈疼爱的姜予眠知道陪伴孩子的重要性，而陆宴臣像是要把自己缺的东西补偿在小云谦身上一样，不再像从前那样卖力工作，每周至少带妻子、孩子出去玩一次。

偶尔，夫妻俩也会撇下儿子去过二人世界。

这个夏天，他们去了趟海边，回家时遭到儿子控诉："你们约会，不带我。"

两岁半的陆云谦说话变得利索了许多。他头脑聪明，平时说话很有逻辑，像个小大人。

陆云谦穿着宽松的橙白色拼接短袖坐在沙发上，学大人环抱双臂，表情甭提有多认真了。奈何他腿不够长，坐在沙发上，小脚悬空翘起来，就算装得再严肃，也会让人"扑哧"一声笑出来。

姜予眠忍俊不禁："宝宝，你知道约会是什么意思吗？"

小云谦一本正经地说："知道，就是爸爸、妈妈一起玩，不带宝宝。"

他实在可爱，姜予眠忍不住上前对着儿子那头蓬松的黑发一阵揉。

"不要……学……爸爸。"他是指揉头发的动作。

"为……什么……呢？"姜予眠故意学他。

小云谦气呼呼地说："不要……学……宝宝。"

他越是这样，姜予眠越是要逗他："就要……学你。"

陆宴臣放好东西，远远就听见母子俩的声音。他走到姜予眠身旁，偏头问："你几岁？"

姜予眠顿时挺直腰板："干吗，怕我欺负你儿子啊？"

陆宴臣好心提醒："我怕你被他欺负。"

别看这小家伙长得萌，实际上是个机灵鬼。

姜予眠见好就收，从包里拿出一个特意从海边带回来的小贝壳，送给儿子当收藏品。

陆云谦从小就爱收集物品，种类繁多，大的比他人高，小的比他的拇指小，都是过年过节那些长辈送的。他才两岁就有了属于自己的"库房"。

收到礼物后，小云谦搂着妈妈亲了一口，决定原谅爸爸、妈妈撇下他自己出去玩的行为。

后来爸爸去书房里工作，他就跟妈妈在家里玩起了捉迷藏的游戏。

姜予眠面对墙壁数数，故意放大声音提醒儿子躲好："三……二……一，我来找你了。"

她从走廊一头走到另一头，试探性地喊："云谦？"

"妈妈！"小云谦从角落里跑出来，抱住妈妈的大腿，"恭喜你找到我了。"

"儿子，捉迷藏不是这么玩的。"

她一喊，小云谦就自己跑出来——她根本不需要寻找。

经过姜予眠的教导，小云谦终于说："我学会啦。"

姜予眠比了个"OK"的手势："那你这次要躲好。"

他们约定好楼层，小云谦在数数声中躲进了姜予眠曾经住过的卧室里。他想躲到桌边，小手拉了一下抽屉的把手，抽屉一下开了。

里面有个金色的本子，他曾经见过妈妈拿在手里。

小云谦好奇地翻看。上面那些黑色的字，他有好多不认识，但是对其中三个复杂的字，还是一眼就认出来了。

以前他跑去爸爸的书房，爸爸就会把他抱到腿上，教他念爸爸、妈妈的名字。

小云谦顿时忘记在玩游戏，献宝似的捧着日记本冲进书房里，兴高采烈地朝坐在书桌前的男人喊道："爸爸！爸爸，这里有你的名字！"

小云谦高高举起日记本，陆宴臣不可避免地看清了上面的内容。

20××年7月2日

我想，我是喜欢上了那个背我看星星的哥哥了，他叫——

陆宴臣。

"陆云谦，不是说好不能躲进书房的吗？"姜予眠追着那道小身影来到书房门口，不满地推开门，只见父子俩同时抬头，直勾勾地盯着她。

儿子那懵懂的眼神就算了，陆宴臣一副发现新大陆的表情是怎么回事？

"怎么？"她来抓捣乱的儿子，错了吗？

"去，还给妈妈。"陆宴臣说了这么一句，把手里的东西递给陆云谦。待儿子抱着金色的日记本朝姜予眠走来，姜予眠恨不得当即找地洞钻进去！

"为……为什么……在你这里？"这下姜予眠成了真结巴，视线飘忽不定，不好意思看陆宴臣的表情。

然而就算刻意避开，她进门时看见的那幕也已经在她的脑海里扎根，他别具深意的笑容怎么也挥之不去。

"是宝宝发现的！"不等陆宴臣回应，小云谦已经高高举起小手，十分得意地道，"妈妈，我认得，这是爸爸的名字！"

他可聪明了，学一两遍就能记住。

"别说了。"姜予眠抱起儿子，直接逃离书房。

她这辈子最尴尬的体验也不过如此。

家里没人会乱动她的东西，即使陆宴臣看到也不会乱翻，哪知道发现它的，是这个不识字却认得爸爸名字的小家伙。

对小云谦来说，他发现了一个稀奇的东西，当然要分享给爸爸、妈妈看。

回到卧室后，姜予眠把儿子放下来，从他手里取回日记本，塞进柜子里锁上。

小云谦不明所以地望着妈妈。姜予眠蹲下来，发泄似的揉他帅气的小脸："你可真是妈妈的好儿子。"

"嗯！"小云谦没听出妈妈的弦外之音，咧嘴笑着点头，"宝宝很棒。"

姜予眠内心抓狂，默念无数遍"亲生的"，才压制住把儿子抓起来打屁屁的想法。

房门被人敲响，只见陆宴臣倚在门边，身后跟着 Lucky Star："陆云谦，午睡时间到了。"

"哦。"小云谦是个生活有规律的乖宝宝，经过爸爸提醒，跟 Lucky Star 一起回卧室睡午觉。

姜予眠深吸一口气，转身面向陆宴臣时，保持着得体的微笑："几天没陪儿子，怪想他的，我带他去睡个午觉。"

然后她被拦在了门口——陆宴臣就是来堵她的。

姜予眠认栽，问："好吧，你看了多少？"

陆宴臣回答："一页。"

她瞬间仰头，问："真的？"

"嗯。"看到那一页的内容，陆宴臣几乎猜到了这个日记本的意义。姜予眠藏了它这么多年，未经允许，他当然不会再翻。

见他神色镇定，姜予眠基本信了他的话。如果只是一页，说不定她的秘密没有暴露。

姜予眠试探性地问："哪一页？"

陆宴臣不假思索地道："高一暑假，生日那一页。"

姜予眠：臭儿子！

陆宴臣倚在门边，笑着问："可以给我看吗？"

姜予眠果断拒绝："不可以！"

他点头说"好"。

那天晚上，小云谦独自躺在卧室里听 Lucky Star 讲故事，因为爸爸告诉他，今晚很忙，不要打扰爸爸跟妈妈。

主卧的门从里面被人锁上，喘息声与对话声交织。

"给我看看日记本。"

"你不要得寸进尺。"

"一寸怎么放得下？"

第二天，小云谦爬到爸爸的怀里看书，意外地发现爸爸的脖子上有一条红痕。他惊讶地喊："爸爸，你受伤了！"

陆宴臣轻轻"嗯"了一声，说："没事。"

小云谦心疼极了，搂着爸爸朝红痕处吹了吹："爸爸，你要好好保护自己。"

这是爸爸、妈妈常对他说的话，他学得很快。

气息洒在陆宴臣的脖颈间，本打算敷衍儿子的他一阵心颤，道："你还真是……跟你妈妈一模一样。"

他的儿子，也很爱他。

春去秋来，在爸爸、妈妈的保护下，小云谦快乐地长到五岁，成为幼儿园大班的学生。

早晨，姜予眠给儿子穿上暖和的羽绒服，叮嘱几句，送他上车。

小云谦牵着妈妈的手："妈妈，你和爸爸已经一周没接我放学了。"

姜予眠跟儿子沟通："这两天爸爸、妈妈忙，先让李叔叔接你，好吗？"

司机老赵前两年已经辞了这份工作，介绍外甥接手。

懂事的小云谦点点头："好吧。"

爸爸、妈妈工作太忙，大部分时间是司机李叔叔来接他放学。只是按照惯例，爸妈每周至少要接他一两次，这回隔得太久了，他才会提出异议。但他没有生气，只是怕爸爸、妈妈忘了，才特意提醒。

下午放学回来后，小云谦还是高高兴兴地跟爸妈分享在学校里发生的趣事。

"妈妈，今天老师布置了一个作业，好有趣！"

"什么作业？"

"科技展！"

家长群里发了通知，说幼儿园要办一个科技展，请家长们协助孩子完成展品。

有人匆匆应付，有人选择弃权，姜予眠跟陆宴臣当然不忍心让儿子失望，陪他一起制作了一个炫酷的小机器人。

小云谦将机器人带去学校，大家还以为他是在外面买来充数的。幼儿园评奖的时候，许多家长提出异议，结果一听他爸妈的名字，顿时闭嘴了。

天誉集团夫妻俩的大名，很多家长知道。

最后，小云谦如愿以偿地捧着特制的小奖杯回家，送给了爸爸、妈妈。

姜予眠鼓励儿子："宝贝真棒！有什么想要的奖励吗？"

小云谦歪着脑袋想了想，瞥见爸爸的腕表，灵机一动："我想要儿童电话手表，可以吗，妈妈？"

姜予眠笑了："当然可以。"

即使儿子不说，他们也准备给他买了。

得到承诺的小云谦十分期待，姜予眠跟陆宴臣商量："你明天忙吗？不忙的话，我们下午接他去商场吧。"

"不忙。"陆宴臣说着给姚助理发了一条推迟行程的消息。

收到信息后，姚助理心如止水，已经十分习惯了。

隔天上学，小云谦一整天都非常兴奋。今天爸爸、妈妈会一起来接他，他很开心。连班上的小女生凑到他耳边"叽叽喳喳"，他都没生气。

下午，夫妻俩带孩子去商场挑选儿童电话手表。小云谦选得很认真，姜予眠则守在他身边。

小云谦选好一块红色的手表，姜予眠还在看。

陆宴臣走到她身边，问："给你也买一块？"

姜予眠扭头问："你也想让我喊你'爸爸'？"

陆宴臣压低声音说："不想冒犯岳父大人，喊'叔叔'吧。"

姜予眠悄悄掐他的胳膊。

她还记得很多年前，喝了酒的陆宴臣带她出门，非要送她一块儿童电话手表，还差点儿被李航川跟孙斌误以为他们是父女。

"你知道吗？我复读那会儿，你给我买儿童电话手表，李航川和孙斌以为我是你女儿。"

"不记得了。"

"真的吗？你不是记性很好吗？"

"真的忘了。"

"我不信。"

小云谦拿着儿童电话手表站在二人身后，无语地望向天花板。爸爸、妈妈每次都这样，说好陪他逛街，不一会儿就自己玩起来了。小云谦无奈地摇头，心想：这大概就叫夫妻吧。

不一会儿，夫妻俩终于想起身后的儿子。陆宴臣询问小云谦是否选好了，在小云谦点头后，带儿子去前台结账。

付完款，陆宴臣拆开包装，蹲下给儿子佩戴手表。

见父子俩感情这么深，姜予眠不自觉地露出笑容。

这时，旁边一个声音略尖的女人指着丈夫说："看看人家是怎么当爸爸的？叫你帮女儿选个学习机，你就知道低头看手机！我真是瞎了眼才会嫁给你。"

女人声音太大，引得路人关注。小云谦好奇地探头，被爸爸、妈妈牵着离开。

"云谦，今晚想吃什么？"

"想吃烤鸭。"

"好，那我们就去吃烤鸭。"

难得出来一趟，一家三口在吃饱喝足后去了其他楼层购物。很快，陆宴臣手里拎满了东西。

他力气大，东西全都在左手上拎着。姜予眠要帮忙，他也不给，只说："你牵着云谦。"

商场中心的展台上在举办街舞比赛，小云谦听到音乐后十分好奇，可惜人太小，挤不进去。见旁边的小朋友被爸爸举起来了，小云谦朝陆宴臣伸出手："爸爸，你抱我看看。"

姜予眠跟陆宴臣都没想到会有这么一出。见陆宴臣弯腰，姜予眠忍不住出手阻止。她没出声，陆宴臣却说："没事，单手可以。"

她当然知道陆宴臣单手可以，别说抱儿子，抱她也没问题。只是她会忍不住想起往事，曾经能轻轻松松地把她公主抱起来的男人，因为救她，留下一辈子的伤痕。

"我来拎东西吧。"姜予眠顺势拿走了他手里的购物袋。

陆宴臣单手抱着儿子，让其坐在臂弯处。在小云谦为表演街舞的小朋友热烈地鼓掌时，男人用右手轻轻揽住了姜予眠的腰，道："真的没事，别多想了。"

姜予眠点头，没发出声音。

有了儿童电话手表的小云谦跟大家沟通更方便了，手表经常响个不停。每到周五，小云谦就会接到各种邀约电话，上周是菲菲阿姨，这周是秦昭昭。

"妈妈，昭昭姐姐约我周末去她家玩。"

"好啊，到时候让李叔叔送你去。"

两家关系密切，孩子间也常联系。秦昭昭比陆云谦大两岁，现在已经上二年级了，性格随了秦衍，活泼开朗。

秦昭昭很喜欢这个弟弟，常常把自己喜欢的东西分享给他。这会儿，秦昭昭邀请他到家里欣赏自己新得的照片集，说："给你看。"

照片上的人是个很帅的大哥哥，但他在每张照片中的妆容、造型都不一样。

陆云谦好奇地问："这是谁？"

秦昭昭指着照片笑道："他叫明沉，是个明星。"

陆云谦"哦"了一声，问："电视上的大明星吗？"

秦昭昭点头又摇头。见小云谦不懂，秦昭昭这才解释："我去爷爷家玩，见到明沉哥哥了，他真的好帅。"

简单来说就是，秦昭昭小小年纪便开始追星了。

为了这件事，秦衍吃醋地质问女儿："我跟他，谁更帅？"

秦昭昭躲在妈妈身边，小声回："明沉哥哥帅。"

秦衍气得断了她一周的零花钱。秦昭昭可不怕，反正妈妈会帮她。

不仅如此，秦昭昭还试图给元果果介绍明沉，可惜姐姐跟她喜欢的不是一个风格的。十一二岁的元果果深得元西茉真传，直接道："什么男人？不稀罕。"

秦昭昭没办法了，开始打陆云谦的主意："云谦弟弟，你觉得他帅吗？"

陆云谦是个高情商的小孩儿，知道秦昭昭想听什么答案，所以很干脆地回答："帅。"

秦昭昭顿时乐了："是不是你见过的人中最帅的？"

这会儿陆云谦却不想再附和，摇头说："我觉得我爸爸最帅。"

前来秦衍家做客的祁医生听到这句话后，心想：陆宴臣真是苦尽甘来。

陆云谦在秦家玩到下午，元清梨贴心地问他："晚餐想吃什么？"没等陆云谦回答，一个电话打进来，元清梨接到电话后脸色不太好。

挂断电话后，元清梨看着小云谦叹了口气："云谦，阿姨现在送你去医院。"

大门打开，外面的寒风扑面而来，院子里的枯叶零落成泥，就像枯萎的生命。

陆老爷子已经八十几岁了，形如枯槁，在医院里吊着最后一口气。就在刚才，医院第三次下达病危通知书，陆老爷子怕是熬不过今晚了。

为了赶时间，姜予眠只好拜托元清梨直接送陆云谦到医院。

二人在大门口碰头，元清梨把孩子交给姜予眠。

姜予眠："梨梨，谢了。"

元清梨摇头："快进去吧。"

姜予眠牵着儿子，步伐比平时快了很多："云谦，待会儿见到太爷爷不要害怕。"

陆云谦仰起小脸："妈妈，我不怕。"

二人进了电梯，陆云谦才问："爸爸呢？"

姜予眠叹气："爸爸……还在路上。"

有个厂子出了问题，陆宴臣下午才赶过去，即使立即往回赶也需要两三个小时，不知道还来不来得及。

躺在病床上的老人靠仪器维持着最后一口气，陆习跟妻子守在他旁边，眼睛都是红的。

他们默契地把位子让给姜予眠母子俩。

小云谦对着病床上的人喊道："太爷爷！"

听到稚气未退的声音，弥留之际的陆老爷子睁开眼。他想摸摸孩子，发现自己连一根手指都抬不起来。他几次想要张口，却被戴在面上的氧气罩妨碍了动作，发不出声音。

陆老爷子转动眼珠。

陆习说："大嫂，爷爷是想问大哥。"

姜予眠只能告诉他们："他在回来的路上。"

等待的过程无比煎熬，每一秒钟对病房里的人来说都万分难受。小云谦的感觉没那么强烈，但在这样的氛围下，他也知道有不好的事情要发生了。

陆老爷子实在等不了了。陆习明白爷爷想说话，强忍着悲痛摘了面罩。

在安静的房间里，他们听到老人留在人世间最后的声音："帮我……说……'对不起'。"

陆老爷子闭上眼的那刻，小云谦突然放声大哭起来。

姜予眠眼中含泪，放在儿子肩头的手微微颤抖。

天意弄人，陆宴臣终究没来得及见陆老爷子最后一面。

举行葬礼的那天，陆宴臣身着黑衣，浑身散发着肃杀之气。他作为陆家长孙，抱着陆老爷子的骨灰盒入陵。

这年的冬天，陆宴臣又病了一场。

等到他完全恢复的时候，新年即将来临。陆宴臣带妻儿去宁城看雪。

第一次见到这么多雪的陆云谦兴奋极了，恨不得躺在雪地里打滚，但是伸手一摸，道："好冷，好冷。"

姜予眠站在旁边看，不忘逗他："不知道刚才是谁说要去雪地里打滚。"

小云谦摇头晃脑："我也不知道。"

玩累了，一家三口直接在酒店里躺了一下午。

晚些时候，小云谦又不安分了："妈妈，我想放烟花。"

姜予眠不太想动，随口糊弄："小朋友不能放烟花。"

小云谦大声反驳："骗人，舅舅说给我买了小朋友可以放的烟花！"

姜予眠指着窗外："这是白天。"

小云谦理直气壮地说："没人规定白天不能放烟花。"

糊弄失败，姜予眠翻身坐起来："那好吧，去叫爸爸。"

小云谦在房间里找了一圈，没见到人，赶紧回来说："爸爸不在房间里。"

姜予眠赶紧打电话询问。

陆宴臣说自己就在附近逛逛。

姜予眠："你怎么自己出去了？"

陆宴臣没回答，只笑了一声，道："眠眠，下雪了。"

姜予眠挂了电话，催促儿子出门，还提醒道："带伞。"

小云谦抱着雨伞，指着沙发上的红围巾说："妈妈，你又忘了戴围巾。"

他经常听到爸爸提醒妈妈戴围巾。母子俩互相提醒，终于整装出发。

他们下楼后发现陆宴臣就在大堂门口。小云谦戴着帽子跑进雪里，跟旁边的小朋友玩了起来。

姜予眠看向他，问："这段时间你心情不好？"

陆宴臣："嗯。"

"因为爷爷吗？"

"或许是吧。"

"他临走前，跟你说了'对不起'。"

"我知道。"

这是个沉重的话题，她却不得不提。姜予眠握住他的胳膊，说："别不开心了，爷爷一定不想见你这样。"

"没事。"陆宴臣垂眸，揉了揉她的发。

645

听到不远处的小云谦在喊"爸爸、妈妈",姜予眠推他一把:"快去,你儿子叫你。"

陆宴臣转头:"不也叫你了?"

姜予眠狡辩:"他喊的是'爸爸、妈妈','爸爸'在前,'妈妈'在后,当然是爸爸去了。"

站在雪地里的小云谦捏着雪球,十分无语。爸爸、妈妈又开始了,他还是自己玩吧。

最终夫妻俩决定一起行动。

陆宴臣去牵她的手,发现她的手温热,而自己的手冰凉。他下意识收回手,却被姜予眠紧紧握住:"外面很冷。"她迟疑几秒,最终道出心里话,"陆宴臣,明天是除夕,我们回陆家吧。"

陆宴臣望着风雪,沉默不语。

雪逐渐大了,两个人松开手撑伞,叫小云谦回来。

小云谦转身朝他们跑来,扑到爸爸脚边。

陆宴臣弯腰,单手抱起儿子。

小云谦立即搂住爸爸的脖子:"爸爸,我差点儿忘了跟你说一句话。"

"嗯?"

"妈妈让我告诉你,我们都好爱你。"

头顶的风雪停了,是妈妈替他们撑起伞。

余光看见那抹鲜红的色彩,陆宴臣接过妻子手里的伞,护住全家人,说:"眠眠,我们明天回家。"

姜予眠愣了一下,随即反应过来,眉开眼笑:"好。"

夜幕降临,路灯齐齐点亮,漫天大雪在金色的光芒里纷飞。

一家三口的身影在雪地里逐渐远去。

因为她,他原谅了所有。